TARA HAIGH
Weit hinterm Horizont

TARA HAIGH

Weit hinterm Horizont

Roman

Originalausgabe September 2015 bei LYX
verlegt durch EGMONT Verlagsgesellschaften mbH,
Gertrudenstr. 30–36, 50667 Köln

1. Auflage
Redaktion: Gerhard Seidl
Satz: Greiner & Reichel, Köln
Printed in Germany (670421)
ISBN 978-3-8025-9768-8

www.egmont-lyx.de

MIX
Papier
FSC FSC® C083411

Die EGMONT Verlagsgesellschaften gehören als Teil der EGMONT-Gruppe zur
EGMONT Foundation – einer gemeinnützigen Stiftung, deren Ziel es ist, die sozialen,
kulturellen und gesundheitlichen Lebensumstände von Kindern und Jugendlichen zu
verbessern. Weitere ausführliche Informationen zur EGMONT Foundation unter:
www.egmont.com

1

Normalerweise vertrieb der frische Westwind die feuchte Luft, die sich jede Nacht wie ein klammes Tuch über Geestemünde legte. Die übliche steife Brise vom Meer, die Clara um diese Zeit besonders schätzte, weil sie ihr im Nu die Müdigkeit aus den Gliedern blies, kam an diesem Morgen nur als schwachbrüstiges, aber ziemlich kühles Lüftchen daher. Die Gaslaternen waren noch beschlagen, die Vitrine ihres Ladens angelaufen bis hinauf zum Firmennamen: »Gewürzimport Elkart«. Matt und fahl war die tagsüber golden glitzernde Aufschrift, die Vater in übertrieben großen Buchstaben erst kürzlich hatte erneuern lassen, um bessere Zeiten heraufzubeschwören, wie er ihr erklärt hatte. Die Leute sollten denken, dass es ihnen gut ging und die Geschäfte florierten. Obwohl sich das Gewürzkontor im Parterre ihres Wohnhauses befand, war es nicht mit dem Wohntrakt im ersten Stockwerk verbunden. Die wenigen Schritte vom Innenhof hinaus zur Vorderseite des Hauses in der Fährstraße, der Prachtallee Geestemündes, hatten schon gereicht, um die Feuchtigkeit durch die Kleidung bis auf die Knochen zu spüren. Den Tagelöhnern und Arbeitern, die zum Hafen eilten, erging es offenbar nicht anders. Sie hatten ihre Jackenkragen hochgestellt, rieben sich die Hände oder vergruben sie tief in den Hosentaschen. Clara ärgerte sich darüber, dass das Türschloss wieder einmal klemmte. Ihre Finger waren vor Kälte schon zu steif, um es mit Feingefühl zu überlisten. »Für ein neues Schloss haben wir kein Geld«, hatte ihr Vater gesagt. Für goldene Buchstaben anscheinend schon, stellte

Clara kopfschüttelnd fest. Das Schloss schnappte endlich auf, doch ein euphorischer Ausruf von der Straße ließ Clara an der Tür verharren: »Auf in die Neue Welt!«, rief ein junger Mann in abgetragenem Anzug und geflickten Hosen. Er kam um Gleichgewicht ringend und in Begleitung zweier Kumpane, die ihn stützten, aus einer der Seitengassen, in der Claras Wissens nach eine Spelunke für die Bewohner der Mietskasernen war. »Ich werd im Leben keine verfluchte Pickelhaube mehr sehen!«, stieß einer seiner Kumpane aus. Wie viele der einfachen Leute und Arbeiter, die nicht direkt vom Aufschwung der Industrie und des Handels profitierten, schimpften sie lauthals über die Preußen und wollten nur noch weg von hier. Auch wenn Clara sie um ihren Mut beneidete, in ein neues Leben aufzubrechen, und sich oft genug dabei ertappt hatte, Abenteuerlust in ihrem Herzen zu verspüren, war es sicher ein Trugschluss zu glauben, dass ein besseres Leben auf sie wartete, zumindest sagten das alle, auch Vater, der weit gereist war. Ob die Männer wohl mit einem der neuen Dampfschiffe oder einem Segler den Atlantik überqueren werden, fragte sie sich, als sie ihnen mit überraschender Wehmut hinterhersah. Sie wandte sich erst von ihnen ab, um hineinzugehen, als einer der jungen Kerle ihr unverschämt nachpfiff.

Der wohlvertraute Geruch von Gewürzen aller Art schlug Clara vom Lager aus entgegen, das sich hinter dem Verkaufstresen und gleich neben dem Büro befand. Die tags zuvor aus Indien eingetroffenen Säcke mit frischem schwarzem Pfeffer und Zimt stachen jedoch heraus. Ihre würzig-süßliche Duftmischung war betörend. Sie erinnerten Clara an ihre letztjährige Reise nach Südwestindien, die sie gemeinsam mit ihrem Vater unternommen hatte. Prompt sah sie aus dem Fenster zur Straße und versuchte, noch einen letzten Blick auf die drei Auswanderer zu erhaschen, bevor sie die Geestebrücke erreichten, zum Hafenbecken abbogen und somit außer Sichtweite waren. Gewiss hatten sie eine Kabine in der dritten Klasse, überlegte sie, um das in ihr aufsteigende Gefühl von Fernweh mit Gedanken an all die Mühsal, die eine so lange Schiffspassage mit sich brachte, im Keim zu ersticken. Es wollte nicht gelingen. Die zweite Klasse, die ihr Vater seinerzeit gebucht hatte, war nämlich auch nicht viel besser als die unzähligen Kabinen unter Deck, aber was würde sie dafür geben, wenn sie noch einmal diese Strapazen über sich ergehen lassen dürfte. Mit dem Zug nach Venedig, mit einem imposanten Segler quer durch das Mittelmeer, vorbei an den griechischen Inseln, um dann durch den Sueskanal die Reise nach Indien um Wochen zu verkürzen, auch wenn sie gar nichts dagegen gehabt hätte, an der afrikanischen Küste entlang und um das Kap der guten Hoffnung zu segeln. Clara hatte so viel Neues und Aufregendes gesehen. Wenn sie doch nur ein Mann wäre, unabhängig und frei. Ihr würde ein Neuanfang in Amerika leichtfallen. Sie hatte Englisch in der privaten Mädchenschule gelernt, Reiseberichte der großen Expeditionen förmlich verschlungen, wusste um viele der Gefahren, die in exotischen Ländern auf einen warteten. Mit ihren Kenntnissen der Buchhaltung und ihren Erfahrungen im Handel würde sie sicher eine Anstellung finden. So ein verrückter Gedanke. Außerdem wäre Vater dann allein. Clara riss sich aus den Träumereien und wandte sich vom Fenster ab. Es gab viel zu tun. Rechnungen mussten geschrieben und Wechsel ausgestellt werden. Korrespondenz mit indischen Lieferanten wartete auf Erledigung. Der Duft des Pfeffers war jedoch stärker als ihre frommen Vorsätze. Sie konnte gar nicht anders, als mit der Hand über die Körner fahren, wie sie es auf den Feldern Südwestindiens getan hatte. Im Nu hatte Clara die Korallenbäume vor Augen, an denen die grünen Pfefferbeeren wie schmale Weinreben hingen, die Arbeiter, die mit Füßen darauf stampften, als ob sie tanzten, um die Körner von der Pflanze zu lösen. Ob ihr Vater sie jemals wieder mit auf eine große Reise nehmen würde? Vielleicht nach Ceylon? Unter Umständen könnten sie sich eines Tages eine Überfahrt nach New York leisten? Und wenn es nur eine kurze Passage nach London wäre. Sie hatte gehört, dass es dort neuerdings eine unterirdische elektrische Schnellbahn gab, die man »Underground« nannte. Sie könnten aber auch Onkel Theodor besuchen. Der Bruder ihres Vaters bewirtschaftete seit gut zwanzig Jahren eine Zuckerrohrplantage auf Hawaii. Oft genug eingeladen hatte er sie ja. Nichts als Träumereien. Vater würde dem nie zustimmen. Und woher sollten sie das Geld dafür nehmen? Clara seufzte wehmütig und richtete sich auf, um sich endlich an die Arbeit zu machen. Doch erneut hielt sie etwas davon ab. Etwas Blaues tauchte vor dem geriffelten Fenster der Ladentür auf. Das musste Anton, der Postillion im Dienste der Reichspost sein. Sofort zeigte sich ein Lächeln auf ihrem Gesicht. Sie mochte ihn, weil er unglaublich charmant war und sie zum Lachen brachte. Clara öffnete ihm die Tür, noch bevor er die Klinke in der Hand hatte. Sein blauer Überrock war wie immer makellos gebügelt, das Beinkleid blütenweiß, die schwarzen Stiefel glänzten wie der Helm, den er trug.

»Guten Morgen, Fräulein Clara. Wie ich sehe, haben Sie mich schon ungeduldig erwartet«, scherzte er.

Clara fand es allerliebst, wie sich sein Schnurrbart hob, wenn er lächelte. Warum konnte der bestimmt schon Fünfzigjährige nicht zwanzig Jahre jünger sein? Sie könnte sich glatt in ihn verlieben.

»Ach Anton. Warum tauschen Sie Ihre Uniform nicht gegen einen Frack ein? Die Rolle eines perfekten Gesellschafters für die feinen Damen Bremerhavens würde Ihnen gut zu Gesicht stehen.« Clara kannte Anton lange genug, um zu wissen, dass er es liebte, von ihr aufgezogen zu werden. Konversation dieser Art erfrischte den Morgen und belebte zudem den Geist.

»Die Uniform öffnet mir mehr Türen«, erwiderte er galant, aber augenzwinkernd.

»Und doch war nie die Richtige dabei …«, zog sie ihn auf, weil er ihr schon oft genug sein angebliches Leid geklagt hatte, nie die passende Frau gefunden zu haben. »Schade um so einen charmanten Mann«, fügte sie hinzu.

»Hören Sie auf … Sie wissen, dass ich Ihren Vater sonst noch um Ihre Hand bitten werde«, sagte er.

Clara lachte. Allein schon um Anton jeden Morgen zu sehen, lohnte es sich, so früh aufzustehen.

Der Postillion zog einen ganzen Stapel Briefe aus seiner Ledertasche und reichte ihn ihr.

»Oh je … So viel Post …« Clara stöhnte. Sie wusste, dass sie deren Beantwortung auf Stunden beschäftigen würde.

»Ach, da hab ich ja noch einen …«, sagte Anton. Langsam wie ein Zauberkünstler, der es besonders spannend machen wollte, zog er einen weiteren Brief hervor.

Clara musste beim Blick auf die Briefmarke, die das Antlitz des Königs von Hawaii zierte, den Absender gar nicht mehr lesen. Endlich Post von Onkel Theodor.

»Schöne Briefmarken haben die da«, bemerkte Anton anerkennend, bevor er ihr das Schreiben übergab. »Wer ist das?«

»König Kalakāua«, klärte sie Anton auf.

»Merkwürdiger Name für einen König, wenn ich mir die Bemerkung erlauben darf.«

»Andere Länder, andere Sitten«, sagte sie nur. So gerne sie sich auch mit Anton unterhielt, Clara brannte darauf, Neuigkeiten von Onkel Theodor zu lesen. Anton hatte sicher mitbekommen, dass sie nur noch Augen für den Brief hatte, der ganz oben auf dem Stapel lag.

»Einen schönen Tag, Fräulein Clara«, sagte er.

»Ebenso«, erwiderte sie und legte den Stapel Post erst einmal auf die Kommode. Anton ging, und kaum war die Tür hinter ihm ins Schloss gefallen, hatte sie den Brief ihres Onkels auch schon geöffnet.

Honolulu, 18. Dezember 1891

Liebste Clara,
verzeih meine späte Antwort. Die Zuckerrohrernte hat aufgrund heftiger Regenfälle mehr Zeit in Anspruch genommen als sonst. Endlich wieder ein gutes Jahr mit reichen Erträgen. Es muss schnell gehen, um die großen Auktionen nicht zu verpassen. Stell Dir vor, ich habe fünf deutsche Plantagenarbeiter einstellen müssen, um die Ernte einzuholen. Von Hackfeld hab ich mir sagen lassen, dass schon über tausend Deutsche hier sind. Die meisten arbeiten natürlich auf seinen Plantagen. Abends sitzen wir zusammen, und ich lasse mir Geschichten aus der alten Heimat erzählen. Ist es wirklich so schlimm bei Euch? Die Arbeiter sprechen von Ausbeutung in den Fabriken und Werften. Sie verdienen hier auf den Feldern auch nicht viel, aber sie haben wenigstens einen Broterwerb. Arbeit gibt es hier genug. Hier fehlt es einfach an allem: Ärzte, Lehrer, Handwerker und Arbeiter, die anpacken können. Neuerdings kommen immer mehr Portugiesen, weil sie vom Walfang nicht mehr leben können. Auch nach zwanzig Jahren herrscht Aufbruchstimmung. Immer wenn ich in die Stadt fahre, entdecke ich ein neues Gebäude. Die Stadt wächst und gedeiht.

Mit großer Sorge habe ich gelesen, dass Eure Geschäfte nicht mehr so gut laufen. Wenn Friedrich nur nicht so stur wäre. Mit Gewürzen ist kein Geld mehr zu verdienen. Dein Vater sollte das wissen. Die Engländer und Amerikaner haben den Markt fest im Griff. Die Preise fallen. Ihr solltet auf Kakao und Kaffee umsatteln oder Zucker. Wir könnten beidseitig von einer Zusammenarbeit profitieren. Hast Du mit Deinem Vater schon darüber gesprochen? Bin ich immer noch ein rotes Tuch für ihn? Sprich noch einmal mit ihm. Ich weiß, wie sehr ihm daran gelegen ist, in der guten Gesellschaft zu verbleiben. Er hört auf Dich. Für wen, wenn nicht für Dich, arbeitet er denn so hart? Er wollte schon immer Dein Bestes, aber das geht nur, wenn sich der sture Bock finanziell nicht ruiniert. Da kannst Du ihn packen.

Zu gerne würde ich Dich sehen, Dir die Inseln zeigen. Hawaii ist, wie Du weißt, zu meiner neuen Heimat geworden. Ein Paradies, das sich mir jeden Tag Stück für Stück aufs Neue erschließt. Sprich mit Deinem Vater. Es ist doch nur zu Eurem Besten.

Dein tief ergebener Onkel Theodor

Clara holte erst einmal tief Luft. Ja, wenn Vater nur nicht so stur wäre. Sie starrte regungslos auf den Brief, fuhr darüber, um ihn zu glätten, doch ihre Sorgen konnte sie damit nicht ausbügeln. Sollte sie es wagen, ihren Vater offen auf Onkel Theodors Vorschlag anzusprechen? Clara kannte ihren Vater nur zu allzu gut, um zu wissen, dass er auf diesem Ohr taub war. Zu weiteren Überlegungen kam es nicht mehr, weil er wie jeden Morgen nach seinem Spaziergang zum Hafen, um dort als Erster Geschäfte mit den Händlern zu machen, in den Laden kam, guter Dinge, beladen mit neuestem Tratsch und mit einem frischen Lächeln, das augenblicklich einfrieren würde, wenn sie von Onkel Theodor anfing. Clara ließ den Brief daher sofort unter einem Korb verschwinden, in dem sie ihre Handschuhe und Schals aufbewahrte.

»Du wirst es nicht glauben. Am Hafen steht schon eine gute

Hundertschaft Gewehr bei Fuß. Die *Maria Rickmers* läuft heut aus. Das größte Segelschiff der Welt. Es wimmelt dort nur so vor Gesindel, Auswanderern und Abenteurern, die sich die Passage auf einem Dampfer nicht leisten können.«

»Verwundert Sie das?«, fragte Clara, bevor sie das Revers seines Mantels, das er wohl aufgrund der Kälte nach oben gestellt hatte, wieder in Form rückte.

»Wieso glauben die Leute nur, dass sie ihr Glück nicht auch in der Heimat finden?«

»Vater. Es gibt hier kaum lukrative Arbeit«, entgegnete sie.

»Wer hat dir denn den Floh ins Ohr gesetzt?«, fragte er eher nebenbei und griff gleich nach dem Poststapel, um ihn zu durchforsten.

»Ich höre es täglich von unserer Kundschaft«, erwiderte Clara.

Vater warf ihr einen fragenden Blick zu. Sie war ihm eine Erklärung schuldig.

»Was man in den Werften und Fabriken verdient, reicht kaum zum Leben. Viele sind unzufrieden. Sie schimpfen auf das Reich«, erklärte sie ihm so überzeugend, dass er für einen Augenblick sogar von der Post abließ. Clara war sich sicher, dass sie die Lage richtig einschätzte. Sie hatte oft Kontakt zu einfachen Leuten, weil sie neben dem Import und Weiterverkauf an den Großhandel auch kleinere Mengen der Gewürze an Privatleute verkauften, die sich den Krämerladen nicht leisten konnten.

»Alles Humbug. Die Leute suchen immer nach irgendeiner Ausrede … Glaub mir, Clara. Es gibt keinen besseren Ort auf der Welt als das Preußische Reich. Jeder, der hier aufgewachsen ist, weiß das.«

»Die Alten haben aber auch kein gutes Wort für Preußen übrig. Sie leiden darunter, seit über zwanzig Jahren nichts weiter als eine ›preußische Provinz‹ zu sein. Viele trauern dem Königreich Hannover nach.«

»Dumme Monarchisten … Ohne die Preußen hätten wir bis heute noch kein Gaswerk. Die Stadt floriert. Geestemünde ist zum wichtigsten Umschlagplatz für Petroleum und Holz geworden. Neue Werften werden gebaut, höhere Schulen und sogar ein Wasserwerk. Da gibt's genug Arbeit …«

Die Briefe durchzusehen war ihm jetzt wieder wichtiger.

»Und wer macht den Reibach?«, fragte sie.

Vater wusste es, weil er für einen Moment schwieg. »Du wirst sehen, Clara, das Leben wird sich ändern, auch für die einfachen Leute …«, meinte er dann. »Bald haben wir hier Elektrizität. Sie bauen ein Stromwerk in Hannover. Davon profitieren alle. So schlecht sind die Dinge hier gar nicht …«

Schön und gut, doch was nützte ihnen Elektrizität, wenn es nicht mehr genügend Abnehmer für ihre Waren gab? War jetzt der richtige Zeitpunkt, um ihm von Onkel Theodors Vorschlag zu erzählen?

»Clara. Du machst dir viel zu viele Gedanken«, sagte er väterlich. Dann fuhr er in einer zärtlichen Geste durch ihr Haar. Ein ungewohnter Moment der Nähe.

»Manchmal erinnerst du mich an deine Mutter. Sie hat sich auch zu viele Sorgen gemacht«, sagte er voll Mitgefühl. »Du solltest dich mit anderen Dingen beschäftigen … Am Leben teilhaben … an der Gesellschaft«, beschwor er sie.

Clara wurde augenblicklich flau im Magen. Jetzt kam bestimmt wieder die alte Leier, dass sie mit ihren dreiundzwanzig Jahren immer noch nicht verheiratet war und ihr Leben damit vergeudete, zu viel zu lesen und sich »zu viele Gedanken« zu machen.

Prompt blies er in das altbekannte Horn: »Ernst hat uns eingeladen. Er mag dich …«, bemerkte er mit Nachdruck.

Ernst Weber, der preußische Hauptmann, der ihr bei seinem letztwöchigen Antrittsbesuch im Kontor seine Aufwartung gemacht hatte – ein hochgewachsener Offizier, dessen Äußeres Clara nicht einmal abgeneigt war. Seiner eher forschen und zu selbstsicheren Art allerdings schon.

»Ich habe keine Lust auf einen Abend bei den Webers«, gab Clara offen zu und ertappte sich dabei, wie ein kleines trotziges Mädchen zu schmollen. Dementsprechend missbilligend war der Blick ihres Vaters.

»Ach was. Das wird dir guttun«, winkte er ab.

Wie sie ihn kannte, würde es nichts bringen, sich gegen die Einladung zu stemmen. Für ihren Vater schien die Diskussion darüber sowieso schon beendet zu sein. Er ging mit der Post in der Hand in den Laden und steuerte auf den Sekretär zu, um seine ganze Aufmerksamkeit der frisch eingetroffenen Korrespondenz zu widmen, aber Gott sei Dank nicht allen Briefen.

Während der Kutschfahrt auf der Straße, die gen Hannover führte, machte sich Clara bewusst, wie dringlich es Vater zu sein schien, sie unbedingt an Ernst Weber zu ketten. Es ließ sich an zwei Dingen ablesen: Erstens hatte er die Einladung für denselben Abend angenommen. Angeblich ganz spontan, weil er Rudolf Weber am Hafen getroffen hatte. Das war überhaupt nicht Vaters Art, weil er jeden Schritt geflissentlich plante. Zweitens kam es unter normalen Umständen nicht im Entferntesten infrage, das Kontor schon vor Geschäftsschluss zu schließen. Um der Einladung zum Abendessen nachzukommen, war es aber erforderlich, schon um fünf statt um sechs den Griffel fallen zu lassen. Schließlich sollte sie genug Zeit haben, um sich hübsch zu machen. Letzteres war wohl unmissverständlich. Clara hatte sich bewusst für ein eher biederes hellblaues Kleid entschieden, in dem sie jeder für eine

Gouvernante halten würde – zugeknöpft und die weiblichen Reize so gut wie möglich kaschierend, ohne dabei schlecht gekleidet zu wirken. Vater hingegen hatte sich herausgeputzt, als würde er beim Kaiser persönlich vorsprechen. Es war nur eine Frage der Zeit, bis er eine Bemerkung über ihr Kleid machen würde.

»Du hättest dir auch etwas anderes anziehen können«, kam just in dem Moment, als sie Geestemünde mit ihrer Kutsche hinter sich gelassen hatten. Clara ließ dies unkommentiert stehen, obwohl ihr eine passende Antwort auf der Zunge lag. Vaters feiner Anzug passte nämlich ganz und gar nicht zu ihrem Gefährt, mit dem sie normalerweise Gewürzsäcke von und zum Hafen oder Bahnhof transportierten. Eine edle Droschke, wie sie fast alle Kaufleute hatten, konnten sie sich nicht leisten. Es musste so aussehen, als ob ein einfacher Bauer einen feinen Herrn spielen wollte. Natürlich konnte sie das ihrem Vater nicht sagen, aber Clara war sich sicher, dass er, wie bei solchen Anlässen üblich, nicht vor das Anwesen vorfahren würde. Clara überraschte es auch nicht, dass sie sich auf dem halbstündigen Weg amüsierte Blicke von Marktfrauen und Feldarbeitern einhandelten. Vater schien das gar nicht mitzubekommen, oder starrte er deshalb auf die Rücken der Wallache, die er vor der Abfahrt anscheinend noch gestriegelt hatte?

»Wusstest du, dass die Webers neuerdings in Elektrizität investieren?«, fragte er unvermittelt.

»Machen die nicht in Stahl?«, glaubte Clara zu wissen.

»Schon, aber in der Elektrizität liegt die Zukunft. Die Pferdebahn soll von einer elektrischen Straßenbahn abgelöst werden. Ernst wird sich um den neuen Geschäftszweig kümmern.«

Aha, daher wehte also der Wind.

»Sie meinen, er wäre eine gute Partie für mich«, sagte Clara geradeheraus, weil sie wusste, dass ihr Vater das schätzte.

»Warum denn nicht? Er sieht stattlich aus, kommt aus einer einflussreichen Familie … Ernst ist ein preußischer Hauptmann«, sagte er, wobei er Letzteres ehrerbietend betonte.

»Eben … ein richtiger preußischer Hauptmann.« Auch Clara betonte es, allerdings nicht mit Ehrfurcht, sondern einem Hauch von Abscheu. Wie ein Pfau hatte er um sie gebalzt. Ein richtiger Aufschneider, und dieser Typus Mann gefiel ihr einfach nicht. »Er hält sich für den Größten«, stellte Clara fest.

»Du kennst ihn doch noch gar nicht. Junge Männer sind nun mal so.«

»Eher junge Offiziere«, präzisierte Clara schonungslos.

»Er wollte dich doch nur beeindrucken«, versuchte Vater abzuwiegeln.

»Ich bin mir sicher, dass sich die meisten Frauen von so einem Gehabe auch beeindrucken lassen.«

Widerrede passte Vater überhaupt nicht. Das konnte sie ihm ansehen, und dennoch schmunzelte er.

»Ich weiß schon … Du warst schon immer anders … Aber wir sind ja selbst daran schuld«, sinnierte er laut.

»Wäre es Ihnen lieber gewesen, mich nicht auf das Gymnasium zu schicken? Wer würde dann Ihre Geschäftsbriefe schreiben, auf Englisch, Französisch? Und die ganze Buchhaltung …? Vielleicht braucht dieser ›preußische Hauptmann‹ ja eher ein Weibchen am Herd, das ihm auch noch die Stiefel putzt.«

»Jetzt mach doch erst mal seine nähere Bekanntschaft … Unvoreingenommen …«, sagte er, bevor er hinzufügte: »Versprich mir das!«

Clara nickte nicht, weil ihr Vater es von ihr verlangte, sondern weil ein erster Eindruck einen in der Tat auch in die Irre führen konnte.

Den zweistöckigen Landsitz der Webers nur als herrschaftlich zu bezeichnen, wie Vater es getan hatte, war untertrieben. Es war ein kleines Schloss in Weiß, dessen Fassade auffällig viele Fenster hatte. Ein Kiesweg führte vom imposanten schmiedeeisernen Eingangsportal durch einen Park und zu einem runden Springbrunnen, in dessen Mitte vier wasserspeiende Löwen thronten. Vor dem Haus standen bereits einige Kutschen und Droschken, was Vater prompt zum Anlass nahm, nicht vorzufahren, sondern ihr eher landwirtschaftlich anmutendes Gefährt unter zwei Fichten bei einem kleineren Nebentrakt abzustellen. Clara musste unwillkürlich schmunzeln, weil dies ihre Vermutung bestätigte, dass er sich schämte. Die Webers waren zwar noch mit der Begrüßung anderer Gäste, die eben aus einer der Kutschen stiegen, beschäftigt, doch Ernst hatte sie bereits erspäht. Er winkte zu ihnen her und bedeutete dann einem Stallburschen mit einer eher herrischen Geste, die Clara sofort missfiel, sich um ihre Pferde zu kümmern. Der junge Kerl lief daraufhin zu ihnen herüber – militärischer Drill eben. So konnte Ernst ihr Herz jedenfalls nicht erobern. Da half es auch nichts, dass er die anderen Gäste nun stehen ließ und ihnen entgegenging – zugegebenermaßen mit äußerst einnehmendem Lächeln. Ohne Uniform sieht er ganz passabel aus, musste Clara zu ihrer großen Überraschung feststellen.

»Clara … Friedrich«, rief er ihnen mit so viel Wärme zu, dass man glauben konnte, sie gehörten bereits zum engsten Kreis der Familie. Und wie galant sein angedeuteter Handkuss war, den ein »Mein gnädigstes Fräulein« würdig umrahmte. Vater begrüßte er nur mit einem sehr vertrauten »Friedrich« und indem er ihm die Hand reichte.

»Es freut mich sehr, dass Sie so kurzfristig zusagen konnten«, beendete er den Begrüßungsreigen, der Clara unangenehm wurde, weil Ernst kaum ein Auge von ihr ließ.

Obgleich ihr Vater dies mit offenkundigem Wohlwollen registrierte, besaß er genug Taktgefühl, um auf dem Weg zum Haus auf Höhe von Ernst zu gehen. Vater war um einen Reigen aus Komplimenten, wie vortrefflich doch die Parkanlage durchdacht sei und wie sehr ihn das Anwesen an eine venezianische Villa erinnere, nicht verlegen. Clara hingegen übte sich in der Tugend zu schweigen. Ein gewisses Maß an Zurückhaltung, wenn es darum ging, über Architektur zu plaudern, schickte sich sowieso für eine junge Dame, sodass Ernst nicht auf den Gedanken kommen würde, sie hielte sich heraus, um sein Ansinnen, mit ihr anzubandeln, so weit wie nur möglich aufzuschieben. Das ging leider nur so lange gut, bis sie den Salon erreichten und weitere Konversation unausweichlich wurde. Ernsts Mutter, die er ihr als Henriette vorstellte, zeigte sich entzückt darüber, ihre Bekanntschaft zu machen. Dass sie noch viel reizender und anmutiger sei, als ihr Sohn sie beschrieben hatte, machte unmissverständlich klar, dass Ernsts Avancen elterlicherseits bereits auf fruchtbaren Boden gefallen waren. Rudolf, Ernsts Vater, musterte sie mit dem gleichen Interesse wie sein Sohn, bevor er zur Tafel rief. Es lag in der Natur eines Empfangs, nicht umhinzukommen, noch weiteren Gästen vorgestellt zu werden. Die Webers mussten tatsächlich sehr einflussreich sein. Die feine Gesellschaft Hannovers war geladen. Zwar kannte Clara die meisten nicht, doch Henriette, die sie auf dem Weg zum Speisezimmer in Beschlag genommen hatte, stellte sie ihr vor. Dass sogar der neue Stadtdirektor Heinrich Tramm, zugegen war, der wie die meisten anderen Herren einen Herrenrock und den in Mode gekommenen Kaiser-Wilhelm-Bart trug, sprach Bände. Wenn die Webers zum Empfang luden, war wohl niemandem die lange Kutschfahrt von Hannover zu weit. Selbst so illustre Gäste wie der Erfinder des Tapetenkleisters und des Grammofons waren anwesend. In so hoher Gesellschaft konnte man sich als Tochter eines einfachen Gewürzhändlers durchaus fehl am Platz vorkommen, auch wenn ihr niemand das Gefühl vermittelte. Immerhin konnte Clara beim Aperitif ihre aufregende Reise nach Indien zum Besten geben und über das »schwarze Gold« referieren, das sie unter anderem importierten. Niemand wusste, dass grüner, schwarzer und weißer Pfeffer aus ein und derselben Pflanze gewonnen wurde. Es hatte sich wie ein Lauffeuer herumgesprochen, dass sie in Indien gewesen war, und das schindete offenkundig Eindruck. Wahrscheinlich würde sie nach diesem Abend als »Mademoiselle Poivre« gelten, sagte sie sich angesichts so viel Anerkennung und Beifall. Dennoch war Clara froh, am Ende der Tafel neben ihrem Vater Platz nehmen zu dürfen. Das würde weitere Konversationen zumindest räumlich auf einen geringeren Radius beschränken und sie davor bewahren, sich Blößen zu geben oder als Landpomeranze dazustehen. Was außer dieser einen Reise hatte sie schon großartig aus ihrem Leben zu berichten? Zwar konnte sie die eine oder andere Bemerkung über die Epochen der Gemälde einwerfen, welche die Wände des von gleich zwei Kronleuchtern erhellten Speisesaals zierten, doch aus Gesprächen über Wirtschaft und Fortschritt hielt sie sich besser heraus. Letzteres war gottlob ein gefundenes Fressen für Ernst, der ihr, wie nicht anders zu erwarten war, gegenübersaß, sich aber von Vaters Tiraden über den Aufstieg Hannovers davontragen ließ.

»Hannover war die erste Stadt auf dem alten Kontinent, in der es eine Gasbeleuchtung gab, und wird auch die erste Stadt sein, in der jede Wohnung elektrisches Licht ihr Eigen nennen darf«, proklamierte er mit patriotischem Unterton.

»Hört, hört«, warf Heinrich Tramm prompt und mit Wonne ein. »Darauf einen Toast«, rief er in die Runde.

Das Glas ihres Vaters erhob sich überraschenderweise am schnellsten.

»Auf gute Geschäfte«, toastete Ernst ihm verdächtig privat zu. Vater nickte sichtlich betreten und wandte seinen Blick von ihr ab, nachdem Clara ihn verwundert angesehen hatte.

Das vorzügliche Ragoût fin en coquille wollte Clara nun nicht mehr so recht schmecken. Was ging hier vor? Geschäfte? Clara hoffte inständig, dass das Dessert bald serviert wurde, aber nicht, weil sie Appetit darauf hatte. Sie musste ihren Vater gleich nach dem Essen fragen, was Ernst Weber mit den »guten Geschäften« genau meinte.

Clara schwirrte der Kopf. Noch eine gefühlte Ewigkeit hatte sie sich Vorträge über die Errungenschaften der Technik und des Fortschritts anhören dürfen. Ihr Vater war dabei regelrecht aufgeblüht und suchte, nachdem Rudolf Weber die Männer ins Zigarrenzimmer geladen hatte, sofort Tramms Gesellschaft. Er hatte sich mir nichts, dir nichts aus dem Staub gemacht. Was blieb Clara anderes übrig, als den Damen in den Salon zu folgen, um sich fortan über das gesellschaftliche Leben Hannovers berichten zu lassen. Auch das war ganz und gar nicht ihre Welt. Sich den Capricen der Frauenrunde auszusetzen, über Stickereien und die neueste Mode aus Paris zu schwatzen, hatte sich als noch viel anstrengender erwiesen als die wissenschaftlichen Vorträge beim Essen. Zwei Mozart-Etüden am Klavier, die die Tochter des Hauses vortrug, sorgten immerhin für eine kleine Verschnaufpause. Elfriede, die Tochter des größten Brauereibetriebs an der Elbe, war inzwischen neben ihr auf der Chaiselongue festgewachsen. Clara musste sich mit ihr über die aktuelle Hutmode unterhalten. Wie bekam sie sie nur los? Sie könnte das Thema auf sittenverderbte französische Literatur lenken, Flaubert und Maupassant, die sie heimlich am Gymnasium gelesen hatte, doch am Ende würde sie sie dann für den ganzen restlichen Abend am Hals haben. Stattdessen lenkte Clara die Konversation auf das frisch beim Essen erworbene Wissen über die Glühbirne.

»Wussten Sie, dass die Fäden zunächst aus Kohle, Papier oder Bambus und erst viel später aus Metall waren?«, fragte sie Elfriede, die sie nur verstört ansah, bevor sie sich dazu hinreißen ließ, »interessant« von sich zu geben. Der Exkurs über »Glühstrümpfe«, die, wie sie dank Ernsts Technikbegeisterung nun wusste, über die offenen Gasflammen gezogen wurden, um sie heller scheinen zu lassen, gaben Elfriede den Rest. Sie entschuldigte sich und entschwand unpässlich, wie sie vorgegeben hatte, in Richtung ihrer Mutter, mit der sie sogleich zu tuscheln begann.

Die Tür zum Salon ging auf. So wie es aussah, hatten die Männer all ihre »Geschäfte« bei einer Zigarre besiegelt. Anscheinend hatte es aber nicht nur Zigarren gegeben. Den glasigen Blick ihres Vaters kannte sie. Dass er sich an der Tür abstützte und beim Hineingehen um ein Haar eine der Fächerpalmen am Eingang gerammt hätte, war ein untrügliches Zeichen dafür, dass er zu viel getrunken hatte. Die Gunst der Stunde gedachte Clara für sich zu nutzen. Bis sich die beiden Geschlechter wieder vermischt hatten – die Herren irrten kreuz und quer auf der Suche nach ihren Begleiterinnen durch den Raum –, konnte sie ihren Vater sicher ungestört zur Seite nehmen und zur Rede stellen.

»Vater. Begleitet mich an die frische Luft. Ein kleiner Spaziergang im Park tut Ihnen sicher gut«, schlug sie vor und hängte sich resolut bei ihm ein.

Vater leistete keinen Widerstand und folgte ihr artig nach draußen.

Als sie das Haus verließen und in Richtung der Heckengärten schlenderten, drehte sich Clara abermals um. Sie wollte sich vergewissern, dass sie allein waren, um ungestört miteinander zu sprechen.

»Die Luft tut gut«, japste ihr Vater und inhalierte sie tief.

»Sie sollten nichts trinken«, erwiderte sie besorgt.

»Ach was. Die drei Gläser Whiskey mit Eis hauen mich doch nicht um«, wiegelte er ab. Kaum ausgesprochen, touchierte er auch schon die nächste Hecke. Dann blieb er unvermittelt stehen, holte erneut tief Luft und drehte sich zu ihr um.

Clara nahm sich vor, ihn nun zu fragen, was Ernst mit den »Geschäften« meinte, doch Vater kam ihr zuvor.

»Tochter … Mir ist klar, warum dir nach einem Spaziergang ist, und das hat nichts mit Sorge um deinen Vater zu tun. Was soll ich lange um den heißen Brei herumreden? Kurzum: Ich möchte das Kontor aufgeben«, gestand er.

Clara sah ihn nur bange an. Das Kontor aufgeben, das er zusammen mit ihrer Mutter aufgebaut hatte? War der Gewürzhandel nicht ihre gemeinsame Leidenschaft gewesen?

»Es reicht nicht mehr, um gut davon zu leben. Ich möchte unsere Reserven nicht heranziehen, um ein nicht mehr rentables Geschäft zu halten … Noch könnten wir nach Hannover ziehen, das Haus verkaufen …«, erklärte er.

Clara fröstelte, und das lag nicht ausschließlich an der frischen Abendluft. Es war vielmehr Vaters Rausch, der nicht dem Whiskey geschuldet war. Er war berauscht von der Möglichkeit, sein ganzes Kapital in ein Geschäftsfeld zu investieren, von dem er nicht die geringste Ahnung hatte.

»Du hast Ernst doch gehört. In der Elektrifizierung liegt die Zukunft. Die neue Straßenbahn … Denk daran, wie das alles das Leben verändern wird«, beschwor er sie.

»Und was möchten Sie jetzt machen? Etwa Schienen bauen?«, platzte es aus ihr heraus.

»Die Webers brauchen einen kaufmännischen Leiter …«, erwiderte er in nun wieder aufrechter Haltung. Die Wirkung des Whiskeys schien sich schlagartig verflüchtigt zu haben. Sein Blick hatte abermals jene geschäftliche Ernsthaftigkeit, die Clara an ihrem Vater kannte. Das machte ihr Angst, weil ihr in dem Moment klar wurde, dass sein Vorhaben nicht aus einer Zigarrenlaune heraus geboren, sondern wohlüberlegt war.

»Clara. Was ist so schlimm daran?«, fragte er eine Spur mitfühlender. »Du kannst in der Stadt leben«, versuchte er, sie zu ködern.

»Sie meinen als Hausfrau an der Seite eines preußischen Hauptmanns, um Ihre Pfründe zu sichern?«, entrüstete sie sich.

»Clara! Wie redest du mit deinem Vater?«

Der Gedanke, in dieser kichernden kapriziösen Frauenrunde zu enden und fortan die brave Ehefrau zu spielen, war schon schlimm genug. Sie würde sich unterordnen müssen, den Schreibtisch gegen Herd und Wiege eintauschen. Was wurde aus ihren Reiseplänen in exotische Länder, aus denen sie die Gewürze bezogen? Nun war es Clara, die mit leichtem Schwindel zu kämpfen hatte, und obwohl sie am Arm des Vaters Halt gefunden hätte, trat sie lieber einen Schritt zurück.

»Es ist zu unserem Besten. Du wirst sehen. Es gibt keine Alternative.«

»Die gibt es immer, Vater«, sagte sie mit angeschlagener Stimme.

»Und die wäre?«, gab er provokant zurück.

Clara nahm all ihren Mut zusammen, um ihn auf den Vorschlag des Onkels anzusprechen.

»Wir könnten das Kontor erweitern … Kakao, Kaffee … Zuckerrohr … Onkel Theodor hat eine gut gehende Plantage und er …«

»Mit ihm mache ich keine Geschäfte«, fiel er ihr ins Wort.

»Er hat es uns angeboten … Onkel Theodor möchte uns helfen …«

»Schluss jetzt!«, fuhr er sie an. Vater war kreidebleich. Sein Atem ging schnell. »Wir gehen wieder hinein. Sonst wird man sich noch wundern, wo wir bleiben«, forderte er sie auf.

»Verzeiht, aber ich bevorzuge einen Moment der Stille«, erklärte sie ihm mit sanfter Bestimmtheit.

»Komm jetzt!«, befahl er ihr und packte zugleich ihren Arm. Wie ein Stück Vieh wollte er sie zurück auf den Jahrmarkt der Eitelkeiten führen. Anscheinend waren ihm seine Interessen wichtiger als das Heil seiner Tochter. Das machte Clara so wütend, dass sie sich von ihm losriss.

»Ich denke nicht daran«, stellte sie unmissverständlich klar, bevor sie sich von ihm abwandte. Vor Clara lag der Garten, den der Mond mit weißem Licht benetzte. Er versprach Stille und Ruhe der Gedanken.

»Clara!«, rief er ihr erbost nach, doch Clara lief in dieses magische Licht, an dessen Ende ein von Efeu umrankter Pavillon stand …

Das säulengestützte, barock anmutende Bauwerk mit Kuppeldach eröffnete den Blick auf einen Garten, dessen weitläufige Rasenflächen von Buchen, Eichen und einigen Kastanienbäumen begrenzt waren. Ein mit Blumenbeeten gesäumter Weg verlief schnurstracks zu einem kleinen Haus an einem Teich, das direkt neben einer Trauerweide stand. Diese Idylle lud dazu ein, ihre Gedanken zu ordnen und sich zu sammeln. Clara konnte sich nicht daran erinnern, jemals derart mit ihrem Vater aneinandergeraten zu sein. Sie schämte sich dafür, wie ein kleines trotziges Kind davongelaufen zu sein, doch zugleich geriet ihr Blut erneut in Wallung, als sie daran dachte, dass er letztlich um des schnöden Mammons willen eine Konvenienzehe für seine Tochter in Kauf nahm. Lange konnte sie hier nicht verweilen, ohne dass man nach ihr fragen würde. Clara überlegte bereits zurückzugehen, als sie Schritte auf dem Kiesweg vor dem Pavillon vernahm. Wahrscheinlich sah ihr Vater nach ihr, doch zu ihrer großen Überraschung war es Ernst, der hinter einer Wand aus Efeu hervortrat und zu ihr ging.

»Fräulein Clara. Hier sind Sie also«, sagte er sanft.

»Hat mein Vater Sie beauftragt, nach mir zu sehen?«, fragte sie frei heraus.

Ernst überlegte für einen Moment, bevor er nickte. Dann bot er ihr den Arm. »Erweisen Sie mir die Gunst eines Spaziergangs«, bat er sie galant.

Clara willigte ein, ignorierte sein Angebot, sich bei ihm einzuhängen, jedoch geflissentlich. Sie begleitete ihn auf dem Weg, der zum Haus am Teich führte.

»Ich hätte Ihren Vater nicht so bedrängen sollen«, sagte er unvermittelt und überraschend verständnisvoll.

»Geschäftlich oder privat?«

»Vielleicht beides«, gestand er offen, bevor sie eine Weile schweigend nebeneinander hergingen. Sie vermied, zu ihm aufzusehen. Trotzdem konnte Clara seine interessierten Blicke spüren.

»Clara … als ich Sie das erste Mal sah…«, fing er an.

»Sprechen Sie nicht weiter … Nicht heute, nicht jetzt …«, gebot sie ihm, doch Ernst scherte sich nicht darum.

»Vergeben Sie mir meine törichte Offenheit, aber es vergeht keine Stunde, in der ich nicht an Sie denke«, sagte er gefühlvoll und voll Leidenschaft. Sein Werben um ihre Gunst erweckte den Eindruck, aufrichtig zu sein, auch wenn sie in diesen Angelegenheiten nicht sonderlich erfahren war. Was sollte sie ihm erwidern? Dass er in ihren Augen ein Aufschneider war und sie nie im Leben einen preußischen Hauptmann ehelichen würde? Dass seine Welt nicht zu der ihren passte? Dass er ihren Vater mit Geschäften geködert hatte, um sie in eine Liaison zu nötigen? Clara bevorzugte es zu schweigen. Sein Atem wurde hörbar schwerer. Er schien wie ein Hund unter ihrer Schweigsamkeit zu leiden.

»Was ist das für ein Haus dort vorn?«, fragte sie, um die ungute Situation zu beenden.

»Wir verbringen dort laue Sommerabende und vertreiben uns die Zeit mit Musizieren und Kartenspiel«, erklärte Ernst.

»Sie spielen ein Instrument?«, fragte Clara verwundert. Sie war erleichtert darüber, dass er den Faden zu einem weniger verfänglichen Gespräch dankbar aufgegriffen hatte.

»Violine. Allerdings fehlt mir die Zeit, mein Spiel zu perfektionieren«, erwiderte er.

Clara war beeindruckt, denn auch sie hatte das Violinenspiel gelernt. Welch überraschende Übereinstimmung, die sie jedoch vorerst noch vor ihm zu verbergen gedachte.

Dann bot er ihr erneut den Arm an: »Kommen Sie, ich zeig Ihnen das Haus.«

Clara zögerte, doch angesichts der Gefühle, die er offenbart hatte und die aus dem Munde eines preußischen Hauptmanns ehrlich gemeint sein mussten, gab sie nach. Sich bei ihm einzuhängen fühlte sich zumindest nicht unangenehm an.

Als sie die Stufen des Sommerhauses erreichten, löste er sich von ihr, ging hinauf zur Veranda und öffnete die Tür. Dann reichte er ihr die Hand, um sie nach oben zu geleiten. Sein Händedruck war fest. Clara fand darin Halt, wunderte sich jedoch darüber, warum er sie nicht mehr losließ. Er stand nur da und sah sie an.

»Wie schön Sie sind …«, hauchte er mit unüberhörbarem Verlangen.

Clara wandte sich von ihm ab und sah über die Brüstung auf den Teich, in dem sich der Mond wie flüssiges Silber spiegelte. Seine Hand löste sich endlich von der ihren, doch fuhr stattdessen behutsam an ihr Kinn, das er anhob, sodass sie ihn wieder ansehen musste. Dann berührte seine Hand ihren Mund. Sein Atem wurde augenblicklich schwer. Clara irritierte der warme Strom in ihrem Unterleib, den seine Berührung anzufeuern schien. Wie zärtlich er über ihre Lippen strich. Er musste sehen, dass sie bebten. Die Vorstellung, einen Mann zu spüren und seine Männlichkeit zu erkunden, die sie bisher nur von Zeichnungen kannte, erregte sie, doch zugleich ernüchterte Clara sich damit, dass es nur eine abstrakte Vorstellung war, die nichts mit ihm zu tun hatte. Dies ließ den warmen Strom versiegen. Sie fröstelte bei dem bloßen Gedanken, sich ihm hinzugeben, ja ihn auch nur zu küssen, um ihre Neugier zu stillen, wie sich die rauen Lippen eines Mannes anfühlten. Dennoch schaffte sie es nicht, sich dem Bann seines Blicks zu entziehen.

»Was würde ich dafür geben, wenn ich Sie küssen dürfte«, hauchte er. Seine Augen flehten sie an, doch sie konnte seinem Wunsch nicht nachgeben, weil sie kein Verlangen nach Intimität mit ihm verspürte. Clara setzte einen Schritt zurück, stieß jedoch mit dem Rücken an die Brüstung der Veranda. Er trat ganz nah an sie heran und hörte einfach nicht damit auf, mit seiner Hand über ihr Gesicht und durch ihr Haar zu fahren.

»Nein … ich«, stammelte sie aus Angst, aber auch Abscheu vor den Manieren, die er wohl eben dabei war zu vergessen.

»Wie tugendhaft Sie doch sind«, sagte er. Der ironische Unterton klang nicht mehr nach dem charmanten Mann, den er ihr bis eben noch vorgegaukelt hatte.

»Ich möchte zurückgehen«, verlangte sie deshalb, so resolut sie nur konnte.

»Weisen Sie mich nicht ab. Mein Herz lege ich Ihnen zu Füßen«, beschwor er Clara und stellte sich so dicht vor sie, dass sie keinen Schritt mehr zur Seite weichen konnte.

Clara konnte in seinen Augen nun etwas Wildes sehen. Nackte Begierde. Sein Blick war der eines wilden Tieres. Sein Griff wurde fester. Clara erstarrte vor Angst. Dass sie mittlerweile am ganzen Körper bebte, schien er als Aufforderung zu sehen, sich noch fester an sie zu schmiegen. Sein Atem roch nach Whiskey. Clara spürte, dass er erregt war.

»Lassen Sie mich … Ernst …«, verlangte sie.

Ernst drückte trotzdem seinen Mund auf den ihren.

Clara versuchte, sich aus seiner Umarmung zu winden, doch sie fühlte sich an wie eine Klammer aus Stahl.

»Nun zieren Sie sich doch nicht … Ich liebe Sie …« Er stöhnte und griff ihr an die Brust, dann an ihre Scham.

Clara gelang es, sich für einen Moment zu befreien, und setzte dazu an, um Hilfe zu rufen, doch schon presste er seine Hand auf ihren Mund. Clara bekam kaum noch Luft, versuchte erneut, sich aus seinem Griff zu lösen, doch es half alles nichts. Ernst zog sie mit brachialer Gewalt hinein in das Halbdunkel des Raums, in dessen Mitte sie nur noch schemenhaft einen Flügel stehen sah. Eine Hand versiegelte ihren Mund. Die andere riss ihr das Kleid am Dekolleté herunter und raffte den unteren Teil nach oben. Ernst drückte ihren Rücken auf den Flügel, bevor er sich hastig die Hose aufknöpfte und sie bis zu den Knien abstreifte. Clara zitterte am ganzen Körper. Ihr Unterkleid bedeckte nur noch einen Teil ihres Bauchs, auf den er sich legte, und dann begann, sie im Gesicht und auf den Mund zu küssen. Seine Hand fuhr an ihren Schenkeln entlang und in ihre Scham. Clara verkrampfte und versuchte, ihm den Eingang in ihren Körper zu verwehren, doch sein Bein fuhr wie ein Brecheisen zwischen ihre. Seine Hände drückten sie dann auseinander. Ernsts ganzes Körpergewicht lag nun auf ihr. Seine Arme pressten ihre nach unten. Seine Hände umklammerten nun ihre Brüste. Tränen lösten sich aus ihrem Gesicht. Etwas Hartes rieb zwischen ihren Beinen und begehrte Einlass. Clara schloss die Augen und sah Bilder aus den schmutzigen Romanen, die sie mit Freundinnen getauscht und heimlich in der Schulzeit gelesen hatte, Bilder von wollüstigen Offizieren und wie sie über ihre Mätressen herfielen. Was er mit ihr tat, verlief wie darin beschrieben, nur noch viel schlimmer, weil es das erste Mal war, dass ein Mann in sie eindrang. Clara betete, dass er von ihr ablassen würde, doch dann spürte sie den stechenden Schmerz, der ihr fast die Sinne raubte. Etwas Warmes floss an ihren Schenkeln entlang. Es roch nach Blut. Wie ein räudiger Hund drang er nun ungehindert noch tiefer in sie ein. Ernst keuchte. Es waren Laute, die Clara nicht kannte. Sie klangen nicht menschlich und mehr wie die eines Tieres, je schneller er sich in ihr bewegte. Claras Tränen versiegten, weil sie sich selbst nicht mehr wie ein Mensch fühlte. Mit letzten kräftigen Stößen, denen ein gutturales, grausiges Stöhnen folgte, entlud sich die Frucht seiner Lenden in ihr. Er stöhnte wohlig und ließ sich wie ein nasser Sack auf sie sinken. Clara roch seinen Schweiß, der ihr Übelkeit verursachte. Der Schmerz hingegen ließ nach. Wenn er sich doch endlich von ihr lösen würde. Stattdessen begann er, ihren reglosen Körper zu liebkosen, sie am Nacken zu küssen.

»Clara … Ach Clara«, säuselte er und richtete sich etwas auf, indem er sich auf seine Unterarme stützte.

Clara bekam sofort besser Luft. Sie konnte sich wieder bewegen. Es war vorbei. Diesmal ließ er zu, dass sie sich aus seinen Armen wand. Es gelang ihr, sich aufzurichten. Ihre Füße erreichten den Boden, aber sie hatte keine Kraft mehr in ihren Beinen und musste sich für einen Moment am Piano stützen.

Nach einem kräftigenden Atemzug schaffte sie es zumindest, aufrecht zu stehen. Clara schob ihr zerfetztes Unterkleid nach unten und hoffte, dass er sie nicht daran hindern würde, sich anzukleiden. Er tat es nicht. Auch ihr besticktes Kleid hatte sich rot gefärbt. Das Blut schien ihre Rettung zu sein. Ernst stand wie ein geprügelter Hund vor ihr und starrte auf seine Schandtat. Es sah ganz danach aus, als ob ihm erst jetzt bewusst wurde, was er angerichtet hatte. Clara sah ihm nun direkt in die Augen. All die Abscheu und Verachtung, die sie für ihn verspürte, legte sie in diesen Blick hinein. Er hielt ihm nicht stand. Dann ging sie wortlos an ihm vorbei.

»Clara«, hörte sie ihn wimmern.

Sie ignorierte ihn. Jeder Meter, den sie sich von diesem Scheusal entfernte, gab ihr mehr Kraft. Die frische Nachtluft stärkte ihre Lungen. Sie vernahm zu ihrer Erleichterung keine Schritte hinter ihr. Clara starrte auf den Weg, der sie zu ihrer Kutsche bringen würde. Nach wie vor knirschten nur ihre Schritte im Kies. Der Weg schien endlos lang zu sein. Das Verdeck der Ladefläche, das sie wie in Trance erreichte, roch einladend nach den vertrauten Gewürzen, die ihr Vater immer auf der Kutsche transportierte. Die Kutsche versprach Sicherheit. Clara erklomm die Ladefläche und kroch unter das feste Leinen. Auf leeren Säcken bettete sie ihr Haupt. Dann wurde ihr schwarz vor Augen.

2

»Clara«, hörte sie aus weiter Ferne ihren Vater rufen. Dann vernahm sie eilige Schritte im Kies. Ein kühler Windstoß huschte über sie hinweg, als jemand die schützende Abdeckung ruckartig von ihr zog. Clara schlug die Augen auf und blickte in eine sternenklare Nacht. Das Gesicht ihres Vaters verdeckte einen Atemzug später jenes friedliche Funkeln am Firmament, das ihr für einen Moment das Gefühl gegeben hatte, nur aus einem Albtraum erwacht zu sein.

»Clara«, stieß er immer noch außer Atem aus und besah sich das Häufchen Elend, das vor ihm kauerte. »Wie konntest du nur?«, fragte er dann unvermittelt mit bebender Stimme. »Wir müssen sofort fahren. Die Leute reden schon.« Er reichte ihr die Hand.

Clara griff zögernd danach, doch so sehr sie sich auch abmühte, sie hatte nicht die Kraft, sich aufzurichten. Sie starrte nur in die versteinerte Miene ihres Vaters, die erst aufweichte und in Besorgnis umschlug, als er ihren Zustand erfasste.

»Um Gottes willen. Clara. Bleib liegen … Wir fahren sofort ins Hospital …«

Claras Unterleib schmerzte, doch viel größer war der Schmerz, dass Vater ihr Vorwürfe machte. Was hatte seine Frage bloß zu bedeuten? Wie konntest du nur?

»Nicht ins Hospital«, presste Clara zwischen vor Schmerz zusammengekniffenen Lippen hervor. Die Angst, sich Fremden gegenüber erklären zu müssen, aber noch viel mehr vor dem Gerede, war unerträglich. »Es geht schon wieder«, log sie und versuchte, sich an seiner Hand nach oben zu ziehen. Es wollte immer noch nicht gelingen. »Fahr mich nach Hause«, wimmerte sie.

Ihr Vater nickte nur.

Clara ließ ihr Haupt erleichtert auf die leeren Leinensäcke sinken. Sie hörte seine Schritte im Kies, das Schnauben der Pferde, das Klirren und Schaben des Geschirrs, das er ihnen anlegte. Mit der Gewissheit, nun von hier wegzukommen, versuchte sie, sich aufs Neue in den Sternenhimmel zu träumen. Es misslang. Vater musste so in Sorge um sie sein, dass er den Pferden alles abverlangte. Die Peitsche knallte so laut, dass sie erschrak. Clara hatte bei der Geschwindigkeit, mit der die Kutsche über das unebene Gelände fuhr, das Gefühl, jeden einzelnen der Steine zu spüren, über die die Räder holperten. Mit jeder Minute, mit der sie sich von Erichs Haus entfernten, ließen die Schmerzen nach, dafür setzte eine Flut von peinigenden Gedanken ein. Wie hatte Vater den plötzlichen Aufbruch begründet und ihr Verschwinden erklärt? Hatte er etwa mit Ernst gesprochen? Was immer auch der »ehrenwerte Hauptmann« ihm erzählt haben mochte, eine Liaison mit diesem Mann stand nun sicher nicht mehr zur Debatte, auch wenn damit Vaters geschäftliche Pläne auf dem Spiel stehen würden. Dieser Gedanke beruhigte sie augenblicklich. Er spendete gar so viel Kraft, dass sie nun in der Lage war, sich aufzurichten. Der Fahrtwind erfrischte. Clara nahm sich vor, diese Nacht zu vergessen, doch im Nu dachte sie wieder an ihn, an das Tier, das über sie hergefallen war. Konnte man so etwas jemals vergessen? Jedenfalls nicht, solange die Spuren der Nacht noch an ihr klebten. Clara blickte auf das eingetrocknete Blut an ihren Händen und überlegte, ob sie ihrem Vater die Wahrheit sagen sollte. Möglicherweise wusste er ja nicht genau, was passiert war. Die Flecken auf ihrem zerfetzten Kleid waren jedoch eindeutig. Weil er während der ganzen Fahrt schwieg und es noch nicht einmal fertigbrachte, ihr direkt in die Augen zu sehen, nachdem sie ihr Geestemünder Haus erreicht hatten, musste er es einfach wissen. Kein Wort des Trostes. Keine weitere Nachfrage, wie es ihr ginge. Seine helfende Hand, um abzusteigen, hätte Clara am liebsten abgewiesen, doch sie war immer noch zu schwach, um sich allein auf den Beinen zu halten. Sein Arm, sonst so einfühlsam an sie geschmiegt, fühlte sich auf dem Weg zum Haus an wie eine steife Krücke. Schweigen! Clara bekam nur den bissigen Wind Geestemündes zu hören, der wie jede Nacht durch die Gassen pfiff und sie frösteln ließ. Auch als sie die Treppen nach oben gingen, blieb Vaters Haupt gesenkt. Im Licht der Petroleumlampen der guten Stube wirkte sein Antlitz so starr wie eine Maske.

»Ich lass dir ein Bad ein«, sagte er nur und ging in die Küche, um den Kohlebadeofen zu entzünden.

Clara ließ sich kraftlos auf einen Küchenstuhl nieder und blickte ins lodernde Feuer, das von den Zeitungen, die Vater in den Ofen gestopft hatte, schnell auf die Kohlen übersprang und sie zum Glühen brachte. Wohlige Wärme umfing sie. Clara fasste an eines der Rohre, die mit der Badewanne verbunden waren. Sobald sie warm wurden, dauerte es nicht mehr lange, bis das heiße Wasser in die Kupferwanne des Badezimmers sprudeln würde. Vater verließ wortlos den Raum und ging nach unten. Vermutlich verzog er sich ins Büro des Kontors, weil er ihre Gegenwart nicht ertrug. Clara entkleidete sich und setzte sich in die Wanne, solange noch Wasser hineinsprudelte. Rote Rinnsale liefen von ihren Händen ins Wasser, das sich fleischfarben färbte. Clara schloss die Augen und tastete nach einem Schwamm, um sich gründlich zu reinigen. Erst als sie sicher sein konnte, keine Spuren von *ihm* mehr an sich zu haben, und das fleischfarbene Wasser abgeflossen war, steckte sie den Stöpsel in den Ablauf, um sich der Illusion hinzugeben, dass sie ihr wöchentliches Bad nahm, wie immer. Zwei Tropfen Rosenöl in Mandelmilch vermengt fügte sie aus einem Flakon hinzu, der am Wannenrand stand. Obgleich ein brennender Schmerz Clara an den Verlust der Jungfräulichkeit erinnerte, gaukelte der Geruch der Lotion ihr vor, dass alles wieder so sein konnte wie früher, wenn sie es nur wollte. Der Schmerz ließ nach. Bleierne Müdigkeit machte ihre Glieder schwer. Sie schloss die Augen. Vater würde nach ihr sehen, falls sie in der Wanne einschlief. Clara gab sich dem Verlangen hin, sich wegzuträumen, ertappte sich jedoch bei dem Gedanken, wie schön es wäre, nicht mehr aus dem Schlaf zu erwachen.

In ein Handtuch gewickelt, verließ Clara schließlich das Badezimmer und sah, dass ihr Vater wie in Stein gemeißelt in der guten Stube saß und auf die Glut des Kamins starrte. Der Dielenboden knarrte verräterisch, sodass er einen Blick in den Flur warf. Clara huschte sogleich in ihr Zimmer, um sich in ihrem Bett zu verkriechen, doch Nachtruhe würde sie nicht finden, bevor sie nicht mit ihm gesprochen hatte. Sie kleidete sich daher an und ging zu ihm. Sie saßen oft abends am Kamin bei einer Tasse Tee zusammen und sprachen über den Tag. Dieses Ritual gab Clara letztlich den Mut, im Sessel gegenüber Platz zu nehmen. Vater regte sich nicht. Er nahm nur einen tiefen Atemzug, um dann wieder kopfschüttelnd zurück in den Sessel zu sinken. Clara überlegte, ihm alles zu offenbaren, doch er kam ihr zuvor.

»Du wirst ihn nun heiraten müssen«, sagte er streng.

Mit allem hätte Clara gerechnet, nur nicht damit. Wie konnte Vater ihr nur so in den Rücken fallen?

»Ich beschwöre Sie, Vater«, sagte Clara fassungslos.

»Dein Gemüt wird sich glätten«, erwiderte er forsch und mit einer Selbstverständlichkeit, die Clara frösteln ließ.

War das ihr Vater, der da sprach? Noch nie hatte sie seine Gesichtszüge so verhärmt gesehen. Seine Augen wirkten fahl und kalt. Clara war sich so gut wie sicher, dass Ernst ihrem Vater niemals die Wahrheit gesagt haben konnte, um sich nicht selbst zu diskreditieren. Schlagartig dämmerte ihr, dass Ernst wahrscheinlich versucht hatte, ihr die Schuld in die Schuhe zu schieben. Vielleicht hatte er ihrem Vater gar glauben gemacht, sie hätte ihn verführt. »Wie konntest du nur?«, hatte sie sich noch vor wenigen Stunden anhören dürfen. Die Verzweiflung über die Haltung ihres Vaters schlug angesichts dieser Überlegungen jäh in Wut um.

»Was hat Ernst Euch erzählt?«, fragte Clara geradeheraus.

Vater gab einen verächtlichen Laut von sich und schüttelte erneut den Kopf.

»Er ist über mich hergefallen wie ein Tier«, rechtfertigte sie sich.

»Eine Frau sollte einen Mann nicht dazu ermutigen«, erwiderte er schroff.

»Ermutigt? Hat er das etwa gesagt?«, fragte Clara fassungslos. Ihre schlimmsten Befürchtungen schienen sich zu bewahrheiten.

»Ernst ist ein preußischer Offizier. Ich habe keinen Grund, an seinem Wort zu zweifeln.«

»Vater! Hatten Sie etwa jemals einen Grund, am Wort Ihrer Tochter zu zweifeln?«, entfuhr es ihr. Das Gespräch wühlte Clara so auf, dass sie am ganzen Körper zu beben begann.

Vater hüllte sich wieder in Schweigen, doch Clara konnte an seiner Miene ablesen, dass es in ihm arbeitete.

»Ein junges Ding geht nicht allein mit einem Fremden mitten in der Nacht im Park spazieren. Was hätte Ernst denn sonst denken sollen?«

»Ein Fremder? Der Mann, den ich Ihrer Meinung nach hei-

raten soll? Der Mann, mit dessen Vater Sie Geschäfte planen?«
Clara glaubte nicht, was sie da hörte.

»Genug jetzt!«, sagte er bestimmt. Sein Blick war nicht nur streng, sondern auch noch so vorwurfsvoll, dass Clara für einen Moment wahrlich darüber nachdachte, Ernst eventuell doch dazu ermutigt zu haben. Hatte sie ihm zu lange in die Augen gesehen? Hatte er in ihren am Ende gelesen, dass sie der Gedanke, einen Mann zu berühren, erregte? Hätte sie den Spaziergang tatsächlich ablehnen sollen? Alles Unfug!

»Ich habe ihm klar und deutlich zu verstehen gegeben, dass ich keinerlei Intimität mit ihm wünsche«, sagte sie ebenfalls mit Bestimmtheit und so vehement, dass sich der letzte Hauch eines Zweifels an ihrer Mitschuld darin verlor.

»Ernst hat den Anstand, dich trotz alledem zu heiraten. Du solltest dich glücklich schätzen. Es gibt keine andere Möglichkeit. Das ist dir hoffentlich klar. Was ist, wenn ein Kind von ihm in dir heranwächst?«

Clara wurde augenblicklich heiß. Fieberhaft versuchte sie zu rekapitulieren, wann sie ihre letzte Blutung hatte. Das muss vor gut zwei Wochen gewesen sein. Die Möglichkeit, ein Kind von ihm in sich zu tragen, stand somit tatsächlich im Raum. Die Vorstellung daran erfüllte Clara mit Ekel. Die Aussicht auf gesellschaftliche Ächtung einer Frau, die ein uneheliches Kind hatte, wog schwer. Die Angst davor verblasste jedoch angesichts der Vorstellung einer Ehe mit diesem Mann zur Bedeutungslosigkeit.

»Außerdem weiß ich, dass er sehr viel für dich empfindet. Sieh ihm nach, was er getan hat. Zu deinem Besten. Er ist ein Mann …«, versuchte Vater zu erklären.

»Ein Mann? Ein Scheusal ist er! Ich werde ihn nicht heiraten«, widersprach sie ihm.

»Clara. Noch ist kein Schaden entstanden. Alle glauben, wir

seien so früh gegangen, weil du unpässlich warst. Ernst tut aufrichtig leid, was er getan hat. Er macht sich schwere Vorwürfe, deinen Reizen nicht widerstanden zu haben. Glaub mir. Er wird dir ein guter Ehemann sein«, versuchte Vater, sie zu überzeugen. Sein Tonfall war ruhig wie immer, und gerade dieser Umstand machte Clara Angst.

»Ich werde ihn nicht heiraten«, stellte sie erneut klar.

»Der Termin ist in zwei Wochen. Ich werde morgen das Aufgebot bestellen«, sagte er.

Das schnürte ihr förmlich die Kehle zu. Wie sie ihren Vater kannte, würde er weiteren Widerspruch nicht dulden, also schwieg sie.

»Du wirst ein schönes Leben haben. In Hannover … Kind, mach uns nicht alle unglücklich«, beschwor er sie mit väterlicher Fürsorge, die Clara um ein Haar ins Wanken brachte, doch die Vorstellung, dass er sie um seiner Geschäfte willen verriet, überwog.

»Ich bin müde, Vater«, sagte sie nur, um zu vermeiden, dass im Zuge eines weiteren Gesprächs wieder Wut in ihr hochstieg und alles nur noch schlimmer wurde. Vater nickte wohlgefällig und mild, wie sie ihn kannte. Sein zuversichtliches Lächeln, das sie stets aufgemuntert hatte, erzielte nun aber das genaue Gegenteil. Für ihn war die Angelegenheit bereits abgehakt. Nichts würde ihn umstimmen können, den preußischen Hauptmann zu heiraten. Clara stand auf und sah ihn an, den Richter, der ein schlimmes Urteil über sie verhängt hatte: lebenslänglich an der Seite eines Ungeheuers, eines Mannes, den sie niemals lieben würde; lebenslänglich an einen Herd und an gesellschaftliches Geplänkel gekettet. Er hatte eben ihre Träume begraben. Er war nicht mehr ihr Vater, sondern zum Henker geworden, der ihr einen Strick um den Hals gelegt hatte. Zur Hinrichtung würde es aber nicht kommen.

An Schlaf war in dieser Nacht nicht zu denken. Clara saß an ihrem Fenster, starrte hinaus auf die menschenleeren Straßen und überlegte fieberhaft, wie sie sich dieser Heirat entziehen konnte. Gesetzt den Fall, dass sie nicht schwanger war, könnte sie Unfruchtbarkeit vortäuschen und dies damit begründen, dass ihre Tante mütterlicherseits auch keine Kinder hatte bekommen können. Welcher Mann würde eine solche Frau ehelichen? Wenn sie Ächtung in Kauf nahm, könnte sie Ernst bloßstellen und ihn anzeigen, doch wer würde einer Frau glauben, der nicht einmal der eigene Vater Glauben schenkte? Es gab nur noch eine Möglichkeit. Sie musste weg von hier, noch in dieser Nacht. Tante Viktoria lebte nicht weit von hier in Bremerhaven. Dort konnte sie zumindest für ein paar Tage Unterschlupf finden. Aus irgendeinem Grund mochte Viktoria ihren Vater nicht. Clara konnte also sicher sein, dass sie sich nicht mit ihm in Verbindung setzte und stillhielt. Alles schien schlagartig so einfach zu sein. Clara blickte hinauf zu ihrem Schrank, auf dem der Koffer stand, mit dem sie gemeinsam mit ihrem Vater nach Indien gereist war. Die schönen Erinnerungen hinderten sie prompt daran aufzustehen. Kurzerhand alles aufzugeben flößte ihr urplötzlich Angst ein. Sie würde ihren Vater vermutlich nie wiedersehen, wenn sie das Haus noch heute Nacht verließ. Und wenn sie tatsächlich ein Kind von Ernst in sich trug? Die lähmende Schwere dieser Überlegungen verflüchtigte sich jedoch, als sie erneut an das »Urteil«, die Höchststrafe einer Ehe mit Ernst dachte. Clara stand abrupt auf und holte den Koffer leise vom Schrank. Ein paar Kleidungsstücke mussten genügen. Etwa einhundert Mark hatte sie gespart und in einer Kiste im Schrank versteckt. Damit konnte sie sich für einige Zeit über Wasser halten. Das Geld würde reichen, um in eine andere Stadt zu reisen, möglicherweise sogar für eine Schiffspassage nach England. Sie könnte Deutsch unterrichten oder versuchen, eine Stelle im Handel zu bekommen. Erneut ergriff sie eine Welle der Angst. Vielleicht waren das ja alles nur wilde Träumereien, aus purer Verzweiflung geborene Illusionen. Mit Ausnahme von Tante Viktoria kannte sie keine andere Frau, die ihr Leben allein meisterte. Als Witwe, die den Krämerladen ihres verstorbenen Mannes übernommen hatte, genoss man nach wie vor Ansehen. Das war eine gänzlich andere Situation. Clara überlegte schon, sich als Waise auszugeben, um nicht in Misskredit zu gelangen. Die Lebendigkeit ihrer Gedanken und die vielen Möglichkeiten, die sie, ohne groß darüber nachzudenken, plötzlich im Kopf hatte, besiegten aber letztlich die Angst. Clara sah sich in ihrem Zimmer um und überlegte, was außer Kleidung sie noch mitnehmen würde. Sicher ihre Violine, auch wenn sie seit ein paar Jahren kaum mehr Gelegenheit gehabt hatte, darauf zu spielen. Die Briefe von Onkel Theodor zusammen mit den Reiseberichten von Captain Cook, die sie an kalten Winterabenden bereits mehrfach gelesen hatte, durften nicht fehlen. Die Bücher aus dem Englischunterricht ebenso wenig, doch sie waren schwer. Sie würde ihren Lederkoffer nicht lange tragen können. Clara entschied sich dazu, nur ihr Lieblingsbuch einer englischen Autorin namens Jane Austen mitzunehmen. *Emma* würde ihre Weggefährtin sein, die Protagonistin sie mit ihrem Humor und Selbstbewusstsein begleiten. Zwei paar Schuhe verschwanden noch im Koffer, den sie anschließend verschloss. Clara hob ihn hoch. Er war schwer, aber bis nach Bremerhaven würde sie es sicher schaffen, vorausgesetzt, Vater würde nicht aufwachen und sie daran hindern, das Haus zu verlassen. Wenn nur ihr Dielenboden nicht so knarren würde. Clara stand der Schweiß auf der Stirn, als sie auf dem Weg nach unten die Tür zu seinem Schlafgemach erreichte. Erleichtert stellte Clara fest, dass er wie jede Nacht schnarchte. Nur noch wenige Meter trennten sie von der Steintreppe, auf der sie geräuschlos nach unten gehen konnte. Nur noch ein Griff an die Türklinke – und sie war frei. Clara hielt für einen Moment inne und überlegte, ob sie noch einen letzten Blick in den Laden nebenan werfen sollte. Am liebsten hätte sie noch Abschied vom Kontor genommen, den Duft der Gewürze noch ein letztes Mal genossen, sich den Träumereien über Reisen um die halbe Welt hingegeben, doch auch das Kontor, die Möglichkeit, selbstständig zu arbeiten und etwas von der Welt sehen, würde ihr Vater ihr nehmen. Beherzt schritt sie hinaus in die Freiheit.

Clara war alles andere als abergläubisch, auch glaubte sie nicht an schlechte Omen, doch Geestemündes Himmel öffnete alle Schleusen, noch bevor sie die Geestebrücke erreicht hatte. Mit ihrem Koffer und dem Bargeld, das sie dabeihatte, konnte sie unmöglich in einer der Spelunken am Hafen Zuflucht vor dem Unwetter suchen. Das Leder des Koffers hatte sich bereits dunkel verfärbt. Er schien mit jedem Schritt schwerer zu werden. Hoffentlich blieb wenigstens ihre Kleidung darin trocken. Es musste bestimmt schon weit nach Mitternacht sein. Nur noch ein betrunkener Seemann torkelte ihr von der anderen Seite der Brücke entgegen. Angesichts der Umstände war es kein Wunder, dass er auf sie aufmerksam wurde und sie schon von Weitem ins Visier nahm. Normalerweise hätte Clara es mit der Angst zu tun bekommen, doch von dem Mann schien keine Gefahr auszugehen, zumal er sich kaum auf den Beinen halten konnte.

»Na, schönes Fräulein. So spät noch allein unterwegs?«, lallte er dann doch, als er sie erreichte.

Clara ignorierte ihn geflissentlich und ging weiter, doch das nützte nichts. Aus den Augenwinkeln konnte sie sehen, dass er kehrtmachte, um ihr nachzugehen.

»Nachts so ganz allein …?«, fing er abermals an.

Clara wunderte sich über ihren Mut, einfach stehen zu bleiben, den Koffer abzustellen und ihm direkt in die Augen zu sehen. »Lassen Sie mich in Ruhe und schlafen Sie Ihren Rausch aus!«, forderte sie ihn mit schneidender Stimme auf.

Das schien ihn so zu verblüffen, dass er tatsächlich stehen blieb. Der Überraschungsmoment verflog jedoch schnell. Schon zeigte sich ein überlegenes Lächeln in seinem Gesicht. Der Funken jener Lust, die sie auch in Ernsts Augen gesehen hatte, machte ihr klar, dass er nicht aufhören würde, sie zu belästigen, wenn sie ihm nicht sofort Einhalt gebot. Nie wieder würde ein Mann Hand an sie legen. Die Wut auf den preußischen Hauptmann stieg augenblicklich in ihr hoch. Wenn man sich schwach gab, konnten sie es anscheinend wittern. Clara entschied sich dazu, stark zu sein.

»Was wollen Sie tun? Mir die Kleider vom Leib reißen und dann über mich herfallen wie ein räudiger Hund? Hier? Mitten im Regen? Oder haben Sie vor, mich von der Brücke zu zerren und mich am Flussufer zu nehmen? Wenn, dann tun Sie es doch hier. Im Licht der Laterne, damit jeder sehen kann, was für ein jämmerliches Mannsbild Sie sind«, fuhr sie ihn an.

Die Wirkung war verblüffend. Sein laszives Lächeln fror augenblicklich ein. Er richtete sich trotz seiner Trunkenheit gerade auf und musterte sie. Clara hoffte inständig, dass er ihre Vorschläge nicht in die Tat umsetzte. Er tat es nicht.

»Kann ich jetzt gehen, ohne, dass Sie mir nachstellen?«, vergewisserte sie sich. Ein verächtlicher Laut folgte, dann drehte er sich um und ging. Sie musste ihn ernüchtert haben. Er torkelte nicht mehr. Und obwohl es immer noch in Strömen regnete, sah sie ihm noch eine Weile hinterher. Anscheinend musste man sie nur behandeln wie Tiere, damit sie einen respektierten. Warum nur hatte sie sich vergangenen Abend anders verhalten? Erst als der Matrose das Ende der Brücke erreichte, wagte sie es weiterzugehen. Bis zu Tante Viktorias Haus im Nachbarort Bremerhaven, den man zu Fuß erreichen konnte, war sie bestimmt nicht mehr länger als eine knappe halbe Stunde unterwegs, doch der Koffer wurde immer schwerer, und noch stand ihr der Weg entlang des alten Hafenbassins bevor, das noch weitere Begegnungen dieser Art für sie bereithalten könnte. Sie blieben aus. Als sie die von Gaslaternen beleuchteten Anlegestellen erreichte, die auch nachts belebt waren, weil dort Fracht verladen wurde, fühlte Clara sich sicher. Zwei Passagierschiffe, beeindruckende Dampfer, von denen sie wusste, dass sie nach Amerika unterwegs sein würden, lagen vor ihr. Ein Ticket in die Neue Welt konnte sie sich aber nicht leisten. Am liebsten hätte sie sich deshalb an Bord geschmuggelt.

Einige Hafenarbeiter verluden Kisten. Sie nahmen sie wahr, beachteten sie jedoch nicht. Sie waren viel zu beschäftigt, den Anweisungen eines Vorarbeiters zu folgen, der sie dazu antrieb, die Fracht schneller zu verladen. Von hier war es nicht mehr weit zum Marktplatz, von dem eine Seitenstraße direkt zum Krämerladen von Tante Viktoria führte. Sie würde um diese Zeit sicher nicht mehr wach sein. Sollte sie ihre Tante wecken? Clara entschied sich dagegen. Sie würde ihr noch genug Aufregung bescheren.

Der Eingang zum Krämerladen war gottlob drei Stufen nach innen versetzt. Der Vorbau bot somit Schutz vor dem Regen. Wenn Clara sich recht erinnerte, würde in wenigen Stunden noch vor Sonnenaufgang der Milchlieferant vorbeikommen. Bis dahin gedachte Clara, auf den Stufen zu warten. Sie vergewisserte sich, dass niemand sonst auf der Straße unterwegs war. Erst dann öffnete sie den Koffer, um sich umzuziehen. In ihrem durchnässten Kleid und der Strickjacke würde sie sich den Tod holen. Im Dunkel des Hauseingangs schlüpfte sie in ein trockenes Kleid. Vor Wind und Regen geschützt, würde sie die Zeit bis zum Morgengrauen unbeschadet überstehen. Ob sie tatsächlich Quartier bei ihrer Tante nehmen durfte, war aber ungewiss. Clara hoffte es inständig.

»Guten Morgen, gnädiges Fräulein.« Die wohlklingende Stimme eines Mannes riss Clara aus dem tiefen Schlaf, in den sie wider Willen gefallen war. Sie blickte in das rundliche Gesicht des Milchmanns, der sie nun eingehend musterte. Clara fühlte sich nach der kurzen Nacht auf den Steintreppen des Ladens wie gerädert.

»Ich bin Viktorias Nichte«, erklärte sie, nicht dass er sie noch für eine Landstreicherin hielt, wonach sie in ihrem zerknitterten Zustand und mit durchnässtem Koffer womöglich aussah.

»Ein Glas frische Milch gefällig?«, fragte er wohlwollend.

Clara kam nicht mehr dazu, das Angebot anzunehmen, denn Tante Viktoria öffnete bereits die Ladentür.

»Guten Morgen, Georg«, brachte sie noch heraus, bevor sie regelrecht darüber erschrak, ihre Nichte auf der Treppe vorzufinden.

»Clara. Was machst du so früh hier?«, fragte sie. Viktoria bemerkte den Koffer und registrierte sicher auch, dass Clara nicht sonderlich gut aussah.

»Na, egal. Komm erst mal rein«, sagte Viktoria.

Clara betrat den Laden, der ihr von unzähligen Besuchen vertraut war. Schon als Kind hatte sie ihn geliebt, weil Onkel Karl und Tante Viktoria sie stets mit Süßigkeiten versorgt hatten. Sie stellte ihren Koffer gleich neben dem Verkaufstresen ab und sah sich um. Alles war wie immer perfekt aufgeräumt und blitzblank. Tante Viktorias Kolonialwarenladen hatte aufgrund der Nähe zum Hafen weit mehr zu bieten als jeder Tante-

Emma-Laden in Hannover. Haushaltswaren, einige Textilien, Kurz- und Schreibwaren sowie eine große Auswahl an Tees aus aller Welt schmückten die Regale hinter dem Tresen. Ein buntes Sammelsurium, das ihrer Tante ein anständiges Auskommen sicherte. Lebensmittel des täglichen Bedarfs, mit denen laut Viktoria weniger zu verdienen war, aber die die Kundschaft lockten, standen auf einem Regal an der Seitenwand. Frisches Brot lag in einem Korb gleich neben Eiern. Gepökeltes Fleisch und luftgetrocknete Wurst hatte sie in der gläsernen Auslage der Theke drapiert, in der auch Fleischkonserven lagen. Frisches Fleisch und Milchprodukte bewahrte sie im Eiskeller auf, zu dem eine schmale Treppe führte, die in den Boden eingelassen war. Dorthin trug der Milchmann die erste Kanne.

»Du siehst furchtbar aus, Kleines«, sagte Viktoria, die sie besorgt musterte, nachdem sie die Tür zum Eiskeller aufgesperrt hatte und die Treppe zurück nach oben geeilt war.

Clara nickte wissend.

»Ich mach dir gleich einen Tee, und dann erzählst du mir alles«, sagte Viktoria, der sicher einige Fragen auf der Zunge brannten. Doch erst musste der Milchmann die zweite Kanne auf ein Regal neben leere Literflaschen aus Glas stellen, die auf die morgendliche Kundschaft warteten. Die Kannen vom Tag zuvor nahm er gleich wieder mit. Tante Viktoria reichte ihm zwei Geldscheine und einige Münzen. Sie hatte eigenes Geld, über das sie jederzeit verfügen konnte. Um ihre Unabhängigkeit beneidete Clara sie.

»Für morgen brauche ich noch etwas vom Hartkäse«, sagte die Tante zu ihm.

»Stets zu Diensten«, erwiderte er. Bevor er ging, warf er Clara noch ein aufmunterndes Lächeln zu. Auch er schien zu spüren, dass es ihr alles andere als gut ging.

»Du hast genau eine halbe Stunde, um mir alles zu erzählen«, sagte ihre Tante mit Blick auf die Wanduhr im Laden, die halb sieben anzeigte. Ob das reichte? Clara folgte ihr auf alle Fälle in den Nebenraum, eine kleine Küche, in der Viktoria mehr Zeit verbrachte als in ihrer über dem Laden liegenden Wohnung. Von dort führte eine schmale Treppe zu einem Hinterhof, in dem ihre Tante ein paar Hühner hielt, um der Kundschaft jeden Tag frische Eier anbieten zu können.

»Du hast Ärger mit deinem Vater?«, fragte Viktoria prompt, während sie den Teekessel mit Wasser füllte. Diese Annahme war naheliegend, weil Clara immer wieder ihr Herz bei ihr ausgeschüttet hatte, wenn sie zu Hause mit seiner Sturheit hatte kämpfen müssen.

»Der Tee ist aus Ceylon. Er wird dir schmecken«, sagte sie. Dann blickte sie auf den Koffer. »So ernst?«, schlussfolgerte sie.

Clara nickte und setzte sich seufzend an den kleinen Küchentisch. »Er will, dass ich einen preußischen Hauptmann heirate.« Clara beschloss, ganz von vorn anzufangen.

Viktoria setzte sich zu ihr und hörte aufmerksam zu, während der Tee in der Kanne zog. Clara beschloss, von den gestrigen prekären Vorkommnissen erst dann en détail zu berichten, nachdem sie sich beide mit dem Tee gestärkt hatten. Etwa eine Viertelstunde, bevor die morgendliche Kundschaft vor der Tür stand, blieb ihr dazu noch.

Entgegen strikter Prinzipien, den Krämerladen jeden Morgen pünktlich zu öffnen, hatten Claras Schilderungen des vergangenen Abends dafür gesorgt, dass erst jemand von draußen gegen die Ladentür trommeln musste, um Viktoria an ihre Öffnungszeiten zu erinnern.

»Du armes Ding«, sagte Viktoria erneut. Dann reichte sie ihr den Schlüssel zu ihrer Wohnung, zu dem vom hinteren Teil des Ladens aus eine Treppe nach oben führte. »Du bleibst jetzt erst einmal hier und ruhst dich aus«, sagte sie, schnappte sich Claras Koffer und ging nach oben, aber nicht ohne in Richtung der Ladentür zu rufen: »Ich komme gleich!«

Clara folgte ihr.

»Fühl dich wie zu Hause, Kleines«, sagte die Tante und strich Clara tröstend über die Wange, bevor sie nach unten eilte.

Während Clara sich in Viktorias Wohnung umsah, hörte sie die Ladenglocke und dann die Stimmen zweier Frauen, die ihre Tante begrüßten. Viktorias Möbel gefielen ihr. Sie waren aus England. Polster, die mit Blumenmuster überzogen waren, waren hierzulande eher eine Seltenheit. Viktoria hatte Geschmack. Die pistazienfarbenen Brokatvorhänge passten perfekt zu den Bezügen der Sessel. Clara ließ sich darauf nieder und atmete erst einmal tief durch. Noch nie hatte sie Tante Viktoria so kreidebleich gesehen. Das lag überraschenderweise weniger an dem Umstand, dass Ernst über sie hergefallen war, sondern dass ihr Vater sie immer noch mit ihm verheiraten wollte. Von preußischen Offizieren und ihrem Gebaren hatte Viktoria eine gute Vorstellung, weil ihr verstorbener Mann ebenfalls im Heer gedient hatte und ihr so manch heikle Geschichte im Gedächtnis hängen geblieben war. Von ihrem Schwager, Claras Vater, hatte sie ebenfalls ein genaues Bild – und kein gutes. Soviel Clara wusste, hatten sie sich noch nie sonderlich gut verstanden. Viktoria hielt ihn für kaltherzig und stets auf den eigenen Vorteil bedacht. Clara wusste nur, dass irgendetwas zwischen den beiden vorgefallen sein musste, was tiefe und unüberbrückbare Gräben zwischen ihnen geschaffen hatte. Ihren Vater überhaupt dazu zu überreden, ihre Tante gelegentlich besuchen zu dürfen, hatte stets viel Mühe gekostet. Viktoria sah ihrer Mutter, die an einer schweren Lungenentzündung verstarb, als Clara zwölf Jahre alt war, sehr ähnlich.

Gerade in dieser Zeit waren die Besuche besonders häufig gewesen. Ihr Vater hatte sie ihr nicht verwehren können, weil er wusste, dass Viktoria fortan in die Bresche einer Mutter springen konnte und dies auch gern tun würde. Während Claras Zeit im Internat hatten sich die Besuche auf die Ferien beschränkt und auch in letzter Zeit waren sie immer seltener geworden, weil die Arbeit in Vaters Laden dies kaum zuließ. Dennoch standen sie sich nah. Clara schämte sich dafür, auch nur eine Sekunde daran gezweifelt zu haben, dass sie bei ihr bleiben konnte, so lange sie wollte. Wie weit Viktorias Anteilnahme und Solidarität reichte, stellte sich keine zwei Stunden später heraus. Clara war gerade mit dem Verzehr ihrer Suppe fertig geworden, die Viktoria noch vom Tag zuvor übrig hatte, als sie eine vertraute Stimme von unten aus dem Laden vernahm. Claras Herz blieb fast stehen. Es war die Stimme ihres Vaters, der Viktoria mit einem förmlichen »Guten Tag, Schwägerin« die Aufwartung machte. Clara schlich sofort zur Tür, öffnete sie leise und lehnte sie an, um jedes Wort mitzubekommen.

»Das macht vier fünfzig«, hörte sie Viktoria sagen. Sie kümmerte sich anscheinend lieber erst um ihre Kundschaft und hatte seinen Gruß geflissentlich ignoriert. »Morgen haben wir wieder frischen Käse«, fuhr sie fort.

»Legen Sie mir ein Stück zurück«, verlangte die Kundin. Erst als die Türglocke ging, wandte sich Viktoria an ihren Vater.

»Was führt dich hierher?«, hörte Clara sie fragen.

»Clara ist verschwunden. Vielleicht ist sie ja bei dir?«, fragte er.

Clara hoffte inständig, dass Viktoria sich unwissend stellte, doch das genaue Gegenteil war der Fall: »Clara war heute am frühen Morgen hier«, sagte ihre Tante frei heraus.

Clara stand im Nu Schweiß auf der Stirn.

»Und jetzt? Wohnt sie etwa hier?«, wollte ihr Vater wissen.

»Nein. Sie hat mich um Geld gebeten für eine Überfahrt nach England.« Viktorias Stimme klang recht überzeugend.

Was um Himmels willen tischte sie ihm da bloß auf?

»Mit welchem Schiff? Der *Astoria* mit Kurs auf New York?«, wollte er wissen.

»Nein. So viel Geld habe ich nicht. Sie ist mit einem Frachter mitgefahren.« Schlagartig wurde Clara klar, warum Viktoria ihm dies erzählte. Ihr Vater könnte die Passagierlisten der großen Reedereien einsehen, wenn er seine Tochter als vermisst meldete. Auf Frachtern, die höchstens ein paar Passagiere mitnahmen, gab es diese Listen nicht.

»Wie konntest du das nur tun?«, hörte Clara ihren Vater in vorwurfsvollem Ton fragen.

»Du hast Clara keine andere Wahl gelassen. Es muss ja immer alles nach deinem Kopf gehen. Das Unglück anderer ist dir egal«, sagte Viktoria brüsk.

»Was hat sie dir erzählt?«, fragte er.

»Alles. Ich an ihrer Stelle hätte genauso gehandelt. Reicht es nicht, ein Leben zu zerstören?«, fragte ihre Tante angriffslustig.

Dann herrschte Stille.

»Ich möchte, dass du gehst, und lass dich nie wieder hier blicken«, sagte Viktoria so scharf, wie Clara es ihr niemals zugetraut hätte.

Warum nur ließ die Türglocke so lange auf sich warten? Clara wagte es nicht mehr zu atmen. Hoffentlich ging er endlich.

»Wenn sie sich meldet ... bitte gib mir Bescheid ... Ich möchte wenigstens wissen, ob es ihr gut geht, wo sie ist ...«, stammelte er mit hörbar angeschlagener Stimme.

»Wo sie ist, werde ich dir bestimmt nicht sagen, aber falls ich Post von ihr bekomme, gebe ich dir Bescheid. Und jetzt geh!«

Endlich hörte Clara die Türklingel. Für einen Moment stach ihr die Gewissheit, ihren Vater vielleicht nie wiederzu-

sehen, mitten ins Herz, doch die Erleichterung darüber überwog, dass Viktoria sie eben endgültig von seinen Ketten befreit
hatte.

3

»Das ist wirklich sehr nett von Ihnen, Fräulein Luise«, bedankte sich Frau Rottenburg, eine Kundin, der Clara eben ein
neues Rabattmarkenheft ausgehändigt hatte und der sie gleich
noch ein paar Marken mehr gab, weil sich die Rottenburg
einen sehr teuren Geschenkkorb hatte zusammenstellen lassen. Von Viktoria hatte Clara gelernt, dass man guten Kunden
stets etwas zukommen ließ. Süßigkeiten oder ein Apfel für die
Kinder waren eine Selbstverständlichkeit. Was erwachsene
Kunden betraf, fiel Clara immer etwas ein, und wenn es nur
ein paar Rabattmarken waren.

»Einen schönen Tag noch«, wünschte sie Frau Rottenburg,
die eine Stammkundin in Viktorias Laden war. Als sich die Tür
hinter ihr schloss, überlegte Clara, wo die letzte Woche nur geblieben war. Sie hatte es sich nicht nehmen lassen, ihrer Tante
im Laden zu helfen. Auch wenn keine allzu große Gefahr bestand, dass sich die Neuigkeit einer neuen Angestellten in Viktorias Laden bis nach Geestemünde herumsprach, weil kein
Geestemünder nach Bremerhaven fuhr, um dort Lebensmittel
einzukaufen, hatte ihre Tante es als ratsam erachtet, ihre Nichte als Luise aus Hannover bei der Kundschaft vorzustellen.
Tante Viktoria genoss die unerwartete Hilfe in vollen Zügen.
Auf diese Weise konnte sie endlich mal wieder unbeschwert,
wie sie es nannte, nach Hannover fahren, um sich neue Schuhe
und Kleidung für den Winter zu kaufen. Allein schon die An-
reise dauerte einen Tag. So lange nicht im Laden zu sein, ver-
dankte Viktoria ihrer neuen Angestellten »Luise«, der es gro-

ßes Vergnügen bereitete, eigenverantwortlich die Geschäfte zu führen. Außerdem konnte sich Clara etwas Geld hinzuverdienen, auch wenn es nur zweihundertfünfzig Mark im Monat waren und man damit nicht weit kam. Ein Schock Eier kostete ja schon drei fünfundfünfzig, ein Kilo Speck eins einundsiebzig. Nicht viele Kunden konnten sich das leisten. Am beliebtesten waren die Zutaten für einfache Gerichte wie zum Beispiel eine gute Brotsuppe, für die man auch günstiges Brot vom Vortag kaufen konnte und die man nur noch mit preiswertem Rauchfleisch anreichern musste, um eine schmackhafte, vor allem aber nahrhafte Mahlzeit zu haben. Auch wenn Clara die Arbeit in Tante Viktorias Laden dafür entschädigte, dass sie Abschied von ihrer Kundschaft im Gewürzkontor hatte nehmen müssen, wusste Clara, dass sie nicht auf Dauer hier bleiben konnte, selbst wenn ihre Tante sich dies wünschte. Zu groß war die Gefahr, dass ihr Vater aufgrund eines dummen Zufalls doch Wind von ihrem Verbleib bekommen würde. Tante Viktorias Notlüge, dass Clara nach England ausgewandert sei, schien immer weniger abwegig … Doch was wurde dann aus ihren Träumen von exotischen Ländern? Was aus der Abenteuerlust, die in ihr brannte? Noch wusste Clara nicht, ob sie Ernsts Saat in sich trug. Zumindest so lange musste sie auf alle Fälle hierbleiben. Tante Viktoria setzte jedenfalls alles daran, damit sie sich hier wohlfühlte. Das Zimmer von Onkel Karl wurde zu ihrem. Hier fehlte es ihr an nichts. Clara wunderte sich deshalb nicht, dass Viktoria nicht nur für sich eingekauft hatte. Gleich fünf verschnürte Pakete reichte ihr der Kutscher, als sie vor dem Laden ausgestiegen war. Clara konnte Viktoria ansehen, wie sehr sie den Einkaufsbummel in der Stadt genossen haben musste. Sie strahlte, und das war ansteckend, weil sie Clara nicht nur ein umwerfend schönes Kleid aus blauer Seide zeigte, das sie für sich gekauft hatte, sondern ihre Nichte auch noch mit einem luftigen Kleid aus weißem Leinen überraschte, das nur noch an den Ärmeln abgenäht werden musste, ansonsten aber wie maßgeschneidert passte. Dazu noch Unterwäsche und zwei Nachthemden, die Clara sofort anprobierte, nachdem sie den Laden abgesperrt hatten. Eine Flasche Champagner durfte angesichts eines aus Viktorias Sicht so besonderen Ereignisses nicht fehlen.

»Auf was stoßen wir an?«, fragte sie guter Dinge, als sie in der guten Stube zusammensaßen.

»Auf die schönen Sachen«, schlug Clara vor.

»Auf uns!«, entgegnete Viktoria und ließ sich nach dem Klingen der Gläser den ersten Schluck Champagner förmlich auf der Zunge zergehen.

»Wahrscheinlich werde ich das Kleid sowieso nie anziehen«, überlegte Viktoria laut mit etwas Wehmut in der Stimme.

»Vielleicht in der Oper in Hannover?«, schlug Clara vor.

»Wer geht denn mit mir in die Oper? So ein Kleid erstrahlt nur an der Seite eines Mannes im Frack.«

»Ist das dein Traum? Wieder einen Mann zu haben?«, fragte Clara.

Viktoria lachte. »Weiß Gott nein! Aber gelegentlich … Ich vermisse Karl – und wenn ich Paare vor meinem Laden spazieren gehen sehe … Das macht mir das Herz manchmal schon schwer.«

»Meines fühlt sich gerade so leicht an wie eine Feder, gerade weil dieser Kelch noch einmal an mir vorübergegangen ist«, stellte Clara fest.

»Clara. Karl war ein guter Mann. Eines Tages …«

»… kommt der Richtige«, fiel sie ihrer Tante gleich ins Wort, weil dies ihre Mutter immer gesagt hatte.

Viktoria lachte vergnügt, bevor sie erneut zum Champagnerglas griff. Kaum hatte sie es ausgetrunken, wirkte ihre Miene aber wieder ernst. »Du wirst nicht hierbleiben …«, sagte sie mit einem Hauch von Traurigkeit in der Stimme.

»Ich kann nicht …«, gab Clara ihr zu verstehen.

Viktoria nickte verständnisvoll. »Und wo willst du hin?«

»Wenn ich das nur wüsste. Am liebsten würde ich Onkel Theodor besuchen«, gestand Clara offen.

»Nach Hawaii?«, fragte Viktoria erstaunt.

»Er hat mich mehrfach eingeladen. Ihm geht es gut. Er führt eine eigene Plantage, und Deutsche sind dort sehr gern gesehen.«

»Davon habe ich gehört«, erwiderte Viktoria knapp. Dann starrte sie nachdenklich in das Champagnerglas.

»Glaubst du Onkel Theodor etwa nicht?«, musste Clara einfach wissen.

»Doch … es ist nur …«, setzte Viktoria an.

»Was?«

»Ach nichts«, wiegelte ihre Tante ab.

»Warum ist Onkel Theodor eigentlich damals ausgerechnet nach Hawaii ausgewandert? Die meisten zieht es doch nach Amerika.«

Viktorias Miene wurde gleich noch eine Spur nachdenklicher, bis sie sich ein Lächeln abrang. »Vermutlich die gleiche Abenteuerlust, die in dir glüht. Hab ich recht?«

Clara nickte, doch sie gab sich mit Viktorias Antwort nicht zufrieden. Wenn jemand wusste, warum Onkel Theodor mit ihrem Vater regelrecht verfeindet war, dann ihre Tante.

»Das hatte nichts mit Vater zu tun?«, hakte Clara daher neugierig nach.

Viktoria schwieg für einen Moment und schien zu überlegen. »Frag das Onkel Theodor, wenn du ihn eines Tages mal besuchst«, sagte sie dann nur, stand auf und ging zur Anrichte, auf der noch ein in Papier gehülltes, viel kleineres Paket auf einem Teller stand. »Lass uns den Abend genießen. Ich habe französische Pastete gekauft.«

Clara war sich sicher, dass Viktoria ihr irgendetwas verschwieg. Sie mochte ihre guten Gründe dafür haben, daher bohrte sie nicht mehr nach. Die Neugier erstarb beim Anblick der Pastete.

»So etwas gibt es auf Hawaii jedenfalls nicht«, sagte Viktoria und schmunzelte. Ihre Tante hatte recht, aber damit könnte Clara leben.

Das Blut versprach Erlösung vom wachsenden Druck der letzten Tage, der sich aus der Frage ergeben hatte, ob sie von Ernst schwanger war oder nicht. Clara hoffte darauf, dass nun auch die allnächtlichen Albträume allmählich verschwinden würden. Ihr Zyklus hatte an diesem Sonntagmorgen eingesetzt. Die Saat des preußischen Hauptmanns war nicht in ihr aufgegangen. Viktoria freute sich mit ihr, doch zugleich war ihr anzumerken, dass sie nun Angst hatte, bald wieder allein zu sein.

»Lass uns nach Hannover fahren, ein schönes Hotel nehmen und dort ein bisschen bummeln«, schlug Tante Viktoria beim Frühstück in ihrer kleinen Ladenküche bestimmt mitunter deshalb vor, weil sie ihr neues Kleid ausführen wollte und man bei einem Spaziergang allein als Frau immer schief angesehen wurde.

»Vielleicht ein andermal, Tantchen«, versprach Clara, obgleich sie mit ihrem Kopf bereits ganz woanders war. Mit der Erlösung brach nämlich der in den letzten Tagen unterdrückte Wunsch nach Freiheit und Abenteuer aufs Neue in ihr aus. War jetzt nicht alles möglich? Clara zog es daher zum Hafen. Allein schon den Seefahrern nur zuzusehen, wie sie eine Barke oder einen Großsegler abfahrbereit machten, bereitete Clara Vergnügen. Mit etwas Glück konnte sie einen Blick auf einen

Dampfer erhaschen. Die Chancen dafür standen gut, weil sie häufig sonntags in See stachen, meistens mit Kurs auf New York.

Clara erreichte das weitläufige Hafenbecken und stellte fest, dass Bremerhaven von Monat zu Monat größer wurde. Geestemünde war damit gar nicht zu vergleichen. Auch wenn seit Gründung des Geestemünder Hafens auf Initiative Hannovers schon über fünfzig Jahre vergangen waren, hatte der modernere Hafen ihrer Heimatstadt es nicht geschafft, dem Nachbarort den Rang abzulaufen. Bremerhaven war trotz dieser Konkurrenz zum größten Auswandererhafen Europas emporgestiegen. Gleich drei Hochseedampfer lagen an diesem Morgen im Hafenbecken. Clara ging neugierig zur Anlegestelle, um herauszufinden, wohin sie unterwegs sein würden. Sie musste nicht einmal nachfragen. Wenn ein Dampfer Kurs auf die Neue Welt nahm, konnte man die Aufbruchstimmung förmlich spüren. Sie lag in der Luft. Jeder erweckte den Anschein, in Eile zu sein. Koffer und Reisekisten wurden geschäftig verladen. Familien verabschiedeten sich von ihren Kindern, die in Amerika ihr Glück versuchen wollten. Hoffnungsfrohe Gesichter, wohin man auch sah. Das sicherste Indiz dafür, dass das Schiff Kurs nach New York nehmen würde, war jedoch die Anzahl der feinen Leute, die aus noblen Kutschen stiegen und sich von Matrosen das Gepäck an Bord tragen ließen. Der Dampfer war ein Luxusliner der Norddeutschen Lloyd, die mittlerweile seit ihrer Gründung in den 1850er-Jahren nicht nur die größte deutsche Reederei war, sondern auch der Welt. Wie aufregend musste es sein, erster Klasse auf einem dieser neuen Dampfer unterwegs zu sein. Von Kunden hatte sie gehört, dass es einem an Bord an nichts fehlte. In den Kabinen gab es sogar eigene Badezimmer. Reichhaltige Buffets boten feinste französische Küche. Selbst für Abendunterhaltung war gesorgt. Clara seufzte, als sie einen feinen Herrn in äußerst attraktiver weiblicher Begleitung, an deren Schmuck abzulesen war, dass sie sich um Geld keine Sorgen machen musste, die Gangway nach oben schreiten sah. Was wohl so eine Fahrkarte kosten mochte? Neugierig geworden, schlenderte Clara zum Büro der Reederei und ging hinein. Die Preise hingen auf einer Liste aus, die in einer Glasvitrine angebracht war. Fünftausendvierhundert Mark hatte man für ein Ticket erster Klasse zu berappen. Das war das Fünffache des Monatsverdiensts eines Arbeiters im Bergbau und für weniger gut bezahlte Berufe bestimmt der Verdienst eines halben Jahres. Die Tickets zweiter Klasse kosteten für diese Überfahrt die Hälfte. Clara ertappte sich bei dem Gedanken, ob sie darauf sparen sollte. Jeder ging doch schließlich nach Amerika, um dort sein Glück zu finden. Sie war der englischen Sprache mächtig und unter Umständen konnte sie Onkel Theodor ja dann eines Tages doch noch besuchen, weil es, wie sie aus seinen Briefen wusste, bereits regelmäßigen und erschwinglichen Linienverkehr zwischen San Francisco und Honolulu gab. Mit dem, was sie bei Viktoria verdiente, müsste sie aber eine halbe Ewigkeit darauf sparen. Am besten, sie begrub ihre Träumereien sofort wieder, als allein reisende Frau sowieso. Gerade als Clara sich von den Preistafeln losreißen wollte, um draußen dem geschäftigen Treiben zuzusehen, setzte eine quirlige Frau, die etwa Mitte fünfzig sein dürfte, dazu an, ihre Theorie vom Alleinreisen über den Haufen zu werfen.

»Natürlich nur ein Ticket. Ich reise allein«, sagte die Frau resolut am Schalter, der nicht nur die Tickets für die Passagierschifffahrt verkaufte, sondern auch für Frachter, die nicht selten einige Passagierkabinen anboten. Claras Neugier auf den brauen Lockenkopf im adretten Kostüm war geweckt. Die Frau musste bereits bemerkt haben, dass sie von Clara gemustert wurde. Für einen Moment kreuzten sich ihre Blicke. Ein Lächeln huschte dabei über das Gesicht der Alleinreisenden.

»Wie viel macht das?«

Der junge Mann hinter der Glasscheibe des Schalters nuschelte irgendetwas, was Clara nicht hören konnte.

»Fünfhundert Mark? Für eine lausige Kabine auf einem Frachter?«, echauffierte sich die Dame.

Clara traute ihren Ohren nicht. So viel Geld für eine Passage auf einem Frachtschiff ohne jeglichen Komfort und eingekesselt von Matrosen, mit spartanischer Verpflegung und vermutlich einer Kabine, die aus einer Pritsche mit Tisch, Stuhl und ohne eigenes Bad bestand. Das machte man nur, wenn kein anderes Schiff fuhr, was von Bremerhaven aus eigentlich nicht sein konnte, weil man von hier aus so gut wie überall hinkam. Clara tat so, als würde sie auch die Preistafeln anderer Überfahrten, die näher am Schalter lagen, studieren, damit sie die Stimme des Angestellten der Reederei hören konnte.

»Sie können auch den Dampfer nach New York nehmen. Mit der transkontinentalen Eisenbahn fahren Sie nach Oakland. Von dort geht eine Fähre nach San Francisco. Die Tickets müssten Sie sich allerdings vor Ort besorgen. Lediglich die Passage von San Francisco nach Honolulu auf der *Australia* könnte ich Ihnen telegrafisch reservieren«, führte der höfliche Schalterbeamte aus.

Claras Herzschlag beschleunigte augenblicklich. Diese Frau wollte nach Hawaii? Was um alles in der Welt hatte sie dort zu schaffen? Die Neugier, die Clara regelrecht elektrisierte, musste im Raum spürbar sein, jedenfalls drehte sich die Frau wieder nach ihr um. Spätestens jetzt wusste die Fremde, dass Clara sie belauscht hatte.

»Das kostet ein Vermögen, und man ist nicht so viel schneller«, sagte die Frau in die Schlitze der Glasscheibe. »Gibt es denn keine andere direkte Verbindung?«, fragte sie dann.

»Nur gelegentlich auf Segelschiffen. Allerdings sind die mindestens vier Monate unterwegs. Die nächste Direktverbindung ist erst in einem Monat«, kam es von hinter der Scheibe.

Clara bemerkte, dass die Frau für einen Moment überlegte.

»Die *Braunfels* hat sehr komfortable Kabinen. Das Schiff ist erst seit ein paar Jahren in Betrieb und gilt als sicher«, erklärte der Schalterbeamte.

»Mit Verpflegung?«, wollte sich die Frau vergewissern.

»Mit drei Mahlzeiten am Tag und einem Bad, das vom Offizierstrakt getrennt ist.«

Die Frau nickte nachdenklich und zückte dann doch sechs Einhundertmarkscheine, die sie in die Durchreiche zählte. »Ich muss verrückt sein«, sagte sie zu sich.

Clara musste grinsen, so breit, dass die Frau es mitbekam.

»Sie halten mich jetzt bestimmt auch für verrückt«, sprach sie Clara offen, aber mit einem sympathischen Lächeln an, während der Schalterbeamte das Ticket ausstellte.

Clara erwiderte ihr Lächeln, das jedoch eine Spur verlegen war. Diese Frau würde nach Hawaii reisen. Sie konnte sich sicher nicht vorstellen, wie sehr sie sie darum beneidete.

»Agnes Rotfeld«, stellte sich die ihr bis dahin Unbekannte aus dem Büro der Reederei wenig später vor und reichte ihr die Hand. Entweder sie hatte nach ihr Ausschau gehalten oder sie zufällig auf der Kaimauer sitzen sehen.

»Clara Elkart«, erwiderte Clara und drückte ihre Hand.

»Fragen Sie mich nicht, wie oft ich schon hier gesessen habe, um den Schiffen zuzusehen, wenn sie hier ablegen«, sagte die Frau und blickte dabei auf den imposanten Ozeanriesen, der vor ihnen lag.

Clara irritierte, wie merkwürdig vertraut die Fremde mit ihr umging, noch viel mehr aber, wie vertraut sie sich anfühlte, fast so, als ob sie sich schon ewig kennen würden.

»Warum sitzen Sie hier?«, fragte Agnes Rotfeld frei heraus.

»Ich stelle mir vor, in die Ferne zu fahren, fremde Länder zu erkunden ...«, erklärte Clara unverfänglich, aber doch auf den Punkt. »Und Sie? Sie fahren nach Hawaii?«, wollte Clara sich vergewissern, weil sie das immer noch kaum fassen konnte.

»Warum nicht?«

»Aber als Frau allein ...?«

Agnes winkte ab, noch bevor Clara ausreden konnte. »Kennen Sie Nellie Bly?«, fragte sie.

Clara schüttelte den Kopf.

»Eine amerikanische Journalistin. Sie hat die Welt in nur dreiundsiebzig Tagen umrundet. Über zweiunddreißigtausend Kilometer. Von New York über England, Amiens, dann weiter nach Brindisi in Italien. Ceylon, Hongkong, China, Japan und San Francisco. Allein. Wie Sie sehen, geht das auch ohne männliche Begleitung«, sagte Agnes. »Vielleicht sogar viel schneller«, fügte sie schmunzelnd hinzu.

Erst jetzt bemerkte Clara die wachen Augen der Frau, die sehr viel Wärme ausstrahlte. »Ich habe einen Onkel auf Hawaii«, begann sie. »Er hat eine Zuckerrohrplantage in der Nähe von Honolulu. Er hat mich schon mehrfach eingeladen, aber ...«, erklärte sie.

»Was aber?«, fragte die Rotfeld keck.

Clara zuckte mit den Schultern, weil sie es selbst nicht so genau wusste, und ihr Argument, dass es als Alleinreisende auf so einer langen Reise zu gefährlich sei, würde dank dieser Nellie Bly sowieso nicht mehr ziehen. »Warum fahren Sie dorthin?«, fragte Clara stattdessen.

»Ich werde Kinder der königlichen Familie unterrichten und an einer Privatschule tätig sein.«

»Eine deutsche Schule auf Hawaii?«, wunderte Clara sich.

»Nein, auch wenn dort Deutsch unterrichtet wird. Lili'uokalani, die Königin, hat vor ein paar Jahren mehrere Schulen gegründet, um jungen Frauen hawaiischer Abstammung eine ordentliche Erziehung zu ermöglichen«, erklärte Agnes Rotfeld.

»Ich dachte, dort gäbe es nur englischsprachige Schulen«, sagte Clara, weil sie von ihrem Onkel wusste, dass sich Englisch aufgrund der geschäftlichen Verflechtungen mit Amerika zur Amtssprache gemausert hatte.

»Es gibt dort mehr Deutsche, als man denkt, und das Königshaus pflegt gute Beziehungen zum Reich. Deshalb werde ich Deutsch unterrichten«, erklärte Agnes.

Die Selbstverständlichkeit, mit der diese Frau die ihr bevorstehende Aufgabe beschrieb, war verblüffend. Es klang fast so, als würde sie eine Stelle in Hannover oder Hamburg annehmen.

»Was soll ich denn hier? Mein Mann ist tot, und der preußische Drill an den Schulen passt mir nicht. Ich bin doch kein Oberfeldwebel, der den Kindern mit dem Lineal auf die Finger klopft, wenn sie geschwätzig sind«, meinte sie, bevor sie Clara eingehend musterte und etwas zu überlegen schien. »Warum begleiten Sie mich nicht einfach?«, platzte es aus Agnes heraus. »Die *Braunfels* läuft morgen Nachmittag aus. Sie haben ja selbst gehört, dass es kaum direkte Verbindungen gibt. Eine einmalige Gelegenheit.«

Das hörte sich verlockend und vor allem einleuchtend an, doch erst das Elternhaus verlassen und dann gleich noch nach Hawaii reisen mit einer Frau, die sie kaum kannte?

»Ich wohne in der Pension neben dem Fischgeschäft. Die wenigen Kabinen des Frachters sind noch nicht ausgebucht. Schlafen Sie darüber. Ich würde mich sehr freuen, und langweilig wird die Fahrt sicher nicht«, bot Agnes Rotfeld an.

Letzteres stand bereits jetzt außer Frage, so gut, wie sich Clara mit ihr verstand. Über alle anderen Aspekte gedachte sie, in Ruhe nachzudenken.

»So eine Gelegenheit kommt so schnell nicht wieder. Du wärst auf der Überfahrt nicht allein, und wer weiß, wann es die nächste Direktverbindung in den Pazifik gibt«, resümierte Tante Viktoria wenig später spürbar tapfer. Daher verwunderte es Clara keineswegs, dass sie gleich ein Stück zurückruderte: »Natürlich kannst du auch hierbleiben. Ich könnte dir sogar mehr bezahlen.«

Clara sagte nichts darauf, weil sie selbst hin- und hergerissen war.

»Wir könnten es uns so richtig gut gehen lassen«, sagte Viktoria mehr zu sich.

»Das weiß ich ja«, gestand Clara, doch noch nicht einmal der Rest der leckeren Pastete, auf die sie mitten im Pazifik sicher verzichten musste, wollte ihr jetzt noch schmecken.

»Ich kann ihn ja nur mal besuchen und wieder zurückkommen«, schlug Clara vor, doch ihre Tante überzeugte dies nicht.

»Wer einmal von hier weggeht, der kommt nicht mehr zurück. Bei Theodor war es genauso«, stellte Viktoria fest.

»Er ist ein Mann. Wenn ich eine Ausbildung als Lehrerin hätte, dann könnte ich dort mein Glück versuchen, aber …«

»Unsinn«, fiel ihr ihre Tante ins Wort. »Du hast eine gute Ausbildung, sprichst zwei Fremdsprachen. Du bist jung. Wenn du hierbleibst, musst du früher oder später heiraten. Man erwartet das von einer jungen Frau«, sagte sie, woraufhin ein Seufzer folgte. »Kurt hat immer gesagt, ich rede zu viel, und gerade zerrede ich mein Glück, mit dir noch ein paar Jahre die Einsamkeit erträglicher zu machen.«

Clara hatte Tante Viktoria noch nie so traurig gesehen. Sie griff nach ihrer Hand. Immerhin lächelte sie nun wieder, so sanft und verständnisvoll, wie sie es an ihr kannte und schätzte.

»Ich hab ja noch nicht einmal Geld für die Überfahrt«, sagte Clara.

»Kind. Mach dir doch deswegen keine Gedanken, aber du musst mir versprechen, regelmäßig zu schreiben«, sagte sie und sah sie dabei bedeutsam an.

Für Viktoria schien es bereits jetzt festzustehen, dass ihre Nichte schon morgen an Bord der *Braunfels* sein würde. Allein schon beim bloßen Gedanken daran hatte Clara frische Seeluft in der Nase. Onkel Theodor würde sich freuen.

»Weißt du … Er hat auch mir gelegentlich geschrieben. Die ersten Jahre waren hart, aber er hat es geschafft. Die Insel muss ein wahres Paradies sein … Nach Kurts Tod … Ich hatte sogar überlegt, von hier wegzugehen, aber dann fehlte mir der Mut.«

»Du wolltest zu ihm?« Clara erstaunte dies sehr.

Viktoria nickte nur und blickte für einen Moment verträumt in die züngelnden Flammen der Kerzen auf dem Tisch. Dann holte sie tief Luft und stand auf, um zur Kommode zu gehen. Clara hatte mitbekommen, dass sie dort Geld in einem abschließbaren Fach aufbewahrte. Sie würde ihr sicher ihren Lohn ausbezahlen. Zusammen mit ihrem Ersparten könnte sie sich die Passage gerade leisten. Wovon sie sich dann noch ernähren sollte, stand allerdings in den Sternen. Clara konnte nur sehen, dass Viktoria Scheine in einen Umschlag steckte, den sie ihr dann übergab.

»Es sind zweitausend Mark«, sagte Viktoria.

»Zweitausend Mark? Tante. Das kann ich doch nicht annehmen«, erwiderte Clara.

»Du kannst und du wirst. Ich wünschte, ich könnte dir mehr geben, aber mach dir keine Sorgen. Diese Summe kann ich verschmerzen.«

Clara wagte es nicht, in den Umschlag zu blicken.

»Du solltest ihm noch heute Abend ein Telegramm schicken«, schlug Tante Viktoria vor.

Es war also beschlossene Sache.

Tante Viktoria hatte es sich selbstverständlich nicht nehmen lassen, ihre Nichte zum Hafen zu begleiten. Clara war nach schlafloser Nacht immer noch ganz mulmig zumute – Tribut an eine kuriose Mischung aus Reisefieber, Vorfreude, Angst vor der Überfahrt und all dem, was sie auf Hawaii erwarten würde. Wieder und wieder hatte sie Onkel Theodors telegrafische Antwort gelesen, die bereits heute Mittag prompt zugestellt worden war.

Ich freue mich über alle Maßen. Gute Reise, meine Liebe. Reisezeit von Dampfern aus Europa immer ungewiss. Nimm eine der Kutschen am Hafen, wenn Du da bist. Ich bezahle sie.
Dein Onkel Theodor

Mittlerweile war es Tante Viktoria, die Claras Mut beflügelte, weil sie der Meinung war, dass ihre Nichte nichts zu verlieren hatte. Seit dem Kauf des Tickets, der ihre Reserven um fünfhundertsechs Mark und siebzig Pfennige hatte schrumpfen lassen, wusste Clara, dass sie nach Angaben der Reederei zwischen fünfundsechzig und siebzig Tage unterwegs sein würde – mit Zwischenstopps, um Nahrungsmittel aufzunehmen und Brennstoff nachzuladen. Der erste Stopp sei nach Angaben der Reederei auf Madeira. Darauf freute sich Clara besonders, weil man der portugiesischen Insel nachsagte, ein einziges Blütenmeer zu sein. Das Schiff würde in Richtung Südamerika den Atlantik überqueren und rund um das Kap Hoorn dann mit Stopp in Chile direkten Kurs durch den Pazifik auf Hawaii nehmen. Davor hatte Clara am meisten Angst. Sie wusste von ihrer Indienreise, wie launisch der Atlantik sein konnte. Zwar hatte sie sich seinerzeit schnell an das gelegentlich deutlich spürbare Auf und Ab gewöhnt, doch wenn das Schiff kursbedingt seitliche Dünung in Kauf nehmen musste, was entlang der nordafrikanischen Westküste unvermeidbar war, hatte ihr Magen stets rebelliert. Wer einmal seekrank war, der wusste, dass einem dann nur noch zum Sterben zumute war. Zumindest sah der Stahlkoloss, auf den sie zueilten, aufgrund seiner imposanten Größe recht vertrauenswürdig und robust aus. So ein Schiff konnte den Launen des Atlantiks mit Sicherheit trotzen.

Auch Tante Viktorias Kopf war nach oben auf die Stahlwand gerichtet, die sich vor ihnen auftürmte. Dann blickte sie vom einen Ende des Schiffs zum anderen. »Der Dampfer hat ja bestimmt siebzig Meter«, überlegte sie laut.

»Einhundert, und sie ist zwölf Meter breit, um genau zu sein«, tönte es von der Seite. Vermutlich hatte ein Besatzungsmitglied das Gespräch mitbekommen, doch statt einer weißen Uniform trug der Mann mit kurzem lockigem Haar Schwarz. Er stellte sich ihnen als Kurt Schneider vor, schien etwa Mitte dreißig zu sein, und der kurze weiße Stehkragen deutete darauf hin, dass sie einen Pfaffen vor sich hatten.

»Die Damen sind auf Fahrt nach Hawaii?«, fragte er sicher rein rhetorisch, weil er auf Claras Reisekoffer geblickt hatte und sie vor der *Braunfels* standen.

»Und Sie sind wohl der Pfarrer an Bord?«, fragte Viktoria keck.

»Ja und nein, eher ein zahlender Passagier«, meinte er.

»Und offenbar Schiffsexperte«, warf Clara ein, woraufhin der junge Mann lächelte.

»Was möchten Sie über die *Braunfels* wissen? Schiffe sind mein Steckenpferd.«

»Einfach alles. Zum Beispiel, warum es zwei Masten hat. Ich dachte, die *Braunfels* sei ein Dampfer«, erwiderte Clara unbeschwert.

»Da haben Sie schon recht. Es ist ein Schiff der Trifels-Klasse, das mit Dampf betrieben wird. Sie haben sicher auch den schräg gestellten langen Schornstein bemerkt. Das Schiff macht mit dem dampfgetriebenen Propeller neuneinhalb Knoten. Für den Notfall verfügt es aber auch noch über eine Takelung. Daher nennt man diesen Schiffstyp auch Brigantine«, erklärte er.

Clara nickte beeindruckt. Der Gedanke, dass dieser Schiffstyp auf gleich zwei Antriebsmethoden zurückgreifen konnte, beruhigte sie augenblicklich.

»Wenn man bedenkt, dass ein normaler Segler für die Strecke bis zu fünf Monaten unterwegs ist …«, sagte Clara mehr zu sich. Onkel Theodor hatte ihr von der Ankunft der *Iolani*, einem Segler mit britischem Kapitän berichtet, der vor zehn Jahren gleich einhundertachtzig Deutsche nach Hawaii gebracht hatte. Clara wusste es deshalb noch so genau, weil der Segler ausgerechnet von Geestemünde aus in See gestochen war. Eine solche Direktverbindung gab es ja so gut wie nie.

»Für eine junge Dame wissen Sie aber erstaunlich gut über die Seefahrt Bescheid, wenn ich mir die Bemerkung erlauben darf«, sagte der sympathische junge Mann.

»Ganz und gar nicht. Aber wenn man in einer Hafenstadt lebt …«, erklärte sie.

Das Schiffshorn blies so laut, dass es in Claras Ohren dröhnte.

»Wir sollten besser an Bord gehen, sonst fahren sie noch ohne uns ab«, sagte er, nickte ihnen höflich zu und ging in Richtung der Ladeluke, in die Hafenarbeiter die letzten Kisten und Proviant trugen.

Clara merkte Tante Viktoria an, dass sie sich suchend umsah. Sicher hielt sie nach der Lehrerin Ausschau, von der sie ihr am Tag zuvor erzählt hatte.

»Wo sie nur bleibt?«, fragte Viktoria prompt. Damit sprach ihre Tante aus, was Clara dachte. Noch vor Kauf des Tickets hatten sie die Pension beim Fischgeschäft aufgesucht, doch Agnes Rotfeld war nicht mehr dort gewesen. War sie womöglich schon an Bord gegangen? Das konnte sich Clara aber nicht vorstellen, weil die Frau bestimmt nach ihr Ausschau gehalten hätte.

»Clara«, ertönte es da auch schon hocherfreut von der Reling. Agnes winkte wild zu ihnen herunter, und trotz der Distanz konnte man sehen, wie sehr sie sich darüber freute, Clara als Reisebegleitung an ihrer Seite zu wissen.

»Eine äußerst temperamentvolle Person«, kommentierte Tante Viktoria amüsiert. Ihre Miene verfinsterte sich jedoch augenblicklich, weil der Moment des Abschieds gekommen war. Tante Viktoria brauchte gar nichts zu sagen.

Clara nahm sie ohne viel Brimborium in den Arm und drückte sie fest. »Ich pass schon auf mich auf«, versprach sie und hoffte, dass sie dieses Versprechen auch einlösen konnte.

Viktoria löste sich tapfer aus der Umarmung, und Clara konnte ihr ansehen, dass sie mit den Tränen zu kämpfen hatte. »Und vergiss nicht, mir zu schreiben«, sagte sie mit belegter Stimme.

»Ach Tantchen … Danke, danke für alles«, erwiderte Clara. Das Schiffshorn blies erneut. Einer der Matrosen, der an der Ladeluke stand, blickte bereits ungeduldig in ihre Richtung. Erst als Agnes Rotfeld von oben erneut nach ihr rief, gab Clara sich den letzten Ruck, um auf große Reise zu gehen.

4

Agnes, die Clara an Bord sofort das Du angeboten hatte, machte den Eindruck einer äußerst geselligen Person. Sie hatte mittlerweile Freundschaft mit einem Matrosen geschlossen und erfahren, dass die *Braunfels* eigentlich für den Frachtverkehr nach Bombay gebaut worden und Teil der Indienflotte der Reederei war. Die Strecke nach Hawaii sei auch für die Besatzung ein Abenteuer, weil das Schiff noch nie das Kap Hoorn umrundet hätte. Agnes hatte ihr das gleich nach dem Auslaufen erzählt, angeblich, um sie auf andere Gedanken zu bringen. Ihr war sicher nicht entgangen, dass Clara immer noch wie angewurzelt an der Reling stand, auch noch, als sie ihre Tante sicher nicht mehr hatte winken sehen können, weil sie zum kleinen Punkt und das Hafenbecken zur grauen Silhouette geworden waren. Die »Ablenkung«, vielmehr das Schüren von Ängsten, war allerdings gelungen. Was nützte ein als sicher geltendes Schiff, wenn es Kurs auf bislang unbekannte Gewässer nahm und die Besatzung mit dem Kap Hoorn keinerlei Erfahrung zu haben schien. Lediglich Kapitän Bäcker, auch dies hatte Agnes bereits herausgefunden, habe den südlichsten Zipfel Südamerikas, dem schon Hunderte von Schiffen zum Opfer gefallen waren, erfolgreich umrundet.

»Lass uns einen kleinen Rundgang machen«, schlug Agnes vor. Sie schien sich bereits bestens auszukennen.

»Da vorn sind die Kabinen der Besatzung. Logis für vierunddreißig Mann. Im Kajütenhaus sind Zimmer für die Offiziere, und unsere Passagierkabinen sind hinten im Heck. Vorn beim

Bug gibt es sogar einen kleinen Salon. Am besten, wir verstauen erst einmal dein Gepäck«, sagte sie.

Clara nahm ihren Koffer an sich und trottete dem Wonneproppen auf den Holzplanken des Oberdecks hinterher.

»Wir haben übrigens einen jungen Priester an Bord. Uns kann also gar nicht passieren«, fuhr Agnes in ihrer ansteckend fröhlichen Art fort. Dieser Frau entging anscheinend überhaupt nichts.

Clara stellte fest, dass das Schiff an Deck kleiner wirkte als von außen. Zwei Matrosen huschten an ihnen vorbei und grüßten sie freundlich. Ein wenig mulmig war ihr schon bei dem Gedanken, mit so vielen Männern an Bord zu sein. Da genügte es, an ihre Begegnung mit Ernst oder den Matrosen, der ihr auf der Geestebrücke begegnet war, zu denken. Seemänner, die monatelang auf dem Meer umherschipperten, waren sicherlich mindestens so ausgehungert, ihre Begierden zu stillen, wie preußische Offiziere oder betrunkene Matrosen. Vermutlich gab es deshalb an jedem Hafenort ein Bordell. Clara hoffte, dass sich diese Seeleute bereits ausgiebigst in den Spelunken Bremerhavens vergnügt hatten, und nahm sich vor, auf der Fahrt sicherheitshalber möglichst zugeknöpft und sittsam aufzutreten.

»Ist doch großartig. Also mindestens zweite Klasse, verglichen mit einem Ozeanriesen«, stellte Agnes fest, als sie Claras Kabine betraten. Clara konnte dem nur beipflichten. Mehr als ein sauberes Bett, einen Tisch, über dem ein Spiegel angebracht war, einen Schrank und eine eigene Toilette in einem kleinen Nebenraum konnte man sich nicht wünschen. Viel anders hatten ihre Kabinen an Bord des Segelschiffs nach Indien, das für Passagiere ausgelegt gewesen war, auch nicht ausgesehen.

»Angeblich geht auf Madeira noch ein Geschäftsmann mit an Bord«, merkte Agnes an.

»Wir sind also jetzt nur zu dritt?«, vergewisserte sich Clara.

»Ob sich ein Priester wohl breitschlagen lässt, mit uns Karten zu spielen?«, fragte Agnes.

So wie Clara die quirlige Lehrerin einschätzte, hatte sie die Reise bereits bis ins letzte Detail geplant. Langweilig wurde es ihnen an Bord sicher nicht.

Kapitän Bäcker erwies sich Claras Empfinden nach als eine Mischung aus Seebär und Hochseekapitän. Sein raues Äußeres, das ein wild wuchernder Kinnbart noch unterstrich, sprach für Ersteres. Seine Manieren und Umgangsformen dagegen, aber auch seine wachen blauen Augen entsprachen eher denen eines Mannes der feinen Gesellschaft. Er stellte es ihnen anheim, das Essen in die Kabinen gebracht zu bekommen oder mit ihnen im Salon zu speisen. Clara hätte darauf gewettet, dass Agnes den Salon bevorzugen würde und am liebsten mit den Matrosen essen würde, weil sie so gesellig war und Geschichten anderer Menschen förmlich in sich aufsog. Doch da täuschte Clara sich. »Weibsvolk«, wie Kurt Schneider es hätte nicht besser formulieren können, habe dort nichts zu suchen, weil Matrosen wie Offiziere auf »lüsternes Gedankengut« kommen könnten. Dass er damit recht hatte, bewiesen die Blicke zweier Offiziere, die definitiv auf Claras weibliche Rundungen gerichtet waren, zwar verstohlen und eher unbedarft als bedrohlich, aber immerhin ersichtlich.

Das Kapitänsdinner zu Ehren ihrer Gäste hätte besser nicht sein können. Einer deftigen Tomatensuppe folgte ein würziges Gulasch und Schokoladenpudding. Einfach, aber schmackhaft.

»Unser Fritz hat im *Hotel du Parc* gelernt. Derzeit die erste Adresse in Berlin«, schwärmte Kapitän Bäcker.

»Und dann wollte er auf ein Frachtschiff?«, warf der Priester ein, was Clara als etwas unhöflich empfand.

»Wir kennen uns seit unserer Schulzeit. Auch wenn die Aufgaben an Bord eines Luxusdampfers sicherlich anspruchsvoller sein dürften, so genießt Fritz hier mehr Freiheiten. Möchten Sie für tausend Passagiere kochen?«, gab Kapitän Bäcker zurück. Damit war alles gesagt.

»Sie haben das Kap Hoorn bereits bezwungen?«, wagte Clara zu fragen, nachdem zwei Schiffsjungen, die offenbar in der Küche arbeiteten, das Geschirr eingesammelt hatten. Sie wollte es einfach aus seinem Munde hören, um sich die Ängste vor der Überfahrt zu nehmen.

»Gewiss«, erwiderte Kapitän Bäcker knapp.

»Es soll ja sehr rau sein und viele Seelen beklagen«, mischte sich Schneider nun wieder mit ein.

So langsam konnte Clara sich des Eindrucks nicht erwehren, dass der Priester miesepetriger Natur war. Mit ihm Karten spielen? Wohl eher nicht.

»Um die Jahreszeit ist die Passage meist ruhig«, beruhigte Bäcker ihn mit Blick auf seine beiden weiblichen Gäste.

»So ein großes Schiff. Da kann doch gar nichts passieren. Solche Schiffe sind bestimmt unsinkbar«, ergänzte Agnes, um Claras Ängsten den Garaus zu machen.

»Da täuschen Sie sich, meine Liebe. Man erfährt nur nichts davon«, setzte Schneider gleich nach.

Kapitän Bäcker gab sich so, als würde ihm der Priester allmählich auch auf die Nerven gehen.

»Wenn wir untergehen, erfahren Sie es als Erster«, sagte er nicht uncharmant, aber mit süffisantem Lächeln.

»Was zieht Sie nach Hawaii?«, fragte Agnes. Es war offensichtlich, dass sie das Tischgespräch auf ein anderes Thema lenken wollte.

»Ich trete die Nachfolge der missionarischen Station an«, erklärte Schneider mit Stolz.

»Haben die Hawaiianer nicht ihre eigenen Götter?«, merkte Clara rein rhetorisch und eine Spur provokant an, weil sie dies aus Onkel Theodors Briefen wusste und Schneider auf dem Kieker hatte.

»Es gibt nur einen Gott. Man muss den Kanaken nur den richtigen Weg weisen«, meinte Schneider, der Clara immer unsympathischer wurde. Warum konnte man den Kanaken, wie man die Einheimischen in Ozeanien offiziell bezeichnete, auch wenn es in Claras Ohren irgendwie abwertend klang, nicht ihren Glauben lassen?

»Es sind größtenteils immer noch Wilde, jedenfalls gemessen an der modernen Welt«, fuhr Schneider fort, weil alle Blicke mittlerweile auf ihm lagen und er wohl das Gefühl hatte, sich rechtfertigen zu müssen.

»Wilde?«, hakte Agnes leicht echauffiert nach.

»Nennen wir sie einfältig«, lenkte Schneider ein.

»Nur weil sie nicht an unseren Gott glauben?«, fragte Agnes kopfschüttelnd.

Clara spürte, dass Agnes dabei war, sich festzubeißen.

Schneider merkte das offenbar nicht. »Bis Ende des letzten Jahrhunderts wussten sie noch nicht einmal, was ein Zaun ist«, gab er sich siegessicher. »Die Rinder sind ihnen davongelaufen und haben den halben Norden der größten Insel kahl gefressen, bis ein Engländer dem König nahelegte, Zäune zu errichten, und erklärte, was das überhaupt ist. Von allein wären sie nicht darauf gekommen … Das meine ich mit einfältig.«

Dass Agnes so belesen war, damit konnte Schneider freilich nicht rechnen. »Das ist alles andere als einfältig«, wandte sie ein. »Für die Hawaiianer war das Konzept, eigenes Land zu haben, neu. Es gehörte jedem. Land war dazu da, es zu nutzen, zu bebauen und darauf zu leben. Es lieferte Nahrung, bot Schatten und hielt Tiere am Leben. Es war nicht dazu da, es zu besitzen. Wozu also Zäune?«, referierte Agnes entwaffnend und sehr zum Vergnügen von Clara, aber auch von Kapitän Bäcker. Schneider amüsierte das weniger.

»Sie gehen also nach Hawaii, um der Einfältigkeit der Hawaiianer Einhalt zu gebieten?«, resümierte Bäcker brottrocken.

»Eher dem Verfall der Sitten«, fuhr der geborene Spielverderber unverdrossen fort.

»Naturverbundene Völker haben nun mal andere Sitten, wie Sie es nennen«, sagte Kapitän Bäcker, den Clara mit jedem Wort ein bisschen mehr in ihr Herz schloss. Sie nahm sich daher vor, Bäcker mit dem, was sie von Onkel Theodor wusste, den Rücken zu stärken.

»Sie meinen sicher diesen abscheulichen Tanz, den die Einheimischen halb nackt mit Blumenkränzen im Haar tanzen. Mir ist der Name entfallen …«, sagte sie und tat so, als würde sie nach Worten suchen.

»Sie nennen ihn Hula.« Schneider wusste natürlich Bescheid.

»Hat König Kalakāua diesen Tanz denn nicht vor gut zwanzig Jahren wieder für gesellschaftsfähig erklärt?«, fragte sie nach. »Zu seinem fünfzigsten Geburtstag fanden, soviel ich weiß, große öffentliche Hula-Vorführungen statt«, fuhr Clara fort, was Kapitän Bäcker sichtlich beeindruckte. Schneider hatte sie damit mundtot gemacht. Er musste sie nun bestimmt für eine Ketzerin halten.

»Respekt. Sie wissen viel über die Südsee«, sagte Bäcker. »Waren Sie trotz Ihrer jungen Jahre schon einmal dort?«, wollte er wissen.

»Nein, aber ich habe viel darüber gelesen, und mein Onkel lebt auf Oahu.«

»Vermutlich kann man von Ihnen noch viel lernen … über

Hawaii und seine Sitten«, sagte Schneider nun schon in fast devotem Ton, jedoch mit einem Hauch Ironie gewürzt, was Clara missfiel. Sie nahm sich vor, ihm besser aus dem Weg zu gehen, sofern dies bei nur drei Passagieren an Bord überhaupt möglich war.

Die erste Nacht an Bord war sternenklar, die See spiegelglatt. Gelegentlich war das Licht einer der Leuchttürme an der niederländischen Küste zu sehen. Agnes' Kontaktfreudigkeit erwies sich als Segen. Im Gegensatz zu Passagierschiffen gab es auf Frachtern keine Liegestühle. Agnes hatte daher ihren eigenen Klappstuhl dabei, und nur ein liebes Wort zur Besatzung, von der sie mittlerweile schon drei Matrosen namentlich kannten, genügte, um für Clara einen Liegestuhl zu organisieren. Eingemummelt in eine warme Wolldecke, mit der die Kabinen immerhin ausgestattet waren, fühlte sich die Passage an wie eine Kreuzfahrt, auf der sie auch noch kulinarisch verwöhnt wurden. Es war nur allzu verständlich, dass Agnes wohlig seufzte und sich in ihrem Liegestuhl rekelte. Und was für ein Glück, dass die *Braunfels* neben Rohstoffen auch Haushaltswaren aller Art in die Südsee lieferte. Clara hatte vergessen, ihre Zahnbürste einzupacken. Keine fünf Minuten später brachte ihr einer von Agnes' Laufburschen eine neue. Sie hatten Hunderte davon geladen, sogar mit echtem Pferdehaar – ein Luxus, den sie sich zu Hause nie gegönnt hatten. Von Schneider war Gott sei Dank nichts zu sehen. Er hatte ihnen auf dem Rückweg vom Kapitänsdinner einen Vortrag darüber gehalten, warum der Ärmelkanal, den sie bald erreichen würden, tückisch sein könne, und war dann in seine Kabine verschwunden. Der zwiespältige Eindruck, den er auch bei Agnes hinterlassen hatte, gab Anlass zur Spekulation.

»Ein Missionar. Ich frage mich, was es auf Hawaii zu missionieren gibt. Wir sind immerhin an der Schwelle zum zwanzigsten Jahrhundert«, echauffierte sich Agnes.

»Will er nicht den Hula abschaffen?«, spöttelte Clara.

»Und dafür schickt der Klerus jemanden nach Hawaii? Was ist daran anstößig, wenn ein Volk seine Bräuche ausübt?«, fragte Agnes offenbar mehr sich selbst.

»Onkel Theodor meinte, dass Frauen ihre Brüste dabei entblößen«, erklärte Clara peinlich berührt.

»Und Männer?«, fragte Agnes amüsiert nach, ohne dabei zu erröten.

»Agnes!«, entrüstete Clara sich mit Schalk im Nacken.

»Was ich auf den Strichzeichnungen eines Reiseberichts gesehen habe … Man könnte ins Träumen geraten … Und das auf meine alten Tage. Clara, ich sollte mich schämen«, feixte sie.

»Warst du verheiratet?«, wagte Clara angesichts der ungezwungenen Stimmung zu fragen.

»Nein.«

»Es war nie der Richtige dabei?«, vergewisserte sich Clara.

»Das habe ich nicht gesagt«, erwiderte Agnes geheimnisvoll.

»Verliebt?«, fragte Clara.

Agnes nickte. »Er hieß Knut. Ein Anwalt aus Berlin. Und wie verliebt ich war.«

»Was ist passiert?«, fragte Clara.

»Er wollte nicht, dass ich arbeite … aber ein Leben lang Socken stopfen und am Herd stehen … Da war es mit der Verliebtheit schnell vorbei.« Ein trauriger Schatten huschte über Agnes' Gesicht. »Und du?«, gab sie die Frage zurück. »So ein hübsches Ding kann sich sicher vor Männern kaum retten …«

Nun war es Claras Miene, die sich etwas verfinsterte. Vor Agnes konnte man nichts verbergen.

»Was ist passiert?«, fragte Agnes.

Clara schwieg. Auch wenn die Situation an Bord und das freundschaftliche Verhältnis, das sich zwischen ihnen etabliert hatte, Anlass dazu gegeben hätten, Clara wollte einfach nicht darüber reden. Es würde sie nur aufwühlen und dafür sorgen, dass sie wieder Albträume hatte.

»Man hat dich schlecht behandelt«, sagte Agnes, nachdem sie Clara eine Weile gemustert hatte.

Clara nickte nur.

»Im Prinzip ist es ganz simpel. Man darf sich einfach nicht schlecht behandeln lassen. Sei selbstbewusst und lass sie zappeln. Die meisten lassen einen sofort fallen, weil ihnen das Angst macht, aber wer sich auf eine starke Frau einlässt, der ist selbst stark, verstehst du?«

Clara rang sich ein Nicken ab. Wenn es nur so einfach wäre. Dass Agnes damit recht haben könnte, hatte allerdings die Begegnung mit dem Matrosen auf der Geestemünder Brücke bewiesen.

»Dem Schneider hast du ja bereits ordentlich Kontra gegeben«, hielt Agnes fest. »Apropos Schneider … Was macht der da hinten eigentlich?«

Clara folgte ihrem Blick und konnte sehen, dass er sich beim Kabinentrakt für die Mannschaft mit einem der Smutjes angeregt unterhielt.

»Er wird wohl mitbekommen haben, dass man hier einige Vorteile genießt, wenn man sich mit der Mannschaft gut stellt«, mutmaßte Clara.

Agnes schien dies nicht so recht zu überzeugen, weil sie ihren Blick nicht abwandte. »Vielleicht will er ihn auch bekehren«, sagte sie merkwürdig amüsiert. Aber was ging sie schon der Priester an? Sie hatten sich, und wie es aussah, würde ihnen keine Sekunde langweilig werden.

Clara hatte den Eindruck, dass Schneider immer noch darüber enttäuscht war, den Ärmelkanal von seiner sanften Seite erlebt zu haben. Kaum Wellengang! Wäre er sonst beharrlich darauf herumgeritten, als sie bereits französische Gewässer hinter sich gelassen hatten? Gelegentlich war Clara sogar nach Konversation mit ihm zumute gewesen, was nicht unbedingt daran lag, dass er sonderlich Interessantes aus seinem Leben zu erzählen hatte. Angeblich hatte er schon sehr früh Priester werden wollen und sich magisch von dem Amt angezogen gefühlt. Die Liebe zu Gott sei das Größte überhaupt. Daher würde er ihm dienen. Bei seinen eher theoretischen Exkursen in die Theologie war Clara fast eingeschlafen, auch, als er von seinen Eltern, die in Hamburg einen Tischlerbetrieb führten, berichtet und all seine Lieblingsgerichte aufgezählt hatte. Wenigstens konnte man an seiner Seite sicher sein, dass man nicht belästigt wurde. In der Tat hatte sie ihn kein einziges Mal dabei ertappt, ihr zu tief in die Augen zu sehen oder ihr verstohlen hinterherzublicken. Ein strenggläubiger Mann, der keinen Tag vorübergehen ließ, ohne in der Bibel zu lesen oder Agnes oder Clara etwas daraus vorzulesen, war letztlich die ideale männliche Reisebegleitung. Besonderes Vergnügen bereitete es Clara, ihn auf Widersprüchlichkeiten hinzuweisen oder Fragen zu stellen, auf die er keine Antwort wusste. Sollte man Vater und Mutter auch dann ehren, wenn sie einem Übles wollten? Dabei dachte sie an ihren eigenen Vater. Dass der junge Priester darauf keine Antwort wusste, beziehungsweise immer wieder mit dem Verzeihen als Universalantwort für alles Übel dieser Welt daherkam, beruhigte Claras gelegentlich aufkeimendes schlechtes Gewissen, dass sie ihren Vater verlassen hatte.

»Eine Partie Mühle?«, fragte Agnes, die wie jeden Morgen nach dem Frühstück an Bord spazieren ging, um das mit jeder Seemeile angenehmer und wärmer werdende Klima auszukosten. Überhaupt schien Agnes das Mühlespiel zum morgendlichen Ritual erklärt zu haben. Dazu gehörte auch das Kartenspiel am Abend, an dem sich mittlerweile ein Teil ihrer Matrosengefolgschaft beteiligte. Statt um Geld spielten sie um Nüsse und Mandeln. Agnes hatte schon so viele in ihrer Kajüte gebunkert, dass einer der Matrosen ihr den Spitznamen »Eichhörnchen« gegeben hatte. Sie hatte auch ein wenig von dem quirligen Wesen, auch wenn Agnes ein buschiger Schwanz fehlte. Sie bunkerte auch andere wertvolle Dinge. Im Gegensatz zu Clara hatte sie nicht nur ein Buch dabei. *Emma* hatte Clara bereits ausgelesen, noch bevor die spanische Küste in Sicht war. Um die hundert Bücher hatte Agnes sich wohlweislich in einer Kiste mitgenommen. So waren die zwar immer wärmer, aber auch monotoner werdenden Tage noch besser zu ertragen. Bis zur portugiesischen Küste hatte Clara bereits einige von Agnes' Büchern gelesen, überwiegend Romane, aber auch Reisebeschreibungen. Langsam, aber sicher freute sich Clara auf den ersten Stopp. Frische Lebensmittel mussten eingekauft werden, vor allem Obst und Gemüse, aber auch Kohle, um nicht die Segel hissen zu müssen. Der Koch war bereits seit Tagen auf Graupen, Erbsen und Linsen umgestiegen, weil sich frisches Gemüse nun mal nur mit Eis haltbar machen ließ, das ihnen anscheinend in der Zwischenzeit geschmolzen war. Dass es bereits zwei Mal pro Woche Vitamin-C-haltiges Sauerkraut mit gepökeltem Fleisch gab und Kartoffeln nun täglich auf den Tisch kamen, wertete Clara als untrügliches Zeichen dafür, dass der Halt überfällig war.

Krieg die Zeit tagsüber relativ schnell verflogen, weil der Dampfer an der europäischen Westküste entlanggefahren war, an der es immer etwas zu erspähen gab, so waren die Nächte schier endlos in ihrer Eintönigkeit. Clara hatte sich dabei ertappt, abends mehr zu essen, weil sie davon müde wurde und dann wenigstens früh zu Bett gehen konnte. Dies hatte sie sich aber schnell wieder abgewöhnt, weil sie dementsprechend früh aufwachte und morgens in der Zeit von fünf bis sieben ganz allein an Deck war, um den Matrosen bei der täglich gleichen Arbeit zuzusehen. Andere zählten Schafe. Sie zählte Matrosen, Möwen oder Delfine, die ab und an ihre Wegbegleiter waren. Auch davon wurde man wieder bettschwer. Um der Eintönigkeit des Atlantiks auf der Überfahrt nach Madeira, als kein Festland mehr in Sicht war und ihnen kaum noch andere Segler oder Fischerboote entgegenkamen, zu begegnen, blieb Clara gar nichts weiter übrig, als sich erneut ihrer Violine zu widmen – sehr zum »Vergnügen« der Mannschaft. Ihr anfänglich schräges Gefiedel war nicht zu überhören gewesen. Es dauerte eben eine Weile, bis die im Internat einstudierten Griffe aufs Neue saßen und ihr auch ohne Partitur die Stücke, die sie seinerzeit blind hatte spielen können, wieder geläufig waren. Sobald die ersten hörbaren Harmonien nach so etwas wie Musik klangen, wurde das Schiff zur skurrilen Bühne mitten im Atlantik. Auf magische Weise schienen selbst die Wellen sich leise zu verhalten, damit Clara in ihrem Spiel nicht gestört wurde. Die Gischt peitschte im Takt schnellerer Stücke gegen die Bordwand und glitt nahezu lautlos an ihr entlang, wenn die Töne länger oder leiser wurden. Auf diese Weise wurde das Meer zu ihrem Orchester. Ihr Spiel hielt die Matrosen von ihrer Arbeit ab. Erst als fünf Mann zusammenstanden und ihr verträumt für eine Weile lauschten, schritt der Kapitän ein. Clara wurde dazu abkommandiert, für die Offiziere und Matrosen im großen Salon zu spielen, wenn das Schiff im Hafen von Funchal lag. Das ließ Clara gerade mal zwei Tage Zeit, um zu üben.

Bildete sie sich das nur ein, oder konnte man Land tatsächlich riechen? Die Luftfeuchtigkeit schien gestiegen zu sein, und mit ihr tauchten die ersten weißgrau schattierten Wolkenfetzen am Horizont auf, aus denen sich keine halbe Stunde später ein dunkler Fleck schälte, der immer deutlicher wurde: Madeira, die Blumeninsel, lag vor ihnen. Clara freute sich, bald wieder festen Boden unter den Füßen zu haben.

Nur langsam gab der Morgennebel, durch den sich die Sonne ihren Weg bahnte, den Blick auf die grünen Steilküsten der Insel frei. Sie wurden immer imposanter, je näher sie ihr kamen.

»Funchal ist fest in englischer Hand. Wir müssen unbedingt im *Reid's* einen Tee trinken. Das ist auf der Insel Tradition«, schlug Agnes vor, die neben ihr an der Reling stand, um die Ankunft auf Madeira nicht zu verpassen.

»Eventuell können wir dort sogar unsere Buchvorräte aufstocken«, überlegte Clara laut.

»Bücher auf Madeira? Ich dachte, dort gibt es nur Wein- und Bananenplantagen«, sagte Agnes mit ironischem Unterton, der Clara nicht überraschte, weil sie in Agnes' Bücherbestand ein Buch über Madeira entdeckt hatte, das sie mit Sicherheit gelesen hatte, um sich gründlich auf ihren dortigen Besuch vorzubereiten. Damit hatte sie nicht einmal so unrecht. Man konnte auch aus der Distanz sehen, dass ganze Landstriche mit Weinstöcken übersät waren. Meist lagen sie an den Hängen. Westlich des Hafens, auf den sie zusteuerten, ragten riesige Bananenstauden auf weitflächigen Plantagen gen Himmel. Noch nie hatte Clara einen so grünen Fleck Erde gesehen.

Funchal selbst lag direkt an einem Hang. Kleine weiße Häuser klebten an ihm und reichten bis hinunter zum Hafen, in dem ein Passagierdampfer und zwei Segelschiffe neben Fischkuttern und kleineren Booten vor Anker lagen. Am einen Ende der Hafenpromenade lag eine Festung, ihm gegenüber das *Reid's*, das so aussah, als sei es direkt in den Fels gemeißelt.

Clara konnte es gar nicht erwarten, das edle Hotel zu sehen. Agnes putzte sich heraus, als ob sie zu einem Staatsempfang gehen würde. Ihre Auswahl an Garderobe war enorm. Gleich drei gefüllte Kleiderkisten hatte sie dabei. Clara hatte an edler Robe nur das helle Kleid, das Tante Viktoria ihr in Hannover gekauft hatte. Als sie von Bord gingen, konnte Clara aus den ungestümen Huldigungen der Matrosen ablesen, dass sie darin eine gute Figur machte.

»Wenn wir uns beeilen, dann schaffen wir es noch rechtzeitig zur Tea-Time«, sagte Agnes, die sich bei Clara einhängte und mit ihr den Steg hinuntereilte, als ob sie etwas verpassen würden, wenn sie nicht pünktlich dort wären.

»Es ist doch erst kurz nach zehn«, protestierte Clara. Hatte Agnes nicht selbst gesagt, dass die Tea-Time erst am Nachmittag stattfand?

»Ja, möchtest du denn gar nichts von der Insel sehen?«, entgegnete Agnes. Dies war der Startschuss für eine wahre Odyssee, auf der Agnes nicht gedachte, auch nur die kleinste Kleinigkeit, die Madeira zu bieten hatte, zu verpassen.

Auf der Rundfahrt mit der Kutsche entlang der prächtigen Hauptstraße, die baum- und blumengesäumt war, hatte es gleich zwei Mal im Wechsel mit Sonnenschein geregnet. Der Kutscher hatte ihnen erklärt, dass dies auf Madeira oft vorkam und der Grund dafür sei, warum hier so viel blühte. Clara war froh darüber, in der Kutsche zu sitzen, weil es wohl keine Straße in Funchal zu geben schien, die nicht bergauf und bergab ging. Weil der Kutscher die schönsten Aussichtspunkte zu kennen vorgab, hatte die Rundfahrt in schwindelerregender Höhe begonnen, die eine schier überwältigende Aussicht auf Funchal zu bieten hatte. Sie wechselten dann das Gefährt.

»Und jetzt mit dem Schlitten nach unten«, freute sich Agnes, der wieder einmal ein Matrose gesteckt hatte, sich diese Attraktion nicht entgehen zu lassen.

»Schlitten? Liegt hier irgendwo Schnee?«, fragte Clara, noch bevor sie einen der geflochtenen Körbe sah, den junge Männer anscheinend wie Gondoliere ins Tal lenkten. Clara wurde bei dem Gedanken, mit einem dieser Gefährte den Berg hinunterzuschießen, vorbei an Hausmauern und durch enge Gassen, ganz flau im Magen, doch die Fahrt entpuppte sich als Heidenspaß. Agnes juchzte wie ein kleines Mädchen und vergaß nicht, dem jungen Mann, der hinten auf dem Korbschlitten stehend für die Lenkung und das Bremsen verantwortlich war, ein paar Pfennige Trinkgeld zu geben. Wie unverhohlen sie mit dem Kerl im Anzug eines Matrosen doch flirtete.

Es war typisch für Agnes, dass sie zu frischem Fisch mit Kartoffeln unten am Hafen den schweren Madeira nicht verschmähte, obschon er zum Fisch gar nicht so recht passte. Der Portwein war so stark, dass er einem schon nach wenigen Schlucken die Sinne benebeln konnte. Die anschließende Auswahl einiger englisch- und sogar deutschsprachiger Bücher, die es in einem Laden an der Hafenpromenade zu kaufen gab, fiel dementsprechend schwer. Gottlob konnte Clara dort noch ein gebrauchtes Notenheft für Violine käuflich erwerben. Am liebsten hätte sie gleich angefangen zu üben, mit dem Madeira im Blut sicherlich unbefangen und gelöst, doch Agnes bestand darauf, ihre Exkursion fortzusetzen. Clara hatte beim anschließenden Spaziergang durch eine weitläufige Parkanlage, die mit Pflanzenarten aufwarten konnte, die sie noch nie zuvor in ihrem Leben gesehen hatte, Mühe, sich, dem Wein, aber auch bereits schmerzender Füße geschuldet, aufrecht zu halten, und musste sich bei Agnes einhängen. Der berauschende Duft der Blütenpracht tat sein Übriges. Clara hoffte, dass ein guter englischer schwarzer Tee sie wieder ins rechte Lot bringen würde.

Obwohl das *Reid's* erst ein Jahr zuvor seine Pforten geöffnet hatte, galt es, soweit sie Agnes Glauben schenken konnte, bereits als eine der ersten Adressen für den englischen Hochadel und jeden, der etwas auf sich hielt. Die Straßenfront des Hotels war unauffällig und wirkte eher wie ein einfaches kleines Wohnhaus.

»Vermutlich weil ein Schotte es gegründet hat und mit der Gestaltung geizte«, spottete Agnes amüsiert, nachdem ihnen der Kutscher von William Reid, dem Gründer des Hotels, erzählt hatte. Die imposante Schauseite lag zum Meer hin und zog sich über mehrere Etagen in schwindelerregende Höhen. Auch am Interieur hatte der Schotte erstaunlicherweise nicht gespart. Ausladende Wandelgänge waren mit Möbeln aus edlen Hölzern ausgestattet und mit prächtigen Landschaftsgemälden an den Wänden versehen. Sie luden zum Rundgang ein. Clara konnte es sich nicht verkneifen, mit der Hand über die lindgrünen Teppiche mit rosafarbenen blumigen Ornamenten zu fahren. So flauschige und fein gearbeitete Teppiche hatte sie noch nicht einmal in den feinen Häusern Hannovers gesehen. Das Beste an diesem Hotel war jedoch die überdachte Terrasse, von der aus man einen weit reichenden Blick auf Funchal zu seiner Linken und auf den Atlantik zur Rechten hatte. Auch ein Teil der terrassenförmig angelegten Parkanlage, die der Blumeninsel alle Ehre machte, konnte man von dort aus in Augenschein nehmen. Clara war überrascht, wie gut das Hotel besucht war. Ein Blick auf die illustre Gesellschaft genügte, um zu erkennen, dass sich hier europäisches Kapital die Hand gab. Liebreizende Damen in feiner Nachmittagsgarderobe und Gentlemen von gehobenem Gebaren saßen bei Tee, Sandwiches und feinem Gebäck zusammen. Ein Stimmengewirr aus überwiegend Englisch, Holländisch, aber auch Deutsch war zu vernehmen. Die Neuankömmlinge wurden dezent gemustert.

Clara spürte die neugierigen Blicke einiger Herren, obzwar sie in weiblicher Begleitung waren.

Agnes erspähte sofort den einzigen freien Platz mit uneingeschränkter Aussicht. Natürlich wusste sie aus ihrem Reisebericht, was man hier für gewöhnlich zu sich nahm.

»Zum Tee, der auf Bone China von Wedgwood serviert wird, bestellt man Gurkensandwiches und Scones mit Clotted Cream«, referierte sie, als sie auf einen kleinen Tisch direkt am Fenster zusteuerten. Dieser war anscheinend auch einem adretten jungen Mann aufgefallen, den Clara um die dreißig schätzte. Der fein gekleidete Herr schritt von der anderen Seite der Terrasse darauf zu. Agnes musste ihn auch bemerkt haben. Sie beschleunigte prompt ihre Schritte, was sie aber nicht wirklich schneller werden ließ, weil ihr Kleid dies nicht zuließ.

»Ich verfluche diese neumodischen Schnitte«, wetterte Agnes. Sie spielte sicher darauf an, dass die Röcke weniger ausladend und teilweise um die Waden so eng waren, dass das Gehen erschwert wurde. Mit ausgepolstertem Gesäß, einem eng geschnürten Mieder, welches das Dekolleté nach oben drückte und einem auch noch die Luft zum Atmen abschnürte, war man von vornherein dazu verurteilt, Wettrennen um freie Plätze im *Reid's* zu verlieren. Es war daher wenig überraschend, dass ihr Konkurrent den Tisch als Erster erreichte. Er hatte schon die Stuhllehne in der Hand, um sich zu setzen, als er die Mitwettbewerberinnen bemerkte.

»Oh, I am dreadfully sorry. The chairs are entirely yours.« Er bot ihnen doch tatsächlich die freien Plätze in feiner englischer Art an, bevor er seinen Blick zu Clara wandern ließ und ihr somit Gelegenheit gab, auch ihn genauer in Augenschein zu nehmen. Blaue Augen, schwarzes Haar und ein gepflegter Bart, der Grübchen umrahmte, wenn er schmunzelte, machten eine äußerst attraktive Erscheinung aus ihm. Sein deutscher Akzent war unverkennbar.

»Sie waren zuerst da«, erwiderte Clara charmant, was ihn offenkundig überraschte.

»Ich würde es als Zeichen besonderen Wohlwollens erachten, wenn Sie mir die Gewissheit schenken würden, Ihnen diese wunderbare Aussicht nicht zu vereiteln«, erwiderte er galant.

»Aber was wird dann aus Ihnen?«, fragte Agnes, Besorgnis mimend.

Clara konnte ihren leicht verklärten Blick mittlerweile gut genug einschätzen, um zu wissen, dass sie dabei war, dem Charme dieses Mannes zu erliegen.

»Ich hatte sowieso überlegt, erst noch einen kleinen Spaziergang zu machen«, log er offenkundig aus purer Liebenswürdigkeit.

»In diesem Fall nehmen wir Ihr Angebot gerne an«, sagte Clara und nahm Platz, weil Agnes sonst vielleicht noch auf den Gedanken kam, ihn dazu einzuladen, sich zu ihnen zu setzen. Für wen er sich augenscheinlich mehr interessierte, hatte Clara bereits erfasst, und genau darauf hatte sie nicht die geringste Lust.

Der Mann nickte aus Höflichkeit zum Gruß, bevor er kehrtmachte und zu einer Tür ging, die in den Park führte. Agnes sah ihm verzückt hinterher.

»Also eine gewisse Kultiviertheit kann man ihm wahrlich nicht absprechen«, schwelgte sie, auch wenn sie damit sicher sein attraktives Äußeres meinte.

»Du meinst über alle Maßen bezaubernd«, erwiderte Clara.

Agnes lachte nur, wie es ihre Art war, wenn es um das heikle Thema »Männer« ging.

Clara nahm sich vor, den Gesprächen an den Tischen zu lauschen, nachdem Agnes die Bestellung aufgegeben hatte und sich den Luxus gönnte, internationale Zeitungen zu lesen, die im *Reid's* jedem Gast kostenlos zur Verfügung standen.

»Wir müssen unbedingt noch in diesem Jahr nach Paris«, insistierte die etwa fünfzigjährige Frau am Nebentisch, der, ihrem Schmuck und der vornehmen Robe nach zu urteilen, bestimmt jede Reise finanziell möglich war.

»Da waren wir doch erst vor vier Jahren«, erwiderte ihr Gatte gelangweilt, der mit Monokel im Auge genau wie Agnes eine Zeitung zum Tee las.

»Ich möchte aber endlich den Eiffelturm sehen«, nölte seine Gattin. »Wir waren nicht einmal zur Weltausstellung dort«, hielt sie ihm vor.

»Ich fahre doch nicht nach Paris, um mir diesen architektonischen Schandfleck anzusehen«, entrüstete sich der Mann, bevor er sich wieder seiner Zeitung widmete.

»Schandfleck? Es ist das höchste Bauwerk der Welt.«

»Und wenn schon«, tat der Mann die Bemerkung ab.

Clara tauchte dieses Gespräch in einen solch großen Zwiespalt, dass sie überhaupt nicht mehr darauf achtete, bereits eine heiße Tasse Tee mit Gebäck vor sich stehen zu haben. Sie hatte sich noch nie so recht für die Themen der »Gesellschaft« interessiert. Sie und ihr Vater hatten ganz andere Probleme gehabt, als sich zu überlegen, ob der Eiffelturm ein Schandfleck war. »Dafür haben wir weder Zeit noch Geld«, hatte es geheißen, als Clara vor drei Jahren nur für einen Moment lang überlegt hatte, zur Weltausstellung zu fahren. Einmal auf Hawaii, und dies erklärte die Kluft ihrer Gedanken, hieß es aber auch, Abschied zu nehmen von all den Dingen, die gerade in Europa mit einer Geschwindigkeit passierten, dass einem schwindlig werden konnte. Würde sie jemals die elektrisch betriebene Untergrundbahn Londons sehen oder eine elektrische Straßenbahn, wie sie in Hannover geplant war? Auf all das würde sie verzichten müssen.

»Clara. Dein Tee wird kalt«, ermahnte sie Agnes, die, ohne es ahnen zu können, auch noch ins gleiche Horn stieß: »Stell dir vor, die Engländer haben schon letztes Jahr ein Nachrichtenkabel durch den Ärmelkanal gelegt. Man wird bald, wie sie es nennen, ›telefonieren‹ können. Du sprichst in Paris in ein Gerät, und in London kann jemand deine Stimme hören. Das ist doch unglaublich«, sagte sie. Dann legte sie die Zeitung beiseite und schnappte sich vom frei gewordenen Nebentisch ein Heft, das wie eine Zeitung aussah, aber viel mehr Bilder hatte.

»*Berliner Illustrierte*«, las Agnes von der ersten Seite mit interessiertem Blick ab. »Erstausgabe«, ergänzte sie fasziniert.

Clara musste sich nun erst einmal mit einem Schluck Tee und dem Gebäck stärken. Ihr Blick wanderte über die Gesellschaft hinweg, wie ihre Vertreter an ihrem Tee nippten, kicherten, Zigarre rauchten. Sie nahm sich vor, dieses Bild in ihrem Herzen zu bewahren, als Symbol für all das, worauf sie künftig gerne verzichten würde.

5

Clara fiel es schwer, sich auf das Violinenspiel zu konzentrieren, und das lag nicht an der stickigen Luft in der Kabine, deren Fenster sie geschlossen hatte, um mit ihrer Violine nicht gleich den ganzen Hafen zu beschallen. Ihre Gedanken kreisten vielmehr um die reichhaltigen Eindrücke des Tages, aber vor allem um Tausende Neuigkeiten, die Agnes aus der *Berliner Illustrierten* gesaugt und zum Besten gegeben hatte, bis sie zurück an Bord gewesen waren. Wie konnte man sich nur allen Ernstes dafür interessieren, dass ein Norweger an einem Ort namens Holmenkollen, der angeblich unweit von Oslo lag, auf Skiern einundzwanzig Meter weit gesprungen war? Hatten die Leute nichts Besseres zu tun, als sich im Weitsprung zu messen? Wenn diese neue Illustrierte nichts anderes zu berichten hatte, würde es dieses Bilderbuch für Erwachsene, wie Agnes es verzückt genannt hatte, sicher nicht mehr lange geben. Clara atmete tief durch und setzte erneut dazu an, sich ihrem Notenblatt zu widmen. Zwei der Mozart-Sonaten getraute sich Clara, nach dem Essen vor versammelter Mannschaft fehlerfrei zu spielen. Mit nur zwei Stücken aufzuwarten wäre jedoch etwas mager. Daher versuchte sich Clara noch an einem dritten Stück des österreichischen Komponisten, dessen Sonaten sie vom Geigenunterricht noch am besten in Erinnerung hatte. Nun nach Noten spielen zu können nahm ihr etwas die Nervosität. Bis zum Dinner war noch ein wenig Zeit. Clara beschloss, etwas frische Luft zu schnappen und den Sonnenuntergang an Deck zu genießen. Sie wunderte sich nicht darüber, Agnes an

Deck vorzufinden. Dass Schneider ihr Gesellschaft leistete jedoch schon. Agnes unterhielt sich wohl nur aus Langeweile mit ihm, weil Clara mit der Violine beschäftigt gewesen war. Was um alles in der Welt gab es an der Anlegestelle zu sehen, dass beide ihre Hälse über die Reling reckten? Der Sonnenuntergang, den Agnes sich keinen Tag hatte entgehen lassen, lag doch auf der anderen Seite.

»Ich schätze, es gehen noch weitere Passagiere an Bord«, sagte Agnes, als Clara sie erreichte.

In der Tat stiegen ein gutes Dutzend junger Männer von den Ladeflächen zweier Kutschen. Jeder hatte einen Seesack dabei. Sie versammelten sich vor der Ladeluke und wurden von einem Matrosen angewiesen, ihm zu folgen. Sie sahen aus wie Hafenarbeiter. Ihre Kleidung war schlicht, und selbst aus der Distanz konnte man erkennen, dass sie abgetragen war.

»Vielleicht Sträflinge?«, mutmaßte Schneider.

»Unsinn. Davon wüsste ich«, sagte Agnes leicht gereizt, höchstwahrscheinlich weil ihr einmal im Leben etwas entgangen war oder sie ihr Informant an Bord ausnahmsweise nicht mit Neuigkeiten versorgt hatte.

»Auf alle Fälle kräftige Burschen«, kommentierte der Priester. »Vermutlich Arbeiter. Ich hab gehört, dass der Walfang nicht mehr so gut geht und viele Portugiesen sich andere Arbeit suchen«, meinte er.

Der dunklen Hautfarbe der Männer und ihren von Wind und Wetter gegerbten Gesichtern nach zu urteilen, war dies durchaus denkbar.

»Aber wir haben doch nur noch zwei freie Kabinen«, gab Clara zu bedenken.

»Die schlafen bestimmt im Frachtraum«, spekulierte Agnes.

Clara erinnerte sich sofort an Onkel Theodors Berichte. Hunderte deutscher Auswanderer waren auf diese Weise gereist. Dementsprechend anstrengend und gefährlich waren die Reisen gewesen. Seuchen hatten sich an Bord ausgebreitet. Nicht selten hatte es auf solchen Fahrten zahlreiche Opfer zu beklagen gegeben.

»Ich denke, jemand sollte die Männer begrüßen. Sicher brauchen sie auch geistlichen Beistand«, beschloss Schneider.

»Die Portugiesen sind das gläubigste Volk der Welt. Die sehen eher so aus, als hätten sie anständige Kleidung und etwas zu essen nötig und keine Gebete«, erwiderte Agnes trocken.

Schneider gab einen verächtlichen Laut von sich und ging zu den Bordtreppen, die nach unten führten.

»Ich muss mich jetzt für die große Gala umziehen«, sagte Agnes amüsiert.

»Ich bin wirklich schon nervös genug«, meinte Clara.

Agnes fuhr ihr aufmunternd über die Wange. »Du machst das schon.« Agnes' Worte in Gottes Ohr.

Agnes' Ironie in Sachen »Gala« hatte doch tatsächlich Gestalt angenommen. Der Salon, im Prinzip nichts weiter als ein einfacher, wenngleich sauberer Speiseraum, hatte sich in das verwandelt, wofür sein Name stand. Clara hätte nicht gedacht, dass es an Bord Tischdecken gab. Auf ihnen standen sogar Kerzen, die mit dem Licht aus den Petroleumleuchten um die Wette loderten. Da das Schiff nun wieder mit Kohle versorgt und vor allem mit frischen Lebensmitteln beladen war, verstand es sich von selbst, dass der Berliner Koch angesichts des bevorstehenden Konzerts, wie es bei den Offizieren hieß, alles auffuhr, was seine Kochkunst zu bieten hatte. Sogar Hummer stand auf dem Speiseplan. Die Offiziere hatten bereits Platz genommen. Stühle für die Mannschaft standen im hinteren Bereich bereit. Alle warteten eigentlich nur noch auf den Kapitän, der pünktlich erschien, allerdings nicht allein. Er hatte den Herrn aus dem *Reid's* dabei, der ihnen den Tisch überlassen hatte. Dass zwei Stühle am Ende des Tischs frei waren, ergab für Clara nun Sinn.

»Darf ich vorstellen? Herr Albrecht Hoffmann aus Hamburg«, sagte Kapitän Bäcker in die Runde.

Hoffmann war anzusehen, dass er nicht minder darüber erstaunt war, Clara und Agnes an Bord anzutreffen.

»Was für eine erfreuliche Überraschung«, sagte er prompt.

»Clara Elkart und Agnes Rotfeld«, stellte Kapitän Bäcker sie vor, dann wandte er sich an alle: »Ihnen ist sicher nicht entgangen, dass heute fünfzehn junge Portugiesen eingeschifft wurden. Sie werden uns bis Hawaii begleiten und für Herrn Hoffmann arbeiten«, erklärte er. Wahrscheinlich hatte Hoffmann diesem Umstand die Einladung zum Dinner zu verdanken.

»Und Sie begleiten uns auch?«, fragte Agnes sogleich hocherfreut nach.

»Nein. Ich werde morgen einen Dampfer nach New York nehmen. Von dort die Eisenbahn nach San Francisco und dann mit einem Dampfer nach Honolulu übersetzen«, erklärte er. Auf diese Weise würde er nur halb so lang unterwegs sein wie sie.

»Wenn ich gewusst hätte, in welch liebreizender Gesellschaft ich mich heute Abend befinde, hätte ich die längere Reisezeit gerne in Kauf genommen«, sagte er an Clara und Agnes gewandt, wobei sein Blick länger auf Clara verharrte. »Gut, dass dieser Tisch groß genug für uns alle ist«, fuhr Hoffmann fort, als er die einladende Geste von Kapitän Becker, sich neben Clara zu setzen, annahm. Der Koch nahm dies zum Anlass, seine Köstlichkeiten aufzutischen, und Agnes, um Hoffmann Löcher in den Bauch zu fragen.

»Sie leben auf Hawaii?«

»Erst seit zwei Jahren. Ich soll die Zuckerrohrplantage meines Vaters übernehmen«, sagte er.

»Die Hoffmanns gehören zu den einflussreichsten Familien mit Plantagen auf Oahu und Kauai«, ergänzte Kapitän Bäcker.

Clara überlegte, ob es nicht sinnvoll wäre, sich zu offenbaren und von ihrem Onkel zu erzählen, entschied sich aber dann doch dagegen, weil sie Hoffmann noch nicht einordnen konnte. Männer, die sich für sie interessierten, waren per se suspekt. Insofern war es sicher besser, ihn auf Abstand zu halten und erst gar kein Interesse an seiner Person zu zeigen.

»Und Sie? Was führt Sie nach Hawaii?«, fragte er an Agnes und Clara gerichtet, womit er Claras gute Vorsätze sogleich zunichtemachte.

»Ich werde an einer königlichen Schule unterrichten«, sagte Agnes wie aus der Pistole geschossen, woraufhin Hoffmann anerkennend nickte und dann seinen Blick auf Clara richtete.

»Ich besuche meinen Onkel«, gestand Clara dann doch.

»Sie sollten länger bleiben. Dann wäre Hawaii um eine bezaubernde Blume reicher«, sagte er so charmant, dass es Clara alles andere als übel aufstieß. »Wenn es erst einmal Schnelldampfer gibt, werden sicher noch mehr Deutsche nach Hawaii kommen«, sagte er darauf in die Runde.

Es war klar, dass Schneider, der ihm gegenübersaß, den Faden aufgreifen würde. Clara langweilte sich schon jetzt und richtete ihren Blick demonstrativ auf die vorzüglich duftende Hühnersuppe, die man ihr bereits serviert hatte.

»Wobei man ja sagt, dass erst noch die Zeit der Großsegler kommen wird«, warf Schneider prompt ein.

Gottlob nahm Hoffmann dies nicht zum Anlass, ein Gespräch über Schiffstechnik vom Zaun zu brechen.

»Eines Tages wird man in zwei bis drei Tagen von Europa nach Hawaii gelangen«, sagte er stattdessen.

»Da müsste der Mensch schon fliegen können«, warf der Priester ein.

»Das kann er«, erwiderte Hoffmann.

»Der Mensch als Vogel? Das glauben Sie doch selbst nicht«, erwiderte Schneider, der darin bestimmt Gotteslästerung sah, so wie Clara ihn einschätzte.

»Otto Lilienthal hat erst vor Kurzem erfolgreiche Versuche mit einem manntragenden Flugapparat in Derwitz bei Potsdam durchgeführt. Mein Bruder kennt ihn persönlich. Lilienthal ist ein echter Draufgänger und Visionär«, schwärmte Hoffmann.

»Darüber habe ich gelesen«, schaltete sich Agnes ein.

Clara würde es nicht wundern, wenn sie das auch in dieser Illustrierten aufgeschnappt hatte.

»Wie viele Deutsche gibt es denn eigentlich auf Hawaii?«, fragte Agnes, offenkundig, um das Thema zu wechseln, von dem sie wusste, dass es Clara langweilte.

»Weit über tausend dürften es jetzt schon sein. Sie sind gern gesehen … Man wundert sich sowieso, warum es so viele in die neuen Kolonien nach Deutsch-Ostafrika zieht. Gelbfieber, Malaria, wilde Tiere, kriegerische Stämme …«, sinnierte Hoffmann.

»Ist Hawaii um so viel besser? Man hat bis vor knapp hundert Jahren dort sogar noch Menschen geopfert, um die Götter milde zu stimmen. So weit sind wir von dieser Steinzeitmonarchie auch noch nicht entfernt«, warf Schneider ein, wohl um das Missionarstum zu rechtfertigen.

»Ich nehme an, weil man mit dem Schiff schneller in Afrika ist und sich nicht jeder eine Überfahrt auf der *Australia* leisten kann«, merkte Clara an Albrecht gewandt an, bevor sie sich wieder der Suppe widmete.

Hoffmann nickte anerkennend.

»Den Portugiesen scheint es jedenfalls nicht zu weit zu sein«, spekulierte Agnes laut.

»Es wird nicht einfach werden, aus Seeleuten Plantagen-arbeiter zu machen«, erklärte Hoffmann.

Dazu nahm Clara keine Stellung, weil sie von Onkel Theodor bereits wusste, wie viele Portugiesen auf den Plantagen für einen Hungerlohn arbeiten mussten, und sie sich mit Ausbeutung dieser Art nicht anfreunden konnte.

Der zweite Gang folgte und mit ihm Gespräche über das »moderne und aufregende Leben unserer Zeit«. Clara zog es vor, sich mit dem Hummer zu beschäftigen. Gedanklich war sie sowieso bei ihrem bevorstehenden Auftritt. Dass nun ausgerechnet dieser Hoffmann im Publikum saß, machte sie nur noch nervöser. Vom Nachtisch, einem Zitronensorbet, bekam Clara kaum etwas hinunter.

Im Nu füllte sich der Salon mit den Matrosen, die alle erwartungsfroh auf ein kleines Podest sahen, auf dem Claras Violine im Schein einer Petroleumleuchte glänzte. Kaum hatte sie sich erhoben, setzte frenetischer Beifall ein. Kapitän Bäcker ließ das Petroleumlicht dimmen. Der Salon wurde nur noch vom Licht der Kerzen erhellt. Dann begann Clara zu spielen. Nur ein kurzer Blick hinüber zu Hoffmann genügte, um das gleiche Verlangen in seinen Augen zu sehen, wie sie es schon einmal erlebt hatte. Clara war froh, dass er in dieser Nacht noch von Bord gehen würde.

Das *Reid's* und Claras Auftritt, der allen unvergesslich war, wie sie immer wieder zu hören bekam, lagen nun schon etliche Tage zurück, so weit, dass Clara glaubte, sie hätte das alles nur geträumt. Einfach alles schien sich in der Weite des Meeres zu verlieren. Clara empfand dies zunächst als beängstigend, doch je mehr sie darüber nachdachte, als umso angenehmer nahm sie dieses Leerlaufen wahr, das innere Ruhe spendete. Die Wellen trugen Sorgen und Ängste, aber auch Erlebtes und Er-

hofftes davon. Zugleich setzte eine auf eingespielte Routinen
ruhende Monotonie ein, doch ohne ein Gefühl von Langeweile
aufkommen zu lassen. An Tagen, an denen die See ruhig war,
konnte man sich mit einem Buch begnügen und es ohne Ablen-
kungen in sich aufnehmen. An anderen Tagen leistete Agnes
ihr Gesellschaft. Sie war ein nie versiegen wollender Brunnen
an Geschichten und interessanten Gedanken. Schneider hingegen redete mit ihnen nur das Notwendigste. Wie es aussah,
hatte er sich mit zwei der jungen Portugiesen angefreundet.
Neuerdings versuchte er sogar, alle an Bord zu täglicher kör-
perlicher Ertüchtigung zu animieren. Das fehlte noch. Agnes
sah das offenbar genauso, weil sie seine Anfragen stets verneinte. Schneider hatte es trotzdem geschafft, fünf der Portugiesen
zum Frühsport, wie er es nannte – im Prinzip nichts weiter als
Gymnastik –, zu überreden. Clara ließ sich dieses morgendliche Schauspiel nicht entgehen. Agnes lechzte förmlich danach. Die jungen Burschen mit nackten kräftigen Oberkörpern
bei ihren Übungen zu beobachten, diente Agnes sicherlich
nicht als Anschauungsunterricht für die männliche Anatomie.
Nur in einem stimmte sie Schneider zu. Frische Luft hatten die
Portugiesen dringend nötig. Agnes hatte Clara dazu überredet,
einen Blick in den Frachtraum zu werfen, in dem Albrechts
»Sklaven«, wie Agnes die Portugiesen nannte, den hinteren
Teil zugewiesen bekommen hatten. Der feine Herr selbst war
bestimmt schon in New York oder saß in einem Erste-Klasse-
Abteil der transkontinentalen Eisenbahn. Es war dunkel. Nur
spärliches Licht fiel von zwei kleinen Bullaugen hinein. Es roch
nach Schweiß. Die Luft stand. Das rhythmische Dröhnen der
Dampfmaschinen war hier unten nicht nur zu hören, sondern
auch noch zu fühlen. Ihre Vibrationen erfassten den ganzen
Körper. Dennoch war niemand unzufrieden, was sicherlich
auch daran lag, dass Kapitän Bäcker es den Arbeitern an nichts

fehlen ließ. Die Gruselgeschichten der Reiseberichte, die Clara gelesen hatte, fanden an Bord der *Braunfels* jedenfalls nicht statt – keine Ratten, keine bakteriellen Infektionen aufgrund schlechter hygienischer Zustände, keine Todesfälle. Lediglich Läuse hatten sich eingeschlichen. Der jüngste Portugiese hatte sie an Bord gebracht. Somit mussten sich alle über Wochen zwei Mal täglich das Haupt mit Meerwasser begießen. Clara und Agnes blieb dies Gott sei Dank erspart, weil sie in dieser Zeit keinen Kontakt zu den Portugiesen gehabt hatten. Soviel Clara von einem der Arbeiter, der Englisch sprach, mitbekommen hatte, erhoffte sich jeder ein besseres Leben auf der Insel. Die meisten hatten noch keine eigene Familie und kamen aus Fischerfamilien, die in ihren Dörfern noch nicht einmal mehr genug zu essen hatten. Sie schätzten sich glücklich, für Albrecht Hoffmann arbeiten zu dürfen.

»Alles eine Sache der Perspektive«, hatte Agnes dazu angemerkt. Vielleicht hatte sie recht. Lediglich in ihrer Wetterprognose, die sie von körpereigenen Signalen abhängig machte, täuschte sie sich. Die Sonne hatte sich hinter einem Grau in Grau verzogen, und die See wurde deutlich rauer. Die *Braunfels* geriet so ins Schlingern, dass man gelegentlich Probleme hatte, aufrecht zu gehen. Das Schiff brauchte dann, wie Clara von Kapitän Bäcker erfahren hatte, mehr Brennstoff, weil die Maschinen mit voller Kraft gegen die Wellen anzukämpfen hatten. Um die brasilianische Küste zu erreichen, ließ er an zwei Tagen sogar die Segel setzen. Mit einem Schlag hatte sich das Gefühl an Bord verändert. Einem Dampfer konnte höherer Wellengang weniger anhaben. Er fuhr sie schneller an und brauchte sich nicht um Wellentäler zu scheren. Das bewegte Auf und Ab schien auch schneller zu sein, ein gelegentlicher Aufprall wuchtiger, aber ohne Besorgnis zu erregen. Als Segler schien das Schiff jedoch mit den Wellen zu gleiten und ein

Teil des Meeres zu sein. Man spürte die Elemente direkter, was mitunter auch Agnes Übelkeit bescherte.

Die Wetterlage hielt bis Belem an – ein schmuckloser brasilianischer Hafenort, der es nicht wert war, erkundet zu werden, weil es in Strömen geregnet hatte und man dort im Schlamm versunken wäre. Immerhin waren nun neue Vorräte an Bord und genug Brennstoff.

Das friedliche Grau des Himmels versprach nach dem Ablegen eine ruhige Fahrt. Dem gelegentlich aus ihm hervortretenden Regen konnte man in der Kabine entgehen. Weil die Mannschaft Clara nach ihrem Auftritt hofierte und es sich eingebürgert hatte, dass sie für jeden Matrosen und Offizier ein Stück spielte, wenn er Geburtstag hatte, fraßen sie ihr buchstäblich aus der Hand. Das Essen wurde in der Kabine serviert, und es genügte nur ein Wort, um irgendetwas besorgen zu lassen, wonach ihnen gerade war. Dass Schneider nicht ohne explizite Nachfrage in diesen Genuss kam, wurmte ihn offenbar gewaltig.

Ausgerechnet als sie sich dem Kap Hoorn näherten, gab Kapitän Bäcker eine Unwetterwarnung heraus. Es ließ auch nicht lange auf sich warten. Das eintönige Grau bekam schnell Gesellschaft. Eine schwarze Wolkenfront, die das Ende der Welt zu verkünden schien, lauerte vor ihnen. Angeblich hatten die Wellen bereits eine Höhe von fünf Metern erreicht. Sie wurden angewiesen, die Kabinen nicht mehr zu verlassen. Nach dem ersten dumpfen Schlag, der das Schiff so durchrüttelte, dass alle Bücher aus dem Regal ihrer Kabine fielen, stand Agnes schon vor ihrer Tür.

»Wir werden alle sterben«, wimmerte sie so überzeugend, dass Clara froh war, Agnes' Bitte, die Nacht in ihrer Kabine verbringen zu dürfen, nicht abgeschlagen hatte. Das Beste, was man in so einer Situation tun konnte, war, sich abzulenken. Agnes' Geschichten aus der *Berliner Illustrierten* – und seien sie noch so banal – erwiesen sich nun als äußerst hilfreich. Dass Schneider bereits anfing, den Herrn um Gnade und Verzeihung für seine Sünden zu bitten, was Clara hörte, als ein Matrose ihnen das Essen brachte und die Tür zum Gang ihres Trakts offen stand, schien Agnes' schlimmste Befürchtungen zu bestätigen. Der aufziehende Wind pfiff mittlerweile so laut durch die Ritzen der Tür, dass drinnen die Kerzen ausgingen. Man hörte unentwegt das Knarren der Schiffsplanken und spürte förmlich, wie sich die *Braunfels* durch die Wellen kämpfte. Clara hatte mittlerweile aufgegeben, die Kerzen neu zu entzünden. Petroleumlampen kamen bei dem Sturm nicht infrage. Gingen sie zu Bruch, stünde im Nu die Kabine in Flammen. Außerdem waren die Streichhölzer ausgegangen. Einer der Matrosen hatte versprochen, neue vorbeizubringen, jedoch rüttelte der Wind so stark an den Türen, dass sie den Matrosen erst hörten, als er mit den Fäusten gegen das Kabinenfenster hämmerte. Der tosende Sturm drückte so hart gegen die Türangeln, dass sich selbst die Innentür kaum öffnen ließ. Clara presste sich mit aller Gewalt dagegen. Kaum hatte ihr der Matrose die Streichhölzer durch den Türspalt in die Hand gedrückt, schwappte mit der nächsten Abwärtsbewegung des Schiffs auch schon Wasser in die Kabine. Mittlerweile kauerte Agnes am Fuß ihres Betts und musste sich übergeben.

Der Sturm musste über Nacht noch an Stärke zugenommen haben. Von draußen waren heisere Rufe der Matrosen zu hören, die wie das Geschrei von Möwen klangen. Nun fing Agnes auch noch an zu beten, während sie ihrem Erbrochenen hinterherwischte. Clara hielt nichts von Gebeten in Not. Wenn man das ganze Jahr über nicht in die Kirche ging, war es feige, urplötzlich das Zwiegespräch mit Schneiders oberstem Chef zu suchen. Spätestens als die erste Welle so hoch war, dass sie der *Braunfels* nicht nur eine Breitseite verpasste, sondern auch noch ihr Bullauge erreichte, änderte sie ihre Meinung. »Bitte lieber Gott, lass uns heil durch diesen Sturm kommen«, stieß sie aus. Weil eine Breitseite nach der anderen folgte, schloss Clara gedanklich mit ihrem Leben ab.

Die Holzvertäfelung ihrer Kabine erweckte den Eindruck, als sei sie ausgeblichen. Es war so unwirklich hell, dass Clara Mühe hatte, die Augen zu öffnen. Für einen Moment glaubte sie, bereits im Seefahrerhimmel zu sein. Anders ließ sich kaum erklären, dass sich nichts mehr bewegte. Erst als sie das gleichmäßige Stampfen aus dem Maschinenraum vernahm und es sich im Vergleich zu letzter Nacht nur um das altbekannte sanfte Schnurren einer Miezekatze handelte, wurde Clara bewusst, dass sie den Sturm tatsächlich heil überstanden hatten.

Agnes schlief im Stuhl so friedlich wie ein kleiner Engel.

Clara blickte aus dem Bullauge und sah blauen Himmel vor sich. Sie dürstete nach frischer klarer Luft. An Deck herrschte die gleiche unheimliche Stille. Obwohl der Wellengang kaum noch spürbar war, bewegte sich das Schiff nur sehr langsam. Liefen sie etwa in einen Hafen ein? Clara blickte sich um. Es war kein Land in Sicht. Da erklang die Schiffsglocke so laut, dass Clara zusammenfuhr. Wo waren die Matrosen abgeblieben? Wo Schneider mit seiner Gymnastiktruppe? Das Schiff wirkte wie ausgestorben. Clara bekam es mit der Angst zu tun. Träumte sie das alles nur? War sie am Ende doch bereits tot?

»Ich fühl mich wie gerädert«, tönte es aus ihrer Kabine. Agnes quälte sich mit zusammengekniffenen Augen ins Freie und trottete zu ihr. »Wo sind die alle?«, fragte sie, während sie sich die Augen rieb.

Die Schiffsglocke ertönte erneut. Erst jetzt trug der Wind eine weitere Stimme zu ihr. Es war die von Schneider, und sie kam vom Bug. Clara eilte hinüber und erstarrte. Die Matrosen und Offiziere hatten sich um einen hölzernen Sarg versammelt. Schneider stand neben dem Kapitän und sprach offenbar die letzten Worte. Niemand nahm Notiz von ihr, als sie sich näherte. Erst als Agnes sie erreichte und sie sich neben die Matrosen einreihten, würdigte Kapitän Bäcker sie eines Blickes. Er nickte nur traurig zu ihnen hinüber.

»Der erste Offizier. Er ist gestern Nacht unglücklich gestürzt«, wisperte einer der Matrosen leise. Keine Minute später schoben die Matrosen den Sarg auf einer Planke über die Reling. Noch einmal ertönte die Schiffsglocke. Dann wurde der Sarg dem Meer übergeben. Niemand rührte sich. Schweigend blickten die Kameraden des Toten, aber auch die Portugiesen, die sich hinter der Besatzung versammelt hatten, auf das Meer.

»Das Leben geht weiter. An die Arbeit Männer«, wies Kapitän Bäcker die Besatzung nach einer Schweigeminute an.

Clara wurde in diesem Moment bewusst, dass auch sie in diesem Sarg liegen könnte. Noch etwa ein Drittel der Strecke lag vor ihnen – das Kap Hoorn und die tückischen tropischen Stürme des Pazifiks. Nach den Erfahrungen der vergangenen Nacht hatte Clara zum ersten Mal den Gedanken, nie auf Hawaii anzukommen.

Allen Unkenrufen zum Trotz hatte sich ihnen das Kap Hoorn von seiner schönsten Seite gezeigt. Für Clara war es ein unvergesslicher Eindruck, die Anden zu sehen, die sie bisher nur aus Reiseberichten und von Zeichnungen her kannte. Das Gebirge schien ins Meer zu gleiten und löste sich in kleine Inselgruppen auf. Die *Braunfels* war ganz dicht an einer von ihnen vorbeigefahren, sodass sie sogar eine Seehundkolonie begutachten konnten.

Bis Valparaiso blieb die See ruhig. Alle freuten sich darauf, wieder festen Boden unter den Füßen zu haben, die chilenische Kultur zu erkunden und ein paar Einkäufe zu tätigen. Letztlich sehnte sich aber jeder danach, die Enge auf dem Dampfer zumindest für ein paar Stunden gegen die Weite und das quirlige Leben einer Stadt einzutauschen. Daraus wurde jedoch nichts. Kapitän Bäcker hatte ihnen den Landgang verwehrt. Letzten September war in Chile ein Bürgerkrieg ausgebrochen. Seither würden immer noch Chaos und Anarchie herrschen. Der unmittelbare Hafenbereich in der Nähe der *Braunfels* sei jedoch sicher. Agnes und Clara hatten beschlossen, gleich an Bord zu bleiben. Was brachte es schon, zwischen Seglern, Dampfern und überwiegend Frachtern umherzuirren?

Wenn man den größten Teil der Reise bereits hinter sich hatte, schien die Zeit auf einmal viel schneller zu vergehen. Das anhaltend gute Wetter hob zudem die Stimmung an Bord. Unter solchen Bedingungen und insbesondere im Liegestuhl unter blauem Himmel fiel der Gedanke schwer, bald nicht mehr an Bord zu sein. Clara war sich jetzt schon sicher, dass sie die Besatzung vermissen würde, weil sie im Lauf der Zeit mit so gut wie jedem ins Gespräch gekommen waren, von ihren Träumen, Hoffnungen, ihren Familien und Abenteuern auf hoher See erfahren hatten. Die *Braunfels* war zu einer Art zweiten Heimat geworden, und obwohl man täglich immer den gleichen Menschen begegnete, hatte man nie das Gefühl, sich nichts mehr zu erzählen zu haben.

Schon zwei Tage vor der Ankunft stellte sich gar Melancholie ein. Nur noch zwei Mal im Salon essen, nur noch zwei Mal morgens Schneider und den Portugiesen bei der Morgengymnastik zusehen, nur noch zwei Mal gemeinsam mit Agnes über Gott und die Welt sprechen oder sich über die Bücher austauschen, die sie gelesen hatten. Das Merkwürdige war jedoch, dass jene Melancholie schlagartig verschwand, als es hieß, sie seien nur noch wenige Stunden von Hawaii entfernt.

Die ersten Möwen kreisten kreischend um das Schiff – ein untrügliches Zeichen dafür, dass Land in der Nähe war. Schon kurz darauf begann die Luft am Horizont zu flimmern. Treibgut kam ihnen entgegen. Das Blau des Meeres schien heller zu werden. Erste Lücken im Wolkenzug sprachen für andere Windverhältnisse an Land, wie Kapitän Bäcker ihr erklärt hatte. Keine halbe Stunde später tauchte ein silbergrauer Streif am Horizont auf. Clara konnte es immer noch kaum glauben, dass sie ihr Ziel erreicht hatten.

Agnes hatte bereits ihre Habseligkeiten in die Truhe gepackt, doch das konnte warten. Wenn man zwei Monate unterwegs war, durfte man keinen Moment der letzten Etappe verpassen. Ein Segler kam ihnen entgegen und begrüßte sie mit der Schiffsglocke. Die Insel, die sich Oahu nannte, nahm Konturen an. Aus dem wolkenverhangenen Grau schimmerte pastellfarbenes Grün, das immer intensiver wurde. Aus dunklen Schemen wurden Schiffe und ein geschäftiger Hafen, an den eine Kleinstadt anschloss. Clara überraschte es, dass man von Weitem glauben konnte, in eine deutsche Hafenstadt einzulaufen, auch wenn die sie umgebende Vegetation ganz anders aussah. Palmen, die einen Teil des Ufers westlich des Hafens säumten und auch zwischen den Häusern herausragten, gab es zu Hause nicht. Die Anlage der Stadt mit ihrer kleinen Kathedrale, die, soviel Clara aus den Reiseberichten wusste, »Our Lady of Peace« hieß, hatte auf einmal gar nichts Fremdartiges mehr an sich, auch wenn sie die halbe Welt umrundet hatten. Hinter der Stadt erhoben sich waldgekrönte Berge, die sich in sanft abfallenden Hügeln verloren. Schäumende Brandung umspülte die flach auslaufenden Klippen und einen weitläufigen Sandstrand an den Flanken Honolulus.

»Wir haben es tatsächlich geschafft«, kommentierte Agnes, die sich zu ihr gesellte, als das Hafenbecken in Sicht war. Aus der Ferne war zu erkennen, dass sich bereits Schaulustige und einige Kutschen zu versammeln begannen. Ausgerechnet die quirlige Agnes wirkte nun merkwürdig nachdenklich.

»Du musst mich so oft du kannst besuchen«, sagte sie so flehend, dass Clara sie spontan umarmte.

»Versprochen«, sagte sie aus vollem Herzen.

Dann tönte die Schiffsglocke. Zeit, von Bord zu gehen.

6

Zu Claras Erstaunen ließ Kapitän Bäcker noch weit vor dem Hafenbecken den Anker werfen. Erst jetzt bemerkte Clara, dass an den Anlegestellen im Moment nur kleinere Boote lagen. Sie nahm an, dass sie in ein Ruderboot umsteigen mussten, um an Land gebracht zu werden. Tatsächlich näherte sich eines, jedoch war es gerade mal groß genug für höchstens drei Personen. Ein Hawaiianer in Uniform stand aufrecht darin. Clara konnte sehen, dass Matrosen die Bordleiter herunterließen. Dann versammelten sich sowohl die Mannschaft als auch die Arbeiter in Reih und Glied.

»Vielleicht jemand von der Einwanderungsbehörde?«, überlegte Agnes laut.

Ein Matrose, den Kapitän Bäcker nach ihnen hatte schicken lassen, belehrte sie eines Besseren: »Sie müssen sich untersuchen lassen, bevor Sie von Bord gehen«, erklärte er und bedeutete ihnen, sich einzureihen.

»Vermutlich wollen die nur sehen, ob wir mit Pestbeulen übersät sind«, mutmaßte Agnes. Tatsächlich entpuppte sich der Uniformierte als Gesundheitsbeamter, der die aufmarschierten Ankömmlinge jedoch nur oberflächlich betrachtete. Es ging darum festzustellen, ob sie mit den schwarzen Blattern oder Anzeichen anderer fataler Seuchen behaftet waren. Nachdem das Schiff aus Deutschland kam und zudem einen gepflegten Eindruck machte, warf der Beamte nur einen kurzen Blick auf die ersten Besatzungsmitglieder, ohne die Reihe ganz abzuschreiten. Lediglich ein Papier musste Kapitän Bäcker unterzeichnen, bevor der Beamte das Schiff verließ. Das Rasseln der Ankerkette, die eine Stahlwinde nach oben zog, signalisierte, dass sie die Genehmigung zur Einfahrt erhalten hatten. Als Clara sich in Agnes' Begleitung auf den Weg zu ihren Kabinen machte, um ihr Gepäck zu holen, bemerkte sie viele kleine Kanus, die sich vom Strand aus näherten und im Nu die *Braunfels* wie ein Empfangskomitee begleiteten. Einige der einheimischen Männer und Kinder sprangen unvermittelt ins Wasser, tauchten kurz ab und holten etwas Glitzerndes aus dem Pazifik, bevor sie das Blau des Meeres erneut verschlang. Ein paar Matrosen hatten sich den Spaß gemacht, Pfennigmünzen ins Wasser zu werfen. Anscheinend fanden sie Gefallen daran, die Hawaiianer wie Enten um das Boot herumschwimmen zu sehen. Es stimmte also, was sie in ihren Büchern gelesen hatte. Die einheimische Bevölkerung, die nicht in den Städten lebte, war mehr als nur spärlich bekleidet. Die wenigen Frauen, die auf den Kanus waren, entblößten ihre Brüste. Die Männer waren halb nackt und trugen nur Tücher oder ein Geflecht aus Blättern um die Lenden. Es waren schöne Menschen mit dunklem Haar, groß gewachsen und makellos. Ihre Haut schimmerte im Licht der Mittagssonne bronzefarben. Sie ließen sie bald hinter sich, weil die Kanus ihnen nicht bis hinein ins Hafenbecken folgten.

Was aus der Ferne noch wie eine deutsche Kleinstadt ausgesehen hatte, wirkte nun aus der Nähe wie eine zusammengeschusterte Siedlung. Es musste erst vor Kurzem heftig geregnet haben, weil Karren und Kutschen förmlich im schlammigen Morast des Hafengeländes versanken.

Die Portugiesen gingen zuerst von Bord. Ein hellhäutiger Mann, der wahrscheinlich für Albrecht Hoffmann arbeitete, nahm sie in Empfang. Ein Teil der Arbeiter stieg auf Karren, etwa die Hälfte wurde in Richtung eines kleines Seglers abkommandiert.

Schneider hatte überraschenderweise nur einen kurzen Gruß für sie übrig, wünschte »Alles Gute« und dass »der Herr mit Ihnen sei«, bevor auch er von Bord ging. Er steuerte in Eile auf eine Kutsche zu, auf der ein alter Priester, vermutlich sein Vorgänger, saß, den er abzulösen gedachte.

Kapitän Bäcker gesellte sich zu ihnen an die Reling und besah sich das Treiben am Steg.

»Wohin werden die portugiesischen Arbeiter gebracht?«, fragte Clara.

»Ein Teil der Männer wird für Hoffmann auf Kauai arbeiten«, erklärte er.

Clara war froh, dass er hier nicht auf sie wartete.

»Sein Vorarbeiter hat mir ausrichten lassen, dass Herr Hoffmann stets zu Ihren Diensten sei. Er hat eine Kutsche für Sie kommen lassen, falls Sie Bedarf haben«, sagte der Kapitän, bevor er ihr alles nur erdenklich Gute wünschte und auch Agnes herzlich verabschiedete.

»Das ist doch ein netter Zug von ihm«, kommentierte Agnes, als sie über die Frachtluke das Schiff verließen – gefolgt von zwei Matrosen, die einen Karren voll beladen mit Agnes' Gepäck hinter sich herzogen.

»Ich möchte ihm nicht lästig fallen«, stellte Clara fest. »Und schon gar nicht in seiner Schuld stehen«, fügte sie hinzu.

»Ich habe ehrlich gesagt damit gerechnet, dass er dich persönlich abholt«, gestand Agnes.

»Das hätte die Grenze der Schicklichkeit überstiegen. Aber du hast recht. Immerhin scheint er wenigstens ein Gefühl dafür zu haben«, musste Clara dann doch einräumen.

»Ich kann noch gar nicht so recht glauben, ein Haus für mich allein zu haben. Es muss gleich neben der königlichen Schule sein«, freute Agnes sich. »Ich hab dir die Adresse aufgeschrieben, aber ich vermute, dass ohnehin jeder weiß, wo das ist. Du kannst also jeden auf der Straße danach fragen«, fuhr sie fort und reichte ihr eine handschriftliche Notiz.

»Frau Rotfeld?«, fragte in diesem Moment ein dunkelhäutiger, grau melierter Einheimischer in weißer Kluft, der vor einer auffällig gepflegten Droschke mit königlichem Wappen auf sie wartete.

Agnes nickte, und die Matrosen begannen sofort damit, Agnes' Kisten aufzuladen und sie mit Seilen festzubinden – ein Teil kam auf das Dach, ein Teil nach hinten und der Rest in den Passagierraum.

»Wenn du etwas brauchst, melde dich. Ich vermiss dich ja jetzt schon«, sagte Agnes.

»Ich dich auch«, gestand Clara.

»Sollen wir dich ein Stück mitnehmen?«, fragte Agnes nach, auch wenn dafür angesichts ihrer vielen Gepäckstücke sicher gar kein Platz mehr in oder auf der Droschke war.

Da Clara einen Kutschstand entdeckte und laut Onkel Theodor jeder seine Plantage kannte, verneinte sie. Noch einmal nahm sie ihre lieb gewonnene Freundin in den Arm, bevor Agnes sich in die Droschke helfen ließ und so lange zu ihr herwinkte, bis das Gefährt zwischen einer Häuserzeile außer Sichtweite war.

Clara kam sich so vor wie in jener regnerischen Nacht, in der sie Geestemünde verlassen hatte. Zwar regnete es nicht, der Koffer war daher etwas leichter, aber durch den Matsch zu waten und tunlichst jeder Pfütze auszuweichen, strengte ungleich mehr an, als auf nassen Pflastersteinen zu laufen. Kaum hatte sie das Hafengelände verlassen, wurde der Boden fester, und man kam schneller und vor allem leichtfüßiger voran. Clara musste sowieso in die Stadt, um Geld zu tauschen, und nahm sich daher vor, Honolulu bei dieser Gelegenheit gleich etwas zu erkunden.

Irgendwie wirkte alles sehr vertraut, zumindest was die Bauwerke, überwiegend Häuser aus Holz, betraf. Sie wirkten weniger exotisch als erwartet, auch wenn sie in der Heimat aus Stein wären. Viele von ihnen hatten eine Veranda, was bei deutschen Häusern ähnlicher Bauart auch eher unüblich war. Überraschenderweise stieß Clara im Herzen Honolulus auf prächtige Gebäude, wie sie in jeder deutschen Stadt vorzufinden waren. Eines gefiel ihr besonders gut. Es trug den Schriftzug »Makee and Anthon's Building« – ein beeindruckendes Geschäftshaus, das im Erdgeschoss sogar ein gut ausgestattetes Warenhaus zu bieten hatte, das sich »Aldrich and Bishop« nannte. Letztere mussten hier auch eine Bank haben, Bishop & Co., die Onkel Theodor das Startkapital für seine Plantage gegeben hatte. Das Gebäude von Hackfeld, einem hier besonders wohlhabenden und einflussreichen Deutschen, den Onkel Theodor immer wieder in seinen Briefen erwähnt hatte, wirkte gleich noch imposanter. Der Eingang war halbrund. Säulen, wie man sie von griechischen Tempeln her kannte, stützten das wuchtige Steingebäude, das zwischen dem ersten und zweiten Stock mit verspielten Ornamenten versehen war. Das großzügige Eingangsportal, vor dem es in dieser Ecke Honolulus sogar normale Trottoirs gab, verlieh dem Haus einen ehrwürdigen Anstrich. Wenn man sich hier im Geschäftsdistrikt umsah, stieß man auf ein Sammelsurium aus Privathäusern, Konsulaten, Hotels, staatlichen Gebäuden und Handelshäusern, wie es sie vermutlich in jeder Hafenstadt gab. An allen Ecken und Enden wurde gebaut. Honolulu schien rasant zu wachsen. Laut Onkel Theodor gab es die meisten deutschen Geschäfte in der Queen und Bathel Street, also im Herzen Honolulus, auf das Clara über mittlerweile komplett vom Schlamm befreiten Straßen und auf normalen Bürgersteigen zusteuerte. Die Menschen musterten sie neugierig. Offenbar sah man ihr nicht nur des Koffers wegen, sondern auch aufgrund ihrer Kleidung an, dass sie ein Neuankömmling war. Sie war viel zu warm angezogen, und soweit Clara das auf den ersten Blick beurteilen konnte, trugen die meisten Frauen hier eher funktionale Kleidung, Schürzen und wenig Farbenfrohes. Clara hatte auch erwartet, viel mehr Einheimische zu sehen. Vom Hafen bis zur Hauptstraße waren ihr eigentlich nur Chinesen entgegengekommen, wenige Weiße und selten Menschen polynesischer Abstammung. Onkel Theodor hatte von den chinesischen Immigranten berichtet, aber dass man gleich das Gefühl bekam, in China zu sein, überraschte sie dann doch.

Jeder wusste, wo Bishop & Co. war. Dank ihrer Englischkenntnisse gab es keinerlei Verständigungsschwierigkeiten bei der Wegbeschreibung, sodass sie die älteste Bank Hawaiis, ein weiß gestrichenes zweistöckiges Eckhaus, ohne Umwege erreichte.

Bishop & Co. erweckte den Eindruck einer Bank in Hannover. Es herrschte Ordnung im Schalterraum, die Atmosphäre war gediegen. Einer der Angestellten am Schalter musste aus Deutschland sein. Sein nach oben gezwirbelter Bart gab seine Herkunft preis.

»Guten Tag, gnädiges Fräulein. Was kann ich für Sie tun?«, fragte er prompt auf Deutsch. Sah man ihr etwa an, dass sie aus Deutschland kam, oder machte er sich nur einen Reim aus dem Umstand, dass die *Braunfels* heute eingelaufen war und sie einen Koffer bei sich hatte?

»Ich möchte gerne Geld tauschen, Mark in Hawaii Dollars«, verlangte sie und zog einen Briefumschlag aus einem Seitenfach des Koffers, den sie auf den Tresen legte.

»Sie sind zum ersten Mal in Honolulu?«, fragte er.

Clara nickte.

»Wenn ich Ihnen einen Rat geben darf. Tauschen Sie Ihr

Geld lieber in amerikanische Dollar. Man munkelt, dass es die einheimische Währung nicht mehr lange geben wird«, erklärte er.

»Aber sie wurde doch erst vor Kurzem eingeführt«, meinte Clara.

»Das mag schon sein, aber hier zahlt jeder mit amerikanischen Dollar. Es sind eher unruhige Zeiten …«, räumte er ein.

»Unruhig?«

Der Bankangestellte hielt inne und blickte zum Schalter nach links, um den Kunden, den sein Kollege bediente, zu taxieren. Erst als zu vernehmen war, dass dieser Englisch sprach und der Bankmitarbeiter sicher sein konnte, dass niemand ihr Gespräch verstehen würde, fuhr er mit gedämpfter Stimme fort. »Man sagt, dass es zum Sturz der Monarchie kommen wird. Die Amerikaner machen sich hier breit, und ihr wirtschaftlicher Einfluss ist enorm. Wir Deutsche müssen uns irgendwie arrangieren, verstehen Sie«, erklärte er nun fast schon im Flüsterton.

Clara verstand es nicht, jedenfalls nicht vollumfänglich. Zumindest in seinen Briefen hatte Onkel Theodor darüber nichts verlauten lassen. Clara wunderte das aber auch nicht, weil er sich bereits in der Heimat nicht sonderlich für Politik interessiert hatte.

»Gut, dann tausche ich eben alles in amerikanische Dollar«, lenkte Clara ein, woraufhin der Angestellte erleichtert nickte und ein Formular auszufüllen begann.

»Ihr werter Name?«, fragte er.

»Clara Elkart.«

»Elkart? Sie sind nicht zufällig mit Theodor Elkart verwandt? Ich meine, so viele Elkarts gibt es hier ja nicht.«

»Sie kennen meinen Onkel?«, wollte Clara wissen.

»Sicherlich. Wir führen die Konten fast aller deutscher Plantagenbesitzer auf Hawaii«, sagte er. Dann schlug seine Miene in Besorgnis um. »Wissen Sie, wie es ihm geht? Ich habe ihn schon seit über einem Monat nicht mehr gesehen.«

Clara beunruhigte das aufs Äußerste. Hoffentlich war ihm nichts passiert. Soviel sie wusste, lebte er allein, hatte aber stets Hilfskräfte und Arbeiter um sich, die sicherlich nach ihm sahen – zumindest hoffte Clara das.

»Machen Sie sich keine Sorgen. Es hat in letzter Zeit viel geregnet. Der Weg in die Stadt ist beschwerlicher geworden«, meinte er, weil er ihr sicherlich angesehen hatte, dass sie mittlerweile bleich wie die Wand war. Dann ging er in einen Nebenraum, durch dessen geöffnete Tür sie einen Safe sehen konnte. Wieder kreisten ihre Gedanken um ihren Onkel. Vielleicht war er geschäftlich auf einer der anderen Inseln unterwegs. Andererseits hatte sie ihm doch telegrafisch mitgeteilt, wann die *Braunfels* Hawaii voraussichtlich erreichen würde. Er würde dann wohl kaum in diesem Zeitraum eine Reise unternehmen.

»Sie müssten hier nur noch unterschreiben«, gebot ihr der preußisch anmutende Bankangestellte und riss sie damit aus ihren Gedanken.

Clara nahm das Geld in einem Umschlag der Bank entgegen.

»Alles Gute, und wenn Sie in finanziellen Angelegenheiten Rat benötigen: Bishop & Co. ist immer für Sie da«, sagte er zum Abschied.

Clara nickte in Gedanken, verstaute den Umschlag wieder im Seitenfach des Koffers und rang sich, ohne die üblichen Abschiedsfloskeln des Geschäftslebens zu bemühen, nur ein Lächeln ab, um seinen Gruß zu erwidern. Clara wollte so schnell wie möglich zu Onkel Theodor und hoffte, nicht die ganze Strecke zurück zum Hafen laufen zu müssen. Gelegentlich hatte sie auf ihrem Weg zur Bank leere Kutschen vorbeifahren sehen. Sie hielt nun danach Ausschau. Es war wie in Hannover. Wenn man eine brauchte, war weit und breit keine in Sicht. Clara überlegte, sich aus dem Umschlag ein paar Dollarnoten nehmen, um sich im Krämerladen an der Ecke etwas Obst zu kaufen. Die letzte Mahlzeit hatte sie morgens an Bord der *Braunfels* zu sich genommen. Also zog sie den Umschlag heraus und suchte darin nach Eindollarnoten. Plötzlich rempelte sie jemand von hinten mit solcher Wucht an, dass sie das Gleichgewicht verlor und ins Taumeln geriet. Eine Männerhand entriss ihr den Umschlag und versetzte ihr einen kräftigen Stoß. Clara stürzte auf das Trottoir und konnte die Wucht des Aufpralls gerade noch mit den Händen abfangen. Der untersetzte junge Mann war ein Chinese, was sie zunächst nur an seinem geflochtenen Zopf erkannte, bis er einer Kutsche ausweichen und einen Haken schlagen musste, sodass sie die fahlgelbe Hautfarbe und seine mandelförmigen Augen sehen konnte. Clara hatte Mühe, wieder auf die Beine zu kommen. Die Handgelenke schmerzten.

»Haltet ihn!«, rief sie Passanten auf Höhe des Diebs und dem Fahrer der Kutsche zu, dem der Chinese vor die Pferde gelaufen war. Von den beiden Männern auf der anderen Straßenseite, die sich ihm hätten in den Weg stellen können, kam keine Reaktion. Lediglich der junge hawaiianische Kutscher eilte dem Dieb sofort nach. Clara überlegte, ihm ebenfalls zu folgen, doch mit dem Koffer war dies unmöglich. Wenn sie ihn unbeobachtet stehen ließ, würde man ihn wahrscheinlich auch noch stehlen. Sie beschloss, zumindest zur nächsten Straßenbiegung zu gehen, in die der Dieb verschwunden war, damit sie wenigstens sehen konnte, in welche Richtung er rannte. Im Prinzip war es überhaupt keine Straße, sondern eher eine schummrige Gasse, in der Fässer und allerlei Unrat herumstanden. Als sich Claras Augen an die Dunkelheit gewöhnt hatten, konnte sie erkennen, dass sich der Abstand zwischen dem Chinesen und dem Hawaiianer bereits verringert hatte. Dann stieß der Chinese eine der Tonnen um, sodass sein Verfolger darüber stolperte. Er stürzte, doch der junge Hawaiianer raffte sich schnell wieder auf und erreichte den Chinesen kurz vor der nächsten Abbiegung. Der junge hochgewachsene Mann warf sich auf ihn, und beide kamen zu Fall. Eine weitere Tonne fiel mit Getöse um. Clara überraschte, wie kräftig und wendig der Chinese war. Es gelang ihm, sich aus der Umklammerung des Hawaiianers zu lösen, und er versuchte erneut, davonzueilen, doch der Hawaiianer erwischte seinen Fuß. Der Chinese ruderte mit den Händen und suchte Halt an einem Gerüst. Dabei löste sich eine Stange aus Metall, die er sich schnappte und mit voller Wucht gegen den Kopf des jungen Hawaiianers schlug. Clara blieb fast das Herz stehen, als der junge Mann zu Boden ging und reglos liegen blieb. Der Chinese blickte sich noch einmal um und schien sie anzusehen. Dann lief er davon.

Clara rief erst gar nicht mehr um Hilfe, die sowieso nicht kommen würde. Mit dem Koffer im Schlepptau eilte sie so schnell sie konnte zu dem Mann am Boden. Die letzten Meter setzte sie den Koffer ab und lief zu ihm. Erleichtert stellte sie fest, dass er sich nun bewegte und zur Seite rollte. Seine linke Hand fasste gegen seinen Kopf. In der rechten hielt er ihren Umschlag. Clara konnte sich kaum noch darüber freuen, weil der junge Mann sein Gesicht vor Schmerz verzog, als er versuchte, sich aufzurichten. Sofort bot sie ihm ihre Hand, um ihm aufzuhelfen.

»Everything all right? Should I call a doctor?«, fragte sie in der Annahme, dass er wie die meisten hier Englisch sprach.

Er schüttelte nur den Kopf. Statt nach ihrer Hand zu greifen, um sich daran hochzuziehen, reichte er ihr den Umschlag mit ihrem Geld, blieb aber in der Hocke.

»Danke«, entfuhr es ihr vor Aufregung und Erleichterung in

ihrer Muttersprache. »Thank you«, schob Clara nach, da er ja, wenn überhaupt, nur Englisch sprach.

Für eine Weile musterte er sie nur. Das Weiß seiner Augen leuchtete im Dunkel der schattigen Gasse. Soweit Clara dies nun erkennen konnte, hatte er ebene Gesichtszüge und kurz geschnittenes dunkles Haar, was für einen Hawaiianer ungewöhnlich war. Zumindest hatten die ersten einheimischen Männer, die sie auf den Booten und am Hafen zu Gesicht bekommen hatte, schulterlanges Haar gehabt.

Der junge Hawaiianer holte tief Luft und fasste sich noch einmal an den Kopf, den er dann in alle Richtungen bewegte. Dabei presste er die Augen zusammen und gab einen Schmerzenslaut von sich, dem ein Ausatmen folgte. Seine Gesichtszüge wirkten nun entspannter.

»Sie müssen in Honolulu gut auf sich achtgeben«, sagte er.

Clara sah ihn überrascht an. Sie konnte kaum glauben, dass er Deutsch mit ihr sprach. Sein Akzent klang so weich, dass man glauben konnte, einen Franzosen vor sich zu haben. Woher sprach er überhaupt so gut Deutsch?

Noch einmal reichte sie ihm die Hand. Diesmal nahm er ihre Hilfe an und ließ sich schwungvoll nach oben ziehen, nun ins Licht der Sonne, das sich zwischen zwei Giebeldächern den Weg in die dunkle Gasse bahnte. Seine Hand fühlte sich kräftig und doch weich an. Er überragte sie um fast einen Kopf. Wieder sah er ihr nur in die Augen und sie in seine, auch wenn sie ihren Blick am liebsten abgewandt hätte. Clara hatte Angst vor diesen Männerblicken, doch in seinem lag nichts Begehrliches, eher Neugier und vielleicht eine Spur von Faszination. Er stand nun so nah vor ihr, dass sie sich fast berührten. Warum sprach er nicht weiter?

»Ich kann Sie ein Stück mitnehmen. Wo müssen Sie hin?«, bot er an.

Claras Herzschlag beschleunigte augenblicklich, obwohl sie sich sicher war, dass von ihm keine Gefahr ausgehen würde. Immerhin hatte er ihr geholfen und Kopf und Kragen für sie riskiert – von der immer noch blutenden Wunde an seiner Stirn mal ganz abgesehen.

»Ich nehme gerne die Kutsche«, sagte sie trotz alledem und hoffte, dass sie ihn dadurch nicht verstimmte.

Er nickte nur.

»Sie sind verletzt«, sagte sie mehr aus Verlegenheit, nachdem sie die Platzwunde an seinem Kopf im Licht der Sonne näher inspiziert hatte.

Er fasste sich erneut an die Stelle. »Nicht schlimm«, meinte er nur. Dann ließ er sie stehen und ging schellen Schrittes zu ihrem Koffer, den er ihr anscheinend zurück zur Hauptstraße tragen wollte.

Clara folgte ihm und haderte mit ihren Ängsten. Vielleicht sollte sie sein Angebot doch annehmen?

»Es ist schwierig, hier eine freie Kutsche zu finden«, rief der Hawaiianer ihr zu, als er das Ende der Gasse erreicht hatte.

Clara war sich dessen bewusst, aber der Gedanke, sich einem Fremden auszuliefern, mit dem sie durch wahrscheinlich kaum befahrene Straßen hinaus aufs Land fuhr, machte ihr Angst. Auch Ernst hatte sich zunächst von seiner besten Seite gezeigt, bis er sich nicht mehr unter Kontrolle gehabt hatte.

»Danke, aber …«, setzte sie an. Was wollte sie ihm auch weiter sagen?

Der junge Mann nickte erneut, reichte ihr den Koffer und ging dann zu seiner Kutsche. Clara blickte ihm noch für einen Moment hinterher und kam zu dem Schluss, dass sie sich ihm gegenüber ziemlich unhöflich verhalten hatte.

Clara hatte die Lage gänzlich falsch eingeschätzt. Die »freien Kutschen« waren alles andere als frei. Es waren private, und nach dem dritten Versuch, einen vermeintlichen Kutscher darauf anzusprechen, sie zur Plantage ihres Onkels zu bringen, gab Clara auf. Warum nur gab es hier keine Uniformen für Kutscher wie in der Heimat? Sie sahen alle gleich aus, aber immerhin wusste sie, wo der Kutschstand am Hafen war. Ob uniformiert oder nicht. Man würde sie zu Onkel Theodors Plantage bringen. Clara blieb also nichts anderes übrig, als doch zurückzulaufen, was immer mühseliger wurde, weil ihr Arm bereits drohte zu erlahmen. Der Koffer wanderte von der linken in die rechte Hand und wieder zurück. Der lederne Griff war vom Schweiß der Hand bereits so aufgeweicht, dass sich das Leder löste, dabei zusehends kantiger wurde und mit der Zeit sogar einschnitt. Die aufgeschürften Stellen an ihrer Hand begannen zu schmerzen. Spätestens als sie den Vorplatz zum Hafen erreichte, bereute sie es, das Angebot des Fremden nicht angenommen zu haben. Der vor Stunden noch matschige Schlamm war in der Sonne zwar etwas angetrocknet, doch das machte ihn noch tückischer, weil man glaubte, festen Boden unter den Füßen zu haben, und dennoch leicht ausrutschte oder darin versank. Clara konnte nicht mehr. Wütend auf sich selbst, setzte sie sich am Straßenrand auf den Koffer, was ihr sofort verwunderte Blicke einiger Chinesen einhandelte. Nach dem Überfall waren ihr die mandeläugigen fahlen Gestalten noch suspekter als zuvor. Clara hoffte, dass sie bereits hier eine der Kutschen, die zu den Anlegestellen fuhren, abfangen konnte. Sie mussten schließlich alle hier vorbei. Tatsächlich blieb eine Kutsche vor ihr stehen. Die Stimme kannte sie.

»Steigen Sie ein. Ich bin Komo«, sagte der Hawaiianer und sah sie fragend an.

Clara zuckte nur mit den Schultern und nickte. Schon keimte in ihr der Gedanke auf, dass er ihr gefolgt sein musste. Und wenn schon. Sie konnte keinen Meter mehr gehen. »Clara Elkart«, stellte sie sich vor.

»Clara«, hielt er fest. Anscheinend waren die Gepflogenheiten in der Anrede hier anders. Warum auch nicht?

Erst nachdem sie Honolulu auf einigermaßen befestigten Straßen verlassen hatten, entfaltete sich die Insel zu dem, wie Clara es sich immer vorgestellt hatte. Üppiges Grün und eine Blumenvielfalt, wie sie sie noch nicht einmal auf Madeira über so weite Landstriche gesehen hatte, schienen sie im warmen Licht der Nachmittagssonne willkommen zu heißen. Zu ihrer Rechten wurde es hügeliger. Zur Inselmitte erhoben sich Berge, die, soweit Clara dies aus der Distanz erkennen konnte, von dichtem tropischem Wald bewachsen waren. Onkel Theodors Plantage musste den Beschreibungen nach im Hinterland westlich von Honolulu liegen. Komo kannte sie, weil er selbst auf einer Plantage arbeitete. Darauf hatte sich ihre Konversation für einige Zeit überraschenderweise beschränkt. Einerseits empfand Clara es als angenehm, dass er, obwohl sprachlich offenkundig dazu in der Lage, keinen Versuch unternahm, mit ihr ein längeres Gespräch vom Zaun zu brechen. Sein Blick war geradeaus auf den Weg gerichtet. Noch nicht einmal verstohlen sah er zu ihr herüber. Andererseits war sie es nicht gewohnt, einfach nur schweigend neben jemandem zu sitzen, der ihr offenbar wohlgesonnen war. Schwieg er etwa nur deshalb, weil er ihr nicht das Gefühl geben wollte, sie zu belästigen? Nun warf sie einen heimlichen Blick auf ihn. Ein hübscher Mann, zweifelsohne. Clara wunderte sich, dass sie darüber nachdachte, wie es sich wohl anfühlen würde, diese bronzefarbene und seidenmatt schimmernde Haut zu berühren. Nichts wäre ihr noch vor Tagen absurder vorgekommen. Er schien bemerkt zu haben, dass sie ihn gemustert hatte, weil nun auch er kurz zu ihr sah. Was er dabei dachte, war schwer einzuschätzen, weil er keine Miene dabei verzog. Das Schweigen setzte sich fort. Schließlich war Clara froh, endlich einen unverfänglichen Anlass gefunden zu haben, es zu brechen. Am Straßenrand wuchsen mannshohe Sträucher, von denen manche bis zu drei, wenn nicht gar vier Meter hoch waren. So prächtige Blüten! Sie waren lila, rosa, lachs- und purpurfarben. Auch weiße und orangefarbene Blüten dieses Rankengewächses waren ihr bereits in einigen Gärten aufgefallen, an denen sie vorbeigefahren waren.

»Was ist das für eine Pflanze?«, fragte sie just in dem Moment, in dem er seinen Blick auch auf diese Farbenpracht lenkte.

»Man nennt sie Bougainvilleen.« Seine Antwort untermalte er mit einem sympathischen Lächeln. Vielleicht kam ja doch noch ein Gespräch zustande.

Den Faden griff Clara am besten gleich auf. »Was für ein merkwürdiger Name für eine Pflanze. Sie tragen doch normalerweise immer irgendwelche lateinische Namen«, plapperte sie vor sich hin.

»Sie ist nach ihrem Entdecker benannt. Er kam aus Frankreich«, erklärte er wie ein wandelndes Lexikon. Woher hatte er nur seine Bildung? Von einem halb nackten Wilden, von dem sie in den Reiseberichten gelesen hatte, war Komo jedenfalls weit entfernt.

»Ich bin beeindruckt«, sagte sie nur.

Komo lächelte wissend, aber ohne dabei überheblich zu wirken.

»Was amüsiert Sie?«, fragte sie daraufhin.

»Warum beeindruckt Sie das? So etwas lernt man bei uns in der Schule, sofern man in den Genuss einer guten Schulbildung kommt«, erwiderte er.

»Sie sprechen Deutsch, ich nehme an Englisch … Offenbar sind Sie in diesen Genuss gekommen«, schlussfolgerte Clara.

»Ich hatte das Glück, an einer der königlichen Schulen aufgenommen zu werden«, erwiderte er.

»Und dennoch arbeiten Sie auf einer Plantage. Sie könnten doch viel mehr daraus machen.« Clara sprach offen aus, was sie dachte, und hoffte, ihm damit nicht zu nahe getreten zu sein.

»Dazu müsste meine Hautfarbe heller sein«, stellte er mit einem Hauch von Bitterkeit fest. »Außerdem haben wir eigenes Wissen. Ich weiß nicht, welches besser ist. Seitdem die Fremden hier sind, ist alles schlechter geworden«, fuhr er fort.

»Alles?«, bohrte Clara nach, jetzt, da er etwas aufgetaut war.

Komo war anzusehen, dass er mit sich rang, darauf zu antworten. Überraschenderweise tat er es dann doch.

»Man erzählt sich in meinem Volk, dass die Fremden so sanft wie Lämmer waren und mit süßer Stimme zu uns sprachen. Wir waren ihnen zahlenmäßig überlegen. Wir waren stark, bis die Fremden die Seuchen in unser Land brachten, die unser Volk dahinrafften. Es gab zwei Arten von Eroberern. Die einen fragten uns um Erlaubnis, das Wort ihres Gottes zu verbreiten. Sie nannten es predigen, doch damit wollten sie nur unsere Götter vertreiben. Die anderen fragten uns um Erlaubnis, mit uns Handel zu treiben. Damit fing alles an. Heute gehören die Inseln ihnen, das ganze Land, das Vieh. Einfach alles gehört ihnen. Das Wort ihres Gottes war nichts mehr wert. Sie hören nur noch auf das Wort von Rum. Sie sind groß und mächtig geworden. Sie leben wie Könige in Palästen, haben Dienerschaft. Sie hatten nichts und haben nun alles, und wenn ein Kanake hungrig ist, dann fragen sie: ›Warum arbeitest du nichts?‹ Was bleibt, ist die Sklaverei in den Plantagen«, sagte er voll Inbrunst und sichtlich aufgebracht. Er musste die Weißen aus vollem Herzen verachten.

Nun war Clara es, der nach seiner Tirade zum Schweigen zumute war. Letztlich gehörte sie auch zu den »Fremden«, wie er die Einwanderer nannte. Sie konnte die Wut, die in ihm steckte, förmlich körperlich spüren. Seine Gesichtszüge hatten sich sichtlich angespannt. Clara konnte es ihm nicht verübeln, doch zugleich fragte sie sich, ob er nicht zu hart über die »Fremden« urteilte. War wirklich alles schlecht, wie er versuchte, sie glauben zu machen?

»Sprechen Sie von den Amerikanern oder von den Deutschen?«, fragte sie nach.

»Macht das einen Unterschied?«

»Es gibt, soviel ich weiß, genügend Deutsche, die auch auf den Plantagen arbeiten, weil sie in ihrer Heimat weder ihre Familien noch sich selbst ernähren können«, stellte sie fest. Sie blickte zu ihm.

Komo nickte schulterzuckend.

»Diese Art von Problemen gibt es doch überall auf der Welt. Ich komme aus Geestemünde, einem Hafenort an der Nordsee. So viele Menschen verlassen das Land, weil sie sich in Amerika eine bessere Zukunft erhoffen. Sie werden in Kohleminen und Reedereien ausgebeutet. Ich missbillige genau wie Sie die Zustände unserer Zeit, aber sollte man deshalb alle über einen Kamm scheren?«

»Vermutlich haben Sie recht«, räumte er ein, was Clara aber noch einen Tick zu sehr nach diplomatischer Antwort klang.

»Unser Kaiser, Wilhelm II., hat den Schutz der Arbeiter ausgebaut. Es wurden entsprechende Erlasse verabschiedet. Aber das passte einigen nicht, weil sie über Geld verfügen und selbst an der Ausbeutung der Arbeiter beteiligt waren. Otto von Bismarck, unser Reichskanzler, trat aus genau diesem Grund vor zwei Jahren zurück«, sagte Clara, um zu unterstreichen, dass es sehr wohl auch Deutsche gab, die sich um die Belange der kleinen Leute kümmerten und sie ernst nahmen. Es kam immer auf die Interessen Einzelner an.

Komo schien dies nun doch zu beeindrucken. Er musterte sie nachdenklich. »Man sollte nicht alle … wie sagt man das richtig …? – über einen Kamm scheren.« Dann zeigte sich ein Lächeln auf seinem Gesicht, so sanft und voll Gefühl, wie sie es noch nie an ihm gesehen hatte.

7

Onkel Theodors Farm war noch viel größer, als Clara es sich vorgestellt hatte. Aus Komos Sicht, wie er ihr zu verstehen gegeben hatte, nachdem sie die ersten Zuckerrohrfelder erreicht hatten, war sie allerdings eher klein, zumindest verglichen mit den großen Plantagen, auf denen er tätig war. Zuckerrohrpflanzen, so weit das Auge reichte. Clara hatte noch nie welche gesehen. Auf den ersten Blick hatte man den Eindruck, durch einen Urwald aus Schilf zu fahren. Die länglichen und spitz zulaufenden Triebe wuchsen mannshoch, manche sogar noch höher. Das untere Drittel war von der Hitze ausgetrocknet und daher gelblich verfärbt sowie von braunem Spliss durchzogen. Lehmfarbene Furchen teilten die Anpflanzungen in Abschnitte. Laut Komo war der Boden in diesem Teil der Insel besonders fruchtbar. Im Licht der untergehenden Sonne leuchtete dieses Farbspiel satt und zog sich hinauf bis zum Dickicht der Hügel, die in der Ferne Onkel Theodors Plantage zu umarmen schienen.

Erst als die Kutsche den Pfad durch die Felder verließ, konnte Clara das Haus ihres Onkels sehen, ein zweistöckiges Gebäude aus Holz, neben dem ein Anbau stand. Die Scheune, in der ihr Onkel seinen Briefen nach Zuckerrohr verarbeitete und landwirtschaftliches Gerät lagerte, überragte die Wohngebäude, die ihm gegenüberstanden. Davor standen eine alte Kutsche und ein Brunnen mit Wassertrog für seine beiden Pferde, die, soviel Clara wusste, ebenfalls in der Scheune untergebracht waren. Der Weg führte direkt zu einer freien Fläche, an deren Ende sein Haus am Fuße eines bewaldeten Abhangs lag. Aus einem der seitlichen Fenster flackerte das Licht einer Petroleumlampe. Onkel Theodor musste also zu Hause sein. Komo hielt die Kutsche in der Zufahrt, die über zwei Stufen direkt zu einer Veranda führte. Plötzlich erlosch das Licht im Haus. Clara bemerkte, dass Komo in die Stille hineinlauschte. Er wirkte angespannt, was sich sofort auf Clara übertrug. Er stieg wortlos ab und holte ihren Koffer von der Ladefläche, ohne seinen Blick vom Haus abzuwenden. Dann reichte er ihr die Hand, um ihr aus der Kutsche zu helfen. Die Sonne war inzwischen untergegangen. Warum löschte Onkel Theodor das Licht ausgerechnet, wenn es dunkel wurde? Hatte er die Kutsche etwa nicht kommen hören? Die *Braunfels* war drei Tage früher als erwartet in Honolulu eingelaufen, aber er wusste doch, dass Schiffsreisen nicht auf den Tag genau planbar waren. Wieso rührte sich nichts? Komos Anspannung stieg. Wie ein Tier schien er Gefahr zu wittern.

»Bleiben Sie besser hier«, sagte er und ging zum Haus. Erst als er die Veranda betrat, hörte es Clara poltern. Jemand riss die Tür auf und richtete ein Gewehr auf Komo. Clara erstarrte. Das war nicht ihr Onkel, sondern ein Chinese. Komo hob sofort die Hände.

»Was wollen Sie?«, fragte der Gelbhäutige mit Kinnbart in einwandfreiem Englisch. Er wirkte trotz des Gewehrs im Anschlag ängstlich und verunsichert.

Clara fasste sich ein Herz und ging zum Haus, um die Situation zu klären. Sofort richtete sich das Gewehr auf sie.

»Ich bin Onkel Theodors Nichte. Und wer sind Sie?«, fragte sie in der vagen Hoffnung, damit der Situation Herr zu werden. Immerhin wirkte der etwa Dreißigjährige nun etwas verunsichert.

»Das ist unser Haus«, stotterte der Chinese. Er wirkte unschlüssig, auf wen er die Waffe richten sollte.

»Das Haus gehört meinem Onkel«, insistierte sie, Waffe oder nicht.

Der Chinese zeigte sich beeindruckt und wurde sichtlich unruhiger. Komo hingegen blieb ganz ruhig, bis er urplötzlich zwei Schritte nach vorn schnellte und dem Chinesen die Waffe entriss. Ein Schuss löste sich gen Himmel. Er zerriss die Stille. Vögel flatterten aus den Feldern. Schrille Tierstimmen drangen aus dem fernen Dickicht.

»Tun Sie uns nichts«, wimmerte der Mann nun. An seiner Seite erschien eine ältere Chinesin, die nach vorn trat. Ihr Gesicht war von der Sonne ausgedorrt, ihre Hände waren von Feldarbeit gezeichnet. Ihr dunkles Haar hatte sie zu einem Dutt zusammengebunden, den zwei Holzstäbchen zusammenhielten.

»Wir haben die Plantage von Herrn Elkart gepachtet«, erklärte sie, Claras Meinung nach nur wenig überzeugend.

»Und wo ist mein Onkel jetzt?«, fragte Clara aufgebracht.

»Er wollte nach Kauai«, meinte der Mann.

»Mein Onkel erwartet mich. Er wäre nie weggefahren, ohne mir zumindest eine Nachricht zu hinterlassen.«

Komo sagte die ganze Zeit über nichts. Seine bloße Präsenz und seine wachsamen Blicke, die auf dem Grundstück umherwanderten, genügten, um den beiden offenbar ordentlich Respekt einzuflößen.

»Frau Elkart sollte drinnen im Haus nach einer Nachricht von ihrem Onkel sehen«, sagte Komo ohne Regung.

»Da ist nichts«, entgegnete die Chinesin resolut.

Komo brauchte sie nur scharf anzusehen, um die beiden noch mehr zu verunsichern. Auf eine für Clara unerklärbare Weise strahlte er Autorität aus. Vielleicht lag es daran, dass er in sich zu ruhen schien, und zugleich mit wachem Blick alles erfasste.

Clara trat beherzt vor: »Darf ich bitten?«, fragte sie.

Die beiden traten zögerlich zur Seite.

Komo bedeutete den beiden, Clara zu folgen. Er selbst blieb in der Tür stehen.

Clara sah sich im kleinen Flur um. Sofort fiel ihr eine Jacke ins Auge, die mit Sicherheit viel zu groß für den Chinesen war. Komo musste dies ebenfalls erfasst haben, weil er ihr einen bedeutsamen Blick zuwarf, als sie das Kleidungsstück näher taxierte.

»Die ist Ihnen doch viel zu groß«, konfrontierte sie den Mann, der daraufhin schwieg.

Die Chinesin sprang in die Bresche: »Ein Geschenk für meinen Sohn … Ich bin noch nicht dazu gekommen, die Jacke zu ändern.«

Sonderlich glaubwürdig klang das nicht, aber es war immerhin denkbar.

Eine Tür führte in einen großen Raum, der Clara an eine gute deutsche Stube erinnerte. Ein besonders wuchtiger Ledersessel neben einem Beistelltisch, der vor einer Bücherregalwand stand, sprang Clara sofort ins Auge. Clara wusste, dass ihr Onkel nach getaner Arbeit am Abend gerne eine Pfeife rauchte. Warum waren Tabak und alle Utensilien, die man für eine Pfeife brauchte, noch an ihrem Platz? Clara hatte es satt, von den beiden belogen zu werden.

»Wo ist mein Onkel?«, fragte sie scharf.

Die beiden sahen sich in einer Mischung aus Verzweiflung und Resignation an.

»Wir sollten es ihnen sagen«, schlug die ältere Chinesin dem jüngeren Mann, der offenbar ihr Sohn war, dann doch vor. Sie litt sichtlich unter der Situation. Ihren Mienen war zu entnehmen, dass Clara eine schlimme Nachricht bevorstand.

Die Erleichterung bei den beiden Chinesen war groß, als die Wahrheit zutage gekommen war. Ihren Angaben zufolge war Onkel Theodor von einem Ausritt in die Stadt nicht zurückgekommen. Der junge Mann entpuppte sich als einer von Theodors Arbeitern und hatte sich ihnen als Lee vorgestellt. Seine Mutter war Theodors Haushälterin, die sich Yue nannte. Beide wohnten normalerweise im Nebentrakt, den sie ihnen sofort zeigten, um zu beweisen, dass sie sich nicht noch eine Geschichte ausgedacht hatten. Clara wusste aus Onkel Theodors Briefen, dass er eine Haushälterin hatte. Ihre ethnische Abstammung hatte er nie erwähnt, jedoch wies alles in dem kleinen Wohntrakt darauf hin, dass die beiden dort lebten. Sowohl in der kleinen Küche als auch im einzigen Raum, in dem sie auch schliefen, standen Statuen und Abbilder ihrer Religion. Auf der Anrichte fiel Claras Blick auf die Figur eines im Schneidersitz kauernden glatzköpfigen und ziemlich dicken Mannes, der nur in Tücher gehüllt war und seine Hände in merkwürdigen Gesten nach oben richtete. Statuen dieser Art kannte Clara von ihrer Indien-Reise. Yue nannte sie »Buddha«, ihre Gottheit, vor der sie sich im Vorbeigehen mit ehrfürchtigem Blick kurz verneigte. Es roch genau wie in einem indischen Tempel, nach Sandelholz mit süßlicher Note. Der wohlduftende Rauch kam von glimmenden Stäbchen, die trotz aller widrigen Umstände das Gemüt besänftigten.

»Bitte nehmen Sie doch Platz. Ich mache uns einen Tee«, sagte Yue, und es schien von Herzen zu kommen. Die anfangs abweisende Haltung hatte sich ins genaue Gegenteil verkehrt. Vermutlich nahm auch Komo, der nun wesentlich entspannter wirkte, das Angebot deshalb an. Clara nutzte die Zeit, in der Yue in der Küche war, um sich im Wohnbereich ihres Onkels umzusehen und nach einer Nachricht von ihm zu suchen. Sein Sekretär war voll mit Korrespondenz und Rechnungen, soweit sie das auf den ersten Blick erkennen konnte. Wo sonst würde er eine Nachricht für sie hinterlassen? Clara fand sich damit ab, dass es keine gab.

»Wir wissen wirklich nicht, wo er ist«, beteuerte Yue bereits zum dritten Mal, als sie ihnen Tee aus einer bunt verzierten Porzellankanne in kleine Schälchen eingoss, nachdem sie auf dem Sofa Platz genommen hatten.

Clara bemerkte, dass Komo etwas skeptisch auf die gelbe Brühe in seiner Tasse sah. »Das ist grüner Tee«, erklärte sie. Clara hatte ihn oft genug in Indien getrunken.

Komo nippte daran und empfand ihn allem Anschein nach auch als äußerst schmackhaft.

»Herr Theodor ist wie sonst auch in die Stadt geritten. Das war vor drei Tagen«, erklärte Yue, die anscheinend immer noch so aufgewühlt war, dass sie es nicht wagte, sich ebenfalls zu setzen. »Unser Haus ist sehr klein. Wir hätten das nicht tun dürfen, aber als er nicht mehr zurückkehrte … Man hört, dass immer wieder Leute verschwinden, von Überfällen und Räubern … Erst fing ich an, das Haus gründlich zu säubern. Das mache ich einmal pro Woche, und dann haben wir seinen Eiskeller benutzt, weil eine Lieferung kam. In unserem Haus ist es nachts sehr heiß. Wir schliefen in seinem … Seine Sachen haben wir nicht angefasst, falls er doch wiederkommt«, beteuerte sie.

»Warum sind Sie nicht zur Polizei gegangen?«, wollte Clara wissen.

Abermals tauschten die beiden Blicke, doch als Lee nickte, nahm Yue nun doch in einem der Sessel Platz und fing an zu erzählen.

»Als wir vor sieben Jahren hier ankamen, hatten wir nichts. Noch nicht einmal genug Geld, um uns etwas zu essen zu kaufen. Lee hat Lebensmittel gestohlen, und man hat ihn erwischt. Die Leute glauben sowieso, dass alle Chinesen schlechte Menschen sind. Der Besitzer des Ladens hat noch behauptet, dass Lee Geld gestohlen hätte. Mein Sohn kam ins Gefängnis. Wenn wir zur Polizei gehen, glaubt jeder, Lee hat Herrn Theodor etwas angetan«, führte sie aus.

Yues Ausführungen leuchteten Clara unmittelbar ein.

»Möchten Sie hierbleiben?«, fragte Komo sie in diesem Moment unvermittelt.

Clara sah ihn irritiert dann, dann verstand sie.

»Bitte bleiben Sie!«, sagte Yue fast flehend. »Es wird Ihnen hier an nichts fehlen, und vielleicht kommt er ja bald wieder zurück.«

Clara brauchte nicht lange zu überlegen. Hatte Sie eine Wahl? Ein Hotel würde ihre finanziellen Reserven nur unnötig verzehren.

»Ich bleibe«, entschloss sie sich.

Komo nickte verständnisvoll und stand auf.

»Wenn Sie Hilfe benötigen. Ich arbeite auf der Hoffmann-Plantage und gelegentlich bin ich auch in der Stadt.« Clara glaubte, sich verhört zu haben. Er arbeitete ausgerechnet für Albrecht Hoffmann? Andererseits überlegte Clara, dass angesichts der Größe seiner Plantage halb Honolulu für ihn tätig sein musste.

»Sie können auch auf der Missionarsstation nach mir fragen«, meinte er.

Letzteres verwunderte Clara noch mehr. Hatte er ihr auf der Herfahrt nicht zu verstehen gegeben, wie wenig er vom Gott der Fremden hielt? Komo gab ihr immer mehr Rätsel auf.

»Ich stehe dort als Übersetzer zu Diensten«, erklärte er unaufgefordert, bevor er sich bei den Gastgebern für den Tee bedankte, sich erhob und zur Tür ging. Er drehte sich noch einmal nach Clara um, als ob er sich vergewissern wollte, dass tatsächlich alles in Ordnung sei.

Merkwürdigerweise vermisste Clara seine Gesellschaft bereits, als er die Tür hinter sich geschlossen hatte und man hören konnte, dass seine Kutsche sich in Bewegung setzte. Das Gefühl der Sicherheit, das sie an seiner Seite empfand, hatte sich verflüchtigt. Clara wunderte sich darüber, weil er ein Fremder war und einer Kultur entstammte, von der sie noch so wenig wusste.

»Ich mach Ihnen ein Zimmer im Haus zurecht«, bot Yue ihr an. »Und wenn Sie möchten, essen Sie bitte mit uns«, ergänzte sie.

Auch wenn Claras Sorgen um den Verbleib ihres Onkels mit jeder Minute größer wurden, hatte sie das unerklärliche Gefühl, dennoch angekommen zu sein.

Clara bereute es keine Sekunde, im Haus ihres Onkels geblieben zu sein. Wie sie von Yue beim gemeinsamen Essen in deren Haus erfahren hatte, wartete im ersten Stock des Haupthauses bereits ein Zimmer auf sie, das Onkel Theodor schon vor Wochen liebevoll für sie umgestaltet hatte. Dass er aus der Stadt blumenbesticktes Bettzeug aus fein gewobener Baumwolle besorgt hatte, bewies Clara, wie sehr er sich auf ihren Besuch gefreut haben musste. Auch neue Vorhänge hätte er anbringen lassen. Dazu kamen eine neue Vase und eine Waschschüssel – ebenfalls mit Blumenmotiven.

Yue und Lee gestanden, bereits darüber spekuliert zu haben, ob er sich verliebt habe, weil sich sein vormaliges Gästezimmer immer mehr in ein Gemach für eine Frau verwandelt hatte.

»Er hat Ihnen wirklich nichts von meinem Besuch erzählt?«, wunderte sich Clara.

»Über private Dinge haben wir nie gesprochen«, erklärte Lee.

»Wir waren seine Angestellten, aber er hat uns stets gut behandelt«, ergänzte Yue.

»Wie hat es Ihnen geschmeckt?«, wollte Lee wissen.

»Großartig. Onkel Theodor hat Ihre Küche sicher auch sehr gemocht«, mutmaßte Clara, die sich bereits die zweite Portion dieses leckeren Reisgerichts mit Hähnchenstücken und Gemüse einverleibt hatte.

»Wir haben nie zusammen gespeist«, erklärte Yue.

»Hat er selbst gekocht?«, wollte Clara wissen.

Die Frau schüttelte den Kopf. »Morgens aß er Eier mit Speck, mittags ein gebratenes Stück Fleisch mit Kartoffeln und etwas Gemüse, abends Brot mit Wurst und Käse. Das war schnell zubereitet.«

Clara wunderte sich darüber, wie man derart schmackhaftes Essen, das Yue in einem trichterförmigen Topf schnell gegart hatte, verschmähen konnte.

»Erzählen Sie mir mehr von meinem Onkel«, verlangte Clara, und Yue kam ihrem Wunsch sofort nach.

»Er stand jeden Morgen um sechs auf und hat den ganzen Tag auf den Feldern gearbeitet. Manchmal ging er auf die Jagd. An Sonntagen machte er lange Spaziergänge hinauf in die Berge.«

»Hatte er Freunde hier?«

»Gelegentlich hat er sich mit anderen Plantagenbesitzern zum Barbecue getroffen oder war bei ihnen eingeladen.«

Hatte ihr Vater nicht immer gesagt, dass Onkel Theodor ein Eigenbrötler sei? Recht gesellig schien er in der Tat nicht gewesen zu sein.

»Werden Sie zur Polizei gehen?«, fragte Lee besorgt. Die Frage schien ihm schon die ganze Zeit auf der Seele gebrannt zu haben, weil er beim Essen kaum einen Bissen herunterbekommen hatte.

»Wenn, dann werde ich nichts von Ihnen erwähnen«, versicherte sie ihm, woraufhin er aufatmete. »Haben Sie vielen

Dank für das Essen. Ich glaube, ich werde mich jetzt zurückziehen«, sagte Clara dann.

»Neben dem Sekretär im Wohnraum steht eine Glocke. Wenn er etwas brauchte, hat er damit geläutet«, sagte Yue, nachdem Clara aufgestanden war, um hinüber zum Wohnhaus ihres Onkels zu gehen.

»Soll ich Sie begleiten?«, fragte Lee noch, als sie bereits an der Tür war.

Clara freute sich darüber, wie rührend die beiden sich um sie kümmerten, verneinte jedoch. Draußen fröstelte sie, was an dem frischen Wind lag, der durch die Zuckerrohrfelder strich. Es war ein leichtes Rauschen und Rascheln, weil der Wind sich in den Blättern fing und sie sanft wog. Hatte ihr Onkel nicht geschrieben, wie oft er abends auf sein Land sah und dieses Geräusch genoss? Wie gerne würde sie das jetzt mit ihm teilen.

Obwohl Clara sich vorgenommen hatte, gleich auf ihr Zimmer zu gehen, hatte das Haus plötzlich so viel von ihrem Onkel zu erzählen, dass der Anflug von Müdigkeit schnell verflogen war. Im Schein zweier Petroleumlampen warf sie einen Blick auf seine Bücher. Ihre Seelenverwandtschaft ließ sich daraus ersehen. Einen Großteil hatte sie bereits gelesen. Auf seinem Sekretär stand ein Tintenfass mit Schreibgerät. Hier hatte er also gesessen, um seine Briefe zu verfassen. In einer ledernen Mappe entdeckte Clara ihre Briefe, die er sorgsam nach Datum geordnet hatte. Darunter lag eine zweite Mappe, in der er Zeitungsartikel aufbewahrte. Neugierig blätterte Clara durch seine Sammlung an Artikeln, in denen es auf den ersten Blick um die Zukunft des Inselreichs zu gehen schien. Clara entzündete eine weitere Petroleumlampe, die auf seinem Sekretär stand, und begann, einige der Artikel zu lesen. Von seinem

Interesse für Politik wusste sie nichts, auch wenn er sich immer wieder in seinen Briefen über die wirtschaftliche Lage Hawaiis ausgelassen hatte. In allen Berichten ging es um den wachsenden Einfluss der Amerikaner und die schwindende Macht des Königshauses. Was sie las, deckte sich mit Komos Einschätzung. Ein Artikel war besonders aufschlussreich. Geschäftsleute und Pflanzer amerikanischer Abstammung hatten eine eigene Partei gegründet. Sie nannten sich Reformisten, die auch von den Söhnen und Enkeln der Missionare Zulauf bekamen. Die »Reform Party« stellte sich anscheinend offen gegen das Königshaus. Ein Umsturz schien in der Luft zu liegen, genau wie der Bankangestellte ihr zugeflüstert hatte. Die Gegenseite waren die Royalisten, zu denen man fast alle Hawaiianer, aber auch die meisten Deutschen rechnen durfte. Erst als Clara das Ende dieses aufschlussreichen Artikels erreicht hatte, las sie den Namen des Verfassers: Theodor Elkart. Es gab keinen Zweifel daran, dass dieser Kommentar parteiisch war und sich klar gegen die Reformisten stellte, die er als profitgierig bezeichnet hatte. Ein anderer Artikel, der nicht aus seiner Feder stammte, sprach davon, wie viel der Inselstaat den amerikanischen Investoren zu verdanken hatte. Die Wirtschaft florierte … Doch war es nicht so wie in der Heimat, dass grundsätzlich nur die Reichen davon profitierten? Onkel Theodor hatte es offenbar genauso gesehen. Clara lehnte sich zurück und dachte an Komos Worte. Hatten Fremde denn überhaupt das Recht, sich alles zu nehmen? War es nicht erstaunlich, wie viel sich das hawaiianische Volk bereits hatte bieten lassen? Ein weiterer Artikel berichtete darüber, wie viele Einheimische an eingeschleppten Krankheiten, die es bislang auf Hawaii nicht gegeben hatte, verstorben waren. Dennoch waren Fremde hier anscheinend immer noch willkommen. Wie viel Liebe musste dieses Volk in seinem Herzen tragen? Clara schwirrte so der Kopf, dass sie die Mappe zur Seite legte. Die Frage, wo ihr Onkel abgeblieben war, überschattete schlichtweg alles und ließ keinen Raum mehr für all die Namen und Ereignisse, über die sie eben gelesen hatte. Angesichts der Artikel hielt sie es für denkbar, dass er eventuell tatsächlich auf einer der Nachbarinseln war, um seine offenkundigen politischen Interessen zu vertreten. Auf alle Fälle musste er kurzfristig aufgebrochen sein, weil vieles in seinem Haus darauf hindeutete. Die Küchenschränke waren gefüllt mit Lebensmitteln, die er Yues Erinnerung nach erst einen Tag vor seinem Verschwinden eingekauft hatte. Auf dem Schreibtisch lag ein angefangener Brief an Carl Isenberg, in dem er um ein baldiges Treffen bat. Wie gerne hätte sie jetzt mit ihm zusammengesessen, um ihm alles zu erzählen, was zu Hause vor ihrer Abreise passiert war. Clara hoffte, dass sie dies in den nächsten Tagen nachholen konnte. Zunächst galt es aber herauszufinden, wo um alles in der Welt er steckte. Dazu musste sie gleich am folgenden Tag in die Stadt fahren. Vielleicht sollte sie bei Isenberg vorstellig werden und auf den benachbarten Plantagen nach ihm fragen. Mit der Gewissheit, an diesem Abend sowieso nichts mehr ausrichten zu können, ging sie hinauf auf ihr Zimmer. Dort strich Clara mit der Hand über das geblümte Bettzeug, von dem Yue beim Essen so geschwärmt hatte. Fast schien es, als würde ein Teil von ihm präsent sein. Mit diesem wohligen Gedanken sank sie schwer wie ein Stein aufs Bett und schlief sofort ein.

»Miss Clara«, tönte es aufgeregt von draußen. Das war zweifelsohne Yues Stimme.

Schlaftrunken stand Clara auf und schleppte sich ans Fenster.

»Miss Clara!«, rief Yue erneut.

Clara schob die Vorhänge zur Seite und blickte hinunter. Yue stand neben einem Pferd, dessen Zügel sie in der Hand hielt. Dann vernahm Clara die Laute eines davongaloppierenden anderen Pferdes. Clara blickte hinüber zum Zuckerrohrfeld. Ein Reiter ritt so schnell davon, dass es den staubigen Boden aufwirbelte und er eine rötliche Wolke hinter sich herzog. Clara war nun froh, dass sie am Abend zuvor zu müde gewesen war, um sich für die Bettruhe zu entkleiden. Also eilte sie sofort hinunter.

Die Aufregung der Chinesin schien auch das Pferd zu spüren. Es scharrte unentwegt mit den Hufen und schnaubte. Der Gaul sah ziemlich verwahrlost aus.

»Mr Stephens hat sein Pferd gefunden«, legte Yue los.

»Mr Stephens?«, fragte Clara nach.

»Unser Nachbar. Seine Plantage grenzt an diese an«, erklärte Yue.

Erst jetzt nahm Clara überhaupt wahr, dass das Pferd gesattelt war. Ihr wurde schlagartig heiß. Onkel Theodor musste etwas zugestoßen sein.

»Mr Stephens ist heute Morgen seine Plantage abgeritten und hat es am Waldrand entdeckt. Er nimmt sich ein paar seiner Leute, um die Gegend nach Herrn Theodor abzusuchen«, erklärte Yue.

Lee kam mit einem gesattelten Pferd aus den Stallungen. »Ich weiß, wo die Stelle ist, und werde bei der Suche helfen«, sagte er, als er sie erreichte.

»Ich komme mit«, schlug Clara vor. Der Gedanke, hier untätig zu warten, war schier unerträglich.

»Es ist jetzt schon ein paar Tage her ...«, wandte Yue ein.

Mehr brauchte sie nicht zu sagen. Clara konnte sich ausmalen, wie groß die Wahrscheinlichkeit war, dass jemand für so lange Zeit überlebte, wenn er verletzt irgendwo am Rand des

Dschungels lag. Er musste aus irgendeinem Grund vom Pferd gestürzt sein. Eine andere Erklärung gab es nicht.

»Er hat nur diese beiden Pferde, und seines ist geschwächt«, sagte Lee, der es offenkundig auch für keine sonderlich gute Idee hielt, dass Clara nach einer Leiche suchte, die seit Tagen irgendwo in den Feldern den Elementen und Insekten ausgesetzt sein musste.

»Trägt deines auch zwei?«, fragte Clara an Lee gewandt. Weil sie früher bei ihrem Vater mitgeritten war, traute Clara sich das durchaus zu. Allerdings musste sie sich umziehen, weil ihr Kleid für einen Ausritt nicht geeignet war. Eine von Onkel Theodors Hosen wäre als Notbehelf sicher dafür geeignet.

Mr Stephens, ein bärtiger Mittsechziger mit tiefblauen Augen, der auf Clara etwas ruppig wirkte, hatte ein gutes Dutzend Arbeiter mit einem Karren an die Stelle gebracht, an der er Onkel Theodors Pferd gefunden hatte. Sie lag am nördlichen Rand seines Zuckerrohrfeldes, das hier nahtlos in dichte Vegetation überging. Einige Männer unterschiedlichen Alters, die Strohhüte trugen, um sich vor der mittlerweile hoch stehenden Sonne zu schützen, beteiligten sich an der Suche. Mit Macheten bahnten sie sich ihren Weg durch das Dickicht. Lee schloss sich ihnen an. Auch ihm reichte Stephens eine der Macheten, die normalerweise für die Zuckerrohrernte gedacht waren. Die Klingen waren messerscharf. Das struppige Grün fiel nach nur wenigen gezielten Schlägen in sich zusammen. Clara beeindruckte die Hilfsbereitschaft des Nachbarn. Er sei aus Schottland und habe so manche Nacht mit Onkel Theodor Whiskey getrunken, hatte er ihr auf Nachfrage, ob er ihren Onkel gut gekannt habe, erklärt.

»Er war ein guter Reiter«, sagte Stephens kopfschüttelnd, als er seinen Männern hinterherblickte. In seinen Augen stand tiefe Besorgnis. Wieder und wieder biss er sich auf die Lippen. Irgendetwas ging ihm durch den Kopf.

»Sie meinen, dass er gar keinen Unfall hatte?«, fragte Clara nach.

»Ich war einige Zeit in Afrika. Es gibt dort Giftschlangen, Skorpione, wilde Tiere … aber hier?«, sagte er nachdenklich.

»Vielleicht wollte er zu Carl Isenberg. Ich hab einen unvollendeten Brief an ihn gefunden. Darin stand, dass ein baldiges Treffen anberaumt werden sollte.«

»Sie kannten sich und zogen an einem Strang«, erklärte Stephens.

»Wie meinen Sie das?«

»Manchmal ist es besser, wenn man sich aus gewissen Dingen heraushält, vor allem in einem fremden Land«, gab Stephens sich kryptisch.

Clara ahnte, worauf er hinauswollte, und sagte: »Sie meinen, bezüglich der Unabhängigkeit Hawaiis keine Stellung zu beziehen?«

Stephens sah sie erstaunt an und musterte sie nachdenklich, bevor er antwortete.

»Ihr Onkel hat sich mit einigen Leuten hier angelegt«, sagte er knapp. Dann nahm er sich ebenfalls eine Machete vom Wagen. »Wollen Sie auch eine?«, fragte er knapp.

Clara brauchte nicht lange zu überlegen und nickte. »Ich habe seinen Kommentar in der Zeitung gelesen«, erklärte sie.

»Die Wahrheit auszusprechen, erfordert viel Mut«, erwiderte der alte Schotte, als er ihr die Machete reichte. Dann musterte er sie wieder eindringlich. »Aus euch Deutschen werde ich nicht schlau«, sagte er dann.

»Was ist mit uns Deutschen?«

»Woher kommt bloß eure Rechtschaffenheit …? Nein, es ist eigentlich schon eine Besessenheit …«, fuhr er fort.

»Ist das etwas Schlechtes?«

»Ganz und gar nicht … Es ist nur gefährlich«, stellte Stephens fest.

Clara schloss sich den Männern an. Die Machete war so schwer, dass Clara Mühe hatte, sie überhaupt zu halten.

Stephens kommentierte dies mit einem amüsierten Lächeln. »Wissen Sie denn, wie man mit so einem Ding umgeht?«, fragte er.

Clara schritt beherzt nach vorn und versetzte dem Dickicht einen kräftigen Hieb. Es teilte sich so leicht wie bei den anderen, die schon weit in den Dschungel vorgedrungen waren. Stephens nickte anerkennend, jedoch entpuppte es sich im Lauf der Zeit doch als äußerst ermüdend, unentwegt gegen eine grüne Wand anzukämpfen. Clara beschränkte sich daher darauf, den Männern auf den bereits geschlagenen Pfaden zu folgen und nur gelegentlich in die eine oder andere Richtung einen neuen Weg zu bahnen, wenn sie glaubte, dahinter eine kleine Lichtung zu sehen, die groß genug für einen erwachsenen Mann war. Den Rand der Zuckerrohrplantage hatten Stephens Arbeiter bereits ohne Erfolg abgesucht. Stephens Idee, sich zum Hügel emporzuarbeiten, um von oben einen besseren Überblick über die Plantage zu erhalten, ergab Sinn. Sollte Onkel Theodor versucht haben, sich abseits der Wege querfeldein durch die Felder zu bewegen, würde man auch noch nach Wochen abgeknickte Zweige sehen. Es dauerte keine halbe Stunde, bis Stephens Männer den Hügel erreichten. Der Schotte suchte mit einem Fernglas das Zuckerrohrfeld nach Spuren ab, schüttelte dann aber resigniert den Kopf. Seine Männer kehrten zurück, um an weiteren Stellen vom Rand der Plantage ausgehend nach ihrem Onkel Ausschau zu halten. Es schien ein aussichtsloses Unterfangen zu sein. Wer wusste schon, wo das Pferd ihn abgeworfen hatte? Stephens war sich jedoch sicher, dass dies irgendwo auf den Wegen passiert sein musste, weil es keinen Grund gab, querfeldein durch die Plantage zu reiten und dies nur sehr mühsam war.

Clara ging mit ihm gemeinsam das Feld ab. Nichts schien auf einen Sturz hinzudeuten.

Völlig unvermittelt ertönte ein Horn. Sie kannte den Ton von der Treibjagd. Es stammte jedoch aus einer Muschel, wie ihr Stephen erklärte. Anscheinend hatten seine Männer etwas gefunden. Clara wusste nicht, ob sie sich darüber freuen oder sich darauf einstellen sollte, dass er nicht mehr am Leben war. Letzteres war wahrscheinlich. Stephen lief so schnell in die Richtung, aus der das Horn erneut blies, dass Clara Mühe hatte nachzukommen. Es war unweit der Stelle, an der sie mit der Suche begonnen hatten. Nur wenige Meter hatten Stephens Männer vom Grün befreit. Dann sah Clara den Erdhügel, der sicher nicht auf natürliche Art und Weise dort hingekommen war. Er sah aus wie ein Grab. Clara stockte der Atem.

»Sie sollten besser wieder zurück zum Wagen gehen«, sagte der Schotte, doch Clara blieb.

Einer seiner Männer kam mit einer Schaufel angerannt. Nach nur wenigen Stichen in die Erde gab der Hügel sein Geheimnis frei. Eine Hand ragte aus der Erde. Clara suchte Halt an Stephens. Er trat vor sie, sodass sie den Grabhügel nicht mehr sehen konnte.

»Man sollte Menschen, die von uns gehen, wenn möglich in guter Erinnerung behalten«, sagte er und sah ihr dabei eindringlich in die Augen.

Ihre innere Stimme, die danach schrie, Gewissheit zu haben, versiegte, denn wer sollte sonst unter der Erde liegen? Lee war mittlerweile zu ihnen gestoßen. Clara konnte ihm ansehen, dass er mit den Tränen zu kämpfen hatte. Er reichte ihr die Hand, um sie von hier wegzuführen. Clara nahm sie dankbar an.

Stephens Männer betteten den in weiße Tücher gewickelten Leichnam auf einen Karren, um ihn in das Leichenhaus nach Honolulu zu bringen. Als ob es nicht schon schlimm genug war, dass Onkel Theodor nicht mehr unter den Lebenden weilte, hatte Stephens noch eine weitere Hiobsbotschaft für sie parat. Den Schotten um Worte ringen zu sehen machte das Ganze nur noch schlimmer.

»Wir haben zwei Einschüsse in seiner Brust gesehen«, sagte er mit belegter Stimme.

Clara hatte das Gefühl, ihr Herz würde augenblicklich still stehen.

»Wollen Sie mit uns in die Stadt fahren?«, fragte Stephens, nachdem er sich wieder einigermaßen gefasst hatte.

»In die Stadt …«, sagte Clara mehr zu sich, unfähig, noch einen weiteren klaren Gedanken zu fassen. Sie starrte nur auf den in Tücher gewickelten Körper, der auf dem Karren lag.

»Die Polizei wird Fragen stellen …«, meinte der Schotte.

Clara nickte, auch wenn seine Worte kaum noch hörbar wie durch einen dichten Nebel zu ihr gedrungen waren und sie deren Tragweite in diesem Moment nicht verstand. Wie in Trance ließ sie sich abführen, wenngleich sie gar nicht der Täter war. Stephen half ihr auf den Kutschbock. Hinter ihr lag der Leichnam von Onkel Theodor. Clara wagte es nicht, sich umzudrehen.

Während der ganzen Fahrt in die Stadt herrschte Schweigen. Clara sah nur noch das schier endlose Grün der Felder an sich vorbeiziehen. Es war eine lähmende Leere in ihr, die sich von Trauer und Ratlosigkeit nährte. Erst als sie die ersten Außenposten Honolulus erreichten, verlor sich die lastende Schwere ihrer Gedanken. Sie war froh, mitgekommen zu sein, weil sie auf diese Weise vermeiden konnte, dass jemand von der Polizei auf der Farm vorbeikam. Damit würde sie Lee in

Gefahr bringen. Am Ende unterstellten sie ihm noch, er hätte ihren Onkel erschossen, was Clara ausschloss.

»Es sind nur einige Formalitäten. Sie sind die einzig greifbare Verwandte. Es dauert bestimmt nicht lange«, meinte Stephens, als sie die Polizeistation erreichten und er ihr vom Kutschbock half. Doch da täuschte er sich. Die Todesmeldung an sich ging zwar schnell vonstatten, aber der diensthabende Polizist, ein junger hawaiianischer Beamter, den man ihr zugewiesen hatte, holte gleich seinen älteren Kollegen, Officer Mahi hinzu, als zur Sprache gekommen war, dass Stephens Leute zwei Einschusswunden festgestellt hatten. Die beiden verließen die Polizeistation, um sich davon zu überzeugen, während Clara drinnen wartete. Dann begannen die Fragen.

»Ich bin vor zwei Tagen mit der *Braunfels* hier angekommen«, hatte sie erklärt, um gleich jeglichen Verdacht zu zerstreuen, sie könnte etwas mit dem Tod ihres Onkels zu tun haben. Weshalb sonst hatten sie so viele Fragen dazu gestellt, wie das Verhältnis zu ihrem Onkel gewesen war.

»Wer lebt noch auf der Farm?«, wollte der ältere Beamte wissen. Clara entschied sich dazu, ihm nur die halbe Wahrheit zu sagen, und erwähnte nur Yue sowie gelegentliche Hilfsarbeiter, die sich aber nicht permanent auf der Farm aufhalten würden. Dies musste glaubhaft sein, weil Onkel Theodor ihr ja geschrieben hatte, dass die saisonalen Arbeiter jeden Morgen kamen und nach der Feldarbeit wieder nach Honolulu fuhren.

»Hatte Ihr Onkel Feinde?«, fragte Officer Mahi nach.

Clara entschied sich dazu, die Wahrheit zu sagen, und sprach die Vermutung aus, dass er sich aufgrund seiner königshausfreundlichen Haltung eventuell welche zugezogen hatte. Sie musste versprechen, seine Briefe und die Zeitungsausschnitte vorbeizubringen.

Dann wurde Stephens verhört. Clara musste in einem Nebenraum warten. Durch das Fenster zur Straße konnte sie sehen, dass sich bereits Schaulustige um den Karren versammelt hatten. Bald würde sicher jeder wissen, dass ihr Onkel verstorben war. Mit Sicherheit aber, sobald die Stadtverwaltung davon Kenntnis erhielt, wie ihr der Officer im Anschluss an Stephens fast einstündiges Verhör erklärt hatte. Auch die Erbfrage sei nun zu klären.

»Hat Ihr Onkel außer Ihnen irgendwelche Verwandte?«, wollte Officer Mahi wissen. Clara überlegte für einen Moment, ob sie ihm die Wahrheit sagen sollte. Sie würden ihren Vater, seinen Bruder, telegrafisch benachrichtigen und ihn sicher auch darüber informieren, dass sie hier war. Obwohl ihr Vater mit Onkel Theodor zerstritten war, traute sie ihm zu, dass er das Erbe antreten würde.

»Nein«, sagte sie in der Hoffnung, dass niemand auf den Gedanken kommen würde, sich telegrafisch mit der Stadtverwaltung Geestemündes in Verbindung zu setzen, um ihre Angaben zu überprüfen. Niemand wusste zudem, wo ihr Vater lebte und wie er hieß. Hoffentlich fragte der Officer nicht weiter nach.

»Dann kämen Sie als Erbin in Betracht, es sei denn, er hätte testamentarisch jemand anderes bedacht. Gibt es Ihres Wissens nach ein Testament?«, fragte Officer Mahi.

Clara verneinte die Frage wahrheitsgemäß, weil sie bisher auf keines gestoßen war.

»Sie sollten sich auch diesbezüglich mit der Stadtverwaltung in Verbindung setzen. Nur für den Fall, dass Sie das Erbe antreten wollen«, riet er ihr.

»Sehen Sie bitte in seinem Haus nach, ob es nicht vielleicht doch ein Testament gibt. Daraus ließe sich ein Motiv für seinen Tod erkennen«, fügte er noch hinzu.

»Wenn ich das Erbe nicht annehme und niemand sonst bedacht ist, fällt seine Plantage dann an die Stadt?«

»Korrekt. Sie würde wohl versteigert«, meinte der Officer.

»Was passiert jetzt mit ihm?«, wollte Clara wissen.

»Er wird in der Leichenhalle aufbewahrt, bis die Beerdigung geklärt ist. Normalerweise bemühen sich die nahestehenden Verwandten darum«, sagte er und sah sie dabei fragend an.

Clara nickte und reichte ihm die Hand.

»Alles Gute«, wünschte ihr der Officer, bevor er ihr die Durchschrift des Protokolls übergab und sie zur Tür geleitete.

Stephens wartete dort bereits auf sie. »Sie haben sicher noch einiges zu erledigen«, sagte er. »Wenn Sie möchten, kann ich Sie in drei Stunden wieder zurück zur Plantage bringen«, bot er an.

Clara nahm das Angebot dankbar an. Eine ganze Lawine von Dingen, die es zu erledigen galt, lag vor ihr.

8

Clara hatte nicht geringste Ahnung, ob sich Onkel Theodor jemals Gedanken über seine Beerdigung gemacht hatte. Sie wusste nur, dass er katholischen Glaubens war und daher am ehesten eine normale Beerdigung infrage kam. Nur war sie nicht in Deutschland, sondern in einer fremden Kultur. Nachdem es hier so viele Deutsche und vor allem Amerikaner gab, musste es auch christliche Friedhöfe geben. Wider Erwarten gab es die nicht, wie ihr ein städtischer Beamter hawaiianischer Herkunft zu verstehen gab, dem sie das polizeiliche Protokoll ausgehändigt und den sie über Onkel Theodors Tod informiert hatte. Gerade weil Hawaii aber so einen starken Zustrom an Immigranten aus aller Herren Länder zu verzeichnen hatte, sei vor gut fünfzig Jahren ein Friedhof für alle Konfessionen in Oahu errichtet worden. Die Frage nach dem Ort der Beerdigung war somit geklärt. Die Frage, wer sie durchführen würde, dagegen noch nicht.

»Auf Kauai gibt es eine deutsche Gemeinde«, schlug der Beamte vor. Dazu müsste sie aber erst mit einem Schiff auf die Nachbarinsel übersetzen und einen Priester bitten, für einen Tag nach Honolulu anzureisen. Da fiel ihr ein, dass sie während der Überfahrt hierher einen Priester an Bord gehabt hatten. Auch wenn sie Schneider nicht sonderlich mochte, so kannte sie ihn wenigstens, und er war vor Ort. Ob Missionar oder nicht. Eine Beerdigung würde er sicher durchführen können und ihr auch nicht ausschlagen. Gottlob kannte der Beamte den Weg zur Missionarsstation, die unweit der Stadtverwaltung zu Fuß zu erreichen war.

Das weiße Gebäude aus Holz war unscheinbar und gab sich von außen nicht als Gotteshaus zu erkennen. Es war umgeben von gepflegtem Rasen, an den ein Garten grenzte. Die Veranda sah einladend aus. Ein viel kleineres Haus, vor dem Fässer, allerlei Gerätschaft und eine Kutsche standen, befand sich in unmittelbarer Nähe. Schneider musste sich hier sicher wohlfühlen.

Obgleich die Tür offen stand, klopfte Clara zwei Mal, bekam jedoch keine Antwort. Stattdessen vernahm sie Schneiders Stimme aus Richtung des Gartens. Gott sei Dank war er hier. Sie hatte nur noch eine Stunde, bis sie der Schotte wieder zurück zur Plantage bringen würde. Clara folgte der Stimme und sah Schneider auf einer Terrasse, die an die Rückseite des Hauses grenzte, hin und her gehen. Dabei sprach er, hielt inne und fuhr dann fort. Erst als Clara näher kam und die gepflanzten Hecken ihr nicht mehr die Sicht versperrten, konnte sie sehen, dass er einen Brief diktierte. Ein Einheimischer saß mit dem Rücken zu ihr gewandt an einem kleinen Holztisch und schien das Diktat zu Papier zu bringen. Schneider gefiel sich offenbar in der Rolle. Auch hatte Clara den Eindruck, als ob er seinem einheimischen Privatsekretär große Zuneigung entgegenbrachte. Schneider trat hinter ihn und legte in vertrauter Geste seine Hände auf die Schultern des Schreibenden. Er ließ erst von ihm ab, als Clara sich räusperte, um sich bemerkbar zu machen. Sie hatte fast den Eindruck, als sei es ihm unangenehm, dass sie diese Vertrautheit eben mit angesehen hatte.

»Fräulein Elkart«, begrüßte er sie überrascht. Sein Sekretär fuhr ebenfalls herum. Es war Komo. »Was führt Sie hierher?«, fragte der Priester. Dann schien auch er zu bemerken, dass Komo sie regelrecht fixierte.

»Was starrst du so?«, fuhr er ihn an.

Komo schwieg und widmete sich demonstrativ wieder dem Stück Papier, das vor ihm lag.

»Komo und ich sind uns am Hafen begegnet. Er hat sich als sehr hilfsbereit erwiesen«, klärte Clara den Priester auf, ohne sich in Details zu verlieren, die Schneider nichts angingen. Er hob nur eine Augenbraue. Komo hingegen sah kurz zu ihr und schmunzelte.

»Mein Onkel ist verstorben«, kam sie gleich auf den Punkt.

Komo, der jedes Wort mit anhören konnte, erstarrte.

Schneider widmete ihr sofort seine ganze Aufmerksamkeit und bot ihr einen Stuhl auf der Terrasse an. »Mein herzlichstes Beileid«, sagte er mit überraschend viel Mitgefühl und bot ihr einen Stuhl, damit sie sich setzen konnte.

Clara sah wieder hinüber zu Komo. In seiner Miene war unendlich viel mehr Anteilnahme zu lesen als in der des Priesters.

»Aber er kann doch noch nicht so alt gewesen sein. Ein Unfall? Eine schlimme Erkrankung?«, fragte Schneider, um Feinfühligkeit bemüht, nach.

»Nein. Er wurde erschossen«, erklärte sie knapp.

Schneiders Miene fror förmlich ein.

Komo hingegen, der immer noch zu ihr sah, hatte die traurigsten Augen, die Clara jemals bei einem Menschen gesehen hatte.

Schneider setzte sich ihr gegenüber.

»Wie ist das passiert? Hawaii ist ein gefährliches Pflaster, aber …«

»Die Umstände kennt niemand. Die hiesige Polizei wird den Fall untersuchen«, erklärte sie.

Schneider nickte nur in Gedanken, unfähig, etwas darauf zu erwidern.

»Mein Onkel muss beerdigt werden. Ich habe sonst niemanden, an den ich mich wenden könnte«, gestand Clara.

»Ein christliches Begräbnis? Ihr Onkel war Katholik?«

Clara nickte. »Er soll auf dem hiesigen Friedhof in Oahu beerdigt werden.«

»Das lässt sich sicher einrichten«, sagte Schneider in einer Weise, die Trost spendete. »Es wäre hilfreich, wenn Sie mir ein bisschen von Ihrem Onkel erzählen würden, damit ich die richtigen Worte finde«, ergänzte er.

»Aber ich kenne ihn nur aus Briefen«, sagte Clara verzweifelt.

»Lassen Sie sich Zeit. Schreiben Sie auf, was Ihnen in den Sinn kommt.«

Clara war erleichtert, dass Schneider sich bereit erklärte, die Beerdigung durchzuführen. Warum nur rührte sich Komo nicht? Er saß nur da und sah sie aus traurigen Augen an, auch noch, als sie sich von Schneider verabschiedete.

Waren auf der Fahrt nach Honolulu Claras Gedanken aus purer Trauer und dem Entsetzen über Onkel Theodors gewaltsamen Tod eingeschlafen, drehten sie sich nun auf der Rückfahrt im Kreis.

»Was werden Sie jetzt tun? Bleiben Sie hier?«, hatte Stephens als Erstes gefragt. Clara wusste darauf ad hoc keine Antwort, wobei sich bei näherer Überlegung keine Alternative anbot, als zunächst hierzubleiben.

»Ich könnte mir ja noch nicht einmal die Rückfahrt leisten«, sagte sie mehr zu sich. Der einzige Linienverkehr über San Francisco, dann quer durch Nordamerika mit der Bahn, um letztendlich von New York zurück nach Bremerhaven zu fahren, überstieg ihre finanziellen Mittel bei Weitem, selbst wenn sie in der dritten Klasse reiste. Es konnte Monate dauern, bis wieder ein Dampfer hier ankam, der zurück in die Heimat fuhr. Ein Segler, mit dem sie drei Monate unterwegs war, kam nicht infrage, und selbst darauf müsste sie mehrere Wochen warten.

»Sie haben Unterkunft, sind nicht allein. Sie könnten versuchen, hier Arbeit zu finden«, schlug Stephens vor.

»Höchstens als Privatlehrerin«, sinnierte Clara laut.

»Die Handelskontore und Geschäfte in der Stadt suchen gelegentlich Aushilfskräfte oder Verkäuferinnen«, versicherte er.

»Dafür reichen meine Kenntnisse der hiesigen Sprache nicht aus.«

»Das Wenige, das Sie brauchen, lernt man schnell. Außerdem sprechen die meisten Englisch«, machte er ihr Mut.

Stephens hatte in allem recht, doch viel mehr beschäftigte Clara die Frage, was sie hier allein wollte. Außer Agnes und Schneider sowie Onkel Theodors feste Angestellte kannte sie hier niemanden. Onkel Theodor war der Hauptgrund gewesen, weshalb sie nach Hawaii gekommen war. In Bremerhaven würde Tante Viktoria auf sie warten. Kaum zu Ende gedacht, machte sie sich klar, was noch alles auf sie warten würde – und das war ein Leben als Jungfer, die bestenfalls eines Tages Viktorias Laden übernehmen konnte. Sie könnte natürlich auch in einem Brautschleier vor den Altar treten. Ein Schauder lief ihr über den Rücken. Nein, bloß das nicht. Es gab im Moment sowieso einiges zu klären. Clara nahm sich vor, gleich an diesem Nachmittag nach einem Testament zu suchen. Der Gedanke, dass Onkel Theodors Plantage versteigert wurde oder am Ende doch in die Hände ihres Vaters fallen könnte, war unerträglich. Überraschenderweise stellte sich unmittelbar nach der Rückkehr auf seiner Plantage das Gefühl ein, hierher zu gehören. Schon nach nur einer Nacht fühlte sich das Haus merkwürdig vertraut an. Clara freute sich auf Yue und Lee, der nicht aufhören wollte, sich dafür zu bedanken, dass sie ihn bei der Polizei außen vor gelassen hatte. Er versprach, die Scheune, den Lagerraum und die Stallungen nach Kisten, Truhen oder Geheimfächern zu durchsuchen. Möglicherweise tauchte ja doch noch ein Testament auf.

Clara und Yue nahmen sich das Haus vor. Die Chinesin kannte es wie ihre Westentasche, was kein Wunder war, weil sie für den Haushalt und die Reinigung verantwortlich gewesen war. Wenn jemand ein Gespür dafür haben konnte, wo er wertvolle Dinge aufbewahrte, dann sie.

»Er hat das Geld für unseren Lohn immer in der dritten Schublade des Sekretärs aufbewahrt«, wusste Yue ganz sicher. Wo er den Schlüssel versteckte, hatte sie einstmals zufällig gesehen. Er musste seitlich in einer Einkerbung des zweiten Schubers versteckt sein. Yue sollte recht behalten, und es sprach sehr für sie, dass sie sich das Geld nicht genommen hatte. Um die achthundert amerikanische Dollar hatte er hier versteckt. Yue kam auch nicht auf den verführerischen Gedanken zu behaupten, sie habe ihren Lohn für diesen Monat noch nicht bekommen. Die meisten hätten dies wohl getan. Ein Testament oder andere Dokumente, die sein Haus oder das Grundstück betrafen, waren darin nicht. Nach einer guten halben Stunde hatten sie alle Papiere durchforstet, die Onkel Theodor in seinem Schreibtisch und in Mappen aufbewahrte. Zwischen überwiegend normaler Korrespondenz mit Behörden und Rechnungen fanden sich Lieferscheine und Exportdokumente für Zuckerrohr. Die Kaufurkunde und die Verbriefung des Grundes waren darunter. Immerhin ein Teilerfolg. Von einem Testament war weiterhin keine Spur, auch nachdem sie die Regalwand ausgeräumt hatten, weil Clara wusste, dass manche Leute zwischen Büchern oder dahinter gerne Wertsachen aufbewahrten. Kein Schrank, keine Anrichte und Truhe blieben mittlerweile im Schein dreier Petroleumleuchten unberührt. Clara wunderte sich nicht darüber, dass die Suche an diesen Orten schließlich ergebnislos verlief. Wer würde schon ein Testament zwischen alten Schuhen, Kübeln oder Lumpen aufbewahren? Clara gab es auf, nachdem sie auch noch in jedem Küchenschrank und selbst in Holzkisten, in denen Lebensmittel gelagert waren, nachgesehen hatten. Auch Lee war nicht fündig geworden. Nachdem ihr Onkel sein Geld und sogar eine goldene Uhr im abschließbaren Fach untergebracht hatte, machte es wohl auch keinen Sinn, auch noch den Dielenboden nach Hohlräumen abzuklopfen. Auch wenn Yue und Lee angeboten hatten, am nächsten Morgen in aller Früh weiterzusuchen, fand sich Clara damit ab, dass es kein Testament gab. Zwar konnte sie auch gegenüber der Stadtverwaltung behaupten, dass sie die einzig noch lebende Verwandte sei, doch Clara rechnete fest damit, dass man dafür auch in Honolulu einen Nachweis in Form einer Sterbeurkunde erbringen musste, die das Erblassen ihrer Eltern bestätigte.

Clara setzte sich wieder an Theodors Sekretär und überlegte, ob sie Tante Viktoria einen Brief schreiben sollte. Frisches Papier und Briefumschläge sowie einige noch nicht geöffnete Briefe, vermutlich Rechnungen, lagen in aus Holz gezimmerten Fächern, die wie ein Aufbau auf seinem Schreibtisch standen. Clara zog einen Bogen Papier heraus, tauchte die Feder aus Metall in das Tintenfass und begann zu schreiben. »Liebste Tante Viktoria«, brachte sie gerade mal zu Papier. Was sollte sie ihr bloß schreiben? Wo fing sie am besten an? Mit der Überfahrt? So viel war passiert, dass eine bleierne Müdigkeit von ihr Besitz ergriff. Aus Verlegenheit holte sie die ungelesene Post heraus. Es waren Briefe von Firmen, die sich in den letzten beiden Wochen angesammelt hatten. Clara blätterte den Stapel weiter durch und erstarrte, als sie einen Brief entdeckte, der an »Clara Elkart« adressiert war und Onkel Theodors Schrift trug. Claras Hände begannen zu zittern, als sie den Brief öffnete.

12. Juli 1892

Liebste Clara,
wenn Du diesen Brief liest, wirst Du wahrscheinlich damit be-
schäftigt sein, meinen Nachlass abzuwickeln, oder die Polizei
wird ihn gefunden und Dir ausgehändigt haben. Eigentlich
wollte ich Yue bitten, ihn Dir bei Ankunft persönlich zu über-
reichen, doch sie hätte sich gewundert, wozu ich Dir einen Brief
schreibe, wenn wir uns doch sowieso bald sehen. Es war besser,
ihn in den Poststapel zu legen.

Grund, diesen Brief zu schreiben, ist das Verschwinden zwei-
er Plantagenbesitzer, die sich offen für den Erhalt der Monar-
chie ausgesprochen haben. In meiner ledernen Dokumenten-
mappe wirst Du einen Kommentar in der Hawaiian Post *finden,*
der mir sehr viel Ärger eingehandigt hat. Es geht auch auf Ha-
waii in diesen Zeiten nur um Geld und Macht. Habgier be-
stimmt das Handeln der Reichen. Wir Europäer haben auch
diese Seuche eingeschleppt. Einige der amerikanischen Plan-
tagenbesitzer sind in einen Putsch verwickelt, um das Königs-
haus zu stürzen. Ich kenne ihre Namen von einem der Arbeiter,
der ein heimliches Treffen belauscht hat. Er ist auch nicht mehr
am Leben.

Seit seinem Tod wurde jeder meiner Schritte in der Stadt be-
obachtet. Nachts hörte ich herannahende Reiter. Ich habe mir
eine Waffe angeschafft, um mich zu schützen.

Die Zeilen verfasse ich kurz vor meinem Treffen mit einem
der Drahtzieher der Verschwörung. Ich kann Dir den Namen
nicht sagen, weil ich erst sicher sein möchte. Je weniger Du
weißt, desto besser. Du bringst es sonst noch fertig, ihn zur Re-
chenschaft zu ziehen, doch das würde Dich in große Gefahr
bringen. Dir zuliebe lenke ich ein und werde ihm anbieten,
mich aus dem politischen Leben zurückzuziehen. Die Zeit mit

Dir ist mir einfach zu wichtig. Wenn Du diese Zeilen liest, ist mein Vorhaben gescheitert.

Ich möchte nicht, dass im Falle meines Ablebens Friedrich die Farm erbt. Ich habe diesem Brief ein Testament beigefügt. Geh damit zur Stadtverwaltung und fordere Dein Recht ein. Du kannst die Plantage verkaufen, aber lass Dich nicht über den Tisch ziehen. Stephens, unser unmittelbarer Nachbar, wird Dir sagen, was sie wert ist. Zahle Yue einen Jahreslohn aus. Du selbst bist hier in Sicherheit. Niemand wird Dir etwas antun. Sei dessen gewiss.

Ich wünschte, es wäre alles anders gekommen, doch meine Liebe zu diesem Land hat mich dazu gezwungen, diese Schritte zu gehen. Als Zeichen meiner Liebe schenke ich Dir, was mir immer am wertvollsten war. Es wird Dir Dein Auskommen sichern.

Dein Onkel Theodor

Clara lag stundenlang wach. Die Zeilen ihres Onkels hatte sie wieder und wieder gelesen, um sich die Frage zu beantworten, ob sie Schuld an seinem Tod trug. Schließlich hatte er sich ihretwegen mit dem angeblichen Verschwörer getroffen, um Frieden zu schließen. Obwohl die Vernunft ihr sofort und ohne Unterlass sagte, dass dies absurd sei, weil er so oder so und vor allem unabhängig von ihrer Ankunft auf Hawaii in großer Gefahr gewesen war, hatte es Stunden gedauert, um diese Erkenntnis auch zu verinnerlichen. Am meisten beschäftigte Clara, wie sehr Onkel Theodor sie geliebt haben musste. Er sorgte sich um sie über seinen Tod hinaus. Sein Mut, sich mit hiesigen Putschisten anzulegen, imponierte ihr. Aber war es letztlich nicht töricht, sich mit offenkundig übermächtigen Gegnern anzulegen, wenn man wusste, dass man gegen Windmühlen kämpfte?

Clara drehte sich zum x-ten Mal auf die andere Seite, um endlich Schlaf zu finden. Sie zog das Bettzeug, das er für sie besorgt hatte, an sich, fast so, als würde sie daran Halt finden. Auch dieser Versuch misslang. Clara drehte sich zurück auf den Rücken, um erneut darüber nachzudenken, wie lange sie überhaupt hierbleiben konnte. Hawaii stellte sich als ein gefährlicherer Ort dar, als sie dachte. Sie könnte nach Amerika gehen, um mit dem Erbe ihr Glück zu versuchen, doch was würde dann aus Lee, Yue und Onkel Theodors Plantage? Clara hielt es im Bett nicht mehr aus und stand mitten in der Nacht auf, um sich in der Küche einen Tee zuzubereiten. Der Blick aus dem Fenster, an dem sie vorbeigehen musste, um nach unten zu gelangen, hielt sie jedoch davon ab. Der fast volle Mond tauchte die Felder in ein fahles Licht, das stark genug war, um weit in die Ferne sehen zu können. Die Nacht war windig. Die schilfartigen Blätter rauschten, doch da war noch ein Geräusch, kaum vernehmbar und doch präsent. Kein Zweifel. Sie hörte eine Stimme, die wie eine Sirene klang. Ein kalter Schauer lief ihr den Rücken herunter, als der Wind nachgelassen hatte und die Stimme nun deutlicher vernehmbar war. Sie hatte etwas Schauriges, Leidvolles und klang monoton, fast wie ein Klagelied. Clara hielt den Atem an, als sie das Licht bemerkte. Es kam von einem der Wege, die das Zuckerrohrfeld wie Adern durchzogen. Sofort dachte sie an Onkel Theodors Brief. Hatte er nicht geschrieben, dass nachts Fremde auf seiner Plantage gewesen waren? Clara überlegte, nach unten vor die Tür zu gehen. Dort war sie immer noch in Sicherheit. Vielleicht konnte sie einen Blick auf die Zuwegung erhaschen und sehen, woher dieses flackernde Licht kam. Clara eilte hinunter, öffnete die Tür und erstarrte. Dort hing etwas, was dort nicht hingehörte. An zwei Fäden war ein geflochtener Blätterkranz befestigt, aus dem Lilien ragten. Clara nahm die Blätter im Licht ihrer Petroleumlampe genauer in Augenschein. Sie waren oval und hatten die Form von breiten Schwertern. Was hatte das zu bedeuten? Clara überlegte, zurück ins Haus zu gehen oder Lee und Yue zu wecken, um gemeinsam nach dem Rechten zu sehen. Auch wenn der Singsang sie ängstigte, so hatte er zugleich etwas Hypnotisches und Beruhigendes an sich. Man konnte sich ihm kaum entziehen. Clara stellte die Petroleumlampe ab. Was konnte schon passieren, wenn sie sich am Rand des Feldes entlangschlich und zwischen den Pflanzen hindurchlugte, um weiter in den Weg einsehen zu können?

Jeder ihrer Schritte auf dem Kies war so laut, dass man sie meilenweit hören musste. Erst als sie den lehmigen Boden der Felder erreichte, gelang es, nahezu geräuschlos weiterzugehen. Clara wagte es kaum noch zu atmen, bevor sie den Rand des Zuckerrohrfelds erreichte. Die Stimme war nun viel klarer vernehmbar. Sie schien etwas auf Hawaiianisch zu singen, aber es war kein Lied, sondern eine Abfolge von sich wiederholenden Lauten. Dann sah sie die Gestalt, die vor einem kleinen Feuer saß, das von Steinen begrenzt wurde. Es war zweifelsohne Komo, der mit nacktem Oberkörper und mit gen Himmel gerichtetem Blick diese Laute von sich gab. Dann hörte Clara schnelle Schritte im Kies. Sie näherten sich vom Haus. Ein Schuss löste sich und donnerte durch die Nacht.

Komo erstarrte. Für einen Moment hatte Clara den Eindruck, er würde genau in ihre Richtung sehen, wenngleich die Blätter der Zuckerrohrpflanze sie vor seinen Augen verborgen halten mussten.

»Gehen Sie besser ins Haus«, rief Lee ihr zu, als er sie erreichte.

Clara sah zu Komo. Er stand nun aufrecht vor dem Feuer.

Lee eilte mit dem Gewehr zur Zuwegung.

»Nein!«, rief sie, doch Lee blieb erst stehen, als sie ihre Deckung aufgegeben hatte, um ihm den Weg abzuschneiden. Clara blickte zurück zu Komo. Das Feuer war erloschen. Die Nacht hatte ihn verschluckt.

Die Sonne stand schon so weit über den Feldern, dass sie Clara direkt ins Gesicht schien, als sie sich im Halbschlaf auf die sonnenbeschienene Seite wälzte. Sie kniff die Augen zusammen und zog die Decke mit dem Rosenmotiv über den Kopf, um noch ein wenig dem süßen Traum nachzuhängen, in dem sie gemeinsam mit Onkel Theodor in einer Kutsche durch Honolulu gefahren war. Er hatte ihr so viel Schönes von seinem Leben erzählt, dass sie Lust verspürte, Oahu näher zu erkunden. Kaum hatte sie sich die Bettdecke von der Nase gezogen, blies der Wind die Erinnerung an die vergangene Nacht in ihr Zimmer. Clara wunderte sich, überhaupt noch eingeschlafen zu sein.

Von draußen waren Stimmen zu hören. Sicher waren Lee und Yue schon wach und kümmerten sich um die Pferde.

Clara füllte Wasser aus einer Karaffe in die Schüssel auf ihrem Spind, um sich waschen. Onkel Theodors Hose noch einmal anzuziehen, kam nicht infrage, wobei Beinkleider dieser Art für das Landleben sicherlich geeigneter waren als eine ihrer Roben, die sie im Büro ihres Vaters getragen hatte. Clara freute sich darauf, ihr erstes Frühstück in Onkel Theodors Küche zuzubereiten, doch Yue war ihr bereits zuvorgekommen. Es duftete nach Kaffee. Brot und Honig standen aufgeschnitten für sie bereit. Clara zog es trotzdem vor, nach draußen zu gehen, um mit der Frische des Morgens die letzten düsteren Gedanken von sich zu streifen. Der Kranz aus grünen Blättern und Lilien hing nicht mehr an der Tür. Dass sie dies zugleich erleichterte, aber auch enttäuschte stand sinnbildlich für den inneren Zwiespalt, wie sie Komos nächtlichen Gesang zu bewerten hatte.

»Guten Morgen, Miss Clara«, rief ihr Lee zu.

»Haben Sie den Kranz abgenommen?«, fragte sie.

»Er liegt auf dem Kompost«, erklärte er.

Clara ging sofort die paar Schritte zur Müllhalde neben dem Haus. Warum hatte Komo ihn an der Tür angebracht? Bei Tageslicht betrachtet, sah er richtig hübsch aus. Clara streckte ihren Arm danach aus.

»Tun Sie das nicht, Miss«, sagte Lee erschrocken.

»Warum? Es sind doch nur geflochtene Blüten und Blätter«, wandte sie ein.

»Die Einheimischen sind alle Zauberer. Sie haben so viele Rituale und Geister, dass einem davon schwindlig werden könnte«, sagte Lee.

»Ach was«, tat Clara dies ab und versuchte, den Kranz erneut zu erreichen.

»Lee hat recht. Es könnte ein böser Zauber an ihm sein«, fing nun auch noch Yue an. Ihr stand die Angst vor diesem Kranz so ins Gesicht geschrieben, dass Clara ihre Aktion prompt überdachte.

»Die Pflanze nennen sie Ki. Ich weiß nur, dass sie bei Totenritualen verwendet wird«, erklärte sie ängstlich, was Clara vollends verunsicherte, auch wenn sie nicht abergläubisch war.

»Um ein Haar hätte es heute Nacht auch einen Grund für ein Totenritual gegeben«, sagte Clara vorwurfsvoll an Lee gerichtet.

»Tut mir leid, Miss Clara. Wir haben die Stimmen gehört und …«

»Schon gut«, versuchte sie, Lee zu beruhigen.

Erneut fiel ihr Blick auf das Feld, in dem Komo in der Nacht gesungen hatte. Der Wind trug den Geruch von Erde und Gräsern heran – eine Mischung, an der sie immer mehr Gefallen fand …

Nachdem Clara den letzten Satz an Tante Viktoria verfasst hatte, indem sie ihr ihre tiefste Zuneigung versicherte und zum Ausdruck brachte, wie sehr sie sie vermisste, blätterte Clara durch die sieben Seiten, die sie an diesem Vormittag zu Papier gebracht hatte. Es war unglaublich viel passiert. Clara überlegte, ob sie vielleicht noch einmal damit beginnen sollte, Tagebuch zu führen. Sie hatte es aufgegeben, weil einem eine ganztägige Arbeit in einem Gewürzkontor einfach keine Zeit dazu ließ. Vermutlich aber auch, weil ihr Leben so eintönig geworden war, dass es sich nicht mehr gelohnt hatte, darüber zu schreiben. Lediglich auf der Indien-Reise hatte sie sich gelegentlich Notizen gemacht. Clara verwarf den Gedanken allerdings sofort wieder, weil sie hier höchstwahrscheinlich auch keine Zeit finden würde, um sich alles von der Seele zu schreiben. Regelmäßige Briefe an Viktoria würden sie ebenfalls dazu zwingen, ihre Gedanken zu ordnen und für Klarheit zu sorgen. Letzteres wollte sich diesmal jedoch nicht einstellen, auch als sie den Brief noch einmal durchlas. Er endete mit vielen offenen Fragen, die ihr weiteres Leben betrafen. Clara riss sich davon los und legte den Brief zur Seite, weil sie noch einiges zu erledigen hatte. Reverend Schneider, wie man ihn hier nannte, erwartete von ihr ein paar Zeilen über Onkel Theodor. Soweit sie sich an die Beerdigung ihrer Mutter erinnerte, mussten das Charaktereigenschaften und Markantes aus dem Leben des Verstorbenen sein. Noch immer fiel es Clara schwer zu akzeptieren, dass er nicht mehr da war. Sich nun auf einem weiteren Bogen Papier Gedanken über ihn zu machen, tat aber überraschend gut, weil er dadurch in ihrem Herzen wieder lebendig wurde. Reverend Schneider war sicherlich geübter im Schreiben einer Grabrede, also beließ Clara es dabei, ihm eine Aufzählung zu verfassen. Die formellen Dinge, wie den Ort und Tag seiner Geburt, wusste sie, ohne überlegen zu müssen.

»Warmherzig« fiel ihr als erstes Stichwort ein. »Abenteurer« als zweites, und dass es ihn schon immer hinaus in die Welt gezogen hatte. Er war jemand, der den Mut bewiesen hatte, seine Träume zu leben. Dass er ein harter Arbeiter gewesen war und nie Mühen gescheut hatte, bewies seine Plantage. »Belesen«, fiel ihr als Nächstes ein. »Geradlinig.« Dass er einem einfachen Leben mehr abgewinnen konnte als der feinen Gesellschaft, die er stets gemieden hatte, musste sie ebenfalls notieren. Kaum hatte Clara diesen Satz zu Papier gebracht, fiel ihr auf, dass sie sich eben selbst beschrieben hatte. Nie zuvor war ihr bewusst geworden, wie ähnlich sie sich doch waren. Gedankenverloren blickte sie durch das Fenster hinaus auf die Felder. Wie oft musste er hier gesessen haben?

Eine Wolke aus Staub, die sich über dem Weg erhob, kündigte Besuch an. Womöglich wollte Stephens nach ihr sehen. Clara sah Lee über den Hof rennen. Er versteckte sich sicher in der Scheune, weil nicht auszuschließen war, dass jemand von der Polizei vorbeikommen würde. Clara ging hinaus auf die kleine Veranda und sah gespannt auf den roten Dunst, aus dem sich die Kontur einer Kutsche schälte. Dem Geräusch der Räder nach zu urteilen, hörte es sich nicht nach Stephens schwerem Gefährt an. Dazu fuhr es auch viel zu schnell. Die Kutsche, die sie nun deutlich ausmachen konnte, war geschlossen. Ein Weißer saß auf dem Kutschbock. Clara mutmaßte, dass vielleicht jemand von der Stadtverwaltung nach dem Rechten sehen wollte, doch der Besuch entpuppte sich als alter Bekannter. Sein eleganter Anzug aus Leinen passte zu seinem Hut aus Bast und den polierten braunen Schuhen, die sich erst einstaubten, als er abgestiegen war. Mit Albrecht Hoffmann hatte Clara beim besten Willen nicht gerechnet. Sein Lächeln war einnehmend, und dass er erfreut war, sie wiederzusehen, ließ sich in seinen Augen lesen.

»Fräulein Clara. Ich bin unendlich erleichtert, dass mein Weg hierher nicht vergebens war«, sagte er charmant wie eh und je.

Clara war aber nicht nach belangloser Plauderei zumute. Sie hatte Wichtigeres zu tun. »Was führt Sie hierher, Herr Hoffmann?«, fragte sie bestimmt, aber nicht unfreundlich.

»Nun … Mir wurde zugetragen, dass Ihr werter Onkel nicht mehr am Leben ist. Es ist mir ein Bedürfnis, Ihnen mein von ganzem Herzen kommendes Beileid auszusprechen«, erklärte er.

Clara hatte den Eindruck, dass dies keine Floskel war. »Danke«, erwiderte sie dennoch knapp. Ihn nicht zumindest auf eine Tasse Tee auf ihrer schattigen Veranda einzuladen, wäre unhöflich gewesen. »Darf ich Ihnen einen Tee anbieten?«, fragte sie daher.

»Mit dem größten Vergnügen. Diesmal ist wohl genug Platz für uns beide«, stellte er in Anspielung auf ihre erste Begegnung im *Reid's* fest, als sie die Veranda erreichten.

Clara erwiderte sein Lächeln, bevor sie nach drinnen ging, um zwei Tassen des guten Geschirrs und die Teekanne aus der Küche zu holen.

»Mit Zucker?«, rief sie nach draußen, doch Albrecht hörte sie anscheinend nicht.

Er stand an der Brüstung der Veranda und blickte fasziniert hinaus auf das Feld. »Ich wünschte, mein Antrittsbesuch hätte weniger traurige Umstände«, sagte er, als Clara zurückkam und ihm etwas Tee eingoss.

»Setzen Sie sich doch«, bot sie ihm an, weil sie wusste, dass er als Gentleman so lange stehen bleiben würde, bis man ihn dazu aufforderte, Platz zu nehmen.

Albrecht ließ sich in einem der Korbstühle nieder, und sein Blick schweifte erneut über die Felder. »Ihr Onkel verdient allerhöchsten Respekt«, sagte er dann. »Die Pflanzen stehen in voller Pracht. Sie sollten bald geerntet werden.« Schließlich wandte er sich ihr zu. »Die Plantage wird einen guten Erlös erzielen …«

»Dazu müsste ich sie erst verkaufen«, erwiderte Clara mit so viel Skepsis in der Stimme, dass sie das selbst überraschte.

Hoffmann schien es ähnlich zu gehen, weil er sie erst verblüfft angesehen hatte und nun nachdenklich musterte.

»Sie überlegen tatsächlich, die Plantage weiterzuführen?«, fragte er prompt.

»Ich weiß es noch nicht«, sagte Clara wahrheitsgemäß, weil sie bisher noch nicht abschließend darüber nachgedacht hatte, hierzubleiben, um das Anwesen weiter zu bewirtschaften. Doch die Vorstellung, die Hoffmanns Frage heraufbeschworen hatte, dass jemand anderes Onkel Theodors Plantage weiterführen würde, missfiel ihr in zunehmendem Maße.

»Mit Besonnenheit und völlig aufrichtig versichere ich Ihnen, werte Clara, dass die Bewirtschaftung einer Plantage wie dieser mit so viel Mühsal und Entbehrung verbunden ist, dass eine Dame mit so vielen Talenten, wie Sie sie haben, kaum Erfüllung in so einem Leben finden würde«, sagte er, was sehr weise und wohlüberlegt klang.

Clara wusste genau, dass er damit recht haben könnte und es sicher nur gut mit ihr meinte, doch unerklärlicherweise regte sich ein innerer Widerstand, und sei es nur der pure Trotz eines Kindes, dem man etwas wegnehmen wollte, auch wenn es vermeintlich zu seinem Besten war.

»Ich wäre bereit, Ihnen ein sehr gutes Angebot zu machen«, sagte er und fügte hinzu: »Der Erlös aus einer Auktion wäre dieser Plantage nicht würdig.«

»Ich werde es mir überlegen«, erwiderte sie. Es musste sich ja tatsächlich in Windeseile herumgesprochen haben, dass sie die Erbin der Plantage war. Auch wenn sich Clara nun der Eindruck aufdrängte, dass er nur hier war, um sich einen guten Erwerb zu sichern, schienen seine Absichten keiner bösen Natur zu sein, und allemal war ihr jemand lieber, der direkt zum Ausdruck brachte, was er dachte.

»Selbstverständlich stehe ich auch zu Diensten, falls Sie wider aller Umstände gedenken, die Plantage weiterzuführen«, sagte er ebenso aufrichtig.

»Ich fürchte, ich kann mich erst entscheiden, wenn alle Formalitäten geklärt sind«, erklärte sie. Wenn er schon seine Hilfe anbot, dann konnte er sie zumindest mit in die Stadt nehmen. Onkel Theodors Kutsche musste erst instand gesetzt werden, wie Lee ihr am Morgen gesagt hatte, und sich aufs Neue eine von Onkel Theodors Hosen anzuziehen, nur um mit dem Pferd in die Stadt zu reiten, kam nicht infrage.

»Wenn es Ihnen keine Umstände macht, würde ich gerne den Luxus in Anspruch nehmen, in Ihrer Kutsche mit in die Stadt fahren zu dürfen«, sagte sie frei heraus.

»Es gäbe nichts, was ich lieber täte«, erwiderte er mit einem äußerst liebenswerten Lächeln, das nicht aufgesetzt wirkte.

Hoffmann hatte sein Versprechen eingelöst, und wer so viel Geduld aufbrachte, auf sie zu warten, bis das Schreiben an den Reverend fertig war, dem konnte man wohl kaum den Wunsch ausschlagen, sich künftig mit Vornamen anzusprechen. Angesichts ihrer gemeinsam erlebten Reiseetappe und seines vorbildlichen Benehmens ein nicht allzu risikoreiches Unterfangen. Während der ganzen Fahrt in die Stadt fiel kein Wort mehr über den Verbleib der Plantage. Stattdessen zeigte sich Albrecht von seiner kulturbeflissenen Seite. Honolulu hatte offenbar mehr an Attraktionen zu bieten, als Clara sich dies in den kühnsten Träumen hätte ausmalen können. Es gab Konzerte, gesellschaftliche

Empfänge, Bälle, sogar das Königshaus lud gelegentlich dazu ein. Albrecht schien einfach jeden zu kennen. Dass es ein Leben jenseits von Schlamm und Morast gab, bewies nicht nur Albrechts edle Kutsche, die nach blauem Blut roch, sondern auch einige Häuser, auf die er sie in Honolulu aufmerksam machte. Sie lagen an Hängen und deuteten auf prächtige Anwesen von Ärzten, hohen Staatsbeamten und Geschäftsleuten hin, die er ihr alle vorzustellen gedachte, sofern sie dies wünschte. Clara konnte sich des Eindrucks nicht erwehren, dass auch Albrecht immer mehr in einen Zwiespalt geriet. Seine wirtschaftlichen Interessen hatte er klar zum Ausdruck gebracht, doch damit ging einher, dass sie die Insel eventuell verließ. Dies schien ihm erst während der Kutschfahrt zu dämmern.

»Es gibt hier auf Oahu sehr viele Möglichkeiten, wenn man an den richtigen Stellen vorstellig wird«, meinte er, nachdem sie angedeutet hatte, im Falle eines Verkaufs eventuell nach Amerika auszuwandern. Selbst Musik könne sie unterrichten. Sein Interesse an ihr war nach wie vor unverkennbar. Was ihr jedoch Respekt abverlangte, war der Umstand, dass er einer Frau offenbar mehr zutraute, als nur am Herd zu stehen. Scheinbar galten im Ausland andere Gesetze als in der Heimat. Selbst die Frauen der höhergestellten Familien schienen sich hier in irgendeiner Form sinnvoll zu beschäftigen, sei es mit Geschäftlichem oder in Vereinen. Natürlich kannte Albrecht auch den für Erbangelegenheiten zuständigen Beamten der Stadtverwaltung, vor der er sie absetzte. Es genügte, den Namen »Hoffmann« zu erwähnen, um sogleich Gehör zu finden. Das Testament wurde in nur einer halben Stunde abgeschrieben. Alle weiteren Urkunden, derer es bedurfte, um die Plantage auf sie umzuschreiben, würden in spätestens einer Woche per Kurier bei ihr eingehen. Albrecht hatte also recht. Man musste nur an die richtige Tür klopfen.

Das Postamt lag ganz in der Nähe. Clara suchte eine besonders schöne Briefmarke für Tante Viktoria aus. In etwas mehr als einem Monat würde sie den Brief lesen können, weil das Schreiben einen Teil der Strecke mit der amerikanischen transkontinentalen Eisenbahn zurücklegen würde, wie ihr der Schalterbeamte erklärte. Die Briefe ihres Onkels und seine Artikelsammlung gab sie wunschgemäß bei Officer Mahi auf der Polizeistation ab, auch wenn sie sich keine großen Hoffnungen machte, dass aufgrund dessen der Mörder ihres Onkels jemals gefasst wurde. Nun verblieb nur noch Reverend Schneider auf ihrer gedanklichen Liste der Erledigungen, doch der war nicht da. Clara hinterließ ihre Notizen zur Grabrede bei einer Mitarbeiterin der Mission. In nur knapp zwei Stunden hatte Clara nun alles erledigt. Albrecht würde sie erst in drei Stunden wieder zurückfahren können, weil er noch am Hafen zu tun hatte. Clara entschloss sich daher zu einem Bummel durch die Bathel Street, in der es viele Geschäfte gab. Albrecht hatte ihr empfohlen, dem Seidenhaus, das die Einheimischen Hale Kilika nannten, einen Besuch abzustatten. Dabei war aufs Neue der Name Hackfeld gefallen. Der Neffe dieses Mannes arbeitete dort als zweiter Geschäftsführer. Ihm gehörte anscheinend halb Honolulu.

Auch wenn Clara es sich gar nicht leisten konnte, ließ sie sich die edelste Seide zeigen, die das Haus zu bieten hatte. Auf Albrechts Empfehlung hier zu sein, sorgte für vollste Aufmerksamkeit und eine Tasse Tee mit Gebäck. Clara dämmerte, dass es nur einen Weg gab, sich hier zu behaupten. Man musste sich genau wie in der Heimat Kontakte zunutze machen und sie pflegen. Albrecht hatte sie es auch zu verdanken, dass man ihr ein Muster edler Seide aushändigte, das groß genug war, um gleich mehrere Kissen damit zu beziehen. Clara ertappte sich bei dem Gedanken, Onkel Theodors langweilige braune

Kissenbezüge durch farbenfrohere Stoffe zu ersetzen. Um ein Haar hätten diese Träumereien dafür gesorgt, sich zu verspäten, doch sie erreichte pünktlich die Barke am Hafen, die Albrecht ihr beschrieben hatte.

»Sie waren im Seidenhaus«, stellte er amüsiert fest, als er sie mit einem bedruckten Leinensack kommen sah, auf dem das Firmenlogo eingestickt war. Clara hatte das Bedürfnis, ihm den Stoff zu zeigen. Interessiert fuhr er mit der Hand über die orangeroten Blüten auf matt lachsfarben schimmernder Seide. Dabei berührte er wohl unbeabsichtigt ihre Hand, was ihn sichtlich irritierte, weil er sie hastig wieder zurückzog.

»Wir sind mit dem Beladen gleich fertig. Ich muss nur noch ein paar Dokumente unterschreiben«, sagte er.

Clara folgte seinem Blick. Seine Arbeiter verluden Zuckerrohrpflanzen an Bord der Barke. Andere beluden Kutschen mit Säcken und allerlei Gerätschaften aus schwerem Eisen, auch zwei Pflüge waren darunter. Einen davon stemmte Komo mithilfe zweier Arbeiter auf eine der Kutschen. Ihre Blicke kreuzten sich und verharrten für einen Moment aufeinander. Clara wandte sich in Albrechts Beisein ab, doch aus den Augenwinkeln konnte sie sehen, dass Komo immer noch zu ihr hersah. Albrecht war dies nicht entgangen.

»Komo. Beeil dich«, rief er ihm zu, weil er von seiner Arbeit abgelassen hatte. Dann sah Albrecht sie fragend an.

Clara hatte keinen Grund, ein Geheimnis aus ihrer Bekanntschaft zu machen. »Ich habe ihn am Tag meiner Ankunft kennengelernt. Er arbeitet für Sie?«, fragte sie eher aus Verlegenheit nach.

»Er ist der beste Luna, den ich jemals hatte«, erklärte er und schmunzelte.

»Luna … wie der Mond?«

»Nein … einer meiner besten Arbeiter. Es ist hierzulande

eine Auszeichnung, so genannt zu werden«, erklärte er, ohne seinen scharfen Blick von ihm zu wenden. Wenn Komo doch nur aufhören würde, unentwegt in ihre Richtung zu sehen.

»Offenbar hat der Knabe ein Auge auf Sie geworfen«, stellte Albrecht sogleich fest.

»Wo denken Sie hin? Er war nur sehr nett und hilfsbereit.«

»Ich kenne die Hawaiianer. Sie wirken wie kleine verspielte Kinder, lachen dir ins Gesicht und … Wir sind für sie doch nur die Fremden. Wir werden ihre Kultur nie vollends verstehen. Halten Sie stets Abstand, wenn ich Ihnen den guten Rat geben darf«, sagte er.

Angesichts der Ereignisse der letzten Nacht hegte Clara den Verdacht, dass Albrecht damit recht haben könnte.

9

Clara wunderte sich darüber, wie schnell eine Woche vergehen konnte, wenn man nichts weiter tat, als unentwegt darüber nachzugrübeln, wie es im Leben weitergehen sollte. Dass Clara tatsächlich drei Kissen neu bezogen hatte und währenddessen auf so mancherlei Idee kam, weitere Veränderungen am Haus vorzunehmen, war ein untrügliches Zeichen dafür, dass sie sich hier bereits heimisch einrichtete. Yue hatte sie darauf angesprochen und deutlich gemacht, dass sie und Lee darüber glücklich wären, wenn sie bliebe. Lee kannte einige der Arbeiter, die Onkel Theodor bei der Ernte oder der Bestellung der Felder geholfen hatten. Es schien alles so einfach zu sein, doch sobald Clara den Gedanken zu Ende dachte und sich vorstellte, dass aus ihr eine Plantagenbesitzerin werden konnte, kam ihr das Vorhaben schlagartig absurd und gar so abwegig vor, dass sie es mit einem Kopfschütteln gut sein ließ. Solange Onkel Theodor noch nicht beerdigt war, konnte Clara sowieso keine Entscheidung treffen. Sie hoffte, dass der Abschied am Grab der Einschnitt war, dessen es bedurfte, um in ihr Klarheit darüber herbeizuführen, was richtig war.

Lee hatte die Kutsche instand gesetzt und gefragt, ob er und Yue sie auf die Beerdigung begleiten durften. Es war eine Selbstverständlichkeit, ihnen diesen Wunsch nicht abzuschlagen. Wie Schneider ihr per Boten hatte mitteilen lassen, würde die Beerdigung um elf auf dem Friedhof von Oahu stattfinden. Da Clara keine Todesanzeige hatte veröffentlichen lassen, rechnete sie damit, dass sie mit Lee und Yue allein dort war, doch da täuschte sie sich. Clara konnte kaum glauben, dass sich bestimmt zwei Dutzend Trauernde eingefunden hatten, um ihr zu kondolieren. Ihrem Aussehen nach zu urteilen, waren es Arbeiter, aber auch Plantagenbesitzer, die überwiegend deutscher Herkunft waren.

»Es ist ein Verlust für uns alle. Er war ein großartiger Mann«, hörte sie in dieser oder ähnlicher Form von jedem zweiten. Auch Stephens war anwesend. Albrecht ebenso. Einige der Männer, die ihrer Kleidung und ihren von der Sonne gegerbten Gesichtern nach Plantagenarbeiter sein mussten, hatten mit den Tränen zu kämpfen, als Schneider davon anfing zu erzählen, wie Onkel Theodor zu Lebzeiten war, und würdigte, dass er mit nichts hier auf Hawaii angekommen war, sich aber mit Fleiß und den deutschen Tugenden eine ertragreiche Plantage aufgebaut hatte. Der Priester verwendete ihre Anregungen und zeigte mehr Feingefühl, als Clara ihm noch an Bord der *Braunfels* zugetraut hatte.

»Asche zu Asche, Staub zu Staub«, waren Schneiders letzte Worte, bevor Onkel Theodors Sarg von zwei Einheimischen herabgelassen wurde.

Die Menschen, die Abschied von Theodor nahmen, beließen es nicht dabei, ein paar Brocken Erde auf seinen Sarg zu werfen. Clara hatte den Eindruck, als würde jeder still und auf seine Weise von ihm Abschied nehmen, sei es, indem sie ein Gebet sprachen oder nur in stummer Andacht vor seinem Grab standen.

»Wenn Sie Hilfe brauchen … Fragen Sie im Hafenbüro nach Ludwig«, bot ihr ein etwa Fünfzigjähriger an. »Ich hab Theo sehr gemocht«, fügte er hinzu.

Es waren nicht nur deutsche Arbeiter, die anboten, sie zu unterstützen, auch einige Portugiesen waren dabei.

»Die Ernte muss eingeholt werden«, wusste ein Heinrich

Vogt, der sich ihr als Vorarbeiter vorstellte. »Werden Sie die Plantage fortführen?«, fragte ein anderer. Clara konnte ihnen diese Frage immer noch nicht beantworten, war jedoch froh zu wissen, dass sie auf ein gutes Dutzend Männer zählen konnte. Dass Albrecht so lange wartete, bis alle Trauernden sich von ihr verabschiedet hatten, konnte nur bedeuten, dass er mit ihr allein sein wollte.

»Ich wünsche Ihnen von Herzen viel Kraft, Clara«, sagte er. »Kann ich irgendetwas für Sie tun?«

Clara verneinte mit einem Kopfschütteln. Dass er nicht mehr nachhakte, was sie jetzt zu tun gedachte, sprach für ihn. Schweigend folgte er den anderen Kondolierenden, die sich zwischen den Grabreihen, mit Kreuzen gespickten Erdhügeln, kleinen Mausoleen, Säulen, auf denen Statuen thronten, und Grabsteinen ihren Weg zum Ausgang bahnten. Clara wollte allein sein, jedenfalls für einen Moment.

»Was soll ich bloß tun?«, sagte sie an ihren toten Onkel gerichtet, mit dem sie jetzt allein war. All seine Träume würden heute mit ihm begraben werden. Die Plantage war sein Leben. Sie konnte fortbestehen, wenn sie den Mut dazu aufbrachte, in seine Fußstapfen zu treten. Clara zog seine Pfeife und etwas Tabak aus einem Beutel. Sie hatte sie in ein Leinentuch gewickelt, ging in die Hocke und legte sie ihm auf den Sarg. »Leb wohl, Onkel«, sagte sie, bevor sie sich zum Gehen wandte. Anschließend machte sie sich auf den Weg zurück zu ihrer Kutsche, bei der Lee und Yue auf sie warteten. Kurz vor der letzten Biegung, die zum Ausgang führte, blieb sie stehen. Ohne ersichtlichen Grund verspürte sie den Wunsch, noch einmal zurückzublicken, und traute ihren Augen kaum, als sie Komo am Grab ihres Onkels erspähte. Sie überlegte kurz und traf dann eine Entscheidung …

Clara schlug bewusst einen Bogen um die Grabreihen, damit sie sich Komo unbemerkt nähern konnte. Ein Monolith bot Schutz vor Entdeckung. Von dort aus konnte sie beobachten, wie er ein Blumengeflecht auf den Sarg ihres Onkels legte, und vernahm leises Brummeln, das sie ein wenig an seinen nächtlichen Gesang erinnerte. Warum nur diese Heimlichtuerei? Was hatte er mit ihrem Onkel zu schaffen? Clara trat aus ihrer Deckung hervor und ging die wenigen Schritte zum Grab, um ihn zur Rede zu stellen.

»Was machen Sie da?«, fragte sie.

Komo erschrak, fing sich aber schnell, als sich ihre Blicke begegneten und er in ihren Augen Neugier und keinen Vorwurf gelesen haben musste. Erst als sie ihn erreichte und auf den Kranz blickte, den er niedergelegt hatte, fing er an, sich zu erklären: »Man sagt in unserem Glauben, dass Menschen, die eines gewaltsamen Todes gestorben sind, umhergehen. Sie brauchen besonderen Schutz, Clara.«

»Waren Sie deshalb nachts auf der Plantage und an meiner Tür?«

»Das Ritual vertreibt böse Geister, und der Kranz bringt jedem Glück, der in dem Haus wohnt. Die Plantage ist jetzt sicher. Die Götter sind ihr wohlgesonnen.« Die Ernsthaftigkeit, mit der er das sagte, nahm Clara zwar nicht die Zweifel, ob so ein Hokuspokus irgendeine Wirkung erzielen könnte, untermauerte jedoch seine guten Absichten und dass er sich um sie sorgte.

»Die Pflanze heißt Ki, nicht wahr? Warum war sie auch in dem Kranz an meiner Tür?«, fragte sie explizit nach, weil Lee im Zusammenhang mit dieser Pflanze von Totenritualen gesprochen hatte.

»Laka ist die Göttin der Liebe. Sie ist in den Pflanzen des Waldes. Sie tragen ihr Mana, das alles Böse vertreibt. Die Ki-Blätter enthalten besonders viel Mana«, erklärte er ruhig.

Auch wenn Clara letztlich kein Wort verstand, so rührte sie seine Anteilnahme. »Begleiten Sie mich zu meiner Kutsche?«, fragte sie, weil sie zwei Friedhofsangestellte mit Schaufeln in den Händen kommen sah. Sie wollten jetzt sicher das Grab mit der daneben aufgetürmten Erde verschließen.

Komo folgte ihr schweigend.

»Warum haben Sie gewartet, bis alle weg sind?«, wollte Clara auf dem Weg zum Ausgang wissen.

»Diese Stätte gehört den Fremden«, erklärte er. Allem Anschein nach stimmte es, dass dieser Friedhof ein Sammelbecken für alle war, die nach Hawaii einwanderten. Nur die Einheimischen wurden hier nicht beerdigt.

»Gibt es auf der Insel auch eine Grabstätte für Ihr Volk?«, fragte sie.

»Für gewöhnlich verbleiben die Gebeine des Verstorbenen in der Nähe der Familie. Die Knochen tragen Mana in sich, genau wie die Pflanzen. Sie beschützen denjenigen, der über sie wacht.«

»Dann hat jedes Haus einen privaten Friedhof?«

»Wir legen unsere Toten nicht in Holzkisten. Sie kauern in ihrem Grab oder in Gefäßen wie ein Ungeborenes im Mutterleib. Sie werden im Haus aufbewahrt«, führte er aus.

»Onkel Theodor hat mir von Seebestattungen geschrieben«, erinnerte Clara sich.

»Das ist heute nur noch bei Fischern üblich. Sie werden in ein rotes Tuch gewickelt und dem Meer übergeben, um sie den Haien zu opfern.«

»Sie werden den Haien zum Fraß vorgeworfen?«, fragte Clara fassungslos.

»Der Geist des Verstorbenen geht auf den Hai über und soll Fischer vor Angriffen der Haie schützen«, erläuterte er.

»Anscheinend ist alles hier auf der Insel irgendwie magisch

und hat eine tiefere Bedeutung«, stellte Clara resigniert fest. Die Kultur erschien ihr immer fremdartiger, und doch fürchtete sie sich nicht vor dem »Zauber«, wie Yue ihn genannt hatte, weil er aus ihrer Sicht lediglich die Naturverbundenheit der Einheimischen zum Ausdruck brachte.

»Ich muss jetzt gehen«, sagte er unvermittelt, als sie den Ausgang erreichten.

»Albrecht hat mir erzählt, dass Sie einer seiner besten Arbeiter seien. Kann ich auf Ihren Rat zählen, falls ich mich dazu entschließe, die Plantage weiterzuführen?«, wagte sie zu fragen.

»Ich bin immer für Sie da«, sagte er, bevor er auf eine von Albrechts Transportkutschen zusteuerte, die Clara vom Hafen her kannte.

Auf dem Rückweg vom Friedhof hatte Yue vorgeschlagen, den Tag in der Stadt gleich zu nutzen, um Einkäufe zu tätigen. Die Vorräte an Gemüse und Obst waren erschöpft. Clara gab ihr etwas mehr Geld als üblich, damit sie frischen Fisch und Fleisch besorgen konnte. Auf dem Weg zum Markt unweit des Hafens fuhr Lee am neu errichteten königlichen Palast vorbei, den sie Loani Palace nannten – ein beachtlich weitläufiges Gebäude mit großem Vorplatz. Es war zweistöckig. Die Hauptfassade protzte in der Mitte mit einem Turm. Der gesamte Palast war von Säulengängen umgeben, die Schatten spendeten und sicher einen fantastischen Ausblick auf die Gärten, aber auch auf das nicht allzu weit entfernte Meer erlauben mussten.

»Halt an«, verlangte sie von Lee. Er zog sofort an den Zügeln, sah sie aber verwundert an.

»Ich möchte eine Freundin besuchen«, gab Clara ihm zu verstehen.

»Im Königspalast?«, fragte Yue, die hinten auf der Ladefläche der Kutsche saß.

»Nein, aber sie arbeitet für die Königin«, erklärte Clara, woraufhin Yue und Lee sich beeindruckt zeigten.

»Holt mich in drei Stunden wieder ab«, sagte sie. Dann stieg sie ab und überlegte, was die beiden jetzt wohl tuscheln würden, während sie der davonfahrenden Kutsche hinterhersah. Von Agnes hatte sie Yue und Lee noch gar nichts erzählt, was angesichts der ereignisreichen vergangenen Tage aber auch kein Wunder war. Clara war gerade jetzt nach einer guten Freundin zumute. Schon die letzten Tage hatte sie darüber nachgedacht, Agnes zu besuchen, doch sicher war sie mit sich selbst beschäftigt gewesen und musste erst einmal als Lehrerin in einem fremden Land Fuß fassen. Clara warf noch einen letzten Blick auf den Palast, bevor sie den nächstbesten Passanten nach der königlichen Schule fragte. Es schien tatsächlich jeder zu wissen, wo sie war. Allerdings war der Weg doch ein wenig weiter, als Agnes ihr ihn beschrieben hatte. Sollte sie Agnes wirklich einfach so ohne Vorankündigung besuchen? So wie sie sie einschätzte, würde sie es ihr aber bestimmt nicht übel nehmen.

Clara hatte einen königlichen Prunkbau erwartet, stieß jedoch nur auf ein zweistöckiges Haus aus Holz mit anhängigem Garten. Lediglich das königliche Wappen deutete auf einen Zusammenhang mit dem Königshaus hin. Es genügte, an der Pforte nach der neuen deutschen Lehrerin zu fragen. Jeder kannte sie, was Clara nicht im Geringsten verwunderte, weil sie sich an Agnes' einnehmendes Wesen an Bord erinnerte.

Ihre Klasse befand sich im zweiten Stock. Angeblich hätten die Mädchen, die Agnes unterrichtete, in zehn Minuten eine große Pause. Clara wartete geduldig vor dem Klassenzimmer. Der Gang war sauber. Alles wirkte neu, hell und gepflegt. Wenn man durch die Fenster keine Palmen sehen würde, könnte man glauben, in einem deutschen Mädchenpensionat zu sein. Von drinnen waren Stimmen eines Chors zu hören. Die Kinder sangen »Ein Männlein steht im Walde«. Gerade weil sie vermutlich der deutschen Sprache noch nicht mächtig waren, konnte man das Lied eher an der Melodie als am Wortlaut erkennen. Clara musste unwillkürlich schmunzeln, weil sie sich vorstellte, wie Agnes es ihnen so lange vorgesungen hatte, bis es saß. Ein Klingelton überlagerte die Kinderstimmen. Wie auch an einer deutschen Schule üblich, flogen die Türen auf. Es waren Mädchen unterschiedlicher Altersstufen, die wild durcheinander redeten und auf den Gang hinausstürmten. Aus Agnes' Klassenzimmer kamen jedoch eher jüngere Schülerinnen, die Clara zwischen neun und elf Jahren einschätzte. Nur einige der Mädchen nahmen überhaupt Notiz von ihr, dafür waren Agnes' Augen umso größer, als sie Clara sah. Nun stürmte auch sie heraus, um ihr in die Arme zu fallen.

Auf ihrem Spaziergang durch den Park der Schule, der Clara eher an einen botanischen Garten erinnerte, hörte Agnes gar nicht mehr auf zu reden.

»Du kannst dir nicht ansatzweise vorstellen, wie viel die Kleinen in kürzester Zeit aufnehmen«, schwärmte sie mindestens so euphorisch wie von ihrem Quartier ganz in der Nähe, in dem sie gleich drei Zimmer für sich allein zur Verfügung hatte. Sogar die Königin hatte sie bereits persönlich empfangen.

»Ich hab ihr von dir erzählt«, sagte Agnes.

»Von mir?«

»Lili'uokalani liebt die Musik. Stell dir vor, sie musiziert und komponiert«, erzählte Agnes.

»Und welche Art von Musik?«, fragte Clara.

»Hula … aber sie hat auch ein Faible für Klassik. Ich schätze, du musst ihr mal etwas vorspielen«, sagte Agnes.

»Kommt nicht infrage.« Clara zierte sich, obwohl sie der Gedanke zugleich infizierte. Erstens war sie seit der Überfahrt wieder geübt darin, und zweitens hatte man nicht oft im Leben die Gelegenheit, vor einer Königin zu musizieren.

»Jetzt erzähl schon. Wie ist es dir ergangen? Wie ist dein Onkel so … und die Plantage? Warum meldest du dich eigentlich erst jetzt?«, bestürmte Agnes sie. Letzteres war Agnes wohl spätestens klar geworden, nachdem sie den Park zwei Mal umrundet hatten. Clara hatte genau eine große Pause lang Zeit, um ihr von alldem zu berichten, was ihr widerfahren war, bevor Agnes sich um die nächste Klasse zu kümmern hatte. Es war klar, dass die Zeit bei Weitem nicht reichen würde, auch wenn es Agnes ausnahmsweise einmal die Sprache verschlagen hatte. Die Nachricht von Onkel Theodors Tod traf sie tief.

»Du kannst bei mir wohnen«, bot sie spontan an.

»Ich werde vorerst dortbleiben. Ich weiß, es klingt verrückt, aber um ganz ehrlich zu sein, denke ich bereits darüber nach, die Plantage zu behalten«, gestand Clara.

»Natürlich behältst du die Plantage«, erwiderte Agnes mit dem sprühenden Optimismus, den Clara von ihr kannte.

»Ich habe Ahnung von Gewürzen, aber Zuckerrohr …«, gab Clara zu bedenken.

»Dafür gibt es Arbeiter … und wenn einem schon das Glück beschieden ist, dass sich gleich zwei Männer für einen interessieren, die sich auch noch hilfsbereit zeigen …«

»Zwei?«, fragte Clara irritiert nach. »Meinst du neben Albrecht etwa auch Stephens?«

»Ach was. Den Hawaiianer meine ich«, erklärte Agnes, die sie daraufhin eingehend musterte. »Na, so wie du von ihm geschwärmt hast …«, erklärte sie.

»Geschwärmt?« Clara war sich dessen gar nicht bewusst.

»Wenn eine Frau die Augen eines Mannes mit mehr als nur drei Sätzen zu würdigen weiß und daraus Poesie zieht, wie du es vorhin getan hast, dann nenne ich das Schwärmen, liebste Clara«, sagte Agnes amüsiert.

»Agnes. Er ist von hier. Ich verstehe seine Welt nicht, und gelegentlich macht er mir sogar Angst.«

»So wie du ihn mir beschrieben hast, sieht er gut aus, ist gebildet und dir wohlgesonnen. Mir macht Angst, dass du noch nicht einmal darüber nachgedacht hast«, sagte Agnes, doch dann unterbrach sie sich selbst und seufzte aus tiefstem Herzen. »Aber wahrscheinlich hast du recht. Verbindungen zwischen Einheimischen und einer Frau, die nicht von hier ist … Es wird nicht überall gerne gesehen, weder von der einen noch von der anderen Seite. Das merke ich ja schon in meiner Klasse. Ein Mischlingskind ist dabei. Es wird gemieden, auch wenn ich mir allergrößte Mühe gebe, die Kleine überall mit einzubeziehen …«

»Ich hab im Moment andere Sorgen, als über Männer nachzudenken«, stellte Clara fest, woraufhin Agnes einsichtig nickte.

»Du hast etwas Geld. Du hast eine Plantage, die nur noch abgeerntet werden muss. Dann kannst du immer noch verkaufen, und jetzt wende ja nichts dagegen ein, denn ich werde dir persönlich an meinem freien Tag bei der Ernte helfen.«

»Dich möchte ich mit einer Machete sehen. Weißt du überhaupt, wie schwer die sind?«, erwiderte Clara.

An Agnes unbefangenem Gesichtsausdruck konnte Clara ablesen, dass sie es nicht wusste, aber ihr Argument war nicht von der Hand zu weisen. Arbeiter ließen sich besorgen. Sie kümmerten sich um die Ernte. Albrecht hatte sicher entsprechende Kontakte, um die Zuckerrohrausbeute zu verkaufen. Es sprach nichts dagegen, außer, dass Clara gerade anfing, an ihrem Verstand zu zweifeln. Das Einzige, was sie sich aufgrund ihrer Tätigkeit im Gewürzkontor zutraute, war, Rechnungen zu schreiben und sich in die Verwaltung der Plantage einzuarbeiten. Agnes hatte sie aber so angestachelt, dass es gar keine andere Alternative mehr zu geben schien.

Auch eine Nacht darüber zu schlafen, hatte weder neue Einsichten gebracht noch weitere Zweifel geweckt. Ob Clara die Plantage nun verkaufen würde oder auch nicht, es war auf alle Fälle sinnvoll, die Ernte nicht auf den Feldern verdorren oder verfaulen zu lassen. In Onkel Theodors Unterlagen hatten sich Rechnungen gefunden, aus denen hervorging, wem er die letzte Ernte verkauft hatte und zu welchem Preis. Nichts sprach dafür, dass seine Abnehmer sich ihr verweigern würden. Um aber überhaupt ernten zu können, bedurfte es Arbeiter. Die konnte ihr vielleicht Heinrich Vogt besorgen, einer von Onkel Theodors ehemaligen Vorarbeitern, der sich ihr auf der Beerdigung vorgestellt hatte. Einen Versuch und somit eine Kutschfahrt nach Honolulu war es wert.

Es stellte sich heraus, dass Vogt bekannt war wie ein bunter Hund. Im Hafenbüro wusste man, wer er war. Das dort tätige Personal schien sich nicht nur um Belange der Schifffahrt zu kümmern, sondern auch Dreh- und Angelpunkt für den Zuckerrohrhandel zu sein, wie ihr ein einheimischer Beamter erklärt hatte, der ihr sogar sagen konnte, wo sie Vogt finden konnte. Clara hatte Glück, dass an diesem Tag ein Frachter mit Kurs auf die amerikanische Ostküste auslief. Schon als sie das Hafengelände erreicht hatte, war ihr aufgefallen, dass unzählige Säcke von mehr als zwei Dutzend Transportkutschen verladen wurden. Wie sich herausstellte, war Vogt gerade dabei, den in den hiesigen Mühlen gewonnenen Rohzucker zu verladen. Wie wenig Ahnung Clara vom Zuckerrohranbau hatte, kam schnell im Gespräch mit Vogt zutage. Sie hatte allen Ernstes geglaubt, man müsse die Pflanze nur ernten und könne sie dann direkt verschiffen, damit aus ihr am Zielort Zucker gewonnen werden konnte.

»Die Halme müssen so schnell wie möglich weiterverarbeitet werden. Eine so lange Schiffspassage würde sie austrocknen. Man könnte keinen Saft mehr aus ihnen herauspressen«, erklärte Vogt geduldig zwischen Kommandos, die er Arbeitern bezüglich des Verladens zurief. Dass er sie herzlich begrüßt hatte und sie bei seiner Arbeit zusehen ließ, bewies, wie sehr er sich über ihren Entschluss freute, in Onkel Theodors Fußstapfen zu treten.

Die Säcke mussten sehr schwer sein. Den Männern lief der Schweiß von der Stirn. Ihre Hemden klebten wie eine zweite Haut an ihnen. Sie ächzten und stöhnten beim Schultern der Fracht.

»Prägen Sie sich das gut ein, Clara. Bald wird Ihr Zucker hier verladen«, versuchte Heinrich, ihr Gemüt etwas aufzuhellen.

Sie hielt ihn bestimmt von seiner Arbeit ab. Clara nahm daher auf einem der leer geräumten Karren Platz, der im Schatten eines Baums stand, um zu warten, bis die Ladung an Bord war. Sie nutzte die Zeit, Überlegungen darüber anzustellen, was sie alles zu organisieren hatte. Zunächst natürlich Arbeiter für die Ernte. Dann brauchte sie Kutschen, um das Zuckerrohr schnellstmöglich in eine der hiesigen Mühlen bringen zu lassen. Sowohl die Arbeiter als auch die Kutschen mussten bezahlt werden. Fraglich war, ob sie überhaupt Arbeitskräfte bekommen würde, weil gerade Erntezeit war, was unweigerlich zu einer Verknappung des Angebots an Erntehelfern führte. Auch die Weiterverarbeitung des Zuckerrohrs würde Geld verschlingen. Clara wurde ganz schwindlig, weil sie ahnte, dass die Reserven, die sie in Onkel Theodors Sekretär gefunden hatte, dafür nicht ausreichen würden.

Heinrich ließ den Kapitän nur noch Frachtpapiere unterschreiben, bevor er zu ihr zurückging.

»Für die Ernte benötigen wir gut hundert Mann«, schätzte er.

Clara wurde augenblicklich flau im Magen. »Wie viel Lohn bekommt ein Arbeiter derzeit?«, fragte sie, um sich rückzuversichern, dass sie die Angaben aus Onkel Theodors Rechnungen richtig verstanden hatte.

»Sechzehn Dollar im Monat«, sagte er. »Dazu kommen noch Gerätschaft, Kutschen, der Transport und natürlich die Mühle«, fuhr er fort.

»So viel Geld habe ich nicht«, gestand sie Heinrich offen, doch er lachte nur.

»Das haben die wenigsten. Aber machen Sie sich keine Sorgen. Es ist kein Problem, dafür einen Kredit von der Bank zu bekommen. Der Ertrag ist ja gesichert«, versuchte er, sie zu beruhigen.

»Wie viel Kredit müsste ich in Anspruch nehmen, um bis zum Verladen alles zu bezahlen?«, fragte sie frei heraus.

Heinrich kratzte sich am Kinnbart und überlegte für eine Weile, bevor er antwortete: »Ich schätze mal so um die dreitausend Dollar sollten es schon sein.«

»Amerikanische Dollar?«, frage Clara nach, worauf Heinrich nickte. »Ich werde mein Glück bei der Bank versuchen«, versprach sie.

»Fünfzig Mann kriege ich zusammen. Ich bin am Hafen und bekomme mit, wenn neue Arbeiter ankommen. Wir schaffen das«, versprach er mit zuversichtlichem Lächeln. »Geben Sie mir die Tage Bescheid. Sie finden mich hier«, sagte er, bevor er etwas auf Hawaiianisch in Richtung seiner Arbeiter rief, die inzwischen alle Säcke verladen hatten.

Clara hatte es überhaupt nicht gewundert, dass der Bankange-stellte, den sie vom Tag ihrer Ankunft her kannte, kreidebleich geworden war, als sie ihn am Schalter um einen Kredit in Höhe von zweitausendfünfhundert amerikanischen Dollar gebeten hatte. Die Differenz zu den geschätzten dreitausend gedach-te sie, mit Onkel Theodors Reserven zu decken. Eine solch hohe Summe erforderte es offenbar, die Kundschaft in einen Nebenraum zu führen. Nun hatte sie auf einen Edward Wort-on zu warten, einen der Geschäftsführer. Die Tasse Tee kam schneller als er. Das gab Clara Zeit, um sich anhand des Inte-rieurs einen Eindruck davon zu verschaffen, dass es der Bank bestimmt nicht schlecht ging. Hier ein vergoldeter Brieföffner, der auf Wortons Schreibtisch lag, dort geschliffenes Kristall, das sicher für gute Kundschaft in einer Vitrine aufbewahrt wur-de, um auf erfolgreiche Geschäftsabschlüsse anzustoßen.

Worton sah man seine britische Herkunft an: welliges hell-graues Haar, knochig, etwas eingefallen und blass um die Nase, dafür aber mit britischer Höflichkeit ausgestattet und zumin-dest auf den ersten Blick sehr hilfsbereit, nachdem er sie be-grüßt und ihr gegenüber Platz genommen hatte.

»Ich möchte Ihnen zunächst mein Beileid aussprechen. Ihr Onkel war einer unserer langjährigen Kunden. Wir kannten uns persönlich«, fing er an.

Clara schöpfte Hoffnung, dass dies eine Kreditvergabe er-leichtern würde, doch da täuschte sie sich.

»Die Summe, die Sie brauchen, entspricht in etwa den Er-fahrungswerten, aber haben Sie sich das wirklich gründlich überlegt?«

»Natürlich«, schoss es nur so aus Clara heraus, um auch ja keinen Zweifel an ihrer Standfestigkeit aufkommen zu lassen.

Das verblüffte ihn. »Die Zeiten haben sich geändert. Bis vor zwei Jahren profitierte der Inselstaat von Zollvorteilen auf hawaiianischen Zucker. Die Gewinnmargen waren beträchtlich, aber heutzutage … Man redet bereits von einer Wirtschaftskrise«, erklärte Worton.

Clara versuchte, ihre aufsteigende Nervosität zu überspielen, indem sie auf das Wenige zurückgriff, was sie von Heinrich erfahren hatte. »Erst heute Morgen wurden wieder zwei Dutzend Wagenladungen Rohzucker zu den üblichen Preisen nach Amerika verschifft. Die Mühlen sind ausgelastet. Auch wenn die Gewinnmargen abgenommen haben, so reicht das immer noch, um einen Kredit für beide Seiten rentabel zu machen«, bluffte sie. Es wirkte, weil die graue Eminenz, die auf den Dollars saß, nachdenklich, aber schließlich doch einsichtig nickte.

»Es ist nur so …«, setzte er an, bevor er sich auf seinem Stuhl wand und anscheinend nach den richtigen Worten suchte. »Um ganz ehrlich zu sein, haben wir Bedenken, weil es für eine Frau nicht einfach sein dürfte. Sie haben, wenn ich recht informiert bin, noch keine Erfahrungen im Anbau von Zuckerrohr. Außerdem hat Ihr Onkel noch einen Restkredit von dreihunderteinundsechzig Dollar offen«, sagte er, nachdem er dies aus einem vor ihm liegenden Dokument abgelesen hatte.

Clara wurde augenblicklich heiß. Onkel Theodor hatte auch noch Schulden. Sich jetzt nur keine Blöße geben oder Schwäche zeigen. »Dann ist es doch umso wichtiger, dass die Ernte eingebracht wird«, stellte sie klar. »Wie wollen Sie sonst an Ihr Geld kommen?«, fragte sie ruhig, um die Stichhaltigkeit ihres Arguments wissend.

Das trieb ihm ein paar Sorgenfalten ins Gesicht, doch er hatte eine ebenso stichhaltige Antwort parat: »Man könnte die Summe beispielsweise aus einem Verkauf decken, den ich Ihnen im Übrigen nahelege. Sie bürden sich etwas auf, von dem ich fürchte, dass eine junge Frau es nicht zu leisten imstande ist.«

178

»Mr Worton. Zu Hause in Geestemünde führte ich gemeinsam mit meinem Vater ein Gewürzkontor. Geschäftliche Angelegenheiten sind mir daher bestens vertraut«, erklärte sie resolut, was seine skeptisch dreinblickende Miene jedoch um keinen Deut aufhellte. Clara dachte jedoch gar nicht daran aufzugeben: »Ich habe einige Zeit in Indien verbracht und mich eingehend mit dem Anbau von Pfeffer auf den Großplantagen des Südens vertraut gemacht. Lediglich die Weiterverarbeitung ist anders. Mr Stephens und Heinrich Vogt stehen mir zudem zur Seite«, erklärte sie. Clara wusste, dass sie damit ihre letzten Karten im Spiel um den Kredit auf den Tisch gelegt hatte.

Worton hüllte sich in nachdenkliches Schweigen. Es schien eine halbe Ewigkeit zu dauern, bis er sich zu einer Antwort aufraffen konnte. »Ich möchte Ihnen keine allzu großen Hoffnungen machen, aber wir werden den Antrag sorgfältig prüfen«, sagte er, bevor er aufstand und damit signalisierte, dass es dazu nichts mehr weiter zu sagen gab.

»Es wäre eilig, weil die Ernte eingebracht werden muss«, wagte Clara noch zu ergänzen.

»Sie hören in spätestens zwei Tagen von uns«, erwiderte er zum Abschied und reichte ihr galant die Hand.

10

Der Banker hatte Wort gehalten. Ein Kurier überbrachte schon am Morgen des zweiten Tages einen Umschlag mit dem Schriftzug der Bank. Yue und Lee eilten sofort zu ihr auf die Veranda, um diesen großen Augenblick mit ihr zu teilen. Claras Hände zitterten, als sie den Umschlag öffnete und begann, den Brief zu lesen.

Nach sorgfältiger Prüfung Ihres Vorhabens sind wir zu dem Schluss gekommen, dass ein weiteres Engagement nicht infrage kommt. Falls Sie wünschen, die Plantage zu veräußern, um die offene Kreditsumme zu decken, steht unser Haus Ihnen mit Rat und Tat zur Seite.

Hochachtungsvoll
Edward Worton

Lee schlug mit der Faust gegen einen der Verandapfosten. Yue verspürte den gleichen Drang, sich zu setzen, wie Clara, die mit jedem Atemzug immer mehr Wut in sich aufsteigen spürte. Den ganzen gestrigen Tag hatte sie damit zugebracht, sich von Lee die Grundzüge des Zuckerrohranbaus erklären zu lassen. Nun wusste sie, dass man die Halme direkt über dem Boden abschnitt und die zuckerlosen Blätter gleich an Ort und Stelle entfernte. Sie wusste, dass sich ein Feld bis zu acht Mal ernten ließ und man es danach entweder umpflügte oder abbrannte, um Schädlinge zu bekämpfen und das ganze Blattwerk zu entfernen. Lee hatte ihr sogar die Funktionsweise der kleinen Zuckerrohrpresse in der Scheune erklärt, mit der man aus einem Halm gerade mal ein Glas des süßen trüben Safts gewinnen konnte. Auch nach weiterer Bearbeitung, die sich »Kristallisieren« nannte, reichte die Menge noch nicht einmal für ein Stück Würfelzucker. Das hatte ihr ordentlich Respekt eingeflößt, und dennoch hatten sie vergangenen Abend auf die kommende Erntezeit angestoßen. Zu früh, wie sich nun herausstellte.

»Werden Sie jetzt verkaufen?«, fragte Yue niedergeschlagen.

Clara schien es angesichts des Boykotts der Bank zwar das Vernünftigste zu sein, aber sie hatte nun gar keine andere Wahl mehr, als die Plantage fortzuführen. Das Erbe hatte sie angetreten. Es war nur noch eine Frage der Zeit, bis die Stadtverwaltung den Eigentumsübertrag vollzog. Damit hatte sie auch Onkel Theodors Schulden geerbt. Außerdem kam aufgeben für sie sowieso nicht infrage.

»Ich denke nicht daran«, versicherte sie Yue, die sofort aufatmete.

Clara wusste von ihrem Vater, wie man Geschäfte machte und einen Banker dazu kriegen konnte, eine früher geäußerte Meinung zu revidieren. Dazu bedurfte es einflussreicher Verbündeter, die einem wohlgesonnen waren und mit der gleichen Bank Geschäfte machten. Nachdem Bishop & Co. das einzige große Bankhaus am Platz war, hatte Clara eine Idee, an wen sie sich nun wenden konnte.

Hatte Clara bei ihrer Ankunft die Größe von Onkel Theodors Plantage noch als riesig empfunden, so erschien die der Hoffmanns im Hinterland Honolulus im Vergleich dazu als schier endlos. Dass Albrechts Familie zur privilegierten Schicht gehörte und sehr reich sein musste, sah man bereits an den Zufahrten, die nicht einfach nur Schneisen durch die Felder waren, sondern befestigte breite Wege, auf denen die Kutsche nicht mit Geröll und herumliegendem Gestein zu kämpfen hatte. Das Anwesen war riesig, und eine ausgedehnte Parkanlage, die gepflegt wirkte, durfte natürlich nicht fehlen, um dem Ganzen einen herrschaftlichen Anstrich zu verleihen. Clara hoffte, dass sie Albrecht antreffen würde. Den Besuch erst schriftlich anzukündigen, hätte zu viel Zeit gekostet.

Es überraschte Clara keineswegs, dass sofort einer der uniformierten Bediensteten, ein junger Hawaiianer in weißer Robe, zur Stelle war. Er reichte ihr die Hand, um ihr von der Kutsche zu helfen.

»Wen darf ich melden, Mam?«, fragte der hochgewachsene junge Bedienstete in bestem Englisch.

»Clara Elkart. Ich möchte Albrecht sprechen«, erklärte sie knapp. Der Hawaiianer verschwand daraufhin im Haus. Clara nutzte die Zeit, um Albrechts Zuhause näher zu inspizieren. Der Rasen, um den sich Hecken rankten, wirkte noch saftiger als der im Park von Geestemünde. Meterhohe Palmen säumten das Haupthaus. Es verfügte über eine Veranda, die so groß war, dass man darauf einen Ball veranstalten konnte. Clara kam gar nicht dazu, noch einen Blick auf den hinteren Teil des Gartens zu werfen, weil Albrecht schon nach ihr rief und ihr freudestrahlend entgegeneilte.

»Clara. Eine größere Wonne hätte mir dieser Tag nicht bereiten können. Wie komme ich zu der Ehre Ihres gänzlich unerwarteten Besuchs?«, fragte er.

So ganz unerwartet war ihr Besuch sicher nicht. Clara wettete darauf, dass er damit früher oder später gerechnet hatte. Den Hauch der Heuchelei, welche die Höflichkeit gebot, sah sie ihm aber nach, weil sie ihm anmerkte, dass er sich aufrichtig freute.

»Ich habe mich dazu entschlossen, die Plantage weiterzuführen, zumindest die Ernte möchte ich einholen«, erklärte sie.

»Gestatten Sie mir, Sie auf die Veranda zu bitten? Hier ist es um diese Tageszeit angenehm kühl. Vielleicht ein Gläschen Wein?«, bot er an.

Dagegen war ganz und gar nichts einzuwenden.

»Es hat sich ergeben, dass Bishop & Co. mir Kredit verweigern, weil ich eine Frau bin«, sagte sie ihm auf den Punkt, als sie die Stufen zur Veranda nach oben schritten.

»Mit wem haben Sie gesprochen. Mit Worton?«

»Sie kennen ihn?« Nun ertappte sich Clara selbst bei höflicher Heuchelei, denn genau aus dem Grund war sie ja hier.

Albrecht lachte unterdrückt und schüttelte den Kopf. »Worton gehört zur Gattung der Männer, die die Meinung vertreten, dass das Wesen einer Frau am umfassendsten zum Ausdruck kommt, wenn sie ihren Pflichten als getreue Gattin und Mutter nachgeht«, sagte er abfällig.

Immer wieder überraschte Albrecht sie mit seinen modernen Ansichten, die man ihm als Spross einer fast schon feudal anmutenden Familie gar nicht zutraute.

»Ich rede mit ihm. Seien Sie gewiss, dass er Ihnen den Kredit nicht verweigern wird«, versicherte er.

»Mein Sohn vergibt Kredite einer Bank, die uns nicht gehört? Hört, hört«, tönte es von drinnen.

Clara drehte sich in Richtung der Stimme. Ein Mann, der vermutlich Albrechts Vater war, trat zu ihnen hinaus, mit ernster Miene, die sich aber sogleich in Wohlgefallen auflöste, als er Clara näher in Augenschein nahm.

»Für eine so reizende junge Dame würde ich das Gleiche tun«, sagte er dann galant und reichte ihr die Hand. »Knut«, stellte er sich gleich selbst vor. »Und Sie müssen Clara sein.«

»Ich bin anscheinend schon allerorts bekannt«, erwiderte Clara ebenso keck, was dem Bärtigen mit Glatze und Wohlstandsbauch zu gefallen schien.

»Albrecht hat mir in der Tat schon viel von Ihnen erzählt. Darf ich mich zu euch setzen?«, fragte er väterlich vertraut.

Albrecht nickte.

»Sie wollen also die Ernte einholen?«, fragte Knut Hoffmann nach, der in einem Korbsessel neben ihr Platz genommen hatte.

»Sofern mir nicht noch mehr Steine in den Weg gelegt werden«, präzisierte Clara.

»Das ist eine kluge Entscheidung, mein Kind. Auf diese Weise profitieren Sie vom Verkauf des Zuckerrohrs und der Plantage.« Dann wandte er sich seinem Sohn zu: »Albrecht, wir haben die halbe Ernte eingefahren. Wir können doch sicherlich zwei Dutzend Arbeiter entbehren. Komo soll das organisieren«, schlug er vor.

Clara war sprachlos angesichts der Hilfsbereitschaft seines Vaters.

»Du hast der guten Clara doch hoffentlich schon ein großzügiges Angebot gemacht?«, fragte er bei seinem Sohn nach.

»Ich weiß noch nicht, ob ich verkaufen werde«, stellte sie klar, auch um Albrecht nicht in Verlegenheit zu bringen.

Ohne jeden Zweifel überraschte Knut Hoffmann das, aber sofort zeigte sich erneut dieses gönnerhafte Lächeln in seinem Gesicht, von dem Clara sich noch nicht sicher war, wie sie es einordnen sollte.

»Mit einem Mann wie Albrecht an Ihrer Seite … Es wird gelingen«, sagte er, bevor er tief Luft holte und fortfuhr: »Die Zeiten sind hart. Man sagt, dass sich hier viel ändern wird. Die Amerikaner strecken ihren Arm nach Hawaii aus. Für uns Deutsche wird die Lage dadurch heikel. Gerade die kleinen Plantagen werden sich kaum gegen den zunehmenden politischen Druck behaupten können. Daher will so ein Ansinnen wohlüberlegt sein«, gab er zu bedenken.

»Jetzt mach Clara nicht bange«, mischte sich Albrecht mit ein.

»Du hast recht, mein Sohn. Und ich sollte mich wieder den Geschäften widmen«, sagte er. Dann stand er auf und verabschiedete sich mit einem respektvollen Nicken.

»Mein Vater«, erklärte Albrecht eine Spur peinlich berührt, als dieser außer Hörweite war. Es klang so, als wolle er sich für ihn entschuldigen, wofür doch im Ergebnis gar kein Grund bestand.

»Ich weiß nicht, wie ich Ihnen danken soll«, sagte Clara.

»Nicht, dass ich irgendeinen Anspruch auf Ihren Dank hätte, aber ich wäre um Ideen dieser Art nicht verlegen«, meinte Albrecht und schmunzelte.

»Sagen Sie schon«, sagte Clara und rechnete damit, dass er sie darum bitten würde, ihm bei Gelegenheit eine weitere Kostprobe ihres Violinenspiels zu geben.

»Sie müssen mir versprechen, dass Sie zu unserem alljährlichen Ernteball erscheinen.«

»Seien Sie versichert, dass ich diese Einladung nicht abschlagen werde«, erwiderte sie.

Albrecht nickte erfreut und geleitete sie zur Kutsche, ohne seinen Blick von ihr abzuwenden.

»Ich werde auf der Plantage vor Einbruch der Dunkelheit erwartet und ich muss noch zum Hafen, um den Arbeitern die Ernte zu avisieren«, gab sie ihm zu verstehen, um ein sich anbahnendes erotisches Geplänkel seinerseits, das man in seinen Augen ablesen konnte, gar nicht erst zu frischer Blüte zu verhelfen. Es half nichts.

»Sie sind eine außergewöhnliche Frau«, meinte Albrecht, als sie ihre Kutsche erreichten.

»Und Sie ein außergewöhnlicher Mann«, gab Clara das Kompliment zurück, weil sie glaubte, sich gewiss sein zu dürfen, dass Albrecht um seine modernen Ansichten, die einer Frau imponierten, wusste.

»Nicht in allen Dingen«, schränkte er dann doch ein.

»Wie darf ich das verstehen?«

»Manchmal bin ich nichts weiter als ein gewöhnlicher Mann«, gestand er, und trotz seines süffisanten Lächelns, das er aufsetzte, wusste Clara, dass er sich ihren Reizen nicht entziehen konnte. Dafür hielt er ihre Hand zum Abschied auch ein wenig zu lange, was Clara jedoch nicht als unangenehm empfand. Seine offensichtlichen Gefühle für sie konnte sie in dem Moment jedoch nicht erwidern, weil sie merkwürdigerweise gerade jetzt an Komo dachte und sich an den warmen Strom erinnerte, der durch ihre Hand geflossen war, als sich ihre Hände am Tag ihrer Ankunft zufällig berührt hatten.

Der Nachhilfeunterricht in Sachen Zuckerrohranbau ging weiter. Heinrich hatte sie damit verblüfft, dass die Zuckerrohrpflanze ihren Ursprung ausgerechnet in Indien hatte und hier aufgrund des vulkanischen Bodens, der reich an Mineralien war, unerreichte achtzehn Prozent Zuckeranteil enthielt. Kein Wunder, dass halb Hawaii vom Zuckerrohranbau zu leben schien. Obzwar er alle Hände voll zu tun hatte, eine weitere Ladung des süßen Rohgoldes, wie er den kristallisierten Zucker nannte, zu verladen, hatte er Clara versprochen, noch diesen Abend nach Arbeitern Ausschau zu halten. An diesem Morgen seien wieder Portugiesen angekommen, die eine Anstellung suchten. Die Rechnung war dabei simpel. Zwei Dutzend Männer würde Hoffmann ihr abstellen. Heinrich hatte bereits mit anderen Arbeitern gesprochen, die auf Onkel Theodors Beerdigung waren. Weitere sieben hatten sich bereit erklärt, ihr zu helfen. Es fehlten in etwa siebzig Mann, die er bis übermorgen auftreiben wollte.

»Um die Kutschen und Werkzeuge müssen aber Sie sich kümmern«, hatte er ihr zu verstehen gegeben. Einen Verleih gab es in Hafennähe in einem Laden, der auch landwirtschaftliches Gerät verkaufte. Große Plantagen hatten ihren eigenen Fuhrpark. Kleinere konnten sich das gar nicht leisten. Lediglich genug Macheten hatte sie in einer Kiste im Schuppen ihres Onkels gefunden. Clara musste sich daher Karren besorgen, um die Ernte zu den Mühlen transportieren zu lassen. Dort wurde der Saft aus der Pflanze herausgepresst und zur Melassenform erhitzt, die dann in Fässer gelagert und der Weiterverarbeitung zugeführt wurde. Letzteres war nicht unproblematisch, wie ihr Heinrich erklärte, während sie im Schatten einer Palme auf einem der leer geräumten Karren saß, der inzwischen zu einer Art Freiluftklassenzimmer avanciert war. Seines Wissens gab es im Inselkönigreich mindestens sechzehn große Plantagen und an die sechshundert unabhängige kleinere Zuckerrohrfarmer, die über neunzigtausend Hektar Land bewirtschafteten.

»Die sind alle auf Oahu?«, fragte Clara erstaunt nach.

»Nein. Die meisten sind auf Kauai, weil es dort häufiger regnet. Die Felder lassen sich einfacher bewässern. Ihr Onkel hatte damals wohl den richtigen Riecher. Seine Plantage bekommt viel Wasser aus den Bergen. Auf Oahu sind ja schon einige mit dem Zuckerrohranbau gescheitert.« Dies erklärte allerdings, warum Albrechts Vater am Kauf der Plantage interessiert war.

»Jedes Jahr wird rund eine Million Tonnen Rohzucker produziert. Die Kapazitäten der Mühlen sind zur Erntezeit ausgelastet«, fuhr Heinrich fort.

»Aber was nützt mir dann die Ernte, wenn die Halme nicht gemahlen werden können?«, fragte Clara.

»Im Notfall müssen wir sie nach Kauai oder zur Mühle nach Koloa verschiffen, aber machen Sie sich keine Sorgen. Die meisten Farmer haben ihre Ernte bereits größtenteils eingefahren. Ich habe meine Kontakte«, erklärte er, was Clara augenblicklich beruhigte.

»Und die Abnehmer? Bei Bishop & Co. haben sie erklärt, dass die Nachfrage abgenommen hat.«

»Wohl eher die Preise. Es gibt aber genug amerikanische Raffinerien, die den Rohzucker weiterverarbeiten. Im Westen und mittleren Westen ist Zucker aus Hawaii nach wie vor sehr beliebt. Sie verkaufen ihn als C & H Zucker, weil er in Kalifornien raffiniert wird und aus Hawaii kommt.«

Es gab anscheinend nichts, was Heinrich nicht über das Zuckerrohrgeschäft wusste. Wie ein Schwamm sog Clara alles auf, was er zu berichten wusste. Ende der Schulstunde. Nun war sie wieder am Zug. Sollte Worton ihr den Kredit geben, mussten Transportfahrzeuge zur Verfügung stehen. Wo der entsprechende Laden war, wusste sie ja.

Dexters Laden für landwirtschaftliche Gerätschaften lag direkt an der Hauptstraße, die zum Hafen führte. Es überraschte Clara keineswegs, dass sie von einigen rau aussehenden Burschen, die sie als Arbeiter einschätzte, sofort in Augenschein genommen wurde. Staub hing an ihren Hemden, Hosen und Stiefeln, sogar in den Haaren, die damit gepudert zu sein schienen.

»Der Barbier ist zwei Häuser weiter«, erdreistete sich einer der jungen Männer zu sagen, wofür er auch noch Lacher seiner beiden Kumpane erntete, die Spaten auf eine vor dem Laden stehende Kutsche verluden. Clara sah darüber hinweg. Sie war nicht farmgerecht gekleidet, was angesichts ihres Besuchs bei den Hoffmanns kaum möglich gewesen wäre, und musste daher auf die Männer wie eine feine Dame wirken, die sich im Geschäft geirrt hatte.

»Einen Barbier hätten Sie dringender nötig als ich«, erwiderte sie keck, aber charmant, was die drei ihr daher auch nicht übel nahmen. Sie begutachteten sich gegenseitig und mussten dann über sich selbst lachen.

Clara betrat den Laden und stellte fest, dass sie die einzige weibliche Kundschaft war. Der stoppelbärtige Mann am Tresen, der wohl Dexter sein musste, musterte sie sofort neugierig.

Clara wollte sich zunächst einmal einen Überblick über das Sortiment verschaffen, weil Heinrich ihr gesagt hatte, dass es hier alles gäbe, was man auf einer Farm braucht. Er hatte recht: Vom gerollten Stacheldraht über Spaten, Rechen, Äxte, Hammer, Zangen jeder Größe und Art fand man hier wirklich jedwedes Werkzeug, das Clara sich nur denken konnte.

»Wie kann ich der Dame behilflich sein?«, fragte der Mann vom Tresen, als sie das zweite Regal umrundet hatte und wieder nach vorn kam.

»Man sagt, Sie verleihen Kutschen«, sagte sie.

»Ja, aber nur für die Landwirtschaft. Personenkutschen verleiht Rodberry. Der ist drei Straßen weiter.«

»Ich brauche um die zwanzig Lastkutschen«, sagte sie. »Lässt sich das bis Montag einrichten?«

Dexter musterte sie nun noch einen Tick misstrauischer. Auch zwei weitere etwas ältere Männer, die Clara als Farmer oder Vorarbeiter einstufte, warfen ihr nun einen neugierigen Blick zu. »Ich nehme an, Ihr Mann ist bei uns Kunde?«, fragte er etwas verunsichert nach.

»Seit wann braucht man einen Mann, wenn man sich Kutschen leihen will?«, fragte Clara resolut.

»Sie sind neu hier?«, wollte er wissen.

Clara hatte keine Lust, diese Konversation ausufern zu lassen, und kürzte sie daher ab: »Heinrich Vogt schickt mich«, erläuterte sie ihm.

Das entspannte Dexters Gesichtszüge augenblicklich. »Na,

wenn das so ist … Für wen darf ich anschreiben? Für Dick Lewis? Er arbeitet doch gerade für Dick.«

»Nein, wenn dann nur für mich, aber ich beabsichtige in bar zu bezahlen«, stellte sie klar.

»Dexter. Jetzt gib ihr doch endlich die Kutschen. Wahrscheinlich will sie Blumenkränze flechten und auf dem Markt verkaufen«, spottete einer der Männer, der seinem Kumpan in die Seite stieß, bevor die beiden in wildes Gelächter ausbrachen.

Clara sah sich genötigt, die Karten auf den Tisch zu legen. »Ich leite die Farm von Theodor Elkart, der kürzlich verstorben ist«, offenbarte sie.

Die beiden Männer hörten sofort auf zu lachen. Ihre gute Laune schlug in Fassungslosigkeit um. Die musste ansteckend sein, weil Dexter nun schluckte und sie so ansah, als hätte sie die Pest.

Einer der beiden Männer fing sich jedoch schnell. »Dann haben wir ja bald die erste Zuckerbaronin auf Hawaii«, sagte er amüsiert. Sein Kumpan musste dies für den besten Witz halten, den er jemals gehört hatte. Diesmal ließ sich auch Dexter davon anstecken.

»Eine Zuckerbaronin, die nicht anschreiben lässt, dürfte Ihnen als Kundschaft doch gerade recht sein«, fuhr Clara entschieden dazwischen. Damit kaufte sie ihm den Schneid ab.

»Selbstverständlich bekommen Sie die Kutschen. Ich mache die Papiere für kommenden Montag fertig«, erklärte er huldvoll.

»Danke, und machen Sie mir einen guten Preis«, fügte sie hinzu.

Dexter nickte nun fast schon devot. Wieder erinnerte sie sich an den Rat, den Agnes ihr an Bord während der Überfahrt gegeben hatte. Man musste die Männer nur richtig anpacken. Es schien immer zu funktionieren, was einen der beiden Lachsäcke trotzdem nicht davon abhielt, eine dumme Bemerkung von sich zu geben, von der er sicher annahm, dass sie sie nicht mehr hören würde, weil sie bereits die Tür erreicht hatte.

»Die hat mal die Hosen an«, sagte er.

Clara nahm dies als Kompliment.

Am Montagmorgen warf Clara einen letzten Blick auf das Zuckerrohrfeld, wie sie es vermutlich nie wieder sah, weil bald alles kahl sein würde. In ein paar Tagen würden nur noch Stumpen vor ihr stehen, die auch verschwanden, sobald das Feld abgebrannt oder umgepflügt war. Die Arbeiter würden frühestens in einer halben Stunde hier sein, weil die Sonne gerade erst aufging. Ihre Strahlen streiften die rosa schimmernden Blüten der Pflanzen und brachten sie zum Leuchten. Diese friedliche Stimmung kam Clara nahezu unheimlich vor, weil nach Knut Hoffmanns Einschreiten bei Bishop & Co. alles viel zu glatt gelaufen war, um wahr zu sein. Der Brief der Bank, den Wortons zweiter Kurier vorbeigebracht hatte, war die erwartete Zusage gewesen. Sie hatte ihn diesmal mit ruhiger Hand geöffnet und sich darüber amüsiert, mit welch fadenscheiniger Begründung Worton den Richtungswechsel begründet hatte. Angeblich sei rein saisonal bedingt die Nachfragesituation gerade besonders hoch, sodass ein guter Ernteertrag als gesichert galt. Clara machte sich aber nichts vor. Ohne die Hilfe von Albrechts Vater wäre das Feld vor ihr verrottet.

Yue stand bereits in der Küche. Clara hatte ihr die Aufgabe zugewiesen, die Männer mit stärkendem Eintopf und Brot zu versorgen. Da sie um die einhundert Arbeiter erwarteten, war es kein Wunder, dass Yue sich bereits vor Sonnenaufgang in die Küche verzogen und Lee dazu verdonnert hatte, ihr beim Schälen der Kartoffeln zu helfen.

Die Ruhe des Morgens war schlagartig dahin, als die Arbeiter kamen. Staubwolken, nur noch viel wuchtiger als sonst, stiegen über dem Feld gen Himmel und leuchteten im schräg stehenden Licht der Sonne wie rosa Puder. Die erste Garnison, die den Kampf gegen die messerscharfen Halme aufnehmen würde, war im Anmarsch. Wie Clara bereits aus der Distanz ausmachen konnte, bildete Komo mit Albrechts Leuten die Vorhut. In seinem Gefolge waren sechs weitere Lastkutschen. Sie hielten wie an einer Perlenkette aufgefädelt hintereinander gleich am Rande des Felds. Komo stieg ab und gab Anweisungen in seiner Sprache, bevor er Clara zurief: »Arocha«, den alten Friedensgruß der Insulaner, den man mit einem gleichlautenden »Arocha« zu beantworten hatte, auch wenn »Aloha«, wie Clara sich aus Agnes' Büchern angelesen hatte, schon seit etlichen Jahren gebräuchlicher war. Dass Clara um diese Tradition wusste, schien Komo zu beeindrucken. Jedenfalls schloss Clara das aus seinem warmherzigen Lächeln.

»Das sind unsere besten Arbeiter«, sagte er, nachdem er die Ankömmlinge in Gruppen aufgeteilt hatte.

»Die Männer können sich hier stärken.« Clara deutete auf zwei Holztische, auf die Yue Krüge mit frischem Wasser und belegte Brote sowie Obst drapiert hatte.

»Ein voller Magen macht die Männer träge«, meinte er. Komo rief den Arbeitern etwas in seiner Sprache zu. Sie holten sich daraufhin ihre Macheten von einer der Kutschen und zogen in Richtung der Felder ab.

Vogt hatte ihr angeraten, die rechte Seite zuerst zu bearbeiten, weil die Pflanzen zum Hang hin weniger verdorrte Blätter hatten und noch ein paar Tage länger auf die Ernte warten konnten. Komo selbst schnappte sich auch eine Machete. Clara folgte ihm und tat es ihm gleich, allerdings nahm sie eine aus ihrem eigenen Bestand, die sie für die Arbeiter in einem Fass aufbewahrt hatte.

Komo stutzte. Clara rechnete damit, dass sie von ihm eine Bemerkung zu hören bekommen würde wie: »Das ist keine Arbeit für Frauen.« Was er dann machte, überraschte sie. Er wand ihr die Machete aus der Hand. Im Prinzip sagte dies das Gleiche, aber auch da täuschte sie sich, weil er sie wortlos in das Fass zurücksteckte und ihr stattdessen eine Machete von seinem Wagen holte und in die Hand drückte.

»Die Klinge ist zu stumpf. Diese hier schneidet den Halm ganz von allein«, erklärte er, ohne eine Miene zu verziehen. Dass er ihren Wunsch mitzuhelfen respektierte, beeindruckte Clara so sehr, dass sie ihm noch für einige Zeit nachblickte, als er sich den anderen Arbeitern anschloss, die bereits damit angefangen hatten, sich Wege in das Feld zu bahnen. Clara fuhr vorsichtig mit dem Finger über des Messers Schneide. Sie war spürbar schärfer als jene aus Onkel Theodors Bestand, und als sie sich wenig später den Männern angeschlossen hatte, damit den ersten Schlag tätigte und ein dicker Halm widerstandslos einknickte, begann die Arbeit sie mit Freude zu erfüllen. Noch mehr erhellte ihr Herz jedoch Komos anerkennendes Lächeln. Es war das eines unbescholtenen Kindes und hatte offensichtlich keine andere Bedeutung, außer dass er sich mit ihr freute.

Clara konnte kaum glauben, wie schnell die Ernte vonstattenging. Nachdem Heinrich mit seinen Männern und weiteren Kutschen gekommen war, Stephens mit gleich vier Arbeitern, die Clara von der Beerdigung ihres Onkels her kannte, durchzogen bereits lange Streifen das Feld rechts der Zuwegung. Einmal in Abschnitte unterteilt, ließ es sich besser ernten, wie ihr Heinrich erklärt hatte, weil man nicht gegen ein nimmer enden wollendes Dickicht ankämpfen musste und die Kutschen auf diese Weise problemlos direkt in das Feld hineinfahren konnten, um die geernteten Halme an Ort und Stelle zu verladen, ohne sie gebündelt zum Hauptweg zurücktragen zu müssen. Das sparte enorm viel Zeit. Bis mittags war bereits etwa ein Viertel des rechts vom Haus liegenden Feldes eingebracht. Es roch betörend nach Gräsern, fast wie bei einer Heuernte in deutschen Landen, nur noch viel intensiver.

Clara hatte die Mitarbeit bereits nach einer Stunde aufgegeben, weil ihr der Arm erlahmt war. Er fühlte sich mittlerweile so an, als hätte ihn jemand grün und blau geschlagen. Auch ihre Hand zitterte vor Anstrengung so sehr, dass sie den Männern Saft und Wasser mit der Linken einschenken musste, um nicht alles zu verschütten.

Heinrich hatte ihr Eintopfrezept über alle Maßen gelobt. Stephens, der schottische Küche gewohnt war, begutachtete die Portion, die ihm Yue aus einem der drei großen Kochtöpfe ausschöpfte, mit Skepsis. Clara amüsierte, dass er davon erst einmal ein wenig probierte, bevor er ein von Herzen kommendes »delicious« zum Besten gab. Dass die deutschen Arbeiter ihren Eintopf mit frischem Schweine- und Rindfleisch, das Clara sich am Vortag aus der Stadt besorgt hatte, schätzen würden, überraschte sie nicht.

»Das ist ja wie bei Muttern«, war eines der schönsten Komplimente, die Clara seit Langem gehört hatte. Die unausgesprochenen Komplimente waren jedoch noch viel schöner. Clara hatte aus den Reiseberichten nur eine ungefähre Vorstellung davon, was die Einheimischen hier für gewöhnlich zu sich nahmen. Jede Menge Fischgerichte, aber auch viel Gemüse hatte sie gelesen. Auch ihnen mundete der Eintopf, den sie sich ohne schottische Skepsis gegenüber Neuem einverleibten. Die Laute, die ein Mensch von sich gab, wenn es ihm schmeckte, waren in allen Sprachen gleich. Wenn jemand um einen Nachschlag bat, bedurfte es auch keiner weiteren Erklärungen. Nur Komo ließ sich dazu hinreißen, ihre Küche explizit zu würdigen.

»Was ist das? Es schmeckt sehr gut«, meinte er.

»Eintopf«, erklärte sie.

»Ein Gericht heißt Topf?«, hinterfragte Komo.

»Vermutlich, weil man alles in einem Topf zusammenschmeißt und dann kocht.« Clara hoffte, dass die Erklärung stimmte.

Komo schien sie jedenfalls unmittelbar einzuleuchten. »Man sagt in Honolulu immer, dass die Deutschen so dick sind, weil sie sich so reichhaltig ernähren«, warf Stephens ein, der selbst knöchern schlank war. Für diese »Stew«, wie er das Gericht nannte, nehme er aber gerne einen Bauch in Kauf, sagte er mit Schalk im Nacken. Dann hielt er Yue den leer gegessenen Blechteller hin, um ebenfalls einen Nachschlag zu verlangen. Ob alle Deutschen hier dick waren, konnte Clara nicht beurteilen. Bisher hatte sie nur einen gesehen, nämlich Albrechts Vater, dessen Wohlstandsbauch sie allerdings diese Ernte zu verdanken hatte.

Nachdem alle mit ihrer wohlverdienten Mahlzeit versorgt waren, nahm Clara sich selbst. Zwei freie Plätze gab es noch. Sie konnte sich neben Lee setzen oder neben Komo. Die Entscheidung fiel nicht schwer. Sein einladendes Lächeln signalisierte sowieso, dass sie neben ihm Platz nehmen sollte.

»Ihre Hand … Ist alles in Ordnung?«, erkundigte sich Komo besorgt, weil nun auch Clara anfing zu essen und noch nicht einmal mehr den Löffel ohne zu zittern an den Mund führen konnte.

»Muskelkater«, erklärte sie.

»Eine Katze im Muskel? Das Wort kenne ich noch nicht, aber ich weiß, wie man die Katze verscheucht«, meinte Komo.

»Geben Sie mir Ihren Arm. Einfach ausstrecken«, forderte er.

Clara tat es, ohne groß darüber nachzudenken.

Er drehte sich zu ihr her und begann, mit seinen kräftigen Händen von der Schulter über das Armgelenk bis hin zu den Fingerspitzen in wellenförmigen Bewegungen an ihrem Arm entlangzufahren. Der Schmerz wich einem wohligen, warmen Strom, der die Muskulatur sofort entspannte. Dann setzte er dazu an, ihren Arm zu kneten, sogar ihre Handballen. Komo wirkte dabei voll konzentriert. Lediglich Stephens und Heinrich sahen interessiert zu und fragten sich bestimmt, wie eine Frau sich so intim von einem Einheimischen berühren lassen konnte. Sie fragte sich das selbst auch, konnte aber einfach nicht genug von seinen heilsamen Berührungen bekommen. Die Augen hatte sie bereits geschlossen, um dieses Kribbeln, das ihr den ziehenden Scherz nahm, intensiver zu spüren. Dann ließ er abrupt von ihr ab.

»Den Arm jetzt ausschütteln«, befahl er.

Clara tat wie befohlen, und es schien, als würde damit der letzte Rest des Krampfs und Drucks, der bis vorhin noch in ihren Muskeln gesteckt hatte, von ihr abfallen. Die Erleichterung stand ihr ins Gesicht geschrieben. Seine Freude darüber, dass es ihr sichtlich besser ging, auch, doch diesmal sah er ihr wieder tief in die Augen. In seinen las sie die bereits bekannte Faszination, aber nun auch ein fast unschuldig anmutendes Flehen nach Nähe. Sie empfand in diesem Moment das Gleiche und hoffte, dass niemand dies mitbekam, noch nicht einmal Komo. Dass er verlegen den Blick abwandte, sprach allerdings dagegen.

11

Die Tage verflogen nur so mit den immer gleichen Routinen. Mit dem Morgengrauen kamen die ersten Arbeiter, die sofort wie gefräßige Heuschrecken über die Felder herfielen und mit jeder Stunde das meterhohe Grün Stück für Stück dezimierten. Aus der Wand aus Pflanzen, die den Blick in die Ferne versperrt hatte, wurde eine von der Sonne ausgedörrte Ebene, über der in der Mittagshitze die Luft zu flimmern begann. Clara hatte den Eindruck, dass es dadurch auch im Haus noch heißer wurde, als ob das Zuckerrohr bisher die Hitze aufgesogen und ferngehalten hätte. Die Ernte wurde dadurch noch anstrengender. Das Einzige, was sich keiner Routine unterordnen wollte, war die »Katze«, die sich mit zunehmender Beteiligung an der Ernte an immer neuen Körperstellen zeigte, was sicherlich auch daran lag, dass Clara im Lauf der Zeit geschickter mit der Machete umgehen konnte und auch beim Verladen und Transport der Halme mit anpackte. Heute steckte sie im Rücken, und wieder war es Komo, der mit seinen magischen Händen den »bösen Katzengeist«, wie er ihn amüsiert nannte, austrieb. Noch bevor die Sonne unterging, war Clara in der Regel so erschöpft, dass sie Mühe hatte, sich beim Abendbrot überhaupt noch wachzuhalten.

Obwohl sich die Arbeiter jeden Tag auf die exotische Küche aus deutschen Landen freuten und einer von ihnen sogar geäußert hatte, für diesen Kartoffelsalat würde er töten, reichte der Anreiz guter Verpflegung freilich nicht aus, um auch weiterhin auf die Unterstützung der freiwilligen Helfer zu zählen.

Stephens Leute wurden anderweitig gebraucht. Der Kredit der Bank und was von Onkel Theodors Rücklagen übrig geblieben war, deckte gerade mal die Kosten für die Gerätschaft, Heinrichs Arbeiter und die Mühle. Über die Bezahlung von Albrechts Leiharbeitern hatte Clara mit den Hoffmanns bisher noch gar keine Vereinbarung getroffen, insofern war sie froh, dass Albrecht ihnen am zehnten Tag der Ernte einen Besuch abstattete, um nach dem Rechten zu sehen, wie er ihr zu verstehen gegeben hatte.

»Respekt«, sagte Albrecht bereits zum zweiten Mal, während sie das geerntete Feld abschritten und er den Blick hinüber zu den Arbeitern schweifen ließ. Unvermittelt bückte er sich nach einem Halm, der beim Verladen heruntergefallen war. Mit dem Finger fuhr er über den noch feuchten Stumpen und führte ihn zu seinem Mund, um die klebrige Substanz zu kosten. »Hoher Zuckergehalt. Ihr Onkel hatte großes Glück mit diesem Flecken Erde …«, sinnierte er. Dann besah Albrecht sich den Halm, der gut vier Zentimeter dick war, genauer. »Normalerweise tragen Halme dieser Stärke nicht so viel Saft. Sie sind oft ausgetrocknet und ausgehärtet«, bemerkte er und sah kopfschüttelnd hinauf zu den Hügeln. »Ideale Lage … Genug Wasser, aber es kann ablaufen. Zu viel davon, und die Pflanzen werden faulig«, spann er seinen Gedanken weiter.

»Jetzt muss ich nur noch darauf hoffen, eine Mühle zu finden … und dann der Verkauf … Es ist noch so viel zu tun …« Clara seufzte.

»Wie ich hörte, steht Ihnen Heinrich zur Seite. Wir nehmen seine Dienste auch in Anspruch. Er hat gute Kontakte zu Abnehmern und verfügt über ein profundes Wissen über alle Aspekte des Handels, bis hin zur Versicherung und zum Transport.«

»Heinrich? Ich dachte, er sei nur ein Vorarbeiter«, fragte Clara überrascht.

»Er hat bei Hackfeld gelernt. Sofern Ihnen der Name ein Begriff ist«, kommentierte er.

»Heinrich Hackfeld? Der Großplantagenbesitzer?«, wollte sich Clara versichern.

»Er war mehr als das. Schiffskapitän, Handelstreibender … und er war einer der Ersten, die hier mit dem Anbau von Zuckerrohr ein Vermögen gemacht haben.«

»Dann hat er sicher viel Land …«, mutmaßte Clara.

»Er ist damit reich geworden, die unzähligen kleinen Plantagenbesitzer zu vertreten. Eine Art Agent, der über alle Aspekte des Handels Bescheid wusste.«

Das erklärte, warum Clara so viel von Heinrich lernen konnte. Wenn sie schon einmal beim Geschäftlichen waren, gedachte sie, Albrecht auch gleich auf die Bezahlung seiner Lehnarbeiter anzusprechen.

»Darf ich davon ausgehen, dass Ihre Arbeiter zum üblichen Satz arbeiten?«, fragte sie.

Albrecht fiel fast aus allen Wolken, was Clara äußerst beunruhigte.

»Ich bitte Sie, Clara. Allein die Frage nach Bezahlung würde meinen Vater aufs Tiefste kränken.«

»Aber das kann ich doch gar nicht annehmen … Und vor einer Woche ist die Ernte noch nicht eingeholt«, erklärte sie.

»Sie können. Allerdings darf ich Sie an Ihre Zusage für den Ernteball erinnern. Nächsten Samstag, ob Sie hier fertig sind oder nicht«, erwiderte er streng.

»Ich freue mich darauf«, sagte sie aus vollem Herzen. Die Abwechslung würde ihr sicher guttun, zumal sie angesichts Albrechts Vortrag über Hackfeld das Gefühl hatte, noch immer viel zu wenig über das soziale Leben auf Hawaii und die geschäftlichen Zusammenhänge zu wissen.

»Sie bleiben doch noch zum Essen?«, fragte sie, weil die ersten Arbeiter bereits in Richtung der aufgestellten Tische pilgerten. Die Kessel standen bereit.

»Gerne. Was gibt es denn?«

»Den besten Kartoffelsalat weit und breit«, sagte sie schwärmerisch.

»Ja, wenn das so ist. Dann geleiten Sie mich doch zu Tisch«, sagte er und bot an, sich bei ihm einzuhängen.

Clara amüsierte sein Spiel und hängte sich unbedacht bei ihm ein. Dann sah sie Komo, der gerade den letzten Ballen geschnürter Halme auf eine der Lastkutschen schmiss. Clara hoffte, dass er sie nicht bemerken würde, weil es ja letztlich nur ein Spaß war, sich bei Albrecht einzuhängen, und nichts zu bedeuten hatte. Doch Komo wurde sehr wohl auf sie aufmerksam und hielt mitten in der Bewegung inne. Auch auf die Distanz von gut zehn Metern konnte Clara in seinen Augen lesen, dass er traurig war. Auch Albrecht fiel das auf.

»Was hat er?«, fragte er prompt.

Am liebsten hätte Clara sich demonstrativ wieder von Albrecht gelöst, aber das würde ihn kränken und ihn zu der Annahme bewegen, dass sie es wegen Komo machte. Am besten, sie verhedderte sich nicht in irgendwelchen Ausreden und stellte sich der Situation.

»Wir wirken wie ein Paar. Warten Sie nur auf die erstaunten Blicke von Yue und Lee, von den anderen Arbeitern ganz zu schweigen«, sagte Clara.

»Manchmal wünschte ich, es gäbe tatsächlich Anlass, sich darüber zu wundern«, erwiderte Albrecht überraschend offen.

Clara beschränkte sich darauf, seine Bemerkung mit einem betretenen Lächeln zu kommentieren, und war heilfroh darüber, dass in der Tat einige irritierte Blicke auf ihnen lagen, als sie die Tische erreichten.

Es musste sich in Windeseile in der Stadt herumgesprochen haben, dass Clara es tatsächlich geschafft hatte, die Ernte einzubringen. Angesichts der vielen Arbeiter, die sich abends in Honolulus Spelunken herumtrieben und sicher von ihr erzählten, aber auch Heinrichs weitreichender Kontakte war das auch kein Wunder. Was Clara jedoch erstaunte, war der Umstand, dass man sie sogar im Warenhaus für Textilien, das sich unweit vom Seidenhaus in der Innenstadt Honolulus befand, gefragt hatte, ob sie Miss Elkart aus Deutschland sei. Clara hatte prompt nachgefragt, wie die Verkäuferin darauf kam. Es stellte sich heraus, dass die ältere Dame mit Nickelbrille, eine Miss Bridgewater, die ihren Angaben zufolge seit über zwanzig Jahren Textilien von Hackfeld an den Mann und die Frau brachte, rein zufällig ein Gespräch ihrer Kundschaft mit angehört hatte, wonach es neuerdings auf Hawaii die erste Plantagenbesitzerin geben würde – eine »wunderschöne junge Deutsche, die sehr fleißig und zielstrebig sei«. Außerdem hätte sie nach Kleidung gefragt, die für gewöhnlich von Farmerfrauen gekauft wurde. Clara nahm das als Kompliment. Wunderschön, fleißig und zielstrebig war sie also. Dementsprechend schnell waren zwei Kleider gefunden. Ein blaues und ein graues mit liebevoll gearbeitetem Streifenmuster. Die beiden Kleidungsstücke waren aus robusten und widerstandsfähigen Stoffen gearbeitet und mit einer schützenden Schürze versehen, die aus leichter luftdurchlässiger Baumwolle gewebt war – die ideale Robe für die Arbeit im Feld.

Miss Bridgewater verstand ihr Geschäft. Nachdem Clara angemerkt hatte, dass sie demnächst auf den Ernteball der Hoffmanns eingeladen war, und sich erkundigte, wie formell so ein

Ereignis hier eingeschätzt wurde, war Miss Bridgewater förmlich aufgeblüht. »Ich habe eine neue Kollektion hereinbekommen«, sagte sie und fügte flüsternd, als ob dies nur für Claras Ohren bestimmt sein sollte, hinzu: »Aus Paris!«

Das Kleid war umwerfend. Rote Seide mit Stickereien, keine Hüftpolster und um die Knöchel etwas weiter geschnitten, sodass Clara die Stufen zu Hoffmanns Anwesen hinaufschreiten konnte, ohne dabei hinzufallen. Außerdem kannte Albrecht ihr weißes Kleid bereits, weil sie es im *Reid's* getragen hatte. Aber gleich dreißig Dollar dafür auszugeben, schien ihr etwas zu viel.

»Sie werden darin alle bezaubern«, jubelte Miss Bridgewater, als Clara aus der Umkleidekabine heraustänzelte und sich im Spiegel besah. Hatte sie vorhin nicht etwas von »wunderschön« gesagt? Vielleicht war es klug, der allgemeinen Erwartungshaltung zu entsprechen, denn eines war klar: In diesem Kleid würde sie selbst in der besten Gesellschaft Hawaiis glänzen.

Als Clara im Licht der untergehenden Sonne mit der Kutsche das Anwesen der Hoffmanns erreichte, fiel ihr augenblicklich der Empfang bei den Webers ein. Die Empfangsprozeduren ähnelten sich. Geladene Gäste stiegen in feinen Roben von Kutschen und Droschken. Albrecht und sein Vater Knut begrüßten die feine Gesellschaft Hawaiis. Clara fragte sich, ob sie diese Leute auch dazu nötigen würden, belanglose Gespräche zu führen, oder sie sich genau wie bei den Webers stundenlang Vorträge über technische Entwicklungen und den Fortschritt im Allgemeinen anhören musste. Dass Albrecht sie gleich erspähte, sich daraufhin sofort bei den anderen Gästen entschuldigte, um zu ihr zu eilen, hatte auch etwas von einem Déjà-vu, das in Clara leichtes Unbehagen hervorrief. Dass seine Augen leuchteten, als wäre eben die Sonne wieder aufgegangen, war angesichts ihres neuen Kleids entschuldbar.

»So eine Freude. Clara.« Albrecht musterte sie von Kopf bis Fuß. »Ihnen wird heute Abend ganz Hawaii zu Füßen liegen«, fuhr er charmant fort. Dann reichte er ihr den Arm, den sie auch diesmal annahm, weil es in den Rahmen passte und er damit den anderen Gästen signalisierte, dass sie eine besondere Stellung einnahm. Als ob das Kleid aus Paris sie zu einer anderen machen würde, konnte Clara diesmal den interessierten Blicken der Männer, die sich auf der Veranda eingefunden hatten, sogar Vergnügen abgewinnen. Den verstohlenen neidischen Blicken ihrer Frauen auch.

Der Vorstellungsreigen begann, als sie einen Fuß auf die Terrasse gesetzt hatte. Einer der Gäste, der um die sechzig sein durfte, schien besonders in der Gunst von Albrechts Vater zu stehen und hohes Ansehen zu genießen, weil sich eine Menschentraube um ihn versammelt hatte und anscheinend jeder versuchte, ein paar Worte mit ihm zu wechseln.

»Das ist Carl Isenberg. Sein Bruder hat eine der größten Plantagen in Lihue. Er führte das erste Bewässerungssystem ein, baute Leitungen, die das Wasser direkt von den Bergen auf die Felder leiten. Ihm verdanken wir die erste Zuckerraffinerie auf Hawaii. Carl hat die Geschäfte von Hackfeld übernommen«, erklärte Albrecht im Vorbeigehen mit Ehrfurcht in seiner Stimme.

»Dann ist er sicherlich einer der mächtigsten Männer auf der Insel«, schlussfolgerte Clara.

»Sein Einfluss schwindet, seitdem sich sein Bruder vor fünf Jahren auf die Seite des Königshauses gestellt hat«, sagte er nun etwas leiser, um sicherzustellen, dass es sonst niemand hörte.

»Was ist passiert?«, fragte Clara nach.

Albrecht zögerte für einen Moment und führte sie etwas außer Hörweite an die Brüstung der Veranda. »Das Königreich wurde damals zur konstitutionellen Monarchie, letztlich genau wie bei den Engländern«, erklärte er dann.

»Und Isenberg war dagegen?«, wollte Clara sich vergewissern.

»Man sagt, Mitglieder der Reformpartei hätten König Kalakāua unter Androhung von Waffengewalt dazu gezwungen, die neue Verfassung zu unterschreiben. Sie hat ihn vieler seiner Rechte beraubt und die Monarchie geschwächt.«

»Das ist ja furchtbar«, stellte Clara fest.

»Das kommt auf den jeweiligen Standpunkt an. Es geht um wirtschaftliche Interessen. Das Königshaus wäre besser beraten, sich den modernen Zeiten anpassen. Lili'uokalani gilt als stur und monarchieversessen«, sagte Albrecht.

»Ich habe bisher nur Gutes von ihr gehört. Zum Beispiel die Schulen. Sie sorgt dafür, dass junge Frauen eine gute Ausbildung genießen. Ich halte das sogar für äußerst fortschrittlich«, hielt Clara dagegen.

»Unter Umständen haben Sie recht, aber in diesen Zeiten ist es klüger, die Königin nicht als fortschrittlich zu bezeichnen«, riet er ihr.

»Wie wahr, wie wahr«, mischte sich sein Vater ein, der wohl bereits nach ihnen Ausschau gehalten hatte. »Du solltest Fräulein Clara nicht mit Politik langweilen. Dazu ist der Abend viel zu schön und ein solches Kleid …«, fing er an und musterte sie bewundernd. »Es schreit förmlich danach, dass es auf dem Parkett glänzt. Wehe, Sie berauben mich meiner Vorfreude, Sie nachher mit meinem Sohn tanzen zu sehen.«

»Das würde ich niemals wagen«, erwiderte Clara mit Blick zu Albrecht, dem sie nun de facto einen Tanz versprochen hatte.

»Der Finanzminister«, entschuldigte sich Knut und eilte in Richtung eines älteren Mannes, der aufgrund der Bartmode ebenfalls nach einem Deutschen aussah.

»Hermann Widemann. War Richter des obersten Gerichtshofs, Mitglied des Oberhauses, Innenminister und hat sich um Lili'uokalanis Staatsfinanzen gekümmert«, erklärte Albrecht.

»Deutsche in der Regierung? Ist das nicht ungewöhnlich?«, wunderte Clara sich.

»Sehen Sie den Mann mit dem Schnurrbart da drüben an den Treppen? Paul Neumann. Man sagt, er bekommt den Posten des Staatsanwalts.« Dann blickte Albrecht hinüber zum Buffet. »Dem da drüben verdanken wir das erste Wappen Hawaiis. Allerdings ist er aus der Schweiz«.

Clara nickte beeindruckt. »Dann ist es aber doch nicht verwunderlich, wenn viele Deutsche das Königshaus unterstützen«, schlussfolgerte sie.

»Nicht alle. Vor allem unter den Plantagenbesitzern verliert das Königshaus zunehmend an Gefolgschaft. Lili'uokalani will sich einfach nicht mit den aktuellen Gegebenheiten abfinden und sucht den Weg zurück zur absoluten Monarchie.«

»Und … auf welcher Seite stehen Sie eigentlich?«, fragte Clara frei heraus.

»Auf meiner. Ich lasse mich nicht für Politik instrumentalisieren«, erklärte er, ohne sich die Mühe zu machen, nach einer diplomatischen Antwort zu suchen.

Der nächste Pluspunkt für diesen Albrecht Hoffmann, überlegte Clara. Sie setzte schon dazu an, etwas zu erwidern, doch Albrecht sah demonstrativ wieder in Richtung Buffet.

»Mal sehen, vielleicht haben wir sogar Kartoffelsalat«, sagte er, vermutlich weil er sich mit seinem Exkurs über die politische Lage Hawaiis schon viel zu weit aus dem Fenster gelehnt hatte.

Aus dem erhofften kulinarischen Genuss am Buffet wurde aber nichts, weil eine bekannte Stimme aus dem Pulk der Gäste nach ihr rief. Auch Albrecht drehte sich überrascht in Richtung der Stimme um und schmunzelte dann wohlgefällig.

»Sie haben Agnes eingeladen?«, vergewisserte sich Clara erfreut.

»Auf eine Royalistin mehr oder weniger kommt es doch auch schon nicht mehr an«, gab er amüsiert zurück.

Clara war froh, dass Albrecht sie ihrer Freundin und dem Buffet überlassen hatte. Er war an die Seite seines Vaters zurückgekehrt, schüttelte Hände und schien auf einmal so in Gespräche vertieft zu sein, dass die gelegentlichen Blicke in ihre Richtung schließlich ganz versiegten. Die politischen Debatten taten es jedoch nicht.

»Nimm dich vor dem in Acht«, sagte Agnes und nickte bedeutsam in Richtung eines drahtigen Mannes mit schlohweißem Haar. Selbst sein nach oben gezwirbelter Schnurrbart und der Bart darunter waren weiß. Einen Vollbart, der vorn spitz zulief, hatte Clara auch noch nie gesehen. »Sanford Dole. Die Königin hasst ihn wie die Pest. Dole vertritt die amerikanische Elite und deren Interessen, natürlich gegen das Königshaus«, verriet sie im Flüsterton.

»Woher weißt du das?«, fragte Clara irritiert, weil ihre Freundin anscheinend nun auch noch in die Politik gegangen war.

»Er hält nichts von der Ausbildung junger einheimischer Mädchen und glaubt, all die Mühen seien pure Zeitverschwendung. Stand in einem Artikel. Natürlich habe ich die Königin darauf angesprochen. Sie hat geflucht. Angeblich will er das Königshaus gänzlich abschaffen.«

Dass Knut Hoffmann und er tief in ein Gespräch versunken waren, von dem sich Albrecht mittlerweile in Richtung anderer Gäste verabschiedet hatte, verwunderte Clara. Andererseits gehörte Albrechts Vater ja schließlich auch zur Elite, und ob Deutscher oder nicht, letztlich schien Dole jedem nützlich zu sein, der auf Hawaii etwas zu sagen oder Geld hatte.

»Alles Kiebitze«, sagte Agnes verächtlich, bevor sie sich den nächsten Happen einverleibte.

»Kiebitze?«, fragte Clara verblüfft nach.

»Manchmal lerne ich auch noch hinzu. Die Mädchen meiner Klasse lieben die Märchen von Grimm. Wir haben *Schneewittchen* gelesen und dabei festgestellt, dass sich die deutsche Fassung von der Übersetzung unterscheidet.«

»Und was hat das jetzt mit Dole und seinesgleichen zu tun?«, fragte Clara ungeduldig nach, weil sie Agnes' ausschweifende Ausführungen schon von ihrer gemeinsamen Zeit auf der *Braunfels* noch allzu gut in Erinnerung hatte.

»Im deutschen Original haben wir die böse Stiefmutter. Das steckt tief in den Köpfen von uns Deutschen, aber die Einheimischen verstehen es nicht.«

»Stiefmutter?«, überlegte Clara. »Liegt das vielleicht an einer anderen Form von Eheschließung, sodass es diesen Begriff gar nicht gibt?«, mutmaßte sie.

»Keineswegs. Natürlich gibt es hier auch eine Stiefmutter, aber in der hawaiianischen Kultur gibt es das Hanai.«

»Agnes, du treibst mich noch in den Wahnsinn.«

Agnes genoss es offenbar, sie mit ihren Geschichten auf die Folter zu spannen, nur dass sie diesmal keine *Berliner Illustrierte* bei sich hatte.

»Sie adoptieren hier gegenseitig ihre Kinder, sodass eine Stiefmutter eher als etwas sehr Positives wahrgenommen wird. Das ist auch der Grund, weshalb der Übersetzer die Stiefmutter als Mutter Kolea bezeichnet.«

»Und Kolea ist der Kiebitz?«

Agnes nickte. Clara atmete auf, wobei ihr der Zusammenhang mit Knuts Gesprächspartnern immer noch nicht so recht klar war.

Das sah ihr Agnes zweifelsohne an. Sie fuhr daher fort, um

Clara auf die Sprünge zu helfen: »Der Kiebitz kommt zum Überwintern auf die hawaiianischen Inseln, frisst sich voll und flattert im Frühling zurück in seine Gefilde. Die Einheimischen bezeichnen die Fremden, die hierherkommen, um sich skrupellos zu bereichern, und dann, ohne etwas für die Insel zu tun, wieder zurück in ihre Gefilde fahren, als Kiebitze.«

Endlich war es raus, und wie immer hatte es sich gelohnt, den Geduldsfaden nicht reißen zu lassen.

»Übrigens, bevor ich es vergesse. Die Königin möchte dich kennenlernen. Du hast am Samstag eine Privataudienz.«

»Die Königin?« Clara konnte kaum glauben, was Agnes ihr da eröffnete.

»Ihr ist zu Ohren gekommen, was du auf der Plantage deines Onkels geleistet hast«, erklärte Agnes.

»Das waren die Arbeiter und nicht ich«, versuchte Clara zu relativieren.

»Die erste Zuckerrohrbaronin der Insel. Wenn das nichts ist?«, erwiderte Agnes, bevor ihr Blick irgendetwas erfasste, was sie sichtlich irritierte. »Da ist ja Schneider«, merkte sie dann an.

Clara folgte ihrem Blick. »Was macht denn der hier?«, wunderte sie sich.

»Soviel ich gehört habe, entstand die Reform Party aus dem Lager der Missionare«, sagte Agnes bedeutungsschwanger. Da musste sie sich täuschen, weil Schneider im Gegensatz zu allen anderen nicht wie eine Klette an Sanfords Gefolgschaft hing, sondern ganz allein dem Wein frönte. Er ließ sich von einem in Weiß gekleideten Einheimischen ordentlich nachschenken. Und dieser Einheimische war Komo.

Clara wollte es kaum glauben.

»War doch nett von ihm, dass er mich deinetwegen eingeladen hat«, sagte Agnes unvermittelt, weil Albrecht sich ihnen näherte.

Musik erklang aus dem Salon. Nun musste Clara ihr Versprechen einlösen.

Es hatte etwas Skurriles, auf einer Insel mitten im Pazifik zu sein und mit dem Gastgeber im Dreivierteltakt Johann Strauss »An der schönen blauen Donau« feilzubieten. Wiener Walzer auf Hawaii. Warum nur hatte Albrecht ausgerechnet sie dazu auserkoren, den musikalischen Teil des Abends mit ihr zu eröffnen. Claras Hände waren immer noch feucht. Vor überwiegend Fremden zwei Runden zu drehen, sich dem Gaffen auszusetzen, bis endlich weitere Herren den Mut aufbrachten, ihre Gattinnen ebenfalls zum Tanz aufzufordern, war alles andere als angenehm. Nach der dritten Runde tanzten schon einige Paare mehr. Sogar Worton beherrschte den Walzer und schwebte mit seiner Gattin im Arm und einem wohlwollenden Lächeln an ihnen vorbei. Nun war sie vermutlich nicht nur die Zuckerrohrbaronin, sondern auch noch die Ballkönigin, und Albrecht hatte sie dazu gekrönt. Wieder und wieder dankte Clara im Geiste Miss Bridgewater für ihre göttliche Eingebung. In ihrem weißen Kleid hätte Clara keine einzige Linksdrehung überlebt.

»Die Hawaiianer lieben Strauss und den Walzer«, hatte Albrecht auf Nachfrage erklärt. »Die Königin übrigens insbesondere«, fügte er hinzu.

»Infam königsfreundliche Tänze also, mitten unter so viel Verschwörern«, merkte Clara süffisant an.

Albrecht lachte, wobei sie sich sicher war, dass er ihre Bemerkung sehr wohl einzuordnen wusste, und sagte: »Hat Ihnen schon einmal jemand gesagt, dass Sie gut führen?«

Nun lachte Clara.

»Wo haben Sie das Tanzen gelernt?«, fragte er.

»Bei einer ziemlich strengen Matrone auf einem Mädcheninternat.« Dann fragte sie bewusst provokant: »Ist Ihnen das etwa nicht recht?«

»Man hat mehr Schwung, und mein Arm droht nicht so schnell zu erlahmen«, sagte Albrecht trocken. Sein Schmunzeln verriet aber, dass er eine ganz andere Art von Führung gemeint hatte.

Eine weitere Drehung führte sie direkt an Komo vorbei, der weitere Gäste bewirtete. Schneider stand daneben. Er schien ihm wie ein Schatten zu folgen. Dass Komo ihrem Blick auswich, war nicht weiter verwunderlich. Sie tanzte mit Albrecht, und er war nur der Bedienstete.

»Komo? Hier? Ich dachte, ein Luna arbeitet auf der Plantage?«, fragte Clara.

»Er spricht nahezu perfekt Deutsch, und so viel deutschsprachiges Personal hat die Insel nun auch wieder nicht. Zweifelsohne wird Ihre charmante Reisebegleitung daran etwas ändern. Frau Rotfeld gilt als exzellente Lehrkraft«, sagte er, als sie Agnes erreichten und sie ihnen ein strahlendes Lächeln zuwarf. Angesichts der Großzügigkeit seiner Familie konnte Clara ihm den zweiten Walzer unmöglich abschlagen. Allerdings drohte nun ihr Arm etwas zu erlahmen. Das lag sicher daran, dass Albrecht auf dem Parkett tatsächlich keine Führungsqualitäten hatte, aber auch an dem Umstand, dass sie Komo dabei ertappt hatte, wehmütig zu ihr zu blicken. Und immer wenn er sie so ansah, schlug ihr Herz schneller. Albrecht brachte es im Dreivierteltakt auf Trab, bei Komo genügte nur einer dieser Blicke.

Es hatte sich auf alle Fälle gelohnt, zu diesem Erntefest zu gehen, und das nicht nur, um Albrecht Dank zu zollen oder sich nach harten Tagen mit etwas Vergnügen zu belohnen. Die Stimmung der geladenen Gäste war gut. Die meisten waren ihr wohlgesonnen, charmant, auf alle Fälle aber neugierig. Clara hatte das Gefühl, dass jeder herausfinden wollte, wie sie so war und wie man sie einzuordnen hatte.

Die Bar aus Mahagoni, zu der sie Agnes geschleppt hatte, war der ideale Ort, um unverfänglich Kontakte zu knüpfen. Es war daher nur eine Frage der Zeit und keineswegs überraschend, dass selbst Sanford Dole sie im Vorbeigehen nicht nur eingehend musterte, sondern die erste von Agnes' Redepausen dazu nutzte, um sie anzusprechen.

»Wie man hört, haben Sie allen Grund zum Feiern«, sagte er. »Gestatten Sie? Sanford Dole«, stellte er sich vor und reichte ihr die Hand.

»Ich habe schon viel von Ihnen gehört«, sagte Clara mit Blick zu Agnes, die sich gerade ihr Weinglas von einem der Angestellten nachfüllen ließ.

»Hoffentlich nur Gutes«, erwiderte er und bedachte Agnes mit einem interessierten Blick. »Sind wir uns schon einmal begegnet?«, fragte er Claras Freundin.

Agnes antwortete prompt. »An der Schule … Ich bin die Lehrerin aus Deutschland, die ihre Zeit damit verschwendet, Primitive zu unterrichten, die sich bestenfalls für Haus, Feld und Herd eignen. Ich habe Ihren Artikel doch richtig verstanden?«, meinte Agnes, ohne dabei eine Miene zu verziehen.

»Ah … Sie sind Frau Rotfeld …«, sagte er so freundlich, dass es schon zynisch klang. »Und vielleicht noch nicht lange genug hier, um all die Unbefangenheit und den Enthusiasmus, den viele hatten, die hier ankamen, zugunsten von geschärftem Realitätssinn abzulegen«, fuhr er fort.

Clara kannte Agnes und spürte, dass sie innerlich kochte. Dafür hatte sie sich aber gut im Griff, nicht jedoch ihre Zunge.

»Ich halte es durchaus für denkbar, dass man sich einer gewissen Lethargie kaum noch erwehren kann, wenn man sich auf Lorbeeren ausruht und seine Zeit damit verbringt, Allianzen von zweifelhaftem Nutzen für Hawaii zu schmieden«, erwiderte Agnes.

Clara amüsierte es, dass man Dole den Stich, den ihm Agnes voller Wonne versetzt hatte, zumindest für einen Moment ansah.

»Darüber kann man geteilter Ansicht sein«, stellte er fest. »Und Sie, werte Miss Elkart? Haben Sie Ihr Herz auch an die Insel verloren?«

»Finden Sie nicht auch, dass dieser Abend viel zu schön ist, um über Herzensangelegenheiten zu sprechen, die letztlich gar keine Sache des Herzens, sondern der Politik sind?«, gab Clara zurück und lächelte unverfänglich.

»Die Politik ist in der Tat ein zweischneidiges Schwert. Wie ich hörte, sind Sie aber in der Lage, mit scharfen Klingen umzugehen«, erwiderte Dole.

»Es gibt Dinge, die lernt man hier schnell«, entgegnete Clara, die langsam Vergnügen daran fand, nun selbst einen Platz in der Gesellschaft einzunehmen. Der Schatten des Vaters, aus dem sie als gehorsame Tochter nie hatte hinaustreten dürfen, war nun zu ihrem eigenen geworden und in dem brauchte sie sich nicht zu verstecken.

»Das freut mich zu hören«, sagte Dole unaufrichtig.

»Doch um der Wahrheit Ehre zu erweisen: Es stimmt, ich beginne, mein Herz an das Inselreich zu verlieren, was sicherlich nicht zuletzt an der Herzlichkeit und Hilfsbereitschaft derjenigen liegt, die Sie in Veröffentlichungen offenbar als primitiv zu bezeichnen neigen«, nahm Clara sich heraus und hoffte, das Gespräch damit zu beenden.

Von Agnes erntete sie zustimmendes Nicken. Knut und Albrecht, die sich zu ihnen gesellt hatten, wurden dagegen leichenblass. Agnes musste wie üblich das letzte Wort haben:

»Wagen Sie, diese Meinung eigentlich auch persönlich gegenüber dem Königshaus zu vertreten, oder verstecken Sie sich lieber hinter geduldigem Papier?«

»Sich bei Lili'uokalani Gehör zu verschaffen, ist ein eher hoffnungsloses Unterfangen«, sagte Dole abschätzig.

»Unser guter Dole … Ohne ihn wären wir alle getreue Untertanen, und die wirtschaftliche Entwicklung würde zum Stillstand kommen«, warf nun Knut versöhnlich ein. Die Hand, die er dabei freundschaftlich auf Doles Schulter legte, unterstrich, auf wessen Seite er stand – mit Sicherheit immer auf der opportunen und der des Geldes, wie jeder, der zu Macht und Ansehen gekommen war.

»Oder anders verlaufen«, sprudelte es aus Clara heraus. Dafür erntete sie Knuts missbilligenden Blick.

Albrecht litt sichtlich unter der angespannten Situation. »Wie gut, dass wir uns hier auf Hawaii den Luxus lebhafter Kontroversen leisten können, auch wenn wir letztlich doch alle an einem Strang ziehen«, resümierte er.

Sein diplomatischer Eingriff schien zu fruchten. Zumindest Doles Miene entspannte sich augenblicklich.

»Was halten Sie von einem kleinen Umtrunk auf der Veranda? Ein idealer Ort, um erhitzte Gemüter abzukühlen«, sagte Albrecht unvermittelt.

Auch wenn Clara dankbar für die Möglichkeit war, sich auf diese Weise elegant weiterer spitzfindiger Konversation, wie sie Dole ihr abnötigte, zu entziehen, wuchs ihr Groll auf Albrecht, der anscheinend nicht den Mumm hatte, klar Stellung zu beziehen, und es offenkundig immer jedem zu seinem Vorteil recht zu machen versuchte. Sie willigte daher mit einem dezenten Nicken ein, doch kaum waren sie ein paar Schritte in Richtung Veranda gegangen, erdreistete sich Albrecht auch noch, sie zu maßregeln.

»Dole kann Ihnen schaden, Clara. Bitte befolgen Sie meinen Rat, sich ihm gegenüber gefällig, zumindest aber diplomatischer zu geben«, sagte er.

»Ich bin bisher auch gut ohne Dole zurechtgekommen«, erwiderte Clara.

»Er hat zu viel Einfluss. Eine Plantage lässt sich nicht führen, wenn man ihn zum Feind hat«, gab Albrecht ihr klar zu verstehen.

»Sofern ich sie weiterführe«, erklärte sie.

»Ich bin erleichtert, dass Sie anscheinend über das Kaufangebot meines Vaters nachdenken.« Wieder Albrecht, der Schlichter und Vermittler.

»Und Sie, Albrecht? Würden Sie die Plantage Ihres Vaters auch verkaufen und alles aufgeben, was er sich aufgebaut hat?«

»Das hängt von den Umständen ab«, sagte er.

»Albrecht«, rief einer der Gäste in Frack und Weste von der Tür zur Terrasse aus und winkte ihn zu sich.

»Gehen Sie nur. Ich bin gerne mal für ein paar Minuten allein«, sagte Clara.

Er zögerte nur für einen Moment, nickte und ging zügig zurück, als sein Name noch einmal fiel.

Clara sehnte sich nach Ruhe und hoffte, sie in dem kleinen Palmengarten der Hoffmanns zu finden.

Das Stimmengewirr, das aus dem Haupthaus zu vernehmen war, verlor sich bereits nach wenigen Schritten. Der Wind trug es davon. Stattdessen vernahm Clara das Rauschen der Palmen, das fast wie eine sanfte Brandung am Meer klang. Clara steuerte auf eine Bank zu, die mitten im Palmengarten stand und einen guten Blick auf das von Fackeln beleuchtete Haus erlaubte. Die Welt der Mächtigen Hawaiis war nun weit genug entfernt. Die Distanz zu ihr fühlte sich gut an, und dennoch war Clara auf diese Leute angewiesen. Sich zu verbiegen und Dummheiten, wie sie Dole von sich gab, widerspruchslos zu ertragen, kam trotzdem nicht infrage. Clara inhalierte die frische Luft, die der Garten mit dem süßlichen Duft von Jasminstauden würzte. Mit der Ruhe war es aber schnell vorbei, weil sie die Stimme von Schneider vernahm. Sie kam mitten aus dem Dickicht. Er musste den Rundweg ein Stück weitergegangen sein und war allem Anschein nach nicht allein. War das Komos Stimme? Er rief nach Schneider. Darauf folgte ein gutturaler Laut, als ob sich jemand übergeben würde. Clara hielt es keine Sekunde mehr länger auf der Bank aus, sprang auf und folgte den Geräuschen quer durch den Garten. Die buschigen Triebe der Fächerpalmen erschwerten das Fortkommen. Ihr Kleid verhakte sich darin. Dann hörte sie ein Röcheln. Um den Faden, der nun von ihrem Kleid hing, konnte sie sich auch noch später kümmern. Keine zehn Schritte weiter erreichte sie die andere Seite des Wegs und sah Schneider kniend am Boden kauern. Es sah so aus, als hätte er sich tatsächlich gerade übergeben. Komo reichte ihm die Hand, um ihm aufzuhelfen. Schneider griff danach und zog sich an ihm hoch. Dabei fiel er Komo regelrecht in die Arme und suchte Halt an ihm. Komo hatte das Geräusch im Dickicht wohl bemerkt und drehte sich zu ihr um, doch Schneider begann, ihn zu umklammern. Die Hände des Priesters fuhren an Komos Rücken entlang. Wieder warf Komo ihr einen fast schon Hilfe suchenden Blick zu. Dann begann Schneider, Komo am Hals zu streicheln, und er versuchte, seinen Mund zu küssen. Komo stand wie zu Stein geworden da.

»Du bist so schön«, hörte sie Schneider lallen.

Komo stieß ihn mit sanfter Gewalt von sich und sagte: »Ich bringe Sie zurück.«

Ein aussichtsloses Unterfangen, wie sich herausstellte, weil Schneider sich nicht mehr auf den eigenen Beinen halten konnte.

Clara eilte Komo zu Hilfe. »Schneider«, fuhr sie den Torkelnden an. Dies schien ihn für einen Moment zu ernüchtern. Mit verklärtem Blick sah er erst zu ihr, dann zu Komo, bevor er wie eine Marionette, deren Fäden man abgeschnitten hatte, zusammensackte …

Schneider lag immer noch wie tot auf der Ladefläche ihrer Kutsche. Gelegentlich wimmerte er oder murmelte Gebete, die Clara jedoch nicht verstand, weil der Wind und die Räder der Kutsche seine Worte übertönten. Komo sprach während der ganzen Fahrt zurück in die Stadt kein Wort, wofür Clara dankbar war, weil sie ihren eigenen Gedanken nachhing. Was sich wohl Albrecht nun dachte? Gott sei Dank hatte sie einer seiner Bediensteten dabei gesehen, wie sie Schneider, der keinen Schritt mehr gehen konnte, auf die Kutsche gehievt hatten. Es sei ein Notfall, hatte sie ihm erklärt und ihn gebeten, sie bei Albrecht zu entschuldigen. Zumindest war es ihr auf diese Weise möglich gewesen, die Form zu wahren. Bei der Gelegenheit würde er aber auch erfahren, dass sie ihn gemeinsam mit Komo wegbrachte, und sich vielleicht darüber wundern, dass sie keinen Arzt gerufen hatten. Ihn zurück zum Haus zu bringen, hätte Schneider aber nicht nur den Spott der geladenen Gäste eingehandelt, sondern auch noch der Gefahr ausgesetzt, dass er weitere Dummheiten beging und Komo am Ende noch einmal vor allen Leuten um den Hals fiel. Letzteres hatte Clara noch nie bei einem Mann gesehen. Vom Hörensagen wusste sie, dass es vor allem bei Matrosen, die monatelang unter sich auf hoher See zubrachten, gelegentlich zu gleichgeschlechtlicher Liebe kam, doch in Schneiders Fall drängte sich die Überlegung auf, sein Verhalten kurzerhand als Sodomie zu bezeichnen. Clara schauderte bei dem Gedanken, dass Schneider versucht hatte, Komo zu küssen. Arbeitete Komo etwa deshalb bei ihm? Von der sexuellen Freizügigkeit der Hawaiianer und ihrem ganz anderen Körperbewusstsein hatte sie ja bereits gelesen. Am Ende war das hierzulande völlig normal. Prompt musterte sie Komo, der neben ihr auf dem Kutschbock saß und das Gefährt steuerte. Er schwieg. Vielleicht war Schneiders Verhalten aber auch nur dem Alkohol geschuldet. Dagegen sprach allerdings, dass er, vom kühlen Fahrtwind und dem Gerüttel der Kutsche etwas ernüchtert, unentwegt rief: »Herr, vergib mir!«

Clara war jedenfalls froh, als sie endlich die Missionarsstation erreichten, die mitten in der Nacht nicht mehr besetzt war. Schneider saß hinten mittlerweile in aufrechter Position, was aber nicht hieß, dass er sich hätte allein ins Haus begeben können. Clara spürte Komos Widerwillen, Schneider noch einmal zu berühren. Erst als Clara Schneider die Hand reichte, er daraufhin nach vorn kroch und beim Versuch, seine Beine aufrecht auf den Boden zu stellen, scheiterte, griff Komo ihm unter die Arme.

»Es tut mir leid«, wimmerte Schneider. Dabei sah er Komo in die Augen.

»Wo ist Ihr Schlüssel?«, fragte Clara, als sie die Tür erreichten. Sofort fingerte Schneider an seiner Hosentasche herum, war aber immer noch zu betrunken, um den Schlüssel von dort herauszuholen. Clara fasste beherzt hinein, holte einen Bund heraus und öffnete die Tür.

»Dort hinein«, wies Komo sie an, weil er mit den Räumlichkeiten vertraut war.

Die wenigen Schritte bis zu einem kleinen Raum, der offenbar Schneiders Büro war, strengten an. Endlich erreichten sie ein Sofa, auf dem sie den Priester absetzen konnten. Schneider sah aus wie ein Häufchen Elend. Er atmete schwer und war immer noch leichenblass.

»Danke ... Fräulein Clara...«, presste er angestrengt hervor. Dann blickte er zu Komo und sagte erneut: »Es tut mir so leid.«

Komo verzog keine Miene und ging wortlos nach draußen.

»Bitte kein Wort …«, flehte Schneider Clara an.

Sie nickte nur.

»Brauchen Sie noch etwas?«, fragte sie, doch Schneider antwortete nicht mehr. Er war bereits eingeschlafen.

Komo wartete an der Kutsche auf sie. Sein Blick war leer und in die Ferne gerichtet. Clara gesellte sich zu ihm und überlegte, ihn auf den Vorfall im Palmengarten anzusprechen, wagte es jedoch nicht, um Komo nicht in Verlegenheit zu bringen oder gar zu verletzen.

»Er ist kein schlechter Mensch«, fing er von sich aus an. »Aber ich werde nicht mehr hierherkommen.«

Clara nickte. Wer konnte ihm das verübeln?

»Soll ich Sie nach Hause fahren?«, fragte Clara, wenngleich sie gar nicht wusste, wo sein Zuhause war.

»Ich habe ein Quartier ganz in der Nähe«, erklärte er. »Und Sie? Fahren Sie zurück zum Fest?«, wollte Komo wissen.

Alles, bloß das nicht.

»Ich fahre zurück zur Plantage«, antwortete sie.

»Es ist mitten in der Nacht, und Sie müssen durch die Straßen Honolulus«, gab Komo zu bedenken.

»Das schreckt mich nicht«, erwiderte Clara tapfer, weil sie den Weg bereits kannte und nicht damit rechnete, dass um die Zeit überhaupt noch irgendjemand auf dieser Strecke unterwegs war.

»Aber mich«, sagte Komo entschieden, sodass Clara erst gar den Versuch unternahm, sich ihm zu widersetzen …

12 🌺

Vielleicht waren es die Ereignisse der letzten Nacht, die Clara schon vor Sonnenaufgang hatten wach werden lassen. Unter Umständen steckte auch noch der frühmorgendliche Ernterhythmus in ihr, doch angesichts ihres Gasts, der sich vergangene Nacht nicht dazu hatte überreden lassen, in einem der oberen Zimmer zu nächtigen, lag die Ursache dafür auf der Hand. Clara wollte früh aufstehen, um Komo noch zu sehen, bevor er sich eines der Pferde lieh, um damit zurück in die Stadt zu reiten.

Auch bei Yue und Lee im Nebentrakt war es noch finster, wie Clara beim Blick durch ihr Fenster sah. Sie entzündete ein Streichholz und entfachte damit die Petroleumlampe, die auf ihrem Nachttisch stand. Clara nahm sich vor, für Komo zumindest noch einen Kaffee aufzusetzen, bevor er ging.

Nachdem sie die Holzscheite des Küchenherds entzündet hatte, öffnete sie das Fenster und blickte hinüber zur Scheune. Das Tor stand offen. Komo musste also auch schon wach sein. Neugierig suchte Clara die Fläche vor dem Haus nach ihm ab. Das fahle Licht der einsetzenden Dämmerung war nun hell genug, um zu erkennen, dass sich etwas am Wassertrog vor der Scheune bewegte. Clara drehte den Docht der Petroleumlampe herunter, damit sich ihre Augen an das Dämmerlicht gewöhnen konnten. Nach einer Weile erkannte sie Komo, der sich am Trog wusch. Sein Hemd hing, vom Hosenbund gehalten, nach unten. Wie geschmeidig er sich bewegte, als er das Wasser mit den Händen auf seinen nackten Oberkörper schaufelte und dort verteilte. Sein breites Kreuz schien nur aus Muskeln zu bestehen, die bei jeder Bewegung auf seinem Körper tanzten. Clara konnte ihren Blick nicht abwenden. Diesmal musste seine Hand gar nicht auf ihrer liegen, um dieses Kribbeln unter der Haut zu spüren, das ihren ganzen Körper erfasste. Er tauchte seinen Kopf in den Trog und streckte sich dem ersten Licht entgegen, das hinter dem Hügel hervorschien. Obwohl Clara keinen Mucks von sich gab, hielt er mitten in der Bewegung inne und sah zu ihr her. Hatte er etwa ihren schwer gewordenen Atem vernommen?

»Guten Morgen, Clara«, rief er ihr zu.

Komo trocknete sich ab, zog das Hemd an und ging in Richtung der Scheune.

»Ich mach mich auf den Weg«, rief er ihr zu.

»Wenn Sie einen Kaffee wollen. Ich setz gerade welchen auf«, rief sie zurück, woraufhin Komo innehielt und kurz zu überlegen schien, bevor er zu ihr ans offene Fenster ging.

»Ich fürchte, Ihr Haus brennt gleich ab«, sagte er mit Blick auf die Oberkante des Fensters, an der tatsächlich etwas Rauch nach draußen drang. Clara drehte sich um und bemerkte erst jetzt, dass die Flamme ausgegangen war und es aus dem Ofen qualmte. Der Rauch stieg hoch zur Decke und suchte sich von dort den kürzesten Weg zum Fenster.

»Das Holz ist feucht geworden«, rief sie nach draußen, schloss sofort die Ofenklappe und versuchte, mit einem Küchentuch den Rauch aus dem Fenster zu treiben.

Komo war verschwunden. Clara sah hinaus. Sie konnte ihn zwar nirgends sehen, aber dafür hören. Es waren die Geräusche einer Axt, die kraftvoll auf Holzscheite einschlug.

Clara konnte den Ofen gar nicht so schnell reinigen, wie Komo mit einem Bündel trockenem Holz in der Küche stand und es neben dem Ofen ablegte.

»Was essen Hawaiianer eigentlich normalerweise zum Frühstück?«, fragte Clara, während er mit dem Schürhaken das feuchte, angeschmorte Holz aus dem Ofen holte.

»Früchte, Eier, Brot … gelegentlich auch Poi.«

»Poi?«

»So nennen wir einen Brei aus der Tarowurzel. Die Engländer würden es Porridge nennen«, erklärte er.

Komo legte nun das frisch geschlagene Holz in den Ofen und entzündete es mit altem Zeitungspapier – mit Erfolg. Die Flammen loderten auf, und das Holz fing sofort Feuer.

Clara füllte den Wasserkessel auf.

»Was machen Sie normalerweise an freien Tagen?«, fragte sie. Wenn er schon mal gesprächiger war als sonst, musste man das nutzen. Außerdem wuchs die Neugier auf diesen »Wilden«, wie Dole ihn nennen würde, obwohl er sicher zivilisierter war als all diejenigen, die sich hier »Elite« nannten.

Komo wirkte überrascht. Entweder hatte er nicht damit gerechnet, dass Clara ihn das fragen würde, oder es interessierte sich generell niemand der Fremden dafür, was ein Plantagenarbeiter in seiner Freizeit machte.

»Ich fahre mit dem Kanu raus aufs Meer, gehe fischen. Manchmal verbringe ich einen Tag in den Wäldern.«

»Und immer allein?«, fragte Clara. Hoffentlich trat sie ihm mit ihrer Neugier nicht zu nahe.

Komo nickte, ohne weiter darauf einzugehen.

»Nehmen Sie doch Platz«, bot sie ihm an, weil er etwas unbeholfen dastand, nachdem er die Ofenklappe geschlossen hatte.

»Werden Sie hierbleiben?«, fragte er unvermittelt.

»Jeder fragt mich das. Trauen Sie mir etwa auch nicht zu, die Plantage zu führen?«, fragte Clara, als sie den Korb mit Brot auf den Tisch stellte.

»Warum habt ihr Europäer so viele schlechte Gedanken?«,

fragte er. So, wie er es sagte, klang es eher nach einer Feststellung als nach einem Vorwurf.

»Schlechte Gedanken?«

»Ich habe nur gefragt, ob Sie hierbleiben«, stellte er fest. Nun war Clara es, die schwieg. Ihr dämmerte, dass er recht hatte. Sie kannte die Sprache der Hawaiianer nicht, doch sie schien direkter zu sein, ohne Hintergedanken. Clara konnte seine Frage trotzdem nicht beantworten. Die Zeit, bis das Wasser kochte und der Kessel anfing zu pfeifen, reichte jedoch, um ihm zumindest ihre augenblickliche Lage verständlich zu machen.

»Die Ernte ist in den Mühlen. Heinrich meinte, dass sich ein guter Preis erzielen lässt. Damit kann ich die Schulden meines Onkels bezahlen und den Kredit«, sagte sie mehr zu sich selbst, um sich Mut zuzusprechen.

»Sie müssen die Felder neu bestellen. Das ist viel Arbeit. Und dann brauchen Sie Setzlinge. Es dauert einige Monate, bis sie geerntet werden können.«

»Heinrich glaubt, dass etwa ein Drittel der Plantage noch ein bis zwei Ernten hergibt.«

»Damit können Sie die Zeit überbrücken, bis das Zuckerrohr nachgewachsen ist«, sagte Komo.

Clara schenkte ihm Kaffee ein und setzte sich zu ihm. »Wie viele Männer brauche ich zum Ansäen und Jäten der Felder?«, fragte Clara.

»Etwa genau so viel wie zur Ernte.«

»Und die Setzlinge?«

»Manche Plantagenbesitzer ziehen sie selbst. Es gibt aber auch einen Laden in der Stadt, der sie verkauft.«

»Ich hab nicht mehr so viel Geld«, gab Clara zu bedenken.

»Dann ziehen wir sie eben selbst«, sagte er.

Clara stutzte, weil er eben von »Wir« gesprochen hatte.

»Sie wollen mir dabei helfen?«

»Warum zweifeln Sie daran?«, fragte er.

Auch daran musste sich Clara erst noch gewöhnen. Ein einmal gegebenes Wort galt.

»Ich zeige Ihnen, wie es geht«, bot er an.

Clara überlegte, warum ihr der Gedanke, hierzubleiben und die Plantage fortzuführen, immer greifbarer erschien. Es gab keinen Grund, sich selbst zu belügen. Es war auch Komos Nähe, an die sie sich zu gewöhnen begann.

Onkel Theodors Lebenswerk weiterzuführen schien tatsächlich einfacher zu sein als gedacht. Komo hatte ihr während der Kutschfahrt zum noch nicht geernteten Teil der Plantage erklärt, dass die Felder zeitversetzt bewirtschaftet wurden, sodass es nie Jahre ohne Ernte gab. Die gerodeten Felder mussten lediglich mit frischen Setzlingen versehen werden, die schnell anwuchsen. Darunter verstand man Halmstücke aus dem unteren Bereich der Pflanze, die zwei bis vier Knoten aufwiesen. Komo riss einen dieser Triebe ab und zeigte ihn ihr.

»Man legt sie aneinandergereiht in den Boden und bedeckt sie etwas mit Erde. Der Abstand zur nächsten Reihe sollte nicht größer sein als ein bis eineinhalb Meter.«

»Und wie viele Setzlinge kommen in eine Reihe?«, wollte Clara wissen.

»Man wählt den Abstand so, dass man in etwa fünfzehntausend Stecklinge pro Hektar setzen kann, also ungefähr eine Handbreit voneinander entfernt. In ein bis zwei Wochen treiben sie aus, wenn sie genug Wasser bekommen«, erläuterte Komo.

»Es hat nicht mehr geregnet, seitdem ich hier bin …«

»Ihr Onkel hat ein Bewässerungssystem angelegt. Man muss die Gräben nur dementsprechend umlenken«, versicherte er ihr. Dann nahm er den jungen Trieb der Pflanze, ging in die Hocke und schaufelte Erde mit seiner Hand zur Seite. Er setzte die zarte Pflanze fast andächtig ein. Bei allem, was er tat, strahlte er Ruhe aus. Fast zärtlich fuhr er über die fragilen Blätter.

»Es dauert nur ein paar Tage, bis sie Wurzeln haben. Hier an den Knospen treiben die neuen Halme aus. Wenn es viel regnet, dann ist eine neue Reihe in vier bis fünf Monaten wieder geschlossen. In gut neun bis zehn Monaten ist Erntezeit.«

Von dem Steckling, den er gesetzt hatte, schien eine hypnotische Wirkung auszugehen. Aus diesen zarten Pflänzchen würden Stämme mit wuchtigen Blättern werden, die die Plantage mit frischem Grün überziehen sollten. Die Pflanze hatte so viel Kraft, dass Clara glaubte, sie würde auf sie übergehen. Das alles mitzuerleben musste einen mit Stolz und innigster Zufriedenheit erfüllen.

»Also gut …« Clara seufzte.

»Gut?«

»Ich werde mein Glück versuchen. Ich fahre gleich morgen in die Stadt, um Arbeiter zu beschaffen«, versicherte sie ihm.

Clara war sich nicht sicher, ob Komo strahlte, weil sie sich eben tatsächlich dazu entschlossen hatte, die Plantage weiterzuführen, oder weil er Teil des Ganzen sein durfte. Wenn er einen so arglos ansah und dabei lächelte, wusste man nicht, woran man war. Es waren die großen unschuldigen Augen eines Kindes, in denen man nichts weiter als Zuneigung lesen konnte. So direkt, wie er sprach, so direkt spürte man, was er empfand. Clara wünschte, diese Fähigkeit auch zu haben. Stattdessen verbarg sie ihren Wunsch nach Nähe, der immer intensiver wurde, hinter sinnloser, aus Verlegenheit und Unsicherheit geborener Konversation.

»Bleiben Sie noch zum Essen? Aber wenn Sie in die Stadt müssen … Ich kann Sie auch fahren … Das ist einfacher, als wenn Sie wieder jemanden schicken, der das Pferd zurückbringt«, plauderte sie, nur um diesem Moment der Nähe auszuweichen und ihren eigenen Gefühlen für ihn Einhalt zu gebieten.

Komo stand auf. Warum nur hörte er nicht auf, sie so liebevoll anzusehen?

Vergeblich suchte Clara in seinen Augen nach dem Tier, das die Blicke der Männer offenbarten, wenn sie eine Frau begehrten. Warum wich er nicht zurück? Warum empfand sie seine Nähe nicht als aufdringlich, sodass sie selbst einen Schritt zur Seite ging? Clara konnte es nicht. Es fühlte sich so an, als würde sie sich in seinen dunklen Augen verlieren. Er musste merken, dass sie anfing zu beben. Nur einen Schritt oder zwei von ihm weg, und dieses Beben wäre nicht mehr so schlimm, doch ihre Füße wollten Clara nicht mehr gehorchen.

Komo tastete nach ihrer Hand, ohne seinen Blick von ihr abzuwenden.

Clara musste sie einfach ergreifen, sie halten. Dann fing er an, sie zu streicheln, ganz sanft, als ob sie selbst einer dieser fragilen Setzlinge wäre, die er vorhin gepflanzt und liebkost hatte. Clara spürte ihr Herz in den Schläfen pochen. Wenn dieser Moment doch nur nie vorbeigehen würde.

Mit der anderen Hand fuhr er ihr durchs Haar. Er trat näher an sie heran, und sein Mund näherte sich ihrem. Komos Oberkörper berührte ihre Brüste. Ein Schauer fuhr ihr bis in den Unterleib. Dann berührten seine Lippen die ihren. Sie waren weich, schmeckten salzig, nach ihm. Es war das erste Mal, dass sie einen Mann auf diese Weise spürte. Nun war sie es, die Begierde empfand, den Wunsch ihn noch näher zu spüren, ihn nicht mehr loszulassen. Ihm ging es zweifelsohne genauso, weil er seinen Unterleib an ihren presste. Er hörte nicht auf, sie zu streicheln und zu küssen. Endlos. War das die Kunst der Liebe, die man dem Naturvolk nachsagte?

»Hör nicht auf«, wisperte sie, doch er löste sich abrupt von ihr, als sie das Geräusch einer sich nähernden Kutsche vernahmen.

Clara trat hinter der grünen Wand aus Zuckerrohr hervor, um nachzusehen. Das gerodete Feld erlaubte es nun, weit in die Ferne zu blicken. Kein Zweifel. Es war die Kutsche von Albrecht. Clara fuhr der Schreck augenblicklich in die Glieder. Was wollte er hier?

»Albrecht«, sagte sie nur an Komo gerichtet.

Komo riskierte nun auch einen Blick durch die Halme.

»Es ist nicht gut, wenn er mich hier mit dir sieht«, sagte er.

Wollte Komo sie nur nicht in Schwierigkeiten bringen oder dachte er am Ende sogar, dass sie an einer Bindung mit Albrecht interessiert war und der Kuss nichts zu bedeuten hatte?

»Warum?«, fragte sie frei heraus, weil sie im Moment nichts so sehr beschäftigte.

»Er empfindet viel für dich«, stellte er fest, was Clara nicht überraschte. Albrecht hatte sie ja wie ein Schmuckstück auf dem Ball zur Schau gestellt.

»Ich bleibe in der Nähe«, sagte er und verschwand zwischen den Zuckerrohrhalmen, um sich darin vor Albrechts Augen zu verbergen.

Clara holte tief Luft, um sich wieder zu beruhigen. Kurz bevor die Kutsche sie erreichte, ging Clara in die Hocke, um den Eindruck zu erwecken, dass sie sich um den Setzling kümmerte.

»Clara …«, rief Albrecht zu ihr herunter. Dann stieg er ab und ging zu ihr.

»Albrecht … So eine Überraschung …«, rang sie sich ab. »Was verschafft mir die Ehre Ihres Besuchs?«

»Ich wollte nach Ihnen sehen und mich vergewissern, dass der Grund Ihres plötzlichen Aufbruchs nicht vielleicht doch auf eine Verstimmung zurückzuführen ist, die ich hervorgerufen haben könnte.«

»Ganz gewiss nicht«, sagte Clara wahrheitsgemäß.

»Wie geht es Schneider? Er hatte wohl ordentlich einen über den Durst getrunken«, erkundigte sich Albrecht.

»Er war bereits in besserer Verfassung, als wir ihn gestern zurück zur Mission gebracht haben.«

»Ich habe Komos Dienste an diesem Abend vermisst«, sagte er und sah sie dabei fragend an.

»Er war rein zufällig zur Stelle. Außerdem kennt er die Mission.« Clara ärgerte sich darüber, dass sie sich Albrecht gegenüber eben gerechtfertigt hatte, obwohl dazu überhaupt kein Grund bestand. Hoffentlich machte ihn das nicht misstrauisch.

»Ja, richtig. Er übersetzt ja für ihn.«

Erst jetzt schien Albrecht den Setzling zu registrieren. »Wie ich sehe, üben Sie sich bereits im Pflanzen der Felder«, sagte er mit einem Hauch von Ironie, der Clara ganz und gar nicht gefiel.

»Jeder fängt einmal klein an«, gab sie dementsprechend trotzig zurück.

»Sie werden die Plantage weiterführen?«, vergewisserte er sich.

»Das bin ich Onkel Theodor schuldig. Außerdem finde ich Gefallen an dieser Art von Arbeit.«

Albrecht nickte in einer Mischung aus Enttäuschung und Verständnis, die typisch für seine unentschlossene Haltung war. Noch einmal sah er auf die Setzlinge.

Clara wurde es augenblicklich heiß. Erst jetzt bemerkte sie die Spuren von groben Stiefeln. Es waren Komos Fußspuren.

Albrechts Blick fixierte sie für einen Moment. In ihm schien es zu arbeiten. Was ihm gerade durch den Kopf schoss, war naheliegend. »Sie haben ja bereits einige wichtige Allianzen geschlossen«, deutete er an und meinte damit zweifelsohne auch die Fußspuren.

»Ich bin hier fertig. Darf ich Sie auf einen Tee ins Haus bitten?«, fragte sie nur der Form halber, weil sie sich insgeheim nichts sehnlicher wünschte, als dass er möglichst schnell wieder verschwand.

»Ein andermal gerne. Es ist beruhigend, mich vergewissert zu haben, dass Sie wohlauf und offenbar in guten Händen sind«, sagte er mit Blick auf die Fußspuren.

Clara ignorierte die allzu offensichtliche Andeutung geflissentlich. »Das stimmt. Yue und Lee kümmern sich rührend um mich.«

»Die Chinesen verstehen sich neuerdings auch im Zuckerrohranbau. Wie sich die Zeiten doch ändern.« Albrechts Spiel war Clara zuwider. Sie gehörte ihm nicht, insofern war seine Ironie absolut fehl am Platz.

Clara nickte daher, als wenn seine Feststellung das Selbstverständlichste der Welt wäre. Dass Albrecht aufgebracht war, konnte sie spüren. Er sah hinüber zum Feld, als ob er wüsste, dass sich Komo darin verstecken würde. Clara wagte es nicht, sich umzudrehen, war sich aber sicher, dass Komos Fußspuren dorthin verliefen und Albrecht sie gesehen hatte.

»Selbstverständlich werde ich Sie in Ihrem Vorhaben weiterhin unterstützen«, sagte er nun eine Spur förmlicher als gewohnt. Dass sie seine Unterstützung eben verloren hatte, war nun klar. Das konnte man an seinem verhärmten Gesicht ablesen.

»Sie wissen, wie sehr ich Ihre Freundschaft und Hilfe zu schätzen weiß«, sagte Clara, um unmissverständlich klar zu machen, dass er sich nie mehr hätte erhoffen dürfen.

Albrecht nickte. »Auf bald, Fräulein Clara«, sagte er nur, drehte sich um und ging zurück zu seiner Kutsche.

Obwohl Clara wusste, dass sie nun auch noch Albrecht verstimmt hatte, schenkte sie ihm ein aufrichtiges Lächeln zum Abschied. Es war trotz alledem ein freundschaftliches Lächeln, das er jedoch nicht erwiderte.

Clara wusste nicht, was sie wütender auf Albrecht machte: sein Verhalten oder weil er ihr einen der schönsten Momente ihres Lebens kaputt gemacht hatte. Immerhin verblieb das Gefühl der Nähe, das sie für Komo empfand, der sie immer noch im Arm hielt, auch als Albrechts Kutsche längst nicht mehr zu hören war und sich die Staubwolken verzogen hatten.

»Er wird versuchen, dir zu schaden«, mutmaßte Komo auf ihrem Weg zurück zur Plantage.

»Vielmehr sein Vater. Er hat mir angeboten, die Plantage zu kaufen«, erwiderte sie.

»Jetzt verstehe ich, warum Knut mich gestern Nachmittag danach gefragt hat«, sagte Komo.

»Was wollte er wissen?«

»Wie ich die Plantage einschätze, was sie abwirft.«

»Was hast du ihm gesagt?«

»Wenn ich gewusst hätte, dass du bleibst, hätte ich ihm erzählt, dass der Boden nicht mehr so viel hergibt. Ich glaube, er hatte deinem Onkel schon ein Angebot gemacht. Das weiß ich von einem meiner Arbeiter. Den hat er hergeschickt.«

Clara wunderte das nicht. Jede Hilfsbereitschaft hatte anscheinend ihren Preis. Und welchen Preis musste Komo bezahlen, wenn er ihr weiterhin half?

»Ich möchte nicht, dass du meinetwegen Schwierigkeiten bekommst«, hielt Clara fest. Hoffentlich fasste er es nicht so auf, dass sie es für besser hielt, sich nicht mehr zu sehen.

»Ich mache meine Arbeit. Bisher hat Albrecht sie geschätzt«, erwiderte Komo. Clara war erleichtert darüber, dass er ihre Frage nicht dahingehend interpretiert hatte. Dass ihn die Situation trotz seiner nach außen zur Schau gestellten Ruhe trotzdem belastete, bewies der Umstand, dass er so lange schwieg, bis sie zurück auf der Farm waren. Spätestens als er ihr von der Kutsche half und sie ungewollt in seinen Armen landete, schien seine Anspannung aber verflogen. Es genügte, ihn nur für einen kurzen Moment zu spüren, seine Haut zu riechen und seinen Atem, um auch sie alles vergessen zu lassen, was sie belastete.

»Fahr nicht«, sagte Clara ohne Umschweife, ob schicklich oder nicht, ob mögliche Blöße oder unfeines Benehmen. Es war ihr egal. An seiner Seite fiel es leicht, das zu sagen, wonach ihr war.

Sein Einvernehmen untermalte Komo zunächst mit einem sanften Lächeln. Dann fuhr er ihr über die Wange und durch das Haar. »Ich möchte dich spüren, Clara. Ganz nah …«, raunte er ihr ins Ohr.

Clara erschrak über sich selbst. Sie wollte es ebenso, hatte jedoch Angst davor, auch wenn sie sich seiner Zärtlichkeit sicher sein konnte und sich im Moment nichts sehnlicher wünschte.

»Was ist?«, fragte Komo. Er musste gespürt haben, dass sie verkrampfte und anfing zu zittern.

»Ich weiß nicht, ob ich das schon kann…«, sagte sie fast flehend.

»Was? Ich erwarte nichts von dir, Clara«, versicherte er ihr.

Würde es nicht auf das Gleiche hinauslaufen, was sie mit Ernst erlebt hatte? Komo war ein Mann. Es würde wieder wehtun.

Komo sagte nichts mehr. Er nahm sie nur noch fester in den Arm. Sein Körper wärmte sie, löste ihre innere Anspannung. »Ich bring dich zum Haus«, sagte er dann, löste sich von ihr und reichte ihr nur die Hand, die sie aber nicht ergreifen konnte. Clara irritierte zugleich, wie unbefangen er mit der Situation umging. Kein enttäuschter Blick, kein Drängen, noch nicht mal ein weiterer Versuch, ihr nahe zu kommen. Genau deshalb ergriff sie seine Hand nun doch, die sich nun anfühlte wie die eines Freundes, der sie lediglich nach Hause brachte. Hatte er sie nicht gefragt, warum die Europäer immer schlecht über alles Mögliche dachten? Dabei unterstellte sie Komo noch nicht einmal etwas Schlechtes. Beängstigend war nur die Ungewissheit, was passieren würde, wenn sie auf seine Zärtlichkeiten einging. Sein Verhalten entsprach ganz und gar nicht dem, was sie von einem Mann erwartete, was sie von Männern vom Hörensagen wusste. Würde er nochmals in der Scheune schlafen? War es nicht besser, wenn sie ihren Gefühlen für ihn keinen freien Lauf ließ? Es trennten sie nur noch wenige Schritte bis zum Haus ihres Onkels.

Yue kam mit einem Krug aus dem Haus und ging zum Brunnen. Sie winkte ganz unbefangen zu ihnen hinüber. Was würden sie denken, wenn sie ihn ins Haus bat? Allein schon, dass sie über diese Möglichkeit nur nachdachte, steigerte ihr Unbehagen. Die Tür war erreicht. Schlagartig packte sie die Erinnerung an seinen Kuss. Das Verlangen, ihn erneut zu spüren, diesen wunderschönen Moment noch einmal zu erleben, überwog einfach alles. Die Welt konnte untergehen. Es wäre ihr egal. Clara musste ihm gar nichts sagen. Er konnte es in ihren Augen lesen. Bevor er eintrat, schien er sich in ihnen zu vergewissern, ob Clara es wirklich wollte. Nun nahm sie seine Hand und führte ihn wortlos nach oben. Komo zog sie an sich, als sie in ihrem Schlafgemach angelangt waren. Claras Sehnsucht nach seinen Küssen fand dort Erfüllung, weil er diesmal nicht aufhörte, sie zu küssen und sie zu berühren, sie Stück für Stück zu entkleiden, ohne Hast. Clara fasste sich ein Herz und knöpfte sein Hemd auf, küsste ihn auf die Brust, auf seinen Bauch. Komo stöhnte wohlig auf, nahm sie in die Arme und bettete sie neben sich. Clara merkte, wie ihre Hüften ihm entgegenfieberten. Er streifte seine Hose von sich und lag nackt vor ihr, völlig unbefangen, obwohl sie seine Männlichkeit sehen konnte. Erst schmiegte er sich an sie, küsste sie wieder und wieder am ganzen Körper. Dann legte er sich auf sie. Clara schloss die Augen und spürte, wie sich ihre Körper ineinander verwoben. Jeder Teil von ihm war begehrenswert. Er ließ seine Hände auf ihrem ganzen Körper umherwandern. Sie tat es ihm gleich, erkundete seine Muskeln, die sich immer mehr anspannten. Mit jeder Berührung wurde ihr heißer. Als er seine kräftigen Schenkel an ihre drückte, glaubte Clara, innerlich zu verglühen, lustvoll und ohne Schmerz. Dann drang er in sie ein. Noch mehr Nähe, die so schön sein konnte. Clara umklammerte seinen Rücken und tauchte ein in Wellen der Lust, die immer höherschlugen. Clara hatte das Gefühl, in einem Meer aus Liebe zu versinken.

13

Gab es etwas Schöneres, als morgens von einem Kuss geweckt zu werden, und, während man sich rekelte, die Gewissheit zu haben, dass jemand neben einem lag, dessen Nähe man gerne spürte? Clara kannte dieses Gefühl innigster Geborgenheit nur aus ihrer Kindheit, als sie auf dem Schoß der Mutter gesessen hatte, und doch fühlte es sich anders an. Es hatte etwas gänzlich Neues, weil es viel weiter reichte. Ihre Mutter war einfach nur für sie da gewesen, und sie konnte sich in ihren schützenden Schoß fallen lassen. Die Nähe zu Komo ergab sich jedoch nicht nur, weil sie in seinen Armen Halt und Schutz fand. Es fühlte sich vielmehr so an, als seien sie immer noch ineinander verwoben. Ein Teil von ihm schien auf sie übergegangen zu sein. Auch wenn er von ihr abließ, sie seine Lippen nicht mehr an den ihren spürte, seine Hände ihre Haut nicht mehr zum Glühen brachten, hatte sie das Gefühl, eins mit ihm zu sein. Am liebsten hätte Clara ihm dies alles mitgeteilt, doch sie wagte es nicht. Ein Mann, der sie so unbefangen und ohne jegliche Scham lieben konnte, der die Augen eines Kindes hatte und sie auf diese unschuldige Weise anlächelte, würde sie vielleicht nicht verstehen. Sofort erschrak Clara über ihren Gedanken. Verfiel sie nicht genau wie alle anderen dem Bild der primitiven Wilden? War sie am Ende nicht besser als ein Sanford Dole? Aber hatte Komo sie denn nicht über Nacht auch zu einer Primitiven gemacht, die sich ihm wollüstig hingegeben hatte?

»Was ist, Clara?« Komo musste eben aufgewacht sein und spüren, dass sie angespannt war. Das legte sich auch nicht, als er behutsam anfing, sie am Bauch zu streicheln, als ob er dort erkunden wollte, wo ihr Problem lag.

»Nichts«, sagte sie, auch wenn sie sich dabei gleich noch viel unwohler fühlte. Wenn sie zu einem Menschen ehrlich sein konnte, dann zu ihm. Trotzdem brachte sie keinen Ton heraus.

Er fragte auch nicht weiter nach, sondern legte seinen Kopf auf ihren Bauch, ungefähr dort, wo ihr Nabel war. Er schloss die Augen und schien tatsächlich zu lauschen. »Du machst dir zu viele Gedanken, Clara«, flüsterte er.

Clara seufzte kaum hörbar.

»Du denkst über uns nach und fragst dich, ob die Nacht ein Fehler war«, schlussfolgerte er.

»Nein.« Diesmal war ihre Antwort ehrlich, aber das überraschte ihn. »Ich hab es mir nur ganz anders vorgestellt ... nicht so schön ... und ...«

»Es war schön.« Komo sah ihr nun direkt in die Augen. »Aber was ...?«

Bei ihm fühlte sie sich sicher. Warum also nicht aussprechen, was ihr durch den Kopf ging.

»Ich fühl mich so frei und dir trotzdem so nah, als wären wir eins und zugleich ...«, fing Clara an. Sollte sie ihm wirklich gestehen, dass sie sich über sich selbst wunderte, dass sie die körperliche Liebe in dieser Unbefangenheit, wie man sie nur den Naturvölkern nachsagte, so sehr genossen hatte?

»Jetzt sag schon«, insistierte er.

An sich redete man nicht über solche Dinge mit einem Mann, doch er war kein gewöhnlicher Mann. Das löste ihren Kloß im Hals dann doch. »Ich glaube, die meisten Frauen in meiner Heimat sehen ihren Mann nie, wie Gott ihn schuf, wenn sie sich lieben.«

Komo lachte.

»Du nimmst mich nicht ernst. Es ist wirklich so«, protestierte sie.

»Aber wie macht ihr dann Kinder?«, fragte er amüsiert.

»Die meisten bleiben am Körper angezogen«, erklärte Clara.

»Das sind ja Gebräuche bei euch. Mir gefallen unsere Gebräuche aber besser«, sagte er.

Clara wollte dem schon zustimmen, doch das wagte sie immer noch nicht.

»Zeit aufzustehen«, sagte er unvermittelt.

»Jetzt schon?« Clara wäre am liebsten den ganzen Tag und die ganze folgende Nacht so neben ihm liegen geblieben.

»Du wolltest doch in die Stadt. Du brauchst Arbeiter«, sagte er.

»So was nennt man bei uns zu Hause preußische Disziplin«, sagte Clara und stöhnte in Gedanken an die alte Heimat.

»Preußisch …? Ach, du meinst, die Leute, die eine Haube mit einer Spitze tragen.«

Clara nickte. Dass es sich dabei um eine Pickelhaube handelte, damit verschonte sie ihn. »Nur noch einen Kuss«, forderte sie.

Dass er da nicht widersprach, wunderte Clara keineswegs.

Von den primitiven Wilden, wie die Weißen sie nannten, konnte sich so manch deutscher Junggeselle eine Scheibe abschneiden. Es schien hier auf Hawaii ganz üblich zu sein, dass auch der Mann in der Küche Hand anlegte. Vielleicht lag das aber auch nur daran, dass Komo ihr so nah wie möglich sein wollte. Letztlich war aber alles wieder ganz anders, als sie es sich dachte. Komo hatte ihr beim Verzehr des Frühstücks auf Nachfrage erklärt, warum er so gut in der Küche zurechtkam.

»Das Kapu hat den Frauen verboten, für Männer zu kochen.«

»Kapu?«, fragte Clara nach.

»Es war tabu. Sie durften auch nicht gemeinsam mit ihnen essen«, erklärte er.

»Das ist der Grund, warum die hawaiianischen Männer kochen können?«

»Kann schon sein, aber ein paar Eier in die Pfanne schlagen kann wohl jeder«, erwiderte er, als er den letzten Bissen mit etwas Brot zu sich genommen hatte.

»Und ist es auch ein Kapu, wenn der Mann der Frau beim Abwasch hilft?«

»Das bringt Unglück«, sagte er prompt mit finsterer Miene und so überzeugend, dass Clara um ein Haar darauf hereingefallen wäre. Es brachte gewiss kein Unglück, auch nicht, dass sie gemeinsam die Pferde versorgten und sie vor die Kutsche spannten.

»Wie lange bleiben Sie fort?«, fragte Yue nach, die sich genau wie Lee den ganzen Morgen in diskreter Zurückhaltung geübt hatte.

»Bestimmt den ganzen Vormittag«, sagte Clara.

»Ist es Ihnen recht, wenn ich nach dem Haus sehe?«

Clara amüsierte die Frage. Yue sah jeden Vormittag nach dem Haus, räumte auf, wischte die Böden oder kümmerte sich um die Wäsche. Weil sie es nicht wagte, zu Komo aufzublicken, der bereits auf dem Kutschbock saß, war ihre Frage umso durchschaubarer.

»Natürlich, Yue. Es hat sich doch nichts geändert«, versuchte Clara, sie zu beruhigen. Ein erleichtertes Lächeln zeigte sich auf Yues Gesicht. Dabei hatte sich sogar sehr viel verändert, überlegte Clara. Sie hatte sich in einen Hawaiianer verliebt, und der drängte nun zur Eile.

»Clara. Soll ich ohne dich fahren? Ich muss zur Arbeit.«

Clara sah der Fahrt in die Stadt mit gemischten Gefühlen

entgegen. Die Leute würden reden. Und die ersten interessierten Blicke ließen nicht lange auf sich warten, als sie die Innenstadt erreichten. Komo schien sie gar nicht zu registrieren. So, wie sie ihn einschätzte, kümmerte er sich sowieso nicht darum, was die Leute dachten oder redeten. Solange niemand von Albrechts Bekannten aus der Gesellschaft sie sah, würde Komo auch nicht in Schwierigkeiten geraten. Letzteres erwies sich jedoch als unvermeidlich, weil Komo sie gebeten hatte, ihn beim Hafen abzusetzen. Albrechts Ernte wurde an diesem Tag verladen. Den neugierigen Blicken seiner Arbeiter mussten sie sich also zwangsläufig aussetzen.

»Hoffentlich erzählen sie nicht herum, dass ich dich hergebracht habe«, sagte Clara.

»Sie interessieren sich nur für die hübsche Frau auf der Kutsche«, erwiderte Komo amüsiert, doch dann fror seine Miene sichtlich ein.

In dem Getümmel am Hafen hatte Clara Albrecht erst gar nicht gesehen. Er stand an der Reling eines Segelschiffs und sah zweifelsohne zu ihnen her. Auch wenn man seinen Blick auf die Distanz nicht einschätzen konnte, so genügte bereits die Interpretation seiner Körperhaltung, um zu wissen, was gerade in ihm vorging. Er stand nur regungslos und wie versteinert da. Einer der Arbeiter an Bord rief nach ihm, doch er reagierte nicht.

Komo reichte Clara die Zügel und stieg wortlos von der Kutsche. »Wann sehen wir uns wieder? Noch heute?«, fragte er. »Ich kann ein Pferd besorgen und zu dir kommen, wann immer du willst …«

»Wenn dir der Weg nicht zu weit ist …«, erwiderte sie und schmunzelte.

»Wie könnte mir der Weg zu dir zu weit sein?« Clara sah ihm an, dass er sie am liebsten auf der Stelle in den Arm genommen hätte. Ihr ging es nicht anders, aber man musste Albrecht nicht über Gebühr provozieren. Dementsprechend nüchtern war der Abschied. Clara wagte es nicht, ihm hinterherzusehen, um Albrecht nicht noch mehr Futter zu geben. Kaum hatte sie die Zügel in der Hand, ärgerte sie sich darüber, dass Albrechts Befindlichkeiten ihr Handeln beeinflussten. Sollte er doch denken, was er wollte. Ihre Liaison mit Komo geheim zu halten, kam nicht infrage, weil es auch gänzlich sinnlos wäre. Früher oder später mussten sich alle damit abfinden, dass sich die neue Zuckerrohrbaronin in einen Einheimischen verliebt hatte.

»Geschäft ist Geschäft«, hatte ihr Vater stets gesagt, wenn es persönlichen Ingrimm zwischen ihm und Lieferanten oder Kunden gegeben hatte. »Man muss immer einen kühlen Kopf bewahren«, war in schwierigen Situationen seine Maxime gewesen. Clara versuchte es, denn seine Theorie, dass persönliche Dinge letztlich keine Rolle spielten, wenn es darum ging, ein für beide Seiten lukratives Geschäft abzuschließen, schien hier auf Hawaii keine Gültigkeit zu haben.

»Im Moment ist Erntezeit. Ich kann Ihnen ein gutes Dutzend Männer organisieren«, sagte Heinrich, und dies hatte zunächst noch sehr vielversprechend geklungen. »Aber das wird nicht reichen«, fügte er dann hinzu, und das trübte die Hoffnung, die Plantage möglichst bald wieder zu bepflanzen, etwas ein.

Mehr Arbeiter konnte er ihr nicht verschaffen. Es hatte sich trotzdem gelohnt, sich bei den Arbeitern nach Heinrich durchzufragen. Wenn er nicht gerade mit dem Be- oder Entladen von Fracht und der Abwicklung von Formalitäten beschäftigt war, traf man ihn entweder im Hafenbüro an oder bei einer Anlaufstelle für Arbeiter und Neuankömmlinge, die sich unweit des Hafenbüros und eines Heims für Matrosen befand.

Das Eckgebäude beherbergte im Erdgeschoss eine kuriose Mischung aus Jobbörse und Hafenkneipe. Genau dort führten sie ihre Unterredung.

»Wenn Sie noch jemanden finden, dann hier. Am besten, Sie fragen Jenkins«, sagte Heinrich und blickte hinüber zu einem hageren Mann, der an einem der hinteren Tische saß und so aussah, als würde ihn Gevatter Tod bald küssen. »Ich werde am Hafen gebraucht.« Heinrich war offenkundig in Eile. Drei Männer warteten am Ausgang bereits auf ihn. »Vielleicht kann Hoffmann Ihnen noch einmal aushelfen«, schlug er noch vor, bevor er ging.

Er konnte ja nicht ahnen, dass sie auf Albrechts Hilfe bestimmt nicht mehr zählen konnte. Nun plötzlich allein unter einem guten Dutzend stachelbärtiger, rauer Männer zu sein, die an Tischen ihr Bier tranken, fühlte sich im Nu bedrohlich an. Clara glaubte, sich zu erinnern, dass die Männer ihr während des Gesprächs mit Heinrich gar keine große Beachtung geschenkt hatten, doch anscheinend war man als Frau, die nicht in Begleitung eines Mannes war oder sich zumindest mit einem unterhielt, plötzlich Freiwild, das man begaffen konnte.

»Hübsches Fräulein. Trink ein Bier mit mir«, rief einer der Männer ihr zu.

Clara ignorierte ihn und ging geradewegs zu Jenkins. Erst jetzt bemerkte sie, dass ein junger Mann in dicken Wollhosen und einem Hemd aus schwerem Stoff vor ihm saß. So warm, wie er angezogen war, konnte er noch nicht lange hier sein.

Jenkins musterte sie nur kurz, bevor er etwas in eine seiner Listen kritzelte, die vor ihm auf dem Tisch lagen. Clara setzte sich auf einen der freien Stühle und nahm sich vor, geduldig zu warten.

»Wie heißt du, Junge?«, fragte Jenkins den jungen Lockenkopf auf Englisch.

»Tiago Campos.«

»Vierzehn Dollar im Monat«, bot er ihm an.

»Die anderen haben sechzehn bekommen«, sagte der junge Mann in gebrochenem Englisch.

»Die sind kräftiger gebaut«, erwiderte Jenkins schroff. »Jetzt unterschreib, sonst wirst du hier im Armenhaus enden«, forderte er den jungen Mann auf.

Am liebsten hätte Clara ihn gleich abgeworben, denn sie hatte allen Arbeitern ebenfalls sechzehn Dollar bezahlt.

Der junge Mann griff nach der Feder und kritzelte seine Unterschrift unter das Papier, das ihm Jenkins hinhielt.

»Beeil dich, die Barke legt bald ab«, sagte er ihm im Befehlston.

Jenkins hatte den jungen Kerl offenbar so eingeschüchtert, dass dieser ihm auch noch dankte.

»Jetzt beeil dich. Deine portugiesischen Walfänger-Kumpane fahren sonst ohne dich nach Kauai«, ermahnte ihn Jenkins.

Der Junge schnappte sich seine Mütze und eilte hinaus.

»Wenn das so weitergeht, dann wird aus Hawaii noch eine portugiesische Kolonie«, sagte er mehr zu sich, sah Clara dabei aber an. Seine Augen wirkten kalt, was nicht an ihrer grauen Färbung lag. Seine Lippen schienen blutleer zu sein. Clara war aufgefallen, dass er sie schon während des Gesprächs mit dem jungen Portugiesen ständig zusammengepresst hatte.

»Sie suchen Arbeiter?«, kam er gleich zum Punkt, nachdem Clara vor seinen Tisch getreten war.

»In der Tat. Heinrich Vogt hat mir geraten, bei Ihnen vorstellig zu werden«, sagte sie und stellte sich vor: »Clara Elkart.«

»Ich weiß, wer Sie sind«, erwiderte er mit unverkennbarem Hohn in der Stimme. Abermals presste er die Lippen aufeinander, bis sie zu schmalen Strichen wurden. Während er sie musterte, zog er an seinen eng anliegenden Hosenträgern, nur um sie immer wieder an seinen Brustkorb schnalzen zu lassen. Mit einer eher abfälligen als einladenden Geste gab er ihr zu verstehen, Platz zu nehmen.

Clara setzte sich und hoffte, dass diese Konversation möglichst kurz und schmerzlos hinter sich zu bringen war.

»Nun … Im Moment mangelt es an Arbeitern …«, fing er an.

»Es kommen doch wöchentlich Einwanderer aus aller Welt«, entgegnete sie.

»Die meisten, weil man sie in ihrer Heimat angeheuert hat«, erklärte er.

»Und was ist mit all den Leuten, die auf gut Glück hierherkommen? Chinesen … die Portugiesen … wie dieser junge Mann, der bis eben offenbar noch keine feste Anstellung hatte.«

»Die Nachfrage ist groß.«

»Ich zahle sechzehn«, sagte Clara knapp.

Jenkins stieß einen amüsierten Laut aus, der etwas Verächtliches an sich hatte.

Jetzt reichte es aber.

»Wenn Sie mir keine Arbeiter vermitteln wollen, dann sagen Sie es doch frei heraus«, forderte sie ihn heraus.

»Ich trage Verantwortung … Wer weiß, wie lange Sie noch hier sind …«, deutete Jenkins an.

»Sie denken, dass ich es als Frau nicht schaffe«, mutmaßte Clara, doch da täuschte sie sich.

»Man sagt, Sie stehen auf der falschen Seite«, sagte er in aller Deutlichkeit.

Clara konnte sich denken, welche Seite er meinte. Die Amerikaner kannten sich alle untereinander, zumindest all diejenigen, die etwas mit dem Anbau von Zuckerrohr zu tun hatten. Clara wollte sich trotzdem vergewissern. »Und Sie stehen auf der Seite von Dole, nehme ich an. Nur woher wissen Sie eigentlich, dass das die richtige Seite ist?«

Jenkins Miene verfinsterte sich. Seine sowieso schon schmalen Lippen waren nur noch zu vermuten.

Brüsk stand Clara auf. »Einen schönen Tag noch, Mister Jenkins.«

»Ihnen auch, Fräulein Elkart«, kam es höhnisch zurück.

Wieder ein Feind mehr.

Clara wäre es früher nicht im Traum eingefallen, fremde Männer anzusprechen, noch dazu in einer Hafengegend, doch es blieb ihr nichts anderes übrig. Das Ergebnis hatte sich als niederschmetternd erwiesen. An Jenkins kam anscheinend niemand vorbei, wenn es um Fragen der Rekrutierung ging. Gerade mal zwei etwas ältere Arbeiter hatten vorgeschlagen, ihr an den Wochenenden aushelfen zu können. Dummerweise waren es Leute von Albrecht, die wahrscheinlich nur deshalb ihre Hilfe angeboten hatten, weil sie sich an sein Engagement beim Einbringen ihrer Ernte erinnerten und nichts von ihrem Zwist wussten. Spott, Hohn und die üblichen Sprüche, die Hafenarbeiter einer Frau gelegentlich zuwarfen, berührten sie schon gar nicht mehr. Einzig positive Bilanz des Herumstreunens an den Hafenstegen war das Wissen um zwei weitere in Bälde hier einlaufende Barken, die angeblich Portugiesen, aber auch Asiaten an Bord haben würden. Genaueres wusste noch nicht einmal das Hafenbüro. Selbst Heinrich hatte keine Ahnung. Also konnte man davon ausgehen, dass es Einwanderer waren, die noch keinen Vertrag hatten und somit in Jenkins Fängen landen würden. Für heute konnte sie nichts mehr tun, außer sich bei Dexter nach Pflügen zu erkundigen. Onkel Theodor hatte nur einen in der Scheune stehen. Damit würden sie nicht weit kommen.

»Ah, Fräulein Elkart«, begrüßte sie Dexter, diesmal die Freundlichkeit selbst. Wer in bar bezahlte, hatte anscheinend schnell einen guten Ruf, ob Frau oder nicht. »Was kann ich für Sie tun?«, fragte er. Die andere Kundschaft, zwei Männer in Farmerkluft, schienen ihn schon gar nicht mehr zu interessieren.

»Ich brauche Pferde und Pflüge«, erläuterte Clara.

»Verstehe … Sie wollen die Felder also neu bewirtschaften«, stellte er fest, obwohl er sie dabei fragend und etwas ungläubig ansah.

»Tut man das nicht für gewöhnlich nach einer erfolgreichen Ernte?«, fragte sie.

»Gewiss, gewiss …«, erwiderte er zwar wie aus der Pistole geschossen, aber seine nachdenkliche Miene sprach eher dafür, dass dies alles andere als »gewiss« für ihn war. Trotzdem ging er zum Tresen und schaute in seine Bücher, die Clara schon vom Verleih der Kutschen her kannte.

»Für welchen Zeitraum?«, fragte er.

»So schnell wie möglich.«

Dexter fing an, hektisch in seinen Terminbüchern herumzublättern.

Clara blickte über den Tresen hinweg mit hinein, was ihr einen vorwurfsvollen Blick einhandelte.

»Das wird schwierig. Zumindest für die nächsten Wochen«, log er ganz offensichtlich, weil Clara gesehen hatte, dass es so gut wie keine Einträge auf den eben durchgesehenen Seiten gab.

Fing er jetzt etwa auch noch an, sie zu boykottieren? Sein betretener Blick sprach eindeutig dafür. Er war ebenfalls englischsprachig und konnte somit der amerikanischen Fraktion zugerechnet werden. Man musste nur eins und eins zusammenzählen. Doch warum um den heißen Brei herumreden und spekulieren? Dexter war simpel gestrickt. Es müsste herauszubekommen sein, was hier vor sich ging und wer hinter dem Boykott steckte.

»Meinen Sie, es wäre hilfreich, wenn ich noch einmal mit Sanford rede? Wir haben unsere dumme und sicher dem Wein geschuldete Meinungsverschiedenheit schon längst bei einer Tasse Tee beigelegt«, sagte sie ohne Umschweife. Sie vermied es bewusst, den Familiennamen dieses Unsympathen auszusprechen, der sich anscheinend vorgenommen hatte, die »Royalistin« in die Knie zu zwingen. Sollte Dexter ruhig glauben, dass sie mittlerweile per Du mit dem Weißbart war. Vielleicht steckten aber auch Knut Hoffmanns wirtschaftliche Interessen dahinter, doch Dexters Reaktion war unmissverständlich. Seine Miene entkrampfte sichtlich.

»Sicher … Mr Dole … Sie meinen doch Mr Dole?«, vergewisserte er sich. »Also, wenn Mr Dole …«, versuchte Dexter fortzufahren, doch Clara fiel im gleich scharf ins Wort.

»Mr Dole!«, sagte sie abschätzig und voller Hohn.

Dexter zuckte regelrecht zusammen. Diesen Tonfall war er von einer Frau offenbar nicht gewohnt.

Natürlich hatte Clara sich für einen Moment überlegt, weiter auf die Lüge zu bauen, sich mit »Sanford beim Tee ausgesprochen« zu haben, doch das würde sowieso nichts bringen, weil Dexter sich rückversichern würde.

»Sie sollten sich schämen, die Arbeit einer fleißigen Farmersfrau zu boykottieren, die bisher all Ihre Rechnungen in bar bezahlt hat«, stellte sie unmissverständlich klar.

Dexter knickte ein. »So verstehen Sie doch … mir sind die Hände gebunden … Dole …«, stammelte er.

»Was? Sie haben den größten Verleih in Honolulu, wenn nicht gar den einzigen. Was könnte Dole Ihnen denn schon anhaben?«, fragte sie in aller Offenheit.

Dexter stand da, als ob sie ihm gerade eine Ohrfeige verpasst hätte.

»Sie bekommen ihre Pferde und auch die Pflüge«, vernahm Clara in diesem Moment eine weibliche Stimme, die das Bild, das sie von Dexter hatte, schlagartig veränderte. Er war schroffen Tonfall offenbar doch gewohnt. Die Frau, die aus dem Nebenraum schoss, war etwa in seinem Alter und vermutlich Mrs Dexter – eine Person, der man sofort ansah, dass sie die Hosen anhatte. Nicht nur, dass sie tatsächlich ein Beinkleid trug, auch ihr streng nach hinten gebundener Dutt und ihre klaren, ausdrucksstarken Augen, die ihren Gatten streng ins Visier nahmen, sprachen dafür.

»Aber Ruth«, versuchte Dexter etwas hilflos einzuwenden.

»Schluss jetzt! Theodor war jahrelang einer unserer besten Kunden. Wir sind es ihm und dem Mut dieser jungen Frau schuldig«, sagte sie. Dann reichte sie Clara über den Tresen hinweg die Hand.

»Mrs Dexter?«, fragte Clara.

Sie nickte und schenkte ihr ein warmes Lächeln. »Das verstehe, wer will. Anstatt bei den Deutschen einen Bückling zu machen, springt er, wenn Dole nur mit dem Finger schnippt«, meinte sie abschätzig.

Ihr Mann verzog keine Miene.

»Ist doch so. Ich kenne keinen einzigen Amerikaner, der nicht anschreiben lässt, und die Deutschen … nur weil die meisten dem Königshaus treu verbunden sind … Es sind anständige Leute, und sie zahlen immer pünktlich.«

»Genug jetzt«, zischte Dexter mit Blick auf die beiden Männer, die bereits neugierig zu ihnen hersahen. »Du redest uns noch um den Laden.«

»Erst wenn du Fräulein Elkart dein Wort gibst.«

Dexter überlegte, doch erst als er sich sicher sein konnte,

dass die neugierige Kundschaft sie nicht mehr beachtete, nickte er den Wunsch seiner Frau ab – schweren Herzens, wie Clara ihm ansehen konnte.

»Stephens hat von Ihrem Stew geschwärmt. Sie nennen das in Ihrer Heimat anders, irgendetwas mit Topf, aber Sie müssen mir unbedingt das Rezept geben«, sagte Dexters Gattin.

»Eintopf«, erklärte Clara.

Mrs Dexter schien sich nun zu erinnern und nickte lächelnd.

»Ich bring es Ihnen bei meinem nächsten Besuch in die Stadt vorbei.«

Dexter wirkte wenig begeistert, dass nun auch noch deutsche Küche Einzug in sein Heim hielt. Anscheinend konnte man mit Eintopf die Welt erobern. Für ein paar Pferde und Pflüge hatte das Gericht jedenfalls wahre Wunder bewirkt.

Clara hatte schon so viel an Tante Viktoria geschrieben, dass ihr die Hand schmerzte und sie mittlerweile eine Petroleumlampe anzünden musste, um sich die Augen im Dämmerlicht der rasch hereinbrechenden Nacht nicht zu verderben. Je dunkler es wurde, desto schwieriger war es, sich auf den Brief zu konzentrieren. Komo hatte doch versprochen, dass er zu ihr kam. Er war ein kräftiger Mann. Ihm würde schon nichts zustoßen, sagte sie sich, um den Brief endlich zum Abschluss zu bringen. Tante Viktoria würde ihn frühestens in zwei Monaten zu lesen bekommen, doch sie hatte ihr versprochen, regelmäßig zu schreiben, und wie schon beim letzten Brief an ihre Tante fühlte es sich gut an, die Ereignisse der vergangenen Wochen zu Papier zu bringen. Es erleichterte das Herz und schaffte Klarheit. Im Unklaren war Clara sich jedoch darüber, ob sie Tante Viktoria von Komo berichten sollte. Sie hatte sich diesen Teil für den Schluss aufgehoben, auch wenn er rein chronologisch betrachtet vor ihren zweiseitigen Ausführungen über Dole und seine Konsorten, die ihr das Leben schwer machten, hätte stehen müssen. Es war ihr unangenehm, darüber zu schreiben, weil Worte nicht genügten, um zum Ausdruck zu bringen, wie viel sie für Komo empfand. Andererseits war sie sich über das Ausmaß ihrer Gefühle selbst noch nicht so ganz klar. Liebte sie ihn oder war sie nur über beide Ohren verliebt? Clara wusste diese Frage nicht mit Sicherheit zu beantworten. Tante Viktoria musste sich denken, dass ihre Nichte den Verstand verloren hatte, denn alles, was sie ihr dazu schreiben wollte, klang viel zu sehr nach Romanze oder zu schön, um wahr zu sein. War es das vielleicht sogar? War es am Ende zu naiv zu glauben, dass eine Liaison mit einem Einheimischen gut gehen könnte? Was hatte eine gemeinsame Liebesnacht schon zu bedeuten? Sehr viel. Wo blieb er nur? Die aufsteigende Sorge machte es sowieso unmöglich, darüber nachzudenken, wie sie es Viktoria am besten beibringen sollte. Sie konnte den Brief auch morgen fertig schreiben, doch die Fragen, die sie quälten, würde der nächste Tag sicher auch nicht beantworten können. Clara entschloss sich daher dazu, den Brief abzuschließen und Komo außen vor zu lassen.

… wahrscheinlich sind Deine Zeilen bereits auf dem Weg zu mir. Ich warte mit Ungeduld darauf.

Deine Clara

Wo blieb Komo nur? Clara faltete den Brief sorgsam und schob ihn in einen der Umschläge, die Onkel Theodor in der oberen Schublade seines Sekretärs aufbewahrte. Yue hatte ihr angeboten, mit ihnen zu essen, weil sie darauf brannte zu erfahren, was Clara aus der Stadt zu berichten hatte, doch der Hunger war ihr vergangen. Mittlerweile war es stockdunkel draußen. Hatte ihre Mutter ihr nicht einst gesagt, dass die ständige Sorge um den anderen der Preis war, den man für die Liebe bezahlen musste? Die Erinnerung daran entlockte ihr ein Lächeln, aber erst, als aus der Ferne durch das halb geöffnete Fenster das Hufgetrappel eines herannahenden Pferds zu hören war, fiel die Anspannung von ihr ab.

Clara nahm die Petroleumlampe an sich und eilte nach draußen. Die Tür zum Nebentrakt, aus dem Licht schien, stand offen. Clara konnte Lee erkennen, der herauslugte und das Gewehr in der Hand hielt, mit dem er sie bereits begrüßt hatte, als sie hier angekommen war.

»Es ist nur Komo«, rief sie ihm zu, doch da täuschte sie sich. Die Gestalt auf dem Pferd trug dunkle Kleidung. Sie war hager. Ihr Gesicht war hell. Claras Herzschlag beschleunigte sich augenblicklich.

Auch Lee musste bemerkt haben, dass etwas nicht stimmte. Er trat mit der Waffe vor das Haus. Erst als sich eine Wolke, die den Mond verdeckt hatte, verzog und sein Licht wieder voll auf den Weg entlang der brachliegenden Felder fiel, erkannte sie den Reiter: Es war Pfarrer Schneider.

Clara hoffte, dass ihre Kutsche, die eher für langsame Transportfahrten vorgesehen war, bei dem hohen Tempo nicht zu Bruch ging. Sie musste schnell in die Stadt, zu Komo, und verlangte den Pferden alles ab. Was Schneider ihr gleich nach Ankunft auf der Plantage eröffnet hatte, war kaum zu fassen. Zwei Arbeiter hatten Komo in einer der Seitenstraßen des Hafenviertels bewusstlos und blutüberströmt aufgefunden. Komo hatte dabei noch das Glück gehabt, dass ihn einer der Männer kannte – ein gewisser Jack, wie Schneider sich zu erinnern glaubte. Dieser Jack wusste, dass Komo gelegentlich für die Mission als Übersetzer tätig war, und brachte ihn daher dorthin.

»Hat denn schon ein Arzt nach ihm gesehen?«, war das Erste, was Clara gefragt hatte.

»Er wollte das nicht«, hatte Schneider ihr zu verstehen ge-geben. Er saß noch immer kreidebleich neben ihr auf dem Kutschbock.

»Also ist Komo wieder bei Bewusstsein?«, wollte Clara wis-sen.

Schneider nickte nur. Dass Komo verletzt war, schien ihn mindestens genauso mitzunehmen wie sie selbst.

»Haben Sie die Polizei verständigt?«, fragte Clara weiter.

»Auch das wollte er nicht«, meinte Schneider. Clara blickte zu ihm. Er starrte mit trüben Blick auf den Weg. Sonst war er redseliger. Clara überlegte fieberhaft, warum Komo die Polizei außen vor lassen wollte.

»Was hat er denn sonst noch gesagt?«, fragte Clara unge-duldig.

»Er hat nur nach Ihnen gefragt«, sagte er mit gebrochener Stimme. Clara musterte ihn daraufhin. Ein trauriges Lächeln untermauerte, was sie sich dachte. Er musste sich seinen Reim auf Komos Nachfrage gemacht haben und ahnte sicherlich, dass der junge Hawaiianer sich in sie verliebt hatte. Vermutlich brachte Schneider ihm ebenso Gefühle entgegen, auch wenn dies aus Claras Sicht unnatürlich war. Genau diesem Umstand hatte sie es aber zu verdanken, dass Komo in Sicherheit war. Am besten ignorierte sie es, um Schneider nicht in Verlegen-heit zu bringen. Dass er bis zur Ankunft an der Missionarssta-tion schwieg, war ein sicheres Indiz dafür, dass sie sich nicht täuschte.

»Er kann hier nicht bleiben«, sagte er eindringlich, bevor sie das Haus betraten.

»Sollten wir das nicht von seinem Zustand abhängig ma-chen?«, fragte Clara. Sie konnte Schneider ansehen, dass er mit sich kämpfte.

»Das Personal ... sie reden ...«, deutete er an.

Auch wenn Clara sich vorgenommen hatte, das Thema auszuklammern, blieb ihr keine andere Wahl. »Niemand außer mir weiß von Ihrer …« Sie suchte nach dem richtigen Wort. »Affinität. Ist es nicht eher normal, wenn ein Geistlicher einem Menschen in Not hilft?«

Schneider nickte und lächelte bitter. Warum öffnete er nicht endlich die Tür? Seine Hand lag regungslos auf dem Türknauf.

Clara musterte ihn. Schneider war anzusehen, dass ihm noch mehr auf der Seele lastete.

»Er hat den Namen Albrecht Hoffmann erwähnt«, sagte er dann doch.

»Albrecht? Sie glauben doch nicht etwa, dass Albrecht ihn so zugerichtet hat.«

»Komo hat sich auf die falsche Seite geschlagen«, deutete er an.

»Und Sie? Sie stehen wohl auf der richtigen Seite?«, warf Clara ihm vor. »Dabei sollten Sie auf der Seite der Barmherzigkeit stehen.«

Schneider schluckte. »Wir sind auf Gelder angewiesen… um anderen zu helfen …«, rang er sich schließlich ab, bevor er ihr endlich Einlass in sein Haus gewährte. »Er muss bis morgen früh weg sein.«

Clara brachte keinen Ton mehr heraus. So etwas nannte sich Priester. Immerhin wusste sie nun sicher, auf wessen »Seite« er stand.

Clara war erleichtert darüber, dass Komo die Augen aufschlug, als Schneider sie in sein Schlafzimmer führte. Wenigstens war er bei Bewusstsein geblieben. Schneider stellte die Petroleumlampe an den Nachttisch. Erst jetzt konnte Clara Komos Verletzungen sehen. Er sah furchtbar aus. Sein rechtes Auge war zugeschwollen und blutunterlaufen. Eine Platzwunde am Kopf deckte eine Binde ab, die sich dunkelrot gefärbt hatte. Die Arme waren aufgeschürft. An seinem Hemd klebte Blut.

»Ich lasse Sie jetzt allein«, sagte Schneider und verließ den Raum. Täuschte sie sich, oder schien Komo aufzuatmen? Er bemühte sich sogar zu lächeln, doch es strengte ihn sichtlich an.

Clara setzt sich behutsam zu ihm an den Rand des Betts.

»Clara …«, hauchte er schwach und tastete nach ihrer Hand.

»Was ist passiert?«, fragte sie.

Komos Lächeln verschwand. Er versuchte, sich aufzusetzen, was ihm Schmerzen bereitete, doch es gelang nach zwei tiefen Atemzügen.

»Albrecht hat mich entlassen. Er war so wütend …«

»Was?«

»Weil ich zu spät zur Arbeit kam«, presste Komo zwischen vor Schmerz zusammengekniffenen Lippen hervor.

»Aber das stimmt doch gar nicht«, empörte sich Clara. Sie hatte ihn früh am Morgen doch selbst zum Hafen gefahren.

»Sein Vater glaubt, dass ich die Arbeit nicht mehr schaffe. Für ihn und für dich …«

»Knut Hoffmann?«

»Er war am Hafen. Albrecht muss ihm von uns erzählt haben.«

»Hat er dich so zugerichtet? Oder waren es seine Männer?«

»Ich weiß es nicht. Ich habe beim Verladen geholfen, weil er mir den Lohn für den Tag noch geben wollte … Ich bin dann zum Hafenbüro gegangen, um mir neue Arbeit zu suchen … Dort waren zwei Männer. Sie wollten mich zu einem Plantagenbesitzer bringen … Es ging so schnell … Wir gingen in Richtung Stadt. Dort wartete eine Kutsche, und da waren plötzlich noch zwei Männer … Sie hatten Stöcke … Und dann hat mich Jack gefunden …«

»Wir sollten zur Polizei gehen.«

Komo schüttelte den Kopf.

»Aber warum denn nicht? Es ist doch wohl klar, dass Albrecht dahintersteckt.«

»Sie könnten noch mehr Schaden anrichten«, sagte Komo.

»Nicht, wenn ich mit Albrecht rede.« Kaum ausgesprochen, überlegte sie, ob sie sich in ihm vielleicht getäuscht hatte. Wer wusste schon, zu welchen Dingen ein offenkundig eifersüchtiger Mann fähig war.

»Wir könnten von hier weggehen. Nach Kauai. Ich habe dort ein Haus«, schlug Komo vor.

»Klein beigeben und die Plantage aufgeben? Außerdem müssen wir doch von irgendetwas leben«, wandte sie ein.

»Dein Onkel hat auch daran festgehalten«, sagte Komo.

»Du denkst, dass er ermordet wurde, weil er ein königstreuer Untertan war?«

Komo nickte.

»Aber das hat doch nichts mit dem Überfall auf dich zu tun«, stellte Clara fest, auch wenn sie sich zugleich fragte, ob es nicht vielleicht doch einen Zusammenhang gab.

»Deine Plantage ist eine der wenigen auf Oahu, die hohe Erträge abwirft. Der alte Hoffmann will sie haben, und wenn er dich dazu kriegt aufzugeben …«

»Das ist doch absurd. Die Hoffmanns gehören zu den reichsten Familien Hawaiis. So weit würde Knut Hoffmann nicht gehen«, sagte sie, obwohl sie sich dessen nun gar nicht mehr so sicher war.

»Es geht nicht um Geld. Es geht um Macht und Einfluss.«

Clara dämmerte, auf welch gefährliches Spiel sie sich eingelassen hatte … Doch konnte sie jetzt noch aussteigen? Die Frage war jedoch hinfällig geworden, weil sie überhaupt nicht mehr aussteigen wollte. Es war ihre Plantage, und sie würde das Beste daraus machen.

»Aufgeben? Niemals! Wir führen die Plantage weiter«, sagte sie resolut.

»Du hast ja recht. Ich helf dir dabei …«, sagte Komo.

»Dir bleibt auch gar nichts anderes übrig«, erwiderte Clara und lächelte zärtlich.

»So?«

»Du hast keine Arbeit. Ich zahle nicht schlecht, und die Verpflegung ist gut.«

Komo konnte wieder lachen.

»Kannst du aufstehen?«

Komo nickte tapfer.

»Ich bring dich nach Hause«, sagte Clara, und es fühlte sich gut an, von ihrem Zuhause zu sprechen. Komo gehörte jetzt dazu. Ein Grund mehr, die Flinte nicht ins Korn zu werfen.

14

In nur zwei Tagen war Komo wieder auf den Beinen. Er führte das darauf zurück, dass er Clara um sich hatte. Liebe heilte seiner Meinung nach alles. Damit mochte er an sich recht haben, doch auch Yue hatte ihren Beitrag geleistet. Die Kompressen und Kräutertees, die sie Komo verabreicht hatte, waren mindestens genauso viel wert. Nach eigener Aussage hatte Yue das in China gelernt. Man ging dort nicht zu einem Arzt, jedenfalls nicht zu einem, wie Clara ihn von Geestemünde her kannte. Solche Ärzte gab es in China angeblich gar nicht, oder nur in den Großstädten. Man ging zu ihnen, wenn man sich etwas gebrochen hatte, um sich zusammenflicken zu lassen, wie Yue scherzhaft meinte. Für alles andere gab es chinesische Medizin, und die hatte wahre Wunder bewirkt. Komos Auge war gänzlich abgeschwollen, die Blutergüsse nur noch farbige Schatten unter der Haut. Yues Küche hatte ihr Übriges getan. Dass Komo keine Angst vor Albrecht und seinem Vater hatte, war Rückhalt genug, um erst recht nicht aufzugeben, zumal Albrecht ihm vermutlich doch nur aus purer Eifersucht einen Denkzettel verpassen wollte. Mehr konnte nicht dahinterstecken, schon gar kein Boykott ihrer Plantage, weil Heinrich es sonst wohl kaum geschafft hätte, tatsächlich ein halbes Dutzend Männer zu mobilisieren, um den noch nicht erntereifen Zuckerrohrstauden Setzlinge abzugewinnen. Heinrich war ein Deutscher, und soviel sie wusste, konnte man ihn auch zu den Königstreuen rechnen, wobei er dies so gut wie nie zum Thema machte. Man konnte es aber aus Zwischentönen heraushören.

Um ihn machte sich Clara keine Sorgen, weil er Leute wie Isenberg im Rücken hatte und ihm seine Kompetenz bei der Verschiffung von Fracht der beste Schutz war. Dennoch hatte Heinrich sie anlässlich seines Krankenbesuchs und um das weitere Vorgehen zu besprechen gewarnt.

»Fräulein Clara … Es ist besser, wenn Sie sich ab jetzt aus der Politik heraushalten«, sagte er, weil sie ihn darauf angesprochen hatte, am späten Nachmittag in den Genuss einer Privataudienz bei Lili'uokalani zu kommen.

»Sie möchte mich nur kennenlernen. Meine Freundin arbeitet bei ihr als Lehrerin«, erklärte sie ihm beim gemeinsamen Mittagstisch – für Heinrich angeblich der Hauptgrund, warum er Kopf und Kragen riskiere, um ihr zu helfen. Auch dabei scherzte er, denn Clara wusste um seine Verbundenheit mit ihrem verstorbenen Onkel.

»Behalten Sie den Besuch einfach für sich«, riet er ihr trotzdem. »Die noch fehlenden Setzlinge kann ich Ihnen besorgen, aber die Hauptarbeit liegt noch vor uns«, meinte er.

»Dexter gibt mir Pferde und Pflüge.«

»Tatsächlich?«, fragte Heinrich erstaunt und vergaß beinahe zu essen.

»Vielmehr seine Frau.«

Heinrich nickte wissend und lachte.

»Ich kenne Mrs Dexter. Noch so ein Kaliber wie Sie, Clara …«

»Kaliber?«

»Es gibt nicht viele Frauen wie Sie.«

»Da haben Sie recht«, mischte sich Komo ein, der sich zu ihnen setzte.

Heinrich musterte erst ihn und dann Clara mit wohlwollendem Blick. »Ihr beide seid ein hübsches Paar«, stellte er dann fest.

»Woher wissen Sie …?«, setzte Clara an zu fragen.

»Das sieht doch jeder. Da fliegen ja die Funken, wenn ihr euch nur in die Augen seht«, sagte er. Dann stand er mit einem breiten Grinsen auf.

Clara wusste, dass er zurück zum Hafen musste.

»Ich kann mich ja noch mal umhören, aber … die Tage kommen Schiffe mit Portugiesen. Nur ein Teil von ihnen ist bereits in fester Stellung«, sagte er.

»Machen Sie Jenkins betrunken oder sperren Sie ihn in irgendeine Kajüte, damit er mir morgen nicht in die Quere kommt«, schlug Clara vor.

»Er kassiert nicht schlecht für die Vermittlung. Eigentlich müsste man ihn den Haien zum Fraß vorwerfen …«, meinte Heinrich.

»Die Haie würden ihn nicht anrühren… Gleich zu gleich gesellt sich gern … Jenkins ist ja selbst einer«, stellte Clara fest, was Heinrich offenkundig amüsierte. Am besten, man versuchte, über das zu lachen, wovor man Angst hatte. Die Angst zu scheitern blieb trotzdem.

»Ich wünsch Ihnen viel Glück, Clara, und genießen Sie Ihre Audienz bei der Königin. Sie ist eine bezaubernde Frau.« War da nicht doch wieder seine Verbundenheit mit dem Königshaus zum Vorschein gekommen? Heinrich hatte jedenfalls ein Herz, das groß genug war, um mit der Angst vor eventuellen Repressalien umzugehen. Kein Wunder, dass er sich gut mit Onkel Theodor verstanden hatte. Sie waren anscheinend aus demselben Holz geschnitzt. Vermutlich war Heinrich auch der Einzige, der verstand und vorurteilslos akzeptierte, dass sie mit einem Einheimischen Bande geknüpft hatte, die über eine Liebelei hinausgingen. Hatte die Königin nicht auch gegen alle Konventionen verstoßen und sogar einen hawaiianischen Prinzen in den Wind geschossen, nur um einen kroatischstämmigen Amerikaner zu heiraten? Mit Sicherheit würde sie ihre Gefühle auch verstehen, doch darüber redete man nicht mit einer Königin.

Es war nicht verwunderlich, dass der königliche Palast an der King Street lag. Die zahlreichen Läden dünnten sich zum Palast hin aus und machten einer weitläufigen Umzäunung aus Eisenstreben mit vergoldeten Lanzen Platz, hinter der sich der Iolani-Palast befand. Clara erinnerte sich an das, was Agnes ihr schon auf der Überfahrt über die Herkunft des Namens erzählt hatte. Er setzte sich aus den Wörter io und lani zusammen. Ersteres war ein Bussard. Letzteres hieß himmlisch, edel oder königlich. Clara schmunzelte bei dem Gedanken, dass ihr eine Audienz im himmlischen Horst eines Bussards bevorstand und man König Kamehameha IV. diesen Namen verpasst hatte. Das Gebäude selbst war noch relativ neu. Es war erst zehn Jahre her, dass es fertiggestellt wurde. Durch ein Eisentor, an dem das Wappen Hawaiis prangte, erreichte man eine breite Zuwegung, die von Palmen gesäumt war und direkt zum Eingang führte.

Agnes wartete bereits an den Treppen auf sie. Wie sie sich herausgeputzt hatte. Sie trug das gleiche Kleid wie im *Reid's*. Für die Königin nahm sie anscheinend gerne in Kauf, dass ihre Beinfreiheit eingeschränkt war. Neben ihr stand eine junge hawaiianische Frau, die aufgrund ihres Alters unmöglich die Königin, aber auch keine einfache Angestellte sein konnte. Dafür war ihr Gewand zu prächtig. Clara winkte den beiden von der Kutsche aus zu und fuhr vor. Ein uniformierter Bediensteter des Königshauses stand schon bereit, um die Kutsche entgegenzunehmen. Clara fühlte sich gleich wie auf einem Staatsempfang. Natürlich hatte Agnes sofort bemerkt, dass auch sie das gleiche Kleid wie im *Reid's* anhatte, Tante Viktorias Geschenk aus Hannover.

»Tea Time … aber nicht im *Reid's*«, begrüßte Clara sie mit einem wissenden Lächeln, bevor sie sich Agnes' Begleitung zuwandte. Was für ein bildhübsches Mädchen. Sie trug ein dunkelblaues Kleid aus schwerer Seide und eine um ihr schwarzes Haar geschwungene Haube, die von einer riesigen Schleife zusammengehalten wurde. Auf Clara wirkte sie wie eine zum Leben erweckte Puppe mit großen dunklen Augen, die wachsam und neugierig zugleich auf sie gerichtet waren.

»Darf ich vorstellen. Clara Elkart, meine liebe Freundin aus Geestemünde«, sagte Agnes. Dann wandte sie sich an Clara: »Prinzessin Viktoria Ka'iulani«. Clara reichte ihr die Hand, wobei sie sich gar nicht sicher war, ob man das bei einer königlichen Hoheit überhaupt so machte. Hätte sie nicht besser ihr Haupt neigen oder einen Knicks machen sollen? Hawaiianische Prinzessinnen sahen das anscheinend nicht so eng, denn die blaublütige junge Schönheit reichte ihr ebenfalls die Hand, ohne eine Miene zu verziehen.

»Es freut mich, Sie im Iolani-Palast begrüßen zu dürfen«, sagte sie in akzentfreiem Deutsch, was Clara so verblüffte, dass Agnes sich offenbar gleich genötigt sah, diesen Umstand zu erklären.

»Prinzessin Viktoria spricht neben Deutsch noch Englisch, Französisch, Italienisch, Spanisch und Russisch.«

»Aber nicht perfekt«, schränkte die Prinzessin bescheiden ein, was Clara ihr als äußerst sympathischen Charakterzug anrechnete. »Ich möchte noch so gerne nach Deutschland, um die deutsche Kultur zu studieren«, fügte sie noch hinzu.

Das erstaunte Clara, weil sie die Prinzessin auf höchstens fünfzehn bis sechzehn Jahre schätzte. »Ich bewundere Ihren Mut, schon in so jungen Jahren in ein fremdes Land zu gehen«, sagte sie zum Amüsement der Prinzessin, die daraufhin lachte.

»Ich war vor drei Jahren schon zur Ausbildung in England«,

erklärte die sprechende Puppe, die anscheinend schon mehr von der Welt gesehen hatte als so mancher Handelsreisende.

Clara nickte gleichermaßen anerkennend wie demütig und sagte: »Die Königin ist bestimmt sehr traurig, wenn Sie so lange auf Reisen sind.«

»Die auch, aber noch viel mehr meine Mutter«, sagte Viktoria.

Agnes interpretierte Claras verwirrten Blick richtig. »Lili'uokalani ist Viktorias Tante. Prinzessin Miriam Likelike ist ihre Mutter«, klärte sie ihre Freundin auf.

»Ich sehe schon. Ich muss Sie mit unserer großen Familie erst noch vertraut machen«, sagte die Prinzessin mit einem Lächeln, das signalisierte, Clara ihre Unwissenheit nachzusehen. »Aber erst zeige ich Ihnen den Palast«, fuhr sie fort und deutete mit einer einladenden Geste auf das Gebäude mit seinen Säulengängen, die es umrundeten.

Clara war gespannt darauf, ob man von da oben tatsächlich so einen fantastischen Ausblick auf die Palmenreihen, die buschigen Bäume und den nahezu englisch anmutenden Rasen, den man hier auf Hawaii eher selten sah, hatte. Als sie oben angelangt waren, genoss sie den Blick auf das Anwesen und die Stadt. Und tatsächlich konnte man von hier aus sogar das Meer sehen. Auch wenn der Palast von außen verglichen mit europäischen Königspalästen eher unspektakulär wirkte, stand sein Innenleben keinem deutschen Schloss nach. Clara fiel jedoch auf, dass die Baumeister im Iolani-Palast nicht an Holz gespart hatten. Wo sonst in Schlössern eine große Marmortreppe nach oben ging, führte sie Prinzessin Viktoria auf glanzvoll polierten Stufen aus Akazienholz durch die Stockwerke.

»Hier wird Sie meine Tante nachher empfangen«, erklärte die Prinzessin und deutete auf eine der Türen, an denen sie bei ihrem Rundgang vorbeischlenderten.

Vor Clara lag ein Raum ganz in Blau mit hoher Stuckdecke, in dessen Mitte ein Kronleuchter besonders gut zur Geltung kam. Der Teppich war hell und hatte ein lieblich verspieltes Blumenmuster. Sie nannten das Zimmer »Blue Room«, und in der Tat waren sowohl die schweren Brokatvorhänge an den Holzfenstern als auch die Polster der Möbel aus leuchtend blauen Stoffen gefertigt. An den Wänden hingen prächtige Gemälde, sogar eines von König Louis Philippe.

»Das hat ein Deutscher gemalt«, erklärte die Prinzessin, während sie das Porträt des französischen Königs bewunderten. »Ich habe nur seinen Namen vergessen.«

Es war klar, dass Agnes ihn wusste und gleich zum Besten gab. Ein Franz Xaver Winterhalter hatte Louis Philippe porträtiert. Das ganze Königsgebäude schien eine einzige Galerie europäischer Herrscher zu sein. Im »State Dining Room«, in dem die Königin ausländische Gäste empfing, hingen Wilhelm IV. von Preußen und selbst Napoleon III. Nur im Thronsaal, der auch für offizielle Bälle genutzt wurde, hingen keine Ölgemälde, vermutlich weil der purpurfarbene Teppich, ein einziges Blütenmeer aus Rot- und Rosatönen, die Kronleuchter aus Kristall und die vergoldeten Spiegel schon ein Kunstwerk für sich waren. Größer konnte der Kontrast zu ihrem Leben auf der Plantage gar nicht sein. Auf einmal fühlte sich der alte Kontinent gar nicht mehr so fern an. Das Inselkönigreich Hawaii schien dazuzugehören und eine bedeutendere Rolle in der Welt zu spielen, als Clara bisher angenommen hatte.

»Jetzt wundert mich nicht, dass Sie so ein großes Interesse an Europa haben«, gestand Clara der kleinen Weltbürgerin, vor deren Sprachkenntnissen und Wissen um das Weltgeschehen sie sich nur verbeugen konnte.

»Meine Tante sagt immer, dass es wichtig ist, die Sprache der Fremden zu sprechen, um ihre Seelen besser zu verstehen«, sagte Viktoria mit einer Ernsthaftigkeit, die man so einem jungen Ding gar nicht zutraute.

Clara bekam sofort ein schlechtes Gewissen. Zwar hatte sie auf der Überfahrt ein paar Brocken Hawaiianisch gelernt, aber das reichte noch nicht einmal für einen Einkauf oder um nach dem Weg zu fragen. Es war letztlich auch gar nicht notwendig, weil hier sowieso fast jeder des Englischen mächtig war.

»Ah, da ist sie ja«, bemerkte Agnes mit Blick auf das Ende des Gangs, der zurück zum Blauen Zimmer führte.

Das Lächeln der Königin war bezaubernd. Sie erreichte das Blaue Zimmer als Erste und wartete am Eingang auf sie.

»Ich glaube, Clara gefällt es bei uns«, sagte Viktoria, als sie Lili'uokalani erreichten.

»Das will ich aber auch hoffen«, erwiderte die Königin, die Clara aufmerksam musterte. »Ich habe schon sehr viel über Sie gehört, und nur Gutes«, sagte sie dann.

»Agnes neigt zur Schwärmerei, Eure Hoheit«, erwiderte Clara bescheiden.

»Ich weiß. Daher habe ich sie auch in mein Herz geschlossen«, meinte die Königin, die so viel Wärme ausstrahlte, dass Clara sich mit nur einem Blick in ihre Augen sicher war, Lili'uokalani ebenfalls in ihr Herz zu schließen.

Clara hatte sich die Privataudienz bei Lili'uokalani ganz anders vorgestellt. Vor ihrem geistigen Auge hatte sie sich auf der Fahrt zum Königspalast ausgemalt, die Königin würde eine Krone tragen und auf einem Thron sitzen, vor dem sie dann niederknien müsste. Auch wenn sie den Gedanken gleich wieder verworfen hatte, weil auf Hawaii einfach alles etwas weniger formell zu sein schien, konnte sie immer noch kaum glauben, wie locker und umgänglich die Königin beim gemeinsamen Tee war. Lediglich die Bediensteten, die ihnen Kekse auf einem silbernen Tablett servierten und dabei weiße Handschuhe trugen, deuteten darauf hin, in einem Königshaus zu Gast zu sein. Lili'uokalani war zudem noch eine äußerst attraktive und charmante Adelige, fast wie aus dem Bilderbuch, nur dass ihre Haut nicht weiß wie Schnee, sondern bronzefarben war. Ihre ebenen Gesichtszüge wirkten entspannt, wahrscheinlich auch deshalb, weil sie bei jeder sich bietenden Gelegenheit lachte und sei es nur, weil einem der Bediensteten die Teekanne aus der Hand gerutscht war und er nun wie ein kleiner Akrobat versuchte, sie mit der anderen Hand aufzufangen. Es sah fast so aus, als wollte er damit jonglieren.

»Servieren will gelernt sein«, sagte sie dem jungen Mann mit strengem Blick, bevor sie erneut anfing zu lachen, weil er sich das offenkundig sehr zu Herzen nahm. »Bis du es gelernt hast, darfst du die Handschuhe ruhig ausziehen. Sonst verdursten wir hier noch«, sagte Lili'uokalani.

Auch Clara wagte es mitzulachen.

»Wie Sie sehen, hat man es als Königin nicht immer leicht«, amüsierte sich die Königin. Leicht hatte die Frau es sicher nicht, denn soviel Clara wusste, hatte Lili'uokalani im letzten Jahr ihren Mann verloren, der schwer erkrankt war. Umso erstaunlicher war es, die Königin in so guter Verfassung vorzufinden. Dass blaues Blut in den Adern eines so offenen und humorvollen Menschen floss, war kaum zu glauben. Dass sie Autorität ausstrahlte, stand jedoch außer Frage – es waren ihre stets aufrechte Körperhaltung und die Art, wie sie sprach.

Sofern Clara dies beurteilen konnte, war ihr Englisch nahezu akzentfrei. Was sie sagte, hatte Gewicht und schien wohlüberlegt zu sein, auch wenn sie eine private Unterredung hatten, die sie letztlich nur Lili'uokalanis Neugier auf die einzige »Zuckerrohrbaronin Hawaiis« zu verdanken hatte.

»Männer glauben immer, dass Frauen nichts weiter können,

als Kinder zu gebären und am Herd zu stehen. Man muss ihnen nur die Möglichkeit geben, eine gute Ausbildung zu bekommen«, erklärte sie, nachdem sie Agnes' Arbeit an der königlichen Schule ausgiebig gewürdigt hatte. Agnes war dabei sogar errötet. Das schaffte vermutlich sonst niemand.

»Ihre Nichte Viktoria ist der beste Beweis dafür. Sie kann es in Sachen Verstand und Klugheit bestimmt mit gut zwei Dutzend Männern aufnehmen«, sagte Clara.

Wieder schmunzelte die Königin. »Unsere Viktoria …« Sie seufzte entzückt, bevor sie fortfuhr: »Aber sagen Sie ihr das nicht persönlich, sonst steigt ihr das Lob noch zu Kopf.«

Auch daran ließ sich Lili'uokalanis natürliche Autorität messen. Nur ein Wort von ihr hatte genügt, um Viktoria klarzumachen, dass ihre Dienste als Führer nicht länger vonnöten waren. »Danke, Viktoria«, hatte die Königin nur gesagt.

»Wie kommen Sie voran, Fräulein Clara?«, erkundigte Lili'uokalani sich nun, um ein anderes Thema anzuschneiden. »Ich habe gehört, dass die Ernte sehr erfolgreich war …«

»Ohne fremde Hilfe hätte ich es nicht geschafft«, antwortete Clara ehrlich. »Jetzt müssen die Felder neu angesät werden, und ich fürchte, dass ich nicht genügend Arbeiter dafür bekomme.«

Lili'uokalani nickte, als ob sie bestens über Claras gegenwärtiges Dilemma Bescheid wusste. »Sie werden mit weiteren Schwierigkeiten rechnen müssen, aber ich hoffe, Sie lassen sich von ein paar amerikanischen Zuckerrohrbauern nicht entmutigen.«

»Keineswegs«, rang sich Clara tapfer ab – wohl nicht tapfer genug, weil Lili'uokalani sie etwas ungläubig musterte. Agnes hatte schon angedeutet, dass man Lili'uokalani nichts vormachen konnte. Insofern überrasche Clara die Skepsis der Königin nicht.

»Das Königshaus verfügt immer noch über einflussreiche Freunde, die Ihnen mit Rat und Tat zur Seite stehen«, bot sie Clara an.

»Das Hauptproblem sind wirklich die hiesigen Kapazitäten an Arbeitskräften«, erklärte Clara.

»Sie meinen, das Problem heißt Arthur Jenkins. Dieser habgierige Geier«, brachte es Lili'uokalani auf den Punkt.

Clara nickte.

»Es geht nur noch darum, sich möglichst schnell auf Kosten anderer zu bereichern. Sie wissen, dass er unter den normalen Löhnen bezahlt?«, fragte die Königin.

»Und er scheint nur an Leute zu vermitteln, die ihm genehm sind«, vervollständigte Clara das Bild über ihn noch.

»Sie meinen die Amerikaner. Er ist Reformist«, sagte Lili'uokalani abfällig. »Wenn es nach ihm und seinesgleichen ginge, gäbe es diesen Palast schon lange nicht mehr.«

»Ich kann nicht verstehen, warum kein Miteinander möglich ist, genau wie in England. Die Monarchie wird überwiegend hochgeschätzt. In meiner Heimat ist das nicht viel anders.«

Agnes warf Clara sogleich einen ermahnenden Blick zu. Sie wagte nichts zu sagen und hielt sich schon die ganze Zeit schweigsam zurück, weil Lili'uokalani ihre knapp bemessene Zeit vermutlich Clara widmen wollte. Sie hatte ihr jedoch geraten, sich nicht auf politische Gespräche einzulassen.

»Wissen Sie: Manchmal denke ich, die Amerikaner haben das im Blut. Sie werden mit ihrer Habgier in der Welt noch viel Schaden anrichten«, sagte Lili'uokalani mehr zu sich.

»Im Blut?«, fragte Clara nach.

»Natürlich kann man nicht alle Amerikaner über einen Kamm scheren. Was ist schon ein ›Amerikaner‹? Es gibt keine ›Amerikaner‹. Es sind Einwanderer aus Europa. Viele aus England, Irland, Italien, Osteuropa … Und genau darin liegt das Problem. Die meisten von ihnen sind von der Heimat aufgebrochen, um ihr Glück in der Neuen Welt zu suchen. Und dann kamen sie zu uns – in eine für sie fremde Kultur, die sie nicht verstehen, nicht tolerieren, die sie okkupieren und überrollen, weil sie sich selbst kulturell entwurzelt haben. Sie suchen nur nach dem schnellen Geld.« Lili'uokalani seufzte erneut, bevor sie sich direkt an Clara wandte: »Aber genau da können Sie ansetzen.«

»Geld?«

»Ich fürchte, ich kann den Arbeitern nicht mehr zahlen«, gestand Clara.

»Geben Sie ihnen etwas Land für sich. Das ist mehr wert als Geld.«

»Was für eine großartige Idee«, platzte es dann doch aus Agnes heraus, was ihr Lili'uokalani offenbar nachsah, weil sie erfreut nickte.

»Außerdem binden Sie die Arbeiter an Ihre Plantage. Sie werden treu ergeben für Sie arbeiten und das Land lieben, auf dem sie leben«, fuhr Lili'uokalani fort.

Was für eine kluge Frau. Am liebsten hätte Clara ihr das gesagt, aber damit würde man eine Königin sicher beleidigen. An ihrem Strahlen schien Lili'uokalani jedoch alles abzulesen.

»Ich weiß gar nicht, wie ich Ihnen danken soll«, sagte Clara nun. »Ich werde versuchen, Ihren Rat in die Tat umzusetzen.«

Die Königin stand auf. Agnes blickte zu Clara, um ihr zu signalisieren, dass sie nun ebenfalls aufzustehen hatten, weil die Audienz beendet war.

»In Sachen Dank sei zu sagen, dass er mir keinesfalls zusteht. Eine gute Königin steht ihren Untertanen stets mit Rat und Tat zu Diensten. Mein Herz dürstet dennoch nach Dank, weil uns, wie mir die gute Agnes berichtet hat, die Leidenschaft für die Musik verbindet.«

Clara musste unwillkürlich schmunzeln, weil sie schon geahnt hatte, dass sie der Königin etwas vorzuspielen hatte.

»Ich habe meine Violine dabei. Ich müsste sie nur aus der Kutsche holen.«

»Sie sind eine Frau, die gerne Nägel mit Köpfen macht«, sagte Lili'uokalani und musterte Clara. »Das gefällt mir, aber ich fürchte, ich muss Ihnen noch weit mehr abverlangen.«

Clara platzte vor Neugier.

»Nächsten Sonntag findet das Lu'au statt. Erweisen Sie mir bitte die Ehre, für mich und meine Gäste zu spielen.«

Clara war sprachlos. Soviel sie von Agnes wusste, war eine Einladung zum jährlich stattfindenden königlichen Empfang eine hohe Auszeichnung. »Ihr Wunsch ist mir nicht nur Befehl, sondern ein außerordentliches Vergnügen«, sagte sie. Bei Letzterem flunkerte sie, weil sie schon vor Augen hatte, jeden Abend wieder bis in die Nacht üben zu müssen, um auf dem Empfang zu Ehren Lili'uokalanis zu glänzen.

»Ich freue mich sehr«, sagte die Königin und reichte ihr zum Abschied die Hand.

Komo, Yue und Lee mussten sich in den nächsten Tagen wohl oder übel an eine kleine Nachtmusik gewöhnen.

Es war nahezu unbezahlbar, Komo und Heinrich als Verbündete zu haben. Heinrich wusste über die geplanten Ankunftszeiten der demnächst einlaufenden Schiffe Bescheid. Die meisten Arbeiter, die in Honolulu ankamen, hatten in der Tat bereits Arbeitsverträge unterschrieben, aber Clara setzte ihre Hoffnung auf Einwanderer, die auf gut Glück ins Inselkönigreich kamen. Mittlerweile war ihre Ernte dank Heinrichs Einsatz verkauft und verladen, sodass auch der letzte Plantagenbesitzer über sie Bescheid wusste und Clara den Eindruck hatte, dass immer mehr Menschen über sie redeten.

»Ich bewundere Ihren Mut, Fräulein Elkart«, bekam sie vom Bäcker zu hören, der sich neuerdings an Zuckerrohranbau interessiert zeigte. Immerhin hatte ihr der kleine Plausch mit der Bäckersfrau, eine Einwanderin mit französischen Wurzeln, ein kleines Stück Ananastorte eingebracht. Honolulu war klein, und es passierte anscheinend viel zu wenig von Belang, als dass eine Frau, die eine Plantage führte, nicht zwangsläufig zum Gesprächsstoff wurde. Merkwürdigerweise schien dieser Bekanntheitsgrad jedoch nur bei den Frauen Honolulus auf positive Resonanz zu stoßen. Clara war gemeinsam mit Heinrich bei einem Händler gewesen, der Saatgut verkaufte. Er war Amerikaner. Insofern wunderte es Clara nicht, dass sie es nur Heinrichs Reputation und sanfter Drohung, künftig andere Prioritäten beim Entladen der Schiffe zu setzen, zu verdanken hatte, überhaupt Setzlinge kaufen zu können.

Komo als ihr Begleiter erregte weniger Aufsehen als gedacht. Die Leute mussten ihn für einen Bediensteten halten, was ihn sicher kränkte. Clara kannte ihn mittlerweile gut genug, um in seinen Gesichtszügen lesen zu können, vor allem, wenn ihn irgendetwas verletzte oder er sich ungerecht behandelt fühlte. Ihm hatte sie es zu verdanken, die Bedürfnisse der Arbeiter und Neuankömmlinge besser zu verstehen. Schon am Vorabend der geplanten Rekrutierungsaktion hatten sie sich überlegt, wie viel und vor allem was sie den Arbeitern genau anbieten würden, um Jenkins auszustechen. Dass Heinrich nicht mit dabei sein wollte, sah sie ihm nach. Er lehnte sich sowieso schon weit genug aus dem Fenster, um ihr zu helfen. Ohne Rückendeckung, weil er für den Zuckerrohranbau unersetzbar war, hätte er ihr sicher nicht so ohne Weiteres zur Seite stehen können.

»Ich wünsche Ihnen viel Glück«, sagte Heinrich, bevor er noch vor der Einfahrt zum Hafen von der Kutsche stieg. Warum sein Blick für einen Moment an der Anlegestelle für Schoner verharrte, war klar: Jenkins und zwei seiner Helfer warteten bereits auf die Neuankömmlinge. Erst als Clara mit der Kutsche die Anlegestelle erreichte und bis zum Ende des Stegs sehen konnte, bestätigte sich Heinrichs Einschätzung, dass überwiegend Europäer an Bord sein würden. Der große Schoner sei über die Azoren gesegelt. Die Route über China verlief anders, nämlich von der anderen Seite des Pazifiks aus. Dementsprechend viele Portugiesen mussten an Bord sein. Clara war auf Jenkins' Gesicht gespannt, wenn er Konkurrenz bekam. Es konnte nicht mehr lange dauern, bis die ersten Männer von Bord gingen. Soweit Clara das beurteilen konnte, hatte der Kapitän einem Uniformierten der hawaiianischen Behörden gerade einige Papiere ausgehändigt. Das kannte sie ja bereits von ihrer eigenen Ankunft auf Hawaii.

»Ah, Fräulein Elkart … Haben Sie etwa vor, ein Picknick am Hafen zu veranstalten?«, spottete Jenkins, nachdem Komo einen kleinen Tisch von der Ladefläche der Kutsche gehoben und mitten auf den Anlegesteg gestellt hatte.

»Keineswegs, Mr Jenkins«, sagte Clara und beachtete ihn gar nicht weiter. Stattdessen stellte sie einen Holzstuhl vor den Tisch und nahm darauf in aller Seelenruhe Platz.

Jenkins trollte sich, sah sich aber immer wieder neugierig nach ihr um. Nun war es Zeit, das gefalzte Stück Pappe auf den Tisch zu stellen. Was darauf stand, musste wie angedacht auch aus der Distanz gut leserlich sein: »Jobs, 16 $, own land.«

Es war alles andere als überraschend, dass Jenkins im Stechschritt zurückkam und sich vergewissern wollte. Er nahm das Schild an sich. »Das ist unlauterer Wettbewerb. Haben Sie überhaupt eine Genehmigung, hier zu sein?«, keifte er.

Komo baute sich neben ihm auf: »Sie erlauben?«, sagte Komo und nahm Jenkins das Schild aus der Hand.

»Ich habe genauso wenig eine Genehmigung wie Sie, weil es gar keine gibt«, vermerkte Clara souverän.

»Das ist ja lächerlich«, wetterte Jenkins.

Clara bemühte sich, ruhig zu bleiben. »Wir werden sehen«, sagte sie nur.

Die ersten Männer gingen von Bord. Jenkins Begleiter nahmen sie bereits in Beschlag. Ihm selbst blieb nichts mehr übrig, als ebenfalls zurück und auf Seelenfang zu gehen – mit mäßigem Erfolg, denn einige Arbeiter hatten Clara bereits entdeckt und riefen anderen auf Portugiesisch etwas zu, was sie nicht verstand. Aus der Reaktion der Ankömmlinge ließ sich aber ablesen, dass sie auf ihr Angebot aufmerksam wurden. Die ersten versammelten sich bereits vor ihrem Tisch.

»Is it true? Land?«, fragte ein junger Mann in gebrochenem Englisch.

»Half a morgen«, erklärte Clara.

»For rent?«, fragte er.

»For you. To feed you and your family«, erläuterte Clara.

Der junge Mann strahlte augenblicklich. Er schien sein Glück kaum fassen zu können, eigenes Land zu bekommen, auf dem er anpflanzen konnte, was er wollte. Lili'uokalani sollte also recht behalten. Clara bekam mit, dass sich »half a morgen« wie ein Lauffeuer in der Schlange herumsprach, die sich vor ihrem Tisch gebildet hatte. Während sie einen Zettel nach dem anderen verteilte, auf denen die Arbeiter ihre Namen und Geburtsdaten einzutragen hatten, konnte Clara sehen, dass mittlerweile niemand mehr bei Jenkins stand und seine zwei Helfer den Ankömmlingen nur noch folgten, jedoch ohne Erfolg. Die meisten, wenn nicht sogar alle jungen Männer, die teilweise in Begleitung ihrer Frauen waren, hatten sich in Reih und Glied vor ihrem Tisch eingefunden. Komos Aufgabe war es, mit einem Nicken zu signalisieren, ob ein Arbeiter infrage kam. Er hatte einen Blick dafür. Sobald er nickte, verteilte sie einen weiteren Zettel. Dreißig hatte sie vorbereitet. Sie waren weg. Mehr Land konnte sie von Onkel Theodors Besitz nicht verteilen, ohne die Zuckerrohrfelder, welche die Arbeiter ja in Bälde bewirtschaften sollten, auch noch in Farmland umzuwandeln. Insgesamt kamen dreiundvierzig Arbeiter zusammen, weil ein Teil kein Interesse an eigenem Land hatte, sondern nur vorübergehend auf den Feldern zu arbeiten gedachte. Sechzehn Dollar im Monat, dazu ein Sack Taro und ein Sack Mehl – das war auf alle Fälle mehr, als Jenkins zu bieten hatte. Dank Lili'uokalanis Idee war die Fortführung der Plantage nun gesichert. Und soweit Clara das beurteilen konnte, ging Jenkins leer aus. Zumindest folgte ihm niemand außer seine beiden Begleiter.

Clara konnte es Heinrich nicht übel nehmen, dass er zumindest im Moment nicht mehr mit ihr in der Stadt gesehen werden wollte. Die letzte gemeinsame Aktion war seine Hilfe auf dem Katasteramt der Stadtverwaltung, um einen Teil von Onkel Theodors Land in dreißig Parzellen einzuteilen.

»Zumindest bis wieder etwas Ruhe einkehrt«, hatte er ihr erklärt. Zwar amüsierte er sich immer noch köstlich darüber, dass Jenkins den Kürzeren gezogen hatte, aber ihre Akquise-Aktion hatte Wellen geschlagen, und zwar ziemlich hohe. Da Heinrich sowohl im Lager der Königstreuen als auch bei den Reformisten gut angesehen war, gab es auf der Insel sicher niemanden, der besser darüber Bescheid wusste, was man von ihr hielt. Höchsten Respekt würde man ihr zollen. Selbst Albrecht hatte ihm dies zu verstehen gegeben. Niemand mochte Jenkins. Man betrachtete ihn als notwendiges Übel, um Arbeiter zu rekrutieren. Allerdings hatte man ihm auch zu verstehen gegeben, dass er sich künftig etwas zurückhalten solle.

»Ich glaube, Sie machen einigen Leuten hier Angst«, erklärte Heinrich ihr in gewohnter Offenheit, als sie das Katasteramt verließen.

»Weil sie auf ein paar Dutzend Arbeitskräfte verzichten müssen? Es kommen neue, und Leute wie Hoffmann haben genug Geld, um halb Portugal auf ihren Feldern zu beschäftigen«, erwiderte Clara.

»Das ist es nicht. Die Leute haben Angst vor dem, was Sie auf die Beine stellen«, präzisierte er.

»Das darf ich doch als Kompliment auffassen.«

»Aus meinem Munde ja. Andere sähen es lieber, wenn Sie wieder zurück in die Heimat gingen«, sagte Heinrich.

»Nur weil ich eine Plantage auf Oahu führe?«

»Man fragt sich, was Sie sonst noch alles anstellen. Menschen wie Sie verändern eine bestehende Ordnung.«

»Dann müsste ich bei den Reformern ja hoch im Kurs stehen«, sagte Clara.

»Sie sind unverbesserlich«, sagte Heinrich und grinste. Seine Augen funkelten amüsiert, doch seine Miene wurde ernst, als er fortfuhr: »Clara. Sie haben jetzt alles, was Sie brauchen. Geben Sie den Leuten Zeit und halten Sie sich aus der Politik heraus. Dann lässt man Sie in Ruhe … und Ihre Liaison mit Komo …«

»Was ist damit?«

»Sie wissen ja, wie ich darüber denke, aber man hält es nicht für schicklich.«

»Man?«

»Clara … nötigen Sie mich mit Ihrem Charme bitte nicht dazu, Ihnen Namen zu nennen. Es erweckt nur den Eindruck, dass Sie in jeder Hinsicht auf der Seite der Insulaner stehen und dass er Ihre Sinne benebelt …«

»Meine Sinne waren noch nie so scharf, und ohne Komo würde ich das alles doch gar nicht schaffen«, sagte sie mit gutem Gewissen, und das nicht nur, weil er ihr Halt gab. Schließlich kümmerte er sich um die Männer, die von nun an für sie arbeiten würden, hatte Zelte besorgt und ihnen die Landstücke zugewiesen. Es war eine nahezu perfekte Arbeitsteilung, insofern konnte von benebelten Sinnen keine Rede sein. »Glauben Sie das auch, Heinrich?«, fragte sie nun frei heraus, um sich noch einmal zu versichern.

»Ach Clara. Die Liebe benebelt immer die Sinne«, sagte er.

»Sie sind der geborene Diplomat«, gab Clara zurück.

»Unsere Kulturen sind einfach zu unterschiedlich. Ich kenne einige Mischehen, aber das geht nur gut, wenn man in der Lage ist, die eigene Haut, in die man hineingeboren wurde, abzustreifen«, erklärte er, auch wenn sie von ihm wusste, dass er ihr und Komo auch als Paar wohlgesonnen war.

Was er sagte, leuchtete ihr unmittelbar ein, doch es war gerade die alte Haut, in der sie sich nicht mehr wohlgefühlt hatte. Dennoch nickte Clara zögerlich, weil ihr Verstand wusste, dass er recht hatte, auch wenn er weder in sie noch in Komo hineinsehen konnte.

»Sie machen ja sowieso, was Sie wollen …« Er seufzte resigniert, bevor er auf seine Kutsche stieg und ihr zuwinkte, als sich seine Pferde in Bewegung setzten.

Zwei Tage und zwei Nächte hatte es gedauert, um jedem der dreißig Arbeiter ein Stück Land zuzuteilen, auf dem er Gemüse und Früchte seiner Wahl anpflanzen konnte. Es herrschte immer noch Ausnahmezustand auf Onkel Theodors Plantage. Die ersten Familien hatten bereits damit begonnen, Holzhäuser zu bauen. Andere hatten weniger Ersparnisse aus der Heimat mitgebracht und wohnten noch in Zelten. Sie warteten auf den ersten Sold, um sich davon Bauholz kaufen zu können. Die dritte Gruppe schlug Quartier in der Nähe des Schuppens auf.

Eine Zeltkolonie lag vor ihr. Die Stille der Plantage, in der man morgens normalerweise nur den Wind leise durch die Felder säuseln hörte, wich einem Stimmengewirr aus Dutzenden von Kehlen. Vor den Wassertrögen standen zwei weitere Zelte, um den Arbeitern eine Waschgelegenheit zu bieten. Hinter der Scheune hatten Lee und Komo zwei Holzhütten über ausgehobene Gruben gebaut, damit die Arbeiter ihre Notdurft verrichten konnten. Das Ganze glich einem Militärlager, in dem sich die Truppen kurz vor dem Angriff versammelten. Letzterer stand an diesem Morgen bevor, sprich das Roden und Pflügen der Felder. Dexter hatte Wort gehalten und bereits am Vortag Pferde und Pflüge bringen lassen. Clara erfüllte das vor ihr liegende Treiben, das sie vom Fenster ihres Zimmers aus beobachtete, mit Stolz. Verantwortung für all das zu tragen und das Gefühl, etwas auf die Beine zu stellen, gaben ihr so viel Kraft, dass sie ihre Entscheidung, die Plantage über die Ernte hinaus weiterzuführen, keine Sekunde lang bereute. Komo schien sich in seiner Rolle als ihr neuer »Luna« ebenfalls zu gefallen. Er stand auf der Terrasse und blickte genau wie Clara mit sichtlichem Stolz auf das rege Treiben. Clara ging zu ihm und nahm ihn ungeachtet der neugierigen Blicke einiger Arbeiter in den Arm, was ihn sichtlich irritierte.

»In der Stadt hast du mich nie in den Arm genommen«, sagte er prompt.

»Du wolltest es doch nicht«, protestierte sie.

Komo holte tief Luft und nickte einsichtig.

»Ich möchte nicht mehr, dass wir uns verstecken«, sagte Clara aus vollem Herzen.

Komo nickte, wirkte aber weder erleichtert noch in irgendeiner Form sonderlich davon berührt. Er schien sich mit allem abzufinden, stellte keine Ansprüche.

Clara musterte seine entspannten Gesichtszüge. Sie beneidete ihn darum, wie sehr er in sich ruhte. Alles sah an seiner Seite so einfach aus, selbst wenn sie sich liebten. Das Einzige, was er begehrte, war ihre Nähe, sie jede Nacht zu berühren und zu spüren, auch wenn sie sich oft nur im Arm hielten oder wie zwei Löffel in der Schublade nebeneinander einschliefen.

»In ein paar Tagen sind die Felder neu bestellt«, sagte er sichtlich zufrieden.

Genau diese Zufriedenheit irritierte Clara aber schon seit Tagen. Warum nur hatte er keine Ansprüche, keine eigenen Träume oder irgendwelche Wünsche, die nichts mit dem zu tun hatten, was sie brauchte oder wollte? Wie konnte ein Mensch nur so mit sich und allem zufrieden sein? Wäre er ein gewöhnlicher Arbeiter, dem es an Bildung fehlte, würden sich diese Fragen vermutlich gar nicht stellen. Da war man zufrieden mit einem Dach über dem Kopf, dass jeden Tag warmes Essen auf dem Tisch stand, doch Komo hatte dieses überdurchschnittliche Maß an Bildung. Er verblüffte sie immer wieder mit seinem Wissen, sei es in Geografie oder in Fragen der Weltpolitik. Und dieser Mann sah einfach nur in sich ruhend auf die Arbeiter, die Pferde vor die Pflüge und Karren spannten, und das erfüllte ihn.

»An was denkst du?« Die Frage brannte ihr auf der Zunge.

Komo sah sie verwundert an, antwortete aber sofort: »Ich überlege, wie wir den Arbeitern beim Bau ihrer Häuser helfen können. Vielleicht kennt Heinrich jemanden, der uns günstig Holz beschaffen kann.«

»Du solltest auch mal eine Pause machen.«

»Warum? Ich fühle mich gut, und es gibt viel zu erledigen«, meinte er.

»Vermisst du nicht deine Ausflüge in die Berge oder aufs Meer hinauszufahren?« Clara musste einfach wissen, ob er glücklich war.

»Die Berge und das Meer sind auch noch da, wenn mal Zeit ist«, erwiderte er.

Der Mann war schlichtweg nicht aus der Reserve zu locken.

»Warum fragst du?« Komo musterte sie eine Spur verwundert.

»Hast du denn keinen einzigen Wunsch, irgendetwas, was du gerne machen möchtest?«

So wie Komo sie ansah, verstand er offenbar nicht, was sie von ihm wollte.

»Ich hab doch alles, was ich brauche«, erwiderte er mit entwaffnender Leichtigkeit.

Clara gab es auf. Das ungute Gefühl, dass Heinrich möglicherweise doch recht haben konnte, verblieb. Es war die Angst, dass dies alles nur ein Traum war, aus dem sie eines Morgens jäh erwachen würde.

»Du machst dir zu viele Gedanken«, sagte er wie so oft und küsste sie auf die Stirn. Dann war es eben nur ein Traum. Hauptsache: niemals aufwachen.

15

Clara scherte sich nicht darum, das gleiche rote Kleid, das sie bereits auf dem Empfang der Hoffmanns getragen hatte, noch einmal anzuziehen, was sicherlich auch daran lag, dass Komo sie darin wunderschön fand und ihr gestanden hatte, dass er sie am liebsten schon an jenem Abend geküsste hätte.

»Ich wünschte, ich könnte dich heute Abend sehen. Sie nennen dich schon ›die Frau mit der Violine‹«, sagte er.

Clara lachte. Jetzt hatte sie noch einen zweiten Titel weg. Sie musste in den letzten Tagen die halbe Arbeiterkolonie wach gehalten haben. Dass er sie am liebsten sehen würde, erfüllte ihr Herz mit Freude. Endlich äußerte er einen Wunsch, zumindest einen vagen.

»Warum gehst du nicht einfach mit?«, fragte sie ihn geradeheraus. Mittlerweile wusste doch sowieso schon jeder, dass sie mit ihm zusammen war. Was sollte schon passieren? Auf eine Provokation mehr oder weniger kam es nicht mehr an, zumal diese auch noch rein privater Natur, also gänzlich unpolitisch war und sich daher niemand der Reformisten auf den Schlips getreten fühlen konnte.

»Albrecht wird da sein«, gab Komo zu bedenken.

»Warum scherst du dich noch um Albrecht?«, fragte Clara.

»Heinrich hat recht. Wenn ich mitkomme, werden sie noch mehr reden.«

»Du möchtest aber doch mit«, beharrte Clara.

Komo nickte.

»Dann begleitest du mich.«

»Auf einen königlichen Empfang?«

»Lili'uokalani wird dich mögen.«

»Aber ich habe doch gar keinen Anzug«, sagte er fast schon panisch.

Das amüsierte Clara gleich noch viel mehr. Komo mal nicht gelassen zu sehen war ein rarer Moment.

»Onkel Theodor hat ungefähr deine Größe«, sagte sie. »Ich habe in seinem Schrank dunkle Anzüge gesehen. Sogar einen Smoking hat er. Yue kann ihn ja ändern. Wir haben noch eine Stunde.«

»Ich bin nicht eingeladen«, widersetzte er sich erneut.

So schnell hatte Clara ihn noch nie aufstehen sehen. Er wirkte wie ein kleiner Junge, der sich auf Weihnachten freute, sich vor dem Weihnachtsmann aber ängstigte. Nun war Clara es, die ihn mit ihrer Umarmung beruhigte. Ein Kuss tat sein Übriges. Komo trollte sich in Richtung des Gästezimmers, in dem sie Onkel Theodors gute Anzüge nun aufbewahrte. Er sollte sich selbst aussuchen, was ihm gefiel. Außerdem wollte Clara noch einmal in Ruhe die Sonaten durchgehen, die sie an diesem Abend zum Besten geben wollte.

»Die Hose ist zu eng«, hörte sie ihn aus dem Nebenraum rufen.

»Dann lass einen Knopf offen. Das sieht man doch nicht«, rief sie zurück. Seine Nervosität war trotzdem irgendwie ansteckend. Clara legte ihre Violine in den Koffer. Bevor sie ihn schloss, rekapitulierte sie in Gedanken schwierige Passagen, über die sie in den letzten Tagen gestolpert war. »Ich werde mich bis auf die Knochen blamieren«, rief sie hinüber.

»Du spielst großartig«, kam es aus dem Nebenraum.

»Das sagst du nur, um mich zu beruhigen.«

»Nein, jeder sagt das.« Komos Stimme klang näher, und da stand er auch schon in der Tür. Clara hatte Onkel Theodor gar nicht so groß in Erinnerung. Die Ärmel des Fracks bedeckten Komos Hände. Auch die Hose musste gekürzt werden. Komo in edles Tuch gehüllt. Seine bronzefarbene Haut wirkte zu dem weißen Hemd gleich noch einen Tick dunkler. Abgesehen von dem Längenproblem sah er in Onkel Theodors Frack geradezu umwerfend aus.

Komo fühlte sich jedoch sichtlich unwohl. »Ich sehe aus wie ein Pinguin«, sagte er.

»Aber ein besonders hübscher«, erwiderte sie.

Lees Geschick hatten sie es zu verdanken, dass Komo sich während der Kutschfahrt nach Honolulu langsam, aber sicher an elegante europäische Kleidung, wie er sie nannte, gewöhnte. Es schien trotzdem an allen Ecken und Enden zu zwicken und zu spannen. Ihn so herumrudern zu sehen war köstlich. Mal zupfte er am Stoff, zog ihn ein Stück nach vorn, mal schob er ihn wieder nach hinten.

»Warum nur ist diese Kleidung so unbequem?«, fragte er. Nun fummelte Komo an seinem Kragen herum, den eine Fliege zusammenhielt und ihm anscheinend um den Hals herum zu eng war.

Ihm jetzt zu erklären, dass man mit der Mode ging und sich Frauen sogar Kleider anzogen, mit denen man faktisch nicht mehr aufrecht gehen konnte, würde er sicher nicht nachvollziehen können, weil vermutlich kein Mann es nachvollziehen konnte. Bis sie den Stadtrand Honolulus erreicht hatten, fiel Clara eine Begründung ein, die er bestimmt akzeptieren würde: »Man zwängt sich in diese Kleidung als Ehrerbietung für den Gastgeber«, sagte sie.

»Man muss leiden, als Wertschätzung?«, fragte er fassungslos nach.

»So ungefähr.« Clara blickte zu ihm hinüber. Diese Erklärung schien ihm tatsächlich einzuleuchten, zumindest hörte er auf, an seinem Frack zu zupfen. Clara hatte den Eindruck, als würde er sich heldenhaft in seine Rolle als Märtyrer für die feine Gesellschaft fügen. Doch das war nicht das einzige Opfer, das sie an diesem Abend erbringen mussten. Schon als sie mit der Kutsche vorfuhren, die ersten Gäste sie verwundert musterten und anfingen, pikiert zu tuscheln, war klar, dass Komos, aber auch Heinrichs Bedenken nicht unbegründet waren.

»Dass die sich nicht schämt«, war deutlich aus einer der beiden Kutschen zu vernehmen, die hinter ihnen hielten.

Clara stieg aus und suchte sofort Blickkontakt zu den drei Paaren, die auch gerade angekommen waren. Weil eine der Frauen ihrem Blick nicht standhielt, war klar, wer diese Bemerkung eben von sich gegeben hatte.

»Wahrscheinlich ist sie nur neidisch. Schau dir mal ihren Mann an«, flüsterte sie Komo zu.

»Was ist mit ihm?«, fragte er.

Clara gab es auf. Mit einem Hauch von Ironie brauchte sie Komo gar nicht erst zu kommen. Der dickbäuchige Unsympath mit Halbglatze an der Seite des Lästermauls war in seinen Augen anscheinend nichts Besonderes. Clara hoffte trotzdem, dass ihr weitere Bemerkungen dieser Art erspart blieben.

Das Folgende als Spießrutenlauf zu bezeichnen, wäre noch milde ausgedrückt. Eine Aussätzige könnte nicht weniger auffallen. Clara musste Komo zurückhalten, um nicht handgreiflich zu werden, weil ihm, genau wie ihr selbst, keineswegs entgangen war, dass auch das Wort »Kanakenhure« mittlerweile gefallen war. Von wem, glaubte Komo herausgehört zu haben. Es war ein Mann mittleren Alters, der sich an Knut Hoffmann hielt. Die Fronten waren also gesteckt. Zu ihrer Beruhigung und Bestätigung, dass es richtig gewesen war, Komo mitzunehmen, ernteten sie aber auch anerkennende Blicke und Komplimente.

»Such a lovely couple«, sagte eine Frau mit Steckfrisur, die sich als Gattin eines holländischen Arztes entpuppte.

Clara entschloss sich dazu, sich nur auf die Menschen zu konzentrieren, die ihr wohlgesonnen waren, und das war gefühlt die Mehrheit. Einen Teil der Gesichter kannte sie bereits vom Empfang bei den Hoffmanns. Agnes war selbstverständlich ebenso geladen. Sie hatte bereits zwei Plätze im Ballsaal für sie frei gehalten, wie Clara durch das Eingangsportal sehen konnte, an dem Lili'uokalani die Gäste begrüßte. Die Königin trug ein prächtiges buntes Gewand mit Stickereien. Ihr Haar war streng nach hinten gebunden. Das passte zu der förmlichen Begrüßung der Gäste. Es musste ziemlich anstrengend sein, so vielen Menschen die Hand zu reichen und ein paar nette Worte zu wechseln, um ihnen das Gefühl zu geben, wichtig zu sein. Im Zehnsekundentakt rückte die Schlange vor dem Eingang zwei Schritte vor. Lili'uokalanis Miene hellte augenblicklich auf, als sie Clara sah. Die formelle Mimik einer Königin, die stets Haltung bewahrte, wich einem freundschaftlichen Lächeln, das jedermann auffiel. Schlagartig ernteten sie ein gutes Dutzend neugieriger Blicke. Dann ging das Getuschel erneut los. Clara war froh, Einzelheiten im Stimmengewirr nicht herauszuhören. Auch Lili'uokalani musste dies bemerkt haben, weil sie sich beim offiziellen Händedruck vornehm zurückhielt. Lediglich das Leuchten in ihren Augen konnte oder wollte sie nicht verbergen.

»Wie schön, dass Sie kommen konnten, werte Clara«, begrüßte sie Clara. Dann sah sie zu Komo. »Ich nehme an, Sie sind Claras Gefährte«, sagte sie.

Clara war froh, dass Agnes sie anscheinend schon informiert hatte. Für einen Moment war Panik in ihr aufgestiegen, weil sie nicht wusste, wie sie ihn offiziell vorstellen sollte. Sie waren nicht verheiratet, und auch wenn Clara sich sicher war, dass eine Beziehung zwischen einem Einheimischen und einer Fremden die Königin aufgrund ihrer eigenen Eheschließung nicht stören würde, so war es dennoch fraglich, ob man seinen Freund und Liebhaber einfach so mit auf einen offiziellen Empfang nehmen konnte.

Lili'uokalani schenkte auch ihm ein warmes Lächeln und fragte nicht weiter nach. »Ich hoffe, Sie haben Ihre Violine dabei«, sagte sie stattdessen.

»Sie ist noch im Wagen. Wann darf ich für Sie und Ihre Gäste spielen?«

»Nach dem Dinner und eher im kleinen Kreis. Ich sage Ihnen Bescheid«, sagte die Königin. »Lassen Sie sich von Komo in die kulinarische Welt Hawaiis entführen«, fügte sie noch mit einem Augenzwinkern hinzu. Dann nickte sie höflich, genau wie sie es bei jedem Gast tat. Sich noch länger mit ihr zu unterhalten wäre eine zu brisante Provokation für alle anderen gewesen, die hinter ihnen anstanden.

Clara hakte sich daher bei Komo unter und betrat den Ballsaal. Sie konnte es kaum erwarten, Agnes wiederzusehen und ihr von den letzten Tagen zu berichten. Dann entdeckte sie Albrecht, der neben seinem Vater saß, und ihre Vorfreude auf diesen Abend war schlagartig dahin.

Es war ziemlich anstrengend, wenn man unentwegt versuchen musste, sich einer möglichen Begegnung mit unangenehmen Zeitgenossen zu entziehen. Während des Essens war das noch leicht gewesen. Clara saß neben Komo und Agnes zu ihrer Linken und Hermann Widemann zu ihrer Rechten – Gott sei Dank weit genug von Albrecht entfernt, der am anderen Ende der Tafel Platz genommen hatte. Überhaupt war Clara aufgefallen, dass einige der bekannten Gesichter, die sie auf dem Empfang bei den Hoffmanns gesehen hatte, in größerer

Distanz zum Königshaus saßen, als es ihre Position oder ihr Einfluss auf Hawaii rechtfertigen würden. Die Königsgetreuen, unter anderem auch der Sohn des sagenumwobenen Isenberg, saßen weiter vorn. Lili'uokalani scherte sich anscheinend nicht um diesen für Eingeweihte sichtbaren Affront, den sie mit Sicherheit so hatte arrangieren lassen. Vermutlich hatte sie das gegnerische Lager sowieso nur aufgrund seiner Stellung in der Gesellschaft eingeladen und um sich nicht gänzlich zu isolieren, und keineswegs, weil es ihr besonders am Herzen lag. Claras Nähe zur Königin – es trennte sie nur noch ein Sitz von ihr, auf dem Hermann Widemann saß – war wahrscheinlich noch ein viel größerer Affront. Widemann hatte Clara bereits auf dem Empfang der Hoffmanns gesehen. Dass er der amtierende Innenminister war, wusste sie bereits. Nun wurde er, wie Agnes ihr gesteckt hatte, erneut für den Posten des Finanzministeriums gehandelt. Er hatte so viel aus seinem bewegten Leben zu erzählen, dass es gar nicht schwerfiel, Albrechts Blicke zu ignorieren. Clara konnte kaum glauben, dass Kamehameha V. ihren Tischnachbarn zum zweiten assoziierten Richter des Obersten Gerichtshofs und Mitglied des Oberhauses ernannt hatte. In der Heimat war es undenkbar, dass Ausländer derart hohe Ämter bekleideten.

»Rückblickend würde ich aber sagen, dass ich meine Zeit als hiesiger Sheriff als besonders aufregend empfand«, erklärte Widemann, nachdem Clara ihn angesichts seiner Vielseitigkeit fragte, was ihm bisher am besten gefallen hätte.

»Sie mögen es also, Verbrecher zu jagen, aber ist das nicht sehr gefährlich?«, fragte sie.

»Gelegentlich, aber es muss Menschen geben, die für Recht und Ordnung sorgen«, erwiderte er. »Die größten Verbrecher sind sowieso Wölfe, die im Schafspelz daherkommen.« Dabei sah Widemann zweifelsohne in Richtung der hinteren Ränge, möglicherweise nur unbewusst, aber Clara verstand trotzdem, was er damit meinte. Seinem Blick folgte sie nicht, weil sie dann Albrecht hätte ins Gesicht sehen müssen.

»Ihren werten Onkel, Gott hab ihn selig, habe ich gut gekannt. Er muss Sie sehr gemocht haben«, fuhr er fort.

»Hat er Ihnen das gesagt?«

»Nicht direkt, aber er hat mir von Ihrem regen Briefwechsel erzählt und was Sie alles auf die Beine stellen. Wie ich hörte, haben Sie bereits kaufmännische Erfahrungen im Gewürzhandel gesammelt und waren in Südindien. Kein Wunder, dass Sie alles so fest im Griff haben.«

»Dieses ewige Gerede …« Clara seufzte. »Ohne Hilfe von Dritten hätte ich bis heute noch nicht die Ernte eingebracht.«

»Machen Sie weiter so«, ermutigte Widemann sie. »Ihr Onkel wäre stolz auf Ihre Arbeit.« Für einen Moment wirkte er nun abwesend. Er schien an Onkel Theodor zu denken. »Ihr Onkel hätte diesen Artikel nicht schreiben dürfen …«, sagte er dann mehr zu sich.

»Wird man mich jetzt auch umbringen, nur weil ich die Königin mag?«, fragte Clara mit Ironie, um sich selbst die Angst vor dieser Möglichkeit zu nehmen.

Widemanns charmantes Lächeln fror ein. »Man munkelt, dass er zu viel wusste … Solange man klar auf der einen oder anderen Seite steht … Da müsste ich schon längst tot sein, aber Ihr Onkel hat mir gegenüber angedeutet, dass es Verräter gibt …«, sagte er leise und mit aufgesetzt gut gelaunter Miene, sodass jeder, der zufällig zu ihnen hersah, denken musste, sie unterhielten sich über Gesellschaftliches ohne Bedeutung.

»Hermann. Du nimmst jetzt schon seit fast einer halben Stunde unsere bezaubernde Clara in Beschlag«, beschwerte sich Lili'uokalani augenzwinkernd. »Wenn das so weitergeht, müssen wir die Plätze tauschen«, fuhr sie fort. Offenbar hatte Lili'uokalani ihr Gespräch doch vernommen, was Clara verwunderte, weil das Stimmengewirr sehr laut war und sie sich angeregt mit ihrer Schwester, Prinzessin Likelike, unterhalten hatte. In ihrem näheren Umkreis war sowieso nur Agnes zu hören. Der arme Komo musste sich Löcher in den Bauch fragen lassen und war ein williges Opfer, um einfach alles über das preußische Reich zu erfahren. Widemann hatte auf alle Fälle Lili'uokalanis Wink mit dem Zaunpfahl verstanden. Sein Themenwechsel führte in unverfänglichere Gefilde, auch wenn Clara am liebsten nachgehakt hätte, welches Geheimnis Onkel Theodor das Leben gekostet hatte.

Nach dem Essen begann im Thronsaal ein wahrhaftiges Versteckspiel. Clara konnte Albrechts Wunsch, mit ihr zu sprechen, fast körperlich spüren. Auch aus den Augenwinkeln spürte sie, dass er unentwegt Blickkontakt suchte. Was um alles in der Welt wollte er von ihr? War nicht bereits alles gesagt? Clara verspürte nicht die geringste Lust, mit dem Mann zu reden, der seine Männer auf Komo gehetzt hatte, um ihm eine Lektion zu erteilen.

Auch Komo wunderte sich, was er von Clara wollte. Er hatte die beneidenswerte Fähigkeit, durch Albrecht regelrecht hindurchzusehen. Jeder andere hätte ihn zur Rede gestellt oder nach draußen gebeten, um auch ihm eine »Lektion« zu erteilen. Dieses Scheusal hatte es nach Claras Ansicht lediglich Komos Sanftmut und innerer Ruhe zu verdanken, dass es nicht zum Eklat kam.

Clara war trotzdem froh darüber, dass sie keinen Moment allein waren. Die meisten, die sie ansprachen, wollten wissen, wie sie zurechtkam, und zollten Respekt für ihre Arbeit. Es waren überwiegend Deutsche. Die Mehrzahl von ihnen lebte in Lihue auf Kauai. Die dortige deutsche Siedlung wuchs und gedieh, wie ihr ein über alle Maßen sympathischer Mann namens Maximilian Eckart erklärte. Der gelernte Uhrmacher und Juwelier, dessen Familie aus der Nähe von Nürnberg stammte, lebte mittlerweile auf der Nachbarinsel Maui und war bereits vor vierundzwanzig Jahren nach Hawaii gekommen, um dort gemeinsam mit seinem Bruder ein Juweliergeschäft zu führen. Selbst Komo schien dieser Eckart zu beeindrucken.

»Wann werden Sie beide heiraten?«, fragte der drahtige Deutsche mit schlohweißem Vollbart und Halbglatze, der absolut nicht in das Bild der hiesigen, überwiegend wohlgenährten Deutschen passen wollte. Auch ihm war natürlich nicht entgangen, dass Komo ihr Gefährte war. Vielleicht hatte er sich aber auch bei Agnes über sie erkundigt.

»Heiraten …«, stammelte Komo. »In einer deutschen Kirche?«

»Ja, wo denn sonst? Meine Frau und ich hatten allerdings eine Doppelhochzeit. Einmal hawaiianisch und einmal christlich. Bei Mischehen sollte man beides haben«, führte er aus, als ob es das Selbstverständlichste der Welt sei.

»Ihre Frau ist von hier?«, fragte Clara. Das würde allerdings seine Offenheit erklären.

Eckart blickte in Richtung einer einheimischen Frau, die Lili'uokalani ähnlich sah, auch wenn ihre Gesichtszüge etwas strenger waren. Clara hatte sie erst für ein Mitglied des Königshauses gehalten, weil sie sich so rege mit Prinzessin Likelike unterhielt. Eckart hatte aber noch weitere Überraschungen in petto: »Meine Maria Louisa«, sagte er schwärmerisch, den Blick dabei immer noch auf seine Frau gerichtet.

»Das ist aber kein hawaiianischer Name«, stellte Komo fest.

»Ihr Vater ist aus Dänemark. Ihre Mutter ist königlicher Abstammung. Um beiden Linien gerecht zu werden, ist aus ihr eine Campbell von Kohala geworden.«

»Mischehen scheinen hier auf Hawaii aber nicht sonderlich gerne gesehen zu sein«, merkte Clara mehr als Frage an.

»Ganz im Gegenteil, zumindest was das Königshaus betrifft. Eine bessere Mischung aus deutschen Tugenden und dem großen Herz der Hawaiianer kann es kaum geben. König Kalakāua war sehr glücklich über jede deutsch-hawaiianische Eheschließung. Außerdem, sehen Sie sich doch um. Es kommen immer mehr Menschen aus aller Herren Länder. Und was meine Familie betrifft … Meine Kinder haben in italienische, englische, portugiesische, japanische und philippinische Familien eingeheiratet.«

»Wie viele Kinder haben Sie denn?«, fragte Clara verwundert nach.

»Zwölf …« Eckart schmunzelte.

Clara munterte seine Einschätzung der hiesigen Verhältnisse auf. Dass er gleich so viele Kinder hatte, war beeindruckend. Zugleich warf das aber auch die Frage auf, wie es mit ihr und Komo weitergehen würde. Heiraten? Die Turbulenzen der letzten Zeit hatten sie keine Minute darüber nachdenken lassen, und auch jetzt blieb wieder keine Zeit, diesen Gedanken weiterzuverfolgen oder Komo etwas näher auf den Zahn zu fühlen. Die nächste Attraktion wartete draußen vor dem Palast auf sie.

»Kommen Sie, wir dürfen den Hula auf keinen Fall verpassen«, sagte Eckart.

Die Tänzer hatten sich bereits vor dem Haus im Garten versammelt. Auch diese Darbietung bot die Möglichkeit, sich weiterhin von Albrecht fernzuhalten. Die meisten Gäste hatten sich bereits kreisförmig um die knapp bekleideten Tänzerinnen und Tänzer versammelt. Clara folgte Agnes, die sich wohl wissend genau auf der Albrecht gegenüberliegenden Seite einen Platz gesucht hatte. Von dort aus konnte man auch besser auf die Tänzer sehen, die, von brennenden Fackeln beleuchtet, anfingen, auf eine Art und Weise zu tanzen, wie Clara dies nie zuvor gesehen hatte. Die Körper bewegten sich schlangengleich im Takt der Musik, die von Sprechgesang über alte Mythen und Sagen begleitet wurde – Agnes wusste natürlich auch das, doch angesichts der bereits laufenden Darbietung referierte sie diesmal nicht wieder. Clara wunderte sich nicht, dass der Hula auf Wirken der Missionare bis vor wenigen Jahren verboten gewesen war. Für einen streng gläubigen Europäer war der Tanz gleich in zweierlei Hinsicht anzüglich. Die Brüste der Frauen wurden nur von üppig geflochtenen Blumenkränzen verdeckt. Die Oberkörper der männlichen Tänzer lagen gänzlich frei. Hinzu kam, dass die Bewegungen sehr sinnlich waren und bei Männern mit Sicherheit allerlei Begierden weckten, auch wenn an sich gar nichts Obszönes in der Darbietung lag. König Kalākāua hatte den Hula vermutlich nicht zuletzt deshalb wieder per Gesetz erlaubt.

»Hula ist die Sprache des Herzens und deshalb der Herzschlag des hawaiianischen Volks«, erklärte ihr Komo.

Clara konnte ihm ansehen, wie sehr ihn die Darbietung berührte. Der Sprechgesang erinnerte sie ein wenig an jene Nacht, in der er auf ihrem Feld gesungen hatte. Auch wenn Clara kein Wort verstand, schienen die sonoren Klänge hypnotische Wirkung zu haben. Wenn man die Augen schloss und nur den Stimmen lauschte, spürte man wärmende Ruhe und inneren Frieden. Jede Bewegung war Teil einer Geschichte, die nur ein Hawaiianer verstehen konnte. Dementsprechend verklärt wirkte Komos Blick. Clara wünschte, dass sie sich in diese Welt hineindenken konnte, das Gleiche zu empfinden in der Lage wäre wie er. Stattdessen dachte sie an ihren bevorstehenden Auftritt. Hatte Lili'uokalani nicht gesagt, dass sie nur in kleinem Kreis spielen sollte? Clara hoffte inständig, dass Albrecht nicht dazugehörte.

Wenn eine Königin von »klein« sprach, hatte das eine andere Bedeutung als im normalen Sprachgebrauch. Zwar war ein Teil der Gäste schon gegangen, aber statt der erhofften Kammermusik im Blauen Salon füllten die verbliebenen Gäste immer noch den Thronsaal. Während des Hula hatten die Bediensteten auch noch Stuhlreihen aufgestellt, sodass das Ganze vom »kleinen Kreis« zum Konzert avancierte. Man konnte Liliʻuokalani diesen Wunsch nicht abschlagen. Angeblich hatte sich wie ein Lauffeuer verbreitet, dass sie eine virtuose Violinenspielerin sei. Diesem vorauseilenden Ruf musste Clara nun gerecht werden, was sich aber als schwierig erwies, weil Albrecht die Dreistigkeit hatte, sich in die erste Reihe zu setzen – immerhin nicht auch noch neben Komo, der ihn nach wie vor geflissentlich ignorierte.

Bei einem »Künstler« galten offenbar andere Gesetze. Da wurde auch einer mutmaßlichen Royalistin applaudiert. Clara hatte sich für zwei Violinsoli von Bach und Mozart entschieden. Zu ihrer großen Überraschung hatte sie sich kein einziges Mal verspielt, was sicherlich auch daran lag, dass sie konzentriert auf die Geige und ihre Griffe blickte, um Albrecht aus ihrem Gesichtsfeld zu verbannen. Gelegentlich sah sie auf zur Königin und ihrem Gefolge. Ihr verzücktes Lächeln entschädigte für stundenlanges Üben während der Nachtruhe. Weil sie mittlerweile um die Walzer-Leidenschaft der Hawaiianer wusste, wählte Clara als drittes Stück einen Walzer von Johann Strauss. Das »Wiener Blut« schien nun auch in den Adern der Anwesenden zu fließen. Clara konnte sehen, dass einige mit den Beinen wippten und sich im Takt der Musik auf den Stühlen bewegten. Tosender Applaus folgte, und nachdem die Königin aufgestanden war und frenetisch weiterapplaudierte, war im Nu der gesamte Thronsaal auf den Beinen. Täuschte sie sich, oder hatte Albrecht während der Standing Ovations, wie die

Engländer es nannten, auch ein Zustand von Ekstase ergriffen? Es dauerte zu ihrem Leidwesen nicht sehr lange, um sich dessen sicher zu werden. Albrecht lauerte am Ausgang, mit immer noch verzückter Miene, und wartete anscheinend geduldig auf diese eine Möglichkeit, sie mit Sicherheit abzufangen. Daran bestand kein Zweifel, weil es mindestens eine halbe Stunde gedauert hatte, bis sie alle Glückwünsche und Danksagungen entgegengenommen hatte, insbesondere die der Königin. Der Saal leerte sich. Clara war froh, dass ihr Komo den Arm anbot. Wenn sie schon an Albrecht vorbeiliefen, dann als Paar. Mit jedem Meter, den sie sich ihm näherten, beschleunigte sich ihr Herzschlag. Wie konnte man nur so unverfroren sein?

»Ein großartiges Konzert, Fräulein Clara, und dieser Rahmen ist bestimmt würdiger für Ihre Kunst als ein Mannschaftsraum auf einem Dampfschiff«, sagte er, als wenn nichts vorgefallen wäre.

Clara bedankte sich mit einem Nicken und unverfänglichem Lächeln. Sie beschloss, einfach weiterzugehen, doch Albrecht ließ nicht locker, auch nachdem ihm Komo einen eindeutig mahnenden Blick zugeworfen hatte.

»Clara … Komo … Hören Sie mich an …«, flehte Albrecht regelrecht.

»Es gibt nichts mehr zu sagen«, trat ihm Komo mit Autorität entgegen, die Albrecht offensichtlich beeindruckte, weil es bisher ja immer er gewesen war, der ihm Anordnungen gegeben hatte.

»Ich habe von Ihrem Unfall gehört«, sagte Albrecht.

»Es war kein Unfall«, stellte Komo ruhig klar.

Clara blickte sich um. Die meisten Gäste hatten den Saal bereits verlassen oder unterhielten sich. Lili'uokalani hatte sich ebenfalls zurückgezogen. Es gab also keinen Grund mehr, sich gütlich zu zeigen, nur um die Form zu wahren.

»Ich kann nicht fassen, dass Sie mich nötigen, diese Unterredung mit Ihnen zu führen. Eine Entschuldigung wäre angebracht, aber ich glaube nicht, dass wir sie entgegennehmen würden«, sagte Clara mit scharfer Stimme.

Albrecht nickte einsichtig.

»Ich muss zu meiner Schande gestehen, dass ich dem niederen Instinkt der Eifersucht erlag«, gestand er ein. Dann sah er Komo in die Augen. »Ich hätte dich nicht entlassen dürfen, nur weil ...« Weiter sprach er nicht. Der Gedanke, dass Komo ihr Gefährte war, schien Albrecht immer noch bis ins Mark zu peinigen. Er fing sich aber schnell. »Aber letztlich war es die richtige Entscheidung. Du kannst nicht gleichzeitig bei mir und für Clara arbeiten.«

»Dafür hätte ich auch keine Entschuldigung erwartet«, präzisierte Clara, die kaum glauben konnte, dass Albrecht nicht im Traum daran dachte, sich für den in Auftrag gegebenen Überfall auf Komo zu rechtfertigen.

»Wofür sonst ... Ich verstehe nicht, worauf Sie hinauswollen«, sagte Albrecht. Dass er wirklich keine Ahnung hatte, wofür er sich noch entschuldigen sollte, stand ihm ins Gesicht geschrieben. Albrecht schien erst eine Weile zu brauchen, um zu kombinieren, welcher unausgesprochene Verdacht im Raum stand.

»Sie denken doch nicht etwa ...«, fing er dann fassungslos an, bevor er sich an Komo wandte: »Komo ... Du kennst mich seit über einem Jahr. Wir haben uns immer gut verstanden ... Ich hab von dem Überfall gehört. Jack hat es mir erzählt ...«

Albrechts Fassungslosigkeit war nicht gespielt. So weit kannte Clara ihn.

»Bitte lass mich mit Clara allein sprechen«, bat er Komo. »Sofern es Ihnen recht ist«, schränkte er sogleich ein, indem er sich an Clara wandte.

Mit Albrecht allein sprechen? Komo nickte stumm.

Auch Clara willigte ein, obwohl sie alles andere als erpicht darauf war.

Clara war letztlich doch froh, dass Albrecht vorgeschlagen hatte, sich abseits der Gäste in den Garten zu begeben. Hier wähnte sie sich in Sicherheit vor weiteren neugierigen Blicken und Spekulationen darüber, weshalb sie nun auf einmal in Begleitung von Albrecht war.

»Vortrefflichstes Fräulein Clara«, fing er an, nachdem sie hinaus in den Garten getreten waren. »Es betrübt mich zutiefst, dass Sie auch nur einen Augenblick darüber nachgedacht haben. War ich Ihnen gegenüber jemals so ein Scheusal, dass Sie mir zutrauten, ausgerechnet Komo …«

Clara war einigermaßen überrascht. »Sie sehen mir sicher nach, dass diese Schlussfolgerung naheliegend und nicht von der Hand zu weisen war. Schließlich haben Sie ihn entlassen, und kurz danach ist es passiert. An Zufälle dieser Art zu glauben wäre naiv«, erklärte sie.

»Und doch ist es so. Warum sollte ich das tun?«

Clara hatte keine Lust, um den heißen Brei herumzureden. »Aus Eifersucht?«, fragte sie rein rhetorisch.

»Gefühle sind manchmal von Torheit kaum zu unterscheiden. Aber jemanden zu beauftragen, einen Mann niederzuschlagen, überstiege bei Weitem die Grenzen des auch nur Denkbaren«, rechtfertigte er sich.

Clara musterte ihn. Er sagte die Wahrheit.

»Als ich Sie mit ihm am Hafen gesehen habe, geriet mein Gemüt dermaßen in Wallung, dass ich gegen jede Vernunft auf Vaters Anraten meinen besten Arbeiter entlassen habe. Ich darf Ihnen aber versichern, dass ich mich mit Ihrer Wahl abgefunden habe, auch wenn Ihnen eine Liaison mit einem Einheimischen in manchen Kreisen nicht unbedingt zum Vorteil gereichen wird«, sagte er.

»Geht es in der Liebe um irgendwelche Vorteile?«, fragte Clara, was ihn für einen Moment verunsicherte, aber er fing sich schnell.

»Liebe … Ich bewundere Ihre Sicherheit um das Wissen jenes Geheimnisses, das sich Liebe nennt. Kann es dennoch sein, dass der Duft der Verliebtheit Ihre Sinne benebelt? Zuweilen ist Zuneigung eine Blüte mit recht zarten Blättern, die Zeit braucht, um zu erblühen«, meinte er.

Damit brachte er leider auf den Punkt, was sie bewegte. Jenes Gefühl der Sicherheit und Selbstverständlichkeit, vor allem aber der Leichtigkeit, die sie an Komos Seite empfand, schien immer noch wie ein Traum zu sein, der dem Verstande nach irgendwann an der Realität zu zerbrechen drohte. Dazu kam, dass sie in der Tat angefangen hatte, eine gewisse Zuneigung für Albrecht zu empfinden, und dies nicht nur aus Dankbarkeit für seine Hilfe, sondern weil der erste Eindruck, den er auf der Überfahrt hinterlassen hatte, sich peu à peu wie ein Dunstschleier gelichtet und einen Mann offenbart hatte, der durchaus Zuneigung verdiente. Clara bemerkte, dass er sie musterte, während sie schweigend ein paar Schritte neben ihm her ging.

»Versichern Sie mir wenigstens, dass Sie mir glauben. Es ist schon schwer genug, mit Trübsal meinem Schicksal entgegenzusehen, wobei ich mich mit der Gewissheit tröste, einen schrecklichen Ehemann abzugeben.« Dabei huschte ein Lächeln über sein Gesicht und zeigte bezaubernde Grübchen.

Clara war erleichtert, dass das Gespräch, vor dem es ihr so gegraut hatte, darauf zusteuerte, ein wohlgefälliges Ende zu nehmen. »Unsinn, Albrecht«, widersprach sie. »Sie würden sicher einen erträumenswerten Gatten abgeben, und was Ersteres betrifft, so kann ich Ihnen diese Versicherung geben. Ich frage mich nur, wer Komo so etwas antun wollte. Es muss doch irgendwie damit zu tun haben, dass er nun für mich arbeitet.«

»Das ist denkbar. Ich kann mir vorstellen, dass Sie viele Neider haben, einmal ganz abgesehen von Ihrer offen zur Schau gestellten Affinität für das Königshaus, die Sie heute Abend deutlicher nicht hätten machen können. Ihr werter Onkel hatte den gleichen Fehler gemacht«, sagte Albrecht.

»Musste er deshalb sterben?«

»Auch das ist nicht auszuschließen.«

»Widemann meinte, dass er zu viel wusste. Angeblich spiele jemand im Lager der Royalisten mit gezinkten Karten«, sagte sie.

Albrecht wurde hellhörig. »Das hat Widemann gesagt?«

Clara nickte und beobachtete seine Reaktion. Es schien ihn über alle Maßen zu beschäftigen.

»Wenn das stimmt … Clara, ich beschwöre Sie, um Ihrer Unversehrtheit willen, versuchen Sie, nicht weiter zu provozieren. Jenkins haben Sie bereits zum Feind. Man darf den Bogen nicht überspannen.« Das waren klare Worte, und auch das glaubte sie ihm.

Das Erste, wofür Komo sich auf dem Rückweg zur Plantage interessiert hatte, war naheliegenderweise das Thema »Albrecht« gewesen. Dass er an Clara Gefallen gefunden hatte, war Komo ja nicht neu. Dass Albrecht sogar das Wort »Ehemann« in den Mund genommen hatte, wenngleich »schrecklich« es ein wenig relativierte, allerdings schon. Clara hatte nichts von ihrem Gespräch unter vier Augen ausgelassen. Sie hatten kaum die Stadtgrenze von Honolulu erreicht, da setzte auch noch die Wirkung von Maximilian Eckarts Frage ein, wann sie denn vor den Traualtar treten würden.

»Vielleicht hört das Gerede der Leute auf, wenn wir heiraten würden«, schlug er aus heiterem Himmel vor.

Clara versteifte augenblicklich. Einen Heiratsantrag hatte sie sich wesentlich romantischer vorgestellt. Außerdem war gar nicht gewiss, ob Komo nur deshalb fragte, weil Albrecht indirekt klar gemacht hatte, dass er sie am liebsten zur Frau nehmen würde. Claras Schweigen brach Komos sprichwörtliche Ruhe. Ungeduldig schaute er mal auf den vor ihnen liegenden Weg und dann wieder zu ihr.

Clara beschloss, ihm nun auf den Zahn zu fühlen. »Du würdest mich also heiraten, damit die Leute nicht mehr reden?«, fragte sie.

»Ja.«

Komos direkte Art konnte einen verrückt machen. Jeder normale deutsche Mann hätte spätestens jetzt zu einer ausschweifenden Liebeserklärung angesetzt, auch wenn eine Kutschfahrt auf einem holprigen Weg zugegebenermaßen nicht der geeignetste Ort dafür war.

»Und gibt es noch einen anderen Grund?«, fragte sie.

»Nein«, erwiderte er zu Claras Enttäuschung.

Das musste sie erst einmal verdauen. Clara musste sich in Erinnerung rufen, dass Komo eben kein deutscher Mann war und sie das, was er von sich gab, ganz wertfrei und ohne Hintergedanken zu verstehen hatte. Aber eben dieser eine fehlende Hintergedanke störte sie nun.

»Heiratet man auf Hawaii nicht auch, weil man jemanden liebt?«, fragte sie daher nach.

»Natürlich, aber das eine hat doch mit dem anderen nichts zu tun. Man heiratet hier auch, um Familien aneinander zu binden.«

»Also wäre unsere Heirat auch rein zweckgebunden«, versuchte sie weiter, ihn zu provozieren.

»Clara. Ich verstehe dich nicht. Muss ich dich heiraten, um dir zu beweisen, dass ich dich liebe?«, fragte er.

Clara überlegte sich eine ausschweifende Antwort, die einigermaßen die Komplexität ihrer gegenwärtigen Gefühlslage zum Ausdruck bringen würde, scheiterte aber daran. »Nein«, erwiderte sie deshalb nur und spiegelte damit seine Art zu kommunizieren.

Komo entspannte sich daraufhin sichtlich.

»Es kommt nur so überraschend«, fügte sie hinzu.

»Für mich auch«, sagte er.

»Wir kennen uns doch noch gar nicht so lange«, platzte es schließlich aus ihr heraus. »Im Grunde genommen weiß ich noch fast überhaupt nichts von dir.« Clara hoffte, dass er dies nicht als Zurückweisung empfinden würde, weil jeder deutsche Mann es als eine Ausrede ansehen würde. Gott sei Dank verhielt er sich auch daraufhin ebenfalls anders als in deutschen Landen üblich. Er nahm es, wie sie es meinte.

»Was möchtest du wissen?«, fragte er.

Damit überforderte er Clara, weil sie sich in diesem Moment klar machte, dass man doch mehr als die Gewissheit, jemanden zu lieben, sowieso nicht erlangen konnte. Hatte sie etwa doch noch Zweifel, die sie selbst bisher noch gar nicht formuliert hatte?

»Wie du aufgewachsen bist zum Beispiel.« Etwas anderes kam ihr so schnell nicht in den Sinn. »Ich weiß nichts über deine Eltern, über deine Träume … Was dich in der Schule am meisten interessiert hat, wer deine Freunde waren … Deine ganze Welt, deine Kultur. Ich kenne sie noch nicht. Du warst plötzlich da … und …« Clara holte tief Luft. Mehr wollte ihr einfach nicht einfallen. »Ich weiß nur, dass ich dich liebe«, stieß sie aber noch hervor, weil es tatsächlich alles war, was sie sicher wusste.

Komo legte die Zügel in seine rechte Hand und zog Clara mit dem freien Arm zu sich. »Wir stehen morgen zeitig auf und nehmen das Fährschiff nach Kauai«, sagte er.

»Nach Kauai?«

»Ich zeig dir meine Welt«, erläuterte er nun mit der gleichen Ruhe und Gelassenheit, die Clara an ihm liebte, die ihr aber manchmal schier den Verstand rauben wollte.

16 🌺

Mit Komos kleinem Segelboot, das Clara in Unkenntnis der Entfernung zwischen Oahu und der westlichen Nachbarinsel Kauai tatsächlich in Betracht gezogen hatte, wäre die Überfahrt zum lebensgefährlichen Abenteuer geworden. Der Seegang war aufgrund starker Westwinde schon auf der Fähre, einem mittelgroßen Segler, ungemütlich genug, legte sich jedoch, als sie endlich auf offener See waren und die einundachtzig Seemeilen, was ungefähr einhundertfünfzig Kilometern entsprach, vor ihnen lagen. Komo hatte sich die Aufforderung, mehr über sich zu erzählen, anscheinend sehr zu Herzen genommen. So gesprächig erlebte man ihn selten. Mittlerweile wusste Clara, dass seine Mutter früh verstorben und er in einem Waisenhaus in Lihue aufgewachsen war. Seinen Vater hatte er nie kennengelernt. Soviel Komo von seiner Mutter erzählt bekommen hatte, war er auf hoher See umgekommen. Obwohl er die damaligen Umstände dieser Schicksalsschläge, die für ein Kind besonders schlimm waren, noch genauestens wusste und sie ausführlich schilderte, schien ihn die Vergangenheit nicht mehr sonderlich zu berühren.

»Ich musste meiner Mutter versprechen, dass ich nicht traurig bin, wenn sie gehen muss«, hatte er ihr auf Nachfrage erklärt, wie er mit ihrem Tod umgegangen war. Komo hatte sich nicht gescheut, ihr jede Gefühlsregung aus der damaligen Zeit zu schildern, doch es klang so, als würde er nicht von sich erzählen. Das irritierte Clara. Aus seiner Sicht schien alles so einfach zu sein, selbst der Tod seiner Mutter. »Das gehört mit zum Leben«, hatte er erklärt. Hinzu kam, dass er, wie alle Hawaiianer, die Meinung vertrat, dass mit dem Tod nicht alles vorbei war. Einige Einheimische bewahrten, wie sie inzwischen wusste, ja sogar heute noch die Knochen der Verstorbenen in ihrem Haus auf, um die Verbindung zu ihnen nicht zu verlieren. Die Verstorbenen wachten über die Lebenden. Sich mit Schicksalsschlägen abzufinden, sie als gegeben hinzunehmen und nicht daran zu verzweifeln, musste sich aus der Naturverbundenheit der Hawaiianer ergeben und darin tief verwurzelt sein. Komo hatte noch nie über diesen Zusammenhang, den Clara ihm dargelegt hatte, nachgedacht, hielt dies jedoch für möglich. Clara bewunderte seine Leichtigkeit im Umgang mit den Schicksalsschlägen und Herausforderungen des Lebens. Zugleich machte ihr das Angst. Nahm er ihre Bindung am Ende dann auch so leicht? Schon allein der Gedanke entblößte sie als Europäerin, die man dahingehend erzogen hatte, manches leicht- und anderes schwerzunehmen. Die stundenlange Überfahrt bot ausreichend Gelegenheit, in sich hineinzuhorchen und alles Erlernte und Anerzogene infrage zu stellen. Zweifelsohne lebte seine Kultur glücklicher, auf alle Fälle aber unbeschwerter. Was ihr die Angst nahm, war seine Ehrlichkeit. Er scheute sich nicht, davon zu erzählen, dass er nach dem Tod seiner Mutter zum Dieb wurde und Lebensmittel gestohlen hatte, um zu überleben. Erst als ihn eine der königlichen Schulen aufgenommen und Unterkunft im Waisenhaus gewährt hatte, war sein Leben in anderen Bahnen verlaufen.

»Ich war dort sehr glücklich«, hatte er ihr gestanden. Die Schule sollte sie unbedingt sehen, auch sein Haus, das er von seiner Mutter geerbt hatte. Es lag direkt am Meer. Clara war gespannt, was sie erwartete. Schon als der Segler sich der Küste näherte, wuchs ihre Neugier auf seine Welt, deren grüne Küste mit hohen Gebirgszügen im Norden einen ganz ande-

ren und viel wilderen Charakter hatte als Oahu. Dichte Nebel-
wolken verhüllten die Gipfel. Tiefe Canyons gruben sich durch
den Norden bis in die Inselmitte. Die Nordküste sei wild. Ihre
Steilküsten würden direkt ins Meer fallen. Und ausgerechnet hier hatten sich die meisten Deutschen angesiedelt? Ausgerechnet in Lihue, einem Ort, der noch nicht einmal einen
ausgebauten Hafen hatte, in den große Segelschiffe einlaufen
konnten?

Ihnen blieb tatsächlich nichts anderes übrig, als in kleine
Boote umzusteigen, die sie ans Ufer brachten.

Die Wellen waren bereits auf offener See beängstigend hoch
gewesen. Je näher sie der Brandung kamen, desto wilder zerr-
ten sie an den kleinen Booten, in denen ein gutes Dutzend Passagiere Platz fanden. Clara war froh, als sie den Landesteg erreicht hatten und das Boot angetaut war.

Vor ihr lag nun Lihue, die deutsche Stadt auf Hawaii. Mit
Honolulu hatte sie absolut nichts gemein. Lediglich ein paar
Lagerhallen und größere Gebäude am Hafengelände wiesen
auf Handelsaktivitäten hin. Geschäftshäuser wie in Honolulu
sah sie auf den ersten Blick keine. Die Wohnhäuser zum Lan-
desinneren hin wurden immer kleiner und ragten aus saftigem
Grün zwischen Bäumen, wild wachsenden Blumen, Palmen
und Sträuchern hervor. Clara fiel auf, dass es hier mehr Bäume
als in Honolulu gab. Im Herzen Lihues glaubte sie sogar, einen Park zu sehen. Vermutlich hatten die hier lebenden Deutschen so viele Bäume gepflanzt, um ein Stück Heimat um sich
zu haben.

Zu Claras großem Erstaunen kannte man Komo in einigen
Läden der Hauptstraße. Es wurde überall Deutsch gespro-
chen. Auch der Anteil an Chinesen, Japanern, Filipinos und
Portugiesen war hier geringer als in Honolulu. Wenn man sich
Palmen und tropische Vegetation in den Gärten oder auf den

Grünflächen wegdachte, konnte man glauben, in einer deutschen Kleinstadt zu sein. Die lutherische Kirche, wie sie auch in Geestemünde stehen konnte, untermauerte diesen Eindruck. Tante Viktorias Krämerladen würde, so wie er war, perfekt in das Stadtbild passen. Der hiesige Laden, der einer Frau Grünfeld etwa in Tante Viktorias Alter gehörte, führte nahezu das gleiche Sortiment. Clara lief beim Anblick des Sauerkrauts in der Auslage glatt das Wasser im Mund zusammen.

»Für eine Scheibe Wurst seid ihr beide schon etwas zu groß«, amüsierte sich die Ladenbesitzerin, nachdem Clara für Brot und etwas Käse bezahlt hatte. Die Krämerfrau kannte Komo anscheinend von klein auf, weil sie sich herzlich zum Abschied umarmten. Das verblüffte Clara, weil sie von Komo wusste, dass er in ebendiesem Laden Lebensmittel gestohlen hatte.

Komo war nicht wiederzuerkennen. Es schien fast so, als ob der Schelm von damals, der kleine Junge, zum Vorschein kommen würde. Sein Repertoire an schier unglaublichen und zuweilen auch komischen Erlebnissen war unerschöpflich. Dass die Deutschen zwar bei den Einheimischen aufgrund ihrer Tugenden schnell beliebt waren, hätte die Hawaiianer nicht daran gehindert, sich anfangs über sie lustig zu machen. Frau Grünfeld hatte früher geglaubt, dass es nicht gut sei, unter der starken Sonne Hawaiis Kinder zu gebären, weil man noch vor gut dreißig Jahren tatsächlich die Meinung vertreten hatte, dass die Haut der Kinder sich braun verfärben würde. Erst nachdem die ersten Geburten anders als vermutet verlaufen waren, hatte dieser Irrglaube den Nährboden verloren.

Es war noch nicht einmal Mittag, und Komo hatte ihr so ziemlich jeden Fleck gezeigt, an dem er seine Kindheit verbracht hatte: vom Bolzplatz im kleinen Park, der in der Zeit, als er noch ein Junge war, angelegt wurde und in dem seine Mutter mit ihm spazieren gegangen war, bis hin zur Kirche. Eines lag ihm jedoch besonders am Herzen, weil er dort am glücklichsten gewesen war und wie durch ein Wunder aus dem Straßenjungen ein Mann hatte werden können, der sich fortan aus eigener Kraft im Leben behauptete: die deutsche Schule.

Es war kaum zu glauben, dass eine von Deutschen geführte Schule vom Königshaus und somit mit staatlichen Geldern gefördert wurde. Das weiß gestrichene Haus aus Holz war groß genug, um acht Klassenzimmer zu beherbergen, ein Lehrerzimmer nebst Sekretariat und einen Gemeinschaftsraum, in dem, wie Komo ihr erklärte, Bilder und Skulpturen aus dem Kunstunterricht der Kinder ausgestellt wurden. Dort nahmen die Schüler auch die Mahlzeiten ein.

»Warum wolltest du denn ausgerechnet auf eine deutsche Schule?«, fragte Clara.

»Ich habe mir das nicht ausgesucht. Ich ging zum Gottesdienst wie jeden Sonntag. Das musste ich, weil ich bei Frau Grünfeld gestohlen hatte. Ich sollte mich bessern. Da kam ein Mann aus Honolulu. Er sprach davon, dass jemand die Schule und das Waisenhaus für mich bezahlen würde. Wer das war, weiß ich bis heute nicht«, erklärte Komo.

»Aus heiterem Himmel? Einfach so und ohne Gegenleistung?«

»Ja. Das war damals nicht ungewöhnlich. Viele Waisen hatten Gönner, die nicht in den Vordergrund treten wollten.«

Ein unbekannter Gönner, der einem Waisenkind eine Schule bezahlte?

»Gibt es vielleicht einen Verwandten, von dem du nichts weißt?«

»Mein Vater und meine Mutter hatten keine Geschwister«, sagte Komo während ihres Spaziergangs über das Schulgelände, ein gepflegter Garten mit Rasen, in dem sich die Schüler in den Pausen sicher wohlfühlten.

»Aber warum ausgerechnet eine deutsche Schule?«

»Sie wird von Deutschen geführt, aber der Unterricht ist in vielen Sprachen: Mathematik auf Englisch, Geografie auf Französisch. Das hat manchmal sogar von Tag zu Tag gewechselt. Am Anfang habe ich so gut wie nichts verstanden, aber man gewöhnt sich daran, und die Lehrer waren sehr geduldig mit uns«, erklärte er mit einer Selbstverständlichkeit, die Clara einfach nicht in den Kopf wollte. Ein Mann mit seinem Wissen und seinen Fähigkeiten wäre in der Heimat für den diplomatischen Dienst prädestiniert.

»Warum bist du hiergeblieben? Du sprichst vier Sprachen, hast eine gute Ausbildung. Du hättest in Amerika dein Glück gefunden.«

»Hawaii ist meine Heimat. Ich arbeite gerne in den Feldern, und wenn die Ernte und die Zeit der Ansaat vorbei sind, habe ich meine Freiheit«, erklärte er, was Clara unmittelbar einleuchtete, weil sie mittlerweile wusste, dass er genau so tickte.

»Außerdem. Mein Glück habe ich doch bereits gefunden«, fügte er noch hinzu, bevor er sie an sich zog.

»Komo. So eine Überraschung«, rief ihm eine Frau mit Dutt und faltigem Gesicht von der Veranda zu, die zum Eingang der Schule führte.

»Eine deiner Lehrerinnen?«, fragte Clara.

»Fräulein Hagen. Deutsch und Geschichte«, sagte er.

»Und sie kann sich immer noch an dich erinnern?«, wunderte Clara sich.

»Ich helfe gelegentlich im Garten oder wenn am Haus etwas repariert werden muss«, erklärte Komo.

»Und was für eine charmante Begleitung«, sagte seine ehemalige Lehrerin. »Sie sind aus Deutschland?«, setzte sie neugierig nach, nachdem Clara sie mit einem höflichen »Guten Tag« begrüßt hatte. Dann blickte sie auf ihre Uhr. »Die Kinder haben gleich Pause. In spätestens einer Minute werden wir unser eigenes Wort nicht mehr verstehen. Darf ich Ihnen einen Tee anbieten? Sie müssen mir alles aus der Heimat erzählen. Wir haben hier nur Zeitungen, und die sind meistens zwei Monate hinterher«, sagte sie.

»Und du, Komo. Arbeitest du immer noch für die Hoffmanns?«, fragte sie ihren ehemaligen Schüler. Sie registrierte, dass sich Clara bei ihm auf dem Weg zum Eingang eingehängt hatte. »Vielleicht bringen Sie ihn ja zur Vernunft. So ein gescheiter und aufgeweckter Junge … arbeitet als Luna …« Damit sprach sie Clara aus der Seele, doch dass eine hawaiianische Seele anders gestrickt war, das wusste sie nun auch.

Dass Komo hier auf sehr viel Wohlwollen stieß, bewies der Umstand, dass Fräulein Hagen ihren Bruder, den Schneider am Ort, darum gebeten hatte, ihnen eine seiner Kutschen zu leihen. Vermutlich verdankten sie das aber auch Claras einstündigem Vortrag über all die Dinge aus der Heimat, die nicht in den Zeitungen standen. Dank Agnes' angelesenem Wissen aus der *Berliner Illustrierten*, an das sich Clara aufgrund der Lebendigkeit von Agnes' Vorträgen noch gut erinnern konnte, mangelte es Fräulein Hagen nicht an Unterhaltung. Dafür hatte sie sogar in Kauf genommen, dass ihr Nachmittagsunterricht eine Viertelstunde später anfing. Man sah das hier offenbar nicht so eng.

Der Weg zu Komos Dorf an der Ostküste lag etwa zehn Kilometer nördlich von Lihue und führte auf kaum befestigten Wegen mitten durch ewig währendes Grün. Kauai schien auch hier aus einem einzigen Urwald zu bestehen. Dementsprechend schnell waren Wege zu kleineren Siedlungen und Dörfern von Ranken, Büschen und Bäumen zugewachsen. Einmal mussten sie stehen bleiben, weil sich frische Triebe einer Rankpflanze in den Rädern verfangen hatten. Ein anderes Mal versperrte wahrscheinlich vom Wind heruntergerissenes Geäst den Weg.

Je näher sie seinem Haus und dem Dorf kamen, desto lichter wurde es. Die Sträucher wurden niedriger, und die ersten Palmen tauchten am Ende des Wegs auf. Clara konnte das Meer bereits riechen, auch wenn es noch nicht zu sehen war. Die ersten Hütten aus Holz und Schilf tauchten am Wegrand auf. Schon nach der nächsten Biegung, die steil zum Meer hinunterführte, lag das kleine Fischerdorf vor ihnen, in dem Komo aufgewachsen war.

So hatte sich Clara Hawaii immer vorgestellt. Seit der Ankunft Captain Cooks vor über einhundert Jahren schien die Zeit hier stehen geblieben zu sein. Seine Reiseberichte würden heute nicht anders sein, wenn man dieses Dorf vor Augen hatte. Die Hütten sahen aus wie Zelte, die man aus Schilf geflochten hatte. Einige von ihnen standen auf einem fußhohen Fundament aus Stein, vermutlich um sie vor der Feuchtigkeit zu schützen, die morgens in Küstennähe vom Boden aufstieg. Ein Teil der Hütten hatte eine Art Fenster, jedoch ohne Rahmen und Glas, andere nur eine Tür – in beiden Fällen nur Öffnungen, die man nachts mit Tüchern verhängte, um sich vor Wind, Feuchtigkeit und Kälte zu schützen. Frauen saßen mit ihren Kindern davor, um zu flechten oder in Tongefäßen Zutaten für Poi zu mahlen. Bis auf ein Blattgeflecht vor ihrer Scham waren sie nackt. Eine der Frauen gab ihrem Neugeborenen die Brust. Dass eine Fremde an ihr vorbeifuhr, störte sie offenbar nicht im Geringsten. Sie winkte ihnen zu. Komo erwiderte den Gruß.

Weiter unten am Hafen reparierten Fischer ihre Netze. Kanus standen in der kleinen Bucht am Strand.

»Mein Vater war Fischer … Ich wäre gerne mit ihm rausgefahren«, sagte Komo, als er die Kutsche für einen Moment anhielt, um in Ruhe auf die Bucht zu sehen. Diesmal glaubte

Clara doch, etwas Wehmut aus seiner Stimme herauszuhören, aber schon zeigte sich ein Lächeln, als er zurück zum Dorf sah, das nur eine Palmenreihe vom Strand trennte.

»Siehst du das dritte neben den Felsen? Dort bin ich aufgewachsen«, sagte er. Sein Blick verharrte für eine Weile darauf. Ein ganzer Strom an glücklichen Erinnerungen schien ihm durch den Kopf zu gehen. Clara sah, dass eine Frau mit zwei Kindern aus der Hütte kam.

»Hast du doch noch Familie?«, fragte sie.

»Nein … nach dem Tod meiner Mutter ist jemand anderes eingezogen, und jetzt lebt eine junge Familie darin. Mein Haus liegt hinter dem Palmenwald in der nächsten Bucht. Von hier aus müssen wir aber zu Fuß weiter«, erklärte er.

Komo steuerte die Kutsche ganz nah an das Palmenwäldchen heran und half ihr herunter.

»Wie kommst du normalerweise hierher?«, fragte Clara.

»Ich warte, bis mich eines der Fischerboote mitnimmt. Die Männer bringen ihren Fang nach Lihue, um ihn dort am Hafen zu verkaufen. Gegen Mittag fahren wir zurück.«

Clara half ihm, die Pferde vom Geschirr zu befreien. Die Dämmerung setzte ein. Sie würden sicher die Nacht in seinem Haus verbringen und konnten die Pferde nicht sich selbst überlassen. Es wunderte Clara keineswegs, dass zwei der Fischer am Strand ihm den Friedensgruß zuriefen, den er erwiderte. Sie sahen neugierig zu ihnen, doch widmeten sie sich gleich wieder ihren Netzen, die sie äußerst geschickt flickten. Niemand fragte nach, wer seine Begleiterin war, oder kam unter irgendeinem Vorwand zu ihnen, um die Neugier auf die Fremde zu stillen. Es spielte offenkundig keine Rolle, dass sie hier war. Clara fühlte sich nicht zuletzt deshalb auf Anhieb wohl in dieser Idylle, die nur aus ein paar Hütten, Palmenhainen, dem Meer und glückseligen Menschen zu bestehen schien. Wer hier aufwuchs, dem gab das Leben all das mit, was sie an Komo so sehr schätzte: innere Ruhe und einen entspannten Umgang mit den Problemen des Alltags. Clara wünschte in diesem Moment, sie könnte ihre Kindheit mit ihm tauschen, die sie schon früh in ein Korsett aus Verpflichtungen und gesellschaftlichem Ballast gezwängt hatte, den man, wie sie nun wusste, doch gar nicht brauchte, um glücklich leben zu können. Dennoch gab es einfach zu viele Dinge, die ihr fremd waren, von denen sie sich fragte, ob sie sie jemals mit Komo teilen konnte. Besonders deutlich wurde dies, als sie auf dem kurzen Weg vom Strand, der zu einer kleinen Bucht führte, an mannshohen geschnitzten Statuen vorbeikamen. Die Gliedmaßen der aus Holz gefertigten Figuren sahen menschlich aus. Ihre Köpfe jedoch glichen Fratzen, die einem Angst einflößen konnten.

»Das sind unsere Götter«, erklärte Komo.

»Sie sehen aber nicht sonderlich freundlich aus«, merkte Clara an.

Komo musste unwillkürlich lachen.

»Einige schauen so grimmig, um böse Geister zu verjagen. In eurem Glauben ist das doch auch nicht anders. Da gibt es Drachen, die ein Engel mit der Lanze bekämpft. Dann habt ihr noch die Hölle mit Fegefeuer und Folter, und das Beste ist, ihr betet einen Mann an, den man ans Kreuz genagelt hat. Ich hatte Albträume, als ich das erste Mal in einer Kirche war«, gestand er.

Nun war es Clara, die herzhaft lachen musste. »Aber die Jungfrau Maria schaut immer milde und freundlich«, wandte sie dann ein.

»Auf den Abbildungen, die ich von ihr gesehen habe, war sie immer tieftraurig. Dann muss man noch seine Sünden beichten und immer Angst haben, dass man gegen eines der Gebote verstößt«, fuhr er fort.

Auch damit hatte er recht. Kein Wunder, dass sie jedes Mal

eine gewisse Schwermut befallen hatte, wenn sie mit ihren Eltern zum Gottesdienst hatte gehen müssen. Diese Schwermut war den Hawaiianern jedenfalls fremd. Tatsächlich entdeckte Clara inmitten der grimmigen Gesichter auch ein Abbild einer schönen Frau, die nichts Grimmiges an sich hatte.

»Das ist Pele, die Göttin des Feuers und der Vulkane«, erklärte Komo. Seine Hand fuhr voll Ehrfurcht und fast zärtlich über die Holzschnitzerei.

»Sie schützt euch also vor dem Feuer der Vulkane?«

»Wenn wir sie nicht erzürnen. Dafür bringen wir Opfer. Wir singen und schmücken die Figuren mit Blumenkränzen.«

»Das ist auch nichts anderes, als zu beten und regelmäßig zur Beichte zu gehen«, sagte Clara amüsiert.

Komo nickte einsichtig.

»Und bei eurem Glauben … Gibt es da kein oberstes Wesen?«

»Nein. Es sind im Grunde genommen auch keine Götter, sondern eher Geistwesen. Man findet sie in allem, was lebt. Wir nennen sie Akua. Der unsichtbare Beweggrund für alle Dinge, eine Kraft, die alles Leben am Laufen hält.«

So weit entfernt schien das Glaubensprinzip, das dahintersteckte, nun doch nicht zu sein. Clara studierte Peles weiche Gesichtszüge und versuchte, sich auch mit den anderen Statuen anzufreunden. Dabei erinnerte sie sich an Komos absonderlichen Gesang. Musste es für einen Hawaiianer nicht genauso befremdlich wirken, wenn Menschen triste Kirchenlieder sangen, Gebetsfloskeln des Priesters auf der Kanzel im Chor nachblökten wie Schafe und den Leib Christi bei der Eucharistie zu sich nahmen? Was machte ihre Rituale merkwürdiger als die Rituale, die man als Kind der westlichen Welt erlernte? Und dennoch schienen die Hawaiianer glücklicher zu sein. Gott sei Dank war ein gewisses Maß an Unbeschwertheit ansteckend.

Ein verliebter Blick von Komo, dem ein Kuss folgte, genügte – ausgerechnet vor Peles Antlitz. Ein wenig unwohl fühlte sie sich bei dem Gedanken dann doch, weil es ihr so vorkam, als würde sie damit ein Sakrileg begehen. Unter dem Aspekt einer Opfergabe ließ Pele ihnen das aber sicher durchgehen.

Komos Haus war auf Stelzen direkt am Wasser erbaut worden. Im Gegensatz zu den Hütten seines Heimatdorfs war es aus Holz, nur das Dach bestand aus dem Schilfgeflecht, das Clara bereits kannte. Eine kleine Terrasse ging nahtlos in einen Bootssteg über, an dem ein Kanu vertaut war. Komo hatte die ganze Bucht für sich allein. Nur ein schmaler Trampelpfad führte von dem Palmenwäldchen, das bis an sein Haus ragte, zu einem kleinen Vorplatz, in dem ein Holzschuppen stand. Komo konnte ja nicht damit rechnen, so schnell wieder hier zu sein. Dementsprechend wenig Vorräte waren im Haus. Clara stellte sich schon darauf ein, die Bohnenkonserven mit etwas Reis zuzubereiten, doch damit gab sich Komo nicht zufrieden. Die Sonne stand tief. Sobald sie untergegangen war, würden die Fische angeblich besonders gut anbeißen.

»Du wolltest doch meine Welt sehen«, forderte er sie auf, nachdem Clara ihre Bedenken geäußert hatte, in einem so kleinen Kanu aufs offene Meer hinauszurudern, um den Haien ein Festmahl zu bereiten. Erstaunlicherweise war der Wellengang der Brandung in einem Kanu aber viel leichter zu ertragen, und kaum hatten sie das Ende der Bucht erreicht, wurde die See merklich ruhiger. Auch der Wind legte sich, sobald die Sonne ihre Kraft verlor. Komo warf ein kleines Netz aus und hoffte darauf, dass sich darin Makrelen verfangen würden. Tagsüber wäre es seiner Erfahrung nach einfacher, im Korallenriff mit einem Speer nach Fischen Ausschau zu halten, nach Haien und Rochen, die besonders schmackhaft seien. Clara war froh, dass es bereits dunkel war. Der Gedanke, im Wasser herumzuwaten, um sich mit einem Hai anzulegen, war alles andere als erspießlich.

Es dauerte keine zehn Minuten, bis ihm zwei prächtige Makrelen ins Netz gingen. Zurück an seinem Haus nahm er sie geschickt aus, um sie dann auf einem Spieß über einem offenen Feuer direkt vor seinem Haus zuzubereiten. Was konnte es Schöneres geben, als vor einem wärmenden Lagerfeuer zu sitzen und in den Sternenhimmel zu sehen, während einem der Duft des gegrillten Fischs in die Nase zog? Ein Festmahl mit Reis, Bohnen und frischen Mangos, die hinter seinem Haus wuchsen, wartete auf sie.

Nach dem Essen verschwand er im Haus, um etwas zu holen, was ihr sicher gefallen würde. Er kam mit einer etwas zu klein geratenen Gitarre heraus und setzte sich zu ihr ans Lagerfeuer.

»Du spielst Gitarre?«

»Das ist eine Ukulele«, erklärte er und fing an, darauf eine eingängige einfache Melodie zu spielen, die angeblich die Königin selbst komponiert hatte. »Aloa oe« war ein Abschiedsgesang zweier Liebender, wie ihr Komo erklärte. Und so, wie er es darbot, klang es auch danach, voller Wehmut. Man musste den Text gar nicht verstehen, um sich eine Frau vorstellen zu können, die am Hafen stand und sich von ihrem Liebsten verabschiedete.

»Abschied?«, fragte Clara gleich nach. Hatte die Wahl dieses Stücks am Ende etwas zu bedeuten?

»Es ist das einzige Stück, dass ich darauf gelernt habe«, gestand er und lächelte.

Clara war der Meinung gewesen, dass es sich um ein hawaiianisches Instrument handelte, doch Komo wusste es besser. Diese kleinen Gitarren hatten die ersten portugiesischen

Einwanderer aus ihrer Heimat mitgebracht. Seine Mutter hatte ihm das Spiel beigebracht, erst ein Jahr vor ihrem Tod, wie er ihr mit traurigen Augen gestand.

»Woran ist sie gestorben?«, wagte Clara zu fragen.

»Ihr nennt es Grippe. Die Portugiesen haben sie eingeschleppt. Sie bekam hohes Fieber und wurde immer schwächer. Es gab kein Mittel dagegen. Auch viele Fremde, aber vor allem die Alten und kleine Kinder sind daran gestorben«, erinnerte er sich.

Komo sah noch eine ganze Weile ins Lagerfeuer, bis er in der Lage zu sein schien, diese schmerzhafte Erinnerung von sich zu streifen.

»Ich habe ein Porträt von ihr. Möchtest du es sehen?«, fragte er.

Clara nickte und ergriff seine Hand, während er sie ins Haus führte. Dort entzündete Komo eine Petroleumlampe und ging mit ihr in einen Nebenraum, den er ihr bei ihrer Ankunft noch nicht gezeigt hatte. Das Zimmer war nur spärlich eingerichtet. Neben einem Stuhl aus Bast stand ein Bücherregal, das mindestens so gut bestückt war wie das in Onkel Theodors Schreibstube. Ein Buch über die Seefahrt lag aufgeschlagen auf einem Beistelltisch.

»Als Kind wollte ich immer Kapitän werden«, erklärte Komo verlegen. Das erklärte, warum er sogar einen Sextanten besaß.

An den Wänden hingen Kohlezeichnungen, überwiegend Landschaftsaufnahmen. Clara erkannte die Bucht mit dem Fischerdorf wieder. Ein Gemälde stach jedoch heraus. Es war das Porträt einer attraktiven jungen Frau. Aufgrund der Ähnlichkeit ihrer Gesichtszüge war dies zweifelsohne seine Mutter. Sie hatte große, ausdrucksstarke Augen und schwarzes, schulterlanges Haar, das bis zum Blumenkranz fiel, der ihr Dekolleté schmückte.

»Es ist wunderschön«, sagte Clara und fuhr mit der Hand bedächtig über die Leinwand.

»Sie hieß Hokulani. Stern am Himmel«, sagte er leise.

»Wer hat sie gemalt?«, wollte Clara wissen.

»Soviel ich weiß, ein deutscher Maler, der auch die Königsfamilie porträtiert hat. Sie hat gerne gezeichnet, mit Kohle. Die Landschaftsbilder sind von ihr.«

»Hat sie erzählt, wie er dazu kam? War er hier?«

»Nein, sie hat ihn in Lihue kennengelernt. Meine Mutter hat dort jeden Tag den Fisch auf dem Markt verkauft. Der Mann war am Hafen. Er hat dort gemalt. Dann wollte er sie unbedingt porträtieren, weil sie so ein hübsches Gesicht habe. Fünf Dollar hat er ihr dafür gegeben. Sie hat das Geld nicht genommen, aber er musste ihr versprechen, dass er das Gemälde für sie kopiert.«

Clara konnte das kaum glauben. Ein deutscher Maler trieb sich am Hafen von Lihue herum und sprach einheimische Fischerfrauen darauf an, ob er sie porträtieren dürfe? »Hast du ihr das etwa abgenommen?«, fragte sie.

Komo sah sie überrascht an. Die Frage musste er gar nicht mehr beantworten.

»Das Leben schreibt manchmal die unglaublichsten Geschichten«, beruhigte sie ihn. Dennoch ließen sich ihre Hintergedanken, die sie sich an Komos Seite eigentlich hatte abgewöhnen wollen, nicht abstellen. Irgendetwas schien an der Geschichte, die ihm seine Mutter aufgetischt hatte, nicht zu stimmen. Clara meinte, in Hukolanis Augen zu lesen, dass sich hinter ihnen ein Geheimnis verbarg. Vielleicht war das Gemälde aus dem gleichen Grund entstanden, aus dem Komo die deutsche Schule besuchen durfte. Hatte sie sich am Ende in diesen Maler verliebt? Das Strahlen in den Augen der Frau sprach jedenfalls dafür. Sie kannte es von sich selbst.

Die ersten Sonnenstrahlen fielen durch die geflochtenen Matten aus Bast, die Komo an Seilen am Fensterrahmen angebracht hatte. Clara genoss die Wärme der Sonne auf ihrem Gesicht. Sie vertrieb einen Traum, in dem sie mit ihren Eltern in der Geestemünder Kirche gewesen war und auf der harten Holzbank knien musste, bis der Priester zur Eucharistie bat. Sie hatte das Klingeln der Glöckchen noch im Ohr. Obwohl sie bereits aufgewacht war und sie Komos warmen Körper an ihrem spürte, hörte sie es erneut. Träumte sie etwa noch? Es kam vom Fenster. Sie waren gestern erst zu Bett gegangen, als es schon dunkel war, und hatten sich mit dem spärlichen Licht einer Kerze begnügt, während sie sich liebten. Die Muscheln, die er an einer Schnur zusammengebunden und am Fenster aufgehängt hatte, fielen ihr daher erst jetzt auf. Sie klangen im Spiel des Winds, der sie bewegte, fast wie die Glöckchen in der Kirche, allerdings stimmten sie einen fröhlicher. Es war kein Traum – weder dieser Mann, der sie aufrichtig liebte, noch ihr neues Leben, das sie um nichts in der Welt gegen die Heimat eintauschen würde. Und dennoch wartete unglaublich viel Arbeit auf sie. Vor der scheute sie sich jedoch nicht.

»Wir könnten noch etwas länger bleiben«, flüsterte ihr Komo ins Ohr, während er anfing, sie am Hals zu küssen.

Es war ein Ding der Unmöglichkeit. Die Saat lag hinter ihnen, und die Arbeiter warteten auf ihren Lohn. Sie musste Dexter bezahlen und sich um alles Weitere kümmern. Außerdem konnten sie die Großzügigkeit der Hagens nicht überstrapazieren. Sie mussten die Kutsche zurückbringen.

»Du und deine deutschen Tugenden«, scherzte Komo, wobei Clara sich sicher war, dass er mehr dieser Charaktereigenschaften in sich trug, als er sich selbst eingestand – Zuverlässigkeit war eine davon. Nicht zuletzt deshalb hatten sich ihre restlichen Zweifel, ob ihre Liaison nicht vielleicht doch auf wackligen Beinen stehen würde, zerstreut. Sogar das Porträt seiner Mutter und ihre Landschaftszeichnungen waren nun im Reisegepäck. Erstens, weil es Clara gefiel, und zweitens glaubte Komo, dass die Ahnen in ihrem neuen Zuhause präsent sein müssten, um ihnen Glück zu bringen. Clara war schon froh, dass er keine Knochen seiner Eltern bei sich aufbewahrt hatte, die sie fortan in ihrem Haus aufbewahren sollte. Ein Zeichen tiefer Verbundenheit lag in dieser Geste, sodass er seine Absicht, sich fest an sie zu binden gar nicht mehr aussprechen musste. Komo hatte sie zwar nicht mehr auf eine mögliche Heirat angesprochen, aber zurück am Hafen, wo ein Schoner mit Kurs auf Honolulu bereits wartete, schien er sich doch Gedanken darüber und über noch viel mehr zu machen. Warum sonst sah er so lange zu einer einheimischen Familie mit zwei kleinen Kindern hinüber? Ein Junge und ein Mädchen, die Clara auf fünf bis sieben Jahre schätzte, hatten es Komo anscheinend angetan. Der Kleine saß auf den Schultern seines jungen Vaters, der etwa in Komos Alter sein durfte. Er machte sich einen Spaß daraus, seinem Vater immer wieder die Augen zuzuhalten, und forderte ihn dann auf, ein paar Schritte in Richtung der Mutter zu gehen, die das kleine Mädchen auf dem Arm trug. Komo sagte nichts, als sich ihre Blicke begegneten, doch sein Lächeln verriet alles.

Während der gesamten Überfahrt zurück nach Oahu verlor er trotzdem kein Wort darüber. Das lag wahrscheinlich daran, dass es genug Ablenkung an Bord gab und seien es nur ihre riesigen Begleiter, deren Wasserfontänen man schon in der Ferne sah. Um diese Jahreszeit gab es Komos Wissens nach viele Buckelwale vor den Küsten Hawaiis. Die Einheimischen nannten sie Kohala. Ihre Mitreisenden hatten ebenfalls nur noch einen Blick für die Kolosse, auf die der Segler zusteuerte. Sie kamen angeblich jedes Jahr hierher, um ihre Jungen zu gebären. Clara hatte den Eindruck, als würden sie mit ihnen spielen. Wie schafften es diese Kolosse, die gut fünfzehn Meter lang und, wie Komo wusste, rund vierzig Tonnen schwer sein durften, sich überhaupt aus dem Wasser zu erheben? Clara konnte sich daran nicht sattsehen. Die Wale verharrten für einen Moment regelrecht in der Luft, bevor sie zurück ins Meer fielen und es dabei so aufwühlten, dass hohe Wellen an den Bug des Seglers peitschten. Die Wale schienen sie sogar ein Stück zu begleiten, drehten jedoch auf halber Strecke ab, zurück zu den Gewässern vor Kauai. Auch als die Familie, die sie am Bootssteg Lihue beobachtet hatten, neben ihnen an Deck spazieren ging, beachtete sie Komo nun nicht mehr. Stattdessen schmiedete er Pläne, wie es mit der Plantage weitergehen könnte. Seine Ideen überraschten Clara weniger als die Begeisterung, die er dafür an den Tag legte.

»Auf Kauai haben sie Schienen auf den Feldern verlegt. Damit ist die Ernte schneller eingebracht«, schwärmte er. Ein Dampfpflug würde Arbeitskräfte sparen, und sie würden dann mit den dreißig Arbeitern auskommen, die ein Stück Land an den Rändern der Farm bewirtschafteten. Je näher sie Honolulu kamen, desto besser gefielen Clara diese Ideen. Mit Einbruch der Dämmerung stand für sie fest, dass sie die Plantage modernisieren würden. Auf der Kutschfahrt zurück nach Hause überlegten sie bereits, wie sich ihr Vorhaben finanzieren lassen würde. Komos Elan war ansteckend. Ein Sanford Dole oder ein kleinkarierter Jenkins stellten auf einmal keine Hindernisse mehr da, jedenfalls keine, die man nicht beseitigen konnte. Die sternenklare Nacht lud förmlich zum Träumen ein, doch auch wenn das Morgengrauen noch Stunden entfernt war, schien der Himmel immer heller zu werden, je näher sie der Plantage kamen. In das fahle Grau mischte sich ein apricotfarbener Schimmer, der immer intensiver wurde und schließlich anfing zu glimmen. Dann sah sie die Flammen. Sie fraßen sich tief in die frisch bepflanzten Felder.

Clara überlegte für einen Moment, ob einige der Arbeiter am Ende einen noch nicht gepflügten Abschnitt der Plantage mit dem Feuer schneller roden wollten, obwohl sie dagegen gewesen war. Aber das konnte doch gar nicht sein, wenn man die Felder bereits frisch bepflanzt hatte. Beabsichtigten sie etwa, dem Urwald auf diese Weise Land abzugewinnen? Es war aber die frische Ansaat, die in Flammen stand. Wie konnten frische und bewässerte Pflanzen brennen? Der Rauch wurde immer dichter. Er schnürte ihr die Kehle zu. Kaum hatten sie den Hauptweg erreicht, der zu den Farmgebäuden führte, konnte Clara aus der Ferne sehen, dass Onkel Theodors Haus bereits halb in Flammen stand und auch die Scheune brannte. Der Wind trug die Hitze zu ihnen. Funken sprühten in den Nachthimmel. Die Arbeiter reichten sich in Dreierreihen Wassereimer zu. Das Haus von Lee und Yue blieb noch vom Feuer verschont, weil die Männer es anscheinend schafften, das Feuer von ihm fernzuhalten.

»Die Scheune ist nicht mehr zu retten«, stieß Komo aus. Er sprang sofort von der Kutsche und rannte zum Wassertrog.

Das Knistern und Lodern der Flammen war so laut, dass Clara nicht einmal mehr hören konnte, was Komo den Arbeitern zurief. Er schien ihnen zu bedeuten, die Scheune dem Feuer zu überlassen. Die dritte Reihe formierte sich daraufhin neu.

»Das Haus. Nur das Haus«, hörte sie an der Kutsche vorbeilaufende Männer rufen.

Clara saß wie gelähmt auf dem Kutschbock. Sie starrte auf die Überreste ihrer Plantage. Ihre eben noch mit Komo gehegten Träume riss der Rauch mit sich.

17

Das ganze Ausmaß der Katastrophe zeigte sich erst am nächsten Morgen. Noch immer glommen und dampften die Reste der Scheune, die das Feuer dem Erdboden gleichgemacht hatte. Zwischen verkohltem Holz ragte nur noch sporadisch Gerätschaft heraus, eiserne Beschläge, einige Macheten, die Spitzen von Harken und Handpflügen. Clara konnte von Glück reden, dass die Männer es geschafft hatten, zumindest die Küche und den Salon von Onkel Theodors Haus zu retten. Die Holzkonstruktion hatte sich als stabil genug erwiesen, um den Wegbruch der linken Haushälfte zu verkraften. Es war dennoch nicht ganz ungefährlich, Verwertbares aus der Küche und einen Teil der Einrichtung aus dem Salon nach draußen zu holen. Die Männer taten es trotzdem.

Der Nebentrakt, in dem Yue und Lee wohnten, war gänzlich unversehrt geblieben. Clara und Komo hatten die restliche Nacht dort verbracht, bevor sie damit angefangen hatten, Bestand aufzunehmen. Das Feuer hatte Clara alle persönlichen Dinge genommen, die sie in ihrem Zimmer aufbewahrt hatte. Lediglich ein paar Lebensmittel, Möbelstücke aus Onkel Theodors Arbeitszimmer, der Großteil seiner Bücher und Dokumente waren noch brauchbar, wenngleich verrußt.

»Wenn wir die Harken und Macheten reinigen, können wir neue Holzstiele anbringen«, schlug Komo vor, der sich die Geräte aus dem abgebrannten Schuppen genauer angesehen hatte.

Yue und Lee halfen ihnen dabei, alles Verwertbare aus den Trümmern der Scheune zu retten. Es war nicht viel.

»Und das Haus können wir vielleicht wieder aufbauen«, überlegte Lee, doch an Komos sorgenvoller Miene konnte Clara ablesen, dass dies nur eine Illusion war.

»Es wird nicht halten, wenn wir nur den abgebrannten Teil ersetzen.« Komo sprach offen seine Bedenken aus.

»Wenn Sie möchten, Miss Clara, Yue und ich können in einem der Zelte schlafen«, bot Lee an. Auch wenn Clara das Recht hatte, sie auszuquartieren, und die beiden das wussten, war Lees Geste in höchstem Maße anerkennenswert. Noch ein paar Nächte könnten sie sicher das Quartier teilen, doch auf Dauer wäre es zu eng, zumal Clara den beiden nach all dem, was sie für sie getan hatten, dies auch nicht zumuten wollte. Lee und Yue hatten sie es zu verdanken, dass nicht alles abgebrannt war. Sie hatten das Feuer letzte Nacht bemerkt, als es sich noch nicht weitflächig ausgebreitet hatte, und waren sofort zu den Arbeitern geeilt, um Hilfe zu holen. Lee sah man die Strapazen der letzten Nacht an. Auch Yue schien um Jahre gealtert zu sein. Ihre Kleidung war verrußt und roch beißend nach Rauch. Selbst frisches Wasser und Seife vermochten Rußspuren von verbranntem Petroleum im Gesicht, an den Händen und in den Haaren nicht gänzlich zu beseitigen.

»Wenn wir es doch nur früher bemerkt hätten …« Yue seufzte mit Blick auf das halb eingestürzte Haus.

»Du bist dir sicher, dass es an mehreren Stellen gleichzeitig zu brennen anfing?«, fragte Komo nach.

Yue nickte.

»Es roch nach Petroleum, noch bevor die Scheune in Flammen stand«, meinte Lee, was Clara zu denken gab. In der Scheune hatten sie ihre Petroleumvorräte in Fässern gelagert. Dass sie im Nu brannte und sich ein schmieriger Ölfilm über die Trümmer zog, war nachvollziehbar.

»Wir haben Pferde gehört. Zuerst dachten wir, es sind unsere, doch sie sind erst später, als es schon brannte, vor dem Feuer geflohen und aus der Scheune in die Felder gerannt. Hinter dem Haus sind Hufspuren«, erklärte Lee und deutete in Richtung des Walds, der direkt hinter dem Haus angrenzte.

Lee hatte recht. Noch verräterischer waren allerdings die Abdrücke von Stiefeln, wie sie Einheimische nicht trugen. Glasscherben lagen zwischen den verkohlten Trümmern. Clara musste noch nicht einmal daran riechen, um sicher zu sein, dass die Scherben zu einer Flasche gehörten, in die man Petroleum gefüllt hatte. Es konnte keinen Zweifel daran geben, dass jemand die Plantage in Brand gesteckt hatte.

Bis zum frühen Nachmittag war klar, dass Clara die Plantage nur halten konnte, wenn die Banken einen Kredit für den Wiederaufbau des Hauses und die Ansaat neuer Setzlinge gewähren würde. Die neu angesäten Felder waren fast gänzlich den Flammen zum Opfer gefallen. Zwar hatte die in den Pflanzen gespeicherte Feuchtigkeit dafür gesorgt, dass nicht alles gänzlich heruntergebrannt war, doch wie sollten sich teilweise noch intakte grüne Stumpen erholen, wenn die Blätter angekohlt waren? Und der an manchen Stellen petroleumverseuchte Boden kam noch erschwerend hinzu. Clara schätzte den Finanzbedarf diesmal sogar noch höher ein, weil die noch nicht erntereifen Felder keine frischen Setzlinge mehr hergaben. Das Haupthaus musste zudem wahrscheinlich abgerissen und neu aufgebaut werden. Die eigenen Reserven und die Erträge aus der Ernte reichten dafür nicht aus. Obwohl Komo, Yue und Lee, aber auch Stephens, der ihr seine Hilfe beim Wiederaufbau zusicherte, ihr alle Mut zusprachen, schien das Unterfangen nahezu aussichtslos. Das Gefühl der Verantwortung für ihr Personal und insbesondere die Arbeiterfamilien, die sich auf ihrem Grund in der Hoffnung auf sicheren Broterwerb niedergelassen hatten, hielt jedoch den Gedanken am Leben, die Plantage noch nicht aufzugeben. Sie zu verkaufen, hieße, dass dreißig Arbeiter ihr gerade aufgebautes neues Heim verlieren würden. Darauf zu hoffen, dass ein neuer Eigentümer ihnen das verpachtete Land nicht wieder entreißen würde, war bestenfalls naiv. Gesetzt den Fall, sie würden es tatsächlich schaffen, das Haus aufzubauen und die Felder neu zu bestellen, wie würde es weitergehen? Die Plantage ließ sich nicht rund um die Uhr bewachen, auch wenn ihre Arbeiter das angeboten hatten. Stephens glaubte, dass man nur einen oder zwei Aussichtstürme mitten in die Felder stellen müsste, um in Nachtwachen das gesamte Gelände zu überblicken. In ständiger Angst leben? Kam das überhaupt infrage? Es blieb Clara nichts weiter übrig, als es zumindest zu versuchen – ob mit oder ohne Nachtwachen. Es musste weitergehen. Zumindest in einem Punkt waren sich alle einig. Es würde nichts bringen, den Brandanschlag der hiesigen Polizei zu melden. Es gab keine Zeugen. Die Flaschen, in denen das Petroleum war, um alles in Brand zu setzen, konnte man in jedem Laden Honolulus käuflich erwerben. Wer hinter dem Anschlag stand, war sowieso klar. Es konnte nur das gegnerische Lager sein. Auch Stephens war davon überzeugt. Wer es war, darüber konnte man noch nicht einmal spekulieren, auch wenn der Name Jenkins oft genug gefallen war – und dies nicht nur in ihren Reihen. Der Termin bei Bishop & Co. machte dies mehr als deutlich.

»Fräulein Clara, bitte bedenken Sie, dass Sie ohne die Unterstützung einiger einflussreicher Amerikaner hier nicht bestehen können«, bekam sie von Edward Worton zu hören. Bishop & Co. stellten sich aus naheliegenden Gründen nicht gegen mächtige Spieler des Zuckerrohrmarkts – nach der gestrigen Eskalation des Konflikts erst recht nicht.

»Haben Sie etwa Angst, dass man auch Ihre Bank abfackelt oder Ihr Haus?«, fragte Clara ganz offen.

Worton hüllte sich in Schweigen.

»Seien Sie versichert, dass Heinrich Vogt mir nach wie vor treu ergeben ist«, hielt Clara in der Hoffnung auf durchschlagende Wirkung dagegen, doch es nützte nichts.

»Sie haben nichts mehr, was die Bank verwerten könnte«, sagte Worton mit mitleidiger Miene. Damit war klar, dass sie einen weiteren Kredit vergessen konnte.

Clara gab trotzdem nicht auf. »Die letzte Ernte war gut. Ich kann etwa ein Drittel der Kosten für den Wiederaufbau selbst aufbringen«, stellte sie fest.

Worton nickte mit nachdenklicher Miene, schüttelte dann doch nur den Kopf. »Ohne eine Bürgschaft … Mir sind die Hände gebunden, Fräulein Clara«, sagte er.

Das war das Aus. Daran gab es nichts zu rütteln. Es blieb Clara nichts anderes übrig, als Wortons Entscheidung hinzunehmen.

»Was werden Sie jetzt tun, Fräulein Clara?«, fragte er Besorgnis heuchelnd.

Clara wusste es nicht, und selbst wenn, hätte sie es ihm nicht gesagt.

Ausgerechnet Komo hatte nicht lockergelassen, Claras Gedanken, doch noch einmal bei den Hoffmanns vorzusprechen, in die Tat umzusetzen, und wenn es nur dem Zweck diente herauszuhören, wie die Stimmung im »gegnerischen Lager« war. Eine andere Chance gab es nicht. Stephens konnte für sie bürgen, weil er nicht genug Kapital im Rücken hatte. Heinrich hatte ihr zwar seine Unterstützung versichert, besaß aber nicht genügend finanzielle Reserven, um für sie in die Bresche zu springen. Wenn Albrecht der war, für den sie ihn hielt, einen

Mann, der keine Lippenbekenntnisse von sich gab, würde er ihr helfen.

Es dauerte keine fünf Minuten, bis Albrecht sie auf der Terrasse empfing. Komo ebenfalls anzutreffen, überraschte ihn sichtlich. Aus einem Bediensteten war ein Gesprächspartner auf Augenhöhe geworden. Albrecht ging jedoch nicht darauf ein.

»Mir wurde zugetragen, welch Unglück Ihnen gestern widerfahren ist. Seien Sie versichert, dass Sie auf meine uneingeschränkte Solidarität hoffen können«, versicherte er ihnen, nachdem er sie begrüßt und sich zu ihnen gesetzt hatte. »Sagen Sie mir, was ich für Sie tun kann, werte Clara«, fuhr er ohne Umschweife fort.

»Es besteht für mich kein Zweifel daran, dass jemand aus dem Lager des dem Königshaus abgewandten Personenkreises Feuer auf meiner Plantage hat legen lassen. Meine Bediensteten haben Reiter gesehen, und wir haben überall Petroleumspuren gefunden«, kam Clara ebenfalls gleich zum Punkt.

Albrechts Erstaunen und tiefe Betroffenheit waren Claras Ansicht nach nicht gespielt.

»Die Reformer?«, fragte Albrecht etwas verunsichert nach.

»Wer sollte es sonst gewesen sein?«

Albrecht nickte nachdenklich.

»Ich verfüge nicht über ausreichend finanzielle Mittel, um mein Haus wieder aufzubauen. Von einer Ansaat neuer Setzlinge ganz zu schweigen. Ich brauche einen Bürgen«, gestand Clara in aller Offenheit.

»Werte Clara. Es versteht sich von selbst, dass ich alles in meiner Macht Stehende tun werde, um meinem Vater diese Bürgschaft abzuringen, aber ich fürchte, das wird in diesem Fall sehr schwierig werden«, erwiderte er, was ihn sichtlich quälte. »Es geht nicht um mich, aber sollte sich Ihr Verdacht als richtig erweisen … Ich kenne meinen Vater. Er würde sich nicht so offensichtlich auf eine Seite stellen. Zu viel stünde auf dem Spiel.«

Seine Einschätzung der Situation war niederschmetternd. Dass er unverblümt die Wahrheit aussprach, war aber ein untrügliches Zeichen dafür, dass er ihr nach wie vor wohlgesonnen war.

»Ich könnte Ihnen private Mittel zur Disposition stellen, aber ich bezweifle, dass diese ausreichen …«, fuhr er eher betreten fort.

Clara sah ein, dass es keinen Sinn mehr hatte, Albrecht weiterhin zu bedrängen.

»Unsere Familie verfügt noch über ein Anwesen südlich von Honolulu. Es steht leer. Wenn ich Ihnen damit helfen kann, nehmen Sie mein Angebot, darin zu wohnen, solange es vonnöten ist, bitte in Anspruch«, sagte er.

Clara konnte ihm ansehen, dass es ihm sichtlich schwerfiel, ihr nicht mehr anbieten zu können.

Während des ganzen Gesprächs hatte er es vermieden, Komo anzusehen. Es war nachvollziehbar, weil sie den Mann an ihrer Seite einem erfolgreichen deutschen Geschäftsmann vorzog, der starke Gefühle für sie hegte.

»Wir werden uns irgendwie durchschlagen«, sagte Komo bestimmt. Die Rolle des Bittstellers lag ihm nicht.

Albrecht nickte betreten. An das »Irgendwie« schien er nicht so recht zu glauben. Clara ging es nicht anders. Mittellos würde sie nicht hierbleiben können und sich noch länger Albrechts mitleidigem Blick aussetzen …

»Ich danke Ihnen, Albrecht«, sagte sie deshalb nur.

Wie sehr er darunter litt, nicht mehr für sie tun zu können, war in seinen Augen zu lesen. Darin spiegelten sich tiefes Mitgefühl und Anteilnahme, aber zugleich verletzter Stolz, den er tapfer versucht hatte zu überspielen. Es gab aber noch etwas, was sie darin lesen konnte, als sie Albrecht gegenübertrat, um ihm die Hand zum Abschied zu reichen: Es waren Wehmut und jenes Verlangen nach ihr, das sie bereits an Bord der *Braunfels* bemerkt hatte. Auch Komo war dies nicht entgangen.

»Lass uns gehen. Es liegt viel Arbeit vor uns«, drängte er.

»Ich wünsche Ihnen alles erdenklich Gute«, klang aus Albrechts Mund bereits wie ein Requiem. Es war der Situation, in der sie sich befand, angemessen.

Zurück auf der Plantage setzte sich die Trauerstimmung fort. Clara beschämte, dass die Arbeiter sogar auf Lohn verzichten würden, falls sie sich für den Fortbestand der Plantage einsetzen würde. Es mangelte nicht an Kampfbereitschaft, aber an geeigneten Waffen, um gegen einen Gegner anzukämpfen, der Schulden, Missgunst, Anfeindung und Perspektivlosigkeit hieß. Die einzig gute Nachricht des Tages war, dass der Postbote einen Brief aus der Heimat gebracht hatte. Er war von Tante Viktoria. Unter normalen Umständen hätte Clara Yue den Brief voll Ungeduld förmlich aus der Hand gerissen, doch obwohl sie sich auf die Zeilen ihrer Tante freute, sorgten die Umstände für einen lähmungsgleichen Zustand, sodass sie sich aufraffen musste, den Brief überhaupt zu öffnen.

Clara setzte sich in einen der Korbsessel der Veranda und begann zu lesen. Es wunderte sie nicht, dass Viktoria sich für sie freute. Sie war ja nicht auf dem neuesten Stand. Ihre Tante fand Worte der Ermutigung und der Bewunderung dafür, was ihre Nichte alles auf die Beine gestellt hatte. Viktoria schien sie sogar ein wenig zu beneiden, weil sie von der Tristesse des Alltags schrieb und gestand, dass kein Tag verging, an dem sie nicht an sie dachte. Leider ließ die Euphorie schon auf der zweiten Seite nach. Clara las mit Erstaunen und Schrecken, dass ihr Vater Tante Viktoria noch weitere drei Mal aufgesucht hatte, um nach ihr zu fragen. Nachspioniert habe er ihr. Nachts hätte er vor ihrem Laden gestanden, in der Hoffnung, auf seine Tochter zu treffen. Clara wühlte diese Vorstellung derart auf, dass sie den Brief gar nicht mehr weiterlesen konnte und zur Seite legte. Eine Flut von Erinnerungen an ihr altes Leben setzte ein. Sie konnte förmlich die vielen Gewürze ihres Ladens riechen, in dem sie so viele Jahre verbracht hatte. Hatte Geestemünde ihr nicht auch schöne Seiten gezeigt? Davon gab es viele, aber allein schon der Gedanke, aufzugeben und wieder zurückzugehen, um sich dort vor ihrem Vater zu verstecken, verursachte ein Gefühl der Übelkeit. Clara las schließlich weiter. Was meinte Viktoria damit, dass sie es ihr schon hätte viel früher sagen wollen, eigentlich schon vor ihrer Abfahrt, sich aber nicht getraut hatte. Jetzt, nachdem Onkel Theodor tot sei, sähe sie es aber als ihre Pflicht an, ihre Nichte über ihre Vergangenheit aufzuklären. Wieso kam dabei ihre Mutter mit ins Spiel?

Du musst mir glauben, dass sie mich an ihrem Sterbebett darum gebeten hat, Dir nie von dem zu erzählen, wozu mich Theodors Tod nun nötigt. Schon der Bruch mit Deinem Vater hatte mich fast dazu gebracht, darüber nachzudenken, mein Schweigen zu brechen. Es wird Dich nicht überraschen, dass Deine Mutter Theodor sehr mochte. Ihr wart Euch sehr ähnlich, und Du mochtest ihn ja auch. Die Zuneigung Deiner Mutter ging jedoch weit darüber hinaus. Sie war in Theodor verliebt, doch sie hatte Angst vor seiner Abenteuerlust, seinen Reisen und der Zeit der Einsamkeit, während er monatelang auf hoher See war. Ein Leben an seiner Seite hätte ihr zu viel abverlangt. Deinem Vater war sie nicht abgeneigt, doch ich glaube, mit gutem Gewissen sagen zu dürfen, dass ihre Gefühle nie über eine freund-

schaftliche Ebene hinausgingen. Wie Du weißt, hat sie sich für Deinen Vater entschieden. Wir alle glaubten damals an eine Vernunftehe, was ja nicht das Verkehrteste ist, wenn man sich gemeinsam etwas aufbauen möchte, doch Deine Mutter hat mir ein Jahr nach der Hochzeit gestanden, dass sie Theodor immer noch liebte und sich heimlich mit ihm traf. Unter Tränen gestand sie mir dann, dass sie ein Kind von ihm erwartete. Das Kind warst Du. Friedrich wusste, dass er unfruchtbar war, was er Deiner Mutter aus Scham stets verschwiegen hatte. Er wusste auch, dass sie seinen Bruder liebte. Friedrich hat Deinen Onkel daraufhin erpresst. Falls er jemals wieder nach Geestemünde käme, würde er Deine Mutter mit Schimpf und Schande verstoßen und Dich ihr wegnehmen. Das wollte Theodor ihr nicht antun. Er sagte ihr notgedrungen, dass er sie nicht genug liebe und sie sich nie wiedersehen würden, damit sie ihn vergessen könne. Das hatte Deiner Mutter das Herz gebrochen. Theodor hat Friedrich wohl verziehen, aber Dein Vater hasste ihn dafür, dass das Herz Deiner Mutter bis zu ihrem Tod seinem Bruder gehörte. Letztlich wage ich zu behaupten, dass er sich selbst am meisten dafür gehasst hat, eine Frau an sich gekettet zu haben, die ihn nicht liebte. Wer weiß, vielleicht warf er sich sogar vor, dass Deine Mutter an diesem Schmerz zugrunde ging. Es tröstet Dich bestimmt zu wissen, dass Onkel Theodor Dich über alles geliebt hat. Es hat mich nie gewundert, dass er Dich einlud, nach Hawaii zu kommen, und ich habe keine Minute daran gezweifelt, dass er Dir seine Plantage eines Tages vererben würde. Dass es schon so früh passiert ist, tut mir leid. Ich wünschte, Du hättest noch etwas Zeit mit Deinem leiblichen Vater verbringen können.

Clara ließ den Brief in der Hand sinken. Sie sah ihre Mutter vor ihrem geistigen Auge und stellte sich vor, wie sehr sie unter der Trennung gelitten haben musste. Im gleichen Augenblick stieg Wut auf ihren Vater auf. Sie wich einem Gefühl der Wärme, weil Clara sich das Ausmaß von Theodors Liebe bewusst machte. Er hatte selbstlos auf sein eigenes Glück verzichtet, um ihrer Mutter Schande und ein Leben getrennt vom eigenen Kind zu ersparen. Erklärte das nicht auch, warum sie selbst so an Onkel Theodor gehangen hatte und seine Briefe ihr so viel bedeutet hatten? »Ich bin deine Tochter«, flüsterte sie leise. Es auszusprechen, machte es greifbarer. Dieser Gedanke spendete so viel Kraft, dass alle Ängste und Zweifel, die ein möglicher Wiederaufbau der Plantage mit sich brachten, plötzlich eine untergeordnete Rolle spielten. Schon allein daraus ergab sich die Verpflichtung, für den Erhalt dieser Plantage zu kämpfen, koste es, was es wolle. Es war die Plantage ihres Vaters!

Bis zum nächsten Morgen waren die verkohlten Trümmer des Hauses beseitigt. Sie lagen aufgetürmt neben den Überresten der Scheune und sollten im Lauf des Tages abtransportiert werden. Clara war am Abend nicht mehr dazu fähig gewesen, Komo und den Arbeitern bei den Aufräumarbeiten zu helfen. Es waren aber weniger die pure Erschöpfung und die trostlosen Aussichten, die es ihr unmöglich machten, sondern vielmehr Viktorias Brief. Ein Leben lang mit einer Lüge gelebt zu haben, warf so viele Gedanken auf, dass man Zeit für sich brauchte und allein gelassen werden wollte. Komo hatte Verständnis dafür gezeigt und ihr so viel Zeit zugestanden, wie sie brauchte. Tief in der Nacht legte er sich wortlos zu ihr und schmiegte sich an sie, ohne sich Zärtlichkeit von ihr zu erwarten. Trotz seiner Nähe, die ihr Halt gab und Ruhe spendete, warf Viktorias Geständnis immer neue Aspekte auf, die sie wach hielten und mitten in der Nacht hinunter auf die Veranda trieben. Clara verspürte den Drang, ihr ganzes Leben von vorn aufzuzäumen, um ihren offiziellen Vater, der in Wahrheit Onkel Friedrich war, in einem ganz anderen Licht zu betrachten, sein Handeln neu einzuschätzen, ihre Gefühle für ihn durch alle Lebensphasen hindurch Revue passieren zu lassen. Clara gestand sich ein, dass sie schon nach dem Tod ihrer Mutter eine gewisse Distanz zu ihm verspürt hatte, die nun erklärbar war. So vergingen Stunden.

Auch wenn sie der Anblick des halb abgerissenen Hauses ernüchterte, das im zarten Licht der Morgensonne nicht weniger trostlos aussah, und der Kampf um die nackte Existenz somit wieder präsent war, erwies es sich als schwierig, die nächtliche Zeitreise durch ihr Leben abzuschütteln.

»Geht es dir besser?«, wollte Komo wissen, der sich schlaftrunken zu ihr auf die Veranda gesellte und einen Arm um sie legte.

Clara nickte erst mechanisch. »Ich fühl mich irgendwie wie eine andere, als ob ich plötzlich keine Vergangenheit mehr hätte. Sie ist wie ein Traum, aus dem ich aufgewacht bin«, erklärte sie dann.

»Manchmal ist es besser, Vergangenes nicht mehr mit sich herumzutragen«, sagte Komo. Damit hatte er recht, dennoch musste sie sich erst daran gewöhnen, die Tochter eines Abenteurers zu sein. Am Ende war sie ja doch keine andere, sondern einfach und ohne Wenn und Aber die Frau, die schon immer in ihr geschlummert hatte. Diese Erkenntnis verlieh ihr genug Kraft, um wieder ins Hier und Jetzt zurückzufinden.

»Begleitest du mich zu Widemann?«, fragte sie so unvermittelt, dass Komo die Augenbrauen überrascht hochzog.

»Wenn du möchtest, aber ich werde hier gebraucht«, meinte er.

Wobei sollte er ihr auch helfen? Widemann war ihr wohlgestimmt. Es bestand keine Gefahr, ihn in seinem Privathaus aufzusuchen. Alles andere kam nicht infrage, weil ihr Besuch sofort die Runde machen würde. Clara beschloss daher, allein zu fahren. Komo hatte ihr den Weg beschrieben, weil die Albrechts oft genug dort zu Gast gewesen waren.

Widemanns Haus lag in einer der schöneren Gegenden Hawaiis und nicht allzu weit vom Königspalast entfernt. Wie nicht anders zu erwarten, wohnte ein so einflussreicher Geschäftsmann, Richter und Politiker standesgemäß. Das imposante zweistöckige Gebäude lag in einem großzügig angelegten Park mit gepflegtem Rasen. Nur ein paar Fächerpalmen hatten die Widemanns direkt an das Haus pflanzen lassen. Die Vorderfront verfügte genau wie der Königspalast oben über Loggien, unten über eine Veranda.

Clara hatte Glück, dass Widemann um die Mittagszeit zugegen war. Dass er sie gleich empfing und ihr einen Umtrunk im Salon seines Hauses anbot, überraschte sie. So ein Mann musste viel beschäftigt sein.

»Was führt Sie zu mir, werte Clara? Was frage ich. Es geht sicher um Ihre Plantage.« Das Thema war auf dem Tisch, noch bevor sie im Salon angekommen waren. »Ich nehme an, es war Brandstiftung, oder?«, kam er gleich darauf auf den Punkt.

Clara nickte. Dass er von ihrem Debakel bereits wusste, wunderte sie nicht. Wahrscheinlich wusste es bereits jeder in Honolulu und zog die richtigen Schlüsse.

»Einen Drink? Wasser? Gin?«, fragte er.

»Gerne ein Glas Wasser.«

»Haben Sie einen konkreten Verdacht?«, fragte Widemann, während er zu einer Anrichte ging, auf der Karaffen mit Wasser und alkoholischen Getränken standen. Er selbst schenkte sich einen Gin ein und setzte sich zu ihr, nachdem er ihr ein Glas Wasser gereicht hatte.

»Vielleicht Jenkins. Ihm würde ich das zutrauen«, stellte Clara in den Raum.

Widemann überlegte für einen Moment, bevor er den Kopf schüttelte. »Ich mag ihn genauso wenig wie Sie, aber Jenkins ...? Nein, er ist ein Schlappschwanz. Bei einer polizeilichen Untersuchung würde der Verdacht zwangsläufig auf ihn fallen. Er hat auch zu wenig Macht, um sich dem zu entziehen.«

»Wieso glauben Sie, dass die Polizei ihn verdächtigen würde?«, fragte Clara.

»Ihre Aktion am Hafen ... Jeder weiß davon. Es war Tagesgespräch, und viele haben sich über ihn lustig gemacht ... Nein. Das Risiko wäre ihm auch zu groß, weil irgendjemand, der an der Brandstiftung beteiligt war, wahrscheinlich redet, früher oder später. Nein ... Jenkins war es sicher nicht.«

»Wer dann?« Clara musste einfach wissen, ob Widemann einen Verdacht hatte.

Ihm war anzusehen, dass er sich diese Frage zu Herzen nahm. Er wirkte ratlos. »Sie sollten nicht aufgeben«, sagte er stattdessen.

»Das ist leichter gesagt als getan. Die Banken geben mir keinen Kredit mehr.«

»Das war nicht anders zu erwarten. Worton hat die Hosen voll.«

»Worton?«

»Auf die Plantage Ihres Onkels waren einige Leute scharf. Worton weiß das ...«

»Vor wem haben hier eigentlich alle Angst? Dole macht mir jedenfalls keine«, sagte Clara.

»Dole ist ein machtbesessener Politiker. Er hat andere Ansichten als die Königin, aber ich denke, im Grunde genommen will er genau wie wir alle nur das Beste für Hawaii.«

»Aber will er nicht das Königshaus abschaffen?«, wandte Clara ein.

»Sie wissen, wie sehr ich Lili'uokalani verbunden bin, aber manchmal stelle ich mir auch die Frage, ob die neue Zeit überhaupt noch Könige und Königinnen verträgt.«

Widemann nippte an seinem Glas Gin, stellte es ab und spielte damit nachdenklich, indem er es hin- und herdrehte.

»Ich kann Ihnen helfen, aber das muss unser Geheimnis bleiben«, sagte er unvermittelt. »Die Zeiten sind instabil. Sehen Sie, ich hatte letztes Jahr von Februar bis März bereits das Amt des Finanzministers Ihrer Hoheit inne. Ich musste zurücktreten. Jetzt soll ich es wieder übernehmen. Man weiß gar nicht mehr, wem man noch trauen soll«, sagte er.

Clara konnte die Resignation aus seinem Tonfall heraushören. »Das verstehe ich nur allzu gut«, sagte sie.

»Ich verfüge über ausreichende Kreditwürdigkeit, damit Sie bei Dexter einkaufen können, aber daran sind gewisse Bedingungen geknüpft. Sie dürfen wirklich niemandem davon erzählen. Es wäre zu heikel, um nicht zu sagen: zu gefährlich. Für mich und für Sie«, sagte er.

»Bitte seien Sie sich meiner absoluten Diskretion versichert«, sagte Clara. Trotz dieses großzügigen Angebots konnte sie sich nicht so recht darüber freuen. Wenn selbst jemand wie Herrmann Widemann von einer reellen Gefahr sprach, die mit dem Wiederaufbau ihrer Plantage verbunden war, dann konnte sie sich ausrechnen, wie riskant ihr Vorhaben war.

»Man würde mich bestenfalls wegen Befangenheit aller Ämter entheben. Ich könnte nichts mehr für Hawaii tun. Und über den schlimmsten Fall reden wir besser nicht«, erklärte er.

»Wer könnte Ihnen denn schaden?«, fragte Clara nach.

»Vermutlich die gleichen Leute, die Ihnen geschadet haben. Ich kann Leib und Wohl meiner Familie nicht aufs Spiel setzen. Aber wollen wir den Teufel nicht an die Wand malen. Niemand wird nachfragen. Ihre Ernte hat sich gut verkauft. Es ist plausibel, dass Sie weitermachen«, stellte Widemann fest. Dass er dies alles bereits durchdacht hatte, beunruhigte Clara gleich noch mehr, weil es seine Einschätzung des damit verbundenen Risikos untermauerte.

»Warten Sie hier. Ich bin gleich wieder zurück«, gebot er ihr, stand auf und ging in den Flur, der zu den anderen Räumen führte.

Clara überlegte fieberhaft, ob es die richtige Entscheidung gewesen war, zu ihm zu kommen. Was, wenn ihr Plan scheiterte? Der Gedanke, ihn und seine Familie in Schwierigkeiten zu bringen, war unerträglich. Am Ende doch aufgeben und Hawaii verlassen? Diese Chance ungenutzt verstreichen lassen? Eine Arbeit in der Stadt suchen und an Komos Seite in bescheidenen Verhältnissen leben? Dagegen gab es an sich nichts einzuwenden, doch sie würde fortan als Gescheiterte durchs Leben gehen. Ein unerträglicher Gedanke. Jemand anderes würde die Plantage ihres Vaters weiterführen. Unter diesen Umständen könnte sie hier nicht mehr bleiben.

Als Widemann mit einem Briefumschlag in der Hand zurückkam, wusste Clara, dass sie sich nun entscheiden musste.

»Ein Brief an Dexter. Er soll die Summe von meinem Konto abrechnen, allerdings für andere Dinge, weil ich, wie Sie wissen, über keine Plantage verfüge. Damit können Sie Arbeiter und das Saatgut bezahlen«, sagte er und hielt ihr den Umschlag hin. Clara wagte gar nicht hineinzusehen, um den Wortlaut des Briefs zu überfliegen. Sie vertraute ihm, und er schien ihr zu vertrauen, weil er keinen Vertrag oder zumindest eine Quittung vorbereitet hatte, obwohl sein Schreiben wie bares Geld war.

»Ich würde Ihnen diesen Brief nicht anvertrauen, wenn ich nicht an Sie glaubte«, sagte er.

Clara nahm den Umschlag dankbar an. Nun war sie erst recht in der Pflicht.

Man konnte vom sprichwörtlichen Glück im Unglück sprechen: Einer der Arbeiter namens Pedro, der eine der Parzellen von Claras Land bewirtschaftete, hatte in Lissabon als Maurer und Schreiner gearbeitet. Er wusste, wie viel Last einem sanierungsbedürftigen Gebäude zuzumuten war, und seine Einschätzung, dass sie das Haus ihres Vaters nicht gänzlich abreißen mussten, hatte sich als richtig erwiesen. Ein Teil der großen Balken, die das Dach der Länge nach trugen, war noch intakt. Das vertikale Gebälk konnte man austauschen. Dazu musste das Dach lediglich mit einem Eisenträger gestützt werden, der die Stelle des maroden Balkens einnahm. Nur etwa eine Haushälfte auf dem Steinfundament wieder aufbauen zu müssen hatte nicht nur Zeit, sondern auch Geld für das teure wetterfeste Bauholz gespart. Nach einem völlig neuen Anstrich sah das Haus nun so aus, als hätte es nie einen Brand gegeben, eigentlich wie neu.

Clara besah sich die wiederhergestellte Fassade und konnte immer noch kaum glauben, dass sie die Arbeiten in nur drei Tagen hatten erledigen können. Das Weiß des frischen Anstrichs blendete im gleißenden Licht der Sonne. Die Innenarbeiten dauerten Pedros Einschätzung nach allerdings noch mindestens weitere zwei Tage, aber was waren schon zwei Tage. Clara hatte mit viel mehr gerechnet. Verkleidungen aus dem hier ansässigen Lichtnussbaum waren für die Wohnräume angedacht. Das Fundament musste begradigt und mit neuen Dielen ausgelegt werden.

An der Scheune wurde zeitgleich gearbeitet. Auch hier stand das Fundament aus Stein noch, sodass gut zwei Handvoll Männer schnell vorankamen. Einfaches Palmenholz war gut genug, um die Scheune wieder zu errichten. Komos Kenntnis der Flechttechnik beim einheimischen Hausbau sparte weiteres Geld. Das Dach wurde daraus gefertigt. Es dichtete gut ab und hatte die Eigenschaft, dass die Wärme aus den Stallungen nicht verloren ging und dennoch die Luft zirkulieren konnte. Die Petroleumflaschen lagerten nun in einem neu errichteten abschließbaren Häuschen aus Stein. Dort ließ sich kein Schaden mehr damit anrichten. Im nächsten Schritt musste der Großteil der erst kürzlich angesäten Felder neu gerodet werden, um dann erneut Setzlinge darauf zu pflanzen. Clara schätzte, dass dies in einer Woche erledigt wäre.

Stephens hatte die Idee geäußert, das Anwesen mit einem Zaun vor weiteren Angriffen zu schützen, allerdings rechnete er nicht mit erneuter Brandstiftung, weil wer immer es auch gewesen sein mochte, einkalkulieren musste, dass nun insbesondere in der Nacht patrouilliert wurde. Das Risiko vor Entdeckung war einfach zu groß. Clara hatte sich nicht nur aus diesem Grund gegen die Anbringung eines bewachten Zauns ausgesprochen, sondern weil sie niemandem regelmäßige Patrouillengänge zumuten wollte. Stephens hatte sie schließlich davon überzeugt, zur Abschreckung mitten in das vordere Drittel der Plantage einen Hochstand errichten zu lassen. Dagegen war nichts einzuwenden, zumal man von dort einen Weitblick bis in die Berge hatte und jeden ungebetenen Gast erspähen konnte. Der Hochstand war zudem von Weitem zu sehen. Jeder musste glauben, dass dort Wachposten standen. Angeblich hatten die Arbeiter heute bereits eine trittfeste Leiter angebracht, sodass der Aufstieg weniger mühselig war. Eventuell konnte sie von dort aus Komo sehen. Sie alle warteten auf den Konvoi mit den Setzlingen aus der Stadt. Clara wollte auch mit eigenen Augen sehen, ob man nahende Reiter wirklich bereits am Ende der Felder erkennen konnte.

Der Weg zum Wachturm, wie ihn nun alle nannten, war mit einem der Pferde in nicht einmal fünf Minuten bewältigt. Tatsächlich war der Aufstieg über die Leiter spielend leicht. Allein schon der Aussicht wegen hatte es sich gelohnt, Stephens Rat zu folgen. Von hier oben sah man, wo sich Tiere in den Feldern versteckten. Es waren die verräterischen Bewegungen der Halme gegen den Wind. Schon brach eine Krähe aus den Verästelungen der Halme. Auf den gerodeten Flächen konnte sie einen flinken Stelzenläufer beobachten. Selbst ein Bussard, der sich von den lauen Winden der Abhänge nach oben treiben ließ, war von hier aus besser zu sehen, auch wenn sie dem Himmel gar nicht um so viel näher gekommen war. Von hier oben sah die Plantage noch viel weitläufiger aus. Clara konnte nicht umhin, mit Stolz auf ihre Mühen zurückzublicken. Ihr Herz füllte sich wieder mit Zuversicht. Und es begann, in Vorfreude schneller zu pochen, als sie die verräterische Staubwolke am Horizont ausmachte. Man sah sie jetzt bereits von der Straße aus, von der die Zuwegung zur Plantage abbog. Von dieser Seite konnte sich wirklich niemand mehr unbemerkt nähern. Es mussten fünf Lastkutschen sein. Erst als sie gut ein Drittel des Wegs hinter sich gebracht hatten, gab der Staub die Sicht frei. Clara glaubte Komo auf dem Kutschbock des ersten Wagens zu erkennen. Erst in den letzten Tagen waren ihre Zweifel verstummt, die vielen Fragen, ob sie tatsächlich mit ihm hier glücklich werden und eine Familie gründen konnte. Obwohl sie um die harten Zeiten wusste, die ihr bevorstanden, fühlte sie sich glücklich. Clara wünschte, dass ihr Vater sie jetzt sehen konnte.

Hoffentlich brachte es kein Unglück, wenn man außerhalb des Rahmens einer Hochzeit über die Schwelle seines Hauses getragen wurde.

»Das macht man bei euch doch so.« Komo reichte dies offenkundig als Begründung. Die Fertigstellung des Hauses war Anlass genug. Das musste gefeiert werden, allerdings im kleinen Kreis. Die einen nannten sie »Familie«, die anderen »Das Dorf«. Zu Letzterem hatte sich die Plantage inzwischen gemausert, weil auch die Häuser der Arbeiter zwischenzeitlich fertiggestellt waren und am Rand der Plantage eine kleine Siedlung entstanden war, zu dem ihr Haus trotz seiner räumlichen Distanz dazugehörte. Hier traf man sich morgens, tauschte Neuigkeiten aus oder sattelte gemeinsam die Pferde für die Arbeit auf den Feldern. Um den neu errichteten größeren Brunnen und den mittlerweile auf mehrere Meter angewachsenen Tisch herum, an dem es nach wie vor Verpflegung für die Arbeiter gab, war ein Tummelplatz gewachsen, den man am ehesten mit dem Markt- oder Rathausplatz einer deutschen Gemeinde vergleichen konnte. »Das Dorf« gedieh auch in anderer Hinsicht. Bei Pedro kündigte sich Nachwuchs an. Zwei portugiesische Arbeiter hatten sich in hawaiianische Schönheiten verliebt und gedachten, bald zu heiraten. Sie alle waren zum großen Barbecue geladen, was Heinrich zu der sicher im Scherz geäußerten Bemerkung hingerissen hatte, dass sie ja jetzt sicherlich keine Royalistin mehr sei, weil Amerikaner Grillfeste dieser Art liebten und gerne abends um ein Lagerfeuer zusammensaßen. Auch Stephens und Agnes durften an diesem Abend nicht fehlen. Es bestand kein Zweifel daran, dass Agnes einen Narren an dem Schotten gefressen hatte und heftig mit ihm flirtete.

»Und Sie leben ganz allein auf der Plantage?«, hatte sie ihn ziemlich schnell gefragt.

Komo hatte sich einfallen lassen, dass Clara die letzten Tage, in denen Pedro die Innenräume verkleidete, das Haus nicht mehr betreten durfte, damit der magische Moment, wenn sie es zum ersten Mal sah, nicht verloren ging. Ihr auch noch die

Augen zu verbinden, wozu Agnes beigetragen hatte, hielt Clara aber für übertrieben. Dennoch genoss sie den Moment, als Komo ihr die Binde von den Augen zog. Es war wie Weihnachten. Der Holzboden glänzte wie königliches Parkett, dabei waren es nur einfache Dielen. Die von Küchendunst vergilbten Wände waren jetzt wieder weiß wie Schnee. Komo hatte eine Wand mit den Landschaftszeichnungen seiner Mutter dekoriert. Ihr Porträt nahm einen Ehrenplatz auf der Seitenwand neben den Regalen ein. Pedro hatte einen Tisch und vier Stühle gezimmert und selbst der Teil des Hauses, der den Brand überlebt hatte, war erneuert worden. Es roch wie in einem Möbelgeschäft in Geestemünde, nach Beize, nach Ölen und nach Holz. Die Vorhänge und auch die Tischdecken waren neu und stellten einen farbenfrohen Kontrast zu den dunkelbraunen Möbeln aus Sandelholz und der hellen Wand dar.

Agnes hatte es das Porträt der bildhübschen Hawaiianerin wohl besonders angetan. Wie angewurzelt stand sie davor.

»Meine Mutter«, erklärte Komo, dem Agnes' Interesse nicht entgangen war.

»Unverkennbar«, kommentierte Agnes lächelnd, bevor sie das Porträt erneut musterte. »Ich weiß, das ist unmöglich, aber mir kommt dieses Gesicht bekannt vor, als ob ich es schon einmal gesehen hätte«, überlegte Agnes laut.

»Für euch Europäer sehen wir doch alle gleich aus«, sagte Komo schmunzelnd, was Agnes aber nicht so recht zu überzeugen schien, weil sie sich das Porträt immer noch eingehend betrachtete. Anscheinend kam sie doch zu keinem Schluss und gab es dann kopfschüttelnd auf.

Der Rundgang durchs Haus war beendet. Alle hatten großartige Arbeit geleistet.

»Gefällt es dir?«, fragte Komo, obgleich er doch schon aus ihrem Strahlen hätte erkennen müssen, dass sie überglücklich war. Clara machte sich daher einen Spaß daraus, ihn auf die Folter zu spannen.

»Sag jetzt nichts Falsches, Clara«, tönte es von Agnes. »Ich habe drei Tage allein an den Tischdecken genäht ...«

Auch Pedro, der neben Agnes an der Tür stand, sah sie erwartungsvoll an.

Clara nickte gerührt. Komo trat ganz nah an sie heran, wie er es immer tat, wenn er nach einem Kuss verlangte. Den sollte er haben. Clara hörte Agnes verzückt seufzen. Das Ganze hatte tatsächlich etwas von einer Hochzeit, weil Agnes und Pedro nun auch noch anfingen zu applaudieren. Stephens gesellte sich mit hinzu, und im Nu tauchten noch weitere Köpfe auf, um einen Blick auf ihr neues Zuhause zu erhaschen. Die Bewohner des »Dorfs« mussten sich allerdings beeilen, sich alles bei Tageslicht zu besehen. Die Sonne ging bereits unter.

Draußen entzündete Lee das Feuer für das Barbecue und brachte dann ein Spanferkel an einem Grillspieß an.

»Erwartest du noch Gäste?«, fragte Agnes, die den aufsteigenden roten Staub am Horizont als Erste entdeckte, als sie hinaus auf die Veranda traten.

»Nein«, erwiderte Clara. Sie überlegte fieberhaft, wer noch von dem Fest erfahren haben könnte. Angesichts von Agnes' Redseligkeit war nicht auszuschließen, dass aus dem kleinen Kreis doch ein größerer wurde. »Also, ich hab niemandem davon erzählt.«.

»Vielleicht Albrecht?«, fragte Agnes.

An ihn hatte Clara ebenfalls gedacht, doch er konnte an sich nichts von ihrem Einweihungsfest wissen.

Heinrich, der nun ebenfalls nachdenklich in Richtung der sich nähernden Kutsche sah, zuckte ratlos mit den Schultern. Auch ihn hatte sie gebeten, Stillschweigen zu bewahren, was er in seinem eigenen Interesse auch sicher so gehalten hatte.

»Es sind Polizeikutschen«, tat Stephens kund.

»Polizei?« Clara konnte sich keinen Reim darauf machen.

»Was um Himmels willen will die Polizei hier?«, fragte auch Agnes mit zunehmend besorgter Miene. Es dauerte keine fünf Minuten, bis sie den Grund dafür aus dem Munde des Sheriffs erfuhren: Komo wurde des Diebstahls und des Mordes an Theodor Elkart bezichtigt und verhaftet.

18 🌺

Selbst Heinrichs vehementes Auftreten und seine wüsten Drohungen, dass er seinen Einfluss geltend machen und dafür sorgen würde, dass der Sheriff und sein Gehilfe um ihre Posten bangen mussten, wenn sie Komo jetzt verhafteten, hatten nichts genutzt. Clara hatte mit ansehen müssen, wie Komo in Handschellen abgeführt wurde. Es war ein Gefühl absoluter Ohnmacht und Hilflosigkeit gewesen.

Auf dem Weg in die Stadt konnte sie immer noch kaum fassen, wessen man Komo beschuldigte. Auch ihre Versicherung, dass sie sich für ihn verbürge und er weder ein Dieb noch ein Mörder sei, hatte ihre Wirkung verfehlt. Wenigstens musste sie der Polizeikutsche nicht allein hinterherfahren. Heinrich begleitete sie. Komo wusste zudem, dass sie ihm folgte, um auf der Polizeistation die Vorwürfe zu entkräften.

»Ich habe nichts gestohlen und niemanden getötet.« Mehr hatte Komo zu den Vorwürfen nicht von sich gegeben. Diesmal war seine sprichwörtliche Ruhe und Gelassenheit alles andere als ansteckend. Clara zitterte noch immer wie Espenlaub.

»Er hat meinen Vater doch nicht einmal gekannt«, stellte Clara auf Heinrichs Frage hin fest, ob es irgendeine Verbindung zwischen Theodor und Komo gegeben haben könnte. Heinrich war einer der wenigen gewesen, denen sie anvertraut hatte, dass sie Theodor Elkarts Tochter war. Die Bande hatte dies gestärkt, genau wie seine Verbundenheit. Andernfalls hätte er sie höchstwahrscheinlich gar nicht begleitet.

»Was macht Sie da so sicher? Hier kennt doch jeder jeden.«

»Ich weiß es nicht. Vielleicht ja doch …« Clara war schier daran zu verzweifeln.

»Es muss irgendeine Verbindung gegeben haben. Man wird auf Hawaii nicht willkürlich festgenommen und eines Mordes bezichtigt«, sagte Heinrich mehr zu sich selbst, weil er das Geschehene genauso wenig fassen konnte wie sie selbst.

»Anscheinend schon«, begehrte Clara auf. Es war so hanebüchen, und wenn sie nicht schon seit über einer halben Stunde dieser schwarzen vergitterten Kutsche folgen würden, könnte man meinen, es sei nur ein böser Traum und der mauserte sich zum Albtraum. Clara hatte nämlich genau wie Heinrich fest damit gerechnet, dass man Komo in Untersuchungshaft nehmen und er schlimmstenfalls eine Nacht auf der hiesigen Polizeistation verbringen würde, doch es kam noch schlimmer. Sie brachten ihn gleich ins Gefängnis von Honolulu.

Von außen sah das weiße, teilweise gemauerte Gebäude nicht nach einem Gefängnis aus, doch als Clara von der Kutsche stieg und sich dem Gebäude näherte, konnte sie über zwei Stockwerke verteilt die vergitterten Fensterlöcher erkennen. Gefangene in Lumpen saßen im Innenhof auf sandigem Boden und nahmen Poi aus Eimern zu sich, um die sie barfuß herumsaßen.

»Warum muss er ins Gefängnis?«, rief Heinrich dem Sheriff zu, als dieser als Erster aus der Kutsche gestiegen war.

»Sie sollten nicht hier sein«, bekamen sie lediglich zur Antwort.

Komo wurde in Handschellen aus der Kutsche geführt.

»Es wird sich alles aufklären«, rief er ihnen zu. Sein Wort in Gottes Ohr.

Das Letzte, was Clara sehen konnte, war sein zuversichtliches Lächeln, als er sich vor dem Gefängnistor noch einmal nach ihr umdrehte. Dann schlossen sich die Eisentüren hinter ihm.

Clara hatte sich bereits kurz vor Sonnenaufgang mit Heinrich vor der Polizeistation verabredet, um das Risiko zu minimieren, nach schlafloser Nacht abgewiesen zu werden. Irgendwie musste der Polizeichef, der Heinrichs Wissen nach Kekoa hieß, ja in das Gebäude kommen. Ihr Plan war, den Mann einfach vor der Tür abzufangen, und es gelang. Da Clara aber weder mit Komo verwandt noch verheiratet war, hatte sie kein Recht zu erfahren, was man ihm vorwarf. Dies hatte Kekoa ihr unmissverständlich zu verstehen gegeben, nachdem sie ihm noch an der Pforte erklärt hatten, weshalb sie ihm frühmorgens auflauerten. Clara wusste von Heinrich, dass Kekoa korrupt war. Im Prinzip sei er trotz hawaiianischer Abstammung ein Mann der Reformpartei, sodass es schwierig sein würde, von ihm etwas über die Hintergründe der Anklage zu erfahren. Heinrich wusste aber auch, dass der Mann zugleich auf Isenbergs »Payroll« stand. Insofern hatte Heinrich gar nicht viel sagen müssen: »Es liegt mit Sicherheit im Interesse von Herrn Isenberg, dass Fräulein Elkart, für deren Leumund ich mich verbürge, zumindest erfahren darf, was man ihrem Lebenspartner zur Last legt.« Das reichte schon, um sich zumindest Gehör zu verschaffen. Auch wenn sich Kekoa zunächst sträubte und abzuwägen schien, was ihm mehr Schaden könnte, sich mit den Reformisten oder einem einflussreichen Royalisten anzulegen, ohne den der Handel mit Zuckerrohr zusammenbrechen würde, bat er sie dann doch in sein Büro. Wenn auch mit deutlichem Widerwillen.

»Mir sind die Hände gebunden«, gab Kekoa ihnen dann auch gleich zu verstehen.

»Ich versichere Ihnen, dass Komo und ich bereits über unsere Heirat gesprochen haben. Er hat keine Verwandten, die ihm helfen könnten«, erklärte Clara.

Kekoa tat so, als würde er erneut überlegen, doch erst als

Heinrich ihn streng ansah, setzte sich das schleppend verlaufende Gespräch fort.

»Nun gut, reden wir also über die Anklagepunkte. Zunächst wäre da einmal der Diebstahl von Saatgut«, sagte er.

»Von wem soll Komo es denn gestohlen haben, und vor allem wozu?«, fragte Clara nach.

»Letzteres wissen Sie doch selbst am besten«, sagte der Polizeichef.

Clara dämmerte, worauf Kekoa hinauswollte.

»Sie meinen, weil meine Farm in Brand gesetzt wurde und wir neues Saatgut benötigten?«, vergewisserte sie sich.

»Ist das nicht naheliegend?«, gab Kekoa bissig zurück, was Clara geflissentlich überging. Immerhin war jetzt klar, dass es sich keineswegs um ein Missverständnis handelte. Es war eine gezielte Intrige, um Komo etwas in die Schuhe zu schieben, was als Motiv haltbar wäre.

»Wenn Sie davon ausgehen, dass Komo es für Fräulein Elkart gestohlen hat, wieso haben Sie dann gezögert, ihr Auskunft zu erteilen?«, mischte sich nun Heinrich mit ein.

Kekoa geriet dementsprechend ins Straucheln. »Ich halte mich nur an die Vorschriften«, versuchte er, sich herauszureden.

»Und von wem soll Komo Saatgut gestohlen haben? Vielleicht von Jenkins oder einem der amerikanischen Plantagenbesitzer? Lassen Sie mich raten: Einer der Farmer, die Mr Dole nahestehen, hat ihn angezeigt«, spekulierte Clara.

»Sie täuschen sich, Miss Elkart«, meinte Kekoa.

»Wer dann? Um seine Unschuld zu beweisen, muss ich das doch wissen.«

»Er hat es von der Plantage von Hoffmann gestohlen.«

Clara stockte der Atem. Sie sah hinüber zu Heinrich. Auch ihn schien diese Nachricht zu überraschen. Wie konnte Albrecht nur so etwas tun?

»Ein Zeuge hat ihn gesehen«, fuhr Kekoa fort.

»Dann lügt er. Ich habe das Saatgut gekauft«, erklärte Clara und hoffte, dass er nicht weiter nachfragte, weil er sonst auf Unstimmigkeiten stoßen würde.

»Sie haben sicherlich Belege«, kam es prompt.

Was sollte Clara ihm nun sagen? Die Wahrheit kam nicht infrage. Sie hatte Widemann versprechen müssen, dass niemand von ihrer Übereinkunft erfuhr.

»Einen Großteil der Setzlinge hat meine Plantage hergegeben«, sagte Clara und hoffte darauf, dass ihr Ablenkungsmanöver griff.

»Soviel ich weiß, ist sie doch abgebrannt«, erwiderte Kekoa beißend.

»Nicht gänzlich«, kam ihr Heinrich zur Hilfe, weil er wohl merkte, dass sie ins Schwimmen geriet und selbst am besten wusste, dass die wenigen Pflanzen, die weder geerntet noch den Flammen zum Opfer gefallen waren, nicht ausgereicht hätten, um die Plantage aus eigener Kraft neu zu bepflanzen.

»Ich habe bei einem Händler am Hafen eingekauft.« Clara blieb gar nichts anderes mehr übrig, als den Polizeichef zu belügen.

»Nun gut. Wenn dem so ist, dann reichen Sie mir die Belege ein, doch selbst wenn Sie dies könnten … Es gibt immer noch die Mordanklage.«

»Das ist absurd«, sagte Clara und schüttelte den Kopf.

»Man hat eine Waffe in seinem Quartier gefunden. Die beiden Kugeln, die Ihren Vater getroffen haben, stammen zweifelsohne aus demselben Gewehr«, sagte er.

»Sie haben sicher darüber nachgedacht, dass man so eine Waffe auch dort verstecken kann.« Heinrich nahm Clara das Wort aus dem Mund.

»Sicher … doch man hat ihn am Hafen mit der Waffe gesehen, und am selben Tag geriet er mit Ihrem Vater in einen heftigen Streit.«

»Und dafür gibt es natürlich wieder einen *Zeugen*?«, fragte Clara rein rhetorisch und mit einem der Situation angemessenen Hauch von Ironie.

Kekoa nickte.

»Reine Indizien«, gab Heinrich zu bedenken.

»Das wird das Gericht entscheiden. Der Staatsanwalt sieht das jedenfalls anders«, gab Kekoa zu verstehen.

Clara wünschte, dass Widemann dieses Amt derzeit innehätte. Dann würde Komo nichts geschehen, doch dem war leider nicht so.

»Wer sind diese Zeugen? Ich muss ihre Namen wissen«, fragte Clara beharrlich nach.

»Ich bin nicht in einer Position, Ihnen dies mitzuteilen. Sie müssen einen Anwalt beauftragen, der sich mit der Staatsanwaltschaft in Verbindung setzt. Und was soll das bringen? Wir haben sie bereits verhört, und ich habe keinen Grund, an ihrer Glaubwürdigkeit zu zweifeln«, sagte Kekoa.

»Sie zwingen mich dazu, Herrn Isenberg von Ihrer Kooperationsbereitschaft zu berichten«, sagte Heinrich eiskalt. Diesmal verpuffte seine Drohung jedoch, nachdem der Polizeichef erneut das Für und Wider seiner Entscheidung abgewogen hatte. Das war zu erwarten, weil er sich auf Vorschriften und das Gesetz stützen konnte.

»Mehr gibt es nicht zu sagen. Ich muss mich anderen Aufgaben widmen.« Kekoa erklärte das Gespräch für beendet und stand auf.

»Warum ist er im Gefängnis und nicht hier?«, fragte Heinrich dennoch.

»Es besteht Fluchtgefahr. Außerdem ist der Prozess bereits

in drei Tagen. Wir rechnen mit einer Verurteilung«, sagte Kekoa, ohne eine Miene zu verziehen.

»Welche Strafe droht Komo?«, fragte Clara, als sie die Tür erreichten.

»Tod durch den Strang«, sagte Kekoa.

Clara spürte, wie ihre Beine nachzugeben drohten. Sie suchte unwillkürlich Halt bei Heinrich. Am meisten ängstigte sie Kekoas siegesgewisser Blick.

Gleich nachdem sie das Polizeigebäude verlassen hatten, hatte Heinrich Clara dringend angeraten, sich sofort mit einem Anwalt in Verbindung zu setzen, am besten mit einem Deutschen, weil man nie sicher sein konnte, ob ein englischsprachiger, sprich amerikanischer Anwalt, nicht ebenfalls auf der einen oder anderen »Payroll« stand. Clara war ihm für den gut gemeinten Rat dankbar, doch das konnte warten, bis sie sich Albrecht vorgeknöpft hatte. Es gab für sie nicht den geringsten Zweifel, dass beide Intrigen aus ein und derselben Quelle stammten. Was sie am meisten ärgerte, war Albrechts scheinheiliges Getue. Konnte ein Mann tatsächlich so eifersüchtig oder seine Gefühle so verletzt sein, dass er sich dazu hinreißen ließ, den Tod eines Unschuldigen in Kauf zu nehmen, nur weil er nicht darüber hinwegkam, dass sie ihr Herz einem anderen geschenkt hatte? Anscheinend schon.

»Was bringt es dann noch, mit ihm zu reden?«, hatte Heinrich nicht ganz zu Unrecht gefragt. Er würde sie vermutlich gar nicht erst empfangen.

Und zunächst sah es danach aus, dass er in diesem Punkt recht behalten sollte. Schon während der Kutschfahrt von Honolulu zur Plantage der Hoffmanns hatte Clara sich ausgemalt, dass irgendein Bediensteter sie mit einer fadenscheinigen Begründung abweisen würde. Genau das trat auch ein, jedoch klang Albrechts Abwesenheit nicht nach einer Ausrede. Er sei gestern Abend geschäftlich nach Kauai gereist und würde erst gegen Mittag zurückerwartet. War er etwa so dreist, dass er seinen Geschäften nachging, wissend, dass er für Komos Verhaftung verantwortlich war? Auf dem Weg zurück nach Honolulu verwarf Clara diesen Gedanken aber wieder zugunsten der Annahme, dass er sich aus purer Feigheit abgesetzt hatte. Als sie am Hafen ankam, rechnete Clara fest damit, dass er sie dreist belügen würde, aber sie musste ihn trotzdem sehen und ihn zur Rede stellen. Mit jeder Minute, die bis zur Ankunft der Fähre von Kauai verging, wuchs ihre Wut auf ihn. Clara konnte kaum erwarten, dass die ersten Passagiere von Bord gingen.

Albrecht schien es nicht sonderlich eilig zu haben. Er ging erst im Pulk der letzten Passagiere von Bord und schlenderte gemütlich mit einer Zeitung in der Hand den Steg entlang. Clara traute ihren Augen kaum, so wie er strahlte, als er sie entdeckte.

»Clara«, stieß er erfreut aus und ging dann schnell zu ihr.

Auf dieses Verhalten konnte sie sich beim besten Willen keinen Reim machen.

»Was für eine Überraschung. So gehen Träume auf unerwartete Weise doch in Erfüllung«, sagte er und seufzte leise.

»Träume?«, fragte sie perplex. Albrecht hatte es geschafft, sie komplett zu verunsichern. Die Wut auf ihn war verflogen. Fassungslosigkeit und Neugier nahmen ihren Platz ein.

»Von welchem Traum sprechen Sie?«, hakte Clara nach.

»Ich habe mehr als einmal davon geträumt, dass Sie mich eines Tages von einer meiner Reisen am Hafen abholen«, sagte er betrübt.

»In der Tat bin ich hier, um Sie zu sehen«, gestand Clara.

Nun war es Albrecht, der sie verwirrt ansah. Wusste er etwa nicht, was vorgefallen war?

»Auch wenn ich den Grund nicht einmal erahne und nicht

zu hoffen wage, dass es einfach nur der Wunsch ist, mich zu sehen, darf ich Ihnen versichern, wie sehr ich mich dennoch darüber freue«, sagte er galant.

Er wusste tatsächlich nichts. Clara verstand die Welt nicht mehr.

»Komo wurde verhaftet«, teilte sie ihm sogleich mit.

Albrechts Betroffenheit wirkte durch und durch aufrichtig. »Weshalb? Was hat er ausgefressen?«, fragte er.

»Man bezichtigt ihn, Saatgut von Ihrer Plantage gestohlen und meinen Vater ermordet zu haben.«

Albrechts Gesichtsfarbe nahm die der weißen Segel an.

»Ich verstehe nicht … Sagten Sie von unserer Plantage? Und … höre ich richtig … Mord?« Seine Verwunderung war nicht gespielt.

»Wollen Sie mir allen Ernstes sagen, dass Sie nichts davon wissen?«

»Nein. Ich versichere Ihnen, dass …« Albrecht geriet ins Stocken. Sein Blick wanderte ins Leere. »Das muss ein Missverständnis sein. Vater hätte mir doch davon erzählt …«, sagte er mehr zu sich.

»Vielleicht hatte er einen Grund, es Ihnen gegenüber nicht zu erwähnen«, schlussfolgerte Clara.

Albrecht wühlten diese Neuigkeiten sichtlich auf. Clara glaubte ihm daher, dass er wirklich nichts damit zu tun hatte.

»Welches Interesse hat Ihr Vater, Komo einen Diebstahl zu unterstellen?«, fragte Clara geradeheraus. »Und vermutlich noch einen Mord.«

»Was reden Sie da? Mein Vater würde so etwas niemals tun«, empörte er sich.

»Welche Art von Missverständnis könnte das sein?«

Albrecht schien sich wieder zu fangen. »Seien Sie versichert, dass ich es herausfinden und aufklären werde«, sagte er.

»Ich bitte Sie inständig, noch heute eine Unterredung mit Ihrem Vater herbeizuführen. Komo droht der Galgen. Der Prozess ist in zwei Tagen.«

»In zwei Tagen? Das ist ungewöhnlich.« Abermals war Albrecht in Gedanken.

»Kann ich auf Ihr Wort zählen?«

»Gewiss … aber da es eilt … Warum begleiten Sie mich nicht? Am besten, Sie sprechen mit meinem Vater persönlich«, schlug er vor.

Clara hatte keine Zeit zu verlieren und nahm das Angebot an.

Knut Hoffmanns freundlicher Empfang war mindestens so irritierend wie ihre Begegnung mit Albrecht am Hafen. Obwohl ihm Albrecht mit Sicherheit den Anlass ihres Besuches mitgeteilt hatte, begrüßte er sie wie einen Gast, der auf eine Tasse Nachmittagstee vorbeikam. Sein erfreutes »Fräulein Elkart« und der angedeutete Handkuss, bevor er ihr einen Platz auf dem Sofa seines Büros zuwies, wirkten dennoch aufgesetzt. Clara merkte ihm an, dass ihn etwas beschäftigte. Er war unruhig und vermied direkten Blickkontakt. Clara kannte ihn anders, eher forsch und als Mann, der das Zepter fest in der Hand hielt. Er hatte es wohl über Nacht seinem Sohn übergeben.

»Vater. Was ist vorgefallen? Ich finde auch, dass Clara ein Recht darauf hat zu erfahren, warum du Komo des Diebstahls bezichtigst«, bedrängte Albrecht ihn sogleich.

»Ich bezichtige niemanden«, erwiderte Knut Hoffmann. »Ich halte mich nur an Fakten«, stutzte der Alte seinen Sohn zurecht.

Dass er nicht einfach sagte, was passiert war, und immer noch nicht wagte, sie für länger als nur einen Wimpernschlag anzusehen, sprach eindeutig für ein schlechtes Gewissen, auch, dass er an seinem Schreibtisch Platz nahm, obwohl er sich ebenso zu ihnen hätte setzen können.

»Einer unserer Arbeiter hat ihn gesehen, wie er aus dem Vorratsspeicher Saatgut gestohlen hat«, sagte er knapp.

»Wann genau soll das gewesen sein?«, hakte Clara nach.

»Kurz bevor die Sonne aufging, was weiß ich. Kann gut sein, dass sich der Portugiese getäuscht hat.«

»Davon ist auszugehen, denn Komo war in der Zeit bei mir. Er hätte sich zweiteilen müssen«, versuchte sie, dem Alten klarzumachen.

Albrechts Vater wurde nun sichtlich unruhig. Als sie direkt auf seine Finger sah, die nervös an der Schreibunterlage aus Leder herumspielten, suchte er die Rückendeckung seines Sohns.

»Ich hoffe, du kannst Fräulein Elkart bestätigen, dass Komo einen Schlüssel zum Vorratsspeicher hatte. Es wurde nicht aufgebrochen.«

Albrecht schien für einen Moment zu überlegen. Dann festigten sich seine Gesichtszüge. »Komo hat den Schlüssel abgegeben. Ich habe das überprüft am Tag, nachdem er seine Sachen abgeholt hat«, sagte Albrecht.

»Einen Schlüssel kann man sich bei jedem Chinesen nachmachen lassen«, erwiderte Knut.

»Kann ich den Portugiesen sprechen? Wo ist er?«, fragte Clara.

Mittlerweile trommelte Knut Hoffmann nervös mit den Fingerspitzen auf dem Schreibtisch herum.

»Er ist nicht mehr da.«

»Wer ist es, Vater?«, insistierte Albrecht.

»Jamiro«, erwiderte Knut knapp.

»Und wo ist jetzt dieser Jamiro?«, setzte Clara nach.

»Vermutlich bei seiner Familie. Er arbeitet nur wochenweise«, erklärte der Alte.

Albrecht bestätigte dies, indem er nickte, doch zugleich schien er etwas zu überlegen. »Spätestens übermorgen wird er wieder in Honolulu sein. Er wird vor Gericht aussagen müssen«, stellte Albrecht in den Raum.

»Soviel ich weiß, hat er seine Aussage an Eides statt bereits gemacht«, wandte Albrechts Vater ein.

»An Eides statt?« Clara war fassungslos.

»Fräulein Elkart. Es tut mir leid. Ich konnte nicht anders handeln. Jamiro hat den Diebstahl gemeldet. Ich musste einfach Anzeige erstatten«, rechtfertigte sich der Alte.

»Musstest du das?«, fragte Albrecht nach, und Clara erstaunte, dass er sich offen gegen seinen Vater stellte.

»Du hast ihn entlassen. Was sollte ich denn glauben? Es sah nach einem Racheakt aus. Außerdem war es plausibel.«

»Sie meinen, weil meine halbe Plantage abgebrannt ist?«, hakte Clara nach.

Knut Hoffmann nickte sichtlich betroffen. »Wenn Sie es wünschen, Fräulein Clara, dann ziehe ich die Anzeige zurück«, lenkte Albrechts Vater ein.

»Komo hatte gar keinen Grund zu stehlen. Ich habe das Saatgut aus eigenen Mitteln gekauft.« Clara versuchte, Knut Hoffmann darin zu bestärken, ohne den expliziten Wunsch zu äußern. Es sollte von ihm ausgehen.

Knut Hoffmann nickte bedächtig. »In der anderen Angelegenheit kann ich lediglich als Fürsprecher in Erscheinung treten. Komo war uns stets treu zu Diensten …«, fuhr Albrechts Vater fort.

»Der Vorwurf ist absurd. Wieso sollte Komo meinen Vater erschießen?«, fragte Clara.

»Es gibt hier auf Hawaii immer einen Grund, um in Streit zu geraten. Ich fürchte, mehr kann ich nicht für Sie tun«, sagte der Alte.

Clara konnte Albrecht ansehen, dass er sich von seinem Vater etwas mehr erwartet hätte.

»Ich werde Steiner kontaktieren. Er soll Komo vor Gericht vertreten«, schlug Albrecht vor.

»Er ist nicht auf Strafangelegenheiten spezialisiert«, warf Albrechts Vater ein.

»Aber er ist unser Anwalt. Ich finde, das sind wir Clara schuldig.«

Der Alte nickte und erhob sich.

»Warte noch damit, die Anzeige zurückzuziehen. Es könnte so aussehen, als wollten wir Fräulein Elkart eine Gefälligkeit zukommen lassen«, meinte Albrecht.

»Was schlägst du stattdessen vor?«, fragte sein Vater.

»Gleich morgen früh suchen wir Jamiro. Ein Portugiese kann in der Dunkelheit niemanden erkannt haben. Für uns Weiße sehen alle Hawaiianer gleich aus. Er soll seine Aussage widerrufen«, sagte Albrecht.

»Er war sich sicher«, entgegnete sein Vater mit Nachdruck.

»Das soll er mir ins Gesicht sagen.« Albrechts Vehemenz beeindruckte Clara, noch viel mehr aber, dass er ihr alle Hilfe zukommen ließ, die in seiner Macht stand.

Ursprünglich hatte Clara geplant, Komo noch in der Nacht im Gefängnis zu besuchen, doch Albrecht war sich sicher gewesen, dass man sie nicht zu ihm lassen würde. Angesichts ihrer gestrigen Erfahrungen und der Reaktion des Sheriffs, der Komo verhaftet hatte, zweifelte Clara nicht daran, dass Albrecht ihr dies nicht nur suggerierte, um sie von Komo fernzuhalten. Sie war stattdessen gleich zu Bett gegangen, um Kraft für den kommenden Tag zu tanken. Sie mussten den Zeugen ausfindig machen.

Albrecht hielt sein Versprechen. Punkt sieben war seine Kutsche am Morgen vorgefahren. Er wusste, dass Jamiro in einer kleinen Siedlung in den Bergen Honolulus wohnte. Seit dem Gespräch mit seinem Vater hatte Albrecht sich irgendwie verändert. Das ungute Gefühl, wenn sie mit ihm allein war, hatte nichts mit der inzwischen wohlbekannten Verlegenheit zu tun, ihm die Gefühle, die er ihr entgegenbrachte, nicht erwidern zu können. Etwas Unausgesprochenes und gänzlich Neues schien in der Luft zu liegen, was für ebenjenes dumpfe Empfinden sorgte. Albrecht war schweigsamer als sonst und hatte offenbar sämtliche Vorsätze aufgegeben, jede sich bietende Gelegenheit zu nutzen, um sie zu werben oder sich in einem guten Licht zu zeigen. Seine neue Sachlichkeit gefiel ihr. Seine Art, ihr Trost zuzusprechen, ebenfalls.

»Steiner ist nicht nur kompetent. Er wird von allen sehr geschätzt, weil er schon so manches delikate Problem beiseite geräumt hat«, meinte er, nachdem Clara ihn nach dem Anwalt der Hoffmanns gefragt hatte. Auf diesen Steiner allein wollte sich Clara dennoch nicht verlassen. Noch erstaunlicher war, dass Albrecht aus heiterem Himmel davon anfing, über seinen Vater zu sprechen. Genau genommen, sobald die Häuser Honolulus weniger geworden waren und sie gepflegte Vegetation gegen den Wildwuchs des Dschungels eintauschten.

»Wir sind nicht immer einer Meinung«, gestand Albrecht.

»Geschäftlich?«, fragte Clara nach.

»In fast allen Angelegenheiten«, räumte er ein.

Clara sah ihm an, dass er darüber nicht sonderlich glücklich war. »Ich nehme an, dass er Ihnen letztlich doch freie Hand lässt«, mutmaßte sie. Albrecht war viel zu souverän, um sich von seinem Vater vorschreiben zu lassen, was er zu tun und zu lassen hatte.

»Mitnichten … früher vielleicht, aber heute…«, erwiderte er gedankenverloren.

»Immerhin hat Ihr Vater ein kleines Imperium aufgebaut. Man hat es als Sohn sicher schwer, in diese Fußstapfen zu treten.«

»Das will ich gar nicht, aber er will es«, sagte er.

»Sie bevorzugen es also, in der Welt umherzureisen und in den Hotels der Reichen auf Brautschau zu gehen?«, zog Clara ihn auf.

»Sie haben mich durchschaut«, erwiderte Albrecht und schmunzelte.

Das war der Albrecht, den sie kannte, doch sein Lächeln erstarb abrupt. Etwas schien ihn zu beschäftigen, und Clara glaubte, dass es mit seinem Vater zu tun haben musste, wagte aber nicht, weiter nachzufragen. Clara interessierte sowieso viel mehr, was Albrecht über diesen Portugiesen zu erzählen hatte.

»Was wissen Sie über diesen Zeugen?«, fragte sie.

»Jamiro arbeitet noch nicht lange auf der Plantage. Er ist ein Hilfsarbeiter«, erklärte Albrecht.

»Dann hat er Komo gekannt?«

»Komo hat ihn unterwiesen, wie all die anderen.«

»Haben die beiden miteinander gestritten? Es ist doch denkbar, dass er ihm den Diebstahl deshalb in die Schuhe schieben wollte.«

»Das glaube ich nicht. Er war ein einfacher Feldarbeiter. Niemand machte ihm etwas streitig.«

»Aber wieso kommt er ausgerechnet darauf, Komo gesehen zu haben?«

Albrecht zuckte ratlos mit den Schultern und hüllte sich in Schweigen, bis sie ein Dorf mitten auf einer Lichtung im Urwald und zwei Hügelketten hinter Honolulu erreicht hatten. Ganz anders als in Komos Heimatdorf hatte hier das moderne Leben bereits Einzug gehalten. Zwar waren die Häuser ebenfalls aus Pflanzengeflecht errichtet worden, aber hier und da standen Errungenschaften der westlichen Zivilisation vor den Hütten, sogar eine Nähmaschine. Petroleumlampen hingen an Masten vor den Häusern, und sofern Clara dies auf den ersten Blick beurteilen konnte, trugen die meisten Dorfbewohner westliche Kleidung.

»Die meisten arbeiten auf den umliegenden Plantagen«, erklärte Albrecht. Die Siedlung wurde also nicht von Einheimischen errichtet, wenngleich man sich überwiegend des gleichen Baumaterials bediente. Es war billiger als Holz oder Stein und schneller aufgebaut. Genau wie auf ihrer Farm hatten hier einige der Arbeiter eigenen Grund, auf dem sie Gemüsebeete angelegt hatten und Vieh hielten. Soviel Albrecht wusste, lag Jamiros Haus am Ende der Siedlung direkt am Rand der Lichtung. Clara konnte von Weitem sehen, dass ein Stapel Bauholz davor lag. Eine Frau und ein junger Mann waren damit beschäftigt, es von einem Karren zu entladen.

»Das da vorn ist er«, sagte Albrecht.

Clara schätze den kräftigen jungen Mann auf höchstens Mitte zwanzig. Seine Frau war bildhübsch, und erst als sie näher kamen, bemerkte Clara, dass sie in anderen Umständen war. Der Bauch war unverkennbar. Trotzdem packte sie mit an. Die beiden legten einen der schweren Holzbalken auf den Stapel vor dem Haus. Dann bemerkten die beiden die Ankömmlinge. Jamiro musste Albrecht kennen. Clara rechnete damit, dass er ihn begrüßen würde, stattdessen ging er ins Haus. Seine junge Frau wirkte verunsichert, als sie von der Kutsche stiegen und zu ihr gingen.

»Ich muss Jamiro sprechen«, sagte Albrecht.

Clara rechnete damit, dass Jamiro das gehört haben musste und jeden Moment herauskam, aber es regte sich nichts. Die junge Portugiesin rief seinen Namen. Clara verstand kein Portugiesisch, doch es hörte sich so an, als ob sie ihren Besuch ankündigte.

»He works on our farm«, erklärte Albrecht.

Die junge Frau nickte und rief noch einmal nach ihrem Mann.

Das Gebüsch hinter dem Haus bewegte sich. Äste knackten. Jemand eilte schnell durch das Dickicht. Kein Zweifel. Jamiro machte sich aus dem Staub.

Albrecht zögerte keinen Moment und folgte ihm. Clara hörte brechendes Geäst. Man konnte die Richtung, in der die beiden liefen, anhand von Büschen, die sich bewegten, noch eine Zeit lang sehen, bis der Urwald sie verschluckte.

»Why does he run away?«, fragte Clara die junge Frau.

»I don't know«, antwortete sie in gebrochenem Englisch. Angst und Verunsicherung waren ihr ins Gesicht geschrieben. »Did he do anything wrong?«, wollte sie dann wissen.

Ihr jetzt zu erklären, um was es ging, würde wahrscheinlich bereits an der sprachlichen Hürde scheitern. Clara zuckte nur mit den Schultern und sah sich um. Auf dem Wagen stand ein funkelnagelneuer Ofen, wie man ihn bei Dexter kaufen konnte. Clara besah sich den Karren näher. Noch weitere Haushaltswaren waren geladen, neben Stoffen und einem Bettgestell, das der Größe nach zu urteilen ein Kinderbett sein musste. Mit dem, was ein Arbeiter hier verdiente, konnte er sich so einen Einkauf unmöglich leisten. Die junge Portugiesin musste sie darauf erst gar nicht ansprechen.

»My husband … no thief … credit from bank«, stammelte sie.

Vermutlich hatte Jamiro ihr das erzählt. Clara konnte eins und eins zusammenzählen. Es roch förmlich danach, dass sich irgendjemand den jungen Portugiesen gekauft hatte, um Komo zu belasten. Dass er Dreck am Stecken hatte, bewies seine Flucht, die leider erfolgreich verlief, weil Albrecht eine Viertelstunde später außer Atem aus dem Dickicht des Waldes brach und resigniert den Kopf schüttelte.

Adalbert Steiner gab Clara das Gefühl, in guten Händen zu sein. Der adrette Mittvierziger hatte seine Kanzlei in der Merchant Street. Er musste als Anwalt sehr erfolgreich sein. Zumindest ließ die Ausstattung seines Büros darauf schließen. Das Mobiliar aus feinstem Edelholz war sicher importiert, der Kronleuchter, der am Empfang hing, ebenfalls. Albrecht hatte ihr erklärt, dass er die Hoffmanns in sämtlichen wirtschaftlichen Angelegenheiten vertrat, sich aber auch anderer Fälle annahm und seit zwanzig Jahren in Honolulu tätig sei. Da ein guter Freund der Familie, verstand es sich von selbst, dass er sich der Sache annahm. Albrecht hatte bereits am Vortag ihren Besuch angekündigt. Daher wusste Steiner bereits über die Anklage Bescheid und hatte bei der Staatsanwaltschaft Einsicht in die Akten genommen.

»Albrecht hat sich bereit erklärt, als Zeuge auszusagen. Wer flieht, hat Dreck am Stecken, aber solange dieser Portugiese flüchtig ist, wird man ihn nicht vernehmen können. Allerdings deuten alle Indizien darauf hin, dass er gekauft wurde. Seine Aussage bezüglich des Diebstahls dürfte daher nicht mehr ins Gewicht fallen. Was seine zweite Aussage betrifft, so können wir darauf hoffen, dass das Gericht diesen Portugiesen dann insgesamt als unglaubwürdig einstuft«, resümierte Steiner.

»Eine zweite Aussage?«, fragte Clara verwundert nach.

»Hat man Ihnen das nicht gesagt? Jamiro will einen Streit zwischen Komo und Ihrem Vater am Hafen beobachtet haben.« Davon wusste Clara – dass es sich um ein und denselben Zeugen handelte allerdings nicht.

»Das stinkt zum Himmel«, sagte Albrecht, der es nicht mehr

auf dem bequemen Ledersessel vor Steiners Schreibtisch aushielt. »Wer hat ihn gekauft?« Die Frage nagte an Albrecht.

»Wir sollten uns lieber fragen, warum?«, stellte Steiner in den Raum.

»Um Komo kann es nicht gehen. Ich fürchte, es geht um Fräulein Elkart. Jemand will ihr schaden.« Albrecht sprach aus, was Clara dachte.

»Und es muss jemand sein, der weiß, wie es um mich und Komo steht«, fügte sie hinzu.

»Wie können wir das beweisen?«, fragte Steiner.

»Das Feuer auf meiner Plantage … Es war Brandstiftung … Dafür gibt es Zeugen«, sagte Clara.

Steiner nickte nachdenklich. »Aber wer würde davon profitieren, wenn Sie die Plantage aufgeben?«

»Im Prinzip jeder, der an einem Kauf interessiert ist«, sagte Clara, besann sich aber gleich eines Besseren: »Es gibt viele Leute, die mich für eine Königstreue halten, die sie lieber heute als morgen gerne wieder in Europa wüssten«, fuhr sie fort.

»Ich kann die Argumentation so aufbauen, aber der Personenkreis, den Sie ansprechen, ist sehr groß … Und was machen wir mit der Waffe, die man bei Komo gefunden hat?« Steiner wirkte besorgt.

»Selbst wenn Komo eine Waffe besessen hätte. Wäre er so dumm, sie bei sich in einem Quartier für Arbeiter zu verstecken?«

»Reine Spekulation«, sagte Steiner.

»Und braucht man für einen Mord nicht auch ein Motiv?«

»In der Tat. Der Zeuge, der den Streit angeblich gesehen hat, ist verschwunden. Es liegt aber die eidesstattliche Erklärung vor.« Steiner starrte nachdenklich auf eine Abschrift, die vor ihm auf dem Schreibtisch lag.

»Wie stehen die Chancen?«, wollte Clara wissen.

Steiners Miene verfinsterte sich. »Er hatte früher Ärger mit der Polizei«, sagte er und tippte auf die Akte.

»Komo?«, fragte Albrecht ungläubig nach.

»Er hat als kleiner Junge aus Hunger gestohlen. Das wird man ihm doch hoffentlich nicht auch noch zur Last legen«, entrüstete Clara sich.

»Es diskreditiert. Ich mache mir viel größere Sorgen wegen der Waffe. Wenn sie achtlos in einem Schrank gelegen hätte, könnte man glaubhaft machen, dass jemand sie dort hineingelegt hat, aber sie war unter Holzplanken versteckt.«

»Wo ist da der Unterschied? Einen Holzboden kann man auch nachträglich öffnen«, sagte Clara.

Steiner nickte. »Ich werde tun, was mir möglich ist«, sagte er.

Clara beunruhigte, dass dies alles andere als zuversichtlich klang.

19

Auch wenn Albrecht ihr gestern Mut zugesprochen und versichert hatte, dass Steiner Komo sicher vor dem Galgen bewahren würde, hatte Clara in der Nacht kein Auge zugetan. Gleich nach der Unterredung mit dem Anwalt war es Albrechts Idee gewesen, sich noch einmal auf den Weg zur Siedlung zu machen, in der Jamiro wohnte – in Begleitung zweier Arbeiter, um weitere Zeugen dabeizuhaben.

»Vielleicht schnappen wir ihn zu dritt«, hatte er ihr gesagt.

Aus Albrechts Vorhaben war leider nichts geworden, womit zu rechnen war. Der Arbeiter würde vor dem Prozess nicht wieder auftauchen, weil er damit rechnen musste, dass man ihn suchte. Dementsprechend hatte Clara bis zum Morgengrauen nichts mehr von Albrecht gehört. Clara hoffte, dass Albrecht wenigstens dazu gekommen war, Agnes Bescheid zu geben. Eigentlich hatte Clara bereits am Tag zuvor zum Königspalast fahren wollen, um Halt bei ihrer Freundin zu finden, doch die Kräfte hatten dazu nicht mehr gereicht.

Lee und Yue hatten sich stattdessen rührend um sie gekümmert. Alle möglichen chinesischen Glücksbringer hatten sie an diesem Morgen aufgefahren. Der Frühstückstisch sah aus wie ein chinesischer Altar. Ein Drache aus Porzellan sollte ihr Kraft spenden. Buddha, der Dickbäuchige, in dessen Händen wie immer zwei Räucherstäbchen glimmten, sollte ihr Glück und Gerechtigkeit bringen.

»Sie werden sehen, Fräulein Clara. Alles wird gut«, sagte Yue, während sie ihr etwas vom kräftigenden grünen Tee einschenkte und sich dann zu ihr an den Tisch der Veranda gesell-te. »Irgendjemand will Ihnen Böses, aber wenn man auf das Gute vertraut, kann nichts Schlimmes passieren«, sagte sie voll Zuversicht.

Die Vorstellung, dass Komo heute Mittag zum Tode durch den Strang verurteilt werden könnte, ließ Clara trotzdem erneut erschaudern. Obwohl das Frühstück hätte nicht schmackhafter sein können, bekam sie keinen Bissen herunter. Die Warterei konnte einen verrückt machen. Vermutlich war es besser, zeitig in die Stadt zu fahren, um nicht in Grübeleien zu ersticken. Lee hatte angeboten, sie zu begleiten. Er war in Sorge, dass sie in ihrem übernächtigten Zustand nicht heil in Honolulu ankommen würde. Clara wollte aber allein sein. Auch wenn Yue und Lee es sicher gut meinten, ihr unentwegt mit buddhistischen Lebensweisheiten Mut zuzusprechen, half ihr letztlich auch nicht weiter. Es strengte im Moment einfach alles viel zu sehr an.

Schlussendlich war Clara froh, allein gefahren zu sein. Die Weite der Felder spendete Ruhe. Zugleich fragte sie sich, ob es all das wert war. Der Gedanke, dass Komo nun im Gefängnis saß, nur weil sie um den Erhalt der Plantage gekämpft hatte, wurde immer schmerzhafter. Hätte sie sich doch bloß nicht mit einem Jenkins angelegt und ihre Zunge gegenüber einem Sanford Dole nicht so locker spazieren gehen lassen. Was wäre die Plantage noch wert, wenn Blut an ihr kleben würde, letztlich an ihr selbst? Die Wut auf ebendiesen Personenkreis, dem sie die Misere zu verdanken hatten, bewahrte Clara aber davor, in Selbstmitleid zu zerfließen. Doch da tauchte schon ein weiterer Gedanke auf, der noch viel schmerzhafter war. Zum ersten Mal in ihrem Leben schien alles, woran sie bisher geglaubt und wofür sie von Kindesbeinen an hart gearbeitet hatte, all ihre Träume von großen Abenteuern und fremden Ländern, auf eigenen Füßen zu stehen, sich nicht den gesellschaftlichen Gepflogenheiten zu beugen, sondern eigene Wege zu gehen, zur Bedeutungslosigkeit zu verblassen, weil sie vom Trog der Liebe gekostet hatte und Komos Verlust ihr Leben in Trümmer legen würde. Wenn sie doch wenigstens mit in den Gerichtssaal gehen könnte, wenn schon nicht mit stichhaltigen Beweisen, so doch mit einem Plädoyer des Herzens und ihrer vollen Überzeugung, dass Komo unschuldig war. Es half alles nichts. Als Fremde würde man ihr keinen Einlass in das ehrwürdige Gebäude gewähren. Clara hoffte, dass sie Komo wenigstens sehen konnte. Vielleicht war es das letzte Mal.

Das Justizgebäude in der King Street lag palmenumsäumt in einen Park eingebettet und befand sich genau gegenüber dem königlichen Palast. Es hieß »Ali'iolani Hale«, Haus des himmlischen Königs, weil es ursprünglich als Königspalast vorgesehen war. Heute diente das imposante Bauwerk als Regierungssitz und der Justiz. Die wuchtige zweistöckige Konstruktion mit Turm in der Mitte wirkte an sich freundlich und hell. In etwa einer Stunde würde darin trotzdem Komos Prozess beginnen, was das Gebäude zugleich bedrohlich erscheinen ließ und einem Ehrfurcht einflößte. Clara überlegte, in der Kutsche darauf zu warten, doch dann sah sie Agnes, die von der anderen Seite aus die Treppen erreichte und ihr zuwinkte. Clara stieg ab und ging zu ihr.

»Du armes Ding«, sagte Agnes und seufzte.

Die folgende Umarmung tat gut. Bei Agnes musste sie sich auch nicht dafür schämen, dass sie mittlerweile am ganzen Leib zitterte wie Espenlaub. Ohne ein Wort zu sagen, hielt Agnes sie für eine Weile ganz fest. Clara spürte ihre Wärme nicht nur auf ihrer Haut.

»Vielleicht wird ja doch alles gut«, sagte Agnes. Sie war voller

Zuversicht, und ihr aufmunterndes Lächeln hatte sie sich mit Sicherheit nicht abgerungen. »Auch auf Hawaii wird niemand verurteilt, wenn man keine eindeutigen Beweise hat. Albrecht wird aussagen, dass Komo seines Wissens nach nie eine Waffe besessen hat.«

»Er war bei dir?«, fragte Clara nach.

Agnes nickte. Sie wusste demnach über alle wesentlichen Details Bescheid. »Ich rechne es ihm hoch an, dass er sich so für Komo einsetzt. Um ganz ehrlich zu sein, kann ich nicht umhin einzugestehen, dass Albrecht nicht nur ein äußerst liebenswerter Mann ist, sondern gerade in diesem schwierigen Augenblick Größe beweist«, fuhr Agnes fort.

Clara schämte sich augenblicklich dafür, dass sie Albrecht verdächtigt hatte, die Intrige gegen Komo eingefädelt zu haben. Konnte man als Mann überhaupt mehr Größe beweisen, als dem Mann zu helfen, dem man Schmach, Eifersucht und Seelenleid zu verdanken hatte? Vermutlich nicht. Dass er nun sogar als Leumund für Komo auftreten wollte, sprengte den Rahmen des Vorstellbaren. Seine Familie war einflussreich. Sein Wort hatte vor Gericht Gewicht. Für einen Moment schöpfte Clara Hoffnung, dass Komo ungeschoren davonkam, doch dann sah sie die Gefängniskutsche, in der ihr Liebster sicherlich saß, um seinem Urteil entgegenzusehen. Sie hielt genau vor dem Portal des Gerichtsgebäudes. Zwei bewaffnete Sheriffs stiegen aus, bevor Komo die Kutsche verließ. Seine Hände waren in Handschellen gelegt, die eine schwere Kette nach unten zog. Er musste wissen, dass sie hier war, aber er konnte nicht wissen, wo. Dennoch blickte er sofort zu ihr. Er verharrte für einen Moment an der Tür der Kutsche. Clara blutete das Herz, ihn in Ketten zu sehen. Sie rang sich ein zuversichtliches Lächeln ab und streckte seine Hand nach ihm aus, obwohl er gut dreißig Meter entfernt war. Dann zogen die

Sheriffs an den Ketten und führten ihn ab. Komos Blick blieb dennoch auf sie gerichtet, bis er die Stufen erreicht hatte und fast stolperte, weil er nicht auf den Weg achtete. Clara sah ihm hinterher, bis sie ihn in den Justizpalast geführt hatten und sich die Tür hinter ihnen schloss.

»Man munkelt, es war Jenkins«, sagte Agnes, nachdem auch sie sich gefangen hatte.

»Möglich ist alles. Wahrscheinlich werden wir es nie erfahren.«

Agnes nickte und wirkte tief betrübt. Ging es diesen Leuten um Macht? Um Geld? Clara konnte einfach nicht begreifen, was einen Menschen dazu treiben konnte, einen Unschuldigen an den Galgen zu liefern.

»Da ist Albrecht.« Agnes sah ihn zuerst. Seine Kutsche hielt vor dem Gerichtsgebäude gleich neben dem Gefährt der Polizei. Er war allein. Damit zerschlug sich Claras Hoffnung, dass Jamiro doch noch aussagen würde. Albrecht bemerkte sie gar nicht, weil Steiner zeitgleich das Portal erreichte und ihm zuwinkte. Albrecht lief eilig nach oben, sprach mit dem Anwalt und ging hinein.

Weitere Kutschen folgten. Vermutlich waren auch Reporter der lokalen Presse dabei, die sich an so einem Prozess sicher ergötzten.

»Lass uns in den Park gehen. Wir können hier sowieso nichts für Komo tun«, schlug Agnes folgerichtig vor.

Clara blickte dennoch neugierig hinüber zu den Ankömmlingen. Sie kannte diese Leute nicht. Nur einen: Reverend Schneider. Just in dem Moment sah er zu ihr her. Was wollte er hier? Nachdem er seinen Blick sofort wieder abwandte, ging Clara nicht davon aus, dass er ein Gespräch suchte. Er schloss sich der kleinen Menschentraube an, die sich mittlerweile vor dem Gerichtsgebäude versammelt hatte. War er etwa als Zeuge geladen? Das war vorstellbar, weil Komo für ihn gearbeitet hatte.

»Der Reverend hat wohl nichts Besseres zu tun«, kommentierte Agnes, doch da täuschte sie sich. Clara konnte sehen, dass er ein Kreuz herausholte, das an einer Kette um seinen Hals hing, und anfing zu beten.

Clara hatte kaum noch Kraft, sich auf den Beinen zu halten, und war dankbar, dass sie sich bei Agnes auf dem Weg durch den Park einhängen konnte. Auch an ihrer Freundin ging die Warterei nicht spurlos vorbei. Hatte sie anfangs noch Anekdoten aus dem Königshaus und von ihren Schülern erzählt, um sie aufzumuntern, verfiel sie in Schweigsamkeit, als sie sich auf eine der Bänke im Park setzten und auf das Gerichtsgebäude in der Ferne starrten.

Der Prozess war bereits seit einer Stunde im Gange, und mit Ausnahme von Albrecht, der als Komos Fürsprecher sicher vernommen wurde, gab es Claras Wissens nach keine weiteren Zeugen.

»Wieso dauert das denn so lange?« Clara hielt es auf der Parkbank nicht mehr aus. »Lass uns zurückgehen«, schlug sie vor.

Agnes nickte, erhob sich und reichte Clara die Hand, um ihr aufzuhelfen. »Es ist bestimmt ein gutes Zeichen. Sie machen es sich nicht einfach«, mutmaßte sie.

Clara hoffte, dass Agnes recht hatte, denn es dauerte noch eine weitere halbe Stunde, bis sich endlich etwas am Ausgang des Gerichtsgebäudes tat. Claras Herzschlag beschleunigte sich augenblicklich. Die Augen aller Wartenden waren auf den Ausgang gerichtet. Clara sah, dass Albrecht als einer der Ersten das Gebäude verließ. Offenkundig hielt er nach ihr Ausschau. Als sich ihre Blicke begegneten, blieb er mitten auf den Treppen stehen. Auch auf die Distanz hin konnte Clara seine traurigen Augen sehen, die hängenden Schultern. Er schüttelte nur den Kopf. Dafür gab es nur eine Erklärung: Man hatte Komo zum Tode verurteilt. Clara spürte, wie ihre Beine nachgaben. Agnes war sofort zur Stelle, um sie zu aufzufangen.

»Nein … Nein … das kann nicht sein …« Claras letzte Hoffnung darauf, dass sie Albrechts Geste missinterpretiert hatte, erstarb, als die Polizeikutsche vorfuhr und Komo nach wie vor in Handschellen von zwei Sheriffs hinausgeleitet wurde. Er wirkte gebrochen, seine Schritte schwer, er stolperte auf der Treppe. Clara rief nach ihm. Als sie in seine leeren Augen sah, wusste sie, dass es keine Hoffnung mehr gab. Clara drängte sich durch die Menge, um zu ihm zu gelangen, ihn wenigstens noch ein letztes Mal in die Arme schließen zu dürfen. Sie erreichte die Stufen. Nur noch wenige Schritte trennten sie von ihm. Er versuchte, stehen zu bleiben, doch die Sheriffs zogen ihn mit sich. Zwei weitere Sheriffs aus der Kutsche stellten sich Clara in den Weg.

»Lassen Sie mich zu ihm … bitte«, verlangte sie, doch ohne Erfolg. Clara rief erneut nach ihm.

Komo versuchte, sich loszureißen, doch in Ketten und gegen die festen Griffe der Sheriffs hatte er keine Chance.

Clara musste mit ansehen, wie sie ihn brutal in die Kutsche zwängten.

»Clara … Ich liebe dich«, rief ihr Komo beim letzten Versuch, sich gegen die Sheriffs zu stemmen, zu. Ihre Blicke trafen sich erneut. Er wirkte so verzweifelt, so schwach. Dann schloss sich die Tür der Kutsche.

Clara hauchte noch einmal seinen Namen, bevor sie das Bewusstsein verlor.

Das Erste, was Clara sah, als sie die Augen aufschlug, war das leidvoll verzerrte Gesicht des Heilands, der an einem Kreuz über ihr an der Wand hing.

»Sie kommt zu sich«, hörte sie Agnes sagen.

Clara richtete sich auf und erkannte den Raum. Auf dem gleichen Sofa hatte Komo gelegen, als sie ihn zu Schneider in die Missionarsstation gebracht hatten. Der Gedanke an Komo raubte ihr sofort wieder die Kräfte.

Agnes war mit einem Kissen zur Stelle. Erst jetzt nahm Clara auch Schneider wahr.

»Wir haben bereits nach einem Arzt geschickt, Fräulein Elkart«, sagte er und kam näher.

»Das Urteil … Wie ist das möglich?«, fragte Clara.

Schneider nahm sich einen Stuhl und setzte sich zu ihr. Es dauerte eine halbe Ewigkeit, bis er endlich den Mund aufmachte. »Es tut mir so leid, Fräulein Elkart«, sagte er.

»Wann werden sie ihn …?« Mehr brachte Clara nicht heraus.

»Schon morgen«, sagte Schneider mit belegter Stimme.

»Ich habe mit Albrecht gesprochen. Er hat uns hergefahren«, sagte Agnes und holte erst einmal tief Luft. »Es war die Waffe, die man bei ihm gefunden hat. Albrecht hat alles versucht, um den Zeugen unglaubwürdig zu machen, aber es hat nichts geholfen. Und es gibt da noch etwas. Albrecht meinte, dass der Richter nicht ganz unbefangen sei. Sein Anwalt, dieser Steiner, er glaubt, dass er bestechlich ist und auf der Seite der Reformisten steht.«

Clara fühlte sich immer noch wie betäubt. Das Leben schien stillzustehen. Es fiel ihr kein Grund mehr ein, um sich überhaupt noch zu erheben. Am schlimmsten war die Ungerechtigkeit, die dahinter stand und der man machtlos ausgeliefert war. Dennoch loderte weiterhin eine kleine Flamme des Widerstands in ihr. Hatte es bisher im Leben nicht immer einen Ausweg gegeben?

»Kann man den Richter denn nicht irgendwie bloßstellen und das Urteil wegen Befangenheit …«

Reverend Schneider schüttelte den Kopf, noch bevor sie es ausgesprochen hatte.

»Sie sind ja auch einer von denen«, sagte Clara ungeachtet seiner möglichen negativen Reaktion. Es war ihr nun einfach alles egal.

»Clara, Reverend Schneider hat sich bereit erklärt, Komo die letzte Beichte abzunehmen«, sagte Agnes leicht betreten.

»Die letzte Beichte? Was soll er denn beichten?«, entfuhr es Clara.

»Man wird Sie nicht in seine Zelle lassen. Wenn Sie ihm eine Nachricht zukommen lassen möchten. Ich werde sie überbringen«, erklärte er.

Clara spürte, wie der Zorn auf die sogenannten Monarchisten, denen Komo seine Verurteilung zu bedanken hatte, immer größer wurde. Er gab ihr die Kraft, sich aufzurichten und Schneider ins Gebet zu nehmen. »Soll ich Ihnen dafür die Füße küssen? Warum reden Sie nicht mit dem Richter und mit den Leuten, deren Speichel Sie lecken?«, fuhr sie ihn an.

»Fräulein Elkart. Ich muss schon bitten«, sagte er, mittlerweile weiß wie die Wand.

»Wir wissen beide, wer die Station finanziert. Und warum sind Sie überhaupt hier? Warum sind Sie überhaupt Priester geworden? Wir beide wissen warum, oder etwa nicht?«

»Clara …«, setzte Agnes an. Ihr war anzusehen, dass sie sich über Claras Tonfall mehr als nur wunderte.

»Du hast ihn doch auch an Bord der *Braunfels* gesehen, bei der ›Morgengymnastik‹, und ich habe noch mehr gesehen, viel mehr …«, deutete Clara an, woraufhin Schneider im Bilde war.

Agnes schien jedoch nicht gänzlich zu verstehen, worauf Clara hinauswollte, und warf dem Reverend einen fragenden Blick zu.

Schneider fing an, am ganzen Körper zu beben.

»Und ich dachte, Sie würden Komo mögen …«, spottete Clara.

»Mir sind die Hände gebunden«, sagte er verzweifelt.

Clara wusste, dass er recht hatte und wahrscheinlich nichts damit bewegen würde, wenn er im Namen des Herrn bei Dole oder Jenkins vorsprach, aber just diese Erkenntnis brachte eine nahezu absurd anmutende Idee zutage, die sie Schneider sofort zu unterbreiten gedachte. Dazu bedurfte es unter Umständen noch etwas mehr Druck.

»Für Ihre Vorliebe, werter Reverend, die meine Reisebegleitung sicher bezeugen wird, wenn ich sie darum bitte, könnte ich Sie ebenfalls auf die Anklagebank bringen, und ich glaube kaum, dass ein gekaufter Richter Vorfälle dieser Art zum Schutze der Allgemeinheit übergehen würde.« Clara wunderte sich darüber, wie abgebrüht sie sein konnte, wenn es darauf ankam.

Agnes' Augen weiteten sich, doch sie nickte resolut, weil sie nun endlich verstand, worauf Clara hinauswollte.

Schneider sank förmlich in sich zusammen. Ob aus Scham oder aus Einsicht, das war Clara egal. Es ging um Komos Leben.

»Was muss ich tun?«, fragte er resigniert.

Der Plan war einfach, ob Schneider die Nerven hatte, ihn durchzuziehen, allerdings fraglich.

Clara wusste nicht, wie oft Agnes sie für verrückt erklärt hatte, als Clara sie in ihrer Kutsche zurück zur Schule brachte. Die ganze Situation war verrückt. Ein Unschuldiger würde am nächsten Tag hingerichtet werden. Was konnte verrückter sein? Einen Priester moralisch zu erpressen war verwerflich, aber verrückt war es nicht. Schneider fraß ihr mittlerweile aus der Hand, hatte sie zurück zu ihrer Kutsche am Gerichtsgebäude gefahren und vereinbart, morgen um Punkt elf vor dem Gefängnis auf sie zu warten, und zwar nicht im Priestergewand, sondern in der traditionellen Kleidung eines Missionars, wie sie von ihm verlangt hatte. Sicherlich lag seine zugegebenermaßen erzwungene Hilfsbereitschaft aber auch daran, dass ihn Komos Schicksal nicht kaltließ. Die Ausführung des Plans würde ihm trotzdem einiges abverlangen, wozu er letztlich nur bereit war, weil sie ihn in der Hand hatte.

»Du wirst auch noch ins Gefängnis wandern«, sagte Agnes, mit der sie mittlerweile die zweite Runde im Garten der Schule drehte.

»Dazu muss man mich erst überführen«, erwiderte sie mit dem Mut der Verzweiflung, der dafür sorgte, nicht mehr über irgendwelche Risiken nachzudenken.

»Es reicht ja schon die Erpressung eines Priesters. Und ich spiele da auch noch mit«, merkte Agnes kopfschüttelnd an.

»Du hast gesehen, was du gesehen hast.«

»Und er wollte Komo tatsächlich küssen?«, fragte Agnes immer noch fassungslos.

Clara nickte.

»Da kann man ja von Glück sagen, dass Schneider sich in Komo verguckt hat«, sagte Agnes. »Möchtest du wirklich heute Nacht allein sein? Du könntest doch auch bei mir schlafen«, schlug sie dann vor.

»Ich muss einiges für morgen vorbereiten. Da brauche ich Lee und Yue«, erklärte Clara.

Agnes nickte einsichtig. »Viel Glück, Clara, und melde dich, sobald du kannst. Ich hoffe so sehr für euch, dass es klappt«, sagte sie. Ihr Lächeln zum Abschied war voller Zuversicht.

Clara fuhr los und sah Agnes noch hinterher, bis sie im Schulgebäude verschwunden war. Jetzt wieder allein zu sein verstärkte den Druck und all die Ängste, dass ihr Vorhaben scheitern könnte. Alles hing davon ab, ob Schneider seine Sache gut machen würde. Der Rest hing an ihr und wie gründlich sie alles vorbereitete. Es gab keine Zeit zu verlieren. Sie musste Proviant und am Hafen ein Segelboot besorgen. Ersteres war kein Problem. Letzteres könnte schwierig werden.

Mittlerweile war Clara aber oft genug am Hafen gewesen, um zu wissen, dass von dort aus auch kleinere Kanus oder Katamarane in See stachen. Wo es Boote dieser Art gab, musste man auch welche erwerben oder zumindest mieten können. Leider erwies sich diese Idee als Irrglaube, auch wenn man ihr im Hafenbüro gesagt hatte, dass man generell Boote ausleihen könne. Unglücklicherweise waren das aber große Segler oder Fischerboote, die ohne Mannschaft nicht zu bewegen waren. Eine Anmietung kam sowieso nicht infrage, weil es zweifelhaft war, ob sie das Boot jemals wieder zurückbringen konnte. Vorzugeben, es nur für einen Tag zu mieten, konnte sie den Fischern nicht antun, weil die Boote ihre Lebensgrundlage waren.

Am Ende der Bucht am Hafen entdeckte Clara Einheimische mit kleineren Seglern. Es waren Auslegerboote, die an einen Katamaran erinnerten. Der Schiffsrumpf sah wie ein Ruderboot aus. Holzstreben verliefen quer darüber und führten zu zwei Planken, die es links und rechts stabilisierten. Dieser Bootstyp hatte nur einen Mast, der vorn an der Spitze des Bugs angebracht war und sich mit dem daran befestigten Segel in alle Richtungen bewegen ließ. Einer der Fischer, ein Hawaiianer, den sie auf Mitte sechzig schätzte, hatte zwei davon. Obwohl sie klein waren, versicherte ihr der englischsprachige Mann, dass sie hochseetauglich seien. Sein Sohn sei nach Amerika gegangen, sodass er nur noch ein Boot benötige. Er bot es ihr von sich aus gleich zum Kauf an. Offenbar brauchte er dringend Geld, weil sie sich schneller als erwartet auf zweihundert Dollar einigten. Clara versprach ihm alles Bargeld, das sie bei sich hatte, als Anzahlung zu geben und ihm über die restliche Summe einen Wechsel auszustellen. Er ging darauf ein.

»Meet me here at the bay tomorrow«, schlug der Fischer vor, doch das wollte Clara nicht. Er sollte es in die kleine Bucht neben dem Haupthafen bringen. Clara fürchtete, dass er Fragen stellen würde. Dass er sich darüber wunderte, konnte sie ihm ansehen. Mit der Begründung, dass sie es zur benachbarten Bucht näher habe, gab er sich aber zufrieden.

Bisher hatte alles nach Plan geklappt. Es konnte trotzdem noch einfach alles schiefgehen. Daran mochte Clara im Moment aber nicht denken. Es gab nur diesen Weg, um Komos Leben zu retten, und dafür war sie bereit, jedes noch so große Risiko einzugehen.

Clara war überrascht, mit wie wenig Schlaf ein Mensch auskommen konnte, wenn es nicht anders ging. Haltbare Lebensmittel waren bereits gepackt. Sie mussten für ein paar Tage reichen, ebenso warme Decken und etwas Kleidung. Lee und Yue hatte Clara vollumfänglich in ihren Plan eingeweiht. Sie mussten die Plantage für einige Zeit allein weiterführen. Dementsprechende Vollmachten hatte sie ihnen noch in der Nacht ausgestellt. Im Gegensatz zu Agnes hielten die beiden sie für alles andere als verrückt. Chinesen schienen in manchen Situationen in der Lage zu sein, unkonventioneller zu denken und alles viel besonnener anzugehen. Gerade diese Einstellung gab Clara den Rückhalt, den sie jetzt brauchte. Glücklicherweise kannte sich Lee mit Seekarten aus. Er war in seiner Heimat in einem kleinen chinesischen Fischerdorf aufgewachsen und oft mit seinem Vater auf hoher See gewesen. Seine Hilfe war von unschätzbarem Wert. Er konnte Angaben über die Strömungsverhältnisse erlesen und wusste, welche Route die Segler nahmen. Der Zeitpunkt war günstig. Gleich drei Großsegler würden in dieser Woche von Honolulu und Kauai ablegen – zwei in Richtung des alten Kontinents, der dritte mit Kurs auf China. Um den Proviant vor Wasser zu schützen, hatte Lee einen ledernen Rucksack so eingefettet, dass man ihn sogar unter fließendes Wasser halten konnte, ohne dass er innen nass wurde. Frisches Wasser aus dem Brunnen musste sie noch in Flaschen abfüllen.

»Viel Glück, Fräulein Clara«, wünschte ihr Lee, nachdem auch das noch erledigt war. Noch nie hatte er es gewagt, sie auch nur an der Hand zu berühren, doch diesmal konnte er anscheinend gar nicht anders, als sie vorsichtig und doch herzlich zu umarmen. Yue schloss sich ihm an.

»Wann werden wir Sie wiedersehen?«, fragte Yue.

Clara zuckte mit den Schultern. Sie wusste es nicht, hoffte jedoch, dass sie bald wieder hier sein konnte.

Auf dem Weg in die Stadt wunderte sich Clara über die seltsame Ruhe, die von ihr Besitz ergriffen hatte. Komos Hinrichtung stand unmittelbar bevor. Selbst der Gedanke daran ließ sie diesmal nicht erschaudern, weil die Hoffnung überwog, dass sich alles zum Guten wenden könnte. Wie ein Uhrwerk funktionieren zu müssen schaltete jedes Gefühl, jede Angst oder Verunsicherung ab. Es wären Fehlerquellen, die den Plan gefährden könnten. So kannte Clara sich gar nicht. Das Einzige, was sie doch zusehends nervöser machte, war die Vorstellung, dass Reverend Schneider einen Rückzieher machte, doch diese Sorge erwies sich als unbegründet. Er erwartete sie im Park und wie verabredet nicht in seinem normalen Priestergewand, sondern in der traditionellen Kleidung der Missionare, einer braunen Kutte mit angenähter Kapuze. Um seinen Hals baumelte eine Kette mit einem Kreuz. In der Hand hielt er die Bibel.

Er saß ganz ruhig auf der Bank einer ganz in der Nähe des Gefängnisses liegenden Parkanlage. Sein Blick war ausdruckslos in die Ferne gerichtet. Anscheinend nahm er sie nicht wahr. Erst als sie sich ihm näherte und ihn ansprach, sah er sie schweigend an. Schneider erweckte den Eindruck, als würde er auf seine eigene Hinrichtung warten. Seine Augen waren voller Angst und Leid.

Clara setzte sich zu ihm. »Ich danke Ihnen von Herzen, dass Sie uns helfen«, sagte sie.

Ein abfälliges Lächeln huschte über sein Gesicht. »Hatte ich eine Wahl?«, fragte er, ohne sie dabei anzusehen.

Unter normalen Bedingungen hätte sich Clara dafür geschämt, einen Priester zu erpressen. Nichts anderes hatte sie getan, doch die Umstände erforderten es. Dennoch versuchte sie, sich ihr Verhalten damit schönzureden, dass er vermutlich schon jahrelang sein Amt missbrauchte, um niedersten Instinkten zu folgen.

»Ich habe Sie gestern dafür verabscheut, für das, was Sie mir abverlangen, doch bevor ich einschlief und mein Gebet sprach, kam es mir so vor, als seien Sie ein Engel, den mir Gott geschickt hat, um mir vor Augen zu führen, was für ein Scheusal ich bin. Nicht Komo hat Strafe verdient, sondern einzig und allein ich«, sagte Schneider verbittert und voll Selbstmitleid.

»Ich halte Sie nicht für ein Scheusal«, sagte Clara reinen Herzens, auch wenn sie seine Triebhaftigkeit als Priester verurteilte.

»Für was dann?«, fragte Schneider. Diesmal sah er ihr direkt in die Augen.

»Ich vermag nicht zu beurteilen, was Sie zu dem gemacht hat, was Sie sind, weil ich es nicht verstehe, aber wie kann jemand ein Scheusal sein, der zu Liebe fähig ist, auch wenn sie sich in einer Form ausdrückt, die jenseits unserer Normen und

Vorstellungen liegt. Ihre Gefühle für Komo waren nicht die eines Scheusals, sondern die eines Menschen, der vermutlich zeit seines Lebens vergeblich nach Liebe suchte«, sagte sie, wie es ihr in den Sinn gekommen war.

Schneider war sichtlich gerührt. Er wirkte erleichtert, als hätte sie ihm gerade die Beichte abgenommen. Das war aber seine Aufgabe, und die Zeit drängte.

»Es wird sicherlich schmerzhaft, damit man Ihnen glaubt«, sagte Clara in Gedanken an das nun Folgende.

Schneider lachte auf und sah Clara an. »Mir ist gleichgültig, was mit mir geschieht. Ich hoffe nur für Sie beide, dass es gelingt«, sagte er. »Von ganzem Herzen«, fügte er hinzu. Und man sah ihm an, dass er es auch so meinte.

Ursprünglich hatte Clara überlegt, den Reverend bis zum Gefängnis zu begleiten. Man würde sie sehen und es für völlig normal halten, dass sie ihm letzte Worte für Komo mit auf den Weg gab oder ihrem Geliebten zumindest räumlich nahe sein wollte, auch wenn dicke Mauern sie voneinander trennten. Es war aber genauso glaubwürdig, dass Clara sich alldem nicht aussetzen wollte. Daher beschloss sie, in ihrer Kutsche, die sie wohlweislich abseits der Hauptstraße abgestellt hatte, darauf zu warten, dass alles vorbei war. Wie lange würde es wohl dauern, bis Schneider die Kontrolle am Eingang passiert hatte? Sie würden sicher keine Fragen stellen. Das deutlich sichtbare Kreuz wies ihn als Geistlichen aus. Seinen Besuch in Komos Todeszelle hatte der Reverend zudem angekündigt. Wie lange dauerte die letzte Beichte vor einer Hinrichtung? Auch Schneider hatte darin keine Erfahrung, aber er schätzte, dass eine Viertelstunde angebracht sei, um glaubwürdig zu sein. Die Hinrichtung war für zwölf Uhr angesetzt, sodass dem Gefangenen noch genug Zeit blieb, um in sich zu gehen, bevor er zum

Galgen gebracht wurde, der sich in einem Nebentrakt des Gefängnisses befand. Clara blickte auf ihre Taschenuhr. Schneider müsste jeden Moment den Eingang des Gefängnisses erreichen. Auch wenn Clara nicht dabei war, sah sie alles vor ihrem geistigen Auge. Schneider nickte dem Wachtposten zu und ging direkt in den Trakt, in dem Komo untergebracht war. In ungefähr fünf Minuten würde ihm jemand die Zelle aufschließen und sie für die letzte Beichte allein lassen. Clara hielt den Atem an, als die Zeit um war. Nun kam der schwierige Teil. Schneider musste Komo erst einmal erklären, dass er ihm eine Verletzung beibringen musste, die schlimm genug aussah, um eine Bewusstlosigkeit vorzutäuschen. Komo würde keine Waffe in der Zelle haben, lediglich einen Stuhl und einen Tisch aus Holz. Es durfte keine Geräusche eines Zweikampfes geben, weil sonst Wachen auf den Kampf aufmerksam wurden. Die einzige Möglichkeit vorzutäuschen, dass der Reverend überwältigt wurde und aufgrund einer Verletzung das Bewusstsein verlor, war, seinen Schädel gegen die Wand aus Korallenstein zu schmettern. Dies würde relativ geräuschlos vonstattengehen und doch schlimm genug sein, um keine Zweifel aufkommen zu lassen. Es war allzu verständlich, dass Schneider Angst davor hatte, tatsächlich einen Schaden davonzutragen. Erfinderisch war er. Er hatte eine kleine Drahtbürste dabei. Damit würde er sich seitlich so lange über die Haut des Schädels fahren, bis er ausreichend blutete. Das Blut würde er an den hellen Korallensteinen verteilen, sodass jeder glauben musste, Komo hätte ihn dagegengestoßen. Dann musste alles schnell gehen. Komo und Schneider mussten die Kleidung tauschen. Mit dem Bettlaken würde Komo den Reverend dann an die Pritsche fesseln und so mit einem zweiten Bettlaken zudecken, dass man glauben musste, er würde sich wie ein Kind aus Angst vor der Hinrichtung darunter verkrochen haben. Claras Hand zitterte, als sie auf die Uhr blickte. Jetzt sollte Komo spätestens Schneiders Kutte anhaben. Hoffentlich vergaß er nicht das Kreuz. Er würde an die Tür klopfen und unbehelligt die Zelle verlassen können. Da Schneider vorher kein Wort mit dem Wachtposten gesprochen hatte, war es diesem unmöglich, Komos Stimme als eine fremde zu erkennen. Der »Reverend« musste ihm inzwischen gesagt haben, dass der Todgeweihte nun Frieden mit sich machen wollte und man ihn nach der Beichte für einige Zeit allein mit sich und Gott lassen möge. Clara konnte die Uhr kaum mehr halten. Um ein Haar wäre sie ihr aus der Hand gefallen. In spätestens fünf Minuten müsste der »Reverend« bei ihr sein. Ihr Herz begann wie wild zu pochen. Wenn er doch nur schon da wäre. Dann hörte sie Schritte, die schneller wurden. Komo und Schneider waren ungefähr gleich groß. Ihr Herz drohte zu zerspringen, als sie ihn sah, doch erst als er die Kapuze im Schutz des Dickichts von seinem Haupt zog, konnte sie in Komos Gesicht blicken.

»Wir haben keine Zeit zu verlieren«, sagte sie und reichte Komo die Hand, um aufzusteigen. Ob Eile oder nicht. Die Umarmung, nach der sie sich sehnte, musste sie geschehen lassen. Ihn für einen Moment zu spüren gab ihr die Gewissheit, dass alles gut werden würde …

20

Der Proviant war verladen, die Kutsche mit den Pferden dort abgestellt, wo Lee sie leicht finden und später abholen konnte.

Komo half Clara in den kleinen Segler, löste das an einem Palmenstumpf befestigte Tau und stemmte sich mit aller Kraft gegen das Heck des Boots, um es den Wellen zu übergeben. Kaum war das Segel gesetzt, nahm es schnell Fahrt auf. Der Katamaran begann den Kampf gegen die starke Brandung und nahm Kurs auf die offene See. Hoffentlich blieb der Wind ihnen gewogen. Mittlerweile musste man Komos Flucht bemerkt haben. Es war naheliegend, dass die Polizei als Erstes den Hafen absuchen würde. Es kam oft genug vor, dass sich Kriminelle als blinde Passagiere an Bord schmuggelten, vor allem wenn, wie im Moment, zwei große Segelschiffe im Hafen lagen, die bald auslaufen würden. Von den kleinen Booten der Fischer würde sicher keiner Notiz nehmen. Die Polizei würde auch bald auf der Plantage nach Komo suchen und dabei feststellen, dass auch Clara nicht mehr da war. Aber wer würde von einer Plantagenbesitzerin annehmen, dass sie ein kleines Boot besaß und so verrückt sein würde, sich damit den Launen des Pazifiks auszusetzen? Von dem hawaiianischen Fischer würden sie nichts erfahren. Er hatte ihr versprochen, den Wechsel erst in einem Monat einzulösen. Lee hatte eine entsprechende Bankvollmacht erhalten. Ein Restrisiko, dass man ihnen auf hoher See nachstellte, verblieb, doch es wurde immer kleiner, je weiter sie sich vom Hafen entfernten. Schon bald war ihr Boot nur noch ein heller Fleck an der Küstenlinie. Die See war nun ruhiger, obwohl es windig genug war, um auf volle Fahrt zu gehen. Günstiger konnten die Bedingungen gar nicht sein.

»Wir müssten in etwa morgen genau hier sein.« Komo deutete auf einen Punkt mitten im Meer nordöstlich von Oahu, der auf gleicher Höhe der Südspitze von Kauai lag. Dort würden im Morgengrauen ein Segelschiff und einen Tag später zwei weitere Segler vorbeikommen. Es war die Route, die sie immer nahmen. Darauf baute Clara, doch erst mussten sie die Südspitze Oahus umrunden. Erfahrungsgemäß war die See im Südosten der Insel ziemlich unruhig, an manchen Tagen mit einem kleinen Katamaran sogar unpassierbar. Komo hatte sich daher dazu entschieden, gleich Kurs auf die offene See zu nehmen. Mit einem Kompass und seinem Sextanten konnten sie bis auf eine halbe Seemeile genau die Route ansteuern, die alle Schiffe nahmen.

Die Anspannung fiel mit jeder Welle, die sie ein Stück weiter weg von Hawaii trug, von ihr ab. Komo ging es anscheinend genauso. Erst jetzt nahm er sie in den Arm, den Blick genau wie sie auf die zur Silhouette gewordene Insel gerichtet.

»Hoffentlich kommt der Reverend nicht in Schwierigkeiten«, überlegte Clara laut.

»Das glaube ich nicht. Ich mache mir nur Sorgen um seine Kopfverletzung«, sagte Komo.

»Was hat er denn gemacht?«, fragte Clara beunruhigt nach.

»Er hat seinen Kopf gegen die Wand geschlagen.«

»Aber die Bürste …«

»Auch … aber zuvor. Es hat ziemlich geblutet. Für einen Augenblick lag er bewusstlos vor mir. Ich dachte schon, er sei tot, aber sein Puls ging, und dann schlug er die Augen auf.«

Clara atmete auf.

»Er will von hier fortgehen und das Priesteramt niederlegen«, erzählte er.

Daran hatte Clara zu knabbern. Sie hatte das Leben eines Priesters aus den Angeln gehoben. Tröstlich war, dass diese Entscheidung, so hart sie für ihn auch sein musste, letztlich zu seinem Besten war. In seinem Alter konnte er noch einmal ganz von vorn anfangen. Wer weiß, vielleicht ging er nach Paris oder Berlin. Man munkelte, dass es seinesgleichen dort viele gäbe.

»Ohne ihn wärst du jetzt tot«, stellte Clara fest.

»Nein. Ohne dich«, erwiderte er, sah ihr in die Augen und fuhr ihr durchs Haar, bevor er anfing, sie zu küssen.

Für einen Moment vergaß Clara den Anlass ihrer Reise. Der Himmel war blau, das Meer ruhig. Der Fahrtwind kühlte ihr Haupt. In ihren Armen hielt sie den Mann, den sie liebte. Es konnte kaum etwas Schöneres geben.

Die erste Nacht auf hoher See war überraschend lau, der Sternenhimmel klar. Clara faszinierte, dass Komo die Richtung, in die sie segelten, und sogar die ungefähre Position allein schon aus den Sternbildern ablesen konnte. Er orientierte sich am Polarstern im Bild des Großen Bären, um die Himmelsrichtung zu bestimmen. Damit konnte man zumindest nachts nahezu gänzlich auf einen Kompass verzichten. Ohne einen Sextanten, den er zu bedienen wusste, wäre die Durchführung ihres Plans allerdings unmöglich gewesen.

»Er ist der einzige Stern, der im Lauf der Nacht seine Position am Himmel nicht ändert. Alle anderen Sterne wandern weiter, um ihn herum«, hatte Komo ihr erklärt. Angeblich wusste das jeder auf Hawaii. Clara war es neu, wie so vieles, was Komo über seine Heimat zu erzählen hatte. Fast wäre Clara in der Dämmerung in Panik geraten, weil sie die Finne eines Hais keine fünf Meter vom Katamaran entdeckt hatte. Der Hai musste, gemessen an seiner Rückenflosse, riesig sein.

»In der Dämmerung sollte man besser nicht ins Wasser gehen. Sie jagen, wenn es dunkel wird, und im Morgengrauen.« Dass sie dem Jäger just in dieser Zeit begegneten, schien Komo trotzdem nicht sonderlich zu beunruhigen. In einem kleinen Kanu sei das viel gefährlicher, weil ein Hai es mit Beute verwechseln könnte. Tatsächlich zog der Hai nach drei Umkreisungen ab.

»Vielleicht einer der Ahnen, die uns wohlgesonnen sind«, kommentierte Clara, da Komo ihr davon erzählt hatte.

Komo lachte. Paradoxerweise bot ihnen ausgerechnet die Flucht von Hawaii die Gelegenheit, sich genau wie das Boot schon seit Einsetzen der Flaute nach Sonnenuntergang einfach treiben zu lassen, wozu während der harten Arbeit auf der Plantage kaum Zeit war. Komo erwies sich zudem auf dem Wasser als wesentlich gesprächiger als an Land. Das machte das lange Warten erträglicher. Sie waren aufgrund der günstigen Wetterlage schneller vorangekommen als gedacht und mussten nun so lange mit gerafftem Segel hier verharren, bis der erste Segler vorbeikam, sie bemerkte und als in Not geratene Ausflügler aufnahm. Die Chancen standen gut, schon bald an Bord eines britischen Handelsschiffs mit Kurs auf London zu sein. Clara hatte Petroleumlampen und Fackeln dabei. In der Dämmerung eines anbrechenden Tages würde ein Besatzungsmitglied oder gar einer der Passagiere sicher auf sie aufmerksam werden. Clara überlegte, sich in den Bauch des Boots zu legen und zu versuchen, bis dahin ein wenig zu schlafen. Die Anstrengungen der letzten Tage forderten ihren Tribut. Sie fühlte sich schwer wie Blei, doch aus dem geplanten Nickerchen wurde nichts, weil Komo urplötzlich aufstand, hinauf zum Himmel blickte und dann den Sextanten aus dem Rucksack zog.

»Wir sind zu weit weg«, sagte er keine Minute später mit hörbarer Beunruhigung.

Claras Müdigkeit war wie weggeblasen. »Wie ist das möglich?«

Komo blickte aufs Meer, auf dem sich der fast volle Mond spiegelte.

»Die Strömung … Sie muss uns abgetrieben haben«, sagte er, bevor er mit der Messung begann. Das Resultat war niederschmetternd. Sie mussten mindestens fünf Seemeilen gegen den Wind zurücksegeln, um die Gewässer zu erreichen, in denen sie wahrgenommen werden konnten.

Komo hisste sofort die Segel. Clara half ihm dabei, die Seile zu spannen. Der Wind, der sich bisher als ihr Freund erwiesen hatte, wurde nun zum Feind, der sich mit der Strömung anscheinend auch noch verbündet hatte. Er blieb aus.

Clara kam zu dem Schluss, dass sie das britische Handelsschiff um gut eine Stunde verfehlt haben mussten. Sie warteten nun bestimmt schon seit gut drei Stunden. Kein Segler weit und breit in Sicht.

»Vielleicht sind sie später abgefahren«, versuchte Komo, ihr Mut zu machen, doch Clara wusste, dass dies so gut wie nie vorkam. Die Position, an der sie sich befanden, stimmte nun. Komo war sich sicher, dass sein Sextant in Ordnung war, und sie vertraute auf seine Navigationskünste. Der Spielraum bei der Messung war viel zu klein, als dass sie den Segler nicht mindestens am Horizont hätten sehen müssen. Dennoch war eine Verspätung denkbar. Ihnen blieb gar nichts anderes übrig, als zu versuchen, die Position des Katamarans zu halten, indem sie immer wieder aufs Neue die Segel setzten und darauf hofften, dass es beim Beladen oder mit den Behörden bei der Abfertigung der Fracht tatsächlich Probleme gegeben hatte, die das Auslaufen des Seglers verzögern konnten.

Weitere Stunden vergingen, ohne ein Schiff zu sehen. Claras

Annahme wurde mit dem zweiten Sonnenuntergang auf hoher See somit zur Gewissheit. Nachts würde kein Segler auslaufen, weil die Schiffe an Korallenriffen vorbeimussten und kein Kapitän das Risiko einging, ohne Sicht auszulaufen. Die Gelassenheit zu Anfang ihrer Fahrt schlug in Nervosität um. Noch verblieben zwei Chancen, doch die zweite Nacht auf hoher See verbringen zu müssen, nagte an der Hoffnung, dass sie jemals von Hawaii wegkamen.

»Leg dich hin und ruh dich aus. Ich werde wach bleiben«, sagte Komo. Er fürchtete sicherlich, dass sie erneut von der Strömung viel zu weit weggetragen wurden. Jemand musste den Sextanten bedienen und die Position überwachen. Obschon Clara die Müdigkeit in ihren Knochen spürte, machte sie erst gar nicht den Versuch, es sich auf dem harten Holzboden bequem genug zu machen, um darauf zu schlafen. Er war immer noch nicht trocken, weil sie gegen den Wind und somit mit seitlicher Dünung im Zickzackkurs hatten ansegeln müssen, was unaufhörlich Wasser in das Boot schaufelte. Clara beschloss stattdessen, sich etwas vom Proviant zu nehmen. Zumindest würden sie an Bord nicht verhungern. Brot und Wasser reichten für mindestens vier Tage, doch es würde keinen Sinn ergeben, weiter zu warten, weil die nächsten Segler in die gewünschte Richtung erst Wochen später auslaufen würden. Daran, dass sie zwei weitere Chancen verpassen könnten, mochte sie gar nicht denken. Sie müssten wieder nach Hawaii zurückkehren.

Vermutlich warf Komo sich vor, die Strömung unterschätzt zu haben. Jede halbe Stunde nahm er den Sextanten, um ihre aktuelle Position zu überprüfen. Seine Anspannung war körperlich spürbar und übertrug sich, gerade weil er sonst die Ruhe selbst war. Das Meer konnte einen in seiner Eintönigkeit aber auch zermürben. Noch nie hatte Clara sich so verloren und ausgeliefert gefühlt. Die Zeit schien hier draußen nicht zu vergehen. Wieder und wieder die Segel zu hissen, um der Strömung zu trotzen, war die einzige Abwechslung und hielt sie zumindest wach. Der kühle Wind tat sein Übriges. Clara nahm die warme Decke aus dem Rucksack und hüllte sich darin ein. Die Wärme entspannte augenblicklich. Sie machte müde. Clara kämpfte gegen diese Schwere an, indem sie sich gerade aufsetzte. Sie musste schon allein deshalb wach bleiben, damit Komo nicht einschlief, aber einfach alles tat weh vom ständigen Hissen der Segel und der ungewohnten Anstrengung auf einem Boot, das ständig hin- und herschaukelte. Sich an der Reling anzulehnen entspannte wider Erwarten doch. Es fühlte sich so an, als ob ihr Kopf nach hinten wegsacken würde. Urplötzlich war ein Lichtschimmer weit vor ihr auf dem Meer zu sehen. Das Licht fiel anscheinend aus vielen beleuchteten Bullaugen, wie ein Lichtstreif, der über die ganze Breite des Rumpfs reichte. Es musste ein Passagierdampfer sein, vielleicht die *Australia*, die Kurs auf San Francisco nahm. Sie mussten sofort die Segel hissen und versuchen, dem Dampfer näher zu kommen. Wenn sie jetzt die Fackeln anzündeten, könnte sie sicher jemand sehen. Clara versuchte aufzustehen, doch ihre Beine wollten ihr nicht mehr gehorchen. Panisch versuchte sie es noch einmal. Ihr Kopf stieß an etwas Hartes. Das musste der Mast sein. Sie drehte sich um. Gleißendes Sonnenlicht fiel in ihre Augen. Dann stand Komo neben ihr und nahm sie in den Arm.

»Schon gut. Es war nur ein Traum«, sagte er.

Der Morgen des zweiten Tages auf hoher See brach an. Der Wind blies ihnen aus einem wolkenverhangenen Himmel entgegen. Man konnte das Meer viel intensiver riechen als sonst. Die Luft fühlte sich salzhaltiger und schwerer an. Um nicht

wieder abgetrieben zu werden, war es aufgrund der Wetterver-
hältnisse und der deutlich unruhigeren See notwendig, häufiger die Segel zu setzen. Es durfte diesmal nichts mehr schiefgehen. Clara glaubte nicht an das Schicksal, doch am Ende
hatte es so sein sollen, dass nun ein Segler mit Kurs auf Hol-
land vorbeikommen würde. Sie wären näher an der Heimat.

Diesmal schien ihnen das Glück hold zu sein. Clara konnte
es kaum fassen. Wie vorausberechnet, tauchte der holländische
Frachter am Horizont auf. Soweit Clara dies aus der Ferne einschätzen konnte, fuhr er genau den Kurs, der an ihrer Position
vorbeiführen würde.

»Wir haben es geschafft«, juchzte sie und fiel Komo in die
Arme. Wahrscheinlich konnte er sich deshalb nicht so ausgelassen mit ihr freuen, weil er die ganze Nacht nicht geschlafen
hatte. Die Strapazen waren ihm anzusehen. Nur ein erleichtertes Lächeln hatte er für den Anblick des Schiffs übrig. Die
Segel mussten gesetzt werden.

»Wir nehmen Kurs auf Nordwest«, entschied Komo aus gutem Grund. Ihr kleines Boot war langsamer als der Segler. Sie
mussten ihm diagonal den Weg abschneiden, was auch gelang.
Das holländische Schiff war nun deutlich zu erkennen. Die
Distanz verringerte sich aber weniger schnell als erwartet, weil
der Wind aus dieser Richtung kam.

»Meinst du, sie können uns schon sehen?«, fragte Clara mittlerweile besorgt.

Der Abstand schien sich einfach nicht merklich zu verrin-
gern. Was würden am helllichten Tag und aus so einer Distanz
Petroleumlampen und Fackeln nützen? Das Blau des Meeres
würde sie im grellen Sonnenlicht schlucken. Ausgerechnet jetzt
musste der Wind auch noch böiger werden. Das Boot schaukel-
te und war kaum noch zu navigieren, weil man sich festhalten
musste, um nicht über Bord zu gehen. Dennoch verringerte

sich die Distanz. Wenn jetzt jemand an der Reling stand und aufs Meer blickte, würde man sie vielleicht doch sehen können. Rote Tücher lagen griffbereit, um damit Signale zu geben.

»Das ist noch zu früh«, rief Komo ihr gegen den Wind zu.

Clara überlegte, ob man ihnen glauben würde, so weit von Hawaii abgetrieben worden zu sein. Auf alle Fälle war klar, dass jeder Kapitän es als ungewöhnlich erachten würde, in diesen Gewässern ein so kleines Segelboot vorzufinden. Wenn sie einmal an Bord wären, hätten sie trotzdem gewonnen. Ein kommerzielles Schiff würde niemals umkehren, um die in Seenot Geratenen wieder zurück nach Hawaii zu bringen. Ganz sicher würde er sie bis zum nächsten Hafen mitnehmen, vermutlich irgendwo an der chilenischen Küste, wo das Schiff sich zwangsläufig mit Proviant versorgen musste. Dort wären sie erst einmal in Sicherheit und könnten in Ruhe auf die nächste Verbindung zum alten Kontinent warten. Doch dazu musste man sie sehen. Bei einem Passagierschiff standen die Chancen besser, weil immer jemand an Deck spazieren ging. Bei einem normalen Frachter konnten sie nur darauf hoffen, dass ein Matrose sie entdeckte. Erfahrungsgemäß war jedoch immer einer der Seeleute mit den Segeln beschäftigt oder auf einem Mast, um das Meer im Auge zu behalten. Das vergrößerte die Wahrscheinlichkeit, doch was nützte all die Spekulation, wenn sie dem Segler nicht näher kommen wollten. Bereits die dritte Aktion, das Segel neu auszurichten, scheiterte an starken Windböen. Ein Auslegerboot dieser Art war einfach nicht für die Tücken des Wetters auf hoher See gebaut. Das Segel ließ sich kaum noch mit den gespannten Seilen lenken. Es drohte zu reißen. Ihnen blieb gar nichts weiter übrig, als das nächste Windloch abzuwarten, doch es kam und kam nicht.

Der Wind zerrte immer stärker am Tuch. Um ein Haar wären sie gekentert, weil das Segel das Boot mit Wucht zur Seite drückte. Clara klammerte sich an Komo fest, der Halt an den Seilen fand und seine Beine mit aller Kraft gegen die Planken stemmte, um nicht von Bord gespült zu werden. So ließ sich das Boot nicht mehr navigieren.

Der Wind ließ kurz nach. Das Segel musste schleunigst vom Seil gelöst und gerafft werden. Jetzt konnten sie nur noch hoffen, dass die Distanz reichte, um gesehen zu werden. Immerhin drohte das Boot nun nicht mehr zu kentern. Es bestand keine Gefahr mehr, von Bord zu gehen. Die Erleichterung darüber wich aber der bitteren Erkenntnis, dass die Distanz wieder größer geworden war. Ihre zweite Chance, von hier wegzukommen, schwand Minute um Minute. Clara versuchte trotzdem, mit den Tüchern auf sich aufmerksam zu machen. Wenn jemand zufällig genau in ihre Richtung sah, musste es einfach möglich sein, gesehen zu werden. Auch wenn sie genau wusste, dass der Wind ihre Stimme schlucken würde, schrie sie, so laut sie nur konnte, um Hilfe. Eines der roten Tücher ergriff der Wind. Er trug es zusammen mit der letzten Hoffnung hinaus aufs Meer.

Clara wusste nicht, wie lange sie schon apathisch auf das nicht enden wollende monotone Blau starrte. Komo war vor Erschöpfung eingeschlafen. Wie zynisch doch die See sein konnte. Vor noch nicht einmal zwei Stunden hatte das Meer sie gegen hohe Wellen und Wind ankämpfen lassen, nun war es milde gestimmt und schien zu schlafen. Unter solchen Umständen wären sie dem holländischen Segler nah genug gekommen. Noch ein Boot würde heute Nachmittag auf der gleichen Route fahren. Das war ihre letzte Chance.

Clara stand auf, um Komo zu wecken. Sie hatten seit einer Stunde nicht mehr ihre Position bestimmt. Wer wusste schon, wie weit sie die Strömung schon wieder abgetragen hatte. Clara war noch nicht auf den Beinen, da meldete sich der Magen mit Übelkeit und Krämpfen. Sie ließ sich augenblicklich auf den Planken nieder. Sie konnte sich nicht daran erinnern, jemals seekrank geworden zu sein. Andererseits waren sie bisher fast immer in Bewegung gewesen. Vielleicht reagierte der Körper anders, wenn man sich hinsetzte und über der Bordwand den Horizont schaukeln sah. Clara leuchtete dieser Zusammenhang zumindest so lange als Erklärung ein, bis sie erneut versuchte aufzustehen und die Übelkeit diesmal so heftig war, dass sie anfing zu würgen und sich um ein Haar hätte übergeben müssen. Komo wurde davon wach.

»Was ist mir dir?«, fragte er besorgt.

Clara zuckte mit den Schultern, doch dann schoss ihr durch den Kopf, dass es noch eine weitere Erklärung für ihren Zustand geben könnte. Ihre Blutung war vor zwei Tagen ausgeblieben. Clara hatte dies auf die Aufregung und die Strapazen der letzten Zeit zurückgeführt. Es war ihr bereits zwei Mal so ergangen: vor dem Abitur und vor dem Debütantinnenball in Hannover. Damals war sie aber noch nicht mit einem Mann zusammen gewesen. Nachdem sie noch nie seekrank geworden war, lag die Erklärung auf der Hand.

»Nun sag schon«, drängte Komo.

Clara war unfähig, ihm zu antworten. Die Konsequenzen einer Schwangerschaft schossen ihr durch den Kopf. Eine Schiffsreise zurück in die Heimat würde zwei Monate dauern. Wäre sie diesen Strapazen überhaupt gewachsen? Wenn sie Pech hatten, gab es noch nicht einmal einen Arzt an Bord.

»Es könnte sein, dass ich schwanger bin«, gestand sie dann doch.

Komo reagierte mit Erstaunen. Er sah sie eine ganze Weile nur an. Dann zeigte sich ein Lächeln in seinem Gesicht. Er setzte sich zu ihr, schmiegte sich an sie und fuhr ihr mit der

Hand zärtlich durchs Haar. »Das ist wunderschön«, sagte er nur.

Clara wusste noch nicht so recht, ob sie sich über die mutmaßliche Schwangerschaft freuen sollte. Zwar hatte sie Kinder bisher nie ausgeschlossen, aber nachdem die Gründung einer Familie in der Heimat fast immer mit der Rolle des Heimchens am Herd einherging, hatte sie diesen Gedanken ganz weit zurückgestellt. Die Vorstellung, bald Mutter zu sein, schien so fremd und alles andere als greifbar.

»Du freust dich ja gar nicht«, bemerkte Komo.

»Doch«, versicherte sie ihm, auch wenn nun ein Teil in ihr sich tatsächlich freute. Ihre Lage wurde dadurch im Moment jedenfalls nicht einfacher. Wenn doch nur endlich dieses verdammte dritte Schiff kommen und sie aufnehmen würde.

Ein Blick zum Himmel genügte, um zu erkennen, dass ein Sturm aufzog. Die Windböen, die das Navigieren des Boots so schwierig machten, setzten schlagartig ein. Aus dem Grau der Wolken, die sich am Horizont zusammenbrauten, wurde bedrohliches Schwarz.

»Wir sollten umkehren, solange wir noch können«, schlug Komo vor.

In einer Stunde müsste der dritte Segler hier vorbeikommen. Doch wie lange würden sie unter diesen Wetterbedingungen noch ihre Position halten können? Es stand aber viel mehr auf dem Spiel. Rauer See hatten sie bereits getrotzt, was jedoch da auf sie zukam, würde das Meer in einen Hexenkessel verwandeln, und sie wären die kleine Nussschale, die darin schwamm.

»Ich möchte nicht, dass dir etwas passiert«, sagte Komo, der sich anscheinend genau das Gleiche dachte.

»Und was sollen wir tun? Umkehren und uns auf Kauai oder

auf einer der anderen Inseln verstecken? Sollen wir darauf warten, bis wieder ein Schiff ausläuft? Was, wenn sie uns finden?«

»Das werden sie nicht. Nicht auf Kauai«, war er sich sicher.

Es war also beschlossene Sache und schien unter den gegebenen Umständen das Vernünftigste zu sein. Als ob der Wind Komos Entscheidung untermauern wollte, schlug es das Segel so brachial auf die andere Seite, dass das Boot erneut in Schieflage geriet. Sie mussten schon allein deshalb zurück nach Hawaii, um den Wind nicht mehr zum Feind zu haben.

Erneut traf eine Windbö mit voller Wucht das Boot. Clara klammerte sich an Komo fest. Hoffentlich hielten die Seile, die er sich um eine Hand gewickelt hatte, damit sie ihm nicht entglitten. Das Tuch des Segels fing an zu flattern und blähte sich mal in die eine, dann in die andere Richtung. Mit vereinten Kräften war es möglich, eines der Seile umzuspannen, um das Segel so in den Wind zu legen, dass der Sturm mit dem Boot nicht mehr machen konnte, was er wollte. Er tat es trotzdem. Die Seile, die sie hielten oder spannten, schnitten bereits ins Fleisch ein. Claras linker Arm war übersät mit Striemen. Eine fing bereits an zu bluten. Der Wind wühlte die See auf und peitschte gegen ihren Katamaran. Er zerrte an allem, was nicht niet- und nagelfest war. Der Mast knarrte. Hoffentlich hielt er den ruckartigen Bewegungen stand. Zu allem Überfluss fing es jetzt auch noch an zu regnen. Im Nu war Clara nass bis auf die Haut. Das Salzwasser brannte in den aufgeschürften Stellen der Hände und an den Armen. Clara blickte zurück zur Gewitterfront. Auch wenn sie mit dem Wind maximale Fahrt machten, würden sie dem Unwetter wohl kaum entkommen. Komo konnte man ansehen, dass er ebenfalls am Ende seiner Kräfte war. Es war ein ungleiches Duell, das der Wind stets gewann, weil der Mast des Hauptsegels genau an der Spitze des Bugs befestigt war und sich wie ein Kreisel hin- und herbewegte, sofern man ihn nicht mit Muskelkraft bändigte. Clara bezweifelte, dass sie noch die Kraft dazu hatten, unbeschadet die Gewässer von Hawaii zu erreichen.

Schon schlug die nächste aggressive Welle gegen den Bug. Der Mast knarrte und ächzte. Eine Windbö verriss das Segel. Clara versuchte, das Seil nachzuspannen. Es entglitt ihr erneut. Durch den Ruck verlor sie das Gleichgewicht und stürzte. Die nächste Welle brach sich am Rumpf des Boots und sprühte ihre meterhohe Gischt hinein. Das Boot drohte zu kentern. Clara sah, dass Komo dabei war, das um seine Hand geschlungene Seil zu lösen, um nach ihr zu greifen.

»Halt das Seil!«, rief sie ihm zu, doch Komo ließ es los. Seine Hand fasste nach ihrer. Clara fand gerade noch rechtzeitig Halt daran, bevor die nächste Welle sie erreichte und sie beinahe von Bord spülte. Der Mast war zum Spielball des Winds geworden und schnellte wie ein Schwert über ihre Köpfe hinweg. Die nächste Windbö riss den Mast so stark herum, dass das Gelenk, an dem er befestigt war, überdrehte. Das Holz knarrte und brach. Ein Splitter stand heraus. Es bedurfte nur einer weiteren Drehung, es brechen zu lassen. Sie ließ nicht lange auf sich warten. Der Mast brach entzwei und fiel ins Wasser. Nun waren sie den Naturgewalten wehrlos ausgeliefert.

Das Erste, was Clara sah, war ein Hoffnung spendender Sonnenstrahl, der sich durch die Wolkenfront bohrte und diese förmlich entzweiriss. Der Versuch, sich aufzurichten, scheiterte daran, dass Clara an eine der quer verlaufenden Planken regelrecht gefesselt war. Komo lag neben ihr – ebenfalls mit einem Strick fixiert. Er schlief tief und fest, was sie an seinem regelmäßigen Atem erkennen konnte. Erschöpft von den Strapazen der Nacht ließ sich Clara wieder zurück auf den Boden des Boots sinken. Es war ein Wunder, dass sie den Sturm überlebt hatten. Ohne Navigationsmöglichkeit den Wellen ausgesetzt zu sein hatte sie mehrfach glauben lassen, dass die letzte Nacht ihres Lebens gekommen war, auch wenn Komo ihr versichert hatte, dass sie von Glück reden konnten, dass der Mast gebrochen war. Er hätte unentwegt das Gewicht des Boots verlagert und sie irgendwann in ein Wellental gezogen, sodass der Kamm der Welle über sie hineingebrochen wäre. Die See hätte sie verschlungen. Ohne das sperrige und nahezu bootslange Stück Holz war die Nussschale dann im Takt mit dem Sturm geschwommen, dem ein heftiges Gewitter gefolgt war. Es hatte bei ruhigerer See so viel Regen mit sich gebracht, dass das Boot drohte vollzulaufen. Die Vorräte waren unbrauchbar geworden, der Rucksack durchnässt, aber immerhin hatten die Riemen gehalten, mit denen sie ihn an einen der Eisenringe an den Planken befestigt hatte. Nur eines der roten Tücher hatte sich im Bug verfangen. Der rote Stoffzipfel flatterte nun wie eine Fahne im Wind. Was nützte es, einen schweren Sturm zu überleben, wenn sie jetzt nichts mehr zu essen und vor allem nichts mehr zu trinken hatten. Stand die Sonne erst im Zenit, wurde es unerträglich heiß. Ohne Wasser standen die Überlebenschancen schlecht. Wie lange würden sie es aushalten? Sicher nur wenige Tage. Der Sextant war ebenso über Bord gegangen. Tagsüber konnte man sich nicht an den Sternen orientieren. Rechnete man die Strömung mit ein, waren sie irgendwo im Pazifik, wo sie niemand mehr finden würde. Clara blickte hinüber zum schlafenden Komo. Sie hatte ihn vor dem Galgen bewahrt, nur um ihn einem noch viel qualvolleren Tod auszusetzen. Sie würden verdursten. Die Sinne würden ihnen schwinden, bis sie sich vor Schwäche nicht mehr bewegen konnten und nur noch darauf warteten, dass die Nieren versagten und sie in eine gnädige Ohnmacht fielen. All die Kraft und Hoffnung, die der erste Sonnenstrahl und die ruhigere See gespendet hatten, waren angesichts dieser düsteren Aussichten verflogen. Eine Lähmung schien sie zu befallen. Es hatte sowieso keinen Sinn mehr, sich zu erheben. Viel lieber blickte sie hinüber zu Komo und tastete nach seiner Hand. Wenn sie schon sterben mussten, dann waren sie wenigstens zusammen. Seine Hand fühlte sich so vertraut an. Clara schloss die Augen und versuchte, sich vorzustellen, mit ihm gemeinsam in ihrem Bett auf der Plantage zu liegen und sich auf den neuen Tag zu freuen, an seiner Seite. Da vernahm sie plötzlich ein Geräusch. Es klang nach einem Horn. Clara musste sich erst von den Stricken befreien, um sich aufzurichten. Noch einmal erklang der sonore Ton. Täuschte sie sich oder hörte sie aus der Ferne sogar Stimmen? Der letzte Knoten war gelöst. Clara richtete sich auf und sah sich um. Sie musste träumen. Zwei Fischerboote steuerten auf sie zu. Im schummrigen Licht der morgendlichen Dämmerung war kaum etwas zu erkennen. Clara glaubte aber, drei Männer am Bug zu sehen. Es mussten hawaiianische Fischer sein. Sie winkte ihnen zu. Einer der Männer rief etwas in ihre Richtung, was sie nicht verstand, doch Komo verstand es.

Er löste die Stricke, stand auf und schickte lautstark den Friedensgruß über das Meer: »Arocha!«

Er wurde erwidert.

Clara machte sich erst an Bord des Fischkutters klar, wie viel Glück im Unglück sie gehabt hatten. Der Sturm hatte sie in hawaiianische Gewässer getrieben, die als fischreich galten und daher dreimal wöchentlich angesteuert wurden. Die Mannschaft kümmerte sich rührend um sie, gab ihnen etwas zu essen, Decken und trocknete ihre Sachen an Bord. Komo hatte ihnen erzählt, dass sie von Kauai aus aufgebrochen waren, um nach Oahu überzusetzen und in den Sturm geraten waren. Der Kapitän fragte nicht weiter nach. Ihre Hoffnung, dass er sie auf

Kauai absetzen würde, hatte sich allerdings schnell zerschlagen. Der Kapitän war nicht bereit, einen Umweg über Kauai in Kauf zu nehmen. Sein Zielhafen war Honolulu auf Oahu. Dort bestand aber die Gefahr, dass die Polizei immer noch nach ihnen suchte, zwar bestimmt nicht auf ankommenden Schiffen, noch dazu an Bord eines Fischkutters, aber sie könnte präsent sein und sie entdecken. Das Risiko war zu groß. Immerhin konnte Komo ihn dazu überreden, sie an der Landzunge im Südosten Oahus abzusetzen. Die Begründung, dass Komo sein Haus ganz in der Nähe hätte und sie sich den Landweg sparen würden, leuchtete dem Kapitän unmittelbar ein. Mit einem Paddel oder zwei Rudern war der Weg zum Ufer mit ihrem havarierten Boot, das im Schlepptau des Fischkutters hing, zu schaffen. Von dort aus könnten sie sich zu einem Dorf im Norden Oahus durchschlagen und versuchen, von einem der kleineren Häfen nach Kauai überzusetzen. Das könnte gelingen, sofern die Behörden nichts von dem schiffbrüchigen Paar erfuhren. Clara war mit Komo daher übereingekommen, dass es besser war, den Kapitän nicht um Stillschweigen zu bitten, weil sie dies sofort verdächtig gemacht hätte. Dass die Mannschaft in den Kneipen Honolulus von den Schiffbrüchigen erzählen würde, zumal eine Deutsche darunter war, ließ sich nicht vermeiden, doch sie hätten genug Zeit gewonnen, um zu verschwinden.

Der Kapitän hielt sein Versprechen, als sie die Südostküste Oahus erreichten. Ein Fischerdorf war in Sichtweite. Über eine Leiter bestiegen sie ihr havariertes Boot, aus dem am Bug der abgebrochene Mast wie ein vom Blitz gefällter Baum herausragte. Die See war ruhig. Clara war zuversichtlich, dass sie das Dorf erreichen würden. Und es gelang.

Zu Claras großer Erleichterung nahmen nur am Strand spielende Kinder und einige Frauen, die vor ihren Hütten wuschen oder Essen zubereiteten, Notiz von ihnen. Die offizielle Ver-

sion ihres Plans, die sie dem Kapitän erzählt hatten, um glaubwürdig zu sein, erwies sich jedoch als nicht mehr durchführbar.
Dazu brauchten sie Geld. Letzteres hatte Clara in ihrem Rucksack aufbewahrt. Es war nach Anzahlung des Auslegerboots
nicht mehr viel übrig geblieben, hätte aber für eine Überfahrt
nach Kauai gereicht. Das Salzwasser hatte die Scheine jedoch
so aufgeweicht, dass sie in Fetzen hingen und bei der kleinsten
Berührung rissen. Clara ließ sich resigniert in den Sand sinken.

»Uns nimmt schon jemand mit. Wir fragen einen der Fischer
hier oder im nächsten Dorf«, versuchte Komo, sie aufzumuntern.

»Und was machen wir dann ohne Geld auf Kauai? Uns ewig
verstecken? Du kannst ja nicht einmal zurück zu deinem Haus.
Sie werden dich dort suchen«, erwiderte Clara.

Komos Schweigen unterstrich die Ausweglosigkeit ihrer
Lage. Es war zwar vorstellbar, dass sie jemand aus Gefälligkeit
mitnehmen würde, doch wie sollten sie auf Kauai zu Geld kommen, um sich nicht als blinder Passagier an Bord irgendeines
Frachters schmuggeln zu müssen?

»Ich muss zurück nach Honolulu. Agnes wird mir Geld leihen«, schlussfolgerte Clara.

»Das ist zu gefährlich«, stemmte sich Komo dagegen.

»Du bleibst hier. Niemand weiß, dass ich dir zur Flucht ver-
holfen habe. Lee und Yue haben der Polizei sicher erzählt, dass
ich verreist bin. Man kann mir nichts nachweisen. Schneider
wird sicher nichts gesagt haben«, erklärte sie Komo, der für
einen Moment schweigend überlegte.

»Ich komme mit«, entschied er dann.

»Das geht nicht«, beschwor sie ihn.

»Wenn dir unterwegs etwas passiert. Ich würde mir das niemals verzeihen. Du musst ein Stück durch den Urwald. Wir haben kein Messer, keine Machete«, beharrte Komo.

Claras Angst um ihn war größer. Wenn sie die Karte des Nordens richtig im Kopf hatte, führte eine Landstraße direkt nach Honolulu.

»Es ist nicht weit bis zur Straße. Irgendeine Kutsche nimmt mich bestimmt mit.«

Komo wollte noch widersprechen, doch Clara versiegelte ihm den Mund, indem sie einen Zeigefinger darauf legte und ihm entschlossen in die Augen sah.

Komo sollte recht behalten. Das Fischerdorf war von der Außenwelt auf dem Landweg abgeschnitten. Vermutlich fuhren die Bewohner mit ihren kleinen Booten in die benachbarte Bucht, zu der eine Straße führte, die Clara durch das Dickicht, das bereits hinter ihr lag, von der ersten Anhöhe aus zumindest erahnen konnte. Dorthin musste sie erst einmal über einen schmalen Trampelpfad gelangen, der sich im Nichts verlor. Ohne Machete konnte ein an sich recht kurzer Weg zur Tortur werden. Das Schlimmste waren nicht die Schlingpflanzen. Es gab letztlich immer einen Weg an ihnen vorbei, auch wenn es mühsam war, sich durch das Dickicht zu zwängen. Es war vielmehr verdorrtes Geäst, das teilweise sehr dornig war. Vertrocknete Äste der Bougainvilleen, die ihr auf den letzten Metern zu einem Abschnitt, der sicher leichter zu passieren war, den Weg versperrten, hatten dolchgleiche dicke Dornen. Ihr Kleid war mittlerweile an mehreren Stellen aufgerissen, die Hände und Arme zerkratzt, doch die Mühsal machte sich bezahlt. Clara erreichte den befestigten Weg und hielt für einen Moment inne, um sich den Schweiß von der Stirn zu wischen. Mitten in die Stille gesellte sich das Geräusch eines abbrechenden Astes. Clara erschrak und drehte sich um. Es kam aus der Richtung, aus der sie gekommen war. Clara lauschte in den Urwald hinein, doch es blieb ruhig. Sie schätzte, dass noch gut eine Meile Fußmarsch vor ihr lag. Es galt nun, ein Gesteinmassiv zu erklimmen, das die Bucht, an der sie angekommen waren, von der anderen trennte. Wieder schien es so zu sein, als würde sie das Geräusch von brechenden Ästen hören. Es kam diesmal von weiter oben, doch kaum blieb sie stehen, vernahm sie nur noch das Lied der Blätter im Wind und einzelne Rufe von Vögeln aus der Ferne.

Das letzte Stück verlief steil bergab. Der Weg verlor sich in einer Straße, die direkt zum vor ihr liegenden Dorf führte, aber vor dem ersten Haus eine Kurve beschrieb. Das musste die Straße sein, die nach Honolulu führte. Für einen kurzen Moment überlegte Clara, einen der Bewohner darum zu bitten, sie in die Stadt zu fahren, doch vor keinem der Häuser standen Pferde oder Kutschen. Es war ein Fischerdorf wie das andere auch. Es war bestimmt vernünftiger, dem Küstenweg zu folgen, der sie zur befestigten Nord-Süd-Verbindung führen würde. Dort auf eine Kutsche zu stoßen, die etwas von den Feldern im Norden nach Honolulu im Süden transportierte, war alles andere als unwahrscheinlich – zumindest in der Theorie. Erst nach gut einer halben Stunde Fußmarsch traf sie auf die erste Kutsche, aber leider fuhr diese in die falsche Richtung. Ein portugiesischer Arbeiter auf dem Kutschbock bot ihr an, dass sie aufsteigen könne, doch sie lehnte ab. Immerhin war nun klar, dass man sie mitnehmen würde. Es war nur noch eine Frage der Zeit, bis eine Kutsche auftauchen würde, die nach Honolulu fuhr. Die Sonne stand bereits tief. Der Gedanke, bald in völliger Dunkelheit weitergehen zu müssen, behagte Clara gar nicht, zumal nachts kaum jemand auf der Insel unterwegs war. Man sah die Unebenheiten der Straße kaum und riskierte, dass die Achsen der Kutschräder brachen. Vermutlich hatte die Kutsche, die sie nach der nächsten Biegung am Wegrand stehen sah, dieses Schicksal bereits bei Tageslicht ereilt. Sie stand etwas abseits des Wegs. Weit und breit war niemand zu sehen. Bestimmt war der Kutscher in Richtung Honolulu gelaufen, in der gleichen Hoffnung wie sie.

»Clara Elkart?«, ertönte urplötzlich eine ihr unbekannte Männerstimme.

Clara fuhr zusammen, drehte sich um und sah einen uniformierten Mann aus dem Dickicht hervortreten – zweifelsohne ein Polizist aus Hawaii. Clara stand wie versteinert da. Über einen Fluchtversuch brauchte sie erst gar nicht nachzudenken. Er würde scheitern, weil der Mann bewaffnet war. Ihre Identität zu leugnen und sich für eine Spaziergängerin auszugeben, die sich verlaufen hatte, würde er ihr auch nicht glauben.

»Was wollen Sie von mir?«, fragte sie um Fassung bemüht.

Er hatte nur einen verächtlichen Blick für sie übrig. »Wenn Sie mich zu ihm führen, wird es keine Anklage wegen Beihilfe zur Flucht geben«, sagte er stattdessen. Der Uniformierte setzte dazu an, noch etwas hinzuzufügen, doch dazu kam er nicht mehr.

Wie aus dem Nichts schoss Komo auf ihn zu und versetzte ihm einen so massiven Schlag, dass er das Gleichgewicht verlor und wie ein gefällter Baum zu Boden ging. »Reiß etwas von dem Schilf ab, wir müssen ihn fesseln. Mit der Kutsche sind wir schnell in Honolulu«, forderte er sie dann auf.

In diesem Moment vernahm Clara ein Klicken. Sie musste sich nicht einmal umdrehen, um zu wissen, dass jemand eine Waffe auf sie richtete. Sie tat es dennoch. Der Uniformierte saß in der Kutsche und wirkte fest entschlossen zu schießen, falls sie Widerstand leisten sollten.

21

Die Zelle war feucht und kalt. Zwei Pritschen, ein Tisch mit Stuhl aus Holz und ein Eimer, in dem sie die Notdurft verrichten konnte, waren das einzige Mobiliar. Clara teilte sie mit einer jungen Chinesin, die einstmals sehr hübsch gewesen sein musste. Clara schätzte sie auf maximal Mitte zwanzig, doch ihre Haut war fahl, ihre Augen glanzlos. Wie sie von der Wärterin wusste, die ihr diese Zelle zugeteilt hatte, war das junge Ding beim Opiumhandel erwischt worden. Eine Hafendirne sei sie. Clara hatte trotzdem den Eindruck, dass die junge Chinesin hinter der Fassade einer Hure eine weiche und gar verletzliche Seite verbarg. Die junge Frau, die mit eng an den Körper angezogenen Beinen auf ihrer Pritsche kauerte, fing immer wieder an zu weinen und beteuerte Clara ihre Unschuld. Unter normalen Umständen hätte sie ihr leidgetan. Clara hätte sich ihrem Versuch, ein Gespräch anzufangen und dabei vermutlich ihr Herz auszuschütten, nicht entzogen, doch der Gedanke, dass Komo irgendwo in diesem Gebäude saß und nun auf einen neuen Zeitpunkt für seine Hinrichtung wartete, überschattete einfach alles. Clara bevorzugte es daher, zu schweigen und Blickkontakt zu ihr zu vermeiden. Sie stand lieber am vergitterten Fenster und blickte hinaus, auch wenn der Innenhof des Gefängnisses ziemlich trostlos war.

»So eine Heuchelei. Dabei will die Königin den Opiumhandel sogar legalisieren«, platzte es aus der jungen Prostituierten dann doch heraus, nachdem sie laut darüber nachgedacht hatte, wie viele Jahre sie dafür im Gefängnis verbringen müsste, weil man sie mit Opium, das ihr noch nicht einmal gehörte, am Hafen erwischt hatte.

»Vermutlich tut sie das, um der Kriminalität den Boden zu entziehen. Im Übrigen sollte Honolulu frei von Drogenhandel sein«, sagte Clara, weil sie nichts auf das Königshaus kommen ließ.

Die junge Chinesin lachte nur. »Die feine Dame … Dabei nimmt das doch hier jeder …«

»Die anständigen Leute sicher nicht«, sagte Clara, obwohl sie wusste, dass dies letztlich nur eine Annahme war.

Wieder lachte die Chinesin. »Anständige Leute. Was glauben Sie, wie viele dieser anständigen Leute zu uns kommen? Matrosen brauchen kein Opium. Die probieren es vielleicht mal, aber die sind so oder so scharf, weil sie so lange auf hoher See keine Frau hatten. Die anständigen Leute brauchen es, um ihren Anstand zu verlieren, damit sie im Bordell nicht mehr an ihre Frauen und Kinder denken, die zu Hause brav auf sie warten«, setzte die Chinesin nach.

»Sie meinen Plantagenbesitzer, Bankleute, Ärzte …?« Die Chinesin hatte es tatsächlich geschafft, Claras Neugier zu wecken.

»Ich hatte sie schon alle … In Honolulu herrscht doch seit Langem nur noch Mord und Totschlag … Manchmal bringen sie sich auch gegenseitig um, aus Habgier und Neid«, sagte sie angewidert.

Clara begann, die junge Frau mit anderen Augen zu sehen. Ihr Englisch war sehr gut. Das, was sie von sich gab, klang nicht nach einem Dummchen, das sich mit Prostitution über Wasser hielt, weil sie zu nichts anderem imstande wäre. Was sie aber viel tiefer traf, war die Erinnerung an die Umstände des Todes ihres Vaters. »Sie haben wohl recht«, sagte sie mehr zu sich.

Damit gab die Chinesin sich aber nicht zufrieden. »Sie wollen doch nur, dass ich Sie mit meinen Geschichten verschone, weil sie Ihre heile Welt ins Wanken bringen«, meinte sie angriffslustig.

»Mein Vater … Man hat ihn erschossen. Genau aus diesen Gründen … Das ist noch gar nicht so lange her …«, gab Clara mit trauriger Stimme zu.

Die Chinesin musterte sie betroffen. »Wie hieß Ihr Vater? Sie sind doch eine Deutsche?«, fragte sie.

»Warum?«

»Wie hieß er?« Die Chinesin ließ aus irgendeinem Grund, der Clara Angst machte, nicht locker.

»Theodor Elkart«, sagte sie, wobei sie sich zugleich fragte, wohin dieses absurde Gespräch führen sollte.

Die Chinesin fing an, wissend zu grinsen, was Clara wütend machte. Wie konnte man sich nur über den Tod eines Mannes belustigen?

»Ich weiß, wer es war«, sagte die Chinesin unvermittelt.

Clara traute ihren Ohren nicht. Warum hüllte sich die Chinesin nun in Schweigen? Ihr süffisantes Lächeln verriet jedenfalls nichts Gutes. »Nun sagen Sie schon, was Sie wissen«, forderte Clara.

»Sie sehen aus, als ob Sie Geld hätten«, sagte die Chinesin frei heraus. »Eine feine Dame hat immer Geld.«

Clara war fassungslos, dass die Chinesin nun auch noch versuchte, Geld aus ihr herauszupressen.

In diesem Moment machte sich jemand an der Zellentür zu schaffen. »Miss Elkart«, ertönte eine männliche Stimme.

Clara ging zur Tür.

»You are free«, sagte der Wärter durch die Türklappe und sperrte auf.

Die Chinesin erhob sich von ihrer Pritsche und schnellte

zu ihr. »Auf Kaution komm ich frei. Dann sag ich Ihnen alles«, flüsterte sie ihr ins Ohr, bevor sie aufs Neue anfing zu lachen.

Clara kam nicht mehr dazu, etwas zu erwidern, weil der uniformierte Gefängniswärter bereits ungeduldig schien und sie nach draußen winkte. Die Chinesin lachte noch immer, als sich die Tür zu ihrer Zelle wieder verschloss. Woher sollte eine Hafendirne wissen, wer ihren Vater erschossen hatte? Auch wenn diese Frage an Clara nagte, stellte sie sie zurück. Viel wichtiger war nun, dass sie frei war und sich noch einmal für Komo einsetzen konnte. Vielleicht ließ der Richter mit sich reden. Gab es auf Hawaii nicht etwas wie ein Gnadengesuch? Clara nahm sich vor, nichts unversucht zu lassen.

Auf dem Weg zum Ausgang unternahm Clara keinen zweiten Versuch mehr, dem Wärter irgendwelche Informationen über Komo oder den Grund ihrer Freilassung abzuringen. Er hatte auf ihre erste Frage nicht einmal reagiert, sondern war zügig stets zwei Schritte voran den Weg abgeschritten, den sie bereits aus der anderen Richtung kommend kannte. Nur noch ein Gitter trennte sie vom Quergang, der zum Ausgang führte. Clara wusste gar nicht, was sie als Erstes machen würde. Sie könnte mit der Gefängnisleitung sprechen, mit Steiner oder gleich mit dem Richter, um Komo zu sehen. Was dann passierte, warf jedoch all ihre Pläne über den Haufen. Reden würde sie, aber mit Agnes. Sie stand vor einer Kutsche, die offenbar zur Abholung bereitstand. Clara verstand die Welt nicht mehr. Dass Agnes sich freute, ihre Freundin zu sehen, und sie ohne Umschweife in den Arm nahm, überraschte Clara keineswegs, weil ihr im Moment ebenfalls nach einer Umarmung zumute war. Dass Agnes sie mit den Worten tröstete: »Alles wird gut, Komo wird nichts passieren«, allerdings schon.

»Ist er frei oder noch im Gefängnis?«, fragte Clara sogleich.

Agnes schüttelte den Kopf. »Dort muss er auch vorerst bleiben«, erklärte sie. »Aber jetzt steig erst einmal ein … Oder willst du hier Wurzeln schlagen?«

»Und Komo? Kann ich ihn sehen?«

»Das geht leider erst, nachdem ich mit dir gesprochen habe«, sagte Agnes.

»Agnes, was geht hier eigentlich vor?«, fragte Clara vehement. Es war jetzt nicht der richtige Zeitpunkt für Geheimniskrämerei, die ihre Freundin so sehr liebte.

»Mich hat das auch alles sehr überrascht, aber jetzt steig schon ein. Wir essen etwas Vernünftiges, und dann fahre ich dich wieder her. Komo weiß, dass du kommst.«

Clara warf noch einen Blick zurück. Hinter irgendeiner dieser Türen würde Komo auf sie warten.

Agnes hängte sich bei Clara ein und führte sie zur Kutsche. So aufgedreht, wie Agnes war, konnte sie zumindest keine schlechten Nachrichten erwarten. Clara rechnete damit, dass Albrechts Anwalt doch noch etwas hatte bewirken können oder der Zeuge sich eines Besseren besonnen und seine Aussage widerrufen hatte. Was Agnes dann während der kurzen Kutschfahrt in die Stadt zu berichten hatte, ging allerdings in eine völlig andere Richtung.

»Es ist verrückt. Du erinnerst dich doch sicher noch an den Abend, als Komo verhaftet wurde. Da hab ich doch das Porträt seiner Mutter gesehen«, fing sie an.

Clara nickte, auch wenn sie nicht verstand, worauf Agnes hinauswollte. Ihre Art, Dinge zu erzählen, war nun mal ausschweifend. Insofern zwang Clara sich zur Geduld.

»Mir ging das einfach nicht mehr aus dem Kopf. Ich hatte dieses Gesicht schon irgendwo gesehen und bin gedanklich all meine Schülerinnen durchgegangen. Irgendwie sehen sie sich ja alle ähnlich, aber diese hohen Wangenknochen, dieses bild-hübsche Gesicht … Und das Merkwürdige daran war, dass ich es genau so vor meinem geistigen Auge hatte.«

»Agnes, du machst mich noch ganz verrückt. Worauf willst du hinaus?«, fragte Clara mit Nachdruck.

»Also, ich konnte nicht einschlafen, weil …«

»… du unentwegt dieses Gesicht vor deinem geistigen Auge hattest«, unterbrach Clara ihre Freundin ungeduldig.

Agnes nickte etwas eingeschnappt.

Es war wohl besser, sie einfach nur erzählen zu lassen.

»Es wollte mir bei Gott nicht einfallen. Am nächsten Morgen gab ich der Prinzessin Privatunterricht. Ich gehe normalerwei-se nicht durch den Haupteingang. Der ist nur für offizielle Gäs-te reserviert. Heute Morgen wurden aber einige Holzlatten am Personaleingang neu verlegt. Die hängen hier keine Schilder auf. Da steht jemand, der dir sagt, dass du einen anderen Ein-gang nehmen musst. Also bin ich zum Haupteingang rein. Das war dann auch wieder nicht recht. Da stand jemand, der mich nicht kannte. Ich hatte weder meinen Ausweis dabei noch das offizielle Schreiben der Königin, das mir jederzeit Zutritt zum Palast verschafft. Kurzum: Ich musste den zugegebenermaßen äußerst attraktiven jungen Palastwächter mit Engelszungen dazu überreden, dass er mich hineinlässt.«

Clara wippte bereits mit den Füßen und stand kurz davor, Agnes eine Ohrfeige zu verpassen. Diesmal übertrieb sie es.

Agnes' Kutsche hatte mittlerweile die Haupteinkaufsstra-ße erreicht, und Clara war froh, bald etwas im Magen zu ha-ben. Auf nüchternen Magen waren Agnes' Ergüsse einfach un-erträglich.

»… die Treppe haben sie gerade gereinigt, also musste ich über die andere Treppe am Ende des Empfangszimmers nach oben gehen. Ich denke mir nichts und …« Anscheinend war des Rätsels Lösung zum Greifen nah, doch sie hatten das Lokal erreicht.

»Das Essen hier ist gut und preiswert«, sagte Agnes beim Absteigen und half Clara heraus, bevor sie auf einen der freien Tische zusteuerte und sich eine Speisekarte schnappte. Ausgerechnet Chinesisch.

»Was nimmst du?«, fragte Agnes, schlug aber sogleich etwas vor: »Chicken Curry… Ich empfehle dir Chicken Curry. Das hab ich schon zweimal hier gegessen.«

Clara war sich sicher, dass sie bald sowieso nichts mehr im Magen behalten würde, also warum nicht Chicken Curry. Sie nickte.

»Zurück zum Thema«, fuhr Agnes fort.

Na endlich!

»Ich gehe also die Treppe vom Nebentrakt nach oben und dann konnte ich mich plötzlich daran erinnern, wo ich dieses Gesicht schon einmal gesehen habe.«

»Um Himmels willen, Agnes. Wo?«

Agnes schien den Moment bis zum Letzten auskosten zu wollen.

»In der Galerie«, sagte sie nun leichthin, als ob es das Selbstverständlichste der Welt sei.

»Die Galerie?«

»Das Königshaus verfügt über eine Galerie aller ihm nahestehenden Personen, und da hing, ob du es glaubst oder nicht, exakt das gleiche Porträt.«

Clara erinnerte sich daran, dass Komo ihr von dem Wunsch seiner Mutter, eine Kopie des Porträts zu erhalten, erzählt hatte.

»Von einem deutschen Maler, nehme ich an«, sagte Clara.

»Das weiß ich nicht, aber ich habe bei Lili'uokalani um eine Audienz gebeten.«

»Und? Was hat diese Audienz ergeben?«

»Frag besser nicht. Abgründe ... wahre Abgründe ...«, echauffierte Agnes sich, bevor sie beim chinesischen Ober bestellte: »Two Chicken Curry please.«

»Agnes!«, ermahnte Clara ihre Freundin.

»Also gut. Ihr Bruder, König Kamehameha, hatte es zu Lebzeiten wohl nie so genau mit der Treue genommen. Seine Schwester kam dahinter, dass er Frauen, in die er sich verliebt hatte, porträtieren ließ, um die Erinnerung an eine Affäre oder sei es nur an eine Nacht für immer im Herzen zu bewahren. Offiziell war das natürlich nur eine Sammlung der ›Gesichter‹ Hawaiis.«

»Komos Mutter?«

»In der Tat, und soviel ich von Lili'uokalani erfahren habe, war das mehr als nur eine Nacht.«

Komo – ein uneheliches Kind des Königshauses? Clara war fassungslos.

»Lili'uokalani hat immer noch die Macht, zum Tode Verurteilte zu begnadigen, doch das wäre in diesem Fall etwas zu heikel. Ich habe ihr den Fall geschildert, und sie versprach, diesbezüglich aktiv zu werden. Dass der Richter korrupt war und für die Reformisten arbeitet, das war ihr nicht neu und genau das war der Punkt. Sie hat ihm nahegelegt, den Prozess neu aufzurollen, weil sie Zweifel, die ich natürlich in ihr geschürt und unterfüttert habe, am Urteil hege. Komo muss bis zur Berufung im Gefängnis bleiben. Das hat ihr wiederum der Richter abgerungen. Das Ganze ist ein Spiel um Macht und Einfluss, aber wenn es uns gelingt, Komos Unschuld zu beweisen, dann kommt er frei. Allerdings gibt es da eine Bedingung ...« Agnes hielt kurz inne.

»Und die wäre?«, fragte Clara in der Hoffnung, dass Agnes wenigstens jetzt einmal schnell zum Punkt kam.

»Komo darf nie von seiner Abstammung erfahren. Das Königshaus kann sich gerade jetzt keine Skandale leisten. Man würde es gegen die Monarchie verwenden.«

Endlich lehnte sich Agnes entspannt zurück – ein untrügliches Zeichen dafür, dass sie ihren Vortrag zu einem Ende gebracht hatte. Die Erleichterung darüber verflog jedoch mit der Einsicht, dass es gar nicht so leicht sein würde, Komos Unschuld zu beweisen. Sie mussten den Zeugen finden und dazu bringen zu reden. Dann fiel ihr ein, was die Chinesin ihr gesagt hatte. Am Ende wusste sie tatsächlich, wer ihren Vater auf dem Gewissen hatte – und war es nicht sogar denkbar, dass der Drahtzieher der Intrige gegen Komo und der Mörder ihres Vaters ein und dieselbe Person waren? Einen Versuch war es wert.

»Dazu brauche ich Geld. Viel Geld, das ich nicht mehr habe«, sagte Clara mehr zu sich.

Nun war es Agnes, die sie gespannt musterte. Sollte sie zur Abwechslung ruhig auch mal etwas zappeln. Clara wollte sich erst einmal das Chicken Curry einverleiben, bevor sie ihrer Freundin alle Einzelheiten über ihre Zellengefährtin für eine Nacht erzählte und sie darum bitten würde, ihr Geld für die Kaution zu leihen.

Clara hatte es keineswegs erstaunt, dass es diesmal kein Problem mehr gewesen war, Komo im Gefängnis zu besuchen. Lili'uokalanis Einfluss reichte weiter, als sie dies für möglich gehalten hatte. Vermutlich lag das aber auch daran, dass das Gefängnis von hawaiianischen Beamten geführt wurde, die per se königstreu waren.

Komo hatten die Schweißperlen auf der Stirn gestanden, nachdem der hawaiianische Aufseher die Zellentür geöffnet hatte. Sein Anwalt, Adalbert Steiner, hatte ihn noch nicht aufgesucht, um ihm von der Berufung zu berichten. Statt zur Hinrichtung abgeführt zu werden, stand nun Clara vor ihm.

»Clara … Wie …?«, stammelte er.

Clara ging zu ihm und nahm ihn in den Arm. »Es wird alles gut«, sagte sie nur, nicht dass er noch auf den Gedanken kam, dass sie sich von ihm verabschieden wollte.

Die wenigen Minuten Besuchszeit, die man ihr zugestanden hatte, nutzte Clara, um ihm von den jüngsten Entwicklungen zu berichten, wenngleich wesentlich knapper als in Agnes' Version, zumal sie ein Detail ja hatte aussparen müssen.

»Aber warum tut sie das für mich?«, fragte Komo, der sie immer noch im Arm hielt. Die Frage war naheliegend, weil er Lili'uokalani gerade ein einziges Mal die Hand geschüttelt und ein paar Worte auf dem Empfang mit ihr gewechselt hatte.

»Sie duldet keine Ungerechtigkeiten, schon gar nicht, wenn jemand dabei zu Schaden kommt«, versuchte sie, ihm glaubhaft zu machen. Letztlich war das noch nicht einmal gelogen.

»Wahrscheinlich macht sie es für dich. Sei ehrlich«, beharrte Komo.

»Was wäre so schlimm daran?«, entgegnete sie.

»Nichts. Ich würde auch alles für dich tun«, sagte er sanft.

»Das hast du doch schon«, erwiderte Clara.

Der Wärter, der sie hereingelassen hatte, klopfte bereits an die Zellentür. Die Besuchszeit war um.

Clara stand auf. »Gleich«, rief sie nach draußen.

Komo zog sie wieder näher an sich heran. Nur noch ein Kuss. Den konnte ihnen niemand verwehren. Am liebsten wäre Clara bei ihm in der Zelle geblieben.

»It's time«, tönte es von draußen.

Komo riss sich von ihr los. »Sprich mit Albrecht. Vielleicht haben sie Jamiro gefunden«, sagte er.

Clara nickte, bevor sie sich zum Gehen wandte.

»Was würde ich nur ohne dich tun?«, fragte Komo.

Clara blieb stehen und drehte sich zu ihm um. »Du wärst

gar nicht hier«, gab sie ihm in einer Mischung aus Resignation und der Hoffnung zu verstehen, dass dieser Zustand nicht mehr lange andauerte.

»Wir haben nur eine Woche«, sagte er sichtlich besorgt.

»Ich weiß«, sagte sie. Die Uhr tickte.

Clara hoffte inständig, dass sie Albrecht bei sich zu Hause antreffen würde. Sie hatte Glück. Er war da und zu ihrem Erstaunen bestens über Komos Flucht informiert. Während einer seiner Bediensteten Tee auf der Veranda servierte, holte Albrecht eine Zeitung vom Vortag aus seinem Arbeitszimmer, die er ihr keine fünf Minuten später bereits entsprechend gefaltet reichte.

»Wie Sie sehen, sind Sie auf Hawaii wieder in aller Munde«, merkte Albrecht an.

Clara überflog den Artikel, in dem auf Komos Mordanklage Bezug genommen und von ihrer abenteuerlichen Flucht berichtet wurde. Ein Besatzungsmitglied des Fischkutters hatte sich am Hafen verplappert, wie nicht anders zu erwarten gewesen war. Eine Deutsche, die mit einem Einheimischen eine angebliche Ausflugsfahrt auf den Pazifik machte – daraus war Seemannsgarn gestrickt, das man sich gerne in den Hafenspelunken erzählte. Dummerweise verkehrte darin auch die Polizei, die auf diese Weise ihren letzten Aufenthaltsort, nachdem sie von Bord gegangen waren, erfahren hatte.

»Gut, die Polizei wusste, wo wir an Land gegangen sind, aber ich frag mich immer noch, wie sie uns so schnell finden konnten«, kommentierte Clara den Artikel.

»Es gibt von dort nur eine Verbindungsstraße, die nach Honolulu führt. Sie haben Posten abgestellt«, erläuterte Albrecht. Dann setzte er sich ihr gegenüber und musterte sie mit einem Schmunzeln, das Clara verwunderte. »Ich hätte nicht gedacht, dass eine kleine Abenteurerin in Ihnen steckt«, sagte er, »und zugegebenermaßen bewundere ich Ihren Mut.«

»Der Mut der Verzweiflung … Vielleicht war ich aber auch nur töricht zu glauben, dass uns einer der Segler auf hoher See sieht«, gestand Clara sich ein.

»Es hätte funktionieren können«, sagte er anerkennend. »Zwei meiner Leute glauben, dass Jamiro bald wieder bei seiner Frau auftauchen wird«, fuhr Albrecht fort.

»Wie kommen sie darauf?«

»Sie ist krank und hat Fieber. Irgendjemand im Dorf wird wissen, wo er ist, und ihm Bescheid geben.«

»Würden Sie mich noch einmal dorthin begleiten?«, fragte Clara.

»Ich wüsste nicht, was ich lieber täte«, erwiderte Albrecht.

So wie Albrecht offenbar ihren Mut bewunderte, so bewunderte Clara seine Raffinesse. Jamiro würde nicht in sein Dorf zurückkehren, wenn sich ständig Fremde blicken ließen und nach ihm Ausschau hielten oder Fragen stellten. Zwei Arbeiter hingegen, die offiziell für eine hiesige Firma Bäume fällten und sie vor Ort verarbeiteten, waren nicht sonderlich verdächtig. Niemand wunderte sich darüber, dass sie sich ab und zu mit Lebensmitteln am Ort versorgten oder der einen oder anderen Familie Poi abkauften. Auf diese Weise hatten sie mitbekommen, dass Jamiros Frau an einer schweren Grippe erkrankt war. Albrecht fuhr mit Clara daher zuerst zum provisorischen Zeltlager im Wald, das auf einem Hügel lag und aufgrund der Rodung einiger Bäume ein freies Blickfeld auf Jamiros Haus ermöglichte.

»Wir wechseln uns ab. Einer hat immer das Haus im Auge. Der andere hackt gelegentlich Holz, damit man uns im Dorf wahrnimmt«, erklärte einer der Arbeiter, nachdem Albrecht sie vorgestellt und sie sich umgesehen hatte.

Clara beeindruckte, wie viel Mühe sie sich gaben, und noch viel mehr, dass Albrecht das alles organisiert hatte.

»Ich kann Ihnen nicht sagen, wie dankbar ich für Ihre Hilfe bin«, sagte Clara zu ihm, als sie für einen Moment allein waren.

»Es ist auch in meinem Interesse herauszufinden, was diesen Mann zu dieser Falschaussage bewogen hat. Immerhin war er einer unserer Arbeiter«, gab Albrecht ihr zu verstehen.

»Sie brauchen Geld. Es geht den meisten doch nur darum, aber ehrlich gesagt … in diesem Fall kann man es sogar verstehen«, erwiderte Clara mit Blick auf die Arbeitersiedlung, die unter ihnen am Fuße des Hügels lag. Sie wusste, wie viel die Arbeiter verdienten. Das reichte zum Leben, aber wer den Luxus der Reichen Honolulus sah, wünschte sich natürlich mehr vom Leben.

»Sicher, doch was ich mich frage, ist, warum wer immer auch dahintersteckt, er ausgerechnet einen unserer Arbeiter für seine Zwecke missbraucht hat«, sagte Albrecht.

»Vielleicht nur ein dummer Zufall. Man muss ja nur irgendeinen der Leute hier ansprechen. Sie arbeiten auf verschiedenen Plantagen«, spekulierte Clara.

»Ich glaube nicht an Zufälle«, erklärte Albrecht.

In dem Moment bemerkte Clara, dass sich jemand Jamiros Haus näherte. Bei genauerem Hinsehen entpuppte sich die Gestalt als eine alte Frau, jedenfalls dem schleppenden Gang nach zu urteilen. Auch Albrechts Leute bemerkten sie.

»Die kommt jeden Tag, um seine Frau zu versorgen«, sagte einer von Albrechts Männern.

Clara wollte sich schon damit zufriedengeben, doch da fiel ihr etwas an der Frau auf. Warum um alles in der Welt trug die alte Portugiesin in der Hitze eine Kopfbedeckung, die wie eine Kapuze an ihrem Oberteil angenäht war? Sie stützte sich auf einen Stock und hatte eine Tasche geschultert. Clara erinnerte sich an die Portugiesinnen, die sie in der Stadt gesehen hatte. Sie kleideten sich ähnlich, doch diese Kapuzen trugen sie nur bei starkem Wind oder wenn es abends ordentlich abkühlte. Was Clara aber noch viel mehr irritierte, war der Rock. Eine Frau würde ihn niemals auf dem Boden schleifen lassen. Die Alte tat das jedoch. Er rutschte immer tiefer und bildete eine kleine Schleppe.

»Er verkleidet sich als Frau«, sagte Clara zur Überraschung der Arbeiter, die daraufhin Blicke tauschten.

»Schnappt ihn euch«, sagte Albrecht geistesgegenwärtig. Seine Männer setzten sich daraufhin sofort in Bewegung. Einer zog eine Waffe aus einer Ledertasche, die am Zelt hing. Dann liefen sie auf einem schmalen Trampelpfand hinunter, der direkt zur Siedlung führte.

»Nach Ihnen«, sagte Albrecht galant, als ob sie auf einem Ball und nicht mitten im Urwald Hawaiis wären.

Als Clara die Hütte betrat, bot sich ihr ein jämmerliches Bild. Jamiro kniete in Frauenkleidern auf dem Boden. Seine Frau lag mit Schweißperlen auf der Stirn im Bett und zitterte so heftig, dass man es sogar auf die Distanz hin sehen konnte. Die Waffe des Arbeiters blieb auf Jamiro gerichtet, auch als Albrecht ebenfalls hereingekommen war.

»Er macht seinen Mund nicht auf«, sagte einer von Albrechts Leuten ungeduldig.

Clara musterte Jamiro. Er bebte vor Angst. Auch ihm stand der Schweiß auf der Stirn, aber nicht vom Fieber.

»Wer hat dich bezahlt?«, fragte Albrecht streng.

Der junge Portugiese reagierte überhaupt nicht.

Albrecht nickte in Richtung des Mannes mit der Waffe im Anschlag, dann blickte er zu Jamiros Frau. Er verstand, was zu tun war. Die Waffe richtete sich nun auf das Bett. Clara wusste, dass Albrecht niemals auf sie schießen lassen würde, dennoch machte ihr die Situation Angst.

Jamiro sprang blitzartig auf, um den Bewaffneten zu überrumpeln. Es misslang, weil Albrechts Arbeiter geistesgegenwärtig auswich. Albrecht und sein unbewaffneter Begleiter überwältigten den Portugiesen daraufhin und drückten ihn zu Boden.

»Wer hat dich bezahlt?« Albrecht wiederholte die Frage in deutlich schärferer Tonlage.

»Sag es ihm. Bitte ...«, wimmerte die Frau im Bett.

Jamiro schwieg beharrlich, auch als der Bewaffnete an das Bett herantrat und die Waffe direkt an den Kopf seiner kranken Frau hielt.

»Du hast genau fünf Sekunden«, sagte Albrecht und begann dann rückwärts zu zählen.

»Ich kann es euch nicht sagen«, brach es aus Jamiro dann doch heraus. »Ich kann nicht ... Bitte tut ihr nichts. Erschießt mich, aber bitte tut ihr nichts«, wimmerte er.

Albrecht ließ von ihm ab und stand auf.

Jamiro blieb am Boden liegen und fing an, ein Gebet in seiner Heimatsprache zu murmeln.

»Du kannst nicht? Ich nehme an, du willst nicht«, spottete Albrecht.

»Er ist der Teufel«, entfuhr es Jamiro mit geweiteten Augen, in denen nackte Angst zu lesen war.

Albrecht blieb von diesem Gerede unberührt: »Der Teufel? Dann wird es Zeit, einen von euch in die Hölle zu schicken. Erschieß sie!«, sagte er in Richtung des Bewaffneten.

Jamiro warf sich Albrecht vor die Füße. »Ich widerrufe die Aussage. Ich habe mich getäuscht ...«, lenkte er ein.

Albrecht bedeutete seinem bewaffneten Begleiter, dass er

die Frau genug geängstigt hatte. Der Mann ließ daraufhin die Waffe sinken.

»Auf Meineid steht Gefängnis. Man könnte die Strafe mildern, wenn du uns den Namen sagst. Wer hat dir Geld dafür gegeben?«, fragte Albrecht erneut und in einem Tonfall, der den Eindruck erweckte, dass er nicht gedachte, sich zu wiederholen.

Der junge Portugiese schüttelte nur den Kopf.

»Wenn ich es euch sage, bin ich so gut wie tot. Meine Frau auch ... Das sind Leute, mit denen man sich besser nicht anlegt ... mächtige Leute. Sie könnten uns auch gleich erschießen«, sagte er, immer noch am ganzen Körper bebend.

Clara musterte Jamiro. Seine Angst war sicher nicht gespielt.

»Ich gehe lieber ins Gefängnis ...«, versicherte er und blickte dann zu seiner Frau, um sich rückzuversichern. Sie nickte unter Tränen.

»Hast du auch die Waffe in seinem Quartier versteckt?«, wollte Albrecht wissen.

Jamiro nickte schuldbewusst.

»Ich unterschreibe alles, aber bitte ... keinen Namen«, flehte er sie an.

Clara bemerkte Albrechts fragenden Blick und nickte. Immerhin waren jetzt zwei gewichtige Beweise vom Tisch. Komo würde dies vor dem Galgen retten.

»Du fährst mit uns in die Stadt. Ein Anwalt wird ein Papier aufsetzen, das du unterschreibst. Und beim nächsten Gerichtstermin wirst du als Zeuge erscheinen«, verlangte Albrecht.

»Ich tue alles, was Sie wollen ...«, sagte Jamiro.

Als sich Claras Blick mit dem von Jamiro kreuzte, ließ der junge Portugiese sein Haupt sinken.

»Es tut mir so leid. Ich hätte das nicht tun dürfen.« Jamiro zeige offenbar aufrichtige Reue. Anscheinend wartete er auf ein Zeichen der Vergebung von ihr.

Clara sah einen gebrochenen jungen Mann vor sich. Auch wenn sie seine Motive verstand, war sie im Moment nicht in der Lage, ihm dieses Zeichen zu gewähren. Sie wandte sich von ihm ab und ging hinaus.

Albrecht folgte ihr. »Wer auch immer ihn bezahlt hat … Ich bin mir sicher, er hat auch Ihren Vater auf dem Gewissen«, mutmaßte er.

Es musste auf alle Fälle jemand sein, der hier auf der Insel viele Fäden in der Hand hielt und zudem mit gezinkten Karten spielte.

Clara rechnete es Agnes hoch an, die Summe von eintausend Dollar, die das Gericht als Kaution für die chinesische Prostituierte festgesetzt hatte, tatsächlich zur Verfügung zu stellen. Es waren nahezu ihre gesamten Ersparnisse, was nur angesichts der sicheren Anstellung in einer der königlichen Schulen zu rechtfertigen, aber weiß Gott keine Selbstverständlichkeit war – und das, obwohl auch Albrecht eingesprungen wäre, nachdem sie ihm auf der Fahrt zurück in die Stadt von der jungen Chinesin erzählt hatte.

»Und was, wenn sie sich einfach aus dem Staub macht?«, fragte Agnes nicht zu Unrecht, als sie sich auf die Parkbank im Garten der Schule setzten.

Clara überlegte für einen Moment, Agnes damit zu besänftigen, dass dies schon nicht passieren würde, oder eine Flucht von Hawaii, wie sie ja am eigenen Leib erfahren hatte, so gut wie unmöglich sei. Sie entschied sich aber für eine aufrichtige Antwort, weil nur die ihrer Freundschaft gerecht wurde: »Das glaube ich nicht, aber ich kann es dir nicht versprechen, Agnes.«

Ihre Freundin seufzte. Wahrscheinlich überlegte Agnes gerade, ob es doch ein Fehler gewesen war, Albrechts Angebot auszuschlagen.

»Wenn es tatsächlich zu einem Umsturz kommt, vielleicht schaffen sie dann auch noch die königlichen Schulen ab«, überlegte Agnes laut.

»Jetzt mal den Teufel nicht an die Wand. Ich habe bei dieser Frau ein gutes Gefühl. Sie wird sich nicht aus dem Staub machen«, sagte Clara.

Agnes zog den Briefumschlag aus einer auf ihrem Kleid aufgenähten Tasche hervor.

»Du gibst es Steiner?«, wollte sich Agnes rückversichern.

»Nur er kann die Kaution bei Gericht hinterlegen«, erklärte Clara.

An Agnes' sorgenvoller Miene konnte Clara ablesen, dass sie diese Leihgabe doch mehr belastete, als sie zugab.

»Ich verspreche dir, dass du das Geld zurückbekommst«, sagte Clara.

»Das will ich aber auch hoffen«, erwiderte Agnes resolut, aber mit einem Lächeln untermalt. Es fror jedoch einen Atemzug später gleich wieder ein. »Ich mach mir ganz andere Sorgen«, gab sie dann zu.

»Was bedrückt dich?«

»Ich habe Angst um dich, Clara. Wer weiß, was als Nächstes passiert«, sagte Agnes.

»Genau darum möchte ich wissen, wer dahintersteckt«, erklärte Clara.

Agnes nickte verständnisvoll, auch wenn sie nicht vollends davon überzeugt schien.

»Es geht um deinen Vater, hab ich recht?«, hakte Agnes nach.

Clara konnte nicht anders, als ihre Vermutung abzunicken.

»Man sollte Tote ruhen lassen«, riet Agnes ihr.

»Und hinterhältige Mörder? Die sollen leben und anderen weiterhin schaden?«

»Denkst du, Dole …?«, fragte ihre Freundin.

»Möglich … Du glaubst gar nicht, an wen ich schon alles gedacht habe, sogar an Stephens.«

»Er ist sein Nachbar … aber nein, nie im Leben. Das merkt man doch. Er ist ein guter Mensch«, sagte Agnes.

Clara sah das genauso.

»Du willst wirklich in diese Opiumhöhlen gehen? Das ist gefährlich.«

»Albrecht wird mich begleiten«, erwiderte Clara.

»Hat er dich immer noch nicht aufgegeben? Ich meine, ein Mann, der so viel für eine Frau tut …«

»Vermutlich, aber was sein Interesse an der Aufklärung des Todes meines Vaters betrifft, da steckt mehr dahinter … auch wenn ich keine Erklärung dafür habe.«

»Ich muss wieder zurück zum Unterricht. Viel Glück, Clara«, sagte Agnes nun, bevor sie sie in den Arm nahm und drückte.

Clara wusste, dass sie heute Nacht auch alles Glück dieser Welt gebrauchen konnte.

22

Clara kannte den Hafen Honolulus von unzähligen Besuchen, jedoch war sie noch nie nachts dort gewesen, geschweige denn abseits der Anlegestellen, des Hafenbüros oder der kleinen Häuserzeile, in der Jenkins sein Büro hatte. Das rege Treiben und Stimmengewirr des Tages wich in der Nacht einer unheimlichen Stille, in der einen jedes Geräusch aufschrecken ließ: Gegröle von einem der Segler, die vor Anker lagen, der Gesang eines betrunkenen Matrosen, der Arm in Arm mit einem Saufkumpan durch die Straßen wankte, ja selbst eine Kutsche, die sich in den engen Seitenstraßen verlor, ließ einen zusammenschrecken, obwohl der Hafen im Schein des Mondes an sich Ruhe ausstrahlte und die gesamte Bucht mit ihren vielen Lichtern auf Booten und aus den Fenstern der Häuser wie gemalt aussehen ließ.

»Ich hoffe, sie kommt«, bemerkte Albrecht, mit dem sie sich pünktlich vor dem inzwischen geschlossenen Hafenbüro getroffen hatte, um dort auf die junge Chinesin zu warten, von der Schneider mittlerweile in Erfahrung gebracht hatte, dass sie Aang hieß.

»Wir hätten sie gleich vom Gefängnis abholen und mit hierhernehmen sollen«, sagte Clara, mittlerweile in Sorge, dass sie sich in der Chinesin getäuscht hatte.

»Das wäre nicht gegangen. Man hätte uns mit ihr gesehen«, entgegnete Albrecht.

Damit hatte er zweifelsohne recht. Es hätte sich herumgesprochen. Ein Zusammenhang zwischen dem Bordell und

Komos Prozess wäre naheliegend gewesen. Wer immer auch hinter dem Mord an ihrem Vater steckte, musste dann die richtigen Schlüsse ziehen oder zumindest alarmiert sein.

»Sie sehen als Mann übrigens auch sehr attraktiv aus«, stellte Albrecht sicher nur deshalb fest, um Clara etwas aufzuheitern, was auch gelang, weil sie unwillkürlich an Reverend Schneider denken musste, der einem so hübschen Mann sicher seine Aufwartung machen würde. Die Verkleidung war unumgänglich, weil sich normalerweise keine Frau jemals in das Opiumviertel, wie Albrecht es nannte, verirren würde. Außerdem war nicht auszuschließen, dass sie dort jemanden sah, der sie kannte. Und so taten die alten Hosen, Hemden und Jacken ihres Vaters auch noch einen sinnvollen Dienst. Ihr Haar hatte sie straff nach hinten zusammengebunden und in einen engen Hut gezwängt. In der Dunkelheit der Gassen würde jeder sie für zwei Herren der Gesellschaft halten, die auf der Suche nach etwas Vergnügen waren. Davon gab es im Opiumviertel, das fest in chinesischer Hand war, reichlich. Eine Spelunke mit Nebenzimmern, in denen auf Matratzenlagern Opium geraucht wurde, reihte sich an die andere. Albrecht hatte ihr erzählt, dass schon einige dem Opium in diesen dunklen Gassen zum Opfer gefallen waren, weil die Droge süchtig machte und den Körper zerstörte. Dann gab es noch die Bordelle, die ebenfalls von der hiesigen Gesellschaft aufgesucht wurden. Clara glaubte ihm aufs Wort, weil sie bereits einige edle Kutschen gesehen hatte, die in eine der beiden Seitenstraßen gebogen waren, in der das Laster sein Unwesen trieb. Dorthin wollte sie die Chinesin führen – und sie hielt ihr Versprechen.

Aang huschte wie ein Schatten aus dem Dunkel des Hafengeländes heran und musterte erst Albrecht, dann Clara, deren Verkleidung sie anscheinend amüsierte.

»Jünglinge sind bei uns besonders willkommen«, sagte sie

mit einem Hauch Ironie, für den Albrecht kein Verständnis hatte.

»Führen Sie uns zu ihm«, verlangte er.

»Ihm …?«, fragte die Chinesin.

Clara tauschte Blicke mit Albrecht. Was meinte sie damit? Steckte etwa eine Frau hinter all dem? Die Sache wurde ja immer mysteriöser.

»Bleiben Sie hier, bis ich drüben bin. Dann folgen Sie mir, aber mit Abstand. Tun Sie so, als würden Sie sich nach einer hübschen Frau umsehen. Wenn ich dann eines der Häuser betrete, warten Sie ein bisschen, bevor Sie hineingehen. Es ist sicherer so«, instruierte sie Clara und Albrecht.

Clara nickte und blickte der Chinesin hinterher, die schnell über die Straße huschte und im schummrigen Licht der von Petroleumlampen schwach ausgeleuchteten Gasse verschwand.

Es roch nach Erbrochenem, nach Küchengerüchen, nach Bier und Urin. Ein süßlich dumpfer Gestank hing über der Gasse, in die sie der Chinesin gefolgt waren. Grotesk grell geschminkte chinesische Prostituierte standen an den Hausmauern, lungerten an den Eingängen der verfallenen Häuser herum oder hielten von den Fenstern aus nach Kundschaft Ausschau. Sie waren ganz unterschiedlich bekleidet, trugen teils Spitze, teils um ihre Körper gewickelte Tücher, doch allesamt hatten sie rot geschminkte Lippen. Auch junge Mädchen, die in Claras Augen noch Kinder sein mussten, waren dabei. Wie konnte man hier nur existieren, ohne sich zu übergeben? Clara fühlte augenblicklich Übelkeit in sich aufsteigen, als sie eine der Frauen, die in süßlichem Parfüm gebadet haben musste, an die Schulter fasste und neben ihr herlief, wie ein Hund, der um Futter bettelte.

»Hey Kleiner. Na, wie wär's mit uns beiden? Ich mach's dir

so gut wie keine … Komm schon …«, versuchte sie, den vermeintlich jungen Mann zu animieren.

Clara schüttelte sie ab.

»Bist wohl was Besseres?«, keifte die junge Frau ihr hinterher.

Clara war froh, als sie das Haus erreicht hatten, in dem Aang verschwunden war. Es machte einen besseren Eindruck als die anderen Gebäude und stand frei. Im anhängigen Garten, der von einem Zaun mit Zufahrt umgeben war, standen zwei Kutschen, deren Bauart auf wohlhabendes Klientel schließen ließ. Intuitiv hatte Clara fest damit gerechnet, dass Aang sich nicht wie eine räudige Hündin auf der Straße feilbieten würde. Steiner hatte zudem Erkundigungen über sie eingeholt und in Erfahrung gebracht, dass sie gemeinsam mit ihrem Mann einen kleinen Laden für Gewürze, der unter der Theke mit Opium handelte, betrieben hatte und nach dessen Tod der Sucht verfallen war. Das hatte sie letztlich in die Prostitution getrieben.

Aang wartete am Ende eines Gangs auf sie, von dem eine Treppe nach oben führte.

»Folgt mir in den zweiten Stock. Dritte Tür rechts. Es wird euch niemand ansprechen«, flüsterte sie und verschwand nach oben.

Der Geruch von draußen wich allmählich dem süßlichen Duft von Sandelholz und Jasmin, der von Räucherstäbchen ausging, die auf einem Sims im Gang in einer Halterung aus Holz standen. Ein kräftig gebauter Chinese lugte aus einem Nebenzimmer und beäugte sie misstrauisch. Anscheinend hatte Aang ihren Besuch angekündigt. Er behelligte sie nicht.

Schon auf den ersten Treppenstufen konnte man vernehmen, dass sie in einem Tempel der Lust waren. An den Wänden hingen Gemälde von nackten Frauen. Intensiver Parfümgeruch schlug ihnen entgegen. Aus einem der Zimmer drang

Keuchen und Stöhnen. Aus einem anderen der Schrei eines Mannes, gefolgt von einem knallenden Hieb, dem ein lustvolles Gewimmer folgte. Clara versuchte erst gar nicht, sich vorzustellen, was hinter diesen Türen alles vor sich ging.

Nach nur wenigen Schritten hatten sie das Zimmer erreicht, hinter dem sich hoffentlich bald ein konkreter Hinweis auf den Mörder ihres Vaters ergeben würde. Albrecht trat vor. Die Tür war angelehnt. Aang öffnete sie von innen und winkte sie eilig hinein.

Clara traute ihren Augen nicht. Das Zimmer hätte kaum luxuriöser eingerichtet sein können. Schwere Brokatvorhänge hingen vor den Fenstern. Das edle Mobiliar war sicher importiert. Eine Tür führte in einen Waschraum. Davor stand eine spanische Wand, die den Kunden etwas Privatsphäre bot. Aang sagte irgendetwas in ihrer Sprache in Richtung des Paravents, nachdem Albrecht die Tür hinter sich leise zugezogen hatte. Ein Rascheln verriet, dass sich hinter dem Paravent jemand verbarg.

Eine bildhübsche junge Frau in besticktem Seidengewand, das mit Blumen- und Drachenmotiven versehen war, trat hervor. Sie musterte die Fremden und bedeutete mit einer Geste, dass sie Platz nehmen sollten. Clara hoffte, dass sie genau wie Aang Englisch sprach, weil sie gedachte, gleich zum Punkt zu kommen.

»Sie kennen den Mörder meines Vaters?«, fragte Clara ohne Umschweife.

Die Chinesin warf einen Blick zu Aang, um sich rückzuversichern, ob sie den Fremden trauen konnte.

Aang nickte.

»Mein Bruder war es«, sagte sie, um Haltung bemüht, in gebrochenem Englisch.

Clara war sprachlos. Albrecht stutzte ebenfalls. Clara hatte mit mehr Widerstand gerechnet. Wieso war die junge Frau bereit, ihnen zu gestehen, dass ihr Bruder ein Mörder war?

Albrecht fing sich schneller als Clara. »Wo ist er?«, fragte er nach.

Die junge Frau stand wie versteinert da. Wenn man genau hinsah, konnte man sehen, dass ihre Augen feucht wurden. Dennoch blieb sie reglos. Ihr hell geschminktes Gesicht wirkte wie eine Maske.

»Er ist tot. Man hat ihn vor ein paar Tagen aufgefunden«, sagte sie traurig.

»Was ist passiert?«, wollte Albrecht sofort wissen.

»Die Polizei sagt, er hat zu viel Opium genommen. – Er hat nie Opium genommen«, erklärte sie.

»Sie glauben, man hat ihn umgebracht?«, fragte Clara, um sich zu vergewissern.

Die Chinesin nickte. »Er war es … Die Polizei weiß es nicht. Der Mann, der ihm so viel Geld gegeben hat … Mein Bruder war eine Gefahr für ihn. Chen wollte ein besseres Leben … nach Amerika gehen. Es war so viel Geld … Ich wollte nicht, dass er das tut, aber … das viele Geld«, stammelte sie.

»Wer hat es ihm gegeben?«, hakte Clara nach.

»Ich kenne seinen Namen nicht, aber er braucht unsere Mädchen. Nicht hier … ein besonderes Haus am Meer, für die Reichen, die nicht gesehen werden dürfen. Mein Bruder hat das Haus in Ordnung gehalten und den Gästen jeden Wunsch erfüllt. Er hat die Mädchen dorthin kutschiert. Jeden Montag gegen acht. Da besorgt er sich Opium. Alle Mädchen müssen ihm gehorchen«, führte die Chinesin aus.

Clara bebte vor Aufregung. Heute war Sonntag. Morgen könnte sie dem Mörder ihres Vaters gegenübertreten. Aus dem Beben wurde ein kalter Schauder, der ihr den Rücken entlanglief.

»Keine Polizei«, sagte Aang.

»Bitte keine Polizei«, wiederholte die Schwester eines Mörders.

»Es gibt andere Mittel und Wege«, sagte Albrecht.

»Versprechen Sie es, bitte«, sagte Aang.

Albrecht nickte.

»Aber töten Sie ihn«, kam es urplötzlich mit Inbrunst und messerscharf aus dem Mund der jungen Prostituierten, die offenbar nur noch eines im Sinn hatte: den Tod ihres Bruders zu rächen.

Yue und Lee kannten die Opiumhöhlen aus ihrer Heimat. Dort hatten sie sogar Konzessionen, und gerade in den großen Städten war es nicht ungewöhnlich, in regelrechten Ritualen Opium zu sich zu nehmen. Clara ließ sich alles genau erklären, aber nicht weil es sie besonders interessierte, sondern weil sich Yues Erzählungen bestens dazu eigneten, sie wenigstens für die Dauer eines nächtlichen Imbisses, den ihr Yue noch schnell aufgetischt hatte, auf andere Gedanken zu bringen. Die Vorstellung, vielleicht schon am morgigen Tag dem Mörder ihres Vaters gegenüberzustehen, nichts anderes hatte sie sich vorgenommen, überschattete selbst die Sorge, ob es Komo im Gefängnis gut gehen würde. So dankbar Clara um die Gesellschaft der beiden war, so froh war sie darüber, nach dem Essen allein zu sein. Clara hatte sich vorgenommen, noch einmal die Artikel und Briefe ihres Vaters, die die Polizei ihr wieder zugesandt hatte, durchzugehen, um einen Hinweis auf seine Feinde darin zu finden, den sie bei erster schneller Lektüre gleich nach ihrer Ankunft sicherlich in Unkenntnis der hiesigen Machtverhältnisse übersehen haben musste. Mittlerweile kannte sie ja selbst die Namen der hiesigen Gesellschaft, auf die er sich in seinem Artikel bezog ... Aber auch nach dreimaligem Lesen fand sich keine weitere Spur. Lediglich in seinem letzten Brief, dem das Testament beigelegen hatte, war er konkret geworden. Er hatte sich offenbar mit seinem Mörder getroffen, um sich in Anbetracht ihrer Ankunft auf Hawaii auszusöhnen. Den Namen hatte er verschwiegen, um sie zu schützen. Dass man in den heutigen Zeiten niemandem mehr trauen dürfe, wie sie aus dem Brief erneut erlas, half auch nicht weiter. Es deckte sich allerdings mit dem, was Widemann ihr erzählt hatte.

Weder Rechnungen noch Lieferscheine erwiesen sich als aufschlussreich. Clara sah keinen Sinn mehr darin, weiter in den alten Dokumenten ihres Vaters zu wühlen. So ganz glaubte sie noch nicht daran, dass sie am nächsten Tag dem Mann gegenüberstehen würde, der ihren Vater auf dem Gewissen hatte. Würde sich jemand nicht rar machen, wenn Gefahr drohte? Komos wiederaufgenommener Prozess musste ihn doch nervös machen. Die Freilassung der Chinesin auf Kaution wurde jedoch geheim gehalten. Vorteilhaft war, dass Steiner die Gefängnisführung sehr gut kannte und angedeutet hatte, dass es im Interesse eines anderen Falles sei, wenn nichts davon verlautbart würde. Auch mit einem der Wärter hatte er diesbezüglich gesprochen. Dennoch, falls sie diesen Mann tatsächlich morgen sahen, musste er sich für unfehlbar und unangreifbar halten. Niemand sonst hätte den Nerv zu glauben, dass ihm kein Mensch auf die Schliche kommen würde. Einen Mord beim Bruder einer der Prostituierten in Auftrag zu geben und weiterhin Gast in diesem Bordell zu sein, wie ihn die Chinesin versichert hatte, war dreist. Ob er es nach dem mutmaßlichen Mord an dem Bruder der Prostituierten und angesichts Komos neuen Prozesses immer noch tun würde, war fraglich, aber zumindest nicht unwahrscheinlich und daher einen Versuch wert. Würde sie doch auf Jenkins treffen? Auf Dole? Im

Prinzip kam selbst Stephens infrage. Was hatte ihr Vater geschrieben? Traue niemandem!

Clara war auf der Suche nach weiteren Hinweisen in Kisten über älterer Korrespondenz ihres Vaters irgendwann tief in der Nacht eingeschlafen und am Morgen dementsprechend gerädert. Angesichts des am Abend anstehenden Besuchs in dem Edelbordell am Meer scheiterte zudem jeglicher Versuch, sich mit irgendeiner sinnvollen Tätigkeit abzulenken. *Acht Uhr*, hämmerte es unentwegt in ihrem Kopf. Sie könnte Lee beim Ausmisten der Ställe helfen oder Yue im Haus zur Hand gehen. Die Grübeleien darüber, was sie heute Nacht erwarten würde, wollten aber nicht aufhören und befielen sie wie eine Lähmung, die sich nicht abschütteln ließ. Sie rührte auch von einer plötzlichen Tristesse, die sie überfallen hatte, weil der Tod ihres Vaters auf einmal noch mehr schmerzte als noch vor Wochen. Wahrscheinlich lag das daran, dass sie sein Werk, seine Plantage, lieb gewonnen und so viel Arbeit und Mühsal investiert hatte. Ein Teil von ihm schien in den Feldern weiterzuleben, zumindest hatte es sie dort hingezogen, um sich ihm nah zu fühlen. Clara fuhr über die inzwischen angewachsenen zarten Zuckerrohrpflanzen und glaubte sich ihm nun näher als jemals zuvor. Sie stellte sich vor, wie er stolz durch die Plantage geschritten war, wie glücklich er sich gefühlt haben musste, als er ihr geschrieben hatte, wie schwer es für ihn gewesen war, nicht nur seine große Liebe, sondern auch die Tochter verloren zu haben. Clara konnte gar nicht mehr anders, als zum Friedhof in Honolulu zu fahren. Seit seiner Beerdigung hatte sie das Grab nicht besucht, und das lag nicht nur an den Herausforderungen der letzten Wochen, wie sich Clara nun eingestand. Es war vielmehr ein Verdrängen, um die wahre Tragik seines Lebens nicht mit voller Wucht zu spüren. Dafür spürte sie sie

jetzt umso mehr, als sie vor seinem Grab stand und frisch ge-
pflückte und mit Grashalmen zu einem Kranz gebundene Blumen darauf legte. Auch wenn dies völlig irrational war und an
sich nicht sein konnte, gab diese Nähe ihr das Gefühl, dass er
stolz auf sie war. Er musste ihr sehr ähnlich gewesen sein. Ihre
Abenteuerlust, der Wunsch, etwas aus seinem Leben zu machen und letztlich nicht aufzugeben – er hatte es ihr in die Wiege gelegt und dafür einen hohen Preis bezahlt. Clara hoffte,
dass nicht auch ein hoher Preis auf sie wartete, und murmelte
ein stilles Gebet.

Wenn man Honolulu gen Norden verließ und nach gut zwei
Meilen das Haus am Hang sah, konnte man glauben, es hand-
le sich um die Residenz eines reichen Kaufmanns. Wer sonst
könnte sich ein Anwesen mit einem so traumhaften Ausblick
leisten? Der Weg, der von der Straße abbog, führte zu einer
zumindest nachts auf den ersten Blick gepflegt wirkenden Anlage. Aang hatte ihnen schon auf der Hinfahrt davon berichtet,
wie viel Geld im Opiumhandel steckte und wie viel mehr, wenn
er mit Prostitution einherging. Das Haus gehörte tatsächlich
einem Geschäftsmann, allerdings einem chinesischen, von dem
Aang wusste, dass er hier in Honolulu alle Fäden des Opium-
handels und der Prostitution in der Hand hielt. Wenn einer der
hohen Herren das Haus gebucht hatte, galten strikte Regeln.
Es waren immer nur maximal drei Gäste erlaubt, und sie durften nie zeitgleich ankommen oder abfahren, um das Risiko auszuschließen, dass der eine den anderen erkannte. Aang wusste,
dass heute nur *er* da war. Ohne ihre Hilfe würden sie das Haus
nicht einmal betreten dürfen.

Albrecht schien Augen wie ein Adler zu haben. Er glaubte,
eine Kutsche vor dem Haus zu sehen. Aang sollte also recht
behalten. Jeden Montag war er da, ungeachtet des Geschehe-

nen. Clara schlug das Herz bis zum Hals. Auch Albrecht war anzusehen, dass er zusehends nervöser wurde. Sein Blick war starr auf das Anwesen gerichtet. Er umklammerte die Zügel so fest, dass das Weiß seiner Knöchel durch die Haut schimmerte. Dabei sah das Gebäude sehr einladend aus. Clara stellte sich vor, wie es wohl wäre, mit direktem Blick auf die Weite des Meeres zu wohnen, umgeben von einem wilden Garten und der immergrünen Vegetation der Berge im Rücken. Das Haus selbst war auf einem Steinfundament erbaut und hatte wie die meisten Bauten der Gutsituierten eine Veranda, die ringsum bis zur Meerseite reichte. Aus dem zweiten Stock fiel Licht durch eines der Fenster, das bis auf einen Spaltbreit von einem Vorhang bedeckt war.

Albrecht hielt direkt vor dem Haus ein paar Meter vor der anderen Kutsche.

»Haben Sie diese Kutsche schon einmal gesehen?«, fragte Clara. Wohlhabende Familien pflegten exquisite Kutschen in Sonderanfertigung zu fahren, um ihren Reichtum zur Schau zu stellen. Man kannte sie mit der Zeit.

Albrecht schüttelte den Kopf.

»Es sind unsere Kutschen. Die Herren lassen ihre eigenen bei uns stehen«, erklärte Aang.

Noch konnten sie einen Rückzieher machen. Clara hatte auf der Fahrt hierher sogar schon daran gedacht, gleich die Polizei zu verständigen, doch Albrecht war dagegen gewesen, weil er glaubte, dass die hiesige Polizei sich aufgrund der Aussage einer Chinesin nicht in Bewegung setzen würde, mal ganz abgesehen davon, dass sicher niemand einer jungen Prostituierten aus einer der Opiumhöhlen Glauben schenken würde, die gerade auf Kaution entlassen worden war.

Aang war sich sicher, dass sie niemand daran hindern würde, das Haus zu betreten, weil es immer wieder vorkam, dass

Gäste spontan hierherfuhren. Sofern die Räume nicht belegt waren, stellte das kein Problem dar. Erst wenn sie drinnen waren, würden sie angesprochen werden. Der Wachmann würde sich auch nicht wundern, dass Clara mit dabei war. Auch wenn niemand offen darüber in der Gesellschaft sprach, gab es viele Männer, die einen diskreten Ort für eine Geliebte benötigten, oder Paare, die gemeinsam Opium zu sich nahmen, um ihre Lustgefühle zu steigern. Aus Clara war also nun Albrechts Frau geworden, zumindest für eine Nacht. Sie hängte sich bei ihm ein, um dem Chinesen, der sofort aus einem Nebenzimmer trat, als sie die Treppen erreicht hatten, zu signalisieren, dass sie zusammengehörten. Der Mann war untersetzt und von kräftiger Statur. Er kannte Aang und tauschte mit ihr Blicke. Erst als er nickte, war der Weg nach oben frei.

Aang öffnete einen kleinen Kasten gleich beim Treppenaufgang, dessen polierte Holztreppen im Licht der Petroleumleuchten glänzten. Darin hingen einige Schlüssel an goldenen Anhängern. Aang nahm einen davon an sich und bedeutete ihnen, ihr zu folgen. Schon nach den ersten Stufen schlug Clara der schwere Duft von Räucherstäbchen und von Parfüm entgegen. Die Holztreppen knarrten, auch die Dielen, als sie den zweiten Stock erreichten. Aang musste gar nichts sagen, um sich fortan möglichst leisen Schritts zu bewegen.

Dann deutete Aang in Richtung des dritten Zimmers am Ende des Gangs. »Das ist sein Zimmer«, flüsterte sie.

»Kann man durch das Schlüsselloch etwas sehen?«, fragte Albrecht, ebenfalls im Flüsterton.

Aang schüttelte den Kopf. »Nur über die Veranda«, sagte sie, ging dann zum Zimmer nebenan und öffnete leise die Tür.

Auch diesem Raum konnte man ansehen, dass er von Leuten mit sehr viel Geld benutzt wurde. Das Stadthaus reicher Kaufleute aus Hannover konnte nicht edler eingerichtet sein: Brokatvorhänge, orientalische Teppiche und Möbel aus tropischen Hölzern. Selbst eine Bar durfte nicht fehlen.

Aang ging direkt zur Verandatür und schob sie auf.

Clara lugte hinaus. Genau wie im Erdgeschoss und dem Stockwerk darunter war das Haus von einem Rundgang umgeben. Mit etwas Glück konnten sie durch den spaltbreit offenen Vorhang einen Blick in das Zimmer erhaschen. Nur noch zwei Schritte von der Wahrheit entfernt.

Albrecht trat vor und erreichte das Fenster. Er drückte sich an die Wand und ließ seinen Kopf von links nach rechts wandern. Clara ging zu ihm, um ebenfalls einen Blick hineinwerfen zu können. Dann erstarrte er.

»Nein ... das kann nicht sein ...«, sagte Albrecht mit gebrochener Stimme.

Clara musste ihn regelrecht zur Seite drücken, um ebenfalls etwas sehen zu können. Zwei chinesische Huren, die über dem nackten Mann lagen, verdeckten zunächst sein Gesicht, doch dann drehte er sich zur Seite: Es war Knut, Albrechts Vater.

Albrecht hatte Aangs Warnung, dass der chinesische Wachmann bewaffnet sei, in den Wind geschlagen, auch Claras Aufforderung, zurück in die Stadt zu fahren, um die Polizei zu verständigen, oder seinen Vater erst dann zur Rede zu stellen, wenn er zurück in seinem Haus war. Ja, er hatte nicht einmal mehr zugehört und war aus dem Zimmer gestürmt.

Clara hörte, wie eine Tür aufgerissen wurde. Dann vernahm sie kreischende Frauenstimmen. Kurz darauf ertönten eilige Schritte auf der Treppe.

Aang zitterte am ganzen Leib vor Angst.

»Es ist sein Vater. Sag ihm das!«, forderte Clara Aang auf, als die Schritte des Wachmanns näher kamen.

Aang eilte sofort hinaus auf den Gang.

Clara folgte ihr und sah, dass der Chinese bereits eine Waffe im Anschlag hielt. Er fuhr Aang auf Chinesisch an. Aang stellte sich ihm in unterwürfiger Haltung entgegen und redete in seiner Sprache auf ihn ein. Clara war erleichtert zu sehen, dass er die Waffe sinken ließ und sie zurück in seine Jackentasche steckte.

Im Nebenzimmer polterte es. Etwas ging zu Bruch. Die beiden Chinesinnen liefen wie aufgescheuchte Hühner, eine nackt, die andere in Spitze, an ihnen vorbei und eilten die Treppe runter.

Clara betrat den Nebenraum und wunderte sich darüber, dass der alte Hoffmann sie nicht bemerkte. Aang wagte es nicht, über die Türschwelle zu schreiten.

»Albrecht. Was machst du überhaupt hier? Willst du dich auch etwas vergnügen?«, fragte Albrechts Vater, dessen Scham nur von einem Betttuch bedeckt war. Er schien im Opiumrausch den Ernst der Situation gar nicht zu erfassen.

Albrecht stand wie angewurzelt vor dem Bett. »Jamiro wird gegen dich aussagen«, warf er seinem Vater an den Kopf.

Der Alte stutzte. Er brauchte eine Weile, um wieder aus seinen Opiumträumen zu erwachen. Dann fing er an zu lachen.

»Was erzählst du da? Jamiro? Was will er denn sagen? Wem wird man glauben?«, fragte er und setzte sich auf.

»Wenn ich gegen dich aussage, wird man ihm glauben«, drohte sein Sohn ihm ganz offen.

Knut Hoffmann erstarrte regelrecht. Erst jetzt bemerkte er Clara. »Hast du dir von dieser deutschen Hure etwa den Kopf verdrehen lassen? Sie lässt sich von einem Kanaken besteigen und du …«, fuhr er seinen Sohn an.

Weiter kam er nicht, weil Albrecht ihm eine schallende Ohrfeige verpasste. Sie war so heftig, dass er zurück aufs Bett geschleudert wurde.

»Auch die Chinesin wird gegen dich aussagen. Du wirst dich vor Gericht verantworten müssen«, sagte Albrecht, der weiß wie die Wand war.

»Auch für den Tod meines Vaters«, schaltete sich Clara mit messerscharfer Stimme ein.

Albrechts Vater hielt eine Hand gegen die Wange und versuchte, die Benommenheit abzuschütteln. Erst jetzt schien er zu realisieren, was Clara eben gesagt hatte.

»Ihr Vater?«, brachte er erstaunt hervor. »Theodor Elkart?« Die Art, wie er den Namen betonte, abfällig und voller Abscheu, stieß Clara augenblicklich auf.

Auch Albrecht sah sie irritiert an. »Clara … Ich …«, stammelte er fassungslos.

Sein Vater fing sich schneller. »Die gleiche Penetranz … Sich unbedingt mit jedem anlegen wollen … für die Gerechtigkeit. Wie pathetisch! Ich hätte es mir denken können«, sagte er.

»Und genau das wird Sie an den Galgen bringen – Gerechtigkeit!«, gab sie ihm zurück.

Knut schien das gar nicht zu kümmern. Sein überlegenes Lächeln war schier unerträglich. »Bald brechen neue Zeiten an … Ihr verfluchten Royalisten«, platzte es aus ihm heraus.

»Mein Vater war allein. Wir sind es nicht. Drei Zeugen wird auch ein korrupter Richter nicht ignorieren können«, stellte Clara treffsicher fest.

»Zieh dich an, Vater«, befahl Albrecht, doch der Alte scherte sich nicht darum. Er rief einen chinesischen Namen in Richtung Tür. Zweifelsohne wollte er den Wachmann zu Hilfe rufen.

»Wir mischen uns in Familienangelegenheiten nicht ein«, gab Aang ihm von der Tür aus zu verstehen. »Er wird Ihnen nicht helfen.«

Der Alte rührte sich immer noch nicht. Albrecht packte ihn

am Arm, um ihn aus dem Bett zu ziehen. Völlig unvermittelt griff sein Vater nach einer der schweren Kupferlampen und schlug damit auf Albrecht ein. Es kam so überraschend, dass Albrecht nicht mehr rechtzeitig ausweichen konnte und zu Boden ging. Das Glas der Lampe war gesplittert. Wie ein Messer hielt der Alte es nun vor sich, sprang aus dem Bett und baute sich vor ihnen auf.

»Verschwindet von hier, bevor ich mich vergesse«, fuhr er sie an.

Albrecht schüttelte die Benommenheit ab, und ehe sich der Alte versah, packte er ihn von hinten und versuchte, ihm die Halterung der Lampe zu entreißen. Clara musste mit ansehen, wie die beiden darum rangen.

Albrecht schaffte es, seinem Vater die zur Waffe gewordene Halterung aus der Hand zu winden, doch der Alte verlor das Gleichgewicht. Er ruderte nach Halt und stürzte. Sein Kopf schlug auf das harte Messinggestell des Betts. Mit dem Aufschlag vernahm Clara ein Knacken. Albrechts Vater fiel wie ein gefällter Baum mit seltsam verdrehtem Kopf zu Boden. Albrecht ließ den Lampenhalter fallen. Er stand nur da und blickte auf den regungslosen Körper seines Vaters, der offenbar nicht mehr atmete. Ein Rinnsal Blut floss aus seinem Mundwinkel.

Nun durfte Knut Hoffmann sich vor einem anderen Gericht verantworten, dachte Clara und wandte sich angewidert ab.

Agnes war immer noch kreidebleich. Der Umschlag mit der Kaution, den Clara ihr gleich mittags nach dem Unterricht im Park der Schule zurückgegeben hatte, interessierte sie angesichts der jüngsten Entwicklungen schon gar nicht mehr. Albrechts Anwalt hatte es geschafft, den Staatsanwalt davon zu überzeugen, die Anklage gegen Aang fallen zu lassen, weil sie sich bei der Aufklärung zweier Morde mutig eingesetzt hatte.

Auch Jamiro drohte nun in Anbetracht der neuen Situation keine Haftstrafe mehr, wenn er sich bereit erklärte, seine Aussage zu widerrufen und die volle Wahrheit zu erzählen – ein rein formeller Akt. Vor Knut Hoffmann brauchte er sich nun auch nicht mehr zu fürchten.

»Trotzdem, den Alten hätte ich gerne am Galgen baumeln sehen«, sagte Agnes, nachdem sie sich wieder einigermaßen gefangen hatte.

»Agnes. Mir reicht schon, was ich gestern gesehen habe. Ich weiß nicht, ob ich dieses Bild jemals aus dem Kopf bekomme«, erwiderte Clara mit Schaudern, als sie an den Ausgang der gestrigen Nacht dachte. Der heutige Morgen hatte sich hingegen als wesentlich angenehmer erwiesen. Albrechts Aussage beim zuständigen Staatsanwalt und im Beisein zweier Sheriffs, die alles protokollierten, hatte genügt, um Komo von allen Anklagepunkten freizusprechen. Dennoch hatte die Angelegenheit für ordentlich Wind gesorgt. Die morgigen Zeitungen würden sicher voll davon sein. Clara vermutete, dass sie sich damit nicht gerade neue Freunde gemacht hatte. Da aber auch Albrecht mit von der Partie gewesen war, würde sich der Unmut im Lager der Anhänger der Reformpartei wenigstens nicht nur auf sie konzentrieren. Ihr Spitzel war aufgeflogen, der insbesondere bei den Deutschen auf lieb Kind gemacht hatte, nur um alles, was man ihm zutrug, gegen das Königshaus zu verwenden. Clara hatte vollendet, was ihrem Vater am Herzen gelegen hatte. Daher war es ihr letztlich egal, was andere über sie dachten, jedoch hatte sie Aangs Rat beherzigt, kein Wort über den Opiumtempel außerhalb Honolulus zu verlieren. Ein Racheakt des hiesigen Opiumclans wurde auf diese Weise so gut wie ausgeschlossen. Die Hauptsache war sowieso, dass Komo frei kam. Es war höchste Zeit, ihn abzuholen. Um zwei, hieß es, würde man ihn freilassen.

»Am liebsten würde ich mitkommen«, sagte Agnes, doch auch wenn sie ihren Unterricht dafür hätte ausfallen lassen, kam das nicht infrage. Diesen Moment gedachte Clara ganz für sich allein zu genießen.

Hatte es nicht um zwei geheißen? Komo stand bereits vor den Pforten des Gefängnisses und hielt nach ihr Ausschau. Auch von Weitem konnte Clara sehen, wie er strahlte, als er sie auf der Kutsche entdeckte. Clara wollte ihn nur noch in ihre Arme schließen und nie wieder loslassen. Komo dachte anscheinend das Gleiche, dabei hatte Clara sich doch vorgenommen, so schnell wie möglich diesen schrecklichen Ort zu verlassen.

Clara hatte erwartet, dass endlich Ruhe in ihr Leben einkehren würde, doch da täuschte sie sich gewaltig. Noch eine Woche nach Veröffentlichung des Zeitungsartikels war die Deutsche, die einen Verräter zur Strecke gebracht hatte, in aller Munde. Dass ausgerechnet Sanford Dole ihr ein Dankesschreiben hatte zukommen lassen, auch wenn er nach wie vor einen anderen politischen Standpunkt vertrat, zeugte davon, dass man ihr Respekt zollte. Es hatte zudem den Beigeschmack eines Friedensangebots. Zahlreiche Einladungen folgten, dabei hatte Clara gar nicht vor, sich in politische Gefilde zu begeben oder vermehrt am gesellschaftlichen Leben Honolulus teilzunehmen. Es gab Wichtigeres zu tun, und das war nicht die Plantage, sondern das Wesen, das in ihrem Bauch heranwuchs. Agnes hatte sie erst anlässlich ihrer neu ins Leben gerufenen wöchentlichen Treffen davon in Kenntnis gesetzt, weil sie sicher sein wollte, dass ihr Zyklus nicht, wie bereits erlebt, aus anderen Gründen ausgeblieben war. Ab diesem Moment wusste es jeder, der in Agnes' Dunstkreis war. Dazu gehörte neuerdings auch Stephens, der unter Vorgabe aller möglichen Gründe immer dann vorbeikam, wenn er wusste, dass Agnes sie besuchte. Solange die Felder noch nicht nachgewachsen waren, musste er von seiner Farm aus nur nach ihrer Kutsche Ausschau halten.

Inmitten all dieser positiven Entwicklungen, die Clara aus vollem Herzen genoss, schlich sich ein irritierend bitterer Wermutstropfen, von dem sie nicht erwartete, dass er sie so mitnehmen würde. Auch wenn es für Albrecht weder gesellschaftlich noch politisch den geringsten Grund gab, Hawaii zu verlassen, tat er es zu Claras Bedauern doch. Dies lag vermutlich daran, dass sie plante, mit Komo eine Familie zu gründen. Konnte man ihm verübeln, sich dem entziehen zu wollen? Vielleicht trug er ihr auch ein wenig nach, dass sie ihn nicht darüber eingeweiht hatte, dass Theodor ihr Vater gewesen war. Nach alldem, was er für sie getan hatte, war aber unweigerlich ein freundschaftliches Band entstanden, welches zu zerschneiden nun schwerfiel. Clara ließ es sich daher nicht nehmen, sich persönlich am Hafen von ihm zu verabschieden. Auch Komo hielt es für angebracht und bestand darauf, sie zu begleiten.

Die *Australia* stand am Hafen zur Abfahrt bereit. Als ob Albrecht damit gerechnet hätte, war er als einer der wenigen Passagiere noch nicht an Bord gegangen. Dementsprechend erfreut war seine Reaktion, als er auf sie aufmerksam wurde.

»Ich hatte zu hoffen gewagt, dass wir uns noch ein letztes Mal sehen«, sagte er frei heraus.

»Sie kehren Hawaii wirklich für immer den Rücken?«, wollte Clara wissen.

Albrecht nickte und warf noch einen letzten Blick zurück zum Hafen und auf das immergrüne Hinterland, das an diesem Nachmittag in der Abendsonne besonders intensiv leuchtete.

»In Hamburg ist es meist kalt und unfreundlich«, merkte Clara in der Hoffnung an, in ihm vielleicht doch noch Zweifel zu wecken.

»Ich fahre nicht in die Heimat. Sobald die Plantage verkauft ist, werde ich in Amerika Geschäfte machen. Falls es Sie mal dorthin verschlagen sollte ...«, setzte er an, bevor er tief seufzte. »Ich weiß. Sie haben ja jetzt Ihr Leben hier an der Seite eines bewunderns- und liebenswerten Mannes«, sagte er mit Blick auf Komo, der sein Kompliment lächelnd, aber ohne es zu kommentieren, entgegennahm. Ihm reichte Albrecht zuerst die Hand, nachdem das Horn des Schiffs zur Erinnerung an die bevorstehende Abfahrt geblasen hatte.

»Von Herzen alles Gute«, wünschte Albrecht seinem ehemaligen Luna.

»Für Sie auch«, erwiderte Komo ehrlich. Er schien auch zu spüren, dass Albrecht und Clara etwas verband, das es erforderlich machte, sie für einen Moment allein zu lassen. Komo ging daher ein paar Meter zum Ende des Stegs und betrachtete interessiert das rege Treiben an der Luke des Dampfers.

»Es hätte auch alles ganz anders kommen können. Nun werde ich mir irgendeine hübsche Amerikanerin suchen müssen«, scherzte Albrecht wehleidig. Dann reichte er auch ihr die Hand. »Leben Sie wohl, Clara«, meinte er.

Ein gewöhnlicher Händedruck schien all dem, was er für sie getan hatte und in Anbetracht des Umstands, dass ihr Verhältnis anfangs nicht das beste gewesen war, nicht angemessen zu sein. Ganz spontan umarmte sie ihn und küsste ihn auf die Wange. Albrecht strahlte, doch für einen Moment las sie den Schmerz in den Augen, dass die Frau, die er offenkundig immer noch liebte, nicht mit ihm an Bord ging. Sein Blick lag eine gefühlte Ewigkeit auf ihrem, dann nahm er seine Ledertasche und ging los.

Komo trat zu ihr und schlang seine Arme um sie. »Er wird sein Glück finden«, sagte er mit Zuversicht in der Stimme.

Clara hoffte es von Herzen, denn sie hatte ihres gefunden, auch wenn sie weit hinterm Horizont danach hatte suchen müssen.

Epilog

Das kleine grüne Tal, das vor Clara lag, sah genauso aus, wie sie sich als Kind immer das Paradies vorgestellt hatte. Schon damals war es tropisch gewesen. Clara blickte vom Aussichtspunkt eines Pavillons, der auf einem Hügel am Eingang des Tals stand, hinunter in die Ferne. Es schien der schönste Fleck der Insel zu sein. Das Meer lag am Ende der Schlucht und strahlte umrahmt von Palmkronen in tiefem Blau. Gelegentlich war der Gesang eines Vogels und das Krächzen eines Papageien aus dem grünen Dickicht tropischer Hölzer zu vernehmen. Immer wenn jedoch die Ukulele erklang, ganz leise und zart, wurde es still. Selbst der Wind hielt seinen Atem an, wenn Lili'uokalani spielte. Clara konnte immer noch kaum glauben, dass sie über hundert Lieder komponiert hatte. Von der Königin persönlich »Aloha oe«, eine ihrer erfolgreichsten Kompositionen, vorgespielt zu bekommen, in diesen Genuss war wahrscheinlich bisher noch niemand außerhalb der königlichen Familie gekommen, von einer Einladung in eines der privaten Häuser des Königshauses ganz zu schweigen, auch wenn diese angesichts des Dienstes, den Clara dem Inselkönigreich erwiesen hatte, nicht gänzlich überraschend gekommen war.

»Die Leute singen es mittlerweile sogar schon, wenn Schiffe hier ankommen oder abfahren«, erklärte die Königin nicht ohne Stolz in der Stimme.

»Zwei Liebende, die sich trennen …«, sagte Clara mehr zu sich, um die Bedeutung dieses Liedes wissend. Dabei dachte sie wehmütig an Albrecht, aus dem um ein Haar ein Liebender geworden wäre, aber auch an das Königreich Hawaii, in das sie sich unsterblich verliebt hatte.

»So schnell möchte ich es am Hafen nicht hören«, scherzte Clara.

Lili'uokalani lachte, doch dann wurde ihre Miene ernst. Sie gesellte sich zu ihr und blickte wehmütig in die Ferne. »Viele werden von hier weggehen. Die meisten Ihrer Landsleute«, sagte sie traurig.

»Ich werde bleiben«, versprach Clara.

Lili'uokalani gab sich gerührt und schenkte ihr ein dankbares Lächeln. »Wann werden Sie ihn heiraten?«, fragte sie.

»Sobald sich der ganze Rummel gelegt hat«, erwiderte Clara.

»Ich bin gespannt, ob es ein Mädchen wird oder ein Junge«, fuhr die Königin fort und lächelte verschmitzt.

Agnes hatte es also tatsächlich bereits überall herumerzählt.

»Das Kind wird beide Welten in sich tragen. Vielleicht ist das der richtige Weg … Ein Neuanfang …«, meinte die Königin nachdenklich.

»Was macht Sie so sicher, dass die Monarchie zu Fall kommen wird?«, wagte Clara ganz offen zu fragen.

»Die Amerikaner nehmen sich immer, was sie wollen. Sie haben mehr Macht, mehr Geld, aber auch wenn sie das Land eines Tages annektieren werden, unsere Seele werden sie nie verstehen. Sie macht Hawaii zu dem, was es ist. Die Amerikaner werden sie nie ihr Eigen nennen.« Lili'uokalanis Worte klangen wie ein kraftvoller Schwur, ein Fluch, den sie auf die Amerikaner legte. Er überzog ihr Gesicht mit Bitterkeit, die sie auf einen Schlag älter machte.

»Spielen Sie für mich«, bat Lili'uokalani inständig.

Clara nahm ihre Violine aus dem Koffer. Nichts könnte der Königin mehr Ehre erweisen, als eine ihrer Kompositionen zu spielen.

»Aloha oe« klang auf den vom Bogen gestrichenen Saiten ihrer Violine mal zart, mal kraftvoll und noch viel wehmütiger, als die Ukulele es jemals zum Ausdruck bringen konnte.

Die Gesichtszüge Lili'uokalanis entspannten sich augenblicklich. Sie schloss die Augen und wiegte das Haupt sanft zu den Tönen, die die Seele Hawaiis zum Leben erweckten und sie hinaustrugen in die Welt.

Anmerkung der Autorin

Während meiner Hochzeitsreise nach Hawaii stieß ich rein zufällig in einer Buchhandlung auf Niklaus R. Schweizers Werk »Hawai'i und die deutschsprachigen Völker«. Die darin geschilderte historische Verbindung zwischen Deutschland und Hawaii hat mich sofort in den Bann geschlagen und brachte allein schon mit Blick auf das 19. Jahrhundert schier Unglaubliches zutage.

Ein deutscher Finanzminister auf Hawaii? Eine deutsche Stadt im Inselkönigreich? Deutsche Einwanderer, die auf Zuckerrohrplantagen arbeiten? Dies und vieles mehr hat mich verblüfft, mitunter auch, dass die Deutschen insbesondere auf Hawaii nicht nur gern gesehen waren, sondern einen exzellenten Ruf genossen und sehr großen Einfluss hatten.

Gerade Ende des 19. Jahrhunderts hat sich in Deutschland sehr viel getan, ob die Erfindung des Tapetenkleisters, die ersten Flugversuche oder die Elektrifizierung der Städte. Diese Zeit fasziniert. Es herrscht Aufbruchsstimmung. Die Gesellschaft verändert sich. Ich wollte Sie, liebe Leser, an dieser spannenden Zeit teilhaben lassen und zugleich ein Stück deutsch-hawaiianischer Geschichte erzählen, von der kaum jemand etwas weiß. Ein Grund mehr, diesen Roman zu schreiben.

Obgleich es mein Anliegen war, mich möglichst nahe an die damaligen historischen Gegebenheiten, insbesondere auf Hawaii, heranzuschreiben, ließ ich den Figuren zugunsten einer packenden Geschichte gelegentlich freien Lauf, ohne dabei historische Fakten gänzlich zu verdrehen. Denkbares und Wahrscheinliches füllen zwangsläufig Räume, die sich nicht mit eindeutigen Quellen niet- und nagelfest ausstatten lassen. Dies gilt vor allem für seinerzeit real existierende Personen, denen ich Dialoge in den Mund lege, die rein fiktional sind, obgleich ihre Haltungen und Sprache aufgrund der Recherchen denkbar und sogar sehr wahrscheinlich sind.

Dennoch: Dieses Buch ist ein fiktives Werk. Die Geschichte Hawaiis sowie Hintergründe zu realen Personen und Schauplätzen wurden nach bestem Wissen und Gewissen recherchiert. Alle Namen, Figuren, Unternehmen, Organisationen, Orte, Begebenheiten und Ereignisse werden fiktiv verwendet.

Mirja Hein

Australia – Goldzeit

Roman

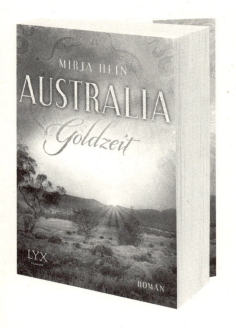

**Zwei Familien – in Liebe und Hass
verbunden**

Australien, 1853: Die junge
Vicky Stewart kann ihrer
neuen Heimat Melbourne nichts
abgewinnen. Doch als sie den
attraktiven Goldgräber Jonathan
Boyle kennenlernt, erstrahlt der Rote
Kontinent plötzlich in leuchtenden
Farben. Vicky will ihr Leben mit ihm
verbringen und verspricht, ihm treu
zu bleiben. Aber während Jonathan
auf den Goldfeldern von Ballarat bis
zum Umfallen schuftet, drohen die
Intrigen von Vickys Familie gegen
den mittellosen Glückssucher die
beiden für immer zu entzweien …

Band 1 der Serie
544 Seiten, kartoniert mit Klappe
€ 9,99 [D]
ISBN 978-3-8025-9568-4

LYX

EGMONT

ALISSA JOHNSON • ANNE MARSH • ANTONIA FENNEK • BERND PERPLIES • BERNHARD STÄBER • BRIGITTE PONS • C. J. LYONS • CAROL R. CARR • CHERRY ADAIR • CHLOE NEILL • CLARE DONOGHUE • CORA CARMACK • CYNTHIA EDEN • DARYNDA JONES • DEBRA WEBB • DIANNE DUVALL • EILEEN WILKS • ELIZABETH GEORGE • ELOISA JAMES • EMMA CHASE • ERIN McCARTHY • GEMMA HALLIDAY • GESA SCHWARTZ • HANK PHILLIPPI RYAN • HILARY DAVIDSON • ILONA ANDREWS • JACQUELYN FRANK • JENNIFER ASHLEY • JENNIFER LYON • JENS ÖSTERGAARD • JOHN BURLEY • JULIE ANN WALKER • JULIE JAMES • KAREN KESKINEN • KATE NOBLE • KATIE MACALISTER • KATY EVANS • KENDRA LEIGH CASTLE • KIRA LICHT • KITTY FRENCH • KRESLEY COLE • KRISTEN CALLIHAN • KRISTIN ADLER • KRISTINA GUBAK • KYLIE SCOTT • LARA ADRIAN • TINA ST. JOHN • LARISSA IONE • LENA DIAZ • LINDA HOWARD • LISA MARIE RICE • LISA RENEE JONES • LISELOTTE ROLL • LORA LEIGH • LORI FOSTER • LORI HANDELAND • LYNN VIEHL • LYNSAY SANDS • MADELINE HUNTER • MAGGIE ROBINSON • MARIT REIERSGÅRD • MARLISS MELTON • MARY BUXTON • MARY JANICE DAVIDSON • MAYA BANKS • MEREDITH DURAM • MERETE JUNKER • MICHELLE RAVEN • MIRA GRANT • NALINI SINGH • NINA ROWAN • OLIVER KERN • PAMELA CALLOW • PAMELA PALMER • PAMELA S. BEASON • PHILIPPA BALLANTINE • PIP BALLANTINE, TEE MORRIS • RICHELLE MEAD • ROXANNE ST. CLAIRE • RUTHIE KNOX • SABRINA JEFFRIES • SASKIA BERWEIN • SHANNON K. BUTCHER • SHANNON McKENNA • SHELLEY CORIELL • SHILOH WALKER • STEFANIE ROSS • SUZANNE BROCKMANN • SVEA TORNOW • SYLVIA DAY • THEA HARRISON • TONI ANDERSON • WOLFGANG HOHLBEIN • ALISSA JOHNSON • ANNE MARSH • ANTONIA FENNEK • BERND PERPLIES • BERNHARD STÄBER • BRIGITTE PONS • C. J. LYONS • CARO X. CARR • CHERRY ADAIR • CHLOE NEILL

Mehr zu Ihren Lieblingsautoren und –büchern sowie Interviews, Newsletter, Leseproben, Gewinnspiele und Trailer finden Sie unter:

www.egmont-lyx.de

Sara Forster

Dornensavanne

Roman

Eine mitreißende Familiensaga im Herzen Afrikas

Südwestafrika, 1966: Der deutsche Geologe Robert Wolf reist nach Namibia. Dort trifft er die junge Farmerstochter Mariama Fechner, in die er sich sofort Hals über Kopf verliebt. Doch ihr Glück bleibt nicht ungetrübt: Einige Jahre nach ihrer Hochzeit werden sie von tragischen Schicksalsschlägen heimgesucht. Mariama glaubt nicht an Zufälle, und so entdeckt sie schließlich ein dunkles Geheimnis in Roberts Vergangenheit.

»Ein Volltreffer für die Autorin. Das Buch muss den Vergleich mit den großen Autorinnen nicht scheuen.« *Literaturschock*

704 Seiten, kartoniert
€ 9,99 [D]
ISBN 978-3-8025-9124-2

www.egmont-lyx.de